Trajetória em
Noite Escura

Foto da capa: aposento em que Naoya Shiga começou a escrever a obra *Trajetória em Noite Escura* em sua morada provisória na cidade de Onomichi, Hiroshima, Japão. Foto de Neide Hissae Nagae.

NAOYA SHIGA

Trajetória em Noite Escura

Tradução
Neide Hissae Nagae

Ateliê Editorial

Título original em japonês:
An'ya Kôro

Copyright © The Estate of Naoya Shiga, 1937. All rights reserved.

Direitos reservados e protegidos pela Lei 9.610 de 19.02.1998.
É proibida a reprodução total ou parcial sem autorização,
por escrito, da editora.

Dados Internacionais de Catalogação na Publicação (CIP)
(Câmara Brasileira do Livro, SP, Brasil)

Shiga, Naoya
  Trajetória em Noite Escura / Naoya Shiga;
tradução Neide Hissae Nagae. – São Paulo:
Ateliê Editorial, 2011.

  ISBN 978-85-7480-562-7
  Título original: An'ya Kôro

  1. Ficção japonesa I. Título.

10-11838   CDD-895.63

Índices para catálogo sistemático:

1. Ficção: Literatura japonesa   895.63

Direitos reservados em língua portuguesa à

ATELIÊ EDITORIAL
Estrada da Aldeia de Carapicuíba, 897
06709-300 – Granja Viana – Cotia – SP
Telefax: (11) 4612-9666
www.atelie.com.br
atelie@atelie.com.br

Printed in Brazil   2011
Foi feito o depósito legal

*Agradecimento especial ao Professor
Katsunori Wakisaka pela obtenção dos
direitos da tradução e publicação desta
obra no Brasil com o apoio da
Fundação Kunito Miyasaka.*

SUMÁRIO

Prefácio – *Geny Wakisaka*. 11

Esclarecimentos sobre a Tradução de *Trajetória em Noite Escura* 15

Apresentação do Autor e da Obra. 17

TRAJETÓRIA EM NOITE ESCURA

Introdução: Lembrança do Protagonista. 31

Volume I

Primeira Parte
    I 41
    II 45
    III. 51
    IV. 56
    V 64

8 *Naoya Shiga*

VI. 71
VII 79
VIII 85
IX. 88
X 92
XI. 98
XII 102
Notas da Primeira Parte. 107

Segunda Parte
I 113
II 117
III. 122
IV. 126
V 132
VI. 136
VII 140
VIII 144
IX. 149
X 154
XI. 161
XII 166
XIII 170
XIV 175
Notas da Segunda Parte. 183

Volume II

Terceira Parte
I 191
II 194
III. 200
IV. 202
V 205
VI. 208
VII 213
VIII 217

Trajetória em Noite Escura 9

IX 222
X 226
XI 230
XII 233
XIII 237
XIV 243
XV 249
XVI 254
XVII 259
XVIII 264
XIX 270
Notas da Terceira Parte 277

Quarta Parte

I 285
II 287
III 291
IV 298
V 300
VI 303
VII 306
VIII 309
IX 311
X 315
XI 318
XII 322
XIII 325
XIV 330
XV 333
XVI 336
XVII 342
XVIII 344
XIX 347
XX 350
Notas da Quarta Parte 357

Cronologia Resumida da Vida de Naoya Shiga 361

PREFÁCIO

An'ya Kôro é uma das obras mais representativas e a mais extensa do escritor Naoya Shiga (1883-1971), cuja tradução para o português sai hoje pela Ateliê Editorial, sob o título de *Trajetória em Noite Escura*.

O trabalho faz parte da dissertação: "Ficção e Realidade em *Trajetória em Noite Escura* (*An'ya Kôro*), de Naoya Shiga", apresentado em 1999, à área de Língua, Literatura e Cultura Japonesa da Universidade de São Paulo, pela Profª. Neide Hissae Nagae que visava a obtenção do título de Mestre.

Aprovada no seu intento, a candidata é incentivada à publicação da sua tradução, pela banca examinadora, devido ao valor literário da obra e o ineditismo dos trabalhos do escritor em português. No entanto, a despeito dos esforços dos interessados, vários fatores confluíram para que a tarefa fosse sempre protelada. Decorridos mais de dez anos, graças às determinações da Neide, hoje Profª. Dra. em Teoria Literária pela USP e docente da mesma universidade, a sua *Trajetória em Noite Escura* finalmente recebe as luzes da divulgação em português. Parabéns, Neide!

O escritor Naoya Shiga, bastante prestigiado no Japão, se destaca pelos seus ensaios literários e os mais de cem contos de porte mediano publicados entre 1908 e 1969. Mas ele é conceituado também pelo seu estilo singelo, sucinto e preciso nas explanações dos detalhes das realidades objetivas que nos cercam, e pelas análises detalhadas dos melindres psicológicos do ser humano. De acordo com o escritor Hiroyuki Agawa (1920-), "[...] Shiga consegue inserir uma espécie de salto nas entrelinhas de suas exposições, criando vácuos, como acontece nos espaços em branco das pinturas *sumie* (monocromática em nanquim), dando certa profundidade de reflexão ao texto". E estas pausas se tornam bastante penosas para o tradutor que se propõe a ser fiel aos seus textos.

O currículo do escritor revela o seu ingresso no curso de Literatura Inglesa da Universidade de Tóquio em 1903, transferido para o de Literatura Japonesa em 1908, que é logo abandonado para se dedicar à própria produção literária. Fez parte do grupo Shirakaba, que reunia escritores e pintores, apreciadores das literaturas e artes plásticas do ocidente e oriente. Seus membros, considerados elites da sociedade japonesa de então, usufruíam do tempo integral para se dedicarem em elucubrações de suas produções artísticas.

Apesar de discorrer sobre temas variados em suas obras, sua tônica tende para a captação das inconstâncias psicológicas que se processa no protótipo japonês culto, em seu viver do dia a dia. E nessa linha se desenvolve a obra *An'ya Kôro*, perseguindo os rastros do personagem Kensaku Tokitô.

A obra em questão se acha estruturada em duas partes, cada parte subdividida em dois tomos. Configurados num total de quatro, relativamente longos, cada tomo comporta de doze a vinte capítulos, e estes, somados perfazem um total de 65. Além destas duas partes, deparamos na sua abertura com um prefácio, no qual recebemos os informes sobre o relacionamento de Kensaku e seus pais e o avô paterno, através das memórias da infância do personagem. O prefácio nos conduz ao estranhamento e é onde estão camuflados um dos indícios das crises existenciais do protagonista.

A convite do renomado escritor Sôseki Natsume (1867-1916), que na ocasião era redator-chefe do jornal *Asahi Shinbum* de Tóquio, Shiga começa a escrever sobre o personagem Kensaku Tokitô, em 1912, o que mais tarde se tornaria, *An'ya Kôro*. Não se adaptando a trabalhar com a proposta do jornal de que este fosse um romance folhetinesco, com pesar Shiga se redime dos compromissos com o escritor. Diz-se inclusive que em consideração a ele, Shiga deixa de publicar seus trabalhos até 1917 e só volta às atividades após a morte de Sôseki. Assim, os dois tomos da primeira parte do *An'ya Kôro*, são publicados em 1921, e o terceiro tomo é concluído em 1923. O quarto tomo só é reiniciado em 1928 mas é abandonado em seguida por durante quase nove anos. Ele é retomado e concluído finalmente em abril de 1937.

Cada tomo do *An'ya Kôro* retrata uma fase da vida de Kensaku e os capítulos desvendam os episódios que marcaram essas fases, através das quais foram sendo moldadas as características do protagonista em questão. Sua estrutura não deixa de configurar o esquema folhetinesco, fugindo, no entanto, de suas limitações de tempo e espaço.

Passados dez anos, numa rápida releitura da obra, percebemos que Shiga retoma em *An'ya Kôro* a problemática dos deslizes conjugais já mundialmente dissecada nas literaturas, inclusive no Japão, a começar pelas *Narrativas de Genji* do século

XI, transportando a questão para o seu enfrentamento do homem, na sociedade moderna japonesa. A batalha de Kensaku em superar as suas fraquezas humanas, sem o travo amargo do pessimismo, sem melancolia, evidencia o sofrimento físico e espiritual do próprio escritor ateu, Naoya Shiga, imbuído nos estudos dos caracteres e na introspecção psicológica do ser humano, recolhendo materiais da realidade cotidiana.

GENY WAKISAKA

Esclarecimentos sobre a Tradução de *Trajetória em Noite Escura*

Utilizamos para a tradução a oitava impressão, de 20 de fevereiro de 1993, da edição japonesa de 15 de março de 1990, da Editora Shinchô de Tóquio que vem acompanhada por 477 notas elaboradas por Yû Endô, bastante esclarecedoras, mas tendo em vista um público japonês. Por isso, além de aproveitarmos muitas de suas notas, a elas acrescentamos outras que julgamos úteis à compreensão do público de língua portuguesa do Brasil e outras tantas que seriam necessárias à análise da obra, enquanto objetivo primeiro desta tradução, que constam nas notas de rodapé ou de fim.

Os topônimos e antropônimos japoneses estão grafados de acordo com as regras do sistema Hepburn, o mais utilizado mundialmente, embora não muito adequado à língua portuguesa, em função da dificuldade de aproximar a fonética do Hepburn à fonética do português. A única exceção na utilização desse sistema foi o sinal de alongamento das vogais. No Hepburn o alongamento das vogais é expresso por um ‾ sobre a vogal, mas aqui, utilizamos o ^ sobre a vogal a ser alongada. Para os antropônimos, seguimos o costume japonês do prenome precedido pelo sobrenome, com exceção do nome do Autor. Os topônimos tiveram a tradução apenas da parte que não diz respeito diretamente ao nome próprio, como logradouro, bairro e distrito, por exemplo. Quanto aos nomes de obras, apresentamos uma tradução provisória dos títulos quando elas ainda não estão traduzidas para o português.

Apresentação do Autor e da Obra

Naoya Shiga nasceu em 1883, na cidade de Ishinomaki, província de Miyagi, Japão. Dois anos depois, seus pais mudaram-se para Tóquio e passaram a morar na casa dos avós paternos de Naoya, dos quais recebeu cuidados especiais, principalmente após o falecimento da mãe ocorrido quando o autor contava doze anos de idade.

Estudou no Gakushûin, escola frequentada pelos filhos da elite da época, e nela começou a escrever seus primeiros trabalhos sob os pseudônimos de Hangetsu (Meia-lua) e Hanguetsurô shujin (Sr. Meia-lua) na associação literária denominada Ken'yû (Amizade), mais tarde Mutsumiyûkai (Associação de Amigos Fraternais), criada por ele com alguns colegas da escola em 1896.

Já estudando literatura inglesa na Universidade Imperial de Tóquio, em 1906, criou, com Mushanokoji Saneatsu, Kinoshita Rigen e Ôgimachi Kinkazu, outro grupo literário que recebeu o nome de Jûyokkakai (Associação Dia 14) lançando, em 1908, o periódico *Bôya* (*Campo de Aspirações*).

Em 1910, inicia a Corrente Literária Shirakaba com o lançamento da revista *Shirakaba* com os componentes de Bôya e das revistas literárias *Mugi* (*Trigo*) e *Momozono* (*Pessegal*), criadas por outros estudantes da mesma Universidade. Logo depois, recebe a adesão de artistas plásticos e a colaboração de pintores, assumindo dimensões que ultrapassavam o âmbito literário.

O grupo Shirakaba destacou-se pelas suas atividades baseadas num pensamento idealista e humanista, que prezava a individualidade e a natureza humana, contrapondo-se, juntamente com os escritores do grupo Subaru liderado pelo escritor

Mori Ôgai e do grupo Mita Bungaku da Universidade Keiô, à corrente dos escritores naturalistas em voga, e principalmente aos ditames do Círculo Literário da época. Por pertencerem à alta sociedade da época e originários do berço Gakushûin, podiam se dedicar exclusivamente à literatura atuando num ambiente bem diverso da maioria dos escritores naturalistas que desenvolviam seus trabalhos em meio a uma vida difícil. Constituíam, assim, a primeira geração de autores que cresceram em lares da classe dominante, burguesa, formada e consolidada no contexto histórico da modernidade do Japão, ao qual seus pais estavam diretamente ligados. No entanto, justamente por esse motivo, seus componentes foram atormentados pelas contradições ideológicas ao terem contato com o espírito humanista e cristão e as questões sociais que contestavam o poder da classe a que pertenciam.

No manifesto da sua revista, consta a seguinte declaração: *O grupo "Shirakaba" é uma pequena cultura, fruto de nossa força diminuta. Tencionamos plantar, aqui, o que bem entendermos, de acordo com o que nos é permitido mutuamente.*

A Corrente Shirakaba objetivava a plenitude, a perfeição e o progresso do indivíduo, embasada na convicção de que seus trabalhos contribuiriam para o aperfeiçoamento das pessoas e para o progresso da humanidade. Com esse propósito, por exemplo, em 1918, foi criada, em Hyûga, província de Miyazaki, a primeira das comunidades que receberam o nome de Atarashiki Mura (Vila Nova) onde dezenove componentes da revista iniciam uma vida agrícola e artística em busca de harmonia.

Diferentemente dos naturalistas japoneses que direcionavam o olhar para o lado obscuro da vida, e dos românticos japoneses que tendiam para o imaginário, sentimental e sensorial, a literatura Shirakaba defendia uma postura de autoconfiança egocêntrica no intuito de "dar vida a si" fundamentada na crença da Vontade do Universo ou força cósmica que naturalmente os levariam à cristalização de uma conduta ética.

Nesse processo, a atenção do grupo volta-se para o mundo e para a humanidade como um todo, com grande interesse pelas novidades artísticas que chegavam do ocidente, pois um dos pontos em comum de seus filiados era a paixão pelas artes. Assim, a *Shirakaba* assume a feição de uma revista não apenas literária, mas também de artes-plásticas que reuniu vários artigos sobre Van Gogh, Matisse, Cézanne, Reimbrandt, entre outros, editando seu famoso número especial sobre Rodin em novembro de 1910.

Tsukuba, estudioso e crítico literário japonês, acredita que duas consciências contraditórias caracterizavam o grupo Shirakaba: a de "centralização em si mesmo" e a de "preocupação com os olhos alheios". Aliadas às suas características idealistas adquiridas pela crença numa "Vontade do Universo ou força cósmica", que conduz o destino da humanidade, o "dar vida a si mesmo", para os membros da Shirakaba, era assumir a ideia de serem conduzidos com sucesso por essa energia cósmica na concretização de suas vontades.

Não foi, porém, desde o início, que eles escolheram a carreira literária ou artística para realizá-las, mas quando o fizeram, procuraram apoiar-se numa "mão maior" como a de Tolstói e Rodin, e, como já haviam sentido na pele quão vã a vida de favorecidos pela posição social e econômica era para a realidade humana, se distanciaram do poder social que detinham e traçaram o seu próprio caminho, tentando uma aproximação com o povo em geral com quem, na verdade, eles se identificavam. Depararam-se, no entanto, com a diferença de classe social evidente entre eles. Embora acreditassem que eram diferentes das demais pessoas de sua classe, o povo tendia a vê-los apenas como membros da classe dominante sem avaliar a peculiaridade de cada um deles.

Assim, especialmente sensíveis aos comentários de que seriam incapazes de produzir literatura porque nunca enfrentaram dificuldades financeiras e tomados pelo sentimento de culpa proveniente da contradição de alegarem que seria correto permanecer ao lado do povo, mantendo-se dependentes da posição de classe dominante, os membros da corrente Shirakaba resolvem essa discrepância indo de Tolstói para Maeterlinck. No lugar do humanismo tolstoiano, abraçam o pensamento de Maeterlinck de que "é preciso primeiro amar a si mesmo para poder amar o próximo como a si mesmo", e, desenvolvendo esse pensamento, chegam à consciência ética de que é um crime abandonar seus próprios desejos por compaixão aos outros. Mas isso não significou um caminho tranquilo, pois, como aponta Tsukuba, é possível observar a insegurança e a vacilação de Mushanokôji em *Aru Otoko* (*Um Homem*) ou de Shiga, em seus diários a partir de 1911.

A *Shirakaba*, inicialmente conhecida como divulgadora das artes ocidentais, passa, a partir de 1919, a voltar-se para as artes orientais.

Kôno Toshirô[1] diz que Yanagi Muneyoshi, um dos líderes da segunda metade da *Shirakaba*, já se interessava pelas artes orientais desde a sua visita à Coreia em 1916, período áureo da Corrente, mas acabou adiando a apresentação delas em função da fama adquirida pela revista e da falta de interesse do grupo nesse sentido. No entanto, a partir do momento em que foi aprofundando a consciência e o sentimento pelo valor das artes orientais, ganhou confiança e apoio dos companheiros para apresentá-las como um trabalho digno da *Shirakaba*. Começou-se, então, pela apresentação das artes antigas do Japão, o que foi uma escolha acertada. Na edição de julho de 1919, logo após o número comemorativo de dez anos, foram inseridos, pela primeira vez, assuntos ligados às pinturas orientais. Depois de meio

---

1. Kôno Toshirô, "Shirakaba kôki no mondaiten" ("Questões da Segunda Metade da Shirakaba"), em Waseda Daigaku Kyôiku Gakubu, *Gakujutsu Kenkyû*, 1963.

20 Neide Hissae Nagae

ano, como segunda experiência, foram escolhidas esculturas coreanas, apresentadas numa edição especial em fevereiro de 1920. O estudioso salienta, portanto, que foi a revista *Shirakaba* que começou a focalizar o patrimônio cultural da Coreia, exatamente dez anos após a "anexação" da mesma ao Japão, como tentativa de compreensão do sentimento do povo coreano, o que, numa fase histórica como a de 1920, era dificílimo, ao se pensar na consciência que os japoneses tinham sobre a Coreia enquanto país dominado pelo Japão.

O crítico Nakamura Mitsuo diz que o grupo Shirakaba foi favorecido pela simpatia que recebeu dos jovens ao se manter afastado dos aspectos negativos da vida e pelo veterano Natsume Sôseki que pôs a coluna de artes do jornal *Asahi* à disposição de seus componentes, mas sobretudo porque, dando seguimento aos autores naturalistas, seguiu a tradição do Romance do Eu, o que pode ser visto pelas obras de cunho autobiográfico de seus autores. Enquanto a ideia de ego era utilizada pelos naturalistas como instrumento de destruição dos pensamentos da moral tradicional e da autoridade, os escritores da *Shirakaba* não reconheciam a ordem e o poder antigo por acharem que já haviam sido desgastados pelos movimentos naturalistas e, assim, assumiram a missão de reconstruir a si mesmos a partir do vazio da devastação mental resultante desses movimentos e adotaram a forma literária do Romance do Eu para a própria edificação pessoal.

Com o agravamento da situação econômica geral do Japão a partir do fim da Primeira Guerra Mundial, e o crescimento dos movimentos trabalhistas e sociais, a corrente *Shirakaba* perde rapidamente a sua influência, e o grande terremoto da região Kantô, em 1923, assinalou o fim da revista *Shirakaba* que atingiu 160 números, mantendo-se como a mais duradoura de todos os tempos, no Japão. Seu mérito foi o de deixar obras criativas, sobre uma base sólida dentro dos limites da classe favorecida social e economicamente.

Naoya Shiga tornou-se famoso por suas obras de natureza introspectiva, que revelam uma postura ética em relação aos conflitos e à injustiça, pondo à mostra uma intensa postura de autoafirmação. Consagrou-se com as obras curtas[2] *Seibê e as Cabaças, Em Kinosaki* e *O Deus do Menino*; com obras de extensão mediana como *Ôtsu Junkichi, Reconciliação* e *Akanishi Kakita* e com a única longa, que é *Trajetória em Noite Escura*. A maioria de suas obras literárias foi produzida na Era Taishô que vai de 1912 a 1925, inclusive o livro de belas-artes *Zauhô* de 1924 que apresenta as maravilhas das artes orientais. Na Era Shôwa (1926-1988), publica apenas algumas como *Lua Cinza* e *A Carta de Minha Mãe Verdadeira*. Shiga pre-

---

2. Na literatura japonesa, usa-se o termo *shôsetsu*, uma tradução do *novel*, para as obras produzidas em prosa a partir do contato com o Ocidente, e estas são dividas em curtas, medianas e longas, semelhantes aos termos literários conto, novela e romance, mas apenas no que se refere à sua extensão.

Trajetória em Noite Escura 21

sidiu o Pen Club japonês de 1947 a 1948 e foi agraciado com a Medalha Cultural do governo japonês em 1949, vindo a falecer em 1971.

Segundo Nakamura Mitsuo em *Shiga Naoya ron (Parecer sobre Shiga Naoya,* 1966), ele é um autor descritivo que filtra seus próprios sentimentos e que cristaliza seu caráter numa vida cheia de vigor, aperfeiçoando a descrição sempre que se trata de uma situação na qual é preciso lutar contra o que pressiona o seu "eu", como ocorre, por exemplo, com *Ôtsu Junkichi, O Crime de Han* e *Reconciliação.* O estudioso diz que suas descrições baseadas num mundo em torno de si mesmo constituem uma das origens do Romance do Eu no contexto da prosa da Era Taishô (1912-1925) juntamente com o da linha naturalista e que, após a reconciliação com o pai em 1917, o autor passa a descrever o ser humano e a natureza de uma forma harmoniosa, vistos principalmente nas obras *Em Kinosaki* e *Fogueira* nas quais retrata a natureza com um profundo sentimento de identidade, de tendências orientais em sua visão de vida e forma de pensamento, especialmente após o acidente sofrido em 1913.

Trajetória em Noite Escura destaca-se como uma das obras representativas da Literatura Moderna Japonesa. Começou a ser escrita em 1912 e foi concluída em 1937. Essa obra pode ser considerada um romance introspectivo dentro da concepção japonesa de "Romance do Eu", ou seja, o modelo harmonioso segundo a visão do estudioso japonês Hirano Ken (1907-1978) que conceitua o romance introspectivo como uma obra que aborda temas do cotidiano, relatando a superação de uma crise, na tentativa de chegar a uma sensação de equilíbrio na vida real.

Trajetória em Noite Escura não só demorou a ser concluída como também a ser iniciada. O escritor fez um retiro em Matsue no final de 1913 para elaborar uma obra encomendada por Natsume Sôseki, então redator chefe do jornal *Asahi* de Tóquio. No entanto, as limitações impostas pelo jornal, que queria um romance do tipo folhetinesco, protelam o projeto da obra que viria a ser *Trajetória em Noite Escura,* inicialmente chamada de *Tokitô Kensaku,* o que leva o autor a desfazer, com grande pesar, um compromisso assumido com Sôseki, por quem Shiga nutria grande respeito. Desde então, o autor fica sem escrever até 1917. Só recomeça após o incentivo de Mushanokôji Saneatsu, companheiro do grupo Shirakaba e uma das três pessoas que o escritor diz ter sido alvo de seu respeito, que vai morar com sua família em Abiko para recuperar-se de uma enfermidade, no final de 1916. Em agosto de 1917 acontece a reconciliação do autor com o pai e desde então, com um grande vigor que caracterizou essa fase favorável, Shiga termina a Primeira e a Segunda Parte de *Trajetória,* e a Terceira Parte é iniciada logo em seguida com bastante determinação, como consta no verso da capa do diário de 1922: "Vou dedicar minha vida a fundo unicamente à criação literária". Shiga começa a perder o ânimo ao final do ano mas consegue concluí-la.

No diário de 4 de dezembro, começamos a ver os sintomas de uma crise que retarda o início da Quarta Parte:

Eu não gosto nem de ler nem de escrever. Sou um vagabundo de nascença. Parece que antes não era tanto. [...] Mesmo tendo vontade de escrever sobre algo, perco a vontade porque não me acho capaz de fazê-lo de modo satisfatório. É até estranho que eu seja um artista literário. [...] acho uma felicidade ter me voltado para esse trabalho sem vacilar, pois não existe outro caminho além desse para mim. É uma contradição estranha. Bem, se for a Quioto, vou ler mais e escrever mais e preencher o espírito e o corpo com uma vida mergulhada nas artes.

Nesse período de crise interior, o autor também abandona o diário temporariamente.

A Quarta Parte tem início após a recuperação do ânimo com as obras de 1925 a 1926, ligadas ao caso extraconjugal, mas de forma amena que o leva a pequenas interrupções, culminando numa de quase nove anos a partir de julho de 1928. O silêncio total de cinco anos parece ter se iniciado já com o período que precedia a morte do pai em fevereiro de 1929.

O diário de 23 de março de 1933 registra sua preocupação com o pequeno rendimento de cerca de meia página por dia na elaboração de outras obras, com questões judiciais ligadas a Naozô, seu meio-irmão, bem como com problemas de saúde que o impedem de trabalhar.

Em 1934 escreve muito pouco e em 1935 não produz nada, mas, no final de janeiro de 1936, acontece a mudança. Começa a recusar os pedidos de pequenos trabalhos que fazia para as revistas, provavelmente com a intenção de dedicar-se à obra inacabada, após as sucessivas visitas da editora Kaizô, entre os meados e final do ano anterior. No entanto, só em janeiro de 1937 consegue dar forma aos textos abandonados da Quarta Parte de *Trajetória* após a sua última publicação em junho de 1928, e a partir de então, a produção segue de forma lenta, levando cerca de noventa dias para escrever as últimas 53 páginas. Após algumas correções, é finalmente concluída em 4 de março com a sua avaliação: "está, oitenta por cento, bom. A descrição do alvorecer ficou boa. Estou satisfeito".

Fukuda e Kuribayashi, autores de uma biografia de Shiga, acreditam que o autor só vem a concluir *Trajetória* após passar por diversas experiências, as quais foram necessárias, para que ele conseguisse adquirir o estado de espírito do protagonista Tokitô Kensaku.

As diversas interrupções após o final da Quarta Parte, que se estendem por esse longo período de aproximadamente nove anos, geram incoerências na idade cronológica de Kensaku, seu protagonista, como apontou Hirano Ken, entre outros críticos, em relação à sua bagagem cultural e experiência de vida, aludindo que o desenvolvimento interior e a transformação de Kensaku muito têm a ver com a vida do próprio autor.

O crítico Senuma Shigeki diz que

Shiga escreveu sobre diversos temas, mas desde 1912, com sua obra *Ôtsu Junkichi*, direciona-se para colher estados de espírito do dia a dia, nas coisas próximas de si. *Trajetória* é como um histórico do desenvolvimento mental do autor que descreve a evolução espiritual de um caráter forte, que chega a um estado de equilíbrio emocional purificado e harmonioso.

Esse processo, naturalmente, não poderia ter acontecido no período de quatro anos que é o tempo da narrativa da obra, e, se levarmos em conta as observações dos críticos, as interrupções frequentes na produção da obra foram, em parte, provocados pela necessidade de uma maior condensação da vivência do próprio autor.

Notamos que até a Terceira Parte da obra, cuja publicação foi concluída em janeiro de 1923, os fatos da vida de Kensaku, protagonista de *Trajetória*, são dados em *flash back* ou na forma de revelações que Kensaku recebe principalmente de Nobuyuki, seu irmão mais velho, e, de certa forma, Kensaku posiciona-se frente aos seus conflitos em relação aos fatos que lhe sucedem, interpretando-os como o seu carma. Assim, nesta preestabelecida trilha, a solução parece vislumbrar na cena final, quando Kensaku diz a Naoko, sua esposa, que está se sentindo muito bem, naquele instante.

Sentindo na pele a sua origem adúltera, Kensaku busca alcançar a serenidade desejada, principalmente em meio à literatura e as belas-artes orientais nos templos e museus de Quioto, e nesse meio caminho encontra Naoko, com quem se casa e alcança uma relativa paz espiritual. A morte prematura de seu primogênito e a relação adúltera da esposa com o primo, mergulha-o mais uma vez em nova procura de equilíbrio espiritual. Muitas vezes, o seu ideal não condiz com a sua prática, e Kensaku reluta com a perda de seu autocontrole.

As três principais viagens, a Onomichi, a Quioto e a Daisen, feitas inclusive pelo próprio escritor, estão ligadas a uma postura de vida que consiste em resgatar a si mesmo por meio do distanciamento do problema do protagonista, que carrega em sua sombra o autor, este, diante do conflito com o pai, das dificuldades que encontrou na criação literária ou ao enfrentar os problemas de saúde de sua esposa, sempre buscando um novo lugar que lhe possibilitasse uma harmonia com a vida.

Entendendo o Romance do Eu no sentido genérico, segundo George Lukács como uma prosa de ficção, de caráter autobiográfico, em que o protagonista é um ser comum e que, em sua vida, passa por transformações, sobre as quais faz reflexões e narra para compreender o que se passou, podemos dizer que *Trajetória* apresenta

24 *Neide Hissae Nagae*

as características do Romance do Eu na sua forma Introspectiva, narrando fatos ligados à vivência do autor, mas sem interferir de modo prejudicial na sua e na vida das pessoas que o rodeiam.

Os acontecimentos da vida do protagonista, no que diz respeito ao tempo e ao espaço, remetem à vida do autor e, na questão do foco narrativo, encontramos uma identificação ainda maior, ao constatarmos que o protagonista é o narrador e o autor, quando Kensaku menciona pela voz do narrador, que escreveu uma obra autobiográfica usada como introdução de *Trajetória em Noite Escura* que, por sua vez, é criada por Naoya Shiga, enquanto autor da obra. Essa identificação do protagonista e do autor também se faz presente na postura de vida do protagonista, o que se liga ao tema da obra: o conflito interior, a luta com ele mesmo, que Kensaku trava diante das imposições da vida, buscando preservar o seu "eu". A única ressalva é quanto à ideia sobre a origem bastarda de Kensaku e a sua situação de marido traído. Sendo a obra uma mistura de ficção e realidade, esses dois fatores ficcionais ligados ao adultério sem participação do protagonista, tornam o sofrimento de Kensaku mais evidente. A situação criada pelo avô e pela mãe de Kensaku, substitui, na obra, o conflito existente entre o escritor e seu pai, evitando uma exposição direta sobre essa questão. Assim, ao apresentar o conflito existente entre pai e filho, como uma situação imposta pela vida na relação adúltera do avô e da mãe de Kensaku, Naoya preserva a sua vida em sociedade e a de sua família, já que o pai era vivo, ao contrário da mãe e do avô, como costuma acontecer nos Romances Introspectivos.

Desfeito o conflito e chegado à reconciliação com o pai, em 1917, após o nascimento de Rume, segunda filha do autor (a primeira, Satoko, nasce em junho de 1916 e morre cinquenta e seis dias depois; o primogênito, Naoyasu, nasce em 1919 e falece de erisipela com trinta e sete dias de vida), a criação artística de Naoya, gerada a partir da ideia do conflito com o pai, perde sentido. Lembrando o que diz o estudioso Hiraoka Toshio, "*Ôtsu Junkichi*, obra de início de carreira de Shiga, que tem por eixo a desavença com o pai, deu origem a *Tokitô Kensaku* que não ganha forma depois de três anos" e "após a reconciliação com o pai em 1917, o romance que abordava o conflito pai e filho é abandonado devido ao desaparecimento das contradições da vida real", vemos que – como a publicação da Terceira Parte é concluída em janeiro de 1923, com os últimos episódios sobre o falecimento do filho, que na vida do escritor aconteceu em 1919, e que a Quarta Parte só começa a ser publicada em novembro de 1926 dando lugar a um outro assunto, ou seja, a relação adúltera de Naoko, esposa do protagonista, com o primo Kaname – o autor parece utilizar-se do seu próprio caso extraconjugal acontecido em Yamashina, para onde se muda em outubro de 1923, do qual foram produtos não só as obras *Paixão Tola* (1926), *Um Fato Insignificante* (1925), *Final de Outono* (1926) e *Lembranças de Yamashina* (1925), mas também *Trajetória*.

Visto por esse ângulo, Naoko, é o próprio autor, e por isso não há motivos para censura. Talvez por isso, o autor tenha escolhido "Nao" de "Naoya", nome do próprio autor, para compor o nome de "Naoko". Ela, da mesma maneira que a mãe de Kensaku, as demais personagens como Eihana e Take, e sobretudo Kensaku, é vítima, enquanto produto da vida à mercê de seus destinos.

Kensaku, inicialmente envolto pela cegueira sobre a sua identidade, vaga na escuridão. Está à procura do motivo de seus insucessos. Podemos entender, por isso, porque "A dor de Kensaku foi maior que o esperado. Feriu muito mais por ter sido uma decepção imposta a ele pela vida do que por ter sido uma desilusão amorosa" ao ter a sua proposta de casamento recusada pela família de Aiko. Apesar do choque e do sofrimento, a revelação faz com que ele reconheça que é um produto e não o agente, e por isso mesmo, nada pode fazer além de aceitar a sua condição e encará-la da maneira mais positiva possível. Ao saber do acontecimento entre Naoko e Kaname, durante a sua viagem à Coreia, Kensaku recebe um golpe e sofre, mas novamente tenta encarar esse novo sofrimento como uma imposição da vida. Ele deve enfrentar o destino, que o põe em tal situação, mas, às vezes, dominado pela fraqueza, quer transferir a culpa a alguém e a manifesta instintivamente nas crises de nervos descontadas em Naoko, enquanto a considera instrumento desse seu sofrimento.

Em Onomichi tenta encontrar a si mesmo, distanciando-se das mulheres das casas de chá e de Oei, e da desconfiança que aumentava em relação às pessoas; em Quioto, refaz-se do choque da revelação de sua identidade, purificando-se com as artes, e em Daisen tenta transportar-se a um nível superior dos limites humanos.

O que há de comum entre essas viagens é o isolamento do protagonista do convívio social de seu meio, numa busca da preservação de seu "eu", nos moldes dos retirados da Era Chûsei (século XII-XVII), salvaguardando-se em todos os momentos conflituosos e negros que o encobrem. Remetendo-nos à vida do escritor, ele também se afasta do convívio das pessoas em seus retiros, tão numerosos, na busca por uma oportunidade de se recompor e de se preservar.

No confronto com os reveses da vida, a postura de Kensaku se mantém igual, do começo ao fim. Portador de um pensamento e uma determinação que mantém a mesma atitude em todas as situações, e que se confirmam ao longo de sua trajetória, o seu "eu" mantém-se firme e intocável, e no final, consolida-se. A transformação que podemos observar em Kensaku, é, como aconteceu na vida de Naoya Shiga, em relação à sua visão sobre as transformações do mundo, representadas pelas mudanças causadas com a Renovação Meiji, e sobretudo pela cultura ocidental na forma das artes, das ciências e das religiões.

Kensaku, assim como Shiga, vai de um gosto ocidental para um gosto oriental. A falta de valorização inicial de Kensaku pelas artes orientais, fazendo uma depreciação dos objetos de arte vistos ou desfazendo-se de obras japonesas como o *ukiyoe*, vai mudando para uma identificação com elas, na aquisição da paz e da serenidade de espírito. Ao mesmo tempo, ele se volta para a tranquilidade que representam as artes orientais, e a paz que representa o zen, valores estes orientais e não ocidentais, que estavam sendo importados e incorporados com adoração. A sua emoção pelo que é considerado um progresso, ou seja, o avanço tecnológico, simbolizado pelo avião, como diz Hirano Ken, vai se transformando: no início, o que era motivo de assombro e de curiosidade com o aviador Mart, vira uma constatação da tragédia gerada pela guerra contra a qual Kensaku, só na imaginação, pode se transformar num elefante furioso, e depois, motivo de decepção com o acidente que causa a morte do aviador Ogino. A admiração inicial vira uma reflexão sobre o que está de acordo com a Natureza, na comparação da máquina com a graciosa libélula. E no âmbito religioso, Kensaku mostra o seu receio pelo envolvimento das pessoas com as novas religiões surgidas no Japão no período pós Restauração Meiji, e, no final, volta-se cada vez mais para um estilo religioso oriental, mas sem se envolver totalmente.

Naoya Shiga, em sua vida, esforçou-se pela divulgação das artes ocidentais no período inicial da revista *Shirakaba*, envolveu-se temporariamente com as ideias cristãs apresentadas por Uchimura Kanzô, mas posteriormente passa a valorizar as artes orientais, criando, inclusive, a associação Zauhô, com essa finalidade, e volta-se para a filosofia oriental na integração com a Natureza.

Hiraoka Toshio e outros estudiosos consideram que o período em que o autor começa a viver na Região Kansai, ou seja, centralizado em Quioto, a partir de 1923, corresponde ao ápice do seu Romance Introspectivo em que se volta para o oriental, citando como exemplo o episódio na madrugada em Daisen: "Sentiu mente e corpo diluírem-se no meio da grande natureza, [...] sem o menor receio".

O clima de trevas envolvendo Kensaku, que perpassa toda a obra, está presente na vida particular de Naoya Shiga, no conflito com o pai e no difícil convívio em sociedade, e, enquanto homem de seu tempo, na vida de limitações e imposições do sistema imperial que o Japão vivia. Mas ele não é capaz de encarar a condição de seu tempo, e preserva a si mesmo, como a chama dentro da lamparina, incapaz de sair e incendiar, mas que aguarda uma tempestade que quebre o vidro que o aprisiona. De dentro do vidro, Shiga, com os olhos de Kensaku, observa o seu mundo, mas é incapaz de se rebelar. E só lhe resta salvaguardar-se. Na visão de Nakamura Mitsuo, *Trajetória em Noite Escura* é uma obra de caráter ficcional que teve como base seus dados psicológicos e avança fiel a si mesma, descrevendo um protagonista que se harmoniza com a natureza e o ser humano.

O crítico Kawasaki Toshihiko aponta que a imagética ou o símbolo da noite já estava presente na obra, desde quando era chamada de *Tokitô Kensaku*, e exemplifica com o sofrimento do protagonista ao conhecer a sua identidade e o seu sentimento em relação ao sexo, nos sonhos "maus" com Oei, mas afirma que a sua utilização se torna mais evidente a partir da última parte da obra quando o protagonista pensava enxergar a luz com o nascimento do primeiro filho e nova tragédia acontece. O estudioso diz que, pelo título, espera-se uma história de sofrimento do protagonista e um encaminhamento em direção à "manhã". As passagens com a força da noite, que aprisionam o protagonista, tocam o leitor e fazem com que haja uma identificação com o seu destino na busca pelo alvorecer.

De fato, quando Kensaku parte de Yokohama e está no barco em meio à escuridão, sentindo ser absorvido por algo grandioso, a possibilidade de salvação está diante de seus olhos, mas ele não consegue agarrá-la porque continua resistindo. Isso prenuncia o resultado da vida em Onomichi, onde parecia que seria salvo, mas não o é. Em Daisen, no entanto, a sensação agradável de ir se diluindo mostra que ele não oferece mais resistência e não sentia mais intranquilidade. Nesse lugar, ele alcança o desprendimento total em relação à natureza. E então começa o tão esperado alvorecer.

Por isso, não importa se Kensaku irá sobreviver ou não, e sim, que ele consegue alcançar o estado almejado, consolidando o seu próprio "eu", saindo das trevas e entrando no alvorecer.

Naoya Shiga, na forma de Kensaku, é construído pelo tempo, na vida, e constrói a obra à mercê do tempo.

NEIDE HISSAE NAGAE

Trajetória em
Noite Escura

[Introdução: Lembrança do Protagonista]

Só fiquei sabendo que tinha um avô dois meses após o falecimento de minha mãe em consequência de complicações pós-parto. Foi quando ele apareceu inesperadamente, bem diante de meus olhos. Eu tinha seis anos.

Certo dia, à tardinha, eu brincava em frente ao portão de casa, quando um velho desconhecido chegou e ficou ali parado. Tinha olhos fundos, costas curvadas, um tanto quanto maltrapilho. Não sei o motivo, mas fiquei revoltado com ele.

O velho deu um sorriso e tentou me dizer algo. Eu, no entanto, um pouco mal intencionado, esquivei-me e acabei baixando o olhar. Aqueles lábios repuxados, rugas profundas, davam uma impressão de vulgaridade. "Vai logo embora", pensei, no íntimo, e com maldade continuei olhando para baixo.

Entretanto, ele não dava o menor indício de sair dali. Uma sensação estranhamente insuportável tomou conta de mim. De repente, levantei-me e corri portão adentro. Bem nessa hora:

– Hei, hei, você é o Kensaku? – disse o velho às minhas costas.

Era como se eu tivesse levado um safanão com essas palavras. Parei. Ao voltar-me, continuei na defensiva, mas minha cabeça dizia sim, sem qualquer resistência.

– Papai está em casa? – perguntou ele.

Balancei a cabeça negativamente. Senti-me, porém, estranhamente pressionado pelo seu jeito superior de falar. Ele se aproximou, pôs a mão em minha cabeça e disse:

– Como cresceu!

32   *Naoya Shiga*

Quem era o velho, eu não sabia. Mas, por um instinto misterioso, pressenti que seria um parente próximo. Comecei a ficar sem ar.

Ele se foi sem dizer mais nada.

Retornou dois ou três dias depois. Só então meu pai o apresentou como sendo meu avô.

Passados mais de dez dias, não sei bem por quê, decidiu-se que somente eu ficaria sob sua guarda, e fui acolhido numa casa antiga, pequena, numa viela afastada, próxima do Pinheiro de Ogyô, em Negishi[1]. Nela vivia, além de meu avô, uma mulher de vinte e três ou vinte e quatro anos chamada Oei.

A atmosfera que me envolvia mudou por completo. Tudo tresandava a pobreza e má qualidade.

Embora criança, não gostei nem um pouco de ser o único a ser recolhido por esse avô sem requintes, enquanto meus outros irmãos continuaram em casa. Desde pequeno, contudo, estava acostumado a injustiças. Isso não era novidade, mas, sem saber o porquê, não me ocorreu perguntar o motivo a alguém. Entretanto, fiquei acabrunhado ante o pressentimento irreprimível de que, dali em diante, fatos semelhantes seriam uma constante em minha vida. Pensava em mamãe, falecida havia dois meses, e ficava triste.

Meu pai não era duro comigo, mas sempre foi muito, muito frio. Eu estava mais do que acostumado. Essa era a única experiência que eu tinha de um relacionamento entre pai e filho. Nem sequer sabia compará-la às experiências similares de meus irmãos. Por isso, não ficava tão triste.

Minha mãe tendia a ser mais impiedosa comigo. Repreendia-me por tudo. Na realidade, eu era desobediente e fazia tudo que bem entendia. Um mesmo fato não era alvo de repreensão quando praticado por meus irmãos, e sempre acontecia de, só no meu caso, eu ser advertido. Mesmo assim, eu amava e respeitava minha mãe, de coração.

Não me lembro se foi quando tinha quatro ou cinco anos; seja como for, era um entardecer, no outono. Enquanto todos estavam entretidos com os preparativos para o jantar, subi ao telhado da casa principal sem que ninguém percebesse, usando uma escada que ficara apoiada no telhado do banheiro. Seguindo pela conexão entre os prédios, fui até o topo do telhado onde fica o final da cumeeira e montei nela. Estava tão satisfeito que fiquei cantando bem alto. Era a primeira vez que me via num lugar tão elevado. O pé de caqui, que normalmente eu via

---

1. Pinheiro de Ogyô: pinheiro famoso por causa da lenda segundo a qual tinha sob si a imagem de Acala, a divindade do fogo, da autoria de Mongaku Shônin, bonzo do tantrismo. Situado em Negishi 4-chôme, Distrito de Daitô, Tóquio.

de baixo, estava agora aos meus pés. O céu, a oeste, exibia um lindo pôr de sol. Corvos voavam apressados.

Logo depois, ouvi minha mãe chamando lá em baixo:

– Kensaku! Kensaku!

O tom era amável a ponto de me causar arrepios.

– Olhe, fique bem quieto aí, tá? Não se mexa. Yamamoto já vai até aí. Espere bem quietinho, viu?

Os olhos de minha mãe estavam um tanto revirados. Pelo excesso de amabilidade, vi que era grave. Pensei em descer antes que Yamamoto chegasse. E, de cavalinho mesmo, comecei a recuar devagarinho.

– Ah! – De tanto medo, minha mãe fez cara de choro. – Kensaku, fique quieto. Obedeça a mamãe.

Fiquei paralisado, preso àquele seu olhar cravado em mim.

Logo fui levado para baixo, com todo cuidado, pelo estudante agregado e pelo motorista. Como era de se esperar, fui espancado por mamãe. Ela chorou pelo nervosismo.

Com a perda de minha mãe, essa lembrança ficou ainda mais nítida. Anos mais tarde, todas as vezes que me lembrava disso, meus olhos enchiam-se de lágrimas. Realmente, só ela me amava de verdade. É o que eu acho.

Não sei bem ao certo, mas creio que foi por essa época.

Eu estava sozinho, deitado na sala de chá. Nisso, meu pai chegou. Calado, tirou um embrulho de doces de dentro do quimono, colocou-o em cima do armário de utensílios de chá e saiu. Sem me levantar, fiquei olhando com curiosidade.

Papai entrou novamente. Desta vez, guardou o embrulho no fundo do armário e retirou-se da sala.

Fiquei decepcionado. De repente, estava chateado. Pouco depois, minha mãe entrou no aposento ao lado, trazendo a roupa que papai usara para sair. Um capricho irreprimível tomou conta de mim. Era uma vontade de chorar, de esbravejar.

– Mamãe, doce!

– O que está dizendo? – repreendeu-me baixinho. Pouco antes, eu já tinha lanchado.

– Eu quero alguma coisa!

Mamãe não ligou. Guardou a roupa dobrada no armário e fez menção de sair.

Pus-me de pé.

– Ah, me dá alguma coisa – disse, e fiquei na sua frente.

Calada, minha mãe beliscou-me o rosto. Enfurecido, bati impulsivamente em sua mão.

34 *Naoya Shiga*

– Você já comeu, não comeu? O que é isso? – Mamãe me encarou. Sem cerimônia, comecei a pedir o doce trazido por meu pai.

– Não pode, mas que coisa...

– Não gosto disso – balancei negativamente a cabeça, como se pleiteasse um direito meu. Estava com o coração dilacerado e não aguentava mais. Nem tinha tanta vontade assim de comer aquele doce. Chegara a um ponto em que, se não chorasse à vontade, não fosse repreendido ou algo parecido, não conseguiria mudar de sentimento.

Minha mãe tentou sair, afastando minha mão. Sem pensar, pus a mão por trás da faixa de seu quimono e puxei com toda força. Ela cambaleou e segurou-se no *shôji*[2], que saiu do lugar.

Mamãe ficou brava de verdade. Pegou-me pelo pulso e foi puxando com toda força até a frente do armário. Com uma das mãos, segurou minha cabeça, e, com a outra, foi enfiando em minha boca pedaços grossos daquele doce de feijão. Sentindo o doce entrar na forma de finos bastões por entre os caninos cerrados, fui pegado de surpresa e nem consegui chorar.

Nervosa, mamãe caiu em prantos e, logo depois, eu também.

Na casa em Negishi, reinava a mais absoluta desordem. Ao acordar, vovô ia para o banheiro com uma escova de dentes na boca. Quando voltava, punha-se de pijama diante da bandeja da refeição matinal.

As visitas também eram diferentes. Vinham diversos tipos de pessoas. Principalmente nas noites de carteado com *hanafuda*[3], reuniam-se pessoas formando curiosas combinações: universitários, colecionadores de antiguidades, romancistas (?)[4] e uma senhora que todos chamavam de Sra. Yamakami, aparentando ser uma viúva de mais de cinquenta anos. Ela carregava uma pequena pasta preta de couro, semelhante às usadas pelos médicos na época, onde, segundo diziam, levava muitas moedas, um baralho *hanafuda* novo e uns óculos com armação dourada, bem grossa. Essa senhora não era viúva, mas esposa de um professor universitário de História, já idoso. Vinha para se divertir escondida do marido, porque seu sobrinho já vivera com Oei. O sobrinho, um beberrão que fumava charutos e era um completo libertino, suicidara-se, aparentemente sem nenhum motivo, dois ou três anos atrás. Eu soube disso por Oei, só vinte anos depois.

---

2. *Shôji*: porta interna corrediça feita em esquadria de madeira, quadriculada e forrada com papel japonês para deixar passar claridade.

3. *Hanafuda*: Conjunto de 48 cartas de jogar divididas em quatro grupos de cartas, subdivididas em doze tipos diferentes de ilustração de plantas – pinheiro, ameixeira, cerejeira, glicínia, íris, peônia, *hagi*, eulália (lua), crisântemo, bordo, salgueiro (chuva) e paulônia –, cada qual com um valor diferente.

4. (?): o ponto de interrogação é por conta do original.

Trajetória em Noite Escura　　35

A mulher chamada Yamakami normalmente ia embora por volta das dez da noite. Mais ou menos nessa mesma hora, juntava-se ao grupo um humorista jovem[5] que só usava o dialeto de Osaka[6], apesar de ser de Tóquio.

Oei não entrava no jogo mas, talvez manifestando seu real desejo, sempre dava palpites ansiosos nas decisões de meu avô. Nessas horas, o humorista sempre dizia uma ironia grosseira, fazendo todos rirem.

Anos mais tarde, eu pensava muito a respeito do motivo pelo qual meu avô levava aquele tipo de vida se nem passava por necessidades. Mensalmente, uma quantia suficiente para não deixá-lo em apuros vinha de meu pai. Mesmo assim, vovô negociava velharias, emprestava a casa para leilões e cobrava ingressos. Muito mais do que uma renda, aquilo parecia um passatempo para ele.

No dia a dia eu não achava Oei tão bonita, mas quando ela carregava na maquiagem, após o banho, parecia extremamente bela. O estranho é que, nessas horas, Oei ficava muito bem-humorada. Quando tomava saquê com vovô, cantava modinhas da época em voz baixa. Ao se embriagar, pegava-me de repente no colo e me abraçava calada, com seus braços grossos e fortes. Sufocado, eu sentia um bem-estar como se estivesse nas nuvens.

Até o fim, não fui capaz de gostar de vovô. Ao contrário, passei a detestá-lo. De Oei, no entanto, fui gostando mais e mais.

Pouco mais de meio ano após ter-me mudado para a casa em Negishi, um domingo ou feriado, fui levado por vovô à casa de meu pai em Hongô.

Justamente nesse dia meu irmão mais velho saíra com o estudante agregado, para uma caminhada em Meguro[7], e somente Sakiko – a menininha de menos de um ano – e papai estavam em casa.

Fui com meu avô cumprimentar meu pai em seu aposento. Ele estava bem--humorado como nunca e me disse palavras inusitadamente amáveis. Em se tratando de papai, isso era uma surpresa. Talvez algo de bom tivesse lhe acontecido naquele dia. Mas eu não sabia se o motivo era esse realmente. Como que atraído por uma força, permaneci ali mesmo depois que vovô se retirou para a sala de chá.

---

5. Humorista: artista de *yose* ("teatro popular"), criado entre 1688 e 1704 em Edo, antiga Tóquio, e usado para apresentação de várias peças artísticas feitas por humoristas ou músicos, como *rakugo, kôdan, jôruri, naniwabushi, ongyoku,* entre outras.
6. Osaka: segunda maior cidade do Japão, depois de Tóquio, a capital. É, com Quioto, um dos dois *Fu,* uma das quatro grandes divisões político-admistrativas do Japão: *To,* Capital Federal; *Ken,* província; *Dô,* que se equipara à província e só existe um: Hokkai-dô; e *Fu,* de escala maior que *Dô* e *Ken.*
7. Meguro: distrito da parte sudoeste de Tóquio, onde está localizada a Faculdade de Educação, a Faculdade de Engenharia Industrial e os Templos Fudô e Yûten.

– E então, Kensaku? Vamos lutar sumô? – disse de súbito meu pai. Com certeza devo ter ficado radiante, com a alegria estampada no rosto. Acenei afirmativamente.

– Então, venha. – Sentado, papai estendeu as duas mãos e se posicionou.

Eu fui afoito em sua direção, colocando toda a minha força.

– Está bastante forte, hein? – disse papai, empurrando-me de leve. Abaixei a cabeça, firmei passos pequenos e avancei novamente.

Eu estava nas nuvens. Queria mostrar a papai o quanto eu era forte. Na realidade, em vez de querer ganhar a luta, queria mesmo é fazê-lo sentir a minha força. Cada vez que era arremessado, atirava-me dando tudo de mim novamente. Isso nunca havia acontecido no meu relacionamento com ele. Eu estava feliz por inteiro. E, radiante, enfrentei-o com todas as minhas forças. Meu pai, no entanto, custava a se deixar vencer, em meu favor.

– E agora? – dizendo isso, papai impunha resistência e me repelia. Ao me lançar com toda força, fui pegado em contrapeso e caí de barriga para cima. Bati as costas a ponto de perder a respiração por alguns instantes. Levei a sério. Ao me levantar, avancei com mais força ainda, mas senti que aquele pai que se mostrara aos meus olhos naquele momento já era outro.

– O jogo acabou – disse ele com um sorriso estranhamente exaltado.

– Ainda não – respondi.

– Ah, é? Então continuamos até que você se renda?

– Imagine se vou me render!

Logo depois eu estava enfiado sob os joelhos de meu pai.

– Nem assim? – balançou meu corpo segurando-o com as mãos. Eu estava quieto.

– Então, vamos lá! – meu pai soltou a faixa do meu quimono e amarrou minhas mãos nas costas. Com as pontas que sobraram, amarrou meus tornozelos. Fiquei imóvel.

– Se disser que se rende, eu solto você.

Olhei para o seu rosto com olhos frios, desprovidos de qualquer intimidade. Meu pai, devido ao exercício inesperado, estava com uma aparência meio pálida. Deixando-me como estava, voltou-se para a escrivaninha.

De repente, fiquei com raiva dele. Ao olhar suas costas largas, quase sem fôlego, respirando fundo, senti raiva. Então, o foco de minha visão foi se perdendo, e eu, já sem aguentar, comecei a chorar copiosamente.

Surpreso, meu pai voltou-se.

– O que foi? Não precisa chorar. Basta pedir para soltá-lo. Que tolo!

Mesmo livre, eu não conseguia parar de chorar.

– Que tolice chorar por uma coisa assim! Já chega! Vá para lá ganhar algum doce, vá logo! – Dizendo assim, me fez levantar.

Fiquei envergonhado por tamanha má intenção. No entanto, restou em mim uma desconfiança em relação a meu pai.

Meu avô e a empregada entraram. Rindo, meio sem jeito, papai explicou a situação. Meu avô riu bem alto, mais do que todos, e, batendo de leve a mão na minha cabeça, disse: – Que menino tolo!

Volume I

PRIMEIRA PARTE

I

Tokitô Kensaku, mesmo um pouco irado, sentiu alívio ao pensar que aquela sensação desagradável que fora nutrindo por Sakaguchi chegara ao fim com a última obra desse escritor. E, como se sentisse um certo nojo ao colocar o periódico[1] lido na cabeceira, atirou-o ao lado da barra do roupão e apagou a luz. Eram quase três horas.

Estava mesmo ansioso. No fundo, a cabeça e o físico estavam exaustos, mas ele custava a dormir. Para refrescar a cabeça, pensou em esperar o sono chegar, enquanto lia algo mais leve. Geralmente, os livros desse tipo ficavam no quarto de Oei. Hesitou um pouco, mas reconsiderou; achando que seria mais estranho ainda hesitar, acendeu a luz e desceu as escadas. Do lado de fora da *fusuma*[2], anunciou:

– Vim pegar um livro. Tsukahara Bokuden[3] está na sua estante?

Oei acendeu a luz da cabeceira.

– Ali no *tokonoma*[4] ou na prateleira de utensílios de chá. Ainda estava acordado?

– Não estava conseguindo dormir. Vou tentar enquanto dou uma olhada no livro.

Kensaku pegou um exemplar de contos populares[5] de cima da prateleira e, dizendo "até amanhã", saiu do quarto.

– Boa sorte – disse Oei. Esperou Kensaku fechar a porta e apagou a luz.

Kensaku, enquanto lia esse livro de conteúdo mais leve, ouviu lá fora o cantar alegre dum pardal no ar umedecido pelo orvalho da manhã.

O dia seguinte foi de um outono silencioso, bem carregado de nuvens. Depois do meio-dia, perto da uma hora, acordou com a voz de Oei.

– O Sr. Tatsuoka e o Sr. Sakaguchi.

Ele não respondeu. Estava com preguiça. Mas, muito mais do que isso, encontrar com Sakaguchi naquele dia ainda era um problema complicado para a sua cabeça um tanto quanto confusa.

– Já os fiz entrar. Acorde logo, por favor – disse Oei enquanto saía. Aí ele comunicou:

– Não vou receber Sakaguchi.

– Por quê? – Oei voltou-se assustada e ficou com as duas mãos apoiadas na porta corrediça.

– Está bem. Deixe os dois ficarem. Já vou.

A obra de Sakaguchi que deixara Kensaku tão descontente tratava de um protagonista que tivera relações com uma empregada da casa – de quinze ou dezesseis anos – e a fizera abortar. Para Kensaku, a história provavelmente era verdade. Aquilo, para ele, era um fato desagradável, mas o que mais o irritara fora a má intenção do protagonista. Mesmo sendo algo desagradável, seria perdoável, caso os sentimentos dele conseguissem despertar compaixão, mas, aos olhos de Kensaku, o motivo que levara Sakaguchi, a escrever sobre o assunto, sua atitude e tudo o mais, pareciam desprovidos de seriedade. Além disso, o amigo do protagonista parecia-lhe ter sido criado tendo a ele, Kensaku, por modelo. E o sentimento que o protagonista tinha em relação a esse amigo o fez ficar irritado.

Estava escrito que o protagonista zombava e atormentava a moça na frente do amigo, aproveitando-se do fato de ela ser muito criança e inocente e não suscitar suspeitas. Por ser uma pessoa boa, o amigo, sem nada perceber, sentia compaixão. E mais ainda: por ironia, o protagonista, percebendo isso, e também se irritando um pouco, fazia a moça chorar.

Kensaku, na verdade, não detestava a empregada. Chegara mesmo a achá-la graciosa, por ser tão inocente e boa. Previa que Sakaguchi não deixaria a relação parar por aí. Estava escrito que o amigo, que ignorava tudo isso, amava a moça em segredo. E, ainda, que o protagonista, quase sem conseguir conter o riso, olhava aquilo com ares de zombaria. O sentimento do protagonista, que parecia enxergar todos os detalhes do sentimento das pessoas, sentindo-se superior por isso, enfurecera Kensaku.

Mas por quê, afinal, Sakaguchi teria vindo naquele dia? A obra já fora publicada na revista havia uma semana. Nesse ínterim, imaginou Kensaku, ele ficou esperando que chegasse uma carta sua contestando-o, mas ela não chegava. Sentindo-se ameaçado por essa insegurança, acabou aparecendo. Ou então, pela sua natureza incorrigível, de falso mau-caráter, talvez ele tivesse vindo mostrar-lhe seu jeito imponente. Pensou que talvez fosse bom falar de vez com ele, enfrentando-o logo.

O pensamento de Kensaku foi ficando cada vez mais exacerbado, deixando-o ansioso, enquanto lavava o rosto.

Quando trocava de roupa na sala de chá, começou a ouvir a voz de Sakaguchi e de Tatsuoka, na outra sala. Ambos conversavam bem tranquilos. Kensaku teve a impressão de que só ele estava tenso. Sentiu-se um tolo como se tivesse sido vítima de um embuste e só ele ficasse bravo, enquanto todos agiam normalmente. Sozinho, experimentou uma sensação desagradável.

– Então, foi dormir tarde ontem? – disse Tatsuoka, quando Kensaku entrou na sala, como que se desculpando por acordá-lo.

– Já estava na hora de acordar.

Sakaguchi se mostrava desinteressado, enquanto olhava o jornal do dia, ali deixado por Oei. Kensaku percebeu que Sakaguchi não viera com o sentimento imaginado por ele instantes atrás. Com certeza, devido ao seu costumeiro desleixo, havia sido trazido, sem querer, por Tatsuoka. Mesmo assim, por precaução, perguntou:

– Tatsuoka, onde foi que vocês se encontraram?

– Fui eu que o arrastei até aqui. Já viu a última obra desse sujeito? – disse Tatsuoka, lançando a Sakaguchi um olhar de pouco caso, e, ao mesmo tempo, revelando certa intimidade na expressão "esse sujeito". Kensaku não respondeu.

– É uma obra desagradável. Está tudo bem, mas o amigo desatento que aparece nela foi escrito tomando-me por modelo. Ao lê-la ontem, fiquei irado e, assim que acordei hoje de manhã, fui lá, e dei uma bronca nele.

Sem tirar os olhos do jornal, Sakaguchi ria sarcasticamente. Tatsuoka continuou a falar sozinho:

– Ele disse que grande parte é invenção, mas não se pode confiar no que ele está dizendo. Isso é próprio do Sakaguchi.

Sakaguchi nem ao menos fez um ar de desgosto ao ouvir esse comentário. Não se sabia qual era seu sentimento. Mas com certeza estava gostando, pois, de acordo com a preferência de suas atitudes, limitava-se a sorrir de leve, o que era um sinal de que estava satisfeito. Tentava mostrar superioridade nesses aspectos. Outro motivo pelo qual ele parecia se sentir um pouco mais à vontade é que Tatsuoka tinha um trabalho completamente diferente. Havia saído da Faculdade de Engenharia naquele ano e em breve pretendia ir à França para pesquisar geradores.

– Eu disse a ele que o mais desagradável é esse seu jeito de escrever como se enxergasse o sentimento das pessoas. Às vezes pode até acertar, mas, como os sentimentos são volúveis, pode ser que, instantes depois, já haja uma reflexão ou, em alguns casos, dois sentimentos opostos simultaneamente. Entretanto, no que Sakaguchi escreve, só se observa o que é conveniente para o protagonista; para o que é inconveniente, ele se comporta como se fosse daltônico.

– Já entendi. Não adianta ficar repetindo a mesma coisa tantas vezes. – Sakaguchi fez uma expressão de desagrado.

– Desde cedo estou tirando satisfação. – Tatsuoka riu, um pouco nervoso, voltando-se para Kensaku.

– Que sujeito impertinente! – disse Sakaguchi de si para si.

– Hein? – disse Tatsuoka meio desgostoso. – Você não tem o direito de se enfurecer com uma coisa dessas. Se vai ficar bravo, eu falo ainda mais. Você está querendo se fazer de mau, mas não é nem um pouquinho mau, sabia? No que escreveu parece ser bem mau, mas, no fim das contas, não passa de um falso mau-caráter. Não há nada de mais em fazer aborto – disse Tatsuoka, com ar de repulsa. Até então ele falava com vivacidade, mas na verdade estava se sentindo mal com aquele sarcasmo de Sakaguchi. Deixou a coisa extravasar. Tatsuoka era um homenzarrão que chegava a duas vezes o porte miúdo de Sakaguchi e, além disso, era faixa três no judô. Também aí Sakaguchi estava em total desvantagem.

Enquanto Tatsuoka agia daquela maneira, Kensaku tinha, já há algum tempo, dificuldade em definir sua atitude em relação a Sakaguchi. Por isso, não sabia como agir diante daquele clima desconcertante. Os três permaneceram quietos.

– O navio já está definido? – perguntou Kensaku quebrando o silêncio, pouco depois.

– Escolhi o navio de 12 de novembro.

– Os preparativos já estão prontos?

– Nem há muito o que preparar. Por falar nisso, estou pensando em comprar algumas obras de *ukiyoe*[6]. Será que você não poderia me acompanhar algum dia desses? É claro que não poderei comprar obras caras. Mas queria dá-las de presente às pessoas que cuidarão de mim, lá na França.

– Eu também não entendo disso muito bem, mas pode ser qualquer dia. Irei sim. Só que ouvi dizer que ultimamente essas obras encareceram bastante. Dizem que se a pessoa souber da cotação anterior, perde a vontade de comprar. Pode até ser que haja artigos mais baratos em Paris, hein?

– Isso é ruim. Será que escolho outra coisa?

– Que tal levar os papéis decorativos[7] de Haibara? As famílias com crianças vão gostar mais deles do que de um *ukiyoe* duvidoso.

Ao perceber o jeito retraído de Sakaguchi, Kensaku sentiu pena dele, mas não conseguia achar que o amigo do protagonista da obra tivesse Tatsuoka por modelo, como este dizia. De fato, a cena descrita lhe era desconhecida. Mas, a natureza do personagem só deixava margens a se pensar que ele, Kensaku, é que servira de modelo aos olhos de Sakaguchi. Na prática, não sabia se Sakaguchi falaria sobre isso a Tatsuoka, mas teve a impressão de que ele seria capaz de falar que "a cena, decerto, foi tomada de empréstimo a você, mas a natureza do personagem é completamente diferente!" Kensaku achou que essa era uma atitude desleal da parte de Sakaguchi. Se Kensaku lhe fizesse alguma cobrança, dizendo que "só na natureza, eu devo ter servido de modelo", isso seria reconhecer como próxima da sua a natureza imprestável do personagem. Ao contrário, seria mais fácil esbravejar se a cena fosse um fato acontecido com ele. Mas era difícil dizer: "Deve ter copiado só a minha natureza", pois a descrição do personagem mostrava-o como uma pessoa totalmente imprestável. Se Tatsuoka ficasse bravo, Sakaguchi poderia retrucar: "Quem pensaria que você é um ser humano com essa natureza!". E se fosse ele, Kensaku, quem ficasse bravo, Sakaguchi poderia alegar: "Você é que pensa ser uma pessoa com essa natureza!" Kensaku ficou mais irritado ainda ao pensar que nisso residia a estranha vantagem de Sakaguchi. Naquele momento, ficou bastante desconfiado dele. Justamente por ter acreditado nele no passado, agora, ao ser traído, tudo era motivo para desconfiança. Principalmente após o caso com Aiko, não conseguia mais acreditar nas pessoas, mesmo sabendo que isso não era nada bom. Mesmo agora, pensando no que sentia por Sakaguchi desde a noite anterior, restavam-lhe algumas suspeitas, mesmo depois de ver Tatsuoka bravo por acreditar ter sido a única pessoa a servir de modelo.

Tatsuoka era antiquado por natureza. Kensaku pensou que talvez ele já soubesse que o personagem da obra tivesse sido descrito tendo a si também por modelo, e propositadamente, para desconcertar Sakaguchi, dizia que o único modelo era ele próprio. Será que, agindo assim, de um lado, Tatsuoka não estaria encurralando Sakaguchi, e, de outro, pensando em deixar o Japão sem que restasse uma sensação desagradável entre os dois? Se não fosse por isso, não se daria ao trabalho de trazê-lo à sua casa e atacá-lo diante dele, Kensaku, o que seria anormal para a natureza de Tatsuoka, que, além de antiquada, era irascível. Mas não achou que ele fosse capaz de falar tão abertamente, como fez diante de terceiros, sobre um problema exclusivamente seu. Então Kensaku achou provável que existisse em Tatsuoka alguma preocupação ligada à sua natureza antiquada.

II

Uma luz forte e tosca ilumina a rua lamacenta como se ali fossem terras recém-desbravadas. Das casas de ambos os lados, mulheres vestidas de quimonos atraentes, mas de coloração carregada – de causar ânsia aos que estão com a mente cansada – convidam os homens que passam na rua. Podia-se entender os seus gritos como clamores por compaixão, ou como gritos de maldição.

Tatsuoka e Kensaku estavam exaustos. Apressando os passos, foram andando lado a lado, bem no centro da rua. Em voz baixa, Tatsuoka disse:

– Até que há mulheres bonitas, não?

Os três haviam deixado a casa de Kensaku, no Bairro Akasaka Fukuyoshi, por volta das quatro horas. Sakaguchi, não conseguindo abandonar aquela sensação desagradável, quis logo despedir-se dos dois, mas Tatsuoka custava a deixá-lo ir. Para Tatsuoka, parecia ruim despedir-se daquele jeito. Mostrava-se um pouco arrependido de ter-se excedido nas palavras. Kensaku, Tatsuoka e Sakaguchi dirigiam-se a Nihonbashi, onde Tatsuoka ia fazer a compra do papel de Haibara.

Almoçaram num restaurante em Kiharadana. Kensaku não era de beber, mas os outros dois já estavam bem embriagados ao sair dali.

Tatsuoka, de repente, começou a dizer que queria conhecer a zona de meretrício de Yoshiwara. Queria ver esse local, nunca visto antes, ao menos uma vez, antes de partir para o ocidente.

– Kensaku, está bem para você? É só para conhecer – disse, receoso. Kensaku também não conhecia zonas de meretrício. Embora tivesse dado uma resposta evasiva, sem entusiasmo, no íntimo sentia-se bastante inclinado a ir. Ele, que nunca pensara em colocar os pés num lugar como aquele, até estava sentindo certo interesse. Por isso, vestia uma máscara de tranquilidade, mas experimentava uma estranha surpresa.

Kensaku e Tatsuoka foram até Naka-no-chô, onde havia muitos postes de eletricidade, e ficaram esperando Sakaguchi que ficara para trás. Sakaguchi, mostrando-se bem alcoolizado, andava encostado às portas de entrada, falando, vez por outra, com as mulheres.

– Ei, vem ou não vem? – gritou Tatsuoka. – O céu está ficando carregado.

Fazendo de conta que não ouvia, Sakaguchi vagava. Kensaku olhou para o céu. Nuvens negras cobriam os grandes prédios enfileirados.

– Nós já vamos embora. Vai junto ou nos separamos aqui? – disse Tatsuoka. Sakaguchi murmurou alguma coisa. Os três acabaram seguindo a rua em direção ao grande portão.

Pingos de chuva começaram a cair. Os três estavam bastante cansados. No fim das contas, resolveram descansar um pouco numa casa de chá ali por perto. Casas com lanternas anunciando variados nomes de loja, escritos a pincel bem grosso, enfileiravam-se dos dois lados da rua. Os três entraram aleatoriamente numa das casas, chamada Nishimidori.

A proprietária da casa de chá, uma senhora de sobrancelhas finas, esbelta, de cerca de quarenta anos, olhava a rua na frente da loja. Começava a chover. Segurando as duas mangas por cima do tórax, como se sentisse frio, disse: "Pois não". Por escadas em estilo ocidental, cheirando a verniz, encaminhou-os à sala japonesa de frente para a rua, no andar superior. As madeiras esbranquiçadas da construção nova refletiam a luz forte e ofuscante do lampião de gás. No *tokonoma*, colocado de modo nada harmonioso, havia um quadro que parecia de Bunchô[8], completamente sujo, emoldurado em sentido horizontal, em que se via uma paisagem com montanha e água. Em função da escadaria ocidental cheirando a verniz e do aspecto dessa sala nova, desarmoniosa, Kensaku achou que era bastante diferente do estilo de Naka-no-chô apresentado nos teatros. Um pouco irrequieto, recostou-se numa coluna, abraçando as pernas com os joelhos dobrados, completamente fatigados, que pareciam emitir um ruído ensurdecedor.

Revezando com a proprietária, entrou uma empregada de olhos miúdos, grande como um elefante, trazendo os utensílios de chá.

– Está na casa uma moça chamada Koine? – perguntou Sakaguchi com ar de familiaridade.

– Bem, como já é tarde, acho que deve estar. É conhecido dela?

– Não – respondeu Sakaguchi, em tom recatado.

A empregada, que aparentava ser boa gente, parecia estar em dúvida se o levava a sério ou não.

– Vou dar uma olhada – disse e desceu.

Tanto Kensaku como Tatsuoka estavam um pouco desconcertados. Como para se livrar dessa sensação, Tatsuoka transferiu o fogo do cinzeiro, que estava sobre a bandeja, para um cigarro de papel, levantou-se num só golpe, abriu o *shôji* e saiu para a varanda. Junto com o ruído do *shôji*, começou-se a ouvir, ao mesmo tempo, o barulho da chuva e as passadas apressadas na rua enlameada.

– Estão correndo de um jeito agradável – disse, olhando a rua lá embaixo.

A empregada veio transmitir a recusa da gueixa mencionada há pouco e perguntar se serviria uma substituta.

Pouco depois, essa gueixa entrou. Era jovem. Ao ver os três homens nada receptivos, enrubesceu, sem saber como agir. Fez uma leve reverência, mostrando o longo e bonito colarinho. Kensaku achou-a linda. Para ele e Tatsuoka, que não estavam habituados àqueles lugares, essa recepção fria era inevitável, mas estranhou que Sakaguchi também manifestasse frieza. Logo, no entanto, Sakaguchi perguntou: "Qual é seu nome?", "De onde é?" Seu nome era Tokiko.

Uma aprendiz de dançarina, de narinas abertas, cheia de vivacidade, mas nada fina, com um nome masculino, Yutaka, entrou.

Tokiko foi com Yutaka para o compartimento contíguo e, enquanto Yutaka preparava o tambor, tirou o *shamisen*[9] da caixa e afinou-o.

Tokiko era uma mulher esbelta e alta. Mesmo sentada, dava a impressão de estar em pé. Seus movimentos também não eram curvilíneos. Mesmo assim causava uma impressão de leveza e feminilidade.

Terminada a dança de Yutaka, Sakaguchi disse:

– Vamos nos divertir fazendo outra coisa. – A dança de Yutaka era bem ruim, mas Kensaku ficou com pena da moça, presumindo que ela tivesse ficado muito chocada ao lhe falarem daquela forma, como se estivessem querendo que parasse de dançar. Mas Yutaka até gostou. Imediatamente foi buscar o baralho no andar inferior.

Passava das onze horas. Olhando pela janela de vidro, Kensaku disse:

– O que vamos fazer, hein?

– Bom... – respondeu Tatsuoka e também olhou para fora. A chuva ficara forte e ininterrupta. Os transeuntes já não eram tantos quanto antes. Um carro, com o farol alto, passou, iluminando os fios de chuva de cor prateada.

Sem outra alternativa, decidiram sentar, e todos começaram a jogar vinte e um.

– Às vezes ela se parece com a esposa de Ishimoto – disse Kensaku, olhando para Tatsuoka ao seu lado, enquanto distribuía as cartas.

– Ah é? – Tatsuoka olhou para o rosto de Tokiko como se não estivesse ouvindo nenhuma novidade.

Tokiko conversava com Yutaka, e retornou um olhar de desafio para Kensaku, ao perceber que ele falava dela:

– Aquele ali é muitíssimo parecido com uma antiga paixão minha.

Kensaku ficou desconcertado e não soube prosseguir. Houve um breve silêncio. Com voz suave, Tokiko, continuou:

– E esse, sabe? – disse, voltando-se para Sakaguchi – é idêntico ao meu irmão mais velho.

– Assim não dá para manter a igualdade, hein? – disse Sakaguchi.

– Ah, isso é verdade, sabe? – ria Tokiko, enrubescendo um pouco.

Tatsuoka, em voz alta, disse:

– Hei, pessoal, vamos lá, apostem!

Foi nesse exato momento que a empregada de olhos miúdos também entrou para o grupo e começaram a brincadeira dos dedos[10]. De vez em quando, Kensaku precisava segurar a mão de Tokiko.

– Agora é assim – dizia, por exemplo, alguém do grupo e, tocando ombro com ombro, segurava o dedo sinalizador na parte das costas. E quando os oponentes demoravam a se aprontar:

– Hei, era assim, não era? – confirmava Tokiko, segurando novamente o mesmo dedo, enquanto voltava o rosto para olhar o de Kensaku. Nesses momentos, com grande sutileza, ele detectava uma intensidade maior no aperto, que não havia sentido no das demais pessoas. Assim, quando ia apertar os dedos dela, procurava, com a mesma sutileza, fazer com que seu aperto não demonstrasse qualquer outra coisa além do sinal normal. Temia que Tokiko apertasse de forma a dar algum sentido a mais. Temia, desejando. Era contraditório. Entretanto, era esse tanto seu sentimento, quanto sua vontade, ao tomar essa atitude. Contudo, queria descobrir alguma prova do interesse de Tokiko.

Para brincarem de "passar moeda", dividiram-se em grupos de três. Tatsuoka, Sakaguchi e a empregada; Kensaku, Tokiko e Yutaka. Nessa brincadeira, quem é escolhido para ser o "pai", fica no centro e coloca a mão fechada com a moeda de cinco centavos sobre a outra mão, também fechada. De forma intercalada, vão-se colocando as mãos uma em cima da outra, até que não se saiba mais onde está a moeda. Coloca-se, então, cada mão fechada sobre a mão do outro "filho", simulando-se a passagem ou não da moeda. Por fim, todos colocam as duas mãos fechadas sobre as pernas. Os adversários observam e fazem com que se comece a abrir as mãos em que acham não estar a moeda. O grupo que conseguir o maior número de mãos vazias vence. Eis a brincadeira.

No momento, sob a luz ofuscante do lampião, os três membros do grupo de Kensaku estavam lado a lado, com as mãos sobre as pernas. Yutaka tinha as mãos pequenas feito mãos de criança, colocadas por cima do quimono de estamparia *yûzen* bem chamativa de flores e pássaros[11]. Tokiko, cujo porte era grande, para uma mulher, tinha mãos bem formadas e de pele bonita, que também estavam em igual posição. Por ela usar quimono preto, suas mãos pareciam ainda mais belas. Entre as duas, somente Kensaku expunha as mãos com as articulações bem saltadas e cheias de pêlos escuros sobre o quimono já sem vincos, apertando-as a ponto de as articulações ficarem brancas.

– Não há perigo de que a moeda esteja aqui, não – disse Tatsuoka olhando para Sakaguchi, enquanto apontava para as mãos de Tokiko.

– Veio para cá – disse Sakaguchi, olhando fixamente para o rosto de Yutaka, que, com os olhos baixos, calada, esticou seu queixo redondo.

– Vamos fazer com que abram as mãos na sequência, começando do lado de lá? – disse Tatsuoka. Sakaguchi animou-se:

– A da esquerda; agora, a da direita – fez Tokiko abrir as duas mãos, uma após a outra, e contou dois pontos dobrando os dedos[12]. Depois acrescentou:

– Acho que também não está com Kensaku – certificou-se com o grupo, e disse: "Essas duas mãos peludas feito patas de urso". Yutaka riu alto. Calado, Kensaku abriu as mãos vazias e grosseiras em cima das pernas. Teve uma sensação desagradável.

Desde que começara a brincadeira dos dedos ele se sentia incomodado com suas mãos grosseiras. Uma sensação de desarmonia custava a deixá-lo, embora ele insistisse em não ligar para aquilo. Foi nesse momento que Sakaguchi mencionou o fato. Obviamente, foi desagradável ter sido apontado daquela maneira, mas, mais que isso, irritou-se com a intenção obscena de Sakaguchi em ridicularizá-lo.

Por volta de três ou quatro horas, começou a ficar mais silencioso lá fora. A chuva também ficou mais fraca, e ouvia-se claramente o eco do bastão de ferro dos policiais batendo no solo ao ser girado.

Os olhos de Sakaguchi estavam fundos, formando dobrinhas bem nítidas. Irritado por alguma razão, ele mergulhou numa exaustão física e mental e falava confusamente, sem parar.

Começara a amanhecer. Cansados e embriagados, Tatsuoka e Sakaguchi deitaram-se ali mesmo e cochilaram. Yutaka saiu para a varanda e, dispersiva, olhava as pessoas que voltavam para casa debaixo da chuva silenciosa, bem outonal. Seu quimono, desmanchado devido à farra, estava bem desajeitado, aberto na altura da bainha. A luz do lampião começou a falhar de vez em quando. A sala desarrumada, com os pratos de comida que restaram, os cigarros rolando fora do maço, o baralho, as pedras do jogo de quina etc., dava a impressão de que uma fase havia se concluído.

Kensaku também estava cansado. Já estava exausto pela insônia do dia anterior, mas, no fundo, sentia-se um pouco agitado. Sozinho, ficou sentado nas almofadas empilhadas, usadas na brincadeira de "roubar lugar". O estado deles, com os rostos sujos de bebida e poeira, era lastimável, e ele se sentiu mal. Queria se ver livre daquele local o quanto antes. Era como se alguém tivesse levado seu sentimento de sempre com raiz e tudo. Como se tentasse recuperá-lo, colocou força no abdômen e ficou olhando para a região do peito e dos ombros. Subitamente, lembrou-se de Nobuyuki, seu irmão mais velho. Era por quem sentia mais simpatia e familiaridade. Só de se lembrar um pouco desse irmão, conseguiu recobrar o ânimo.

– Será que ele já acordou? – pensou, enquanto tirava o relógio para olhar as horas. Eram seis e meia.

Desceu as escadas. Lá em baixo, na despensa meio escura dos fundos, a proprietária, com um cordão religioso nas mãos, andava de um lado para outro, rezando naquele espaço apertado. Ao passar à sua frente, bem na hora em que voltava do altar iluminado, no fundo do corredor, ela, com entusiasmo, curvou um pouco a cabeça:

– Bom dia! – e enquanto ele pensava em perguntar onde era o telefone, ela se virou e voltou para o fundo.

Kensaku perguntou sobre o telefone à empregada que trabalhava na pia e ligou para o irmão. Responderam que ele ainda dormia. Ficou um pouco desapontado, mas desligou, achando que não havia motivos para pedir que o acordassem.

Yutaka já estava dormindo, debruçada sobre a bandeja. Ao lado, sozinha, Tokiko tocava o *shamisen* baixinho, com as unhas. Lá fora, aumentava o movimento de pessoas. Kensaku ficou com vontade de ir embora com elas. Se isso não fosse possível, queria que aquelas duas mulheres saíssem logo dali.

Tatsuoka e Sakaguchi agora dormiam, roncando de leve. Tokiko trouxe uma coberta do andar inferior, colocou sobre os dois, fez uma reverência e acordou Yutaka. Esta fez reverência meio dormindo e se levantou cambaleando.

– Otoyo[13], pegue isso – disse Tokiko, entregando-lhe um embrulho grosso do papel trazido por Tatsuoka. Yutaka o havia ganho dele.

Por volta das nove horas, finalmente, os três tomaram emprestados dois guarda-chuvas sem propaganda do estabelecimento e saíram, sob a chuva outonal que caía suavemente.

III

Por volta do meio-dia, Kensaku voltou exausto para casa. Quando ele foi entrar pelo portão, o pequeno bode trazido para ali uma semana antes, chorava como se fosse um bebê. Kensaku deu a volta pelos fundos e foi ao pequeno cercado construído ao lado da despensa. O bode ficou feliz, dando passos curtos tal como uma criança vestida com calças compridas.

– Bobo, bobo!!

O bode colocou suas patinhas na cerca de arame e se esticou o quanto pôde. Kensaku catou cinco ou seis folhas amareladas de cerejeira caídas no lado de dentro do muro, completamente grudadas no solo por causa da chuva do dia anterior, e entrou. O bode o rodeou, afoito, com pequenas passadas. Quando Kensaku agachou, ele veio logo para a frente e tentou colocar a cabeça em seu peito.

– Seu bobo.

O bode comeu com apetite. As folhas foram entrando pela sua boca como se fossem sugadas. Quando uma folha desaparecia entre os lábios dele, Kensaku dava a seguinte. Em pé, o bode movia apenas a boca e comia com grande satisfação. Enquanto o olhava comer, Kensaku sentiu que se recuperara por completo daquela sensação da noite anterior, de estar fora de si. Um pouco mais animado, disse:

– Bem, acabou – puxou para o seu peito a cabecinha do bode, colocando-a entre as mãos. Assustado, ele resistiu um pouco, mas logo deixou-se ficar à sua mercê. Kensaku levou a mão ao local dos chifres ainda por nascer. O lugar já estava com uma leve saliência. Lembrou que dois ou três dias atrás, quando um cachorrinho da vizinhança avançou de brincadeira, o bode, sem querer, bateu a cabeça que nem tinha chifres na barriga dele.

– Ah, é o Sr. Ken! – disse Oei, olhando pela entrada da cozinha. – Como ouvi vozes, fiquei pensando quem seria...

– Já deu ao bode as cascas de soja?

– Yoshi acabou de sair para comprar.

Entrou para a sala de chá.

– E a refeição?

– Já tomei.

– Então, quer café? Chá?

– Agora não estou com vontade.

– Foi à casa do Sr. Tatsuoka, ontem à noite?

– Fui a um lugar estranho. Passamos a noite em claro, numa casa de chá na zona de meretrício, em Yoshiwara, fazendo brincadeiras de salão.

– Puxa! Foi apresentação do Sr. Sakaguchi?

Kensaku contou rapidamente o que sucedera desde a noite anterior.

– É a primeira vez que fui a um lugar daqueles, mas não era o que parecia.

– Também, não é a primeira vez! Na época em que morávamos no local onde há o Pinheiro de Ogyô, nós fomos lá, uma vez, com seu avô, sabe? Acho que foi por ocasião da abertura da Dieta Nacional, quando houve o desfile das gueixas na época em que florescem as ameixeiras.

– Acho que não. Se foi no ano da abertura da Dieta Nacional, eu só tinha três ou quatro anos.

– É mesmo? Então quando terá sido? Será que foi numa noite de apreciação das cerejeiras?

Oei falou sobre o *kyôgen*[14] improvisado naquela noite. Ao ouvi-la, Kensaku teve uma vaga lembrança de tê-lo visto. Em seguida, ele pediu para que preparassem o acolchoado do andar superior e dormiu.

Ao entardecer, quando ainda estava dormindo, Nobuyuki, o irmão mais velho, apareceu. Nobuyuki carregava uma valise dobrável, grande, de couro vermelho, parecendo voltar do trabalho. Kensaku veio até a porta de entrada.

– Estava dormindo?

– Estava.

– Vamos a algum lugar para jantar?

– Sim, mas não quer entrar um pouco?

– Dá trabalho tirar os sapatos. Disseram que você me telefonou hoje de manhã?

– Não era nada importante.

Oei apareceu e o convidou a entrar, mas Nobuyuki, ao contrário, convidou-a para sair: "Vamos, também, Oei?"

Nobuyuki levou Kensaku a um bonito restaurante típico de Osaka, em Nihon-bashi. Aí, novamente Kensaku falou ao irmão sobre a visita a Yoshiwara. Ao ouvi-lo mencionar a gueixa Tokiko, Nobuyuki disse:

– É uma ótima gueixa. Também a encontrei duas ou três vezes, na época em que ainda era aprendiz e cobrava a metade do preço, mas digna de se levar a qualquer lugar sem perigo de passar vergonha. – E sem querer, completou:

– Tem intenção de aprofundar o relacionamento?

Kensaku hesitou um pouco. Enrubescendo de leve, respondeu:

– Se for para aprofundar, não tenho a menor ideia do que deverei fazer.

Nobuyuki riu alto e disse:

– Vai custar dinheiro.

Nobuyuki era entendido nesses assuntos desde os tempos de estudante. Houve uma época em que Kensaku ouviu boatos de que ele vivia cercado de gueixas. Ainda era solteiro, gostava de luxo e estava sempre em dificuldades financeiras.

Ao saírem do restaurante, logo se separaram. Na hora da despedida, Nobuyuki contou que recebera um recado de Sakiko para que, no dia seguinte, se ele tivesse tempo, a levasse, juntamente com Taeko, à matinê do Teatro Imperial.

O dia seguinte foi desagradável, com muito vento. Perto do meio-dia, Kensaku foi assistir à peça feminina no Teatro Imperial, levando as duas irmãs, de dezesseis e doze anos, que vieram convidá-lo.

Embora vagamente, pensava sem parar em Tokiko. Não conseguia se concentrar na peça. Achava que talvez ela pudesse ter vindo e estar em algum lugar ali. A cada intervalo, andava pelos corredores com as irmãs. Encontrou-se com três ou quatro pessoas mas, obviamente, mesmo que fosse por coincidência, Tokiko não haveria de estar ali. Quando foram tomar chá, encontraram Ishimoto.

– Queria conversar um pouco... Se for acompanhar suas irmãs de volta, pode me encontrar à noite.

Ishimoto era mais amigo de Nobuyuki do que seu. Quando se formou no ginásio e foi para o colegial em Sendai, Nobuyuki pediu a Ishimoto que cuidasse de Kensaku. Ishimoto e Kensaku já se conheciam, mas ficaram mais íntimos desde então. Kensaku, nessa época, estava no terceiro ano ginasial, que era, aos olhos de Nobuyuki, o período mais perigoso do ginásio. Todas as pessoas da casa de Kensaku, em Hongô, tratavam-no com indiferença; só Nobuyuki, por algum motivo, preocupava-se muito com ele. Para Ishimoto, não fora incômodo algum receber um pedido assim de um jovem nesse estágio; além disso, simpatizava com Kensaku, de modo que cuidou muito bem dele. Quando ele correu o risco de ser reprovado em Matemática, Ishimoto deixou seus próprios estudos em segundo plano e varou a noite explicando-lhe a matéria.

Essa relação entre os dois continuou. Ishimoto sempre foi veterano, e Kensaku, calouro. Independente disso, Kensaku foi ficando cada vez mais submisso em relação ao antigo sentimento protetor de Ishimoto. Mesmo no que se refere à preocupação em relação a Kensaku, o sentimento de Nobuyuki era tranquilo e mostrava sinais de atenção, mas ele sempre via em Ishimoto uma intenção de lhe ensinar algo e, embora reconhecendo sua benevolência, vez por outra se irritava. Até pouco tempo atrás, Ishimoto trabalhava como secretário de um ministro, no entanto, com a troca de gabinetes, agora estava de folga.

Como as irmãs disseram que poderiam voltar para casa sozinhas, Kensaku levou-as até o trem e se separaram.

Ishimoto disse:

– Se formos a um restaurante, não vai dar para conversar muito. Por isso, se não se incomodar, podemos ir ao ponto de encontro[15].

Os dois andaram por Ginza e foram em direção a Tsukiji. Aí, Ishimoto levou Kensaku a um ponto de encontro bem grande.

– Queremos conversar. Portanto, deixe-nos comer, sem chamar ninguém para nos entreter – disse Ishimoto à empregada.

Foram levados a uma sala de oito tatames, nos fundos. Era muito agradável, pintada em marrom, sem enfeites pequenos. O jardinzinho, na frente, também era requintado. Tinha um aspecto bem diferente da casa de chá do dia anterior. No *tokonoma*, havia uma pintura em rolo do monte Inari, de um pintor de Quioto. Há muito tempo Kensaku desprezava os quadros dele. Contudo, numa sala japonesa de uma casa como essa, achou que não ficava tão mal assim. Especialmente porque plantinhas outonais ali ornamentadas num vaso baixo, combinavam com os caminhos montanhosos de Inari.

A conversa de Ishimoto versava sobre o casamento de Kensaku.

– Na realidade, foi um pedido de Nobuyuki, sabe? Ele ficou sem jeito de dizer isso a você, já que ele próprio é solteiro. Mas, se for esse o seu desejo, vamos procurar uma pessoa para você.

Kensaku recusou.

– Por quê?

– Não quero que ninguém se preocupe com isso.

– Por quê, afinal?

– Porque não quero! – disse Kensaku aborrecido. Afastou seu olhar do olhar fixo de Ishimoto e ficou calado, olhando o jardim. Embora ele fosse assim mesmo, sentia-se estranho, parecendo uma criança sem discernimento, quando estava com Ishimoto. Acrescentou:

– Primeiro, porque esse seu espírito velhaco me enche.

– Então, vamos desistir – respondeu Ishimoto meio sem graça. Os dois ficaram calados por algum tempo, mas logo Ishimoto voltou a insistir. Quando Kensaku tentava dizer algo, ele falava:

– Bom, deixe eu falar o que tenho para falar – Kensaku ouvia irritado. Até que por fim, disse:

– Vou ficar calado – e cortou o assunto, mostrando abertamente seu desagrado.
De repente Ishimoto começou a rir. Kensaku também riu, sem querer.

Disse que, no momento, seu estado de espírito não era bom, vivia estranhamente desconfiado dos outros, não cogitando em casamento arrumado por ninguém. Não queria trazer à baila o assunto Aiko, mas tanto Nobuyuki quanto Ishimoto falavam em casamento por causa do que acontecera com ela, e, assim, não tinha outra alternativa senão falar a respeito.

– No momento, estou escrevendo sobre o caso com a Srta. Aiko, mas não consigo entender o sentimento dela – acrescentou Kensaku.

Agradeceu o interesse de Ishimoto, mas disse, ainda, que a partir de então, ele não interferisse nas coisas que só a ele, Kensaku, diziam respeito.

Ishimoto ficou calado com o ar um pouco melancólico. Bem nesse instante, a empregada trouxe a refeição. Pouco depois, os dois falavam sobre assuntos descontraídos. E também foram ficando mais à vontade.

– Você não teria curiosidade de ver uma pessoa parecida com sua esposa?

Kensaku falou o que tentava dizer há instantes. Foi atraído pela vontade de falar sobre Tokiko, mas também tinha intenção de arrumar um pretexto, para fazer um convite a Ishimoto.

– É indiferente; mas onde está essa pessoa?

Kensaku falou sobre Tokiko e disse:

– Em certos momentos ela é muito parecida.

– Um dia vou pedir para que me leve lá – disse Ishimoto, sem demonstrar maior interesse.

Separou-se de Ishimoto e foi andando para casa. No caminho, sem querer, lembrou-se das palavras de alguém, utilizadas por Ishimoto: "Pensar que o amor de duas pessoas vai durar para sempre é como pensar que uma vela ficará acesa pelo resto da vida". Mas seria mesmo assim? Por estar descrente, tais palavras não lhe soavam tão mal, mas pensou dessa forma, lembrando-se da relação dos pais de sua mãe. Os dois se casaram por amor. Amaram-se a vida inteira. "De fato, a primeira vela pode se queimar, a uma certa altura. Mas, antes que isso aconteça, será providenciada uma segunda vela entre as duas pessoas. E, antes que a terceira, a quarta, a quinta se acabem, serão substituídas, uma após a outra. Mesmo que o modo de amar mude, não mudará o sentimento mútuo de se amar. Mesmo que a vela mude, seu fogo continuará, como o das velas oferecidas em altares budistas." Agradou-lhe esse pensamento. Achou que, com certeza, seus avós maternos tinham sido assim, realmente. Sentiu muito não ter conseguido dizer isso a Ishimoto, há pouco. De repente, teve a impressão de que Ishimoto falara:

– As velas ocidentais não grudam – Mas seu eu imaginário respondeu:

56   *Naoya Shiga*

– Esses dois são autênticas velas japonesas.

Pensando nessas coisas enquanto caminhava, Kensaku achou graça sozinho. E veio-lhe a imagem de seus avós quando ainda eram vivos.

IV

Não conseguia mesmo esquecer Tokiko. Pensando na noite desagradável de dois ou três dias atrás, e nos momentos em que esteve ao lado dela, na brincadeira dos dedos, vinha-lhe uma preocupação estranha. Experimentou segurar seu próprio dedo, comparando a sensação desse momento, com a sensação do momento em que seu dedo fora segurado por ela. Mesmo assim, as sensações não ficaram nítidas. Não conseguia imaginar que sentisse necessidade de aprofundar o relacionamento com Tokiko. Contudo, achava que era uma pena deixar esse sentimento se esvair dessa forma. Ir até aquele local sabendo previamente desse seu sentimento deixava-o constrangido, pois parecia desrespeito, mesmo em relação a uma mulher com aquela espécie de profissão. Fosse como fosse, se não tivesse um bom motivo para ir até lá, mesmo que para manter as aparências, não conseguiria ir. E, para tanto, só lhe restava mesmo convidar Ishimoto.

Prontamente, escreveu-lhe um postal, mas, por mais postais que escrevesse, jogava-os fora. A consciência de estar usando Ishimoto atrapalhava. No final, desistiu do postal e foi telefonar.

– Queria ir lá amanhã. Dá para você me acompanhar? – só o fato de dizer isso já o sossegou.

– Está bem. Então, na hora de sair, me telefone mais uma vez, por favor.

Kensaku ficou aliviado.

Precisava arranjar dinheiro. Com a quantia que recebia de seu pai, ele não se via em dificuldades para os gastos do dia a dia – como livros, viagens e outras necessidades – e dispunha também dos trocados que costumava, desde criança, ganhar de Oei, aos poucos, três a cinco ienes. Portanto, para outras coisas era preciso arrumar dinheiro de outro modo. Enviou um postal a um sebo que conhecia em Kanda, para que um representante viesse ao seu encontro na manhã seguinte.

Pensou que não se importaria em vender todos os quadros de *ukiyoe* que possuía. Um da série *Cinquenta e Três Estações* de Hiroshige[16], o Toyokuni da primeira geração[17], editado por Shikitei Sanba[18], o livro de retratos de Kunimasa[19], Utamaro[20], Koryûsai[21], os desenhos longos de Shunchô[22], e outros menos significativos; todos reunidos, davam um bom montante. Levando-os consigo, foi a uma loja de antiguidades localizada nas redondezas.

– Passei por dois hotéis na parte da manhã – disse o dono da loja, assim que viu o rosto de Kensaku. – Mostrei uma obra de Shonzui[23] e tiveram a coragem de dizer que não era autêntica.

Apanhado de surpresa diante da nua realidade do comerciante que, sem conhecimento estético, compra obras apenas com a cara e a coragem e as vende a ocidentais, Kensaku perdeu a vontade de mostrar o que havia trazido. No entanto, quando o dono da loja pegou um dos quadro dizendo: "O que é isso?" – ele o entregou.

Kensaku ficou calado, e o lojista foi olhando os quadros um a um, atirando-os para o lado sem cuidado, enquanto repetia ruidosamente palavras sem sentido como "É", "Hum". Achou tolice esse seu sentimento transparente de mostrar que considerava baixo o valor das obras. Kensaku não disse uma palavra sequer sobre preços. Fê-lo embrulhar as obras e trouxe tudo de volta.

Em casa, Tatsuoka o aguardava.

– Se não se importa, esse é o meu presente de boa-viagem – Kensaku colocou as obras de *ukiyoe* ainda embrulhadas, na frente de Tatsuoka.

– Obrigado. Mas essa não é a sua coleção completa? Se eu aceitar tudo, vou ficar sem graça. Como pretendo dá-la a outras pessoas, fique pelo menos com as melhores.

– Não precisa. É melhor que fique com todas.

Surgiu o assunto da noite de dois ou três dias atrás.

– Aquela gueixa chamada Tokiko é mesmo magnífica, não? – disse Tatsuoka.

– Será? – acabou dizendo Kensaku numa relutância inesperada. Normalmente, ele diferenciava a palavra "bonita" da palavra "magnífica". Para a palavra "magnífica", ele achava que precisava haver elementos como grandiosidade e riqueza. No entanto, na beleza de Tokiko não havia isso, de modo que, embora as de Tatsuoka não fossem de todo mentira, ele se mostrou renitente por vir-lhe, de súbito, à mente a dúvida: "Talvez Tatsuoka também..."

– Ao invés de maravilhosa, normal... acho que é melhor dizer bela. – Assim, Kensaku retificou as palavras que inicialmente soaram negativas.

– Em suma, é isso mesmo!

– Você gosta da Tokiko? – perguntou Kensaku sem vacilar.

– Se me perguntam, fico em dúvida. E você? – Tatsuoka devolveu a pergunta. Kensaku ficou em apuros. Sentindo-se enrubescer, disse:

– Gosto. Mas se, por um acaso, você também gosta dela, farei cerimônia. Isso não é impossível para mim.

Tatsuoka riu, sacudindo o corpo. E disse:

– Dispenso essa cerimônia. Principalmente porque, daqui a dois meses, vou viajar.

– Ahn.

58   *Naoya Shiga*

– Mas isso é bom – disse Tatsuoka, sorrindo novamente. – Naquele dia, fiquei receoso por tê-lo convidado para um lugar como aquele, pois você estava com uma expressão de desagrado.

– Que foi desagradável, foi.

– Por quê?

– Porque o jeito do Sakaguchi era de desagrado, não era?

– Sakaguchi, nos últimos tempos, é sempre daquele jeito, não acha?

Kensaku ficou calado.

– Então tem a intenção de ir lá novamente?

– Pretendo ir amanhã com Ishimoto.

– Sendo assim, quer ir comigo hoje à noite?

Naquela noite, por volta das nove horas, os dois foram a Nishimidori. Mas Tokiko não estava. Disseram que havia ido à Companhia Shintomi e provavelmente voltaria depois das onze. Lembrando-se do que Sakaguchi dissera, na vez anterior, a serviçal perguntou sobre a gueixa de nome Koine, mas ela também não estava. Só Yutaka estava. Depois, veio a gueixa da casa de chá ao lado, mas era muito sem graça, e os dois não se mostraram nem um pouco animados. Ficaram cerca de uma hora e saíram. Na saída, uma serviçal chamada Otsuta disse:

– Já que é assim, dê um telefonema amanhã, à tardinha, por favor.

– Venho com certeza, mas mesmo assim é preciso telefonar?

– Mesmo assim. Pode ser que... – disse Otsuta, meio sem jeito.

No dia seguinte, Kensaku acordou por volta das oito horas. Lá fora, havia um barulho intenso de chuva. Ouvindo o ruído estrondoso da água, transbordando da calha e caindo do toldo diretamente no chão, ele ficou chateado. Não era a chuva o problema, mas o fato de que Tokiko não interpretaria sua visita, em noite de chuva, como uma coisa banal, e isso o deixava pesaroso. Em primeiro lugar, porque ficou em dúvida em relação à companhia de Ishimoto, se a chuva continuasse tão forte. Além disso, Ishimoto poderia achá-la parecida, mas, se perguntasse: "É essa aqui?", ele se arrependeria.

Mesmo depois de levantar, não conseguia ficar calmo e se preocupava só com o tempo. O dono do sebo ao qual escrevera para ir ao seu encontro na parte da manhã também não apareceu. Depois do meio-dia, a chuva ficou mais fraca.

– No postal estava escrito "na parte da manhã", mas, como chovia muito... – desculpou-se o dono do sebo, que chegara logo em seguida.

Kensaku mostrou-lhe os livros que havia deixado no cômodo ao lado. Tudo ficou em cerca de cinquenta ienes. Ele trouxe um grande relógio de prata com tampa dos dois lados e uma corrente de ouro não trabalhada, que estava no relógio. Esses objetos foram ganhos de herança do avô materno.

– Pode dar uma olhada nisso?

– Pois não!

– Pode ser que esse ouro seja só folheado, não é? – disse, por não saber se era uma coisa ou outra.

O dono do sebo, com esmero, mediu o peso na palma da mão:

– Não, não é folheado. Se bem que, levando-o para lá, vou logo passar ácido nítrico. Se for ouro maciço, será ótimo – e, colocando a mão na pilha de livros ao lado, acrescentou: "Tenho certeza de que dará o dobro disso". Calou-se, esperando uma resposta entusiasmada. Kensaku não respondeu. O dono do sebo falou sobre o grande e antigo relógio: "Os navegantes gostam muito desses relógios. Quando eles vão aos trópicos, se não for um aparelho desse porte, dilata e fica descontrolado, sabe? Seja como for, depois de mostrá-lo, enviarei a resposta por carta". Assim dizendo, carregou o grande embrulho nas costas e foi embora.

Ao entardecer, a chuva havia cessado por completo.

Kensaku entrou no banho e depois saiu de casa aliviado. Viu um céu belo e límpido. Ainda assim, várias pessoas andavam com os guarda-chuvas molhados por ruas cobertas com um pouco de areia lavada pela forte chuva.

Passou por uma loja de revistas conhecida e, conforme o combinado, telefonou para Nishimidori. Em seguida, ligou para Ishimoto.

– No momento estou com um cliente, mas acho que ele já vai embora. Assim que me desocupar, irei sem falta – disse Ishimoto que, antes de desligar, ainda perguntou a distância que deveria percorrer após o grande portão, para que lado deveria caminhar, e até mesmo com que ideogramas se escrevia Nishimidori.

Foi de trem até Minowa e daí seguiu andando apressadamente pela escura Via Dotemichi, como se fosse alguém com algum compromisso, enquanto olhava as galerias cercadas com as luzes acesas do lado direito.

As pessoas provenientes de San'ya, as que entraram na rua de terra batida, a partir de Dôtetsu, e as que vinham de Minowa, de onde Kensaku acabara de vir, encontravam-se em frente ao iluminado posto policial Nihonzutsumi, e fluíam, formando um só corpo, para dentro do cercado, pela rua forrada de pedra. Ele também era uma dessas pessoas.

Ao entrar pelo grande portão, de repente, a rua ficou em mal estado. Ele foi evitando a lama, mantendo-se próximo das varandas das sucessivas casas de chá, e, passando de casa em casa, veio até a frente do Nishimidori.

Tokiko já havia chegado e estava esperando. Sentada na loja com Otsuta, conversava de forma descontraída, enquanto olhava a rua. Ao verem Kensaku, ambas se levantaram a um só tempo, como se dissessem: "Ufa". Kensaku teve essa impressão.

– Sozinho? – disse Tokiko.

Kensaku, subindo as escadas, respondeu:

– Logo virá mais uma pessoa.

– É o Sr. Tatsuoka?

– É o marido da pessoa que eu disse ser parecida com você.

– O quê?

– A esposa dele se parece com você, sabia? – disse rapidamente, um pouco irritado.

– Ah.

Tokiko começou a rir.

– Há um outro senhor, cujo nome não sei, que me diz a mesma coisa!

Havia três almofadas ao redor da mesa. Quando Kensaku se sentou em uma delas, Tokiko perguntou:

– Como vão todos?

– Tatsuoka veio ontem à noite comigo.

– Ah, ontem à noite eu passei aqui e fiquei sabendo. E aquele outro... o Sr. Sakaguchi?

– Não o encontrei mais.

Otsuta veio subindo e também perguntou:

– Como vão todos?

Kensaku sentia um tom de censura, cada vez que lhe faziam essa pergunta. Não estando habituado a lugares como aqueles, não achava nada natural telefonar para uma casa da qual não se é muito íntimo e vir sozinho. Ele se condenou. Se não fosse para mostrar a Ishimoto, por mais que gostasse de Tokiko, não seria capaz de vir, pensou.

Rindo, Tokiko falou sobre o senhor mencionado há pouco e achou graça sozinha.

– Não sei o que é, mas não estou entendendo nada – disse Otsuta com ar de reprovação.

– Você não entende! A esposa desse senhor que vem hoje, é parecida comigo. Viu como sou importante? – exibiu-se Tokiko, contorcendo o corpo.

– Onde está a importância? – disse Otsuta.

Para Kensaku, Tokiko pareceu um pouco diferente da outra vez. Mas a beleza não mudara.

– Da próxima vez, venha com todos, sim? É mais interessante brincar com bastante gente. Ou seja, eu é que me divirto. Há clientes que ficam só sentados e nem deixam descansar o *shamisen*; é claro que, se estiverem presentes pessoas assim, o espetáculo melhora. Mas, às vezes, fico com vontade de chorar.

– Dizem que você dança bem. É verdade? – disse Kensaku, lembrando-se do que ouvira de Nobuyuki.

– Quem falou?

Trajetória em Noite Escura   61

– Ouvi de uma pessoa que disse ter visto sua dança de Kisanda.

– Como? Kisanda? Ah, é o Kiheiji de Yumiharizuki[24] – disse Tokiko, enrubescendo levemente.

Quando surgiu o assunto da noite que passaram em claro, disse:

– É esse aqui, do Sr. Sakaguchi, sabe? – sobrepôs as mãos brancas fechadas de dedos longos e, balançando-as, elogiou a técnica de Sakaguchi.

– Ele é muito habilidoso. Só faz coisas que deixam as pessoas animadas. No final, fica-se sem saber de nada. – Referia-se à brincadeira que irritara Kensaku.

– O que estará fazendo seu acompanhante?

– Daqui a pouco vou telefonar para ele.

– Seria bom se ele viesse logo. Com duas pessoas apenas, não dá para se fazer nada.

– Será que Koine está?

– Bem, como ainda é cedo, deve estar.

Kensaku, contudo, não pediu para chamá-la. Naquele momento, conversava com Tokiko sobre coisas que não servem nem de veneno nem de remédio, num esforço para não deixar o ambiente sem graça. Questionava, por fim, que é que tudo isso tinha a ver com todo o esforço e empenho que vinha fazendo há três dias. Desde o início, ele sequer cogitou em conversar sobre assuntos sérios. Pensou, porém, que os assuntos tratados agora, ou o sentimento com o qual se expressava, eram por demais superficiais e vulgares. Mas reconsiderou, achando que esse seria o caminho natural das coisas. Pensou que tudo não passara de um esforço numa luta só dele. Desta vez, Tokiko tentava mostrar familiaridade, de uma forma mais leve que da vez anterior. Só lhe restava ficar satisfeito com isso. Achou que seria errado querer mais que isso.

Tokiko olhava para o rosto de Kensaku, imaginando que ele falaria alguma coisa sobre Koine. Como ele continuou calado, disse:

– Na primeira noite em que nos encontramos, também se falou sobre Koine, não foi? E também ontem à noite. Por que tanta insistência? – e riu com olhos expressivos.

– Ontem, foi alguém daqui que se referiu a ela, sem ser solicitado.

– Não quer que a chame? Só com duas pessoas não dá para brincar.

Tokiko levantou-se apressada, para chamar Koine. Kensaku sentiu-se tranquilo, como se tivesse descarregado uma bagagem pesada.

Tokiko demorava a subir. Como se tivesse se lembrado de repente, Kensaku tirou o cigarro e começou a fumar. Para ele, tanto fazia tragar como não tragar. Era um cigarro da marca Samoa, com o rosto de uma negra na caixa.

– Koine está – disse Tokiko, entrando. Ao sentar-se, falou em tom zombeteiro:

– Esta mulher tem alguma coisa de bonito? – pegou a caixa de cigarro e colocou-a na frente dele.

– O que você acha?

– Ela é bem escura, não?

– E não pode ser negra?

– Eu gosto mais daquele outro cigarro. Como é que se chama mesmo? Será Aruma? O da mulher que tem uma rosa ou outra flor na cabeça. Aquela é bonita.

– É mesmo?

– Por falar nisso, ainda agora havia Aruma lá embaixo. Vou comprar – dizendo isso, Tokiko levantou-se novamente.

– Eu também vou tentar telefonar.

Ele desceu junto. Ishimoto disse:

– O cliente acabou de sair. Como é um pouco tarde, não quer me convidar para uma próxima oportunidade?

A essa altura, Kensaku já não se sentia tão decepcionado.

Cerca de dez minutos depois, Koine apareceu. Era uma mulher de boa aparência, com um jeito bastante feminino, de movimentos silenciosos. No momento em que ela entrou, Kensaku achou-a muito bela. Koine sentou-se respeitosamente, cumprimentou e novamente levantou-se.

– Boa noite, Toki – disse sorrindo e sentou-se ao seu lado, perto da bandeja.

– Koine, olhe, entre esta e esta, qual a mais bonita? – colocou as duas caixas em frente a Koine.

– Qual? – disse Koine, aproximando o rosto, e, repentinamente, emitiu uma voz estranhamente alta, que contrariava seus movimentos suaves e seu físico arredondado: "É claro que..."

Kensaku achou que era uma mulher que contrastava em tudo com Tokiko: na postura e nos movimentos. Vista mais de perto, ao contrário da pele bonita da nuca ou da região do queixo de Tokiko, onde se viam veias finas e ralas, Koine tinha uma pele grossa e sem trato.

Pouco a pouco, Kensaku foi se libertando da sensação de desconforto. Com o rosto vermelho pelas cinco ou seis doses de saquê, ele já estava começando a entrar no clima das brincadeiras descontraídas.

Começaram a disputar quem fumava o cigarro Aruma até a parte dourada sem derrubar as cinzas.

– Cheguei até o RU de A-RU-MA.

– Olhe... aqui... um pouco – disse Koine, temerosa, protegendo o cigarro com um pequeno leque em que havia um desenho de *tsuyukusa*[25], enquanto trazia-o até a frente de Kensaku.

– Puxa, acabou de chegar na letra A.

– Depois que as letras acabam, ainda faltam cerca de dois milímetros, não é mesmo? Vai ser impossível ir até a parte dourada – disse Koine rindo.

Tokiko, calada, com os lábios colados, só fumava, sem pensar em nada. Quando as cinzas do cigarro de Koine caíram, ela disse "ah" e fez um movimento como se impulsionasse o corpo. Nisso, as cinzas do cigarro de Tokiko também acabaram caindo sobre a bandeja.

– Ah, Koine! – Tokiko fez uma cara séria, como se estivesse brava, e olhou fixamente o rosto de Koine com o canto dos olhos.

– Toki, desculpe-me.

– ...

– Desculpe-me, vai – disse Koine rindo.

– Você vai limpar, entendido? – Tokiko jogou no cinzeiro a parte dourada que restou em seus dedos e se levantou.

– Essa fumaça... – olhou um pouco para cima e saiu da sala. Koine dobrou habilmente duas folhas de papel com as quais empurrou as cinzas em cima do leque e limpou a sujeira.

Logo depois, Tokiko voltou. Deslizando o *fusuma*, ficou ali.

– Bom, vamos logo, disse – mostrando uma expressão serena. Fez isso porque, antes, Kensaku havia dito que a mulher fica com uma expressão mais bonita no momento em que entra.

– Fui buscar a dona da casa e Otsuta – e, voltando ao seu lugar de antes, falou: "Como será esse?" Pegou um cigarro Samoa e, olhando para o rosto de Koine, levantou-se num impulso, sentando-se novamente no lado oposto da bandeja em frente da qual estava Koine. Tokiko, calada, acendeu o cigarro no braseiro. Com uma expressão de admiração, Koine disse, rindo alto:

– Que horror.

A proprietária e Otsuta apareceram. Usando as cartas de *hanafuda*, brincaram de vinte e um.

Por volta de uma hora da madrugada, Kensaku voltou para casa de riquixá. Era um longo caminho até Akasaka. Mas a lua estava bela e, quando passou em frente à ponte dupla, já noite bem alta, sem chuva, ele se sentia radiante.

Ao retornar, a carta do sebo já havia chegado. Relatava que a corrente não era mesmo folheada, mas tinha uma proporção grande de bronze, não tendo o valor estimado. Quanto ao relógio, haviam tentado negociar, mas só conseguiram o preço por ele derretido, o que era uma pena.

V

Antes e depois do segundo encontro com Tokiko, o sentimento de Kensaku havia mudado de forma estranha. Ele ainda a achava bonita. E gostava dela. Mas o modo de achá-la bela e de gostar era misteriosamente mais leve, se comparado à época em que sentia um peso estranho e falta de ar. Finalmente, conseguiu ficar tranquilo. Pensando em como era antes, teve a impressão de que não sabia afinal o que o deixara tão interessado e afobado.

Obviamente, um dos motivos dessa mudança fora a atitude de Tokiko. Entretanto, muito mais que isso, ele perdera a autoconfiança em relação a esses assuntos, em função do caso com Aiko. E parece que a falta de autoconfiança o levava a satisfazer-se imperceptivelmente com a tranquilidade que estava sentindo.

Um Kensaku queria seguir em frente, mas o outro tinha medo. A ferida causada por Aiko ainda estava aberta.

O pai de Aiko era um médico especializado em terapia chinesa. A mãe dela fora adotada pelos avós maternos de Kensaku – o neto não sabia o motivo – e casou-se com esse médico quando morava com eles. A mãe de Kensaku e a mãe de Aiko eram amigas de infância e bastante íntimas. Após a morte de sua mãe, ele ficou sabendo de várias coisas pela mãe de Aiko. Ela costumava dizer: "Era uma pessoa muito boa, de lágrimas fáceis, muito amável". Contava-lhe, também, que ela gostava de teatro e que algumas vezes as duas foram repreendidas pela avó quando brincavam de teatro.

Kensaku, convencido de que não era amado de verdade por ninguém, respeitava a falecida mãe, buscando algumas poucas recordações. Na realidade, ela não fora uma mãe tão boa para ele, mas, mesmo assim, era incapaz de duvidar do seu amor. Entre as experiências de ser amado, obviamente também estavam as que lhe vieram de Oei. Isso não significa que não tivera o amor de Nobuyuki como irmão mais velho. O verdadeiro amor, no entanto, ele não provou outro que não o de sua mãe. Na realidade, se a mãe ainda estivesse viva, ele não sabe se sentiria tanta gratidão. Como ela já não estava mais presente, idolatrava-a cada vez mais.

Vendo a mãe de Aiko, Kensaku lembrava-se de sua mãe.

Certa vez – talvez no décimo terceiro aniversário de seu falecimento – ele foi à casa do pai em Hongô, e lá viu a mãe de Aiko com uma faixa larga de quimono, de trançados pretos, com emblemas antigos, grandes e pequenos. Sua imagem trouxe-lhe uma saudade misteriosa. Sem qualquer intenção, vez por outra, dirigia o olhar para ela. Nesse momento, casualmente, a mãe de Aiko estava ao seu lado e, puxando a manga do quimono, disse a ele:

– Este quimono e esta faixa também pertenciam àquela que faleceu nesta data.

Ele teve uma sensação estranha. Foi tocado por um sentimento misterioso. Ficou calado. Pouco depois, a mãe de Aiko, rindo, encolheu a mão na manga do quimono e brincou:

– Como não há mais fazenda para encompridar, estou encurtando o braço.

O irmão mais velho de Aiko chamava-se Keitarô. Ele cursava o ginasial em outra escola, mas era do mesmo ano que Nobuyuki, dois anos mais velho que Kensaku, de modo que os três brincaram muito desde criança. Contudo, tanto Nobuyuki quanto Kensaku não conseguiram ser tão íntimos de Keitarô. Havia algo em sua natureza que não combinava com eles. No entanto, Kensaku frequentava muito a casa de Aiko em Ushigome, pois, acima de tudo, queria ver a mãe de Aiko.

Aiko era cinco anos mais nova que Kensaku. Nos tempos de criança, achava-a um tanto impertinente. Por exemplo, quando ele brincava com Keitarô, ela queria participar, mesmo sem ter a menor condição. Certas ocasiões, quando ele estava conversando sério com a mãe de Aiko, ela vinha dizer: "Estou com sono, estou com sono", querendo que a mãe a acompanhasse até a cama. Como a conhecia desde criança, não a via como alguém do sexo oposto, mesmo depois que já tinham mais idade.

Só começou a se afeiçoar a ela por volta dos quinze ou dezesseis anos, ao vê-la chorando, toda vestida de branco, no funeral do pai.

Chegou a ajudá-la nos estudos para os exames de inglês, quando ela cursava a escola feminina, mas, nessas horas, fazia o máximo para não demonstrar seus sentimentos. Em parte, pela covardia, mas, ao mesmo tempo, porque seus sentimentos não eram tão ardentes assim. Além disso, como Aiko tinha jeito de criança, ele achava que ainda era muito cedo para essas coisas. Entretanto, não passava de um sentimento pessoal, pois Aiko não era atrasada nessas questões sentimentais. Talvez ela conseguisse se sentir bem à vontade em relação a Kensaku pelo relacionamento que tinham desde a infância.

À medida que se aproximava a formatura de Aiko na escola feminina, começava a surgir o assunto sobre o seu casamento. Kensaku acreditava que a sua proposta jamais seria recusada, mas, mesmo assim, uma insegurança sussurrava-lhe aos ouvidos, vez por outra. Ele, no entanto, achava que não se tratava de insegurança, mas sim de covardia. Pensou se deveria se abrir com a mãe de Aiko ou com Keitarô. Se fosse com a mãe, achava que era como aproveitar-se de sua amabilidade, e isso ele não queria. Mas também não desejava que Keitarô fosse o primeiro a saber, dadas as diferenças de trabalho e pensamento em relação à vida e também pela falta de consideração reinante em ambas as partes. No momento, Keitarô trabalhava numa empresa em Osaka e estava de casamento marcado com a filha do presidente, o que não era resultado de um sentimento muito puro. Keitarô revelou-lhe o fato com a maior tranquilidade. Então, mesmo acreditando que não houvesse chance para ser recusado, não sentia vontade de abrir-se com ele.

Achou que não havia outra alternativa senão se abrir com alguém da casa em Hongô e pedir a seu pai que conversasse com a família de Aiko. Exceto em ocasiões inevitáveis, raramente falava com o pai. Isso era um hábito seu desde criança; entre ambos, já era algo a que não se dava importância. Tratando-se de um pedido desse tipo, sentia um fardo pesado. Certa noite, porém, ele saiu de casa decidido a fazer o pedido.

– Se eles aceitarem, não há problema – disse o pai. – Entretanto, você também já se tornou independente[26] e é um chefe de família, por isso não deve ficar na nossa dependência; na medida do possível, deve tentar se virar por si mesmo. Eu acho que é melhor assim. E você?

Desde o início Kensaku não esperava uma resposta agradável do pai. Mesmo já preparado, sentiu-se mal. Previa o pior, mas, na realidade, tinha uma leve esperança de uma possível atitude mais agradável. A resposta do pai foi um pouco pior. Era um comportamento estranhamente frio e um tanto desagradável. Por que ele agia como quem quisesse fazê-lo tropeçar no primeiro passo que dava por iniciativa própria? Não conseguia compreender o sentimento do pai.

Chegou a pensar em recorrer a Nobuyuki, seu irmão mais velho, pois, ao lhe falar sobre o assunto, o irmão ficara feliz por ele.

– Seria bom que desse certo, não? Aiko é uma pessoa excelente – lembrou-se de tê-lo ouvido dizer algo assim. Mas agora, diante daquela resposta do pai, sentiu-se constrangido, achando que daria no mesmo. "Vou fazer tudo sozinho mesmo. Afinal, é bem mais simples." Pensando assim, certo dia, ele foi à casa de Aiko.

Ao ouvir a proposta, a mãe de Aiko parecia bastante surpresa. Seu aspecto de sobressalto, quando ele começou a expor o assunto, era até digno de compaixão. Kensaku também foi tomado por um sobressalto. Imaginou que pudessem ter firmado compromisso com alguém que ele não conhecia.

– De qualquer forma, daremos a resposta à casa de Hongô, depois de consultarmos Keitarô e os demais familiares.

Kensaku explicou que o pedido estava sendo feito sem qualquer relação com a casa de Hongô. Seu pai estava ciente, e a ideia de fazer o pedido diretamente fora vontade do próprio pai.

– É mesmo? Isso é estranho, não? – disse a mãe de Aiko, fechando o semblante.

Kensaku foi embora desgostoso. A resposta do pai estava dentro das previsões, mas a frieza contida na resposta que acabara de ouvir – a superficialidade dela era bem natural e não havia nada de estranho nisso –, era totalmente inesperada.

Ele, porém, não perdeu as esperanças. Se Keitarô ia voltar a Tóquio em breve, bastaria refazer o pedido a ele e saber de tudo com clareza. A mãe de Aiko não estava em sã consciência.

Keitarô chegou cerca de dez dias depois. Soube disso por Nobuyuki. Entretanto, achava estranho tomar a iniciativa de ir ao seu encontro antes de receber o aviso de sua chegada. Ansioso, aguardou quatro ou cinco dias. Nenhuma resposta. Kensaku se sentiu ofendido e foi ficando irritado. Decidido, ligou para Keitarô. Ele respondeu sem qualquer cuidado especial:

– Queria ir logo à sua casa, mas, como vim a trabalho na filial daqui, fico devendo visitas a todos até que possa fazer uma pausa.

Controlando seu mal-estar, experimentou perguntar:

– Hoje à noite você vai estar em casa?

– Bem, infelizmente, esta noite tenho um convite para uma festa.

– E amanhã à noite?

– Amanhã à noite? Vou esperá-lo amanhã à noite. Se quiser, venha antes do jantar – Keitarô falava como se estivesse contente, mas, mesmo não enxergando seu rosto, Kensaku percebeu claramente que ele não estava sendo sincero.

Decidiu, desde o início, que deixaria a própria Aiko fora do assunto e não faria uma negociação direta. Sentiu que assim seria melhor para a mãe dela, que valorizava costumes antigos; mesmo que viesse a fazer uma negociação direta, isso só serviria para incomodar Aiko. Ela parecia ser desse tipo. Agora, entretanto, estava arrependido da sua própria tranquilidade em considerar o assunto fácil demais, deixando-a totalmente de fora. Na realidade, ele jamais imaginara receber esse tratamento. Chegou a supor maldosamente que talvez o pai, por algum motivo, estivesse colocando obstáculos.

Antes de qualquer outra pessoa, ele se abrira com Oei. Lembra-se que, naquela hora, ela ficara contente, mas sua fisionomia mostrara uma leve tristeza. Só agora pensou que, se tivesse levado isso em maior consideração, poderia ter sido algo revelador. Mas havia a situação de Oei. Se ele se casasse, ela, naturalmente teria de se separar dele. E considerou que, diante dessa ideia, seria óbvio Oei ficar triste, mesmo que se alegrasse por ele.

No dia seguinte, com o pôr do sol, foi visitar Keitarô. Mas, lá, já estavam duas visitas desconhecidas. Eram amigos de Keitarô, da época do colégio técnico comercial.

– Na verdade, nosso encontro estava marcado para a tarde, mas, como surgiu um imprevisto, pedi a eles que viessem à noite. Daqui a dois ou três dias ficarei completamente livre e então irei à sua casa. Deixemos para essa oportunidade os assuntos sobre os quais temos que conversar. Hoje, ouça a conversa do nosso grupo de estudantes do comércio e aproveite-a para alguma coisa útil – assim dizendo, Keitarô riu divertidamente.

Kensaku deveria, mas não escondeu seu desagrado. Chegou a estranhar a atitude de Keitarô, falando sem qualquer receio sobre algo tão transparente. Ficou profundamente irritado, mas pensou que, se o encontro com ele era um fardo tão pesado assim para Keitarô, com certeza, o caso estava perdido.

– Até quando você vai ficar aqui?

– Bom, há muito trabalho lá, sabe? Pretendo ir embora assim que terminar os negócios aqui, mas, seja como for, depois de amanhã, à noite, arrumo um tempo e vou à sua casa. Assim está bom para você?

– Pode ser.

Kensaku ficou cerca de uma hora e foi embora.

Disseram-lhe que Aiko e a mãe estavam ausentes; tinham ido à casa de um parente ou algo parecido. Mas Kensaku achou que também isso fora proposital.

Não quis voltar diretamente para casa. No momento, não queria encontrar Oei e ser questionado. Se Oei fosse seu parente de sangue, talvez ele pudesse jogar-se em seu colo e ser embalado. Mas isso era impossível para ele. Sem rumo, vagou por ruas quase desertas. Agora tudo lhe parecia sem graça.

Passava das onze horas quando finalmente retornou. Em casa, Nobuyuki, o irmão mais velho, o aguardava. Inesperadamente, começou a falar.

– Tem que ser mesmo a Srta. Aiko?

– Não é bem assim.

– Como não é bem assim?

– .....

– Se for, posso tentar, mesmo que precise brigar com Keitarô e a mãe dela. Não sei se consigo, mas vou tentar até onde me for possível. Isso, no caso de você querer a qualquer custo. Se o seu sentimento pela Srta. Aiko não chega a tanto, acho melhor desistir.

– Vou desistir.

– Ah – murmurou Nobuyuki, como se fizesse uma reverência e calou-se.

Ambos ficaram em silêncio por alguns minutos.

– Se puder desistir, é melhor que o faça – disse Nobuyuki. – Entendo perfeitamente sua decepção. Para você, foi uma decepção dupla. Mas, como Keitarô é daquele jeito, mesmo que a mãe simpatize com você, nunca se pode confiar na força da mulher...

– A atitude do Kei foi improcedente. Se era para recusar, por que não expôs um motivo claro para fazê-lo? Fica me evitando, me desagradando e, indiretamente, tenta insinuar sua intenção de recusar.

Nobuyuki não respondeu.

– Falta boa intenção em seus atos.

– Ele sempre foi assim – disse Nobuyuki.

Depois de algum tempo, o irmão foi embora.

Kensaku já não esperava pela visita de Keitarô. Caso ele viesse dando um bom motivo, ficaria sem ação; achou, entretanto, que, de qualquer forma, conseguiria se livrar dessa sensação desagradável de quem caiu sozinho numa poça de lama. Com certeza Keitarô queria utilizar o casamento de Aiko como algum recurso. Não haveria outro motivo. Mesmo assim, seria melhor que falasse claramente, mas achou que Keitarô não teria razão para fazê-lo.

Como era de se esperar, Keitarô não apareceu. Por volta das nove horas da noite, a hora combinada, Kensaku recebeu um telegrama expresso enviado de Osaka: "Tive que partir urgente. Pretendo retornar provavelmente daqui a umas duas semanas. Minha mãe me falou sobre sua proposta e, assim que voltar a Osaka, responderei por carta. Perdão pelos repetidos encontros desmarcados. Não fique magoado".

Essas palavras foram escritas às pressas.

Cerca de uma semana depois, chegou uma carta, desta vez mais longa, proveniente de Osaka. Dizia o seguinte:

"A bem da verdade[27], cerca de um mês antes de eu ir a Tóquio, o Sr. Nagata (chefe de seção dele e indivíduo bastante elogiado pelo pai de Kensaku) fez o pedido de casamento para alguém que também trabalha na empresa. Eu já lhe havia respondido que daria a mão de Aiko a essa pessoa. Obviamente é uma decisão somente minha. Quando fui a Tóquio, também para resolver essa questão, soube de sua proposta por intermédio de minha mãe e fui tomado de grande surpresa. Como você sabe, sou do tipo que raramente escreve para casa e, como também tinha intenção de me encontrar com minha mãe em breve, fiquei envolvido em meus afazeres e não me comuniquei logo com ela. Um erro, é claro, mas, mesmo sendo uma decisão pessoal, eu já havia recebido uma resposta positiva do Sr. Nagata e do interessado, de modo que fiquei totalmente sem ação. Obviamente eu gostaria muito de dar a mão de Aiko a você, amigo antigo, mas, em suma, eles estão na frente. Como era inevitável, pensei que houvesse outra forma de continuar a discussão do assunto depois que eu voltasse a Osaka. Eu buscaria a compreensão deles, fazendo-os aceitar a situação. Entretanto, embora o Sr. Nagata não fizesse nenhuma objeção, o interessado não aceitou de maneira alguma. Já havia falado aos parentes e amigos, e romper o compromisso a essa altura, simplesmente por esse motivo, o deixaria em péssima situação. Se, por um acaso, você desejar a mão de Aiko a qualquer custo, considero o assunto encerrado, mas querer me obrigar a dar o meu consentimento seria um abuso de sua parte, uma inesperada agressividade. Da parte daquele rapaz, acho natural que ele tenha reagido assim. Na verdade, errei ao firmar um compromisso sem consultar Aiko previamente, embora seja vontade dela deixar a questão do seu casamento sob minha inteira responsabilidade. Na presente situação, não tenho outra saída senão recusar a sua proposta e cumprir o compromisso assumido. Diante de tudo isso, sei que lhe estou causando muitos desgostos, como por exemplo, meu regresso a Osaka.

Mas peço-lhe que entenda a minha situação e interprete os fatos da melhor forma possível. Até logo".

Enquanto lia, Kensaku murmurava repetidamente:

– Mentira, mentira – e pensou como é que ele era capaz de escrever assim com tamanha frieza.

Depois de três meses, no entanto, Aiko realmente se casou com alguém de Osaka. Era o segundo filho de um ricaço, mas sem qualquer ligação com a empresa de Keitarô.

A dor de Kensaku foi maior que o esperado. Feriu muito mais por ter sido uma decepção imposta a ele pela vida do que por ter sido uma desilusão amorosa.

Quanto a Aiko, não havia jeito. Não deveria ficar aborrecido com isso. Quanto a Keitarô, também não havia o que fazer. Seu procedimento causava-lhe indignação, mas, por achar que, em se tratando de Keitarô, fora uma conduta bem previsível, começou a achar que não deveria ficar tão indignado assim. O que mais o deixara arrasado fora o sentimento da mãe de Aiko. Como ele acreditava integralmente em suas gentilezas costumeiras, o resultado desse incidente não o deixou entender, afinal, o que significavam aquelas gentilezas. Se ela se tivesse mostrado gentil, mesmo que fosse para recusar, ele ainda se sentiria satisfeito. No entanto, ela o ignorara, tratando-o sem a menor consideração. Kensaku estranhou.

Também não conseguia aceitar facilmente o fato de que "o mundo é assim mesmo". Se conseguisse resolver o assunto com tanta facilidade, seria muito bom. Justamente por não consegui-lo, foi sendo dominado por um sentimento ainda mais sombrio.

Pensou que, se escrevesse sobre o assunto, conseguiria esclarecê-lo melhor. Começou a escrever, mas, em determinado ponto, deparou com algo incompreensível.

A sensação desagradável de que o sentimento das pessoas não inspirava confiança começava a se enraizar involuntariamente em seu íntimo. Ao perceber isso, Kensaku sentiu-se mal. O relacionamento com Sakaguchi, que ultimamente já não era tão interessante, também contribuiu para que ele se sentisse assim.

Mas não tinha intenção de generalizar sua visão sobre a vida num pensamento que tendia para esse lado. "É uma doença momentânea do espírito", quis pensar assim. Mas, fosse como fosse, sem se dar conta, Kensaku passou a ficar mais cauteloso em relação aos fatos que pudessem lhe trazer uma nova decepção. Estava até com medo.

E o caso com Tokiko já começava a demonstrar isso. Embora receoso de sufocar o sentimento que crescia dentro dele, quando tentava uma aproximação, atingia uma tranquilidade que não confirmava o ardor do sentimento inicial, e, então, não conseguia sentir vontade de avançar em seu propósito e insistir no caso. Assim, seu sentimento também acabava murchando.

VI

Dois ou três dias depois que Kensaku se encontrou pela segunda vez com Tokiko, era o aniversário de quatorze ou quinze anos de falecimento de um amigo íntimo. Foi fazer uma visita ao seu túmulo, em Somei, na companhia de amigos daquela época.

O sol já se punha quando eles voltaram à estação de Sugamo, vindo da visita ao cemitério. Em seguida, foram a um lugar movimentado para jantarem juntos, mas as opiniões ficaram divididas: ir até Ueno, naquele mesmo trem, ou ir logo para os lados de Ginza, num trem municipal. Sem nenhum motivo especial, Kensaku sentiu vontade de ir para os lados de Ueno. Não chegou a pensar em ir de Ueno até o lugar onde Tokiko estava, mas foi atraído para aqueles lados.

No final, os amigos definiram-se por Ginza. Lá chegando, novamente as opiniões se dividiram em relação ao local do jantar. Todos começaram a expor sua própria vontade, como nos tempos de criança. E isso também era divertido. Um grupo queria ir a um restaurante ocidental recém-inaugurado por um francês, outro queria uma casa de carnes muito boa, e nenhum deles queria ceder.

– Ei, vocês! Na sobremesa daquele restaurante há cacos de vidro, sabem? – disse um deles chamado Ogata, denegrindo a sua reputação.

Por fim, foi definido que jantariam separadamente, mas em compensação, os que fossem à casa de carnes tomariam um chá no restaurante ocidental. E separaram-se.

Todos se reuniram novamente no local combinado e deixaram a casa por volta das nove horas. Andaram durante algum tempo pelos arredores, onde há casas noturnas, mas decidiram se separar, a certa altura.

– Vamos deixar para outro dia. Meu irmão e minha irmã mais velhos estão em casa e não posso deixar a casa sem avisar – disse Ogata. Mas Kensaku não desistia facilmente quando queria alguma coisa.

– Em primeiro lugar, mesmo que fôssemos agora, não dá para saber se a gueixa está ou não – ponderou Ogata.

– Se ela estiver, você irá?

– Ei, espera aí! Você está mesmo levando a sério?

Pelo sim, pelo não, resolveram telefonar e entraram num café.

Quem atendeu o telefone foi Otsuta.

– Hoje a menina Toki está na Companhia Ichimura; Koine se ausentou desde ontem e ainda não retornou – disse penalizada.

– Mas depois ela volta, não volta?

– Bem, acho que sim. Vou perguntar e logo em seguida darei a resposta. Qual é o número daí?

Esperaram um pouco e logo veio o telefonema.

– Ela saiu na metade do espetáculo e foi ao Kurataya com um cliente. Como estão jantando, disse que logo estaria livre...

– Se é assim, iremos – disse Kensaku.

Ogata gostava de beber.

– Já que vamos, eu vou beber mais um pouco – assim falando, acomodou-se ainda mais e tomou duas ou três doses de uísque com soda, uma após a outra.

Cerca de uma hora depois, os dois foram a Nishimidori.

– Instantes atrás, assim que desliguei o telefone, Koine retornou. – Dizendo isso, Otsuta pediu à outra empregada que os acompanhasse, e ela foi logo para perto do telefone.

Logo Koine chegou, e pouco depois, Tokiko também.

Aos olhos de Kensaku, Tokiko parecia novamente um pouco diferente da vez anterior. Como era a primeira vez para Ogata, ela estava um pouco formal. Mostrava-se também um pouco cansada e sem energia. Tendo vindo direto de onde estivera, de vez em quando tentava se arrumar, mostrando-se preocupada com o quimono, que não estava tão perfeito quanto o de Koine, o que fez Kensaku achar graça.

Essa noite, acabaram também passando-a em claro, divertindo-se com brincadeiras de criança. Entretanto, Kensaku pensou se deveria permitir que ela fizesse esse tipo de serviço o tempo todo. O melhor seria encerrar a brincadeira e ir embora, pois já era tarde, umas três ou quatro horas; também não sabia se deveria pedir que os deixassem pernoitar ali.

Lá fora, a chuva outonal caía silenciosamente. Enquanto Kensaku e Ogata cochilavam ao som da chuva, as mulheres se retiraram.

Despertaram por volta das dez horas. Após o banho, ambos estavam um pouco mais lúcidos. Chamaram pelas duas mulheres da noite anterior, mas só Koine veio. Tokiko tinha um cliente para atender na sala que fazia frente para a rua, no andar superior.

Quando estava ficando sóbrio, Ogata começou novamente a beber. Já não havia mais brincadeiras, nem assunto. Koine, com um olhar desolado, naquele clima sem graça, fixou o rosto de Ogata, que estava deitado.

Subitamente, Ogata abriu os olhos e, quando percebeu Koine olhando fixamente para ele, meio desconcertado, falou sem ânimo:

– Então, tem algum assunto interessante?

– Pois é – sorriu Koine meio tristonha. E acrescentou:

– Conhece aquela estória das gueixas de Shitaya, cujo carro, segundo dizem, foi empurrado por raposas brancas?

– Não. Onde foi?

– Dizem que foi há pouco tempo, quando elas foram a um santuário...

Koine contou a estória com seriedade.

– Contam que as gueixas ficaram com muito medo. Elas poderiam ter dito ao acompanhante, mas não se sabe que tipo de vingança poderiam sofrer, não é? – comentou Koine.

Kensaku achou bobagem. Se Koine acreditasse naquilo de verdade, ainda faria sentido; mas, como falava com grande seriedade sobre algo no qual nem acreditava, ele achou tolice.

– Essa estória não é muito interessante – disse. Koine acabou concordando.

– É mesmo, não é?

– É invenção.

– Deve ser. É um pouco suspeita – riu.

Kensaku achou desagradável, mas, ao mesmo tempo, sentiu pena de Koine que, embora tivesse começado a narrar com seriedade, nem fizera expressão de desagrado ao ser contestada, e, fazendo a vontade do cliente, acabara rindo junto com ele.

– Com certeza é uma daquelas estórias improvisadas.

– Deve ter razão – riu com satisfação, bem alto, como era próprio dela.

– O nosso fornecedor de saquê foi quem ouviu essa estória lá em Iyomon ou em outro lugar. Achei que fosse verdadeira, acreditem.

– Então conte outra estória – disse preguiçosamente Ogata, de olhos cerrados.

– Não há tantas estórias interessantes assim – disse Koine, meio sem jeito. De repente, quando os dois já haviam se esquecido, falou:

– Agora, então, é uma estória verdadeira – e começou a rir sozinha.

Era uma história recente, daquelas redondezas. Interpelado pelo juiz por causa de um suicídio mal sucedido, o suicida falou que fora salvo pela "casa de meretrício no instante de seu fechamento" e o juiz retrucou, dizendo que não sabia como ele podia ter sido salvo pela "grande liquidação"[28]. Koine riu sozinha. Kensaku entendia a confusão causada por aquela palavra homófona da expressão "grande liquidação", mas Ogata, assim como o juiz, não a conhecia. E a piada acabou sem graça.

Não se sabe quando, Ogata acabou adormecendo e roncava baixinho. Kensaku estava cansado, mas não tinha sono. Sem saber o que fazer, pegou o tabuleiro e começou a jogar quina com Koine.

De vez em quando, ouvia-se a voz de Tokiko vinda da outra sala. Agora Kensaku já não alimentava nenhuma ilusão sobre sua relação com Tokiko. Mesmo assim, o fato dela não estar ali, mas conversando com outra pessoa, em outra sala, deixava-o triste. Se ela não estivesse na casa, seria melhor. Não conseguia se desligar da sua presença no outro recinto. Ela, no entanto, sempre que passava pela sala onde estava Kensaku, vinha dar uma palavrinha. Às vezes chegava a entrar. Então, a disposição de Kensaku melhorava, a ponto de ele mesmo achar estranho.

74   *Naoya Shiga*

Ao entardecer, a chuva finalmente cessou. O cliente da sala da frente, no andar superior, custava a ir embora. Kensaku e Ogata saíram. Assim que deixaram a região, Ogata passou num restaurante ocidental e bebeu uísque. Em se tratando de bebida alcoólica, ele não se satisfazia. Kensaku estava bastante cansado. Contudo, aquele incessante sufoco, cujo motivo não sabia ao certo, fê-lo, de repente, sentir um certo bem-estar ao ter contato com o ar de fora, após a chuva.

Os dois resolveram ir para o lado de Nihonbashi e, caminhando até Minowa, pegaram o trem com destino a Ningyômachi.

Ogata usava um chapéu que parecia de couro curtido, verde-oliva escuro, com a aba voltada para dentro. Recostara-se na janela de vidro, com os braços cruzados e os olhos cerrados.

Chegaram à baldeação na Ladeira Kuruma. Muitos subiam e outros tantos desciam. Uma senhora bonita e jovem, de sobrancelhas feitas, entrou com uma criança de colo nascida naquele ano. Atrás dela, uma empregada de ar recatado, com dezesseis ou dezessete anos, a seguia, carregando uma trouxa. As duas se sentaram bem em frente a Kensaku.

A criança era forte e saudável. Vestia um quimono *yûzen* e um colete muito bonito. Mas, como seu físico era pequeno, o quimono não se ajustava, ficava desajeitado, com o colarinho caído para trás, deixando à mostra a pele alva de suas costas bem gordinhas e macias. O bebê balançava a cabeça e mexia pernas e braços sem parar, mostrando bastante energia.

A senhora deveria ter vinte dois ou vinte e três anos. Kensaku, entretanto, achava que as mulheres casadas sempre pareciam mais velhas que ele, de modo que não sabia definir ao certo. Ela conversava descontraidamente com a empregada, como se conversasse com uma amiga. Do lado oposto, havia outra empregada com uma menina de cerca de quatro anos nas costas. A menina mostrava sua voluntariedade de criança e, já havia algum tempo, fixava os olhos arregalados no bebê, que não parava. O bebê também percebeu e olhou para a menina; no final, começou a ficar irrequieto dando pequenos gritos estridentes e estendendo as mãos. Mesmo assim, a menina continuou olhando para ele brava, com a cara fechada.

Como o bebê estava agitado demais, a senhora, entretida na conversa, finalmente percebeu. Com um leve movimento de pescoço, voltou-se para o lado da menina. Foi um olhar cheio de vida.

– Olha, ele parece querer conversar com a menina – disse, rindo. A menina continuava de cara fechada. A empregada que a carregava disse um gracejo num ritmo um pouco lento.

A senhora interrompeu a conversa com a empregada e, de repente, de modo impulsivo, começou a beijar o rosto e o pescoço do bebê, à moda japonesa[29]. Ele ria, contorcendo-se de cócegas. A senhora deixava ver uma linda nuca, e, inclinando o penteado japonês, continuou a beijar o bebê no pescoço. Kensaku, que os observava, sentiu uma estranha ternura preguiçosa e não aguentou mais olhar. Desviou os olhos para a janela. Achou que a senhora fazia dengo melhor que o bebê, que ainda não sabia fazê-lo muito bem.

Ao pensar que a relação dócil entre os jovens pais se reproduzia inconscientemente nos filhos, Kensaku ficou estranhamente envergonhado e, ao mesmo tempo, sentiu-se mal. No entanto, achou bonita essa mulher que causava uma sensação de leveza, livre de tensão mental e muscular. Temeroso, tentou imaginar uma esposa como ela para si. Com certeza seriam muito felizes. Por uns momentos, chegou a sentir uma felicidade que o satisfazia plenamente.

– Bom, vamos descer na próxima estação. Você vai ser carregado nas costas e iremos andando – disse a bela senhora, colocando o bebê nas costas da empregada. Esperaram o trem parar e desceram.

Sem nenhum motivo especial, Kensaku estava feliz. Essa sensação de felicidade permaneceu em seu coração, juntamente com a lembrança daquela pessoa.

Kensaku e Ogata desceram em Kodenma e seguiram na direção de Nihonbashi. O chão, molhado pela chuva, refletia de forma bela as luzes da rua. Atravessando a ponte provisória da ponte Nihon, um pouco mais adiante, os dois entraram num restaurante de boa aparência, um pouco afastado.

Ogata bebia bastante fazendo elogios à bebida. Quando bebia, ele se sentia mais lúcido. Começou a comparar as gueixas de Naka-no-chô, que ele conhecera recentemente, com as da região de Akasaka, em Shinbashi. Tivera muito aborrecimento na relação com uma gueixa de Akasaka e disse que agora estava sendo cobrado pelo patrão dela. Kensaku achou interessante o fato de Ogata não tentar fugir desses problemas, nem estar preocupado com a questão. E nisso residia uma certa serenidade requintada. Por isso, era-lhe possível ouvi-lo falar sem revolta sobre esse tipo de assunto, que normalmente deixa o ouvinte revoltado, pensou Kensaku.

Por volta das nove horas, os dois deixaram o restaurante. Mas ainda não conseguiam separar-se. Sem rumo, foram andando por Ginza.

– Se formos até o Seihintei, tenho a minha garrafa de uísque. Que tal? Vamos para lá?

– Ainda quer beber?

– Quero.

Ogata gostava mesmo de bebida. Era hereditário. E, por mais que bebesse, não parecia ter bebido.

– Lá trabalha uma mulher que foi gueixa em Yokohama.

– Será que você está colecionando mulheres desse tipo?

– Não. É só essa. É melhor do que se ela trabalhasse como gueixa, não? Em primeiro lugar, não é preciso atender clientes nem usar fantasias.

No Seihintei, foram conduzidos a um aposento pomposo como uma sala de espetáculos, com espelho nas portas e um andar inferior na parte dos fundos.

As empregadas trabalhavam indo de um lado para outro, apressadas. Altas gargalhadas se ouviam, provenientes de várias partes.

– Sejam bem-vindos! Sr. O, seja bem-vindo – disseram duas ou três mulheres à entrada. E não paravam, como se estivessem muito atarefadas.

Kensaku estava com os olhos vermelhos e não se sentia bem, por não ter dormido e por ter exagerado no fumo. Depois de pingar o colírio que comprou, apoiou os cotovelos sobre a mesa, a testa nas duas mãos e, com os olhos ardentes fechados, ficou quieto. Ele e Ogata já estavam exaustos.

– O pessoal daqui é bastante animado, não é? E parecem ainda mais, porque já estamos cansados.

Uma mulher de vinte e três ou vinte e quatro anos, vestindo um quimono com gola, entrou sorrindo com uma garrafa de uísque numa das mãos e uma garrafa de soda na outra.

– É esta, não? – disse a mulher inclinando a cabeça, ao levantar a garrafa de uísque. Fez uma reverência, demostrando familiaridade com Ogata.

No rótulo da garrafa de uísque, havia um "O" escrito com caneta grossa.

– É sua letra? Letra feia! – disse Ogata.

– Mesmo sendo feia, dá para entender, não dá?

A empregada retirou um abridor da faixa do quimono e abriu a soda, servindo-a, misturada à bebida do copo. E saiu com a soda aberta.

– Não é essa, é?

– Não. Se ela não vier, vou chamá-la.

Nisso, em silêncio, entrou outra empregada que se mostrou um pouco cerimoniosa com Kensaku, que visitava o estabelecimento pela primeira vez. Era uma moça alta e bela. Kensaku achou que fosse essa. Com uma expressão coquete e de olhos inchados, ela se aproximou de Ogata, dizendo: "Obrigada pela vez passada". Seus lábios tinham um colorido vivo e bonito.

Quieto, Ogata esvaziou o copo de um só trago e, enchendo-o novamente com uísque e soda, ofereceu-o à mulher.

– Beba isso.

A mulher sentou-se na cadeira ao lado e, olhando o copo como se quisesse ver do outro lado, disse:

– Parece forte! – e colocou-o na frente de Ogata.

– Esse é você quem vai beber! – Dizendo isso, Ogata fez menção de devolvê-lo, mas a mulher segurou sua mão:

– Não quero forte assim!

– Então vamos beber meio a meio! – Em seguida, empurrou o copo. Nesse momento, a bebida derramou-se e penetrou na toalha grossa.

– Comece você, Sr. O! – e devolveu o copo como se lidasse com alguma coisa suja.

– Vai beber mesmo, não é?

– Vou sim!

Ogata estufou o peito e tomou a metade, num só gole, colocando o copo diante da mulher. Na verdade não havia tomado a metade, mas a mulher pegou o copo e encostou nele seus lábios rubros.

– Está forte demais! – Enrugou a testa propositadamente e bebeu em vários goles.

A empregada anterior entrou com uma garrafa de soda e ficou ali parada.

– Não pode, Okayo. Assim, tão forte... – disse séria.

– Só bebi a metade que restou, sabe? – respondeu Okayo, rapidamente, com um olhar meio irado. Sem aceitar a resposta, a empregada falou:

– Sr. O, ela não pode mesmo! Não a embriague, por favor!

– A chefe é rigorosa demais!

A empregada abriu a soda e, colocando-a no copo de Ogata, disse sorrindo:

– O daquele outro, lá, não esvazia nem um pouco, não é?

– Por isso é preciso que alguém nos faça companhia. Se Okayo não estiver, Osuzu, é você que deve vir – disse Ogata.

– Sou incapaz de acompanhá-lo na bebida.

A empregada Osuzu também se sentou ao lado de Okayo. Esta, subitamente, em voz baixa, falou em tom irritado:

– Por ser mais velha, talvez você ache que está conseguindo dominar a situação, mas é falta de educação. – E, enrugando as sobrancelhas, acrescentou: – É mesmo falta de respeito, Osuzu.

Ogata, que estava quieto, disse:

– Numa hora dessas, que tal uma bebida para sufocar a ira?

As duas se entreolharam, um pouco sem jeito, e começaram a rir.

Ogata continuou falando e fazendo-as beber. A empregada Osuzu já não estava tão implicante como no início. Vez por outra, chamavam Okayo, e ela descia. Quando folgava, aparecia novamente. Pela falta de hábito, Kensaku não falava muito. Ouvindo a conversa e segurando a travessa de uvas, era como se estivesse sozinho, levando cuidadosamente cada fruta, na ponta dos dedos, para dentro da boca.

Okayo entrou correndo.

– Que calor! – segurava uma das mangas com as duas mãos e batia apressadamente no peito. Estava embriagada. Seus olhos úmidos, à luz da lâmpada, brilhavam belamente.

– Okayo, já chega mesmo, pois, se cair de cama, será terrível!

– Não vou cair de cama coisa nenhuma! – disse rispidamente Okayo, olhando feio para Osuzu.

Kensaku olhou para cima e pingou colírio de novo.

– Dê-me também – disse Ogata estendendo a mão. De olhos fechados, Kensaku entregou-lhe o vidro.

– Sr. O, eu pingo para você!

– Não tem perigo?

– Não – disse Okayo. Pegando o frasco, posicionou-se atrás de Ogata.

– Olhe mais para cima!

– Assim?

– Mais.

Enquanto isso, Osuzu enfileirava quatro cadeiras, dizendo:

– Sr. O, assim é melhor!

Okayo sentou-se numa das cadeiras e disse:

– Vou servir de travesseiro e pingo para você.

Osuzu pegou um guardanapo e entregou-o a Okayo.

– Puxa, que travesseiro mais cerimonioso! – disse Okayo, abrindo o guardanapo no colo.

Ogata deitou-se, virado para cima, nas cadeiras enfileiradas.

– Posso abrir com meus dedos?

– Vou abri-los – disse Ogata, abrindo as pálpebras.

Okayo não conseguiu pingar. O colírio escorreu para os ouvidos. Rindo, ela falou:

– Mais uma vez – e o fez abrir as pálpebras.

– Não está escuro? – disse Osuzu, espiando.

– Está claro. Veja! – respondeu Okayo, olhando para Osuzu. Compenetrada, ela estava pronta para pingar, mas havia pouco colírio no conta-gotas e, por isso, ele custava a cair. Ogata esperava, mostrando o branco dos olhos; como, no entanto, as gotas demoravam a cair, tentou olhar com as pálpebras abertas.

Okayo, num sobressalto, gritou, levantando-se. A cadeira caiu para trás, fazendo barulho. Ogata também se assustou e levantou-se.

– Mas o que aconteceu? – perguntou Osuzu, admirada.

Okayo continuou em pé, segurando o frasco de colírio. Com a voz meio rouca, respondeu:

– Quando eu pensei que ele estava com os olhos brancos, de repente, a pupila preta apareceu. E estava olhando para mim...

– O que é que você está dizendo? – Osuzu fez uma expressão de desagrado.

Okayo continuou calada, em pé, meio pálida.

Perto da meia-noite, Kensaku e Ogata voltam para Nishimidori. Sem coragem, custavam a se separar. À medida que a noite avançava, o cansaço que sentiam passou um pouco, mas isso não durou muito. Por volta das três horas, finalmente, já sem aguentar, Kensaku sentiu muita saudade de seu acolchoado. Queria dormir à vontade. Pediu a Ogata que prometesse visitá-lo sem falta no dia seguinte, quando retornasse, e foi embora, de riquixá, tomando emprestado um agasalho.

No meio do caminho, começou a amanhecer. Ao ver lindos raios de luz, após a chuva, começarem a emergir pouco a pouco do leste, lembrou-se do outono de dez anos atrás, quando, numa viagem de navio, atravessou o Mar do Japão, sozinho e viu subirem belíssimos raios de luz por trás do monte Tsurugi, já coberto com um pouco de neve.

VII

Quando Kensaku despertou, já era quase meio-dia. Por ter se ausentado durante duas noites, estava um pouco sem jeito de encontrar Oei. Lá fora, ouviam-se ruídos barulhentos de pássaros açores. Ele ficou deitado durante algum tempo, mas, num ímpeto, levantou-se. Ao abrir uma das venezianas, um açor, cantando, fugiu do alto de uma árvore do vizinho.

Era um dia maravilhoso. Não havia vento e, no chão molhado, raios macios de sol outonal incidiam lateralmente à sombra da árvore de onde o pássaro havia voado instantes atrás. Da chaminé da sala de banho, subiam fiapos de fumaça. Lembrou-se então que, meio zonzo, quando a empregada lhe abriu o portão, ordenou-lhe que deixasse a água esquentando, naquela manhã.

– Finalmente acordou, hein? – Era a voz de Nobuyuki falando lá em baixo. Oei veio subindo as escadas.

– Já estava esperando havia uma hora.

Desceu às pressas. Nobuyuki estava fumando perto do fogareiro da sala de chá. Kensaku trocou algumas palavras com ele, em pé mesmo, e disse:

– Nobu, que tal um banho?

– Não, obrigado.

– Então, com licença – dizendo isso, foi para o banho.

Era como se há muito tempo não entrasse na banheira. A luz agradável do sol entrava pela vidraça, penetrando até o fundo da banheira. O vapor, na forma de infinitas gotículas, movia-se nebulosamente à luz do sol. Se o irmão não o estivesse esperando, ele gostaria de ficar ali, sem pressa.

– Você se ausentou, Oei estava preocupada. – Nobuyuki disse isso rindo.

Kensaku deu respostas evasivas.

– Encontrei Yamaguchi ontem, por acaso, e ele disse que queria publicar um trabalho seu no periódico***. Você tem algo para entregar? – disse Nobuyuki.

– Em que mês?

– Ele queria para o número do próximo mês, mas acho que pode ser para os próximos meses.

– Então vou mandar qualquer dia desses.

– Não há nenhum trabalho que já esteja pronto?

– Parei de escrever o que comecei outro dia.

– É – disse Nobuyuki, como se já soubesse, balançando a cabeça verticalmente.

– Quando conseguir escrever algo de novo, mando para ele.

– Não há nada que você tenha escrito anteriormente?

– Tenho, mas não quero publicar.

– Ah, é? Então não sabe quando? É que o Yamaguchi está com muita vontade de apresentar algo seu – disse Nobuyuki.

Yamaguchi fora companheiro de classe de Nobuyuki, na época do ginásio, e interrompera os estudos no colegial. Agora, é redator de revistas.

– Por que será?

– Parece que, no início, ele foi incentivado por Tatsuoka. Depois, foi procurar Sakaguchi e pediu-lhe que opinasse sobre os seus trabalhos. Dizem que Sakaguchi também lhe fez elogios.

– Ahn! – Kensaku achou estranho. – Quando será que os dois se encontraram?

– Na conversa de ontem, Yamaguchi disse que foi na noite anterior.

– É? Não posso prometer, mas talvez peça a ele para publicar meu trabalho.

A refeição estava servida na sala. Então, para surpresa, Oei também se sentou à mesa.

Kensaku estava preocupado com Ogata. Ao terminar a refeição, foi logo à livraria ali perto e ligou para Nishimidori.

– Ele foi embora ainda há pouco – disse Otsuta. E acrescentou: – Espere um momento.

– Obrigada pela noite passada...! – falou Tokiko ao telefone. – Sabe quem está falando?

– Sim – respondeu Kensaku, achando que fora um pouco frio. Principalmente porque o menino da livraria e os clientes estavam perto, e ele teve a impressão de que prestavam atenção à conversa.

– Está acontecendo alguma coisa? – Depois ouviu-a dizer, dirigindo-se a Otsuta: – Parece que está acontecendo algo.

Trajetória em Noite Escura   81

– O Sr. Ogata está aí? .... Se estiver, peça-lhe desculpas por eu tê-lo repreendido no jogo de vinte e um, ontem à noite. Está bem?... É que só ele ganhava! Eu
fiquei realmente um pouco brava.

Kensaku ficou entediado e foi embora.

Pouco depois, Ogata chegou, com jeito de quem já havia bebido.

– Tokiko é muito boa, mas eu me aborreci porque ela me tratou muito mal –
disse Ogata em tom de brincadeira.

– Não foi no jogo de cartas? Ao telefone, ela me pediu para lhe transmitir
suas desculpas.

Perto do amanhecer, bem na hora em que Kensaku manifestava o desejo de
ir embora, eles jogavam vinte e um. Estranhamente, só Ogata conseguia cartas
boas e, em pouco tempo, acabou com a fortuna de todos. Usaram o jogo que lhes
davam novos pontos, mas ele venceu novamente. Nesse momento, Tokiko ficou
indignada e começou a falar algo. Kensaku não ouvia o que ela estava dizendo,
mas, de repente, Ogata deitou-se de barriga para cima e, dizendo: "Ah, ganhando
desse jeito não tem graça", saiu do jogo. Kensaku não ligou e continuou jogando
com Tokiko e Koine. Entretanto, por aquele telefonema, que mostrava Tokiko tão
preocupada – e agora, pelas palavras de Ogata – achou que esse pequeno contra-
tempo devia tê-los incomodado muito. Uma semana antes, no mesmo local, ele
ficara aborrecido com Sakaguchi. Pareceu-lhe estranho que Tatsuoka não tivesse
percebido praticamente nada, mas agora, estando em igual situação, percebeu que
há momentos em que esse tipo de coisa passa despercebido, muito além do que
se pode imaginar. Fosse como fosse, se era mesmo verdade que Sakaguchi havia
recomendado seus trabalhos a Yamaguchi, Kensaku ficou em dúvida sobre quais
seriam os seus motivos.

Depois de algum tempo, Nobuyuki foi embora.

Quando voltava à sobriedade, Ogata começou a sentir muito frio. Kensaku
trouxe um pouco de *cherry*, de qualidade não muito boa, que Oei tomava de vez
em quando antes de dormir. Ogata tomou essa bebida adocicada como se estivesse
achando muito ruim. Por volta das quatro horas, os dois saíram. Foram à casa de
Tatsuoka, em Shiba, para chamá-lo, e os três se dirigiram a pé ao Seihintei, pelo
Bairro Hikage. Entretanto, não se sabe por quê, Okayo acabou não aparecendo.

No dia seguinte, Kensaku sentiu-se mal desde que acordou. Tendo, porém,
um compromisso na Maruzen, saiu e foi espirrando durante todo o caminho, sem
parar. Resolvendo o assunto, voltou imediatamente e se deitou. Em função de sua
vida desordenada, resfriara-se, e também o dia seguinte passou-o todo na cama.
Achou que precisava dar um jeito em sua vida. Mas não conseguia sentir-se tranquilo. Ainda passou metade do outro dia na cama. Como não tinha febre, depois
de sair do banho não conseguiu mais ficar quieto em casa. Ao anoitecer, chamou

Tatsuoka e foi com ele a Nishimidori. Tokiko e Koine vieram, mas o ambiente não esquentou. À medida que a noite caía, Kensaku foi ficando mais incomodado. Seu sentimento em relação a Tokiko estava mesmo mais próximo do que ele sentia no momento em que pensara ter abandonado as próprias ilusões, no segundo encontro; a partir de então, tal qual um elástico que perde a elasticidade, foi afrouxando, e o relacionamento entre os dois lhe parecia cada vez mais distante. Ficou triste porque, embora ainda gostasse de Tokiko, seu coração não ardia nem um pouco de paixão. Teve vontade de dizer que o caso com Aiko o deixara assim. Mas, ao pensar que o seu sentimento em relação a ela também já chegara a esse ponto, foi invadido por uma tristeza estranha.

Era como se tivesse se degradado a um ser sem valor. Saboreando o sofrimento de aguentar quieto, sozinho, esperou o dia clarear. Sentiu, bem lá no fundo, que aqueles lugares não combinavam com sua natureza.

No dia seguinte, à tarde, Ogata visitou-o. Por meio de um parente, ele recebera uma proposta de casamento para a irmã mais nova de uma pessoa que estudara com Nobuyuki, e se este soubesse algo sobre aquela família, gostaria que lhe contasse.

– A propósito, o que aconteceu anteontem, que você acabou não voltando? – perguntou Ogata.

– Por quê?

– Okayo pediu para que eu chamasse você, nem que fosse um pouco, e então mandei um riquixá buscá-lo, depois das dez, não ficou sabendo?

Kensaku enrubesceu. Com que sentimento Okayo teria feito isso? Será que de vez em quando ela se mostrava desse jeito com qualquer um? Ele não sabia nada sobre essas coisas. Na primeira vez que encontrou Okayo, sentiu-se um pouco atraído por ela. Mas aquele seu jeito meio grotesco, de um lado lhe agradava, e de outro lhe desagradava. Pressentia que, se ele aprofundasse o relacionamento com ela, isso se tornaria ainda mais desagradável. Primeiro, porque, achando que ela era uma mulher que, no momento, não servia para ele, sentira interesse, mas nada além disso. Além do mais, achava que, para Okayo, naquele dia, ele não passara de uma pessoa da rua, que não acrescentava nem diminuía nada. Por isso, ao ouvir aquilo de Ogata, um sentimento doce começou a invadir seu peito. Ele, porém, tentou ocultá-lo ao máximo.

Por outro lado, sentiu-se um pouco desgostoso. Por que nem Oei nem a empregada lhe avisaram nada? Para Oei, que vivia uma vida de rotina, a vinda de um riquixá para buscá-lo deveria ser um fato relevante. Obviamente não foi por esquecimento que não falara. Fora uma omissão intencional. E ela mandara a empregada calar-se também, pensou.

– Hoje, a partir das quatro tenho de comparecer à missa de um ancestral no Templo Tôkai. Se puder, não gostaria de comer fora, antes desse horário? – disse Ogata.

Os dois foram a um restaurante em San'nôshita, não muito longe dali.

A tarde estava silenciosa. Na sala que fazia frente para um pequeno jardim muito asseado, colocaram as almofadas perto do alpendre e começaram a conversar descontraidamente.

– Daqui a quatro ou cinco dias vou em peregrinação ao monte Momo, levando as senhoras lá de casa. Vou com a condição de ter as noites livres em troca de acompanhá-las durante o dia – disse Ogata.

Uma empregada muito distinta veio trocar o arranjo de flores. Como estava longe dos dois, perto do alpendre, sentou-se à frente do *tokonoma*; observava e arrumava muitas vezes a posição das flores, de forma bastante minuciosa.

– Bem, poderia chamar a senhora de sempre? – disse Ogata à empregada. E acrescentou: –Será que era Chiyoko...?

A empregada colocou as flores velhas no corredor e depois se sentou novamente no tatame, esperando outro pedido.

– Então, elas duas – disse Ogata. A empregada fez uma reverência e saiu.

Logo, essa senhora e a gueixa cuja presença haviam solicitado entraram. Era uma mulher de mais de quarenta anos, de porte pequeno, um pouco pálida, mas parecia muito forte na bebida. Além disso, falava bastante.

– Assim que terminarmos de comer, vamos embora, sabe? Peça a presença de Chiyoko também – disse Ogata à empregada que trouxera a bandeja.

– Afinal, quando é que eu posso acompanhá-lo? – perguntou a senhora.

Ogata, sem responder, voltou-se para Kensaku e disse:

– Prometi ir a Yoshiwara com esta senhora. Falei-lhe sobre o assunto do outro dia e fui bastante elogiado.

– Se se diverte com as gueixas de Naka-no-chô, já é perito – disse a senhora, e riu.

Ogata e a senhora falavam sobre uma pessoa que Kensaku não conhecia. A senhora falava bastante. De vez em quando, intercalava risos bem altos, que pareciam percussão metálica. E isso o irritava de maneira estranha.

Ogata, de repente, sem qualquer relação com o assunto, disse:

– Fukiko está aí, agora?

A senhora engasgou. Mudou um pouco a expressão. Ogata disfarçava, mas se mostrava tenso. Kensaku achou que se tratava da gueixa de quem falaram na conversa do outro dia.

– Está viajando – respondeu finalmente a senhora. Mas seu jeito mostrava, até mesmo para quem estava de fora, que era mentira. Mesmo assim, Ogata perguntou:

– Para onde ela foi?

A senhora sentiu dificuldade em responder.

– Acho que foi para Shiobara. – E, de modo artificial, mudou de assunto para a coloração das folhas da região de Shiobara e de Nikkô, que, segundo ela, eram prematuras ou tardias. Desde então, como se tivesse esquecido, Ogata não fez mais nenhuma referência à mulher chamada Fukiko, mas Kensaku achou graça na hesitação dessa senhora de ar orgulhoso, digno de uma pessoa já bastante vivida, diante da pergunta descomprometida de Ogata.

Um senhor rico, embora tivesse conhecimento da relação entre Fukiko e Ogata, continuava cuidando dela e de sua mãe. Um empregado desse senhor, achando que isso era um desaforo, protestou, com cara de bravo. Então, a mulher esbravejou e rasgou em pedacinhos seu quimono de Ano Novo, confeccionado naquela primavera e, de carro, foi chorando à casa de Ogata, mas, como não podia chamá-lo abertamente, ficou esperando em frente da casa. Por coincidência, o irmão mais novo de Ogata chegou e a mulher pediu que ele o chamasse. Já era mais de uma hora da madrugada. Ouvindo o barulho do carro, Ogata já pressupunha que era ela, mas "uma vez que estava deitado, não poderia sair assim correndo da cama. Como ele não ligasse, ela acabou indo embora". Isso é o que Ogata havia contado a Kensaku quatro ou cinco dias atrás. Ele e a mulher já não se encontravam há mais de dois meses.

Quando já encerravam a refeição, a gueixa chamada Chiyoko chegou. Ao contrário da senhora, era alta e magnífica. Era do tipo de Koine, mas muito mais farta em todos os aspectos, e bela. Mais do que tudo, o seu olhar continha beleza e força que estranhamente aquietavam o sentimento das pessoas. Kensaku foi atraído especialmente por seus olhos.

Pouco depois, os dois deixaram o restaurante. Bem abaixo da guarita de Akasaka, Kensaku separou-se de Ogata, que ia para o Templo Tôkai, em Shinagawa. Depois subiu pela guarita e, sem destino, foi caminhando para o lado de Hibiya. Nesse momento, o que atravessava o seu coração não era a bela Chiyoko, vista ainda há pouco. Muito pelo contrário. Não conseguia parar de pensar na Okayo do Seihintei, em quem não achara nada de especial até então. Em seu íntimo, repetiu inúmeras vezes as palavras de Ogata: "Como ela pediu que o chamasse nem que fosse só por alguns momentos".

Fosse por Tokiko, pela jovem senhora que avistou no trem ou pela Chiyoko de hoje, ultimamente ele se sentia atraído por quase todas as mulheres que encontrava. No momento, estava atraído por Okayo, que havia dito aquelas palavras.

– O que é que eu estou querendo, afinal?

Sem querer, pensou isso, e ficou assustado, pois era uma pergunta que ele não gostaria, mas tinha condições de responder.

VIII

Miyamoto, um amigo seu, mais jovem, que estivera viajando por Kamigata[30], durante algum tempo, veio visitá-lo com uma cesta de cogumelos.

Ao entardecer, enquanto conversavam no andar superior, chegou o aviso de um telefonema recebido na loja vizinha.

– Não quer vir para cá agora? – era Okayo.

– Ogata está aí?

– Está, sim.

– Então daria para dizer a ele que venha logo para cá? Não há nada de especial, mas tenho cogumelos de Quioto.

Okayo, com o seu jeito rápido de falar, disse:

– Isso, não!

– Depois podemos ir novamente para aí – ponderou Kensaku.

– É muito complicado. Só o Sr. O terá trabalho!

Após ela insistir duas ou três vezes, Kensaku disse:

– Está bem. Então irei depois de comer – e desligou.

Cerca de duas horas depois, Kensaku foi ao Seihintei com Miyamoto. Ogata bebia uísque com Osuzu e Okayo, numa pequena sala.

– Que coisa mais sem graça! Ficar recusando, sem mais nem menos, um convite especial, sem me consultar! – dizendo isso, Ogata segurou os ombros de Okayo, que estava sentada ao seu lado.

– É verdade – disse Osuzu – Não se sabe que guloseimas havia, não?

– O senhor disse que não havia nada de especial, não foi, Sr. Tokitô?

– É óbvio – disse Osuzu – E alguém, por acaso, faz algum convite dizendo que há algo de especial?

– É porque é mais conveniente interpretar isso como verdade! – Okayo encarou Osuzu.

– Ei, vocês!! – Ogata bateu nos joelhos de Osuzu e disse: – Vamos beber saquê, lá no restaurante de empanados de Hashizen.

– Estou enjoado até de ver empanados – disse Miyamoto, acanhado.

– Não gosta? Então, vamos desistir.

– É mesmo. Como está na hora de mudança de estação, é melhor não ir, pois, caso aconteça algo...

– O que ela está dizendo parece coisa de gente velha, disse Okayo, como um narrador.

Miyamoto também era forte para bebida. Mesmo misturando bebidas adocicadas como menta, não ficava embriagado. E estava com uma expressão estranhamente apagada. Sem ter conseguido dormir direito no trem noturno, não se sentia com muita disposição.

– O que você tem? – Okayo, sentada ao lado de Kensaku, dirigiu o olhar para o rosto de Miyamoto, sentado à sua frente, e disse: – Que coisa! Faz tempo que ele está sozinho, tristonho... – Olhando para Kensaku, acrescentou: – Afinal, o que foi?

Quando Okayo disse isso e endireitou o corpo, Kensaku, que colocara a mão, sem querer, na cadeira em que ela estava sentada, ficou com o dedo prensado.

– É falta de dormir. – Respondendo isso, tentou retirar o dedo devagarinho.

– Essa falta de dormir não é charme? – Dirigindo um olhar mais sedutor para Kensaku, intencionalmente ela colocou força nas costas.

– Imagine se ele está fazendo charme! É falta de dormir no trem noturno – disse Kensaku rispidamente. E puxou o dedo com força. Nesse instante, pensou que Okayo fosse fazer uma expressão de desagrado. Mas ela parecia nem ter ligado.

Kensaku não se sentia muito à vontade envolvendo-se em relações em que a iniciativa era tomada por uma mulher. Acabara puxando o dedo de forma indelicada, mas, de certo modo, estava arrependido. Não ficou contente consigo mesmo, que parecia exibir uma estranha pureza, e também sentiu pena de deixar escapar uma oportunidade que estava bem diante de seus olhos. Achou que era porque só ele estava sóbrio no meio de todos. E, num tom casual:

– Não quer me dar um pouco dessa bebida? – pediu para que lhe servissem o licor de menta que já havia recusado e tomou-o de um gole só.

– Não é de se desprezar!!

À medida que Kensaku foi se embriagando, os olhos de Okayo foram ficando belos. Os lábios também tomaram uma cor bonita. Mas seus movimentos foram ficando cada vez mais grosseiros.

A bebida verde entornada na grossa toalha de mesa bem engomada, parecia mais bela ainda sob a luz fluorescente.

– Que bonito! – Osuzu aproximou o rosto.

– Então vou espalhar mais, está bem? – disse Okayo. E, pegando uma colherzinha de sal, espalhou bebida para todos os cantos.

– De novo fazendo essas grosserias!

– É porque você elogiou dizendo estar bonito! – Okayo encarou Osuzu de novo.

– É realmente bonito – disse Kensaku.

– Não é? – Okayo logo voltou-se para Kensaku e aproximou seu rosto do dele. Kensaku correspondeu, mas, embora o fizesse, não se sentiu à vontade.

Miyamoto, que estava quieto, ficou excitado e zombou, imitando o falar de Quioto:

– Que desabusado! – Kensaku achou que ele estava sendo irônico. E tentou se rebelar. Mas ficou mais sem jeito ainda. Moveu a cadeira e, aproximando o seu corpo de Okayo, acabou dizendo:

– Eu gosto de você.

– Obrigada. – Hesitando um pouco diante da transformação inesperada de Kensaku, Okayo fez uma expressão delicada, completamente inadequada ao seu jeito grosseiro.

– Que faço? – Kensaku, corajosamente, pressionou o ombro de Okayo com o seu.

– Vamos fazer algo – disse Okayo com voz doce. Nesse instante ela já voltara a si. Inclinando a cabeça, encostou seu rosto no peito de Kensaku e ficou quieta. Seus cabelos tocavam a face dele.

– Não dá para suportar! – Osuzu riu bem alto.

Kensaku passou os braços pelo pescoço de Okayo, aproximou o rosto e encenou um beijo. Os dois estavam com as testas encostadas. Mas os lábios estavam de nove a doze centímetros afastados. Permanecendo imóvel, ele sentiu, entre as faces próximas, o calor da embriaguez. Teve uma sensação agradável, como se fosse perder a consciência.

Repentinamente, a sala ficou em silêncio e Kensaku levantou o rosto. Todos haviam abaixado a cortina grossa da entrada e se retirado sem que eles percebessem. Okayo também ergueu seu rosto suado. Os dois foram impelidos a um despertar inesperado. Não conseguiam sequer fazer um gracejo.

– Com certeza estão na sala contígua.

– Vamos ver.

Saíram imediatamente daquela sala e foram à sala ao lado, mas não havia ninguém.

Todos estavam numa sala ampla. Yamazaki – um colega de escola de Kensaku, porém três séries à frente deste, hoje formado em advocacia –, tendo arrastado Ogata e Miyamoto, falava em voz alta, mostrando estar embriagado. Uma empregada bela, de sobrancelhas finas, chamada Okiyo, estava sentada ao lado dele.

Kensaku não gostava de Yamazaki desde a época de estudante. Quando o encontrava, tentava sempre colocá-lo contra a parede; agora, entretanto, contendo sua repulsa, sentou-se.

Yamazaki segurava a mão de Okiyo tentando insistentemente fazê-la beber. Ela se opunha, mas tomava a bebida tranquilamente. Okayo também estava embriagada, mas já se aquietara, sentada ao lado de Osuzu.

Kensaku começou a ficar inquieto e, em voz baixa, convidou Ogata e Miyamoto a irem com ele a Nishimidori. Miyamoto não respondeu direito.

– Vou ligar para lá! – disse Kensaku, levantando-se, mas, de repente, tropeçou no pé da cadeira e ficou caído no chão.

88   *Naoya Shiga*

– Cuidado com a escada, Sr. Tokitô! – disse Okayo, acompanhando-o.

– Não tem perigo. É melhor não vir junto.

– Que raiva! – Com a palma da mão, Okayo bateu forte nas costas de Kensaku. Ele não se voltou e tentou ir calado, mas sentiu que naquele momento o músculo de sua face mostrava um sorriso que ele não queria. E, como se retirasse uma máscara, Kensaku se voltou:

– Então, não quer vir?

– Não quero não!

Com cuidado, desceu as escadas sozinho. Parou diante do telefone, mas seu peito doía e não conseguiu ligar logo.

– Toki foi para longe, mas Koine está.

– Ah é?

– Por favor, venham!

Ele pensou que preferiria ir se fosse o contrário.

Foi subindo quieto. Só se ouvia a voz de Yamazaki.

Yamazaki, grudado no pescoço de Okiyo, tentava beijá-la. Okiyo se recusava, apenas virando o rosto. Sem outra alternativa, ele mergulhou o rosto ao pé do pescoço, pintado de branco, e parece que pousou seus lábios. Sentindo cócegas, Okiyo enrugou o rosto e olhou para Okayo, chamando-a:

– Kuwahara, Kuwahara!

Okayo Kuwahara, com raiva, mordia os lábios e dava soquinhos na cabeça de Yamazaki,

Kensaku, Ogata e Miyamoto desistiram de ir a Nishimidori, e, pouco depois, deixaram o local.

IX

Dois dias depois, pela manhã, quando Kensaku ainda dormia, Nobuyuki chegou. Estava em serviço e não poderia entrar. Kensaku foi até a entrada com cara de sono. Era uma manhã fria, e Nobuyuki estava com o rosto corado, mostrando bastante saúde.

– Uma pessoa mandou isto aqui para Sakiko.

Dizendo isso, tirou do bolso uma carta escrita com tinta vermelha, dentro de um envelope ocidental cor de grama, e lhe entregou. Com uma letra sem firmeza nem requinte, estava escrito "Tsubomi" e, no verso, "Shizuko, do alojamento do Colégio Feminino Número***".

– Essa carta foi enviada ontem, daqui mesmo, olhe.

– Pois é. Ele sabe que ela é sua irmã. E parece pensar que ela está aqui.

Kensaku leu, pressupondo o conteúdo daquela letra desagradável e suspeita. Talvez por isso a carta não lhe pareceu tão mal intencionada. "Penso que um relacionamento verdadeiro entre homem e mulher não apresenta nenhum problema. Portanto, gostaria de marcar um breve encontro depois de amanhã, dia 6, na saída da escola da senhorita (às duas ou três horas), no terreno do Santuário Hikawa". Esse era o conteúdo da carta.

"Graduei-me pela Universidade Particular*** neste verão e, atualmente, estou hospedado no Distrito de Kôjimachi, Bairro***, na residência do Visconde***". Além de reiterados pedidos de sigilo, também estava escrito que Sakiko recusasse sem cerimônia, caso isso viesse a prejudicá-la, se ela se encontrasse numa situação de casamento já marcado.

– Está jogando com uma situação ambígua – riu Kensaku.

– Parece não haver má intenção como o da outra vez. Mas, de qualquer forma, você poderia averiguar? Dependendo do caso, podemos dar um susto nele.

– Ahn.

– Eu poderia ir, mas não queria faltar ao trabalho por isso.

– Então eu irei. O Visconde*** do bairro*** é tio de Matsuyama. Perguntando a ele, logo se sabe, mas acho que não há necessidade.

– É. Talvez ele não seja tão mau sujeito assim. Mas, para amedrontá-lo, é até bom que já se tenha conversado a respeito.

Nobuyuki foi logo embora.

Aquele dia não estava apenas frio. De vez em quando, garoava e parava de repente. Kensaku ordenou que aquecessem o andar superior e sentou-se à escrivaninha como há muito não fazia. Começou a escrever em seu diário, o que ele vinha negligenciando há muito tempo.

É como se estivesse me encarregando de algo muito pesado. Algo repulsivo e negro está me encobrindo da cabeça aos pés. Não vejo o céu azul logo acima de minha cabeça. Algo sobreposto e sufocante se espalha no meio. Afinal, de onde vem essa sensação?

Sinto-me como uma lamparina acesa em frente à casa, antes do pôr do sol. Dentro do vidro fosco, azul, a chama alaranjada que brilha solitária nada pode fazer, por mais que tenha pressa. De nada adianta fazer barulho com a unha, de dentro do vidro fosco. O sol irá se pôr, a chama brilhará. Mas é só. Em mim, há um desejo de pôr fogo em tudo. O que fazer com ele? O que fazer com esse desejo da chama acesa no recipiente apertado de vidro fosco, antes do pôr do sol? Tempestade! Venha! Quebre esse vidro e sopre o recipiente de querosene em direção à cobertura de madeira seca! Só então eu virarei fogo e arderei. Caso isso não aconteça, eu terei de ficar pelo resto da vida como uma chama de lamparina.

De qualquer modo, é preciso estudar ainda mais a sério. Estou muito pouco à vontade. Tanto no trabalho como no dia a dia, sinto-me estranhamente deslocado. Inerte. Pois, é preciso que consiga fazer mais e mais o que desejo, mais livremente, mais tranquilamente. Não um caminhar conturbado. Pisar no chão passo por passo, balançando as mãos de forma bem agradável, avançando. Sem pressa, sem pausa.

É isso. Ser o recipiente de querosene da lamparina que deseja uma tempestade, não há nada a fazer.

Não quero obter a tranquilidade tendo que, a certa altura, me resignar. Sem desistir. Sem abandonar. Buscando sempre. É assim que desejo obter a verdadeira tranquilidade e satisfação. Não há morte para aquele que fez um trabalho imortal. Penso isso não apenas sobre os gênios da arte, mas também sobre os da ciência. Não sei muito sobre o casal Curie. Mas, com certeza, a precisão daquilo que eles deixaram à humanidade deve ter-lhes proporcionado uma tranquilidade e satisfação inabaláveis, fosse qual fosse o destino que os aguardasse. Desejo essa tranquilidade e essa satisfação. Ver o que ninguém jamais viu. Ouvir sons inauditos e sentir o que ninguém nunca antes sentiu.

Nem sempre o destino da humanidade acompanha o do planeta. Os outros animais não o sabem. Só a humanidade tenta se opor ao destino a ela atribuído. No íntimo do desejo instintivo, incansável, em relação ao trabalho do homem, há inevitavelmente essa vontade cega. A consciência do homem admite a destruição da humanidade. Mas essa vontade cega, na realidade, não quer admitir isso de modo algum.

O desenvolvimento da humanidade é proporcional às condições da Terra. As condições do planeta começaram a melhorar para a humanidade. Ela veio progredindo. Mas, a partir de certo momento, irá piorando. Irá esfriando e secando. A partir de então, a humanidade regredirá. Por fim, morrerá o último coitado e a humanidade estará extinta. E não apenas a humanidade como também todos os seres vivos irão morrendo e sendo destruídos. Tudo ficará sob o gelo. Essa ideia não é um exagero ou coisa assim. Continuando como está, fatalmente será esse o terrível destino do homem e de todos os demais seres vivos. Mas a humanidade – tão afobada para se desenvolver com tamanha agitação – aceitará de bom grado esse destino? Se as condições do planeta piorarem, e quando por fim regredirem, nossos descendentes, sem se darem conta, nem saberão que seus ancestrais se agitaram tanto. Pelo desinteresse em relação aos valores do progresso alcançado com tamanha agitação, eles herdarão um desenvolvimento do qual nem poderão usufruir e, afinal, observando com um olhar gelado e uma mente oca, terão forçosamente que aceitar tal destino. Mas isso será quando a humanidade regredir por completo. Antes disso, antes que as condições da Terra piorem para a humanidade, ela tenta alcançar o máximo de prosperidade. Com isso, ela vai contra o destino a ela atribuído e tenta salvar-se.

A mulher parir. O homem trabalhar. Essa é a vida do ser humano. Quando o ser humano ainda não tinha se desenvolvido, o trabalho do homem consistia em buscar a felicidade de sua família e de sua aldeia. Isso foi se desenvolvendo pouco a pouco e os elos de uma aldeia se ampliaram. No caso do Japão, o homem satisfazia seus instintos em relação ao trabalho servindo ao clã feudal. Isso foi se estendendo à nação, ao povo e, depois, à humanidade.

Em relação à ideia da vida eterna, por exemplo, na infância, eu não conseguia me satisfazer emocionalmente se meu corpo não fosse eterno. Mas a morte, ainda hoje, é terrível. Quanto à vida eterna, a de cada pessoa, de modo individual, passou a não me importar. Ao mesmo tempo, não sustento mais essa crença. Apenas vou somando os nossos trabalhos; e sou tomado por uma sensação de que a vida eterna da humanidade, esta, e somente esta, é preciso que continue a existir, caso contrário, seria um problema. Talvez, com o tempo, também abandone esse pensamento. Tenho pensamentos dos quais me libertei. Mas a humanidade, hoje, de um modo geral, em tudo, pelo instinto do homem em relação ao trabalho, pela sua afobação em se desenvolver, chega a ficar cega e doentia. Perdendo-se o objetivo prioritário, há casos em que se mergulha num desenvolvimento que, ao contrário, torna a humanidade infeliz, mas, mesmo assim, no fundo desse desejo instintivo, há o desejo pela vida eterna da humanidade, ou seja, contrariar o destino e dele fugir. Não há como fechar os olhos para uma vontade grandiosa e comum a todos. Lembro-me do dia em que um piloto chamado Mart[31] fez um avião voar pela primeira vez no Japão. No momento em que o aparelho saiu da pista, deixando o solo, pairando no ar, fiquei com vontade de chorar, sentindo uma emoção estranha. De onde veio essa emoção? Talvez tenha vindo também da psicologia do grupo, que estava completamente excitado. Não sei bem o quê, mas havia algo além disso. Naquele caso talvez estivesse dominado pela psicologia do grupo, mas em outros casos, como por exemplo, ao ler um artigo de jornal mostrando que alguém fez uma nova descoberta científica muito importante, também, fico comovido a ponto de querer chorar. De onde vem isso? Não seria porque isso corresponde, lá no íntimo, a uma vontade inconsciente da humanidade? Tenho essa impressão.

Nós sabemos que a humanidade será extinta. Mas isso não torna nossas vidas em nada desesperadoras. Quando concentro o pensamento nisso, às vezes sinto uma tristeza incontrolável. Mas é a mesma sensação de quando penso no infinito e sou tragado por uma estranha sensação de solidão. Na verdade, embora reconheçamos a extinção da humanidade, não levamos nem um pouco em conta a emoção. É estranho. E estamos afobados em alcançar o máximo de desenvolvimento. Isso, afinal, não seria porque, em algum lugar, possuímos o desejo de seguir o destino da Terra? E será que essa vontade grandiosa não estaria atuando inconscientemente em todos?

X

Essas foram as coisas que Kensaku escreveu no diário, no qual não escrevia há meio mês. Eram pensamentos que passavam de modo vago pela sua mente, já há algum tempo. Na verdade, para ele, parecia que todos os seres humanos da atualidade estavam afobados por um objetivo não muito claro. Estavam sendo impelidos por uma vontade grandiosa e desconhecida. Isso aparecia de diversas formas em tudo, fosse na arte, na religião ou na ciência. Assim lhe parecia. E sentia isso também em relação a si próprio, no momento. Nas horas em que ficava irritado e afobado, sentia-se impelido por algo assim.

Devido à excitação, andava de um lado para outro do quarto.

– Sr. Ken, Sr. Ken! – ouviu a voz de Oei lá em baixo. – Vamos almoçar?

Era como se despertasse de um sonho. Pelo hábito de dormir pela manhã, normalmente tomava a refeição matinal junto com o almoço. Mas naquele dia, acordado por Nobuyuki, havia tomado o desjejum antes das nove.

– Vamos ver – disse um pouco contrariado. – Não estou com fome, mas vou.

Pouco depois ele desceu.

Durante a refeição, Oei disse, preocupada: – Se a tal pessoa for um mau sujeito, não haveria perigo em ir sozinho? Não é melhor pedir ao Sr. Tatsuoka para acompanhá-lo?

Kensaku achou que ela tinha razão. Mesmo dizendo: "Não há problema. Não parece ser um mau rapaz", ficou um pouco inseguro com a sua natureza facilmente irascível, dependendo da atitude da pessoa.

Comeu demais e tomou um remédio digestivo. Subiu e se deitou, usando como travesseiro o cesto de papéis feito de galhos de glicínias que estava sob a mesa. Sobreveio-lhe a sensação de solidão, após a excitação exagerada.

Logo depois, Miyamoto chegou.

– Onde é melhor fazer a despedida do Tatsuoka? É preciso decidir logo, pois já não há muito tempo – disse. Miyamoto estava incumbido da tarefa.

– Ainda não está decidido? – disse Kensaku, com ar de repreensão. – Não temos nem uma semana! O lugar não importa. Não seria melhor perguntar quando Tatsuoka estará livre e definir logo?

– O dia já perguntei. Mas o lugar ainda não foi definido. É melhor que não seja em lugares como o Seihintei ou o Nishimidori, não acha? – disse Miyamoto meio retraído.

– Naturalmente, é melhor que não seja em lugares assim.

– É mesmo? Fico tranquilo, ouvindo isso de você – Miyamoto começou a rir – Aquele tipo de lugar não é ruim, mas para uma despedida não é muito agradável, não acha? É que fiquei meio sem graça de escolher outro lugar sem antes falar com vocês.

Os dois riram.

– Estou pensando em escolher o Fujimiken ou o San'eitei. Quanto à comida, eu não sei, mas achei que seria bom porque lembram as viagens ocidentais de outrora. E o fotógrafo de lá também é de um estúdio antigo. Se for no Fujimiken, estou pensando em chamar um músico ou coisa parecida. No grupo deles, Miyamoto era um amador.

Kensaku falou do rapaz que mandou a carta para sua irmã.

– Quer ir comigo?

– Tenho medo. Se ele apontar uma arma, adeus – disse Miyamoto, erguendo as mãos.

– Então, espere aqui.

Eram duas horas. A chuva havia cessado, mas Kensaku pegou um guarda-chuva preto e foi sozinho para o Santuário Hikawa, duas ou três quadras próximo dali. Normalmente era lugar de diversão para as crianças da redondeza, mas, devido à chuva, não havia ninguém lá. Só um rapaz magro e pálido, de uns vinte e dois ou vinte e três anos, estava sentado numa pedra atrás do pavilhão Kagura, encolhido, vestindo uma só peça de roupa suja sob o céu frio. Ele olhava temeroso na direção de Kensaku. "Não deve ser aquele", pensou Kensaku, e ficou andando por ali. Numa casa de chá vazia, próxima ao quadro de doações dos fiéis, um senhor empilhava os bancos. Não havia mais ninguém. Ficou andando por algum tempo. De vez em quando pessoas passavam pelo terreno do Santuário. Mas nenhum rapaz que pudesse ser o esperado.

Então, de repente, chamou-lhe a atenção um rapaz nada elegante que o fazia lembrar Seigen[32] totalmente exausto, e achou que poderia ser ele. Não tinha certeza, mas, pelo jeito de permanecer quieto no mesmo lugar havia já algum tempo, parecia estar à espera de alguém, se assim se quisesse pensar. Experimentou ir na direção do jovem. Havia um grande pé de guinko e folhas amarelas sobre o chão úmido. Ele foi espetando as folhas de guinko uma a uma, indo e voltando na frente do jovem. Mostrando insegurança, de vez em quando o rapaz lançava um olhar em sua direção.

Finalmente, Kensaku parou em frente dele e perguntou:

– Está esperando alguém?

O jovem ficou com tanto medo, que nem conseguiu responder de imediato. Pela maneira como ficou desnorteado, pareceu-lhe Kensaku que era mesmo o rapaz por quem estava esperando.

– Por que está aqui?

– Ei, vai com calma... – perdendo o fôlego, tentava emendar a resposta, balançando a cabeça, e, finalmente, concluiu: – Não é bem isso. – O corpo dele tremia

94 *Naoya Shiga*

naturalmente. Seus olhos deixavam transparecer medo. Os cabelos ralos e um pouco longos, cerca de seis centímetros, não tinham brilho, por falta de nutrientes, e a pele dos braços e das pernas estava ressecada, soltando casquinhas.

– Eu tenho casa. É no Bairro Tansu, 19, – disse arfante, olhando fixamente o rosto bravo de Kensaku. E, quase que inconscientemente, começou a arrancar a cutícula do polegar. Começou a sair sangue. Mesmo assim, como se não sentisse dor, o jovem continuava a puxar a pele. Ficara completamente assustado, temendo ser interrogado por vadiagem. Pensou que Kensaku fosse um policial.

– Desculpe-me – disse Kensaku, abaixando levemente a cabeça, mas ainda com cara de bravo.

Ele foi para o lado do portal e ficou em pé. Kensaku o viu olhando para ele, por trás do pavilhão Kagura.

Um jovem, parecendo um estudante de dezoito ou dezenove anos, sem boné, veio caminhando, com um livro nas mãos, olhando de vez em quando para ele. Parecia estar memorizando algo. Kensaku pensou se não seria esse. Fingindo estar memorizando algo, poderia estar se acautelando, para ver se não vinha ninguém, pensou. Como olhava muito para o jovem, este também manteve o olhar.

Achando que não haveria outra forma senão perguntar, aproximou-se. Já aborrecido por causa da vez anterior, desta vez perguntou respeitosamente:

– Por gentileza, você estaria esperando por alguém?

O jovem, mostrando uma expressão tranquila, respondeu: – Não. – Parecia ser de boa família, mas não apresentava nenhuma ostentação.

– Ah, é? – Kensaku baixou a cabeça.

De qualquer forma, decidiu esperar até as três e entrou na casa de chá. Sentou--se no banco sem cobertura, que ainda não estava empilhado. O dono da casa de chá parecia não tratá-lo como um cliente e, dizendo "Seja bem-vindo", foi varrendo cuidadosamente, com uma vassoura de ramos, as folhas caídas por entre as pedras do jardim, formadas por rochas de lava derretida. Kensaku foi tomado por um sentimento outonal enquanto fumava. Achou que aquele era um estado de espírito ideal para encontrar-se com o remetente da carta. Pensou em esperar até as três e, se ele não viesse, ir embora. Assim, vez por outra, olhava o relógio. O jovem deselegante ainda estava sentado. Imaginando que a cutícula, arrancada até sangrar, estaria doendo, Kensaku sentiu vontade de dizer algo para confortá-lo. Mas por que será que ele ficava inerte daquele jeito o tempo todo? Um jovem que não está doente, nem é mendigo, ficar daquele jeito, somente com uma roupa branca, num dia frio de novembro. Não conseguia imaginar como seria a vida de alguém assim.

Como Kensaku já estava lá há muito tempo, o proprietário trouxe chá e doces. Quando imaginou que o rapaz não viria mais, e se levantava, após efetuar o pagamento, viu Oei subindo as escadarias. Sem nenhum motivo em especial, ambos sorriram.

– Vamos embora por aqui? – direcionou os passos para um pequeno portão, por onde saíram logo para a rua. Sentindo vontade de dar uma palavrinha com o jovem que abordara há pouco, foi se aproximando, mas o jovem enrijeceu o pescoço e virou o rosto. Kensaku desistiu de lhe falar e continuou com Oei, saindo para a rua.

– Já que conhece o endereço, diga o que tem a dizer por carta.

– É o que eu vou fazer!

Assim que voltou, Kensaku pediu a Miyamoto que esperasse e escreveu uma carta. Nela, disse que fora amigo de infância de Matsuyama.

Inesperadamente, Miyamoto falou: – Deve ser bom ser um mau sujeito. Acho que vou me tornar um deles! – E começou a rir. Kensaku, influenciado por ele, riu também, mas sentiu mal-estar. Isso por perceber que, usando a expressão "mau sujeito", Miyamoto mostrava com bastante clareza uma necessidade comum aos dois.

Começou novamente uma chuva que parecia nevoeiro. Os dois puseram-se a jogar xadrez japonês[33]. Depois de cinco ou seis partidas, quando já estavam cansados e um pouco indispostos, e já escurecia sobre o tabuleiro, as luzes se acenderam[34]. Kensaku pensou um pouco e, como não lhe vinha nenhuma boa ideia, propôs: "Vamos parar?"

– Vamos. – Miyamoto jogou imediatamente as pedras sobre o tabuleiro. Então, jogando-se para trás, como se caísse, deitou-se no lugar onde estava.

Como o jantar estava pronto, comeram e saíram. Kensaku, por se resfriar com facilidade, levou um agasalho.

Em Tameike, pegaram um trem para Shinbashi e de lá foram para Ginza. Os galhos finos do salgueiro, plantados em fileira ao lado dos postes de iluminação, brilhavam de forma bela, balançando ao vento.

Miyamoto, interessado em bolsas e sacolas, apoiava a testa na vitrine das lojas e olhava pacientemente.

– Você tem interesse por utensílios domésticos, ultimamente?

– Obviamente sim – disse Miyamoto. – As bolsas e sacolas, quando são boas, geralmente são antigas e não se sabe quem as usou antes. Por isso, mesmo sendo boas, de certo modo, são anti-higiênicas. Mas os utensílios domésticos são todos novos e baratos e até que são interessantes. São bons por serem limpos. Gosto porque não se tem dó de jogá-los fora quando se sujam. – Enquanto andavam, Miyamoto explanava essa teoria.

– Na última viagem também comprei muito. Em breve, quero ir também à Coreia. Os da Coreia são muito bons, disse ele, entre outras coisas.

Quando passavam em frente a um barzinho da Ilha de Formosa, Kensaku teve a impressão de que Ogata estaria lá. E, de fato, viu sua silhueta, no fundo, usando um boné com a aba abaixada e capa de chuva.

– Ogata está aí! – observou Kensaku. Miyamoto recuou um pouco e, da entrada, ficou olhando, espremendo os olhos míopes.

– Vamos entrar?

– Kumozaru também esta aí. Ao invés disso, vamos pedir a Ogata que venha conosco. – Dizendo isso, Miyamoto pediu à empregada que chamasse Ogata. Ele veio e aceitou o convite. Entrou novamente, pegou a bengala e saiu.

Os três foram andando para os lados de Kyôbashi.

– Você não gosta de Kumozaru? É um sujeito bom, humilde – disse Ogata.

– Não é que não goste. Mas ele é um pouco maçante.

– Vocês são meio complicados!

Ao chegarem à baldeação do Bairro Owari, Ogata apontou um café do outro lado:

– Que tal ali?

– Parece haver umas pessoas mais chatas que Kumozaru – disse novamente Miyamoto.

– Que negócio é esse? Você é difícil, hein? Não gosta de saquê?

– O saquê não é problema. Mas, não sei por quê, de repente fiquei com medo das pessoas... – riu Miyamoto.

– Não existe lugar nenhum onde só haja bebida e não haja pessoas.

No final, os três resolveram retornar e ir ao Seihintei.

Abaixaram a cortina da pequena sala no primeiro andar e os três acomodaram-se. Osuzu era a encarregada da parte térrea e por isso não aparecia com frequência. Ali estava, além de Okayo, outra empregada não muito bonita chamada Omaki.

Naquele dia, Kensaku estava relativamente sereno. Não queria nem beber. Okayo também procurava não beber, por mais que Ogata a incentivasse.

– Cortei a bebida, por uma causa justa. Fui repreendida até não poder mais. – Acrescentou desgostosa.

– Pois fez novamente o que não devia.

– "Novamente", também é demais! – disse Okayo, em tom meio grosseiro, dando uma batidinha no ombro de Omaki. E continuou: – Quem ainda não se projetou socialmente não deve beber.

Kensaku lembrou-se de que no dia anterior, em casa, repentinamente havia pensado se Okayo tinha ou não dobrinhas nas pálpebras e havia escrito isso numa das extremidades do postal que enviara a Ogata. Nesse mesmo instante Ogata, começou a falar sobre isso.

– Sabe, Srta. Okayo, Tokitô disse que não sabia se você tinha ou não dobrinhas nas pálpebras. Mostre-as a ele, então.

Okayo, que até então estava de cara fechada, de repente, fez um olhar de quem queria agradar e voltou-se para Kensaku.

– Tenho e não tenho. Olhe, a de cá não tem dobrinha e a de cá tem.

– É o contrário.

– Ah, é mesmo? – enquanto friccionava as pálpebras com as pontas dos dedos, Okayo abria e fechava os olhos.

– Ah, é mesmo.

Novamente dirigiu a Kensaku, um olhar alegre, estranhamente sedutor, e, calada, sorriu. O fato de pensarem se tinha dobrinhas ou não, na sua ausência, era um tipo de elogio casual bastante eficiente.

Naquela noite, a conversa mal começava e logo morria. Kensaku pensou em falar sobre sua ida ao Santuário Hikawa, mas desistiu, achando que seria desagradável se isso acabasse virando assunto para elas comentarem com a clientela da casa. Já que todos estavam quietos, Okayo e Omaki conversavam sobre seus próprios assuntos.

– Olha, é do lado da transportadora.

– A transportadora é aquela casa onde fica sentado aquele homem interessante?

– Ah.

Falavam essas coisas.

– Que conversa suspeita! O que tem esse homem? – disse Ogata meio forçado, sem interesse.

Okayo logo respondeu na ofensiva:

– O assunto não é sobre o homem interessante, é sobre a travessa onde fica o homem interessante.

– Se é a viela, é mais sem graça ainda. – Ogata disse essa asneira e riu aborrecido.

– Nas redondezas há muitos homens interessantes – disse Omaki.

– Ou seja, são seus amores não correspondidos, não é?

– Sr. O, outro dia, sabe... – disse Okayo começando a rir. – A Srta. Okiyo disse que havia um barbeiro muito interessante para os lados do Bairro Rogetsu. E, sem informar-se direito, ela saiu com Omaki, sabe? Mas não conseguiam achar a casa, e andaram casa por casa, procurando pelo barbeiro.

As duas mulheres se entreolharam com o rabo dos olhos e, enrubescidas, riram. No rosto de Okayo, naquele momento, aparecia uma estranha expressão de pouco requinte. Por insegurança, Kensaku olhou para Miyamoto. Este também olhava para ele. Em seu rosto, havia um riso talvez maldoso ou de compaixão.

Okayo e Omaki começaram a falar sobre os homens interessantes da redondeza. O encarregado da transportadora era um deles. Havia também o filho do dono da quitanda. O motorista do automóvel. Ouvindo-as, Miyamoto mostrava abertamente sua expressão de desagrado.

98   *Naoya Shiga*

Okayo começou a falar que, todo dia, antes do almoço, perto das dez horas, ia à sala de banho no horário vazio e, quando não havia ninguém, nadava agarrada a duas tinas.

Omaki disse:

– Ela nada realmente muito bem.

Kensaku imaginou aquela mulher grande, muito carnuda, a nadar no banho, segurando as tinas de um modo bastante desajeitado. Esse nado desajeitado foi sentido por ele de forma excessivamente carnal.

Okayo falou ainda, com muito entusiasmo, que o empregado da companhia de gás trouxera uma grande escada para a lavanderia e que, mesmo depois de consertar a lâmpada, ficara fazendo hora, e por isso ela não conseguia sair da banheira.

Desde o início, Kensaku não achou Okayo uma mulher requintada. Sentia-se atraído pela sua maneira desleixada e cheia de vida e pelo seu jeito engraçado, mas, pela impressão vulgar desse dia, acabou esfriando o seu sentimento. Sentia que quanto mais se aproximasse, mais forte se tornaria essa impressão. Nesse sentido, o primeiro encontro foi melhor.

Pouco depois, Kensaku, Miyamoto e Ogata deixaram o local. Logo, cada um voltou para sua casa.

No dia seguinte, quando Kensaku acordou, a resposta à carta enviada na véspera já havia chegado. Era uma carta cheia de pedidos de excusas. *Na verdade, só vi sua irmã por fotografia e não tinha qualquer intenção, mas enviei a carta incentivado pela enfermeira*** do Hospital T. Caso isso seja levado ao conhecimento do Sr. Matsuyama, ficarei numa situação deveras delicada, de modo que peço sua benevolência e compreensão.* Sakiko havia sido internada no Hospital T há cerca de um ano. Kensaku também se recordava da enfermeira. Até que era uma mulher bonita!

Anexando a carta recebida, escreveu a Nobuyuki, relatando rapidamente o fato do dia anterior. Ao rapaz, enviou uma carta prometendo jamais revelar nada a Matsuyama.

XI

Kensaku iniciou sua vida de boêmio logo depois. Foi na manhã de um dia meio frio e nublado. Mesmo sem qualquer impulso recente desse tipo, mas levado por um desejo de realizar o que decidira, foi sozinho para a zona de meretrício em Fukagawa.

Cerca de dois anos antes, já havia ido a Kiba e redondezas, bem como para as margens do rio Naka, passando por Sunamura. Por isso, sabia bem o caminho. Descendo do trem um pouco depois da ponte Eitai, caminhava pela rua em frente ao Hachiman, com uma cara triste e desgostosa. Chegara mesmo a sentir o quanto seu semblante estava escuro e feio. Era como se todos os transeuntes soubessem de seu objetivo. Chegou a sentir certa hostilidade por eles. Apressou-se. Engolindo em seco, de vez em quando, foi apertando o passo.

Atravessando uma pequena ponte depois de passar por uma série delas e virando à direita, viu casas do outro lado do fosso de lama. Concluiu, a essa altura, que chegara. Por ter um objetivo diferente do de quando ia encontrar Tokiko, sentia-se incomodado. Estava mesmo mal-humorado. Ainda assim, não quis desistir.

Do outro lado, vinha um riquixá sem a cortina da frente, só com a cobertura da parte posterior. A pessoa que estava nele usava óculos escuros. Isso lhe chamou ainda mais a atenção. Era um sujeito chamado Tajima, três séries à frente dele, a quem jamais esperaria encontrar num lugar como aquele, principalmente por causa de sua profissão. Kensaku hesitou um pouco. Por alguns metros, não conseguiu tirar os olhos daquele homem. E o homem também parecia olhar para ele, mas, por causa dos óculos escuros, não se podia ter certeza. Logo depois, Kensaku desviou o olhar. Se aquele não fosse o caminho para o viveiro de peixes próximo a Sunamura, só poderia ser o que vinha da zona de meretrício. Imaginou que o homem devia ter vindo do bordel. Mais ainda por estar com óculos escuros, que habitualmente não usava. Achou que ambos haviam se encontrado numa situação desagradável. Sentiu angústia, raiva. Mas pensou que ele ainda não estivera no interior do bordel. Se passasse direto pelo viveiro de peixes e fosse para os lados de Sunamura, ou para uma casa como a de Nishimidori e depois voltasse para casa... Pensou por uns instantes. Caso Tajima não estivesse saindo do bordel, não haveria problema. Mas sentiu medo de entrar lá, sabendo do fato. Mesmo que não entrasse naquele dia, com certeza voltaria, imaginou.

Duas horas depois, saiu do bordel com uma sensação completamente diferente daquela de quando chegara. Estava com uma serenidade estranha até mesmo para ele. Não sentia nenhum arrependimento.

A mulher era feia. Pálida, rosto achatado, como uma dona de espelunca de fundo de quintal. Era uma mulher vagarosa, mas bem intencionada. Teve vontade de nunca mais se encontrar com ela, mas sentiu o desejo de ser gentil, de alguma forma, dali por diante. Teve a ideia de fazer um donativo por meio de uma ordem de pagamento. Ficara sabendo que a mulher recebia, do patrão, cinco centavos por cliente.

Depois que começou a vida boêmia, estranhamente passou a tomar consciência da presença de Oei. Não que isso não acontecesse antes, mas uma estranha fantasia que ele – moralista a mais não poder – tinha de vez em quando, era a de que Oei vinha seduzi-lo. Em meio a essa fantasia, ele sempre ralhava com Oei. Que pecado terrível! Como o destino de ambos ficaria conturbado por causa disso! Ele se transformava num rapaz sério, que tentava convencê-la de tais coisas. Era óbvio que, da parte de Oei, não havia qualquer indício que o levasse a imaginar tudo aquilo, mas, vez por outra, ele acabava entrando nessa fantasia.

Nos últimos tempos, seu comportamento estava mudando. À noite, quando não conseguia pegar no sono, sem conseguir controlar sua mente, mesmo que se pusesse a ler, era como se a cabeça não captasse o sentido das palavras. Pensamentos ruins e obscenos atuavam em seu interior, involuntariamente, e, mesmo que tentasse afastá--los, a figura de Oei dormindo no andar inferior, penetrava em sua consciência. Nessas horas, ele não se continha e, com a imaginação palpitando no peito, descia as escadas. Passava pelo quarto onde ela dormia e ia ao banheiro. Em sua imaginação, a porta se abria inesperadamente, quando ele passava em frente. Em silêncio, era levado para o quarto escuro. Mas, na realidade, nada acontecia. Frustrado, intranquilo, ele retornava ao andar superior. No entanto, chegando ao meio da escada, parava. A vontade de descer e a vontade de retornar ao seu quarto se debatiam dentro dele. Sentava-se nas escadas, na escuridão, e não sabia o que fazer.

A boemia começou a ficar cada vez mais intensa. Em contrapartida, seu sentimento não se parecia em nada com o de um boêmio. Por ser incapaz de se sentir desse modo, mostrava-se constantemente desgostoso com a vida que levava. Embora pensasse que poderia haver alguma mulher por quem ficasse louco, não conseguia encontrar nenhuma. Mesmo que sentisse isso por alguns instantes, esse sentimento não perdurava. Pensou que a culpa era tanto sua quanto das mulheres.

Já não ia tanto ao local onde estavam Tokiko e Okayo, mas acompanhava Ogata e Miyamoto quando eles iam lá. Devido à sua tranquilidade, a situação com Tokiko continuava a mesma, ficando até difícil que a relação seguisse em frente.

Mesmo tendo um pouco de afeto por algumas mulheres tal como acontecera com Tokiko e Okayo, ou em outros casos, o sentimento dele sempre acabava se desviando dessas mulheres. À parte aquelas com as quais podia ir a fundo, livre de qualquer preocupação, havia outras com as quais não podia, e ele achava que talvez pudesse se apaixonar depois que o relacionamento se estreitasse. Quando se afeiçoava, contudo, estranhamente sentia não haver em si o ardor suficiente para uma relação mais profunda. Pensando não adiantar, por mais que continuasse, achava que insistir seria desleal e artificial de sua parte. Se o sentimento não estivesse em primeiro plano, para ele era algo artificial. Quando pensava que não conseguiria se apaixonar por ninguém, chegava, às vezes, a ter ódio de si mesmo. Apesar desse sentimento, entregava cada vez mais o corpo à boemia.

À medida que a vida de Kensaku foi ficando desregrada e a cabeça foi embotando, seu sentimento obsceno por Oei foi se intensificando. Sentiu que se continuasse assim, não saberia que fim teriam os dois. Em face dos quase vinte anos de diferença de idade e por ter sido ela amante do seu avô durante muito tempo, um relacionamento com Oei o levaria à destruição, de uma forma ou de outra. Diante

Trajetória em Noite Escura 101

dessa ideia, ele ficou sem ação. O impulso que o empurrava para Oei era como um pesadelo. Durante o dia, enquanto se sentava descontraidamente diante dela, chegava até a estranhar tais sentimentos. Chegava, então, à conclusão de que só poderia ser um pesadelo. Na realidade, entretanto, esse pesadelo cada vez mais se apossava dele.

Certa noite Kensaku sonhou.

Enquanto ele dormia, Miyamoto entrou com um sorriso estranho. Disse: "Sakaguchi morreu na viagem". Mesmo dormindo, Kensaku pensou: "Acabou morrendo de fato?" Ele sabia que era um sonho, que Sakaguchi havia saído sozinho em viagem, como se tivesse abandonado o lar. Kensaku sentia que Sakaguchi viria a morrer nessa situação. Como ficara calado, Miyamoto deu uma risada estranha, dizendo: "Parece que fez mudança de sexo. Acabou, realmente, fazendo isso". Kensaku pensou: "Então foi mesmo!".

Ele não sabia como se mudava de sexo. Mas, de qualquer forma, era um recurso perigoso, que colocava a vida em risco. Só sabia que Sakaguchi aprendera a forma há algum tempo, em Osaka. Miyamoto também devia ter ouvido isso do próprio Sakaguchi.

Ao pensar que Sakaguchi havia buscado todos os estímulos para o prazer, até acabar mudando de sexo, Kensaku sentiu aquela estranha emoção que dá calafrio pelo corpo. Mesmo sabendo o risco que a mudança de sexo representava, a busca do prazer chegara a um ponto que, com certeza, já estava além do seu controle.

"O que se faz para mudar o sexo?" Kensaku estava prestes a perguntar, mas calou-se. Se perguntasse, certamente ele também mudaria o sexo. Ficou horrorizado com esse pensamento. Talvez escapasse da morte. Mas, fatalmente, acaba-se morrendo. Mesmo com um método como esse – já que existe uma chance entre cem ou mil de se escapar da morte – caso não conseguisse vencer a tentação obscena, seria algo terrível. "Não saber o tornaria santo e saber seria o fim", pensou.

Miyamoto continuava rindo maldosamente, calado, como se pensasse que Kensaku não deixaria de fazer a pergunta. Kensaku não perguntou. E despertou do sonho. Restou um sentimento estranho e desagradável. Sentiu como se Miyamoto fosse um monstro ao vir lhe dar a notícia. Um monstro que tomara emprestada a forma de Miyamoto. Levantou-se para ir ao banheiro. (E isso também parecia ser um sonho). A janela do banheiro estava aberta e, lá fora, a noite estava enluarada e bastante silenciosa. Uma paisagem noturna congelada, sem uma folha sequer em movimento. No amplo jardim (era um jardim mais amplo que o de sua casa), a sombra do telhado refletia de modo acentuado o formato de montanha. Repentinamente, ele achou que algo havia se movido no solo. Algo se movia em cima do telhado refletindo-se no solo. Então, lembrou-se de que, havia instantes, sentira um estrondo, como se alguma coisa tivesse pulado no telhado, bem acima do lugar onde ele dormia.

Era algo do tamanho de uma criança de sete ou oito anos. Só a cabeça era grande; do dorso para baixo diminuía, como se tivesse encolhido. Mais do que medo, sentiu que era um monstro engraçado. Sem nenhuma voz, nenhum barulho, movia-se deselegante. Sem saber que era visto por causa de sua sombra, olhava para cima e para baixo, erguia as mãos, os pés, brincando sozinho. Mas o que se movia era tão somente sua sombra, e a noite – como já dissemos – estava mergulhada no silêncio da luz da lua. Ele pensou que, enquanto o monstro se divertia, os que estavam sob o teto eram atormentados por pensamentos obscenos. Pensar que a identidade dos pensamentos obscenos era algo assim tão sem requinte, fez com que ele se sentisse aliviado. Então, dessa vez, despertou de verdade.

XII

O que pensara ser um filhote de bode, em apenas dois ou três meses ficou com um chifre de uns dez centímetros e, de seu queixo, começaram a sair barbichas de pontas afiadas.

– Ultimamente o bode está com mau cheiro. Que tal dar-lhe um banho? – disse Oei franzindo a testa, enquanto tomava a refeição com Kensaku, na sala de estar.

– Acho que não adianta dar banho.

– Será mesmo? Além disso, ele está ficando arisco. Yoshi, por exemplo, não o deixa entrar, de tanto medo. Se não há nada para chifrar, ele derruba a caixa de ração, empurra a estaca. Fica bravo sozinho.

– Quer que o mande embora?

– Ao Torisei? Se for para o Torisei, acho que por alguns trocados eles aceitam.

– Pode ser para o Torisei. Mas mandá-lo para lá é como enviá-lo para a morte, porque o venderão para o centro de pesquisas de doenças contagiosas.

– Isso também não é agradável. Será que resolveria se arrumássemos uma companheira para ele?

– Mas é melhor levá-lo para outro lugar. É que, talvez, eu viaje por algum tempo.

– Para onde? – estranhou Oei.

– Ainda não decidi, mas estou pensando em ir para o interior, morar lá durante seis meses ou um ano.

– Mas por que teve essa ideia tão de repente?

– Bem, não há um motivo em especial, mas eu preciso dar um jeito na minha vida.

– Eu também vou?

– Não.

Trajetória em Noite Escura   103

Oei fez uma cara de desgosto. Kensaku não sabia como explicar. Pouco depois ela disse:

– Já falou com o Sr. Nobu?

– Ainda não.

– Mas, afinal, por que isso? Não consegue estudar aqui?

– Se ficar perguntando demais, não saberei responder. Mas sei que é preciso, para arejar as ideias.

– Bem. Se é assim. Mas depois de seis meses ou um ano, voltará com certeza?

– Voltarei sim! Pois aqui é minha casa.

– Se for para refrescar as ideias, acho que um mês, mais ou menos, já é o suficiente...

– Vou levar um trabalho demorado. Ficarei lá até concluí-lo.

Os dois se calaram.

– E o que fazer com esta casa? Sozinha, é um desperdício ficar alugando uma casa como esta.

– Nada disso! É só por um ano.

– Não há mesmo nenhum motivo?

– Se é que existe, foi o que acabei de falar.

– É estranho – disse Oei maldosamente, e riu. Parecia suspeitar que ele pretendia levar alguma mulher com ele.

– Resumindo, eu quero ficar sozinho. Longe dos amigos, das pessoas de casa e de todos. – Preocupou-se em usar a expressão "pessoas de casa" ao invés de "você". E só isso já causou boa impressão a Oei. Rindo, ela disse:

– Não vai se sentir sozinho?

– Talvez sinta solidão, mas, seja como for, vou estudar.

– Vou ficar muito solitária. Se me sentir muito sozinha, vou dar um jeito na casa e sair, ouviu?

Kensaku sorriu amargamente. Depois, falou sobre alguns planos mais concretos nos quais vinha pensando desde o dia anterior, tais como ir a algum lugar a oeste de Sanyô-dô, de frente para o mar, e levar uma vida simples, cozinhando para si mesmo.

– Que tranquilidade, não? – disse Oei, e ficou olhando para Kensaku como quem quisesse dizer: "Puxa, que sujeito folgado."

Naquela noite, Kensaku verificou se Nobuyuki estava em casa e foi até Hongô.

– Estou com um pouco de inveja! – disse, de imediato, Nobuyuki. – Poderia ir a Onomichi. Lá é muito bom!

– É mesmo? Pode ser qualquer lugar, desde que seja bom! Lá aportam navios, não é?

– É. Como você não gosta de viajar de trem, talvez seja uma boa opção. É bom que vá de navio saindo de Yokohama.

Kensaku achou que isso também seria interessante. Pediu a Nobuyuki que verificasse os navios que partiriam em breve e comprasse a passagem. Despediu-se, prometendo um reencontro no dia seguinte.

Como combinado, num canto da Mitsukoshi, pouco antes das quatro horas da tarde, ele esperava Nobuyuki sair da Companhia de Seguros contra Incêndio. Ao entardecer, na rua Muromachi, movimentada devido à proximidade do final de ano, os bondes vinham ininterruptamente do norte e do sul e paravam em frente. O condutor dizia sempre a mesma coisa e o trem se punha em movimento. Os riquixás, os automóveis, as carroças, as bicicletas e as pessoas, entre eles, andavam cada qual no seu ritmo, nas quatro direções. Cachorros também iam e vinham. Recebendo no rosto o vento que passava pelos ombros de um homem que caminhava soltando vapor pelo nariz, ele pensou que em breve iria a um lugar distante e silencioso com vista para o mar. Era uma alegria, mas também sentia certa solidão.

Começou a vagar na direção do Banco do Japão. Quando passou pela pequena agência do correio, bateram quatro horas. Logo, do prédio da Mitsui, que cerca o espaço nas três direções, começou a sair uma multidão, como se tivesse sido vomitada. Um acendia o cigarro, segurando a bengala debaixo do braço. Outro corria atrás de um companheiro mais à frente. Pouco a pouco, o espaço foi ficando movimentado com essas pessoas. Saíam também do Banco do Japão, do Banco Shôkin e de outros lugares. Andavam formando pequenos grupos de um lado para outro. Logo avistou Nobuyuki no meio de todos. Ele vinha conversando com um homem obeso e sem requinte, aparentando uns cinquenta anos. Rindo, Nobuyuki batia na mão uma revista que segurava enrolada. Falava sem parar. O homem gordo, em correspondência à sua fala, acenava afirmativamente com a cabeça.

Ao avistar Kensaku, Nobuyuki apressou o passo e se aproximou.

– Esperou muito tempo?

– Não.

– Então, até mais! – disse por trás o homem gordo, colocando a mão na aba do chapéu, e, sem tirá-lo, fez uma reverência.

–Você não vai para esse lado?

– Hoje não.

– Ah, é? Então, sobre aquele assunto, é pouca coisa... Para mim tanto faz, mas, por favor, faça de modo a não dar muito na vista.

– Entendido. – Dizendo isso, o homem gordo fez outra reverência e seguiu para o lado do fosso externo.

Saíram para a ferrovia.

Trajetória em Noite Escura   105

– De qualquer modo, vamos para o outro lado? – disse Nobuyuki, que vestia um paletó grosso, pressionando as costas de Kensaku com o seu ombro. E atravessaram a linha férrea.

– Que vai comer?

– Qualquer coisa.

– Que acha de frango?

– Pode ser.

Chegaram à ponte provisória da ponte Nihon. Do cercado que ali se fizera para construir o suporte, bombeava-se a água, que se infiltrava sem parar, com uma bomba de gasolina. Do telhado de zinco envergado de forma estranha, saíam duas chaminés, uma fina e outra grossa. A fina estremecia, cada vez que lançava o vapor com muita intensidade; a grossa estava enferrujada, e dela saía só um pouco de fumaça, sem vigor.

Uns carregavam cimento misturado com pedregulhos trazidos da margem, usando uma rede atravessada por dois paus. Um pedreiro barbado mexia com uma pá. Outro forrava uma esteira por cima e, ambos, um de frente para o outro, batiam energicamente com um socador.

Um homem com paletó e calças japonesas fazia a aferição. Do outro lado, com dois troncos em pé, uma pessoa fixava uma tábua em forma de X. Abaixo, na poça d'água, com óleo flutuando reluzente, havia trabalhadoras lavando o rosto.

Kensasku e Nobuyuki pararam e se recostaram à grade, observando os trabalhadores. Depois, se afastaram e recomeçaram a andar.

– Para aqueles cujo o trabalho é o ganha-pão de cada dia, não há tanto problema. O que eu faço, por exemplo, não é tão premente – disse Nobuyuki, de modo inesperado. – De vez em quando fico numa insegurança estranha e incontrolável.

Kensaku estranhou. Ficou surpreso ao ver que Nobuyuki também passava por tal situação.

– Tem vontade de deixar a empresa?

– Sim – afirmou Nobuyuki. – Pretendo deixá-la assim que tiver definido melhor o que quero.

– Poderia deixar antes, não?

– Poderia... – dizendo isso, Nobuyuki ergueu o rosto desgostoso. Kensaku achou que falara demais. Nobuyuki era uma pessoa frágil. Embora preocupasse muito os pais, pela sua vadiagem, tinha grande consideração por eles. Também por isso era amado, mas tinha medo de que, ao tomar tal decisão, fizesse o pai sofrer e perder as esperanças.

– O que pretende fazer? – perguntou Kensaku, mas Nobuyuki não deu respostas claras.

Logo depois, entraram num restaurante especializado em frango.

– Havia um homem comigo há pouco, não havia? – disse Nobuyuki. – É um corretor meu, mas hoje, conversando com ele, fiquei surpreso ao perceber como há canalhas. Cerca de dois meses atrás, um corretor já idoso, chamado Kawai, perguntou se eu poderia lhe emprestar cinquenta ienes durante seis meses, porque um companheiro seu, chamado Noguchi, estava com problemas de doença na família. Esse velho é desagradável, mas Noguchi é muito bom, nem parece ser corretor, e, como ouvi dizer que quem estava doente era uma criança, emprestei. Nesse momento, Kawai perguntou-me sobre os juros, mas, como eu disse que não precisava, ele me pediu um recibo. Eu disse que também não precisava, porque ele era pessoa do tipo que, se não conseguisse devolver o dinheiro, poderia ficar constrangido em relação a mim e não aparecer mais na empresa. Por isso pedi que não mencionasse meu nome e desse o dinheiro a Noguchi como se fosse ele que estivesse emprestando. Mas olhe só. Kawai emprestou esse dinheiro a Noguchi, que estava em apuros, por juros altíssimos de doze ienes. Não é que o indivíduo é esperto? – riu Nobuyuki. – Falando com aquele homem gordo, hoje, descobri, por acaso, que Noguchi já gastou aquele dinheiro há muito tempo, mas o contrato de cinquenta ienes está nas mãos de Kawai. Aquele homem estava furioso dizendo que iria bater em Kawai, mas eu lhe disse que isso não resolveria nada, de modo que seria melhor tirar-lhe o contrato e o dinheiro fácil que ganhou, tudo sem violência. E é por ser assim que Kawai consegue fechar muitos contratos; e nem posso despedi-lo.

Kensaku achou interessante o coração grandioso de Nobuyuki. Se fosse ele, ficaria furioso, chamaria o velho e o encurralaria até ele não ter mais saída, pensou.

– Seria bom dar uma prensa nele.

– Isso não resolve. Eu só seria odiado, pois, por mais que fizesse, ele não acharia que está errado.

– Nobu, como você consegue pensar assim e se resignar? Não fica com raiva?

– Com raiva eu fico! Mas como sei que isso não leva a nenhum resultado positivo, nem fico com vontade de sentir raiva.

– Será? Talvez seja o mais correto, mas eu não conseguiria me contentar com isso.

– Quanto mais você vai atrás, mais desgostos tem, sabe?

– Mesmo sabendo disso, não consigo perdoar logo de cara.

– Talvez, nesse aspecto, eu seja uma pessoa tranquila.

Cerca de uma hora depois, os dois saíram dali. Andaram até Ginza, onde Nobuyuki comprou um cachecol de camelo e o deu a Kensaku como presente de despedida.

Notas da Primeira Parte

1. Periódico: no Japão, é bastante comum a publicação de obras literárias em periódicos.

2. *Fusuma*: porta divisória interna, corrediça, feita em estrutura de madeira, revestida de papel mais grosso que o do *shôji*, com acabamentos ornamentais ou não.

3. Tsukahara Bokuden (1489-1571): diz respeito ao livro do lutador de *kendô* do final da Era Muromachi, período de guerra, nascido em Hitachi (província de Ibaraki). Desenvolveu novo estilo e ficou conhecido no império.

4. *Tokonoma:* espaço reservado para ornamentação (quadros e flores, normalmente) localizado distante da entrada e um degrau mais alto que o nível do chão, diferenciando-se deste por ser forrado com madeira e não com tatames.

5. Contos populares: no original, *kôdan*, estorietas narradas em teatros populares chamados *yose.*

6. *Ukiyoe:* pinturas de costumes cuja técnica foi estabelecida pelo pintor Hishikawa Moronobu (?-1694), no início da Era Edo. Há pinturas a pincel, mas as xilogravuras são as principais. Retratam a vida do povo, hábitos de lazer, aspectos do teatro cabúqui, paisagens de locais pitorescos, além de pinturas de samurais, atores e mulheres. Após a pesquisa e apresentação feita pelo autor francês Edmond de Goncourt (1822-1896), passou a ser alvo das atenções na Europa.

7. Papéis decorativos: no original, *chiyogami*. Papel japonês artesanal com diversos desenhos e famoso por sua excelente qualidade. Muito utilizado para as dobraduras *origami* e outras artes manuais.

8. Tani Bunchô (1763-1840): pintor do final da Era Edo. Além de adotar a técnica da pintura ocidental nas paisagens de montanha e água, de flores e pássaros e do autorretrato, utilizou a perspectiva e o sombreamento.

Naoya Shiga

9. *Shamisen:* instrumento musical japonês de três cordas.

10. Brincadeira dos dedos: no original, *gunshiken*, competição que se faz entre dois grupos com as formas dos dedos da mão indicando três significados: chefe da vila, caçador (arma) e raposa. A um aviso, mostram-se as mãos, para ver quem ganha de quem. O chefe do feudo ganha do caçador, e este, da raposa.

11. Estampas bem chamativas de flores e pássaros: no original "estampa Yûzen", técnica de estampa no estilo *yûzen*, iniciado, provavelmente pelo artesão Miyazaki Yûzen (?-?) em meados da Era Edo.

12. Contou dois pontos dobrando os dedos: ao contrário dos brasileiros, os japoneses têm por hábito contar com os dedos, deixando a mão aberta para, então, ir dobrando os dedos a partir do dedo mínimo, até ficar com a mão fechada.

13. Otoyo: é assim chamada afetivamente por Tokiko, pois o nome de seu ideograma, "Yutaka", também permite a leitura de "Toyo", à qual foi acrescido o prefixo de tratamento "o".

14. *Kyôgen*: peça teatral japonesa de teor humorístico, apresentada no intervalo do teatro nô.

15. Ponto de encontro: no original *machiai*. Abreviação para sala de chá destinada a encontros. Trabalha com aluguel de salas japonesas para reuniões, mas tem como atividade principal divertir os clientes, servindo saquê e chamando gueixas.

16. Andô Hiroshige (1797-1858): pintor de *ukiyoe* do final da Era Edo. Sua obra mais famosa são as *Cinquenta e Três Estações da Via Tôkai*.

17. Utagawa Toyokuni (1769-1825): mestre de *ukiyoe* do final da Era Edo. Exímio retratista de artistas cênicos, conhecido também como desenhista de ilustrações de encadernações com estórias.

18. Shikitei Sanba (1776-1822): romancista do final da Era Edo. Exímio escritor de *kusazôshi* (encadernações com ilustrações) e *kokkeibon* (livros humorísticos). Conhecido pelas obras *Ukiyodoko (O Leito Mundano)*, e *Ukiyoburo (A Sala de Banho Mundana)*. Iniciador do *gôkan*, volumes encadernados de estórias.

19. Utagawa Kunimasa (1773-1810): mestre de *ukiyoe* do final da Era Edo. Estudou com Toyokuni e era especialista em retratos.

20. Kitagawa Utamaro (1753-1806): mestre de *ukiyoe* do final da Era Edo. Hábil em desenho de mulheres belas. Idealizador dos desenhos de rosto de mulher em tela inteira.

21. Isota Koryûsai (?-?). Nome verdadeiro: Masakatsu. Mestre de *ukiyoe* entre 1764 e 1781. Desenhou principalmente quadros de mulheres belas, retratos e quadros de flores e pássaros.

22. Katsukawa Shunchô (?-?): mestre de *ukiyoe* do período Kansei (1789 a 1801). Discípulo de Shunshô. Fazia quadros de costumes e retratos.

23. Shonzui: nome de porcelana. Com uma tintura azulada, a maioria possui desenhos de círculos, de carapaças de tartarugas ou motivos em xadrez. O nome se deve à gravação que consta na base. As jarras de água e tigelas são valorizadas como peças finas para cerimônia de chá.

Trajetória em Noite Escura 109

24. Kiheiji de Yumiharizuki: Hatchôtsubuteno Kiheiji, senhor de Minamoto Ameyori que aparece na peça de cabúqui *Yumiharizuki Genke no kaburaya*, com roteiro de Kawatake Shinshichi, do livro de leitura de Takizawa Bakin: *Chinsetsu yumihari zuki*.

25. *Tsuyukusa*: nome popular, em japonês, da planta *Commelina communis*.

26. Se tornou independente: segundo os princípios japoneses, sendo Kensaku o segundo filho e morando separado, já era considerado independente da família principal, constituindo uma ramificação da família Tokitô.

27. A bem da verdade: as aspas são por nossa conta, pois no original nada consta como marcação distintiva.

28. Grande liquidação: aqui, há um erro de interpretação por parte do juiz, o qual troca a palavra que significa "encerramento do expediente das casas de meretrício" pela palavra homófona que significa "grande liquidação".

29. À moda japonesa: beijar à moda japonesa, é dar pequenas mordidas com os lábios.

30. Kamigata: literalmente, "região superior", nome dado à região de Quioto e proximidades, pelo fato do Palácio Imperial localizar-se em Quioto, antes da Renovação Meiji.

31. Mart: durante quatro dias, a partir de primeiro de abril de 1911, o aviador civil americano Mart foi ao Japão, a convite do Jornal *Asahi*, e fez uma exibição no Jóquei de Meguro, em Tóquio.

32. Seigen: bonzo do Templo Kiyomizu, de Quioto, que aparece na estória de Seigen e da princesa Sakura. Perdido pela beleza de Sakura, apega-se a ela e a persegue, mas é morto, e ainda hoje o seu espírito persegue a princesa. Esta estória recebeu vários roteiros para os teatros *jôruri* e cabúqui, formando várias obras, entre as quais *Isshin ni gabyakudô*, de Chikamatsu Monzaemon, *Kiyomizu Seigen rokudô meguri,* de Takeda Jizô e Namiki Ôsuke, e *Hana keizu miyako kagami,* de Chikamatsu Hanji.

33. No original, *shôgi*.

34. As luzes se acenderam: quando o uso da iluminação começou a aumentar, a companhia de eletricidade só ligava a energia a partir de uma determinada hora do anoitecer.

Segunda Parte

I

Para um dia de inverno, estava bastante ensolarado. Sem que Kensaku percebesse, seu navio já se afastara da costa. Lá em baixo, Oei e Miyamoto misturavam-se à multidão. Ele quis evitar que os dois viessem se despedir, pois iria descer em Kôbe, mas Oei queria ver o navio e pedira a Miyamoto para trazê-la. Quando a sirene tocou para os visitantes descerem, Oei disse "cuide-se" e "mande cartas o tempo todo", o que deixou Kensaku um pouco emocionado.

O navio jogou água para trás com um dos propulsores, e, com o outro, para a frente, e, parando de vez em quando, foi se afastando cada vez mais da costa. De vez em quando os três acenavam dando um sorriso, até que Kensaku começou a se sentir mal por estar ali todo aquele tempo, com acenos de ambas as partes. Quando o navio tomou rumo e afastou a parte de trás uns sessenta a oitenta metros, fez uma reverência querendo dizer "até" e, contendo o mal-estar, deu as costas para os dois e desceu para a sua cabine.

Era uma cabine pequena, para quatro pessoas, mas, como não havia outros passageiros, ele pôde usufrui-la sozinho. Sentou-se num banquinho redondo e pensou no que fazer, mas não havia nada de especial a ser feito. Sem conseguir sossegar, levantou-se e pegou a pequena valise debaixo da cama; apanhando a chave que estava presa à corrente do relógio, experimentou abri-la. Incomodava-se com o que Oei e Miyamoto poderiam estar fazendo agora.

Saiu novamente para o convés. O navio já havia avançado além do esperado, e não era mais possível reconhecer o rosto das pessoas. Mas parecia que as duas pessoas em pé, à esquerda, afastadas da multidão, eram eles. Com certeza era Oei que estava de guarda-sol aberto, meio de lado. Ele experimentou levantar a mão. Logo responderam do outro lado. Miyamoto fez acenos bem acentuados com o chapéu e Oei também fazia pequenos movimentos com o guarda-sol. Mais descontraído por não enxergar seus rostos, Kensaku conseguiu abanar um lenço. Quando o navio passava pelo dique de pedras, já não se avistava a figura dos dois. Uma névoa ou fumaça fina encobria o porto inteiro e, à medida que o navio avançava, a costa foi ficando embaçada. Mesmo olhando para os lados, ele não conseguiu identificar a costa de onde havia acabado de sair. Na direção da popa, havia um navio militar inglês, com a inscrição "Minotaur", soltando um pouco de fumaça pela chaminé, mas pesadamente colocado sobre a superfície, como se estivesse enraizado no fundo do mar. Ao passarem perto, já não era possível avistar os prédios de telhas vermelhas enfileirados na costa.

Agora, sozinho, segurando o corrimão da popa do navio, Kensaku ficou com o olhar perdido na água que era misturada e empurrada pelo propulsor. A cor da água era bem viva e bonita. Ele começou a visualizar nitidamente a figura de Oei e Miyamoto, que iam voltando pela praça forrada de pedras, ao lado do trilho pelo qual haviam passado há pouco.

Um sino soou na parte de baixo. Ao descer, encontrou o almoço servido. Além dele, estavam à mesa um estrangeiro jovem que falava inglês, uma babá da primeira classe e os tripulantes do navio. Mais ninguém. Os oficiais do navio e o estrangeiro conversavam. Em silêncio, ele comia a carne de vaca, que estava horrível. Nisso, o estrangeiro ao seu lado perguntou em inglês: "Você fala inglês?" Ele respondeu em inglês: "Não sei falar inglês". Achando que não haveria motivos para um ocidental fixado em Yokohama não falar japonês, experimentou perguntar, desta vez em japonês: "Não fala japonês?" O jovem estrangeiro, meio incomodado, inclinou a cabeça para o lado e corou. A babá, após a refeição, foi para a primeira classe e não apareceu mais. Quando os dois ficaram sozinhos naquele lugar espaçoso da segunda classe do navio, que parecia uma casa desocupada, Kensaku acabou conversando com o jovem, usando seu inglês precário. No momento em que ele estava sozinho, na sala de fumantes do convés, o rapaz entrou trazendo um baralho e o convidou para jogar; Kensaku, porém, recusou, achando que seria penoso, pois o modo de jogar deveria ser diferente do seu. Sem outra alternativa, o jovem começou a enfileirar as cartas na mesa e a recolhê-las.

Sua casa ficava na Austrália. Até então estava nos Estados Unidos e viera a Yokohama cerca de três semanas atrás, mas, como recebera um telegrama comunicando a doença de sua mãe, estava voltando para Sidnei. Queria ver o monte Fuji sem falta, mas seria possível com o tempo de hoje? Será que com o tempo nublado assim, não daria? Disse isso, entre outras coisas. De fato, o tempo meio enevoado e tranquilo da manhã era indício de dia nublado. Estava nublado e um pouco frio.

Ao contornarem o alto-mar em Misaki, Kensaku colocou o traje japonês e foi para a cama, dormindo logo, profundamente. Quando despertou, passava das quatro horas. Pôs o sobretudo por cima da veste japonesa e foi para o convés. Em meio ao céu cinza e nublado do entardecer, o monte Fuji estava nítido. A sua figura, erguendo-se por cima das montanhas de Izu com o mar à frente, parecia uma tela planejada, fazendo-o lembrar-se de um Fuji assim pintado por Hokusai[1].

Na sala de fumantes, ouvia-se o som de um piano mal tocado. Quando o som cessou, o estrangeiro apareceu. "Foi a primeira vez que vi o monte Fuji", disse ele satisfeito:

A Ilha Ô já ficara para trás. Como o vento estava frio, ele olhava a paisagem pela sala de fumantes. As sete ilhas de Izu foram aparecendo uma a uma. O jovem estrangeiro começou a tocar inábil o piano. E, sem tirar a piteira de sarça do canto da boca, cantava algo baixinho. Entre uma música e outra, dizia que ouvira Paderewski e que uma de sua irmãs era exímia violinista.

Kensaku ainda tinha sono. As duas horas que dormira foram insuficientes para os quatro ou cinco dias mal dormidos. Ele se deitou novamente. O navio balançava bastante. Como as cabines eram próximas da proa, as correntes grossas que mexiam o leme faziam barulho ininterruptamente. Esse barulho perturbava e ele não conseguia dormir. Misturado ao "dan-dan" da máquina a vapor, ouvia também o "chuá, chuá" da água, impelida pelo propulsor.

Sentiu um pouco de enjôo. Tal como acontecia quando ficava alcoolizado, as suas mãos estavam bem vermelhas. Do outro lado da cama havia um espelho, e o rosto dele, afundado pela metade no travesseiro branco, estava como se tivesse sido enquadrado, podendo ser visto muito bem. O rosto também estava vermelho. Como era do tipo que ficava doente quando viajava, pensou se já não havia se resfriado. Enquanto cochilava, foi acordado novamente com o sino do jantar.

O jovem estrangeiro disse que havia esquecido seu livro e pedira para que abrissem a livraria do navio no dia seguinte. Como Kensaku tinha a versão inglesa de Garsin, emprestou-a.

À noite, esfriou. Devido ao hábito, Kensaku ficava mais desperto à noite. No refeitório imenso e frio, ele ficou escrevendo cartões para as pessoas que o levaram até Shinbashi: Nobuyuki, Sakiko, Ogata, Oei, Miyamoto e outros; por intermédio da embaixada, escreveu a Tatsuoka, que deveria estar em Penang, a essa altura.

Sentia muita falta de Tatsuoka. Ele sempre fazia cara de desentendido em relação à arte, mas, em seu trabalho, na fabricação de aviões, especialmente na pesquisa sobre os geradores, e na hora em que falava sobre seus planos ambiciosos,

116   *Naoya Shiga*

demonstrava ardor e se empolgava. O trabalho de Kensaku era diferente, mas ao ver Tatsuoka assim, ele sempre recebia bons estímulos. Tendo perdido um amigo como ele há tão pouco tempo, sentia-se realmente só.

Seus pés, com meias japonesas azul-marinho e sandálias japonesas de palha, estavam gelados. Acima de sua cabeça, havia um ventilador. Ele seria colocado em funcionamento quando chegassem próximo a Manila, já que o navio passaria pela Austrália.

Depois de escrever alguns postais, antes de dormir, Kensaku pensou em olhar novamente a paisagem externa e foi ao convés. Era uma noite escura e não se enxergava nada. Só uma pequena luz, perto do mastro, tão longe que, de início, pensou ser uma estrela. Não havia uma só pessoa. Só o uivar do vento e o barulho da água quebrado pelas cristas da onda. Agora não ouvia mais a vibração do vapor nem o barulho da corrente. Indo contra o vento, o navio avançava na escuridão. Parecia-lhe um grande monstro. Enrolado no sobretudo, ficou em pé, com as pernas afastadas uma da outra. Mesmo assim, com o balanço forte do navio, acompanhando o barulho do mar, e o vento que se formava, de vez em quando, era quase derruba-do. Sem chapéu, o vento batia em seus cabelos, levantando-os. E, como os cílios eram empurrados, os olhos começaram a coçar. Sentiu-se como se, no momento, estivesse envolto em algo grandioso. Tanto em cima quanto em baixo, na frente e atrás, na esquerda e na direita, era uma escuridão sem fim. E bem no centro dela, ele estava assim, em pé. Todas as pessoas, naquele momento, dormiam em suas casas. E só ele assim, em pé, diante da natureza. Representando a todos. Foi tomado por uma exaltação. Mesmo assim, não conseguia vencer a sensação de que ele próprio estivesse sendo tragado para o interior de algo muito, muito grandioso. Não era desagradável, mas ele sentiu solidão, desamparo. Como que verificando sua própria existência, colocou força no abdômen e respirou, enchendo os pulmões, mas, assim que relaxava, logo se sentia como se estivesse sendo tragado.

Uma sombra negra se aproximou. Era o *boy*. Disse alguma coisa, mas, por causa do vento, ele não entendeu nada. O *boy* foi embora. Em seguida, Kensaku desceu por algum tempo. Seu corpo estava completamente gelado.

Sentia-se bastante cansado. Mas, por hábito, pegou uma revista e foi para a cama. Em menos de dez minutos, o sentido do texto foi se distanciando. Meio adormecido, ele tentava se agarrar às palavras e, forçando a consciência, lia as le-tras, mas o sentido já era um sonho incontrolado. Sem saber quando, as pálpebras cobriram os olhos. Ele foi mergulhando gostoso no sono. Mas ainda pensava em algo. Que esse era um grande e tranquilo sono que vinha, finalmente, após aquela vida conturbada e desagradável de dois ou três meses.

Ao despertar, luzes claras entravam de fora, atravessando o grosso vidro da escotilha da cabine. Ele levantou a cabeça do travesseiro. Como no dia anterior, o

Trajetória em Noite Escura   117

mar estava agitado, sob o céu cinzento e frio. Eram oito horas. Quando se levantou, o estrangeiro já havia feito a refeição matinal e não estava mais lá. Tomou o café, pôs o sobretudo e saiu para o convés. O vento estava mais ameno, e o navio avançava acompanhando a costa de Kishû.

O estrangeiro, sem fôlego, cantava anasalado, andando de um lado para outro na popa do navio. Assim que viu Kensaku, disse: "Bom dia". E convidou-o a andar, para se aquecerem. Como estava com uma calça grossa de lã, tinha que arregaçá-la e balançar o quadril para andar mais rápido. Ele pediu licença e foi à sala de fumantes. Mais tarde, o jovem estrangeiro veio devolver-lhe o livro de Garsin. E elogiava intensamente o conto *Quatro Dias*, usando as palavras "mórbido" e "terrível".

– A que horas chegaremos a Kôbe? – perguntou Kensaku ao *boy*, que se aproximava. Pretendia ver o horário do trem que ia para o oeste.

– O mar estava um pouco bravo ontem, e por isso atrasamos, mas, como estamos a todo vapor, não atrasaremos tanto – disse o *boy*. – Devemos chegar por volta das três horas.

De fato, o navio chegou às três. Mesmo antes de ele aportar, várias lanchas de hotéis locais o rodeavam, tais como condutores de riquixá disputando passageiros. Kensaku chegou à costa numa lancha grande da Companhia Marítima Japonesa, que chegava com atraso. E, com a mala de viagem no colo, marcada por um sinal cinza da alfândega, foi de riquixá até o ponto em San-no-miya.

II

A costa litorânea de Shioya e Maiko era bela. Sem vento, o mar refletia as luzes do entardecer. Sentado com as pernas cruzadas a buda, um pescador remendava a rede, embalado de leve pelo pequeno barco próximo à praia. Espichando a longa rede nas areias brancas desde as raízes de um pinheiro, um barco pesqueiro já se preparava para passar a noite. Kensaku olhava-os com ar de deleite. À medida que o trem avançava, a noite caía. Mais uma vez, ficou com sono. Depois de viver dias estonteantes de seguidas noites em claro, por mais que dormisse, ainda era insuficiente. Foi ao restaurante e fez uma refeição simples. Pôs uma veste japonesa e esticou-se no assento vago. Por volta das onze horas foi acordado pelo *boy* e desceu em Onomichi.

As duas hospedarias constantes na informação de viagens ficavam em frente à estação. Ele entrou numa delas. Era mais tranquila do que esperava, mas, como ouvia o som de *shamisen*, disse ao encarregado: "Quanto mais no fundo e silencioso, melhor".

118 *Naoya Shiga*

Kensaku foi levado a um quarto silencioso, no andar superior. Ele se levantou e experimentou abrir o *shôji*. A veneziana ainda não estava fechada e a claridade vinda de dentro iluminava o muro com objetos ponteagudos na frente. Do outro lado, havia uma rua pequena e, logo depois, o mar. Era um mar que parecia um rio, pois logo atrás havia uma grande ilha. Dezenas de navios pesqueiros e cargueiros, aqui e acolá, pareciam ligados entre si. As luzes vermelhas e amarelas e os seus belos e chamativos reflexos na água, lembravam vagamente a cidade de Tóquio no meio da noite.

Estava na varanda, quando a empregada entrou com um fogareiro de ferro e disse:

— Venha se aquecer.

Assim que ele entrou, em silêncio, fechou o *shôji* e se sentou diante do fogareiro. A empregada serviu-lhe doce e chá verde.

— Daria para chamar um massagista a esta hora?

— Sim, se for para o seu bem — disse a empregada em tom de intimidade. E saiu. Como ela se mostrava muito oferecida, por um momento Kensaku duvidou se aquela seria uma hospedaria normal.

Ouviu do massagista conversas sobre os Templos Saikoku, Senkô e Jôdo, sobre o Genkotsu Motsugai, que aparece num livro de estórias humorísticas, e sobre as proximidades, a Ilha Sensui do Porto de Tomo e o Kannon de Abuto. Sobre Shikoku, as termas de Dôgo, o Kotohira de Sanuki, Takamatsu, Yajima, o Templo Shido citado num *jôruri*[2], por exemplo. Enquanto o restante da bagagem não chegava de Tóquio, Kensaku teve a ideia de viajar a algum lugar.

Entretido com a conversa, o massagista foi perdendo a força nos dedos.

— Daria para fazer mais forte?

Ele, de repente, começou a massagear forte. Tal como um pilão do moinho d'água a socar o arroz, esmagou a carne de modo brutal com os cotovelos, girando-os por cima do ombro.

— Que estilo é esse?

— É o estilo *ogata* de Nagasaki.

Sem qualquer motivo especial, Kensaku riu sozinho ao pensar no Ogata todo alinhado do qual se despedira em Shinbashi na noite anterior, e nesse estilo *ogata* do massagista meio provinciano.

Do mar vinha um lindo canto ou um "piyoro, piyoro". Era exatamente o canto da ave batuíra utilizado nas peças teatrais. Tarde da noite, quando as pessoas já repousavam, ficar ouvindo esse som fez com que ele sentisse certa melancolia e certo prazer da viagem.

O que é aquilo?

Aquele som? É a manivela do navio.

No dia seguinte, por volta das dez horas, Kensaku saiu da hospedaria para ir até o templo no alto da montanha, chamado Templo Senkô. Esse templo ficava bem no centro da cidade, e diziam que era possível avistar a cidade inteira, de modo que ele pensou em, dali, definir onde deveria fixar residência.

Ao atravessar aleatoriamente para a esquerda, na linha férrea, encontrou uma escadaria de pedra, e, no portão, logo acima, via-se uma lanterna de papel bem grande onde se lia, em ideogramas imponentes, "leão"[3]. Ele atravessou o interior do templo chamado Kômyô, em direção à montanha, mas encontrou vários caminhos estreitos, retorcidos, e, sem saber qual deles escolher, ficou parado, descansando num dos cruzamentos.

— Mate todos os inimigos! — Bradando no ritmo da corneta de batalha, um menino de doze ou treze anos desceu correndo, empunhando uma vara fina de bambu.

— O Templo Senkô é por aqui? — perguntou-lhe Kensaku, apontando a direção a seguir. O menino, parado, olhava com ele para a montanha, mas parecia indeciso em como ensinar.

É difícil explicar, por isso eu vou junto.

Sem esperar pela resposta, se virou para o lado e, com energia e o corpo inclinado para a ladeira que acabara de descer, foi à frente e começou a subir. Foi subindo na diagonal, sempre à direita. Avançando um pouco, havia uma plantação de trigo já com seis a nove centímetros de altura, do lado esquerdo. Acima, três casas conjugadas de telhado baixo e, no canto esquerdo, uma tabuleta onde se lia "aluga-se". Kensaku agradeceu ao menino e despediu-se, para ver a casa. A senhora que estendia roupas ao sol, ensinou-lhe várias coisas muito gentilmente. Em seguida, ele subiu mais uma quadra na diagonal e encontrou mais três casas, dentre as quais a da ponta leste estava para alugar. A vista dali era melhor que a da outra casa. E ali também havia uma senhora gentil que respondia amavelmente ao que ele perguntava. Sentiu que o menino e a senhora de momentos atrás e esta anciã eram boas pessoas. Achou simplório demais pensar assim, logo à primeira vista, sobre duas ou três pessoas encontradas ao acaso, mas, de qualquer forma, por meio delas, teve uma boa impressão desse novo lugar.

Finalmente, saiu na escadaria de pedra que seguia para o Templo Senkô. Era estreita, mas bastante extensa. Mais ou menos no meio da escadaria, havia duas ou três casas de chá com as vidraças fechadas. Em todas elas via-se, na entrada, um quadro com postais dos lugares pitorescos do Templo Senkô. Ao término da subida, por uma escadaria, virou à esquerda e novamente à direita, e subiu uma escadaria larga, onde havia uma casa de chá encoberta por um galho de um grande pinheiro. Sentou-se no banco.

Além da ilha logo à frente, avistou as montanhas de Shikoku, cobertas por uma neve rala. E, no Mar Interior de Seto, pequenas e grandes ilhas de nomes ainda desconhecidos. Essa paisagem ampla era uma novidade para ele e divertia-o. O navio com a marca da OSK Lines em branco, na chaminé, entrava serenamente, com as praias calmas da ilha à frente de fundo, vez por outra soltando vapor e, em intervalos, soando o apito até vigoroso demais: "boo". Um pequeno barco, embalado no movimento da subida da maré, ia remando rente a ele, com uma velocidade inesperada. Avistou, ainda, um navio de travessia largo e desajeitado subindo, com vigor, a corrente, na diagonal. Mas acabou entediado com essa paisagem à qual não estava acostumado, e, justamente por ela ser boa, teve a impressão de que seria penoso continuar apreciando-a.

Enquanto comia ovos cozidos, Kensaku ouviu do dono da casa de chá que a ilha da frente era a Ilha Mukai, e o pequeno mar, no meio, era o Tama-no-ura. Ao mencionar o Tama-no-ura disse que, antigamente, no alto da rocha esférica que existe no Templo Senkô, havia uma esfera brilhante que podia ser avistada de qualquer lugar, e, com o seu brilho, não era necessária iluminação para se sair à noite. Certa vez, entretanto, um estrangeiro que passava de navio, em alto mar, viu a pedra e pediu que a vendessem para ele. As pessoas da cidade aceitaram, achando que, mesmo que vendessem aquela grande rocha na montanha, ele não a levaria, mas o estrangeiro extraiu-lhe somente a parte superior que era a parte brilhante, e levou-a. Desde então, essa cidade passou a ser como as demais nas noites sem luar, necessitando-se de lanternas para sair à noite.

– Ainda hoje, no alto da rocha, há um grande buraco, duas vezes maior que um tonel de molho de soja, sabe? Parece que era algo parecido com o que hoje chamamos diamante.

Kensaku sentiu um certo ar de desleixo e graça nessa lenda que as pessoas da cidade transmitiam, a respeito da insensatez de seus ancestrais. Por indicação do dono da casa de chá, foi ver um imóvel desocupado, onde diziam ter morado um aposentado de uma família de comerciantes, falecido recentemente. Penetrando num caminho estreito e úmido, forrado por folhas secas e em decomposição, encontrou uma edificação parecida com uma pequena casa de chá, construída num lugar meio escuro, como se estivesse abraçada por uma grande rocha. Estava bastante devastada e não seria fácil fazer uma reforma, mas, acima de tudo, o seu ar sombrio eliminou-lhe qualquer ânimo de morar ali. Retornou à casa de chá e foi subindo as escadarias em direção ao templo. Grandes pedras naturais. Bem no meio delas, um alto e robusto pinheiro, e, aqui e ali, pedras com inscrições, poemas gravados. Ele se lembrou do Templo Yama, um pouco além de Yamagata, onde fora já havia muito tempo, e do Templo Nippon, no monte Nokogiri. Como fora um bonzo chinês proveniente dos lados de Nagasaki que iniciara o local, o aspecto das rochas e das árvores, o portão da montanha, o sino e tudo mais dava uma impressão muito mais chinesa que a dos Templos Yama e Nippon. A rocha de Tama ficava um pouco antes do sino. Era uma pedra isolada da dimensão de uma pequena casa assobradada e tinha exatamente o formato de uma pedra preciosa do budismo.

Da casa do sino se avistava praticamente a cidade inteira. Cortada pela montanha e pelo mar, a cidade se alongava para o leste e para o oeste, em desequilíbrio com sua estreiteza. As casas também eram bem apertadas, e, logo abaixo, viam-se muitas chaminés largas e baixas. Eram casas que fabricavam vinagre. Olhando para a região à beira-mar, um pouco afastada da cidade cada vez menos habitada, Kensaku pensou que seria bom se houvesse uma boa casa ali.

Algum tempo depois, começou a descer as longas escadarias de pedra, sem parar, passo a passo, até a cidade. Ao descer, as tiras dos tamancos que pedira ao empregado da hospedaria para comprar naquela manhã, já estavam frouxas. Saiu dos caminhos sujos e úmidos para a rua. Ela era estreita, mas a maioria das lojas eram relativamente grandes, uma unidade em plenitude, e os transeuntes, cheios de vida e animados, não pareciam descender dos ancestrais insensatos que perderam a joia da rocha de Tama.

Kensaku achou que a cidade possuía um cheiro característico. Era vinagre. No início não se deu conta, mas ao parar diante de uma placa em que estava escrito "vinagre", o cheiro penetrou mais fundo em seu nariz e ele percebeu. A falta de higiene das ruas também era uma das características. Era novidade, ainda, a grande quantidade de casas com cabaças penduradas. Nos antiquários, nas lojas que as vendiam com exclusividade e também nas quitandas e nas lojas de quinquilharias, casas de doces, relojoarias, casas de artigos ocidentais, vitrines de gráficas, em todos os lugares, ele viu cabaças. Ao voltar, ficou sabendo pela empregada que o dono da hospedaria também tinha várias cabaças num baú de Tanba.

Naquela noite, dormiu cedo. Na manhã seguinte, acordou antes de clarear e foi conduzido por um vigia até o cais próximo, pelas ruas com lâmpadas ainda acesas que pareciam ter sido varridas. Era uma manhã fria de geada.

A paisagem do mar interno não estava tão boa quanto ele imaginara. Era hora de baixar a maré, e, entre outras coisas, achou meio estranho que a água do mar fosse escorrendo sempre para o leste, agitada, levantando ondas revoltas.

Desceu num lugar chamado Takahama e, de trem, foi a Dôgo, onde fez duas pernoites. Pegou um barco no mesmo lugar, desceu em Ujina e, de Hiroshima, foi para a Ilha Itsuku. Se houvesse algum lugar que lhe agradasse mais que Onomichi, qualquer lugar serviria, mas, ao final de quatro dias, retornou à cidade. Estava levemente fatigado pela viagem, com o ânimo e a mente entorpecidos na medida certa. A bagagem ainda não havia chegado, mas resolveu alugar, no dia seguinte, a segunda casa que vira, bem no meio da montanha que dava para o Templo Senkô, e chamou o instalador de tatames e de lanternas da cidade para renovarem a forração do assoalho e os papéis do *shôji*.

III

A casa provisória de Kensaku era a que ficava mais ao fundo do longo conjugado subdividido em três. Os vizinhos eram um casal de idade, muito bondoso, e ele pediu à senhora que cuidasse da comida, das roupas e demais tarefas. Na terceira casa, mais adiante, havia um vagabundo de cerca de quarenta anos chamado Matsukawa, que mandava a esposa trabalhar de garçonete nas hospedarias da cidade e, diariamente, recebia uns trocados para beber.

A paisagem era muito bonita. Deitado, podia ver diversas coisas. Na ilha em frente, uma construtora naval. Lá, desde cedo fazem soar o barulho do martelo: "kan, kan". Na mesma ilha, no meio da montanha, do lado esquerdo, há uma pedreira, e, no meio do bosque de pinheiros, os cortadores de pedras extraem-nas sem parar de cantar. As vozes atravessavam os lugares bem altos da cidade e chegavam direto onde ele estava.

Ao entardecer, sentado folgadamente na estreita varanda sem cobertura, via minúsculas as crianças rodando bastões em direção ao sol, que já se punha, no espaço para se estenderem roupas das lajes das casas comerciais, na parte baixa da cidade. Logo acima, cinco ou seis pombas voavam em círculo, apressadas; suas asas, recebendo a luz do sol, refletiam um tom pêssego.

Às seis horas, bate o sino do Templo Senkô. Logo após um "góon", outro "góon" ecoa; mais um, mais outro ressoam ao longe. A partir desse momento, começa a brilhar o farol da Ilha Hyakkan que, durante o dia, mostra um pouco a sua extremidade, entre as montanhas da Ilha Mukai. Ele acende e apaga. Reflete-se na água uma luz como a do bronze derretido pela construtora naval.

Às dez horas, o navio que passa em Tadotsu volta apitando. A luz verde e vermelha da proa, a iluminação do convés que se enxerga amarela, avançam refletindo na água, como uma bela corda balançando. Já não se ouve nenhum ruído da cidade, mas a voz alta dos tripulantes das embarcações é ouvida nitidamente no lugar onde ele está.

Sua casa tem um cômodo de seis tatames na frente e outro, atrás, de três; uma cozinha de terra batida, e é tudo. O tatame e o papel do *shôji* foram renovados, mas a parede estava bastante danificada. Foi à cidade e comprou o tecido de saraça com o qual ocultou os lugares feios. Os menores que não conseguiu tampar com o tecido, escondeu com folhas de *shusu*, utilizadas para fazer flores artificiais, prendendo-as com um alfinete. De qualquer modo, a casa era uma construção barata, e se ligasse, ao mesmo tempo, o aquecedor e o fogão a gás, era possível aquecê-la até oitenta graus, porque o ambiente era pequeno, mas, ao apagá-los, logo esfriava. Nas noites em que soprava um vento gelado, pendurava dois cobertores juntos, do lado de dentro do *shôji*, evitando o frio que vinha de fora. Mesmo assim, com o vento que soprava pelas frestas da veneziana, os cobertores não paravam de balançar. O tatame era novo, mas, como a sua base era ondulada, se, por descuido, colocasse um pote de cebolinhas em conserva sem prestar atenção ao lugar, ele tombava. Além disso, havia espaços abertos entre os tatames por onde o vento passava. Por isso, ele cortava as revistas até onde já havia terminado de ler, enrolava as folhas e socava-as nas frinchas com o pegador de brasas.

Essa vida completamente diferente da de Tóquio divertia Kensaku. Ele ficou sereno como há muito não acontecia e começou a trabalhar num longo projeto. Tentou escrever algo autobiográfico que cobrisse desde a sua infância até o presente. Ele fora uma criança que nasceu enquanto seu pai estava no exterior, em viagem de bolsa de estudos. Não lembra quando o pai retornou, mas conseguiu se lembrar de uma casa velha e pequena em Myôgadani, onde morou com a avó, a mãe e o irmão, entre outros, durante a ausência do pai. Lembrou-se de que, subindo por uma escada estreita que rangia, havia um pequeno quarto de teto baixo, tal qual um sótão, onde a avó sempre fiava, e de que fora repreendido ao mexer na peneira de massa de soja forrada com papel, na qual a avó e a mãe depositavam os fios de algodão preparados durante a noite, sob a luz tênue da lamparina pendurada; lembrou-se, inclusive, do ruído do carretel de fios, que fazia "buun, buun". E outros fatos vinham de leve à sua lembrança, como se fossem acontecimentos de uma vida passada.

Lembrou-se, ainda, de uma raposa que, certo dia, foi saindo tranquila pela cerca viva, enquanto ele se voltava várias vezes para trás (a avó, que, da varanda, observava a cena, ensinara-lhe que aquilo era uma raposa). Lembrou-se de uma cigarra que uma vez ele vira num galho bem alto do pé de caqui e achara que fosse uma cigarra extremamente grande, e também que, sob essa mesma árvore, ele e o vizinho, da mesma idade, discutiam que "menino" era o nome pelo qual eram chamados.

Mudaram-se para a casa em Hongô, no Bairro Tatsuoka, logo depois que seu pai voltou ao Japão. Certa vez, indo na direção de Yamashita, em Ueno, carregado nas costas da empregada, após a compra de pão de forma para seu pai, ficou olhando um filhote de tartaruga no canto do lago. Uma senhora muito bonita que ali passava, pegou, num piscar de olhos, o embrulho do pão que ele segurava. Quando um antigo senhor feudal faleceu, ele interpretou a expressão "okakureninatta" – ocultou-se – como sendo "kakurenbô" – esconde-esconde –, e ficou procurando-o atrás do biombo dourado que estava atrás do ataúde. Durante a realização do funeral, em Denzû-in, estremeceu ao som do pequeno sino batido com o bastão de madeira. E sentiu raiva do bonzo que batia o sino, achando-o um sujeito sem compaixão. Esses fragmentos das lembranças vinham à tona como os vapores que sobem borbulhando do pântano. E, em sua maioria, elas não serviam nem como remédio nem como

124   *Naoya Shiga*

veneno. Havia apenas uma lembrança de quando estava em Myôgadani. Dormindo com a mãe, aproveitou que ela dormia profundamente e mergulhou debaixo das cobertas. Logo, levou na mão um beliscão violento da mãe, que ele pensava estar dormindo. E foi puxado sem dó até o travesseiro. Mas a mãe, como se estivesse dormindo, não abrira os olhos e nada dissera. Ele se sentiu envergonhado e entendeu o que fizera, da mesma forma que um adulto entenderia. Essa lembrança fê-lo sentir algo estranho. Era uma lembrança vergonhosa, mas que o fazia ficar com uma sensação estranha. O que o fizera agir daquele jeito? Curiosidade? Impulso? Se era curiosidade, por que sentira tanta vergonha? Se era impulso, seria algo que acontece a qualquer um nessa fase? Ele não tinha ideia. Havia mais algum motivo para que sentisse vergonha, mas ele não tinha vontade de criticar moralmente uma criança de três ou quatro anos. Achou também que isso poderia ser um mau hábito de seus antecessores. Ao pensar que até em coisas desse tipo a lei de causa e efeito recai sobre a criança, ficou um pouco sombrio.

Kensaku foi escrevendo aos poucos, a partir dessas recordações da infância. Tinha, como horário de trabalho, as altas horas da noite até o amanhecer.

Durante pouco mais de um mês, em princípio, tudo ia bem. A vida, o trabalho, a saúde. Mas, a partir do final do primeiro mês, pouco a pouco as coisas foram se complicando.

Propositadamente, desde que saíra de Tóquio, ele escrevia pouco para Oei. Não só pela sensação de se livrar, por um momento, do pensamento arraigado em sua mente, mas também pela sensação de se rebelar contra si mesmo, já fragilizado pela solidão. Para Nobuyuki, até que escrevia. Para fazê-lo, porém, justificava-se dizendo: "Escrevo como se estivesse em Tóquio, gastando o tempo em bate-papos com amigos". De Oei, frequentemente chegavam cartas imensas. Parecia que ela geralmente lia as cartas que ele enviava a Nobuyuki.

À medida que o trabalho começava a ir mal, a rotina passou a atormentá-lo. Todos os seus dias eram exatamente iguais. Exceto que um dia chovia e outro fazia sol, de resto, cada dia em si não mudava. Ele escreveu a data num papel quadriculado, pregou-o na parede e foi riscando dia por dia. Enquanto conseguia trabalhar, ainda estava bem, mas quando começou a se cansar, tanto em termos de disposição quanto de saúde, aquilo acabou virando um mero apagar de dias. Embora seu objetivo fosse ficar sozinho, longe de qualquer pessoa, agora, a solidão era-lhe insuportável. Lá embaixo, fazendo grande barulho, passa o trem expresso que vai para Tóquio. Ele só vê a fumaça. E, quando já não ouve mais o seu barulho, após algum tempo, começa a enxergar ao longe um trem parecido com uma centopeia, em arco. Soltando uma fumaça preta, o trem corre com todas as suas forças. Mas parece lento demais. Só de pensar que, naquele ritmo, o trem conseguiria chegar a Shinbashi na manhã do dia seguinte, ficava surpreso, com um pouco de raiva.

Para ele, que vivia os dias sem sentido, a manhã do dia seguinte, na realidade, já estava aí. Logo o trem passa pela extremidade seguinte e desaparece.

No entanto, custava-lhe pensar em voltar a Tóquio. Se partisse, achava que não voltaria mais. E retornar agora seria voltar à situação anterior. Independentemente do resultado, decidiu que deveria terminar aquele trabalho. Ele costumava entrar sem nenhum propósito no correio e na estação e ficar à toa. Para ele, esses eram os lugares mais próximos de Tóquio. O trigo, que tinha de seis a nove centímetros de altura, estava com dezoito a vinte e um centímetros.

Kensaku sentiu que os músculos de seu rosto haviam ficado estranhamente flácidos. Agora não conseguia ficar com os olhos bem abertos. E deu-se conta de que durante dezenas de dias, da manhã à noite, estava sempre com a mesma cara de desgosto. Sem rir e sem se enfurecer. Para começar, nem respirava fundo mais.

Certo entardecer, soprava um vento norte muito forte. Ele pensou em gritar bem alto, com todas as suas forças, em algum lugar onde não houvesse ninguém. E saiu para uma praia meio afastada da cidade. Aí, havia cerca de três fornos de telhas que, recebendo o intenso vento norte, queimavam o óleo de pinheiro fazendo "jiri jiri". A luz forte atingiu sua vista no meio da penumbra do entardecer. Por alguns instantes ficou olhando sem propósito para ela, mas, logo depois, foi para as barragens de pedras à beira-mar e ficou de frente para o mar. Não tinha, contudo, nenhuma música adequada para cantar. Experimentou gritar bem alto coisas sem sentido. Mas esse grito havia se transformado numa voz tristonha e fraca demais. O gelado vento norte bate impiedoso em suas costas. A fumaça negra do cozimento das telhas vai sendo empurrada pelo vento, esvoaçando em fiapos e mais fiapos sobre o mar de prata agitado e defumado. Ele voltou sentindo-se tão acovardado quanto irado. Uma prostituta, filha de lavradores, fez-lhe um convite habilidoso: "Patrão, não precisa pagar, mas, por favor, leve-me com você para algum lugar". Era uma moça graciosa e bem gordinha, confiante em ser amada, que fez uma expressão falsa de tristeza e conseguiu tirar-lhe um ou dois ienes.

Num dia tranquilo, à tarde, na volta da travessia da balsa para a visita às salinas da Ilha Mukai, foi até a outra costa da ilha, e, com a intenção de ver a ilha de Hyakkan toda, da qual se costuma ver apenas o topo, foi andando à toa naquela direção. Ao chegar a um aclive suave entre uma colina e outra, avistou um casal que vinha descendo. Uma das pessoas parecia aquela prostituta. Sem querer, ele encostou no bambuzal e pegou um caminho estreito. Parou após andar uns vinte metros, voltou-se e ficou olhando a rua. Era aquela moça. Vestia um agasalho de mangas longas, bem vistoso, e, de tão carregada de pó de arroz, chegava a estar feia. Ela passou falando alguma coisa ao homem em tom insinuante. Com o chapéu afundado até os olhos, o rapaz parecia ser um caixeiro de loja.

126 *Naoya Shiga*

A saúde, a disposição e também o trabalho começaram a ficar cada vez mais desanimadores. Primeiro porque sentia os ombros rijos demais e a cabeça pesada; virando o pescoço, fazia um "jigi, jigi" bastante incômodo. O apetite diminuíra e não conseguia dormir direito. Nas pequenas dormidas, tinha sonhos um tanto desagradáveis. No meio da noite, quando trabalhava, aumentava o número de vezes em que o serviço em si praticamente não rendia nada; só o ânimo ficava aceso, e ele sentia uma ansiedade anormal. Pela excitação, andava de um lado para outro no quarto de seis tatames, a ponto da madeira que servia de sustentação fazer barulho. Nessas horas, ele se sentia um homem extremamente importante, como se tivesse tudo diante de si.

A vida, à noite, na maioria das vezes era assim, mas durante o dia era exatamente o contrário. Kensaku sentia-se encurralado por um sentimento lastimável. Já era um quase enfermo, tanto física quanto mentalmente. Sentia desânimo e sono, os olhos vermelhos, e perdera toda a vitalidade.

Certa vez, incentivado pela velhinha da casa ao lado, foi procurar um cego, antigo carregador de pescados, conhecido como massagista Iwabee, que morava logo abaixo das escadarias do Templo Hôdo. Mas nem mesmo o tratamento ríspido, que chegava a dar raiva, fez efeito em seus ombros. Não teve outro jeito a não ser interromper o trabalho naquele momento.

IV

Era um dia tranquilo, parecendo primavera. Entre as cercas de pedras da frente, um grande lagarto espichou metade de seu preguiçoso corpo, que saía de uma longa hibernação e estava imóvel, tomando sol. Era uma manhã assim. Com relativa tranquilidade, Kensaku abriu por completo o *shôji* da frente e tomou a refeição matinal juntamente com o almoço. Acima da montanha da Ilha Mukai, era possível avistar as montanhas de Shikoku, azuis e bem tênues. Repentinamente, ele teve a ideia de fazer uma viagem. Apanhou o guia e estava verificando os horários das lanchas para Sanuki, quando a velhinha da casa ao lado disse: "Que cheirinho bom" e sentou-se na varanda da frente. Dois cachorrinhos que sempre vinham ali na hora da refeição, mostravam só os focinhos pretos encostados na ponta da varanda descoberta. As pontinhas pretas movimentando-se em leves vibrações pareciam dois pequenos seres vivos.

– Para ir a Konpira é melhor pegar a balsa?

– É. Hoje em dia muitas pessoas vão à sede e por isso os navios das companhias comerciais estão cheios.

– É às duas, não?

Trajetória em Noite Escura   127

– Sim. Você vai ao Konpira, é?

– Vou, mas pode deixar a casa do jeito como está. Só tem coisas que não importam, mesmo que sejam roubadas.

– Ah, não precisa se preocupar – riu a velhinha.

– Vou pôr o que é importante numa mala; guarde apenas essa mala, por favor.

– Sim. Por esses dias deve-se ver bem a Lua, em Tomo.

– A senhora já foi lá para ver?

– Hu-hum – disse ela, negando. – No ano passado fui a Shikoku, sabe? Nessa ocasião, atravessei de navio.

– Ah é? Hoje à noite vou ver a Lua em Tomo e amanhã irei ao monte Konpira. Depois, verei o jardim do castelo que dizem abrir agora.

– Parece que é maravilhoso. Dizem que é melhor que o de Okayama.

Kensaku reuniu os restos de comida num único prato e deu aos cachorros. Um deles latia sem parar, impondo-se ao outro.

– Quieto, quieto! – disse, sentada mesmo, a velhinha, e fez menção de chutá-lo com os pés que calçavam sandálias de palha de arroz.

Lá de baixo, começava a se avistar, subindo vagarosamente a ladeira íngreme, o velhinho aposentado que ia diariamente trabalhar de bilheteiro no porto da empresa de navios comerciais.

– Está voltando.

– É – disse a velhinha rindo, enquanto olhava para lá. Uma menina da vizinhança, com cerca de seis anos de idade, diante do pequeno portão de sua casa, chamou bem alto:

– Vovô!

O velhinho interrompeu a caminhada, ergueu as costas curvadas e olhou. Por mais que tentasse ficar reto, suas costas, bastante agasalhadas, continuavam curvas.

– Yoshiko! – chamou de volta, com uma voz rouca mas firme e agradável.

– Vovô!

– Yoshiko!

Essa voz bem alta e a voz rouca e forte chamaram-se mutuamente. E voltando à postura curvada para a frente, o velhinho continuou a escalada lentamente. A velhinha voltou para sua casa, ao lado.

Algum tempo depois, Kensaku desceu a montanha para buscar dinheiro. O correio da cidade era perto. Foi ao guichê onde estava escrito "câmbio de poupança" e entregou o papel de câmbio que tinha em mãos.

– Hoje, atendemos só pela manhã. – Ele havia se esquecido de que era domingo. – Acabei de fazer o fechamento e entregar as contas – disse o funcionário, com pesar.

Como que resignado, Kensaku deu dois ou três passos e olhou para o grande relógio, logo acima de sua cabeça. Já passavam cerca de vinte minutos. Sem outra alternativa, resolveu adiar a viagem por um dia.

No dia seguinte, estava um tempo ruim, de luz tênue, e fazia frio. O tempo não estava firme e havia vento. Ele hesitou um pouco, mas decidiu viajar e foi para o lugar de onde o navio sairia, por volta de uma e meia. Como o navio chegou com meia hora de atraso, só partiu às duas horas. Kensaku saiu para o convés vestindo o agasalho velho e surrado do avô. O navio avançou para o leste, acompanhando o traçado longo e fino da cidade. Ele enxergou ainda menor a sua pequena casa no meio da montanha do Templo Senkô. O agasalho acolchoado e o outro agasalho que vestia ainda há pouco estavam estendidos no varal da casa. E pareciam pequenos demais. Em frente, a velhinha, sentada, olhava para o lado onde ele estava. Ele experimentou erguer o braço. A velhinha, sem jeito, logo levantou um dos braços. E parecia sorrir.

Começou a enxergar o templo conhecido pelo nome de Templo Saikoku, que ficava na parte mais profunda das montanhas. Logo depois, o navio passou em frente ao Templo Jôdo, saiu da cidade e, com o leme virado cada vez mais para o sul, deu a volta na Ilha Mukai e saiu em alto-mar. Ele só sabia os nomes das Ilhas de In e Hyakkan. Assim que passavam por uma ilha, já aparecia outra. Como era impossível enxergar entre as ilhas, ao passar por elas de navio só se podia observar a costa cheia de curvas, não se notando muitas diferenças.

O céu, que há instantes mostrava tênues raios de sol, de repente ficou carregado de nuvens, e um vento frio soprou do oeste. Kensaku pensou em entrar na cabine, mas, por medo de perder a oportunidade, cruzou as pontas do agasalho para se proteger, mergulhou o queixo entre a gola erguida e continuou sentado no banco do convés.

O navio avançou por entre as ilhas. As plantações de trigo nas encostas das ilhas eram claramente subdivididas em tons verde-escuro e claro, e eram belas, parecendo lisas como veludo, sob o céu nublado. As linhas dos picos das ilhas também eram bem vigorosas e bonitas. A região que mostrava o tempo nublado, ao fundo delineava mais nitidamente os contornos. Ele se lembrou da linha de uma rachadura de uma cabaça que vira numa loja da cidade. As linhas formadas pela natureza possuíam de fato um vigor e uma beleza em comum, e ele se curvou diante desse fato.

Uma ilha passava ao longe; outra, bem ao lado. Nas praias onde havia algumas habitações, sob um ou dois pinheiros velhos curvados pelo vento salgado, avistava-se um farol de pedra à moda antiga. Nele, com certeza, estavam gravados profundamente os ideogramas de "claridade permanente". As jovens de outras ilhas, mirando esse farol, todas as noites, atravessavam o mar a nado para se encontrar com seus amados.

Certa noite de tempestade, um jovem cujo sentimento havia mudado, apaga o farol de propósito. A moça morre afogada no meio do caminho. Eram faróis que poderiam combinar muito bem com esses tipos de lendas que costumam existir.

Começou a avistar-se o Kannon de Abuto. Localizava-se num estreito entre o continente e uma ilha, bem na extremidade do continente. O templo de adoração ficava em terra firme, e o templo principal, avançado para o mar. Fora construído em cima de uma grande pedra, sobre pedras agrupadas de cerca de três a quatro metros. Os dois templos são ligados por um corredor de grande inclinação, com nove a onze metros. O restante está em estado natural, sem habitações, como se víssemos um quadro chinês.

Circundando o local, o navio começou a avançar acompanhando a linha do continente. Havia várias ilhotas com pinheiros, muito adequados para se colocar em jardins. Finalmente, o navio parou no Porto de Tomo. A Ilha Sensui, silenciosa, estende-se para o outro lado. Como ela estava exatamente no lado oposto ao que ele imaginava quando via os cartões postais, Kensaku sentiu-se um pouco desapontado, mas, de qualquer maneira, era uma ilha agradável, tranquila. A cidade estava cheia de casas. Em vários pontos, chaminés com letreiros da Fábrica Preservadora da Vida de Saquê, ou de Fábrica de Saquê de Dezesseis Aromas do Fundador, escritos a tinta.

Ele pretendia apreciar o luar da noite desse local, mas, como o tempo não possibilitaria isso, resolveu continuar a viagem.

Começou a sentir frio e a ficar indisposto. Desceu à cabine. Na segunda classe, só havia cinco a seis passageiros. Misturado a eles, também se deitou. O navio balançava de pouco em pouco e ouvia-se a onda batendo no casco. Ele estava com um pouco de sono, mas achou que pegaria uma gripe se dormisse. Levantou-se e começou a ler o romance que havia trazido.

– Está entediado? – O tripulante do navio, com duas faixas douradas na manga da roupa ocidental, entrou, trazendo discos e fazendo um marinheiro carregar uma vitrola. "Use-a sem cerimônia", disse rindo, e deixou-os diante de Kensaku, que estava acordado, uma vez que a maioria dos passageiros dormia.

Kensaku continuou lendo o livro, mas, como ninguém fazia menção de usá-la, puxou a caixa de discos e olhou. Havia muitos discos de música folclórica, mas também de narrativas com acompanhamento musical[4]. Como gostava destas, tocou três ou quatro seguidas.

– O brilho da cantora Roshô[5] é diferente, não é? – disse um dos dois homens que estavam deitados falando sobre ações. Voltando-se novamente para Kensaku, ele perguntou: "Será que não tem o *ukaresetsu*?"

– Como? – Kensaku achou que se tratava de música folclórica mas, propositadamente, com uma expressão antipática, colocou outro disco de narrativas acompanhadas por música. O homem ficou calado. Sentindo uma certa pena dele, colocou, em seguida, uma música chamada *Canção das Estações*, da gueixa Yoshiwara. Enquanto pensava que o disco começaria a tocar: "Na primavera, as flores, vamos lá ver, no monte Higashi", por um megafone que inicialmente só chiava, de repente, com um ritmo leviano, começara a tocar: "A primavera me deixa feliz, os dois juntos..." Como percebeu que estava impaciente, com a expressão meio carrancuda, achou engraçado esse contraste cômico com a música. Mantendo o mesmo disco, continuou a tocar sem cerimônia: "O verão me deixa feliz, o outono me deixa feliz". O "dandandan" do motor, o apito que tocava no convés fazendo "boo, boo", o barulho das ondas batendo no casco do navio e, misturando-se a eles, praticamente em desarmonia, o alto-falante tocava o "saquê de apreciação da neve". Kensaku desistiu da vitrola e subiu ao convés. Já se viam ao longe as costas de Sanuki. Ali no convés, estavam três ou quatro passageiros em pé.

– Senhor oficial, qual é o monte onde fica a divindade Konpira?

– É aquele – apontou o homem que usava as duas faixas douradas no braço e que trouxera a vitrola, há instantes. – Dizem que o primeiro parece a cabeça de um elefante e, por isso, chama-se monte Cabeça de Elefante; depois vem o Konpira e o Daigongen. Dizem que eles se chamam assim. Aquele que se vê do lado de cá, escuro, daqui parece uma floresta bem pequena, mas, indo lá, é imenso.

Uns quatro ou cinco navios pesqueiros à vela deslizavam com vigor sobre o mar azul-marinho escuro. O oficial explicou que aquela região correspondia exatamente ao centro do Mar Interno e que a maré subia tanto do oeste quanto do leste, para então ir baixando em ambas as direções. Acrescentou ainda:

– Mês que vem deve ficar ainda mais movimentado com a abertura do Templo Zentsû – disse.

Kensaku foi sozinho para a popa do navio e sentou-se no banco. Ficou olhando o monte Cabeça de Elefante e as montanhas ligadas a ele. Achou que a montanha mais à frente se parecia ainda mais com a cabeça de um elefante. Ficou imaginando um elefante enorme, cuja cabeça se projetava como montanha, a erguer seu corpo enterrado na terra, e o desespero dos homens que adviria desse fato. Seriam eles destruídos pelo elefante, ou eles o derrubariam? Militares de todo o mundo, políticos e cientistas usariam de toda a sua inteligência. Canhões, minas e outras armas parecidas só provocariam uma elefantíase; com a espessura da pele desse elefante, que teria cerca de cem metros, não surtiriam efeito algum. Para atacarem-no, se fossem aproveitá-lo como alimento, nada poderiam fazer, porque o intervalo entre o café da manhã e o almoço seria de cinquenta anos. Os homens inteligentes diriam que, se as pessoas não o irritassem, ele não faria mal a ninguém. Pessoas de uma religião da Índia diriam que se trata de uma divindade. Mas a maioria dos seres humanos planejariam várias formas para matá-lo. Aí, finalmente, o elefante começaria a ficar enfurecido....Sem se dar conta, Kensaku havia se transformado naquele elefante e, sozinho, estava excitado com a guerra contra a humanidade.

Com uma só passada, cinquenta mil pessoas seriam pisoteadas de uma só vez na cidade. Ele seria atacado por canhões, minas, gases tóxicos, aviões, balões e outras armas nas quais se empregou toda a inteligência dos homens. Se, porém, ele desse uma assoprada com o nariz, os aviões cairiam, mais frágeis que um pernilongo, o *zeppelin* voaria longe como uma bexiga. Se esguichasse a água puxada pelo nariz, causaria uma enchente, e, se entrasse correndo no mar, causaria um maremoto imenso....

– Está entediado, não? Ali já é Tadotsu. Chegaremos em dez minutos. Prepare-se por favor... – veio avisar o oficial. Mas Kensaku não estava nem um pouco entediado.

Com o "boo, boo" do apito ecoando intensa e desagradavelmente no fundo dos ouvidos, o navio avançava em direção a Tadotsu, onde se avistavam vários telhados.

Kensaku despertou daquela imaginação sem fundamento, mas não a achou tão engraçada assim. Teve a estranha sensação de enfrentar a humanidade, mas o seu costume de ficar imaginando coisas, desde criança, tornou-se mais intenso nessa época, por estar sozinho e não ter com quem conversar, de modo que também não achou aquela imaginação uma tolice.

Ele não tinha que fazer nenhum preparativo especial para o desembarque, a não ser pegar o guarda-chuva na cabine e sair. O sol poente brilhava vermelho sobre a Ilha de Oki. No convés, estavam quatorze ou quinze pessoas.

– Vai peregrinar a Konpira?

– Sim.

– Está sozinho?

– Isso mesmo.

– Coitado.

– É.

– E a pousada?

– Qual é a melhor?

– Em primeiro lugar a Casa Tora, depois a Bitchû, mas não sei se seriam boas, já que vai sozinho – disse o homem.

Kensaku fez um aceno somente com a cabeça.

– A pousada Yoshikichi deve ser boa para o senhor. Eu também preciso ir a Tadotsu, mas esta noite estou pensando em pernoitar nela. Se quiser, vamos juntos.

Era um homem que parecia um comerciante de vinte e cinco ou vinte e seis anos, meio tosco, com a pele do rosto e das mãos bastante suja. Esse homem, já decidindo por conta própria que iriam pernoitar juntos, começou a explicar a localização da pousada.

As ondas batiam no cais de Tadotsu. Lá estavam aportados muitos navios cargueiros, tais como o Daruma e o Sengoku. Kensaku foi o primeiro a descer para a ponte. Saiu andando a passos acelerados, em meio ao vento que batia forte, ao lado. A maré havia acabado de baixar, a ponte que ligava a ponte flutuante ao cais era bem íngreme. Enquanto ele subia, um grupo de senhoras idosas que iam embarcar, vinham descendo descalças com os tamancos nas mãos. Uns quatro ou cinco metros atrás de Kensaku, vinha aquele homem com ar de comerciante, apressado, distanciando-se dos demais passageiros. Kensaku foi andando rápido, para não ser alcançado facilmente. Não sabia onde era a estação, mas, se ficasse perguntando, seria alcançado pelo homem e então apressou-se ao acaso, na direção da cidade.

O tal homem já não o seguia. Ao passar em frente ao correio, avistou um funcionário com cara de quem estava bastante folgado, cabeça para fora da janela. Informou-se com ele e dirigiu-se à estação, bem próxima dali. Na sala de espera, o fogo do aquecedor ardia bem forte. Cerca de vinte minutos depois, chegou um trem um pouco menor que o comum. Subiu e foi para Konpira.

V

Naquela noite, em Konpira, ele foi à hospedaria não recomendada para se pernoitar sozinho. No dia seguinte, visitou o Santuário Konpira. Um dos tesouros desse lugar o deleitou. Achou belas as encadernações antigas das *Narrativas de Ise*[6] e de *Hogen Heiji*[7]. Também achou bom o biombo de pintura nanquim com paisagem de neve, de Kanô Tan'yû[8], que normalmente não lhe agradava. Sentiu que estava sedento dessas coisas. No caminho até o templo principal, também descobriu belezas criadas pelo homem.

Havia uma escadaria íngreme, de pedra, que dava para o templo principal. Achou a sua parte frontal especialmente boa. O caminho que ia do templo principal para o santuário principal parecia ter sido construído recentemente e era desprovido de qualquer beleza. No entanto, para seus olhos habituados a ver só pinheiros em Onomichi, achou novidade aquelas grandes árvores bastante diferentes das que via nas montanhas. Logo, entretanto, a partir do momento em que começou a imaginar, sem querer, coisas nas cascas das árvores, Kensaku, já com os nervos abalados, ficou extremamente temeroso.

À tarde, de acordo com o programa, foi a Takamatsu. Não conseguiu ver o jardim do interior do castelo, que esperava ver, mas viu o Parque Ritsurin. Depois, andou um pouco pela cidade. Numa das esquinas, havia uma loja de teto baixo que vendia bebidas e alimentos ocidentais, cheia de artigos relativamente bons.

Ele entrou. Como em Onomichi não havia lojas boas assim, ele pretendia comprar enlatados. Começou a andar em silêncio, procurando pelas prateleiras. Mas só encontrou coisas como cozidos à moda japonesa, assados diversos e outras que já vira em Onomichi; nada mais o interessou.

– Deseja alguma coisa? – Surgiu o atendente ou dono da loja, um jovem com os cabelos brilhantes de óleo.

– Tem enlatado de carne estrangeira?

– Temos. – E logo trouxe dos fundos uma lata grande azul-marinho. No rótulo estava escrito *Pure english oats*.

– Isso é carne?

– É sim – respondeu o jovem, sem qualquer dúvida.

Kensaku experimentou balançar a lata. Dentro, fez um barulho seco. Devolvendo-o, perguntou novamente: "É carne?" O rapaz, olhando para o rótulo da lata que recebeu, falou com pronúncia fluente: "Sim, pure english oats".

Calado, ele saiu dessa loja. Ficou um pouco irritado, mas só se deu conta de que estava com um aspecto degradante quando refletiu a respeito da impressão que causara àquele jovem. Um chapéu sujo, um agasalho de estamparia escura de vinte anos atrás, tamancos baratos com as tiras frouxas, guarda-chuva de cabo grosso e um ar deprimido, com a barba por fazer... Com certeza não tinha aparência de alguém que fica escolhendo um enlatado de carne. Mas ele se sentiu compelido a voltar e fazer com que o jovem abrisse a lata para, depois, devolvê-la.

Decidiu ir a Yashima e foi de riquixá para a estação, onde tomou o trem para o Templo Shido. O trem estava vazio, mas todos os que retornavam estavam cheios. Eram passageiros da empresa jornalística da cidade e da companhia ferroviária que, juntos, retornavam dos concursos de fantasias e de caça ao tesouro. Quando desceu em Yashima, ainda transitava um grande número de visitantes. Grupos de rapazes balconistas de lojas, todos com a mesma toalha de mão em algodão de cor amarela jogada ao pescoço, ou de faixa na cabeça; bêbados acompanhados por gueixas; homens com crianças levando bexigas e fitas no chapéu; grupos de pessoas com cestos parecidos aos da festa de 10 de janeiro[9] do santuário Ebisu; estudantes; funcionários da estação; comerciantes carregados de embrulhos e diversas outras pessoas, em geral de rosto vermelho, iam embora apoiando-se umas nas outras, com os corpos cansados. Kensaku foi andando no contrafluxo com um sentimento completamente diferente do sentimento dessas pessoas. Seu coração deleitava-se em um clima poético. Quando criança, nos passeios para apreciar as glicínias de Kameido, as azaleias de Ôkubo, ou então, na volta da festa esportiva de Komaba, sentia esse vago enlevo poético. Do espaço plano poeirento para a rua em subida, os visitantes começavam a escassear. Ele foi subindo silenciosamente o aclive em meio ao bosque de pinheiros, descansando de vez em quando. Aos poucos, começou a avistar, lá em baixo, a Praia Shio, contígua à Praia Takamatsu. O vapor da queima de sal nas palhoças forma um bastão branco espesso que sobe a partir do telhado, no ar tranquilo do entardecer, continuando até bem longe, em vários pontos. Seu sentimento deprimido foi magnificamente confortado.

Quando chegou ao local plano, no alto da ladeira, quase já não havia mais sombras de pessoas; só invólucros quebrados, cascas de laranjas e coisas desse tipo no chão. Uma pequena loja que vendia cartões postais e caranguejos secos, já estava cerrando as portas. Seguiu andando e, naturalmente, saiu em frente à hospedaria em meio ao pequeno bosque de pinheiros de onde se avistava o mar lá em baixo. Um grupo de visitantes que custavam a ir embora ainda faziam bagunça num dos abrigos, e as empregadas trabalhavam atarefadamente na arrumação.

Kensaku foi encaminhado a um pequeno abrigo em estilo oriental, em cima do penhasco, de onde se podia ver o mar. À direita, a Ilha Shôdo paira serenamente, envolta por uma névoa do entardecer. Aqui e acolá avistam-se ilhas de nomes desconhecidos. Ao longe, logo abaixo da visão, os navios antigos de estilo japonês conhecidos pelos nomes de Godairiki e Sengoku, já ancorados, tinham as luzes do mastro acesas. O crepúsculo veio subindo do mar. As linhas longas e arqueadas das vagas oriunda do alto-mar ainda podiam ser avistadas, mesmo no escuro. Era realmente uma paisagem agradável. Mas, estranhamente, seu sentimento continuava alheio àquele ambiente aprazível.

A empregada trouxe a refeição. Ele quase não tinha apetite. Ao retirar a bandeja, ela disse:

— Vou deixar o acolchoado estendido do outro lado.

— Avise-me assim que estiver pronto.

O coração de Kensaku foi se fechando estranhamente. Seu estado de espírito não era ameno como deveria ser o de uma pessoa que está fazendo uma viagem; era, pelo contrário, obscuro e pesado.

Não tardou muito, a empregada veio buscá-lo. Conduzido por ela, passou pelo jardim e foi logo para o quarto. Acima do bosque de pinheiros, a lua aparecia bem grande e rosada. Próximo à entrada do jardim, havia um pequeno portão com cobertura. Ao lado, praticamente junto ao local onde ele pisava, um homem estava caído de bruços, como se estivesse morto. Tinha cabelos longos feito os de um mendigo e parecia ter urinado enquanto dormia, pois o chão estava escuro e úmido próximo ao seu quadril. A empregada praticamente o ignorou. Mas Kensaku ficou incomodado. Ao entrar no quarto, perguntou: "Aquela pessoa não está doente, está?"

— Está embriagado.

—É alguém daqui?

– É um mendigo sem família chamado Shinta. Ele bebeu até cair na festa de hoje.

O fogo ardia no fogareiro *sentoku*. Aquecendo-se junto a ele, Kensaku aguardava a mulher sair do quarto, pois não queria vestir o pijama da hospedaria ali preparado. A empregada, apesar de não ter mais nada a fazer, permanecia ali. Finalmente, ele disse:

– Pode ir.

– Irei depois de dobrar suas vestes – disse ela.

– Bem, não precisa...

A mulher saiu rindo. Ele logo se levantou, tirou o agasalho e, vestido como estava, só virou o nó da faixa para a frente e deitou-se. Deitado mesmo, abriu o livro que trouxera, mas não conseguia se concentrar. Um sentimento sombrio e melancólico o envolvia, sufocando-o. Dominado, não conseguia se mover. Era um sentimento que não lhe dava outra alternativa senão ficar quieto. Que noite silenciosa! E fria... Mesmo com o fogareiro, seu rosto continuava gelado e as pontas dos pés ainda não estavam aquecidas.

Lá fora, ouvia-se, de leve, o ronco do mendigo.

Sem conseguir pegar no sono, Kensaku pensou no mendigo sem casa para onde voltar ou alguém que o esperasse, e não conseguiu deixar de pensar que esse era exatamente o seu caso. Fizesse sucesso ou fracassasse, ninguém se alegraria ou se entristeceria sinceramente com o seu trabalho. O pai, a madrasta[10], os irmãos... Mas eles não eram sua família. Isso não importava, mas pensou desse modo.

Sentiu-se realmente solitário. Era uma solidão sem qualquer diferença da solidão do mendigo embriagado sob o céu gelado. Ficou com vontade de ir ao encontro de Oei. Sentimentalmente, Oei era mesmo a pessoa mais próxima a ele. Por que ela não se ligava ainda mais à sua vida? Por que não podia se tornar mais íntima? Se, em termos de sentimento, tanto ele quanto Oei eram próximos como se fossem do mesmo sangue, por que ambos precisavam admitir incondicionalmente a relação de patrão e empregada estabelecida pelo pai, na casa em Hongô? Por quê, diante de seu casamento, ela deveria se afastar? Isso era realmente algo estranho.

Casar-se com a mulher que fora amante do seu avô era algo estranho. Mas pensou que, se no íntimo já havia tornado Oei impura, seria muito melhor casarem-se oficialmente, antes da efetivação de um relacionamento. Ser alvo de gozações, isso também o desanimava. A grande diferença de idade e o fato de ela ter sido amante do seu avô. Se não fosse por esses dois fatores, o casamento seria a melhor solução tanto para ele quanto para Oei. Ele também sossegaria, e Oei obteria verdadeira segurança. Por que ele não pensara nisso antes?

A ideia de casar-se com Oei o alegrou. Se seu sentimento não mudasse até ele voltar a Onomichi, escreveria uma carta assim que chegasse. Mas ficou em dúvida se Oei aceitaria ou não. Caso ela recusasse, voltaria para Tóquio, a fim de encorajá-la pessoalmente. Assim ele pensou.

VI

No dia seguinte, Kensaku regressou a Onomichi. O tempo até estava bom, e seria um dia propício para ver o luar do Porto de Tomo, tentativa frustrada na ida. Mas ele seguiu rápido para Onomichi, porque não conseguiria ficar tranquilo.

Nessa mesma noite, tentou escrever a carta, mas, na hora, hesitou um pouco em como deveria iniciá-la. Se fosse direto ao assunto, seria mais simples, mas isso, com certeza, seria como jogar um balde de água fria. Quando uma pessoa acorda atordoada com a água, por mais que se tente explicar-lhe com calma e de modo compreensível, não há como ela dar ouvidos. Achou que seria assim. Pensou que o melhor seria escrever a Nobuyuki e pedir que ele falasse a Oei com calma.

Kensaku expôs francamente a Nobuyuki o sofrimento por que passara em função desse impulso em relação a Oei, até o momento em que passou a pensar no casamento, em Yashima.

"Isso[11], obviamente, será algo extremamente desagradável para papai, para a nossa madrasta e para as pessoas em Hongô. Como, no caso da Srta. Aiko, papai achou que tais assuntos deveriam ser resolvidos por mim mesmo, não tenho a intenção de consultar ninguém. Não é interessante que apareçam empecilhos indesejáveis ao se fazer a consulta, e, caso eu venha a ser proibido de frequentar a casa de Hongô por tal motivo, pretendo aceitar com condescendência, pois, para papai e para a nossa madrasta, isso seria natural." Escreveu coisas desse teor.

"Certamente Oei deverá ficar surpresa. Mas, nesse caso, queria que você falasse de modo que ela compreendesse bem. Sei que você tem sua própria opinião a esse respeito, mas, sabendo como eu sou e embora pareça bastante conveniente da minha parte, peço que, de uma maneira ou outra, transmita fielmente os meus sentimentos a Oei." Foi isso que escreveu.

Além desta carta, escreveu outra, endereçada a Oei.

"Há[12] quanto tempo! Creio que você esteja bem. Não vou escrever nada nesta carta. Os detalhes escrevi em carta ao Nobu. Vou postá-la junto, de modo que, provavelmente no dia seguinte ao recebimento desta carta, Nobu irá lhe falar diversas coisas. Trata-se de um assunto que vai deixá-la surpresa. Mas, por favor, não fique apenas surpresa; pense com calma, procurando compreender meu sentimento. E, não se acovarde, nem tenha medo de nada. Peço muito isso." Ele escreveu assim.

Após terminar as duas cartas, Kensaku sentiu-se meio estranho. Ficou triste ao perceber que, com a decisão que tomara, o seu destino estava traçado. Contudo, já não tinha mais motivos para indecisões. Embora passasse da meia-noite, acendeu a lanterna e foi até a estação para enviar a carta, levado pelo sentimento de que seria desagradável ficar vacilando por ainda não tê-la enviado.

Ficaria intranquilo até receber a resposta. Mesmo que ela fosse escrita imediatamente, levaria três dias para chegar. Mas, se ficassem perdendo tempo, com certeza levaria uns cinco dias, pensou. Esses cinco dias de insegurança já eram preocupantes. Apesar de ter escrito a Oei: "Seja forte, não tenha medo", ele próprio ficou constrangido por se entregar a um sentimento de fraqueza. Mesmo em relação a Nobuyuki, embora tivesse mostrado que sua vontade não mudaria frente à opinião alheia, pois ele conhecia sua natureza, dois sentimentos opostos continuavam a chocar-se em seu íntimo, o que o deixou irado e desolado.

Na realidade, havia dois sentimentos opostos com a mesma força. O desejo de que essa empreitada tivesse um bom resultado e o desejo contrário. Não sabia ao certo qual era o seu sentimento. De qualquer modo, uma vez decidido, ele conseguiria segui-lo. Mas enquanto continuava indeciso, estranhamente sofria com esses dois sentimentos opostos. Isso era um hábito; no final, seu destino se definiria conforme a vontade de Oei. E ele continha-se numa passividade de que só lhe restava fazer isso.

Embora, no íntimo, estivesse nesse estado, por outro lado, foi tomado, de súbito, por um sentimento carnal. A perspectiva do casamento com Oei de diversos modos estimulava esse sentimento. E, de fato, nesse ínterim, várias vezes procurou por sexo.

No sexto dia, chegou a resposta de Nobuyuki.

"Ao ler a sua carta[13], por instantes, fiquei bastante surpreso. Para ser franco, acho que, por diversos motivos, gostaria de que esse casamento pudesse ser evitado. Entretanto, em virtude do incidente anterior, e pela sua natureza, que o leva a não insistir onde deveria, percebi que você não ia atender ao meu pedido. Então, mostrei a sua carta a Oei. Acrescentei alguns pontos e, depois de ter cumprido as suas exigências, refleti, achando que o certo seria escrever o que penso, juntamente com a resposta. Na volta do trabalho, passei em Fukuyoshi.

"Para ser direto, Oei não aceitou. Ela me mostrou a carta que você lhe enviara e me parece que já presumia do que se tratava, de modo que não ficou tão surpresa quando viu a minha carta. Muito pelo contrário, com uma atitude digna, disse que o casamento não deveria acontecer, ou algo nesse sentido. Eu fiquei admirado. Falando dessa maneira, você pode achar que eu fui um incompetente para fazer cumprir a sua vontade e que foi como se eu já estivesse esperando tal resposta de Oei. Na realidade, apesar de meu sentimento, expliquei o significado de sua carta e fui até ela com a intenção de incentivá-la. A atitude de Oei, no entanto, foi bem clara, a ponto de não deixar qualquer brecha.

"Conversei muito com Oei. Ela estava acamada há dois ou três dias, com gripe, mas se levantou quando cheguei.

"Fico com o coração apertado em ter que lhe escrever tudo nesta carta. Cometi um ato imperdoável para com você, e ainda hoje me é difícil abrir o coração. Mas, ao pensar que o meu silêncio continuaria a fazê-lo sofrer, decidi que, mesmo que o fizesse cair num precipício, precisava escrever sem hesitação.

"Você foi uma criança concebida por mamãe e vovô. Não sei dos detalhes. Eu também só fiquei sabendo disso quando estava terminando o ginásio, por intermédio de nossa tia, em Kôbe, e, talvez, nem papai nem a nossa madrasta saibam que eu tenha conhecimento do fato. Por conseguinte, não há como conhecer os detalhes. E nem tenho vontade, de modo que a coisa continua assim. Seja como for, você nasceu na época em que morávamos em Myôgadani, quando papai viajou, com uma bolsa de estudos, para a Alemanha, onde esteve durante três anos. Acredito que, escrevendo tais coisas, eu o faça sofrer ainda mais, mas, já que comecei a escrever com a decisão de falar tudo que sei, vou escrever. Parece que, escondidos de papai, nossos avós paternos tentaram interromper a gravidez. Mas o avô da casa de Shiba, muito bravo, disse: 'Você pretende cometer outro crime em cima do que já cometeu?' Então, isso foi evitado. Mamãe, no entanto, foi logo ficar sob os cuidados das pessoas da casa de Shiba. Vovô enviou uma carta para a Alemanha contando tudo a papai, de maneira bem franca. Obviamente, ele já esperava a separação. Mas veio a resposta de papai, que perdoava tudo. Logo depois que essa carta chegou, vovô saiu sozinho de casa e desapareceu.

"Quando fiquei sabendo que você tinha nascido sob esse destino amaldiçoado, fiquei muito surpreso e sombrio. E compreendi por que, quando éramos crianças, mesmo sendo irmãos, só você tinha tratamento diferente. Eu achava que com certeza você já sabia disso. Pensei que, em tão longo tempo, Oei não deixaria de lhe dar conhecimento do fato, e, se isso não acontecesse, você mesmo talvez tivesse levantado suspeitas. Ao saber que você ainda continuava desconhecendo a verdade, por ocasião do incidente com a Srta. Aiko, achei estranho. Hoje, quando me reencontrei com Oei, fiquei admirado também por isso. Ela não lhe contou nada, cumprindo o compromisso assumido com papai. Oei dizia: 'Sinto pena, e não conseguiria dizer uma coisa dessas'. Talvez isso fosse o correto. Seja como for, achei muito difícil, para uma mulher comum, não falar nada nesses anos todos.

"Digo isso agora, mas, no caso da Srta. Aiko, esse foi o motivo de não ter dado certo. A mãe dela, na hora da decisão, embora entendendo o seu sentimento, não foi capaz de aceitar. Mas isso é inevitável para pessoas como eles, que pensam de acordo com os costumes.

"Daquela vez, quando vi você sofrendo sozinho, sem saber de nada, senti que deveria falar, mesmo que o conhecimento da verdade fosse algo insuportável para você. Pensei que, se não lhe dissesse naquele momento, certamente seria odiado por você mais tarde. Por outro lado, eu não queria falar. Se dissesse que foi uma fuga momentânea, estaria certo. Não suportei que você sofresse mais ainda, além do que já estava sofrendo, ao saber da verdade. E também me era difícil revelar um fato como esse sobre nossa falecida mãe. O problema maior para mim era que, sendo você um escritor, esse sofrimento haveria certamente de aparecer em suas criações quando você tomasse conhecimento da verdade. Lendo essas coisas, você deve me achar muito ignorante em relação ao seu trabalho, mas, da minha parte, era insuportável que, a essa altura, o erro de mamãe fosse revelado à sociedade e causasse um novo sofrimento a papai, que já está chegando à velhice. O sofrimento dele ao tomar conhecimento do fato na Alemanha, e o que ele sentiu até superá-lo deve ser inimaginável. Só de pensar em abrir essa ferida antiga seria algo insuportável. Talvez esse seja um sentimento originado da minha fraqueza. Na realidade, seja por que motivo for, tenho medo de que papai, que está envelhecendo, venha a sofrer.

"Ao mesmo tempo, não tenho como me desculpar perante você. Principalmente para uma pessoa que tem um trabalho como o seu, na certa, é prejudicial permanecer no desconhecimento do destino com o qual nasceu. No caso com Aiko, se você insistisse, dizendo que queria se casar com ela a qualquer custo, pensei em fazer o máximo possível; se mesmo assim não desse certo, então, não haveria outro jeito senão pedir para que desistisse, contando-lhe a verdade. Mas, por felicidade, você disse que desistiria e, na realidade, eu senti um alívio.

"Quando a tia lá de Kôbe me revelou o fato, usou palavras com o sentido de 'um destino amaldiçoado'. E eu também pensava assim. Depois, fui achando que interpretar o seu destino dessa forma seria um pensamento de tendência romântica maldosa. Não estava decidido que o seu destino, daí por diante, haveria de ser sempre amaldiçoado. Se tudo fosse normal e imaculado, não significaria que o nascimento foi amaldiçoado. Eu tentava pensar assim, ficar despreocupado. Tudo é passado. Vamos enterrar o passado enquanto passado. Basta dar lugar a um bom e novo destino. Eu pensava assim. Mas, no caso de Aiko, o estigma apareceu e eu fiquei abalado. Mesmo assim, achei que não deveria aumentar a dimensão da coisa. Mas, agora, depois do que você contou, comecei a achar que seria um pouco arriscado se quisesse continuar e dar fim ao seu intento. O estigma se multiplicaria. E eu fiquei com medo. Outros motivos à parte, Oei não aceita a sua proposta de maneira alguma, com medo de que o estigma tome vulto.

"Eu gostaria de concordar com tudo quanto fosse possível. Na realidade, consegui concordar. Mas, neste caso, não posso, de maneira alguma. Enxergo algo sombrio no futuro. É como se visualizasse algo obscuro no futuro e no seu avanço rumo a ele. Entendo seu sentimento por Oei. Não penso que seja amoral. Mas, críticas morais à parte, tenho certo medo. E penso que essa impressão não deva ser negligenciada.

"Com isso, escrevi mais ou menos o que deveria ter escrito. Estou preocupado com o tamanho do choque que esta carta vai lhe causar. Não quer voltar logo para Tóquio? Seria o melhor a fazer. Eu posso ir até aí, mas é mais rápido você voltar. No entanto, se quiser que eu vá, mande-me um telegrama logo, sim? Seria interessante viajarmos juntos para os lados de Kyûshû. Mas, na medida do possível, volte, está bem?

"Tenho certeza de que você não é do tipo de cair em desespero; sei, porém, que ficará bastante abalado. O golpe é ainda maior para os que sentem tudo de forma amplificada. Mas, por favor, tenha coragem e supere isso.

"Oei não deverá enviar uma resposta à parte. Ela ainda não está bem da gripe. Entretanto, creio que ficará bastante feliz se você voltar. Também quero encontrá-lo. Desejo que retorne logo."

Assim estava escrito.

Enquanto lia, Kensaku sentia o seu rosto gelado. Sem perceber, havia levantado com a carta na mão.

– O que devo fazer? – disse para si mesmo. Andando de um lado para o outro no quarto apertado, disse novamente: – O que devo fazer? – Repetiu baixinho várias vezes essas palavras, sem um motivo especial. – Se é assim, o que devo fazer?

Sentiu como se tudo não passasse de um sonho. Antes de mais nada, sentiu que o ser que era ele próprio, o ser que ele era até então, foi se distanciando como a neblina e desaparecendo.

Por que aquela mãe tinha feito uma coisa dessas? Esse era o choque. E ele tinha nascido como resultado disso. Sua existência era inconcebível sem esse fato. Isso era evidente. Mas, só de pensar nisso, não conseguia aceitar o que a mãe havia feito. Aquele avô tosco, retraído e sem qualquer qualidade. Ele e sua mamãe. Essa ligação lhe parecia feia demais e sórdida. Era sórdida por causa da mãe.

Kensaku não conseguia se conter de pena dela. E, como se caísse em seus braços, gritou: "Mamãe!"

VII

Sobreveio-lhe um cansaço anormal, tanto mental quanto físico. Não conseguia pensar em mais nada e dormiu profundamente cerca de duas horas.

Acordou por volta das quatro horas. Nesse momento, sua disposição e seu estado físico estavam praticamente iguais aos de sempre. Ele lavou o rosto e, durante algum tempo, ficou agachado na varanda, diante da paisagem, com o olhar perdido. Nisso, começou a lembrar que Oei e Nobuyuki deveriam estar preocupados, e resolveu mandar a resposta imediatamente.

"Li sua carta[14]. Por uns momentos fiquei abalado. Cheguei a ponto de me sentir perdido. Mas, depois de dormir um pouco, já estou me recuperando. Estou muito agradecido por me ter revelado algo tão difícil de falar.

"Não quero escrever nada, agora, sobre mamãe. Entretanto, mais do que tudo, foi triste que lhe tenha acontecido tal fato. Não tenho, com isso, a menor intenção de censurá-la. Não consigo pensar em outra coisa, agora, senão que mamãe foi a pessoa mais infeliz que existiu.

"Quanto a papai, sinto profundamente que, sabendo do ocorrido, eu, com certeza, devo agradecer ainda mais a ele. Na realidade, o que papai fez por mim até agora, não há dúvida, foi algo impraticável para um ser humano comum. Acredito que tenha de agradecer a ele por isso. Imagino o quanto papai tenha sofrido durante tanto tempo. Deve ter sido terrível. Só que eu tenho dúvidas quanto ao tipo de relação que terei daqui para frente com papai. Sem causar-lhe maior sofrimento, penso que seja melhor, nesta oportunidade, deixarmos bem definida a relação até onde for possível.

"Quanto ao relacionamento com você, é outro assunto. E, caso seja possível, a relação com Sakiko e Taeko também, pois é um sentimento bem forte. Em relação a mim, por favor, não se preocupe tanto. Por um momento fiquei bastante abalado e, talvez, daqui para frente também venha a ficar. Pode ser que seja uma fuga, mas pretendo não pensar muito que sou alguém nascido sob esse estigma. Não quero. Isso pode ser terrível. No entanto, não é da minha conta. Nada tem a ver comigo. É algo pelo qual não posso me responsabilizar. Penso assim. Não tenho outra saída senão pensar assim. E creio que esse é um pensamento justo.

"É desagradável que eu tenha nascido desse modo. De nada adianta, porém, a essa altura, ficar sofrendo por causa disso. Não há vantagens, e é uma tolice. E também não me sinto uma pessoa amaldiçoada. Herdar uma tuberculose é uma maldição muito maior. Você disse que a maldição atuou no caso com a Srta. Aiko, mas, nesse caso, foi um sofrimento tenebroso, estranho, por eu não ter conseguido descobrir o motivo pelo qual meu pedido foi recusado. Se soubesse a razão, não precisaria ter ficado tão deprimido. Não tenho, porém, a intenção de culpá-lo. Entendi muito bem o sentimento que não o deixou me revelar a verdade. Acho que você tinha toda razão. Principalmente no seu caso, pela grande consideração que tem a papai. Como eu não gostaria de repetir o erro numa próxima vez, agradeço do fundo do coração por ter me revelado a verdade. Se você não o fizesse, eu continuaria sem saber. Além do mais, mesmo desconhecendo esse fato, talvez algo estranho e pesado continuasse a me envolver. Por favor, não se preocupe comigo. Já que tomei conhecimento da verdade, poderei me compenetrar ainda mais no trabalho. Ele é a única saída que me resta. Não há outra alternativa senão me agarrar a ele e superar tudo. Esse é o caminho mais proveitoso.

"Vou adiar um pouco mais o meu regresso. Se, por um acaso, eu titubear daqui para frente, não me aguentarei. Estou com muita vontade de me encontrar com você e com Oei. Se eu quiser enumerar as fraquezas, elas não terão fim. Pretendo ficar aqui mais algum tempo. Ainda colhi muito pouco do meu trabalho. Se chegar a hora de voltar, eu o farei obedientemente.

"Compartilho do seu sentimento ao se preocupar com o reflexo que os acontecimentos da família possam ter em minhas criações. Não posso afirmar que eles não venham a se refletir de alguma maneira, mas tomarei o máximo de cuidado para não criar resultados desagradáveis.

"Recomendações a Sakiko e Taeko. Diga a Oei para não ficar tão preocupada. Vou refletir a respeito dela. Se sua vontade for a de recusar mesmo, não há o que fazer, mas, da minha parte, irei refazer o pedido ou desistir por aqui. Quero pensar mais um pouco."

Ao terminar de escrever, Kensaku sentiu-se como se tivesse se recuperado por completo. Levantou-se, apanhou o espelho que deixara pendurado na coluna e observou o próprio rosto. Apesar de um pouco pálido, ali estava o Kensaku de sempre. Pela excitação, seu semblante estava até mais vivo. Sem motivo especial, sorriu. E pensou: "Então, eu sou sozinho". Foi tomado por uma sensação boa de liberdade.

Chamando de fora, a vizinha idosa abriu receosa o *shôji*. Trouxera o arroz para o jantar. Ao ver que ele não havia preparado nenhum acompanhamento, disse:

– Quer que eu asse um peixe seco?

Kensaku não estava com muito apetite.

– Pode deixar aí que depois eu como.

Deixando a vasilha de arroz a velhinha se foi. Logo depois, trouxe um prato cheio de espinafre cozido.

Ele sentiu que não conseguiria ficar parado em casa. Estava bem na época da temporada dos artistas de Osaka no pequeno teatro na zona de meretrício, e ele pensou em convidar o casal de velhinhos para acompanhá-lo. Naquela noite, entretanto, a neta que estava em Mihara viria dormir ali, e eles não poderiam ir. O velhinho insistiu para que a velhinha fosse sozinha, mas ela custava a aceitar, dizendo: "Ah, então eu também não vou". A velhinha era sua segunda esposa e não tinha filhos, de modo que a neta era só dele.

– É uma pena, faça-lhe companhia – dizia o velhinho, como se achasse um desperdício perder a oportunidade. Mas ela não aceitou de jeito nenhum. Como a discussão não tinha fim, Kensaku disse:

Trajetória em Noite Escura　143

– Então podemos deixar para a próxima vez – e foi descendo a estrada sozinho, segurando a pequena lanterna que a velhinha acendera.

A peça era de Moritsuna. Uma identificação de corpos que se fazia colocando vários biombos de ouro que circulavam no palco do próprio teatro, diferente dos que vira até então. O ator que representava Moritsuna dançava bem, acompanhando a narrativa feita ao som do *shamisen*. Não havia o menor aspecto introspectivo, mas era interessante para se apreciar despreocupadamente. Viu três atos e saiu. Retornou sozinho, sem pressa, pela rua à beira-mar. Sentimentos tristes e humildes, límpidos, iam e vinham em seu íntimo. Tanto Oei quanto Nobuyuki, Sakiko e Taeko de repente pareciam estar distantes, e bem menores, como se ele olhasse por um binóculo invertido. E todas as demais pessoas. Era, de fato, o sabor da solidão. E ele começou a sentir falta dessas pessoas. Pensou também na falecida mãe, e só naquele momento pôde pensar que ela fora a única pessoa ligada a ele. Começaram a surgir diversas lembranças da infância. Sem qualquer receio, mergulhou nessa atmosfera sentimental das recordações. Era a única válvula de escape. Nessa hora, também se lembrou de quando subiu ao telhado, e ficou com os olhos cheios de lágrimas. Ao recordar, no entanto, a ocasião em que mergulhou no acolchoado da mãe, sentiu-se como se tivesse sido rejeitado. A tristeza da mãe naquele momento havia refletido nele. Com certeza, para ela, aquilo fora uma revelação de seu pecado. Filho do pecado, ele não agira daquele jeito por ter nascido de fato como filho do pecado? Ao pensar nisso tomou consciência de que, gradativamente, envolvia-se num sentimento semelhante.

Querendo conter os passos que, pelo hábito, iam ficando cada vez mais ligeiros, num aclive, ele tentou intencionalmente resgatar o ânimo. Tentou fazê-lo imaginando um mundo incomensurável. A Terra, depois as estrelas (embora por infelicidade, o céu estivesse nublado e não se vissem as estrelas), o Universo. Ampliou assim o pensamento e depois retornou a si, que não representava nem um átomo de tudo isso. Então, aquele mundo de tristeza só seu que lhe invadia a mente, ficou repentinamente do tamanho de um pólen de papoula. Era um recurso que ele utilizava em casos assim e, de certa forma, deu certo nesse momento.

Começou a sentir um pouco de fome. Por instantes pensou em voltar ao restaurante ocidental, onde ia de vez em quando, mas achou desagradável ter que passar de novo pela zona de meretrício. Então, retornou só um pouco, pela rua escura à beira-mar, e foi a um restaurante que servia pratos feitos com ostras. Ao entrar nele, atravessando a ponte, vindo do cais, uma mocinha alegre de quatorze ou quinze anos, vestida com um avental azul-marinho desbotado, conduziu-o à sala japonesa por um corredor tão pequeno que não daria para ele andar, se fosse gordo. Na sala japonesa, havia só uma lâmpada escura, pendurada no teto baixo.

144   *Naoya Shiga*

Kensaku fez o pedido. Enquanto esperava, o ambiente triste da sala começou a influenciar seu sentimento. Tentou direcionar sua mente para o trabalho. De fato, era a sua única escapatória, naquele momento. Embora pensasse assim e se esforçasse para tanto, sua disposição custava a ir para esse lado. Uma estranha tristeza, algo tenebroso, desconhecido, assolava-o por todos os lados. E no momento, em nenhum lugar de seu corpo, tinha armazenado forças suficientes para repelir esse sentimento. Tanto sua mente quanto seu coração estavam completamente vazios. Tal sentimento penetrava nele livremente. Com a sensação de quem está envolvido pelas ondas e entrega-se a elas, esperando que passem, ele estava à mercê do que aparecesse. Pensou que não havia outro jeito.

Abriu o pequeno *shôji* e olhou a paisagem externa. Acima da cerca de pedras, havia uma rua escura, e, do outro lado, um depósito com cinco ou seis quebra-ventos. Conseguiu ver, mesmo na escuridão, mulheres que deveriam ser gueixas chamadas da zona de meretrício para as hospedarias, passando em três ou quatros riquixás um atrás do outro, falando entre si, em tom alto e leviano.

Com certeza existiam muitas pessoas que nasceram com destinos iguais ao seu. Kensaku teve esse pensamento. Sentiu, também, que o fato de ter nascido de uma falha moral poderia se transformar numa terrível hereditariedade. Teve a impressão de que não poderia afirmar que não possuísse tal broto. No entanto, ele também era abençoado, simultaneamente, com coisas opostas a isso. Pensou que bastaria impedir, por meio delas, que esse broto ruim se desenvolvesse. Iria abster-se de verdade. Como ficara sabendo sobre a sua origem, bastaria que se cuidasse mais ainda. Ela não continha o mínimo de fatalidade. Muito pelo contrário. Comparado às falhas fisiológicas que amaldiçoam a vida inteira de um filho concebido durante a embriaguez dos pais, seu caso era muito mais feliz. Em relação ao desejo sexual, era preciso abster-se de verdade. Foi o que concluiu.

Trazendo uma grande bandeja de comida, a mocinha entrou a passos largos. Depois de colocar a bandeja na mesinha cambaleante, abaixou a cabeça e saiu.

Kensaku deveria estar com fome, mas não conseguiu comer muito. Pôde comer apenas as ostras em conserva de ácido acético. Algo bem pequeno restara em sua língua e ele o retirou com a ponta dos dedos. Era uma perolazinha do tamanho dos olhos de um peixinho. É óbvio que, pelo tamanho, não possuía qualquer valor. No entanto, sentiu que era uma sorte ter encontrado algo desse tipo.

VIII

Cerca de dez dias se passaram. Nesse ínterim, Kensaku ficara abatido por diversas vezes e se recuperara. E, quando melhorava, pensava: "Não me deixo mais abater". Mas quando esse ânimo, essa excitação passava, ficava deveras abatido. Era como uma febre. No momento, só restava esperar que com o "tempo" fosse se atenuando.

Enviou a Sakiko a perolazinha que trouxera do prato de ostras, e, quando chegou a carta de agradecimento que ela escreveu, outra, de Nobuyuki, a acompanhava.

"Surgiu[15] um problema. Cometi um erro irreparável para com você. Preciso pedir desculpas por lhe causar esse desconforto e incômodo inesperados, decorrentes da minha leviandade. Por causa disso, pela primeira vez na vida, entrei em choque com papai de forma violenta. E o resultado não foi bom.

"Na realidade, era algo que eu não precisava ter falado, mas, sem pensar direito, acabei falando à nossa madrasta sobre o seu pedido de casamento, e isso logo chegou ao conhecimento de papai. Ele ficou muito zangado. No início, não entendi o que o tinha deixado tão alterado. Era a primeira vez que o via assim. 'Isso é inadmissível; portanto, despeça Oei imediatamente', disse ele. Agora, eu também entendo o sentimento dele. Lágrimas me vêm aos olhos quando penso no que fez papai ficar tão furioso. Não foi uma ira direcionada a você nem a Oei. É uma ira direcionada a um erro (são palavras de papai). No entanto, mesmo estando ali, eu não conseguira pensar até esse ponto. O que senti naquele momento foi, acima de tudo, um medo horrível, pela ira de papai. Em segundo lugar, senti que havia cometido um mal terrível para com você. E, depois, que seria necessário convencer papai de que era um exagero mandar Oei embora, mesmo em se tratando dele. Além disso, eu precisaria fazê-lo retirar aquelas palavras, que eram como uma ordem. Atordoado com a situação, eu só conseguia pensar nisso. Senti, também que não seria justo despedir uma pessoa como Oei, a quem se deu trabalho durante tanto tempo, e por quem eu começava a ter uma simpatia cada vez maior. Então, defendi você e, mais do que tudo, Oei, colocando-me terminantemente contra.

"Papai disse: 'até você diz uma coisa dessas!?' – jogando subitamente o porta-lápis da escrivaninha nos meus joelhos. Naquele momento, não sei como, uma ponta de caneta, que estava no fundo do porta-lápis, ficou cravada no tatame. Fixando o olhar nela, achei que não adiantaria nada conversar naquele momento. Mesmo assim, falei: 'Apesar de o senhor falar assim, Kensaku não irá aceitar'. 'Não, isso eu não admito de jeito nenhum', disse papai. Não havia outro jeito e eu me retirei, mas depois de me acalmar um pouco, comecei a entender com clareza o sentimento dele. Chorei como há muito não fazia. E percebi o quanto era tolo. Minha escassa inteligência causou um incômodo inesperado, de uma só vez, a você e a Oei, e acabou trazendo de volta o sofrimento que finalmente papai começava a esquecer. Por favor, não me condene. Nem é preciso dizer que isso não foi má fé, mas uma falha, por simples falta de cuidado.

146 *Naoya Shiga*

"É dificílimo escrever esta carta. Sinto muito não poder escrever nada que lhe dê alegria, e também não conseguir fazer nada digno de um irmão mais velho com o qual se possa contar (independentemente dos fatos, eu sempre o terei como irmão); pelo contrário, só faço coisas que o deixam decepcionado. Certamente vou deixá-lo desiludido.

"Na mesma noite, encontrei-me com papai. Naquela hora, tanto ele quanto eu estávamos completamente diferentes, no tocante à disposição. Estávamos calmos, mas papai mantinha o que dissera. Eu já não consegui mais me opor. E acabei acatando o que ele disse.

"O motivo aparente é que, estando você em Onomichi, não há necessidade de manter uma casa em Tóquio; quanto a Oei, não é uma pessoa que permanecerá ali para sempre. Portanto, seria melhor que ela ficasse logo sozinha e arrumasse um meio de sobrevivência. Papai, como se já estivesse decidido a isso há muito tempo, disse que daria a ela somente dois mil ienes. Eu argumentei que, com dois mil ienes, seria impossível abrir qualquer negócio agora e, por isso, queria que ele desse uns cinco mil. Papai custava a aceitar, e, no fim, ficou decidido a dar apenas três mil ienes. Ao escrever esses detalhes, com certeza vou deixá-lo chateado. Entretanto, não é totalmente impossível que, por um acaso, o seu sentimento mude e você venha a concordar, de modo que definimos até mesmo isso.

"Nossa madrasta, da mesma forma que eu, parece arrependida de ter falado a papai sobre o assunto. No entanto, ela não se intromete de maneira alguma, o que é bastante favorável para nós. Ontem, fui a Fukuyoshi para discutir o fato. Obviamente, como isso não é um caso para ser definido apenas com a opinião de papai, fui apenas para fazer o comunicado. Falando francamente, as condições impostas por ele não dizem respeito a aceitar ou não aceitar, pois trata-se de uma questão entre você e Oei. Só que, não aceitando, parece que vai ficar um pouco complicado exigir o montante que Oei deve receber. Eis a questão. Apesar de ser um pouco deselegante, deixei isso bem claro também para ela. Oei, porém, não deu nenhuma resposta definitiva. É óbvio que não se trata de uma soma considerável, mas, para alguém nas suas condições, com certeza não é uma quantia dispensável. Pelo ponto de vista de Oei, ela não pensa em casar--se com você; parece ser verdade, portanto, que ela tem pensado que, se você se casar com alguém, cedo ou tarde, ela terá mesmo que se separar de você. É só uma questão de tempo. Separar-se já ou numa outra ocasião. Contudo, em relação ao dinheiro, ela poderá receber se for agora, mas se for para receber em outra oportunidade, tudo muda de figura. Por conseguinte, se Oei pensar em seu próprio futuro, será para o bem dela separar-se de você agora, como diz papai. Mas, por um sentimento contrário, ela parece sentir muito que a separação seja neste momento, e eu percebi isso bem claramente.

Trajetória em Noite Escura 147

"Oei disse: 'eu não sei o que fazer. Vou deixar tudo em suas mãos e nas mãos do Sr. Ken'. Na realidade, ela não é capaz de dizer outra coisa. No final, voltei sem uma resposta definida. Oei disse que, se você ainda permanecer em Onomichi, é desperdício demais ficar morando sozinha numa casa como aquela, e insistiu que já estava mesmo querendo mudar-se para uma casa menor. Quanto a isso, eu concordei.

"Voltando tarde da noite para casa (principalmente porque não queria me encontrar com papai), vi que havia chegado a carta que você enviara no dia 28. Lendo-a, achei que você é mesmo fantástico. Fiquei admirado com o seu desejo de achar um caminho para sair do sofrimento, apesar de estar abalado. Acredito que você tenha sofrido muito. Contudo, só de pensar que devo falar sobre esses problemas que aumentam ainda mais seu sofrimento, fico bastante constrangido. Além do mais, vejo que você ainda não desistiu do pedido a Oei, de modo que senti uma intranquilidade maior ainda pensando se você não ficaria ainda mais firme em sua decisão. Fico desconcertado em falar que se trata de intranquilidade, mas, de fato, estou receoso. Receoso em relação a você e com um receio estranho ao pensar no quanto papai sofreria com isso. Tenho mesmo raiva da minha incapacidade. Estou pressionado. Se eu tivesse forças, conseguiria dar um jeito nisso, mas não sou capaz de fazer nada. Papai se justifica com o que pensa. Você tenta fazer tudo de acordo com o seu pensamento. Ambos estão corretos, e eu consigo entender os dois lados. No entanto, retornando à minha posição e pensando sobre o assunto, fico mesmo sem saber o que fazer.

"Sou mesmo um covarde. Inclusive em relação à mulher à qual dei uma casa, cerca de dois ou três anos atrás; apesar de ter assumido o compromisso, no final, acabei rompendo com ela. Acho isso uma vergonha, mas agi dessa maneira porque não conseguia sequer pensar no atrito que teria com papai, que jamais permitiria algo assim. O atrito não era o problema. Mas só de pensar que, caso eu vencesse, papai viria a enfraquecer, não fui capaz de prosseguir. Por felicidade, a mulher também aceitou a situação sem relutar, e isso para você pode ser algo inconcebível. No dia anterior à sua partida, cheguei a mencionar a forte vontade que eu tinha de mudar, de algum modo, minha vida atual. Não entrarei em detalhes para não me estender, mas, naquele momento, você disse: 'Se é assim, por que não deixa a empresa já?' Mas nem isso eu sou capaz de fazer. Nem adianta ficar escrevendo tais coisas. No entanto, fico com raiva de ser tão inseguro assim.

"Então não há o que fazer. Vou escrever francamente o que desejo. Se for possível, desista das suas intenções para com Oei. Como já escrevi na carta anterior, não falo em nome de papai. Essa relação, não sei por quê, me faz imaginar um futuro negro para você. E mais uma coisa ainda, se for possível: aproveite a oportunidade e tome a decisão de se afastar de Oei. Creio que mais tarde poderemos

148 *Naoya Shiga*

ver como isso foi bom para todos. Pelo seu orgulho, acho difícil aceitar, mas, se por um acaso você concordar, todos sairão beneficiados. Depois de cometer seguidas falhas, sei que não tenho o direito de falar nada tão conveniente. No entanto, manifestando minha vontade sincera, não encontro outro jeito. Cometi realmente faltas imperdoáveis com você, repetidas vezes.

"Eu teria conseguido enviar esta carta havia muito tempo, mas fiquei com medo de transmitir-lhe seguidamente fatos desagradáveis. Além disso, não escrevi porque teria de dizer o que não tinha vontade. De modo que fiquei adiando até agora. Depois daquilo, fiquei receoso e não voltei mais a Fukuyoshi. Desde aquela noite, não tenho vontade de me encontrar com papai e o tenho evitado. Até logo."

Kensaku terminou de ler essa carta desagrável com certo esforço. E, de fato, ele ficou indignado, sobretudo em relação à fúria de seu pai. Pensou, também, que sua indignação nem por isso era correta. E não conseguia pensar que a fúria de seu pai também o fosse.

De qualquer forma, ficou irritado. O pensamento de seu pai, que assumira uma posição estranhamente distante em relação ao caso com Aiko, dizendo: "Esse tipo de assunto você pode resolver sozinho!", já havia sido incorporado por ele. Naquela hora, sentiu-se muito mal, mas, pouco a pouco, passou a pensar que "isso também é bom". Portanto, desta vez, já esperava que o pai não ficasse contente, mas não imaginou que ele ficaria tão bravo e que tomaria uma atitude tão imperativa assim, de modo que não conseguiu conter a raiva.

Também não teve uma boa impressão de Nobuyuki. Ter falado com a madrasta quando o assunto ainda estava para ser definido, e tratando-se de algo em que não havia necessidade de consultas, passou, sem dúvida, de um comentário banal, o que era perfeitamente dispensável. Apesar de Nobuyuki falar como se estivesse com pena dele, não ficou satisfeito de que, no fim das contas, ele tivesse a vontade do pai como absoluta.

Entretanto, Kensaku também conseguia sentir compaixão por Nobuyuki. Estava consciente de que deveria senti-la. Mas, caso se entregasse a essas fragilidades, como ficaria o seu lado? Sentiu isso. Além do mais, Nobuyuki escrevera como se tivesse feito comentários apenas sobre a proposta de casamento a Oei, não mencionando se dissera ao pai que lhe revelara tudo sobre o seu nascimento. Isso também o deixou desgostoso. Era óbvio que tinha falado, mas, como não quis confessar tantas leviandades cometidas, não conseguiu escrever, pensou Kensaku. Se havia contado tudo, seria ainda mais necessário convencer o pai a deixar que ele resolvesse seus próprios assuntos. Também não gostou de ficarem apegados aos três mil ienes.

Imediatamente escreveu a resposta.

"Acabei[16] de ler sua carta, e a ira de papai deixou-me desgostoso. Conforme escrevi em carta anterior, esse problema aconteceu porque a minha relação com ele não chegou a se transformar numa situação claramente estável, o que deveria, de fato, ocorrer. Foi desagradável que o caso tenha chegado aos ouvidos de papai antes de a situação estar bem definida. Mas não adianta discutir isso agora. Para mim, não há outra alternativa senão tomar a mesma atitude que tomaria depois de definir claramente as relações entre nós. Em outras palavras, só me resta agir de acordo com o meu pensamento.

"É óbvio que em relação ao casamento não posso agir só de acordo com a minha vontade. Mas, quanto a separar-me ou não de Oei, mesmo que no futuro tenhamos que nos separar, gostaria de que fosse um assunto entre mim e ela. No entanto, uma coisa é possível afirmar. Se eu puder me casar oficialmente com Oei, muito bem; se isso for impossível, estou decidido a manter o mesmo relacionamento que vínhamos tendo até hoje, e jamais aprofundá-lo. Se for assim, para papai tudo continua igual ao que era antes. E essa não foi uma decisão tomada em função dele, mas porque tenho sentido com mais intensidade que preciso me tornar mais cerimonioso em relação a esses fatos, por saber de minhas origens.

"Recuso o dinheiro, mesmo que não me diga respeito diretamente. Meu dinheiro, originariamente, é de papai, mas a quantia para Oei tirarei da minha parte.

"Quanto à mudança de casa, acho que não é necessária, mas, se Oei se incomoda, concordo em que ela se mude. Seria bom que fosse para algum lugar afastado do centro urbano.

"Entendo bem a ira de papai. Mas sou incapaz de me submeter ao seu sentimento como você o faz; isso é inconcebível para mim. Digo o mesmo em relação à sensação que você tem de estar pressionado. Talvez seja egoísmo de minha parte. Contudo, em termos de natureza, seria artificial que as coisas fossem do jeito que você deseja. Por favor, não me interprete mal."

IX

Kensaku acabou deixando Onomichi, antes mesmo de receber a resposta de Nobuyuki. Isso porque contraiu uma pequena infecção no tímpano e não havia um especialista no local. O médico consultado lhe dissera que, se tinha intenção de retornar em breve, seria melhor fazê-lo o quanto antes. Na realidade, mesmo que isso não acontecesse, com certeza Kensaku logo teria deixado aquele lugar. O único problema é que ele começou a imaginar como seria sua vida após o retorno. Ao pensar que retomaria a mesma vida de antes, já perdia a vontade de voltar. O trabalho iniciado ainda estava no meio. Ele não conseguia sossegar e também pensava com desgosto sobre a vida que levaria depois de regressar. Aquela vida atribulada de dois ou três meses antes da partida, que era, entretanto, desagradável e um tanto quanto impura, estava boa antes, mas ele já mudara. Se fosse para repetir aquela vida, nas condições em que se encontrava agora, era evidente que seria impelido cada vez mais para a intranquilidade. Pensou, então, que bastaria não repeti-la. Se era para voltar, deveria fazê-lo sob firme determinação. Mas, na realidade, até que ponto ele estaria firme? Até quando iria durar essa firmeza? Embora se tratasse de um assunto seu, não tinha ideia. Em assuntos assim, por experiência própria, ele não confiava em si mesmo.

Certo dia, estava nublado ao entardecer, mas, no meio da noite, subitamente o tempo se abriu. Foi uma noite bastante abafada. Pela manhã, esfriou de repente. Dormindo com uma única peça de roupa, Kensaku acordou com frio. Como ainda estava com sono e não queria se levantar, continuou dormindo desse jeito mesmo e acabou pegando um resfriado. No dia seguinte, passou o tempo todo assoando o nariz. Por ter feito um esforço maior, a coriza penetrara no ouvido, que começou a doer a partir daquela noite. Era uma dor obtusa e pesada; nada que o impedisse de dormir, mas, por causa dela, vez por outra ele acordava. Esperou pelo amanhecer.

De manhã, foi ao médico, que lhe diagnosticou princípio de timpanite. O médico disse que seria bom ele ser examinado logo por um especialista, e deu-lhe um pouco de óleo de oliva e um medicamento em compressa. Como em Onomichi não havia otorrinolaringologista, precisaria ir a Hiroshima ou Okayama. Caso necessitasse ir várias vezes, tomaria bastante tempo; por isso, só de pensar em arrumar um lugar para se hospedar até que melhorasse, pareceu-lhe muito trabalhoso. No final, resolveu voltar para Tóquio. Tinha vontade de retornar e ao mesmo tempo de ficar. Por estar assim indeciso, ficou até feliz por ser levado a se decidir pelo regresso devido a um motivo como esse. Ao tomar a decisão de voltar, ficou com a costumeira ansiedade.

Os preparativos foram rápidos. O casal de vizinhos idosos também o ajudou e tudo estava organizado em menos de uma hora. A velhinha ajudou nas malas, e o velhinho, no pagamento das contas de energia e gás.

O trem expresso não parava em Onomichi. Ele resolveu ir num trem comum até Himeji e esperar um expresso por lá. Pouco antes do meio-dia, foi para a estação, acompanhado pelo casal de idosos e por Matsukawa, que carregou a pesada mala de viagem.

Quando Kensaku colocou o rosto para fora da janela com um lenço amarrado de forma exagerada, o velhinho e a velhinha lamentaram a separação com um jeito pesaroso de falar. Ele também lamentou separar-se dessas pessoas. No entanto, sentia certa alegria em deixar Onomichi. Era um lugar bom. Mas, como tudo foi sofrimento desde a sua chegada, essas lembranças dolorosas forçosamente se associavam ao local. Agora, ele queria deixar a cidade o quanto antes.

Trajetória em Noite Escura   151

O vagão de passageiros até que estava vazio. Mesmo sendo primavera, o tempo estava um pouco abafado, mas o vento forte que soprava do lado de fora entrava deliciosamente pela janela. Devido à noite mal dormida, ele começou a cochilar logo depois que encostou a cabeça no vidro. Quando abriu os olhos preguiçosamente, com o barulho e o movimento, já estava na estação de Okayama. As três mulheres, não se sabe se solteiras ou casadas, sentadas à sua frente, desceram, e seus assentos foram ocupados por um jovem militar e sua esposa, que subiram trazendo duas crianças. O militar era um major do grupo de fuzileiros, jovem e alto. Depois de ajeitar a bagagem, dobrou a manta ao meio e forrou o local, fazendo se sentarem a esposa, um menino de cerca de seis anos e uma menina mais nova, de cabelos cacheados. Ele se sentou no canto de um assento um pouco mais afastado dali.

Kensaku estava cansado. Sem perceber, já havia dormido.

Cerca de uma hora antes de chegar a Himeji, despertou por completo. Como o trem parava em Quioto, ele poderia esperar o expresso aí. Tinha, porém, interesse em ver o Castelo das Garças Brancas de Himeji; além do mais, lembrou-se de que, na hora de sair, Oei havia lhe pedido para comprar hastes de ferro de Myôchin.

O menino que estava no assento da frente deitou-se no meio da manta dobrada ao meio. E a menina também queria ficar como ele. A jovem mãe, com um ar de tranquilidade, deu à filha o seu travesseiro inflável, que usava encostado ao vidro da janela. O menino dormiu com a cabeça voltada para o pai, e a menina, para a mãe. A menina ficou contente. A mãe apanhou uma pequena toalha para usar no lugar do travesseiro inflável, dobrou-a diversas vezes e encostou novamente a testa no vidro da janela.

– Mamãe, mais baixo – disse a filha deitada. A mãe, parecendo ter preguiça, espichou a mão e esvaziou um pouco o travesseiro.

– Mais baixo.

A mãe esvaziou mais um pouco.

– Mais.

– Assim tão baixo não serve como travesseiro, sabe?

Como se lembrando de algo, o militar tirou do bolso um pequeno espelho de mão. Depois, um pequeno tubo. Passou um pouco de óleo na ponta dos dedos e, olhando o espelho com grande prazer, cortou o bigode vermelho bem curto e começou a torcê-lo, espichando as pontas para cima. A esposa, com as têmporas encostadas no travesseiro de toalha, estava com o olhar perdido, mas, como o militar acariciava longamente o bigode, começou a mostrar um sorriso no rosto inicialmente inexpressivo. Riu em silêncio, sacudindo o corpo. O militar passava o óleo sem qualquer preocupação e espichava o bigode para cima, com muito cuidado.

Sem conseguir dormir, as crianças, de olhos fechados, começaram a se chutar sob as cobertas. O lugar ficava estufado. A menina começou a rir bem baixinho. O militar desviou um pouco os olhos do espelho e repreendeu os dois. A esposa sorria calada.O menino, no entanto, chutou ainda mais violento os pés da menina. O cobertor caiu, escorregando, e apareceram pequenos calcanhares. Os dois acabaram se levantando. Em seguida, abriram a janela e começaram a apreciar o lado de fora, ocupando cada qual uma janela. Lá fora ventava. O menino colocou a cabeça para fora da janela e começou a cantar em voz alta. A menina o acompanhou, sem colocar a cabeça para fora. O vento era forte e as vozes se dispersavam. Indo contra o vento, o menino cantava com todas as forças. Mas como, mesmo assim, sua voz desaparecia, ele começou a berrar de modo selvagem. Kensaku enxergou nesse empenho por tentar vencer o vento, a figura de um homem no corpo de uma criança.

– Silêncio! – gritou, de repente, o militar. A menina levou um susto e logo parou, mas o menino continuou como se nada tivesse acontecido. A esposa só sorria.

Por volta das cinco horas chegaram a Himeji. O expresso só chegaria daí a quatro horas. Kensaku entrou na hospedaria em frente à estação, trocou a bandagem do ouvido e, após a refeição, foi de riquixá ver o castelo. Erguendo-se acima de um pinheiro antigo, o Castelo das Garças Brancas parecia bem mais distante, na neblina do entardecer silencioso. O condutor, muito orgulhoso de sua terra, deu-lhe várias explicações e o incentivou a se aproximar um pouco mais para ver. Mas Kensaku não passou da entrada do largo. Em seguida, foi levado ao santuário chamado Kiku. Já era noite. A pé, ele deu uma volta no pátio do santuário e saiu. O condutor contou-lhe que todos os anos, no final do outono, a alma vingativa de Okiku, conhecida por inseto Kiku[17], se dependurava no galho das árvores do pátio do templo.

Ao saber que as hastes de ferro de Myôchin estavam à venda na hospedaria, Kensaku voltou direto. Ali, comprou várias hastes e insetos Kiku. A respeito do inseto, o atendente explicou que ele retrata a cena em que Okiku, usando batom e com as mãos amarradas para trás, acabara de ser pendurada.

O expresso chegou às nove horas. Como conseguiu o assento de leito, Kensaku logo se deitou. Quando acordou, já estava perto de Shizuoka, e era manhã. Comprou um jornal de Tóquio em Shizuoka e sentiu melancolia quando viu o jornal que não lia desde que saíra de lá. Viu o monte Fuji e, ao avistar as montanhas de Hakone, cheias de dobras, ficou contente. Também ficou satisfeito ao ouvir o sotaque de Tóquio de uma família que subiu em Numazu.

Foi dominado por uma vontade imensa de chegar logo a Tóquio. Quanto mais perto, mais longa ficava a espera. À medida que se aproximava, indo de Kouzu a Ôiso, Fujisawa, Ôfuna e assim por diante, começou mesmo a ficar impaciente. Sem ter o que fazer, distraiu-se por algum tempo com a brincadeira sem nexo de ficar contando um a um os fios do cordão do agasalho.

Havia enviado um telegrama a Oei no dia em que esteve em Himeji. Pensou que talvez ela tivesse vindo recepcioná-lo em Shinjuku. Ficou imaginando o constrangimento que sentiria quando estivesse frente a frente com Oei. Entretanto, de um modo ou de outro, estava feliz por encontrá-la dentro de vinte ou trinta minutos.

Dali a pouco, o trem começou a reduzir a velocidade. Antes mesmo de se aproximar da plataforma, Kensaku pôs a cabeça para fora e procurou alguém semelhante. E logo a achou. Oei também olhava em sua direção, e, por isso, ele fez um aceno com a mão. Mas ela estava distraída, seguindo com os olhos uma outra janela. Kensaku entregou as pequenas bagagens ao boina vermelha e foi logo andando na direção dela. Quando estava a uns cinco ou seis passos, finalmente ela percebeu e veio correndo.

– Que bom! Que bom! – disse Oei, mudando subitamente aquela expressão de intranquilidade. Em seguida, surpresa com os curativos que se estendiam até o seu rosto, perguntou: – Nossa! O que foi?

– Meu ouvido doía um pouco, mas agora já não dói mais. – Kensaku estava feliz como havia imaginado. E também não ficou sem jeito ao encontrá-la. Era a Oei de sempre. E ela parecia não ter nada daquilo em mente. Não parecia também que se esforçava para aparentar isso.

Enquanto andavam no meio da multidão, Oei fez algumas perguntas sobre o seu ouvido. E disse: "Que bom que voltou logo!" como se o elogiasse. Mas, em seguida, com menos entusiasmo na voz, acrescentou: "Sr. Ken, como emagreceu! Não deve mais ir a esses lugares sozinho". Kensaku sorria.

– Pedi há pouco, que ligassem para o Sr. Nobu na empresa. Ele respondeu que passaria lá em casa na volta.

– Ah, é?

Na catraca, um riquixá esperava, carregando uma manta. Entregou a ele as bagagens que estavam com o boina vermelha, pediu que pegasse a bagagem de mão, e decidiu voltar de trem com Oei.

– Ainda não almoçou, não é?

– É.

– Já deixei o almoço preparado em casa, mas quer ir a algum lugar?

– Para mim, tanto faz.

– Havia comidas gostosas em Onomichi?

– Havia peixes muito bons, mas eu não conseguia preparar sozinho, sabe?

Os dois passaram em frente ao Seihintei. Não querendo ser visto por Okayo, por Osuzu, nem por ninguém daquele lugar, Kensaku passou com a cabeça um pouco baixa.

Ao sair na rua dos trens, Oei disse novamente:

– Então? Que lugar prefere?

– Vamos a algum restaurante. Estou com vontade de saborear comida ocidental, que há muito não como.

Foram ao Fûgetsu-dô, não muito longe dali.

Oei estava com muita vontade de perguntar sobre a sua vida em Onomichi. Do restaurante, ele telefonou a Nobuyuki.

Logo depois, os dois dirigiram-se para casa.

Kensaku, antes de mais nada, foi ao seu escritório, no andar superior. Os quadros, a escrivaninha, a estante de livros e tudo o mais estava exatamente como antes de ele partir. Estavam até mais organizados. Um galho de camélia decorava o *tokonoma*. Não dava a impressão de ser o seu quarto.

– Sua casa é mesmo o melhor lugar, não? – Dizendo isso, Oei também subiu.

– Parece que voltei a uma casa magnífica.

– Em Onomichi, você devia deixar tudo muito desorganizado, não? É costume dizer que, em casa de homem sozinho ou viúvo, surgem vermes de varejeira. Não surgiram?

– A vizinha idosa sempre fazia a limpeza, de modo que até que estava limpo.

– Bom, a água da banheira está no ponto. Entre logo.

X

Depois do banho, Kensaku foi ao Hospital T, especializado em otorrinolaringologia, não muito longe dali. Era um hospital onde Sakiko já havia se internado há algum tempo, de modo que ele pensou que o atenderiam, mesmo não estando dentro do horário.

Seu ouvido doera apenas uma noite e agora já não doía. Ao esfregar com a ponta dos dedos as proximidades do ouvido que estava bom, ouvia o ruído produzido pelo atrito, mas esfregando as proximidades do que estava ruim, não ouvia nada. E sentia um pouco de peso e pressão.

De vestes japonesas mesmo, o médico o examinou com um refletor.

– É, está vermelho. Mas não é nada. Como parece que há um pouco de água acumulada, vamos fazer uma incisão e retirá-la.

O médico pegou o uniforme branco pendurado na chapeleira da parede e vestiu-o desajeitadamente, por cima da veste japonesa.

Uma enfermeira obesa tirava, da bandeja com desinfetante, um bisturi parecido com uma lança, pinças finas e outros objetos, enfileirando-os em cima da gaze.

– A energia ainda não chegou?

A enfermeira mexeu no interruptor, mas a energia ainda não havia chegado.

– Não faz mal – disse o médico. Na realidade, ainda havia sol na janela voltada para o oeste. A enfermeira enrolou vários pedaços de algodão na ponta de um arame curto com cabo.

A cirurgia terminou logo. Quando o bisturi tocou no tímpano, fez um barulho bem grande. Kensaku sentiu uma pontada, também. No início, ele sentiu o toque do bisturi como se fosse bem grande, e só. Ou melhor, ele achou que, embora dissessem que era algo simples, seria bem dolorido. Entretanto, conforme as palavras do médico, não foi nada grave.

– Tem mais líquido do que eu supunha. – O médico introduziu vários arames enrolados em algodão, fazendo-o absorver a água de dentro. Havia sangue no algodão. O médico passou um remédio e fez o curativo, dizendo-lhe que voltasse no dia seguinte, no período da manhã. Kensaku ficou esperando aprontarem o remédio na sala de espera.

Estava se lembrando da mulher que fizera um jovem mandar uma carta a Sakiko no outono do ano passado. Até chegar ali, havia se esquecido por completo, mas, como a enfermeira que o atendera não era a mesma mulher, lembrou-se.

– O que terá acontecido àquela mulher? – Pensando assim, sentiu um medo infundado de encontrá-la. Felizmente, ela não apareceu.

Não desgostava da mulher. Além de ser bonitinha, era inteligente, mas ele não simpatizava muito com ela, apesar de ela o tratar de forma respeitosa. Mesmo quando ele lhe falava, não era do tipo muito comum entre as enfermeiras, que se expressavam de um modo bastante orgulhoso. Muito pelo contrário, ria e dava respostas evasivas. Naquela época, por duas ou três vezes, ele publicara obras curtas numa revista do seu departamento na Universidade. Parece que Sakiko havia comentado a respeito, e, certa vez, a enfermeira, por meio dela, pediu-lhe que emprestasse a revista. Ele sabia que o motivo desse pedido é que alguém comentara ter visto algo escrito por ele e ela ficara curiosa de ver o que escrevia o irmão mais velho de sua paciente. Apesar de não ver problema em que ela lesse os seus trabalhos, se tomasse emprestada a revista de alguém, não quis ele próprio levar-lhe algo seu para ela ler. Então, pegou revistas onde havia produções suas e deixou sete ou oito exemplares no hospital. Quando voltou pela segunda vez, quem reclamou foi Sakiko, enquanto a enfermeira ficou rindo calada. Logo depois, Sakiko teve alta e, cerca de um ano depois, um jovem, como já dissemos anteriormente, enviou uma carta para ela. Quando ele contestou essa carta, o rapaz se desculpou, dizendo que fora incentivado por aquela enfermeira. Naquele momento, Kensaku achou que a mulher não tinha bom caráter e sentiu-se mal. Pensou que foi bom não ter-lhe mostrado o que escrevia.

Enquanto voltava pela rua, ao entardecer, em meio à bagunça das crianças, ele se lembrava desses fatos. Será que aquela mulher ainda estava no mesmo hospital? Afinal, o jovem lhe teria mostrado a carta que ele escrevera? Se a mulher nada soubesse, seria bom; caso contrário, seria desconcertante para ambas as partes. E, por trás desse pensamento, sem saber, ele nutria um interesse vulgar por essa mulher. Um interesse que surgia da falta de caráter da mulher.

Em casa, Nobuyuki o aguardava.

– Fiquei sabendo que seu ouvido está com problema – disse Nobuyuki em lugar dos cumprimentos, vindo até o hall de entrada.

– Como acumulou água, extraíram-na.

– Não é grave, então?

– Nada de mais.

Os dois foram entrando na sala de refeição, Nobuyuki na frente. Lá estava a refeição já iniciada. Ao se sentar, Nobuyuki novamente baixou a cabeça e fez um novo cumprimento dizendo: "E então?" Kensaku também fez uma reverência com a cabeça.

– Comecei ainda há pouco. Você também vai comer já?

– Bem. Tanto faz.

– Tanto faz? Depende da sua fome!

– Então vou comer.

Oei começou a preparar a refeição de Kensaku com muito entusiasmo.

– Oei, você disse que ele envelheceu uns dez anos, mas nem tanto! – disse Nobuyuki.

– É sim. Ficou velho[18] – disse Oei olhando para o rosto de Kensaku.

– Não acho que seja tanto assim. Será? Que emagreceu, emagreceu...

– Agora já me acostumei um pouco e por isso não sinto tanto, mas quando ele apareceu de repente, em Shinbashi, sem querer, eu pensei: "O vovô..."

O velho de repente tinha virado o avô[19]. Kensaku, sem querer, sentiu-se como se tivesse sido apunhalado. Nobuyuki logo percebeu, mas Oei continuou insensível.

– Como ele tinha enrolado a cabeça com um lenço e só dava para ver o rosto, talvez tenha ficado mais parecido ainda.

Comentários de que era parecido com aquele avô ordinário e de nível inferior pareceram a Kensaku um golpe fatal. Ele ficou com raiva da falta de sensibilidade de Oei, que ficou falando sobre isso sem qualquer preocupação. No entanto, simultaneamente, percebeu que surgia dentro dele um sentimento inesperado. Até então, nunca sentira um amor digno de um parente de sangue em relação ao avô. A impressão desagradável desse avô que ele só conhecera aos seis anos de idade, ainda permanecia igual, dentro dele. Não havia como mudar essa impressão. Seu avô era de classe baixa, de nascença. Tudo que ele fazia era permeado de um ar grosseiro. Por isso, quando ficou sabendo que era um filho bastardo, sentiu que seria melhor se pudesse ser de sua mãe com alguém que não fosse o avô. Essa relação da mãe com o avô era o que havia de mais insuportável. Ele detestava o avô a esse ponto. Assim, não conseguia aguentar as palavras de Oei naquele momento e ficou com raiva, mas, ao mesmo tempo, sentiu nascer, inesperado, um sentimento exatamente oposto. Não sabia como se expressar. Fosse como fosse, era um sentimento de amor de sangue. Mesmo não gostando, era uma espécie de saudade do pai. Embora sentindo como um golpe fatal ser comparado a ele, em algum lugar, no íntimo, sentia uma estranha felicidade. Era algo que não poderia acontecer com ele. Esse sentimento penetrou de forma inesperada em seu coração. Ficou confuso.

Durante a refeição, Nobuyuki perguntou-lhe sobre a vida em Onomichi. Kensaku tentou responder do modo mais descontraído possível. Ao término da refeição, ele convidou Nobuyuki:

— Vamos ao andar de cima?

— Vamos. – Nobuyuki levantou-se, sem expressividade, e Kensaku, ao ver que ele parecia se render porque precisariam falar a sós, sobre problemas desagradáveis, sentiu pena do irmão, apesar de se tratar de um assunto seu. Também achou graça. Separados pelo fogareiro apagado, sentaram-se frente a frente, mas o assunto não surgiu logo.

— Você não leu a carta que enviei ontem, leu?

— Não li.

— Não tenho condições de resolver esse assunto. Escrevi muitas coisas, mas achei que não há outra alternativa, nesse caso, senão você fazer o que pensa, e o papai, por sua vez, fazer o que entende. Não adianta intermediar, porque, no final, com papai e com você o resultado será esse. Mesmo que eu tente não haverá espaço. Lamento ter acontecido isso por uma leviandade de minha parte, mas estou pensando em ficar quieto em relação a esse problema. Eu disse isso a papai dois dias atrás. Parece irresponsabilidade, mas não há outro jeito. Creio que haverá um momento em que eu precise interferir, de modo que, até lá, pretendo agir dessa forma. O que você acha?

— Não sei em que altura está a conversa, mas acho que é o melhor. Se você fica no meio, nenhum dos lados pode ir até o fim, e a relação nunca se define.

— É...

— Você pode ter a intenção de, na medida do possível, manter a relação que existia até agora. Enquanto eu nada sabia, não havia problema, mas é impossível mantê-la da mesma forma daqui para frente. Não há outro jeito senão acabar de quebrar o que está se quebrando e deixar só o que não se conseguir quebrar, para construir uma relação onde não haja insegurança. Caso ela venha a se quebrar por inteiro desde as raízes, nada poderá ser feito.

— Se você está decidido a isso, não tenho mais o que dizer... – Nobuyuki dirigiu a Kensaku um olhar de certo desagrado. – Mas eu tinha a intenção de intermediar, de alguma forma. Se a mediação foi imperfeita, não há o que fazer, mas não se pode ficar só falando isso...

158   *Naoya Shiga*

Kensaku ficou calado. Não achava que o que dissera estivesse errado. No entanto, percebeu que, por não ter praticamente nenhum apego em relação ao pai, tinha sido injusto com Nobuyuki ao dizer tudo tão claramente a ele, que não conseguia se distanciar do problema. Principalmente porque o chamam de pai, da mesma forma; entretanto, para Nobuyuki ele é o pai, e para Kensaku, não. E pensou que já começava aí a diferença que existia entre o sentimento dos dois.

A empregada entrou trazendo chá e doces. Enquanto ela preparava o chá e o servia, os dois ficaram calados.

– Yoshi! Vou deixar as frutas aqui. Sirva-os, por favor. – A voz de Oei vinha de baixo. A empregada saiu enquanto respondia.

– Não vá pisar nelas nessa escuridão! – chamou a atenção Kensaku. A empregada desceu rindo.

– Repetindo o que escrevi na carta, papai não mudou em nada o pensamento dele. O mais complicado é que ele começou a dizer que, ao escrever suas obras, você jamais deverá tocar nos assuntos de família. Conforme estava na carta, eu disse que você teria de evitar ao máximo assuntos que gerassem resultados desagradáveis. Papai, entretanto, falou: "Isso estaria de acordo com o padrão de Kensaku, e mesmo ele não se sentindo aborrecido, isso não significa que eu não serei prejudicado. Se ele não prometer que jamais irá escrever sobre os assuntos de casa, não conseguirei ficar sossegado". Quando se começa com preocupações, talvez haja necessidade de se tomar precaução até esse ponto, mas é demais. Como você também disse que não pode garantir que tais assuntos, de alguma maneira, apareçam em suas obras, eu falei que não poderia prometer tanto. Disse-lhe que, pela natureza do seu trabalho, seria impossível exigir que você não tocasse de modo algum no assunto. Papai argumentou que não existem só romances familiares. De qualquer modo, ele não tem a menor compreensão sobre o seu trabalho, nem mesmo compaixão. É difícil conversar com ele. E, embora tenha sido uma ideia que surgiu do acaso – é o que penso agora – experimentei perguntar o que papai pensava sobre o seu trabalho, ou seja, o de escritor. Ele respondeu: "Não tenho qualquer objeção que Kensaku faça desse trabalho uma profissão." Aí, eu disse a ele: "Então, como se trata de um trabalho para o qual Kensaku vai dedicar a sua vida, é melhor ser o mais maleável possível, mesmo que seja um pouco incômodo, e não colocar limitações desse tipo. O senhor mesmo, quando ocorreu aquele problema sobre a ferrovia passar na superfície ou acima da superfície, o senhor defendeu a ideia de que deveria ser na superfície, em função da conveniência do serviço, e, alegou que em questões de trabalho, há casos em que não é possível ficar se preocupando com um pouco de incômodo que se vai causar aos outros". Na realidade, eu não fui feliz na forma de me expressar, mas ele acabou comigo, de tanto gritar.

O assunto da ferrovia surgiu porque, quando o pai de Nobuyuki fora implantar uma empresa ferroviária que teria de atravessar certa cidade, tentou passar os trilhos na superfície, em função dos custos, mas enfrentou a oposição dos moradores da cidade. Eles se opuseram dizendo que definir-se por trilhos de superfície ou por trilhos elevados, em outros termos, seria como definir se sacrificaria a vida de dezenas de pessoas ou, a longo prazo, de centenas de pessoas. No final, por insistência dos moradores, a empresa cedeu e ficou definido fazer o elevado. Nobuyuki referia-se a isso.

– Tocando nesse assunto, é óbvio que papai ficasse bravo – riu Kensaku. – Mas eu não posso prometer nada. Em primeiro lugar, é um caso completamente diferente. Seja como for, eu acho que o melhor é cortar relações de vez com a casa de Hongô, aproveitando esta oportunidade. Caso contrário, não haverá fim para diversas coisas, até mesmo no futuro. Não é bom para nenhuma das partes deixar-se tudo indefinido, pensando-se numa impressão momentânea perante a sociedade.

– Realmente. Talvez isso fosse o mais correto. No entanto, não sei como, parece que papai não tem a intenção de resolver tudo assim, tão claramente. E tem outra coisa. Tomei conhecimento só agora, mas parece que o dinheiro que você recebeu até hoje, foi totalmente dado pelo nosso avô de Shiba. Aparentemente, foi como se papai o tivesse dado, mas, na realidade, ele não deu nem um centavo.

– ...

Kensaku arregalou os olhos. E enrubesceu. Desde que ficou sabendo que o seu pai não era realmente seu pai, sentia-se incomodado com isso. Dizer que cortaria as ligações com a casa de Hongô sem devolver o dinheiro recebido, parecia desonesto, como se fechasse os olhos só para esse fato, e isso o afligia. Nas duas cartas enviadas a Nobuyuki, pensara, por um lado, em mencionar o fato, mas acabou não o fazendo. Para ele, devolver esse dinheiro significava passar necessidades, e isso ele não queria. Entretanto, como sabia que, se houvesse necessidade de devolvê-lo, não conseguiria ficar indiferente, fechando os olhos para isso, deixou como estava, com uma certa tranquilidade.

Os dois calaram-se por instantes.

– Eu, sabe... – Nobuyuki, desse modo, começou a falar sobre si mesmo. – Pretendo mesmo deixar a empresa em breve. Já comentei com papai, e parece que vai ser mais fácil ele aceitar do que eu supunha.

– Ah, é? Isso é bom. E o que pretende fazer?

– Pretendo praticar zen.

Kensaku ficou calado, diante da resposta inesperada.

– Ultimamente, sinto muita inveja de você. De certo modo, não sei se pelo destino ou pela situação, você é uma pessoa mais infeliz que eu, nesse aspecto. Em termos de natureza, porém, é muito mais feliz. Além disso, comparando qual de nós dois é mais feliz, concluí que a felicidade proveniente da natureza é, sem dúvida, a verdadeira felicidade.

– Imagine se eu sou feliz por causa da minha natureza! Ao mesmo tempo, não sou uma pessoa infeliz, como você diz, pela situação que estou vivendo – interrompeu Kensaku, um pouco irritado com essas afirmações que não combinavam com Nobuyuki.

– Talvez eu tenha me expressado mal. Como não conheço muito bem as expressões, elas foram mal empregadas. Seja como for, eu o invejo por sentir que você é uma pessoa mais abençoada do que eu. Você é forte. Você tem um ego forte que tenta fazer tudo de acordo com o seu desejo. Eu, no entanto, não tenho isso. Não que não tenha, mas isso é muito fraco em mim. Faz pouco tempo que decidi que vou praticar zen, mas já faz muito tempo que comecei a ficar insatisfeito com a minha vida. Entretanto, não conseguia abandoná-la de imediato. Certa vez você disse de maneira muito simples que seria bom eu abandonar logo o que fazia, mas eu tinha dificuldade.

– Mas o que o fez sentir tanta repugnância pela empresa?

– Já não gostava dela desde o início. Só que, no começo, estava entusiasmado, e me enganei ao pensar que se tratava de um trabalho como outro qualquer. Mesmo hoje, vejo que todos os jovens que entram na empresa são assim. Aqueles que eram reprimidos sob a guarda dos pais, quando passam a ganhar dinheiro com as próprias mãos, agem como se, de repente, tivessem virado gente, e ficam felizes. Entre eles, há os que precisam manter a família com esse trabalho, e estes não vacilam tanto, mas, quando se trata de pessoas como nós, que não têm essa necessidade, o interesse pelo trabalho logo acaba, pois, em suma, temos uma vida definida, por mais que o tempo passe, não é? Ser executivo não muda nada. Vamos ficando cada vez mais preocupados em como vai ficar nossa vida, afinal, se continuarmos do mesmo jeito. Dizem que aos quarenta não se fica indeciso, mas, quando se atinge os quarenta normalmente, parece que todos ficam assim. Eu, por exemplo, sou precoce.

– Também já disse a papai que vai praticar zen?

– Disse. Achei que ele jamais fosse aceitar, mas, como falou aquele famoso "vamos pensar", acredito que, de um modo geral, não haverá problemas. Como havia o seu caso, senti pena dele por ter que acumular outro assunto difícil, mas eu já não aguentava mais a mim mesmo pelo fato de não conseguir amadurecer essa ideia. Desta vez eu também senti muita inveja de você, que sempre mantém um foco para onde todas as agulhas apontam imediatamente. Eu não tenho esse foco. Talvez pela minha natureza proteladora, mas a culpa é da minha vida atual. Preciso, a qualquer custo, reconstruí-la a partir daí.

Kensaku sentiu-se desgostoso com a grande diferença entre a atitude de Nobuyuki em relação a ele e em relação ao pai, que era de muita aceitação. Achou, porém, que fosse natural. Chegou a pensar que o errado era se sentir desgostoso. Ao ver que, exatamente pela sua alegria, Nobuyuki tivera até mesmo essa espécie de desejo infantil de ser benquisto, tentando alegrá-lo com essa alegria, sem tempo para levar-lhe em conta o sentimento, ele não conseguiu ficar indiferente à boa intenção de Nobuyuki. No entanto, sentiu que era um pouco perigoso, porque ele parecia acreditar que poderia obter tranquilidade de fato, nessas questões, se praticasse zen. Kensaku tinha uma certa repulsa em relação ao zen, que estava em moda.

– Já definiu para que templo vai?

– Pretendo ir para o Templo Enkaku, pois SN é o melhor bonzo desta geração.

Kensaku permaneceu calado.

Não sabia o motivo, mas não gostava daquele bonzo. Tinha a impressão de que SN, que fazia muitas palestras no auditório da Mitsui e redondezas, era como um semeador em terreno árido. No entanto, por não saber que outros bonzos haveria, ficou calado.

XI

Passou-se um mês.

Nobuyuki deixou a empresa, como desejava, e alugou uma pequena cabana da casa de um lavrador, num lugar chamado Nishimikado, em Kamakura, passando a ir diariamente ao pavilhão do bonzo do Templo Enkaku. Certa vez, Kensaku visitou o lugar. Era uma casa nova cuja construção acompanhava a encosta logo ao lado da ponta da montanha, e não era ruim. No *tokonoma*, havia muitos livros bem antigos da religião zen, adquiridos recentemente.

Naturalmente, sua negociação com o pai ficara indefinida depois que Nobuyuki passou a morar em Kamakura. Caso tentasse dar uma solução definitiva, talvez, pela natureza de ambos, teriam chegado a um resultado desagradável. Na indefinição, ao contrário, conseguia a solução que desejava. Agora, ele já não frequentava a casa de Hongô. E, continuava vivendo com Oei. Mas, como o pai não haveria de ficar indiferente a isso, com certeza quem ouvia suas reclamações, era Nobuyuki quando este, vez ou outra, ia a Tóquio. Nobuyuki, no entanto, nada falava. Kensaku também ficava quieto, porque não tinha nenhuma solução viável.

O sentimento por Oei também havia mudado um pouco em relação ao sentimento de tempos atrás. Por que mudara? Não sentia vontade de dizê-lo claramente, mas parecia um certo medo do destino, conforme Nobuyuki escrevera numa carta.

– O avô e a mãe, e a amante do avô e ele – essa relação negra, que ia se sobrepondo, foi tomando conta de seu coração como um temor bem claro que parecia conduzi-lo a um destino terrível. Na realidade, ele não era tão forte quanto Nobuyuki dizia. Enquanto mostrava uma atitude bem definida em relação aos assuntos que se opunham a ele, seu sentimento nem sempre se expressava com clareza. Quando a oposição enfraquecia e vinha a liberdade, ao contrário, ele ficava indeciso.

Sobreveio-lhe uma impressão mais leve e positiva em relação a ser um filho bastardo, mas, à medida que o tempo passava e a sua tensão desaparecia, vez por outra vinha-lhe uma sensação de derrota.

Kensaku começou a ficar intranquilo. Pensou em se mudar. Oei falara sobre isso anteriormente, e, quando ele concordou, lá em Onomichi, Nobuyuki pediu às pessoas da empresa que lhe procurassem uma casa, em função da facilidade dos seguros. Com a sua volta, isso também fora postergado, mas, ao pensar que, com a mudança, ele poderia renovar seu sentimento e conseguir trabalhar com mais tranquilidade, novamente pediu a Nobuyuki que providenciasse uma casa para alugar.

Certo dia, como há muito não acontecia, Nobuyuki veio visitá-lo na companhia de Ishimoto.

– Vamos juntos amanhã para ver. Parece que há duas casas nas imediações de Gotanda e duas ou três nas proximidades da casa de Ôi. Hoje vou pernoitar aqui. Posso? – disse Nobuyuki.

Após algum tempo, os três saíram.

Nessa noite, quando jantavam num ponto de encontro em Yanagibashi, havia duas gueixas jovens e uma empregada da casa com eles. Pediram várias vezes a presença de mais uma gueixa, chamada Momoyakko, mas ela não chegava nunca e continuavam a dizer que logo chegaria.

Quem solicitou Momoyakko foi Kensaku.

– Tempos atrás, uma atriz de narrativas acompanhadas por música, chamada Eihana, trabalhou aqui como gueixa. Se conseguirem saber quem é, chamem-na, por favor – disse ele.

– Ouvi falar de Eihana numa dessas casas aonde você me levou. Era uma moça graciosa. Dizem que pertencia à família da Casa de Doces Imakawa. Ishimoto também a conhecia.

Uma das gueixas que estava presente era vizinha de frente, na mesma rua, e sabia bem o paradeiro de Momoyakko. Surgiam muitos comentários sobre essa mulher pelo fato de ela se recusar a retornar os telefonemas. As gueixas e também a empregada não mostraram simpatia por Momoyakko. Quando compreenderam que Kensaku e os amigos não a conheciam pessoalmente, chegaram até a mostrar, pouco a pouco, má intenção. Comentaram que, numa apresentação dos estudos das atividades de gueixa, ela brigara com uma gueixa veterana da região; que pegara o anel de um cliente embriagado, dentro de um carro; entre os assuntos antigos, que esmagara sua filha recém-nascida até à morte, e que ainda hoje não consegue se afastar do pai dessa criança. Atualmente ela está deixando um jovem perdido; ele possui um automóvel e sempre vem buscá-la; quando não pode, envia-lhe cartas com presentes.

Seja como for, soube-se que a antiga Eihana, hoje Momoyakko, é considerada a pior das mulheres, tendo muito má fama entre as companheiras.

Kensaku frequentou muito, desde criança, lugares como o teatro *yose* e o teatro *shibai*. Ele acompanhava o avô e Oei, e depois, quando estava para se formar no ginásio, passou a ir sozinho. Ia principalmente ouvir as atrizes de narrativas acompanhadas por música.

Eihana, na época com doze ou treze anos, era uma mocinha miúda. Percebia-se no seu porte que iria ficar bonita, mas, mais do que isso, Kensaku tinha imensa compaixão por ela. Magra, rosto pálido, sobrancelhas finas, fazia lembrar uma raposa branca. Para sua idade, tinha uma voz estridente e com teor de tristeza.

– Eihana é uma mulher que dá tudo de si – dissera um companheiro. Embora fossem palavras não muito claras, Kensaku achou essa avaliação bastante adequada, ao sentir que, mesmo na sua tristeza e dor, havia nela uma estranha perspicácia, semelhante a um desejo de nunca perder. Mesmo depois, ao pensar em Eihana, lembrava-se muito disso.

À medida que aumentava o número de companheiros da mesma série que iam juntos ao teatro *yose*, um deles, chamado Yamamoto, certa vez, ao vê-la no palco, disse: "Conheço aquela menina".

Pela rua da frente, era a vizinha contígua de Yamamoto, morava na casa ao lado da casa dele; pelos fundos, era a filha da família da Casa de Doces Imakawa, cujo muro dividia as duas casas. Isso criou um interesse entre ela e Yamamoto. Mas não existia nada entre os dois. Meio ano depois, no verão, como havia um poço na casa dele, conhecido por ter a água mais famosa da redondeza, os vizinhos iam muito lá, para pegar água, e Eihana também passou a ir de vez em quando.

O poço ficava em frente à sala de banho. No verão, somente uma cortina de varetas de madeira pendurada fechava a janela. Certo entardecer, quando Yamamoto entrou na sala de banho, viu, através da cortina, Eihana vir buscar água. Pensando que só se enxergava de dentro para fora, viu quando ela, assim que levantou o balde que enchera, agradeceu, olhando para o seu lado. Depois de duas ou três vezes que isso aconteceu, os dois passaram a conversar. Yamamoto sentava-se na borda da banheira, e Eihana recostava-se ao lado do poço; às vezes ficavam conversando até que a água puxada ficasse morna. Eram conversas sobre os bastidores do teatro *yose*. Depois de algum tempo, Kensaku viu, no palco, a xícara de chá que Yamamoto disse ter dado a ela.

164   *Naoya Shiga*

O relacionamento entre Yamamoto e Eihana, no entanto, não se aprofundou de modo algum. Yamamoto era nobre. Em sua casa havia um mordomo baixinho, idoso, durão e teimoso, que Kensaku e seus amigos apelidaram de Chabo. Só por isso já seria difícil aprofundar o relacionamento. Mais ainda porque parece que eles não tinham mesmo essa intenção. Passaram-se mais de dois anos, e nada aconteceu entre os dois.

Eihana, nesse ínterim, ficou visivelmente mais bela, não engordou, mas foi tomando corpo de mulher. Aprimorou sua arte e começou a ficar popular. Exatamente nessa época, Hayanosuke, o sucessor natural da segunda geração, iria abandonar a carreira e ficou decidido que Eihana seria a sucessora da terceira geração, tornando-se a atriz mais importante; por certo tempo, ela deveria frequentar a casa de Hatsunosuke, da primeira geração, dedicando-se exclusivamente à arte. Repentinamente, Eihana saiu de casa. Fugiu com o filho do dono de uma livraria da vizinhança.

O esconderijo logo foi descoberto; ficava a menos de três quadras da casa de Eihana. Os jovens foram trazidos de volta, mas Eihana teve seus laços com a família da Casa de Doces Imakawa cortados. Ela não era filha natural e sim filha bastarda de um oficial do Exército.

Afastada do rapaz e da família de criação, perdidas as esperanças de se tornar a terceira sucessora de Hayanosuke, tudo ao mesmo tempo, é óbvio que Eihana tenha ficado revoltada, caindo em desespero. E, nessa época, já estava grávida. Se, por um acaso, isso tivesse coincidido com o período de enjôo, certamente ela não se conteria, mas, de fato, ficou muito desesperada. Como alguém que se agarra a qualquer coisa quando está se afogando, ou por estar sentindo um amor verdadeiro e maior, isso não se sabe, Eihana entregou-se de corpo e alma a um homem que apareceu naquele momento.

A criança foi abortada. Kensaku ouviu dizer, na época, que não fora isso que acontecera, mas que ela foi morta por sufocamento assim que nasceu. Dizia-se que, seja lá como fosse, algo fora feito da criança e por esse motivo Eihana se calara por completo.

Logo depois, Eihana foi levada por aquele homem a Niigata, tornando-se gueixa. Mais tarde, mudou-se para Hokkaidô, e lá trabalhava. Foi o que Kensaku ficou sabendo. Soube-se, também, que o homem que diziam ser o seu mau caminho estava com ela e que ela não conseguia se afastar dele porque ele sabia do seu segredo. Mas, se era o segredo que chegava aos ouvidos de Kensaku, parecia ser bem público.

Passados dois ou três anos, dias atrás, folheando uma revista de divulgação de artes cênicas[20], Kensaku leu na coluna de desaparecidos, que Eihana havia aparecido em Yanagibashi, com o nome de Momoyakko.

– Quando começa a temporada, fica-se muito atarefado. – Na hora em que uma das mulheres disse isso, Ishimoto perguntou:

Trajetória em Noite Escura 165

– Vai muito a espetáculos?

– Ultimamente tenho ido.

– Onde é o seu assento? – Ishimoto também era um expectador assíduo de espetáculos de sumô.

– Na parte frontal.

– Ah. É próximo ao do Sr. Ishimoto? – Ishimoto tinha cadeira com amigos, mas referia-se ao reservado da sua família.

– É, sim. Um pouco mais acima... Tenho a impressão de já o ter visto – disse a mulher, ajustando-se ao ritmo da conversa.

– Vem alguém lá dos Ishimoto para esses lugares? – perguntou Ishimoto despretensiosamente. Tinha vários sobrinhos na família principal. E muitos deles levavam boa vida.

– Vem – disse a mulher, com um riso estranho, olhando para a empregada.

– De que idade, mais ou menos?

– Militar. Não existe o que se chama de Escola Inicial?[21] É aluno dessa escola. É o tal rapaz da Momoyakko, sabe? – E, de repente, a mulher começou a rir.

Na conversa anterior, Kensaku imaginava um atacadista de algodão ou filho de alguém desse tipo, mas achou um pouco estranho que ele fosse um sobrinho de Ishimoto.

Mesmo assim, Ishimoto continuava fazendo várias perguntas.

– Não é bom que o filho do Sr. Ishimoto esteja envolvido nisso, não é verdade?

– Realmente – disse a mulher.

Eihana, ou Momoyakko, acabou não vindo. A empregada reclamou, dizendo que ela poderia ter dito logo. Por volta das nove horas, Kensaku, Nobuyuki e Ishimoto deixaram o local.

– Fatos estranhos acontecem, não acham? – Ishimoto, enquanto andava, achou graça dessa coincidência. – Na verdade, eu tinha sabido dessa história por minha irmã, mas não sabia por onde esse rapaz estava vadiando. No início, ele exigira, em troca de abandonar a vadiagem, um automóvel, e concordara em ganhar só cinquenta mil ienes, dez mil dos quais usaria para comprar o carro. Que tolice! Quem aceita isso em troca da promessa de não vadiar, também não merece consideração...

Nobuyuki e Kensaku riram.

– Não seria um bom material para um romance? – Ishimoto olhou para Kensaku. – Você conhece o histórico de Eihana, e o assunto de hoje também não deixa de ser um material interessante, não?

– Sim. É um material interessante – repetiu Kensaku. Se não concordasse, Ishimoto não sossegaria. Esse acontecimento, a coincidência daquele dia, eram bons assuntos para uma conversa, mas estava indignado com o amigo por ele considerar aquele assunto suficiente para virar um romance.

Os três andaram em direção a Ginza. Aí, Kensaku e Nobuyuki separaram-se de Ishimoto e, por volta das onze horas, retornaram a casa de Fukuyoshi.

Oei esperava pelos dois. Os três conversaram durante algum tempo, na sala de chá.

Nobuyuki contou a conversa do dia. A forma como ele abordara o assunto enfatizava, de certo modo, a mulher bastante vilã, de modo que Kensaku, nesse aspecto, não se sentiu muito bem. Oei também, fazendo uma expressão de reprovação, disse: "Como há mulheres terríveis."

De repente, Kensaku ficou zangado, a ponto de sentir uma vontade louca de falar-lhes: "Não é Eihana que é ruim". Veio-lhe à mente Eihana no palco, com doze ou treze anos, pálida e abatida. "Por que aquela menininha seria uma mulher terrível...?" Ele começou a ficar estranhamente irritado. E, sem querer, nessa hora, até pensou: "Ah, posso escrever sobre isso".

XII

No dia seguinte, já passava das duas horas quando Kensaku e Nobuyuki saíram. Foram primeiro olhar as casas de Gotanda. Subindo uma ladeira estreita ao lado de uma pequena siderúrgica e dando a volta diante de um terreno vazio, que se transformara num campo de mil e trezentos a mil e seiscentos metros quadrados, encontraram, lá embaixo, uma das casas. Era térrea e feia; a frente era um jardim bem amplo, mas não parecia bater muito sol, necessitando de uma boa reforma. Kensaku, então, não se entusiasmou. Como não estava acostumado a ver casas assim, não tinha ideia de como ela poderia ficar confortável depois de ocupada. Era como se fosse morar na casa do jeito que ela estava, vazia e feia, e perdeu ainda mais o interesse. A outra casa tinha o terreno muito estreito e não se sentia a menor vontade de morar nela. Bastante calmos, os dois foram conversando, andando à toa na direção de Ômori, enquanto sentiam o perfume forte dos brotos de carvalho. Nobuyuki já se transformara num perfeito seguidor do zen. Com a mesma sede de conhecimento que tinha na época do colegial, falava sem parar sobre o que aprendera no *Hekiganroku*[22].

– É mesmo. Essa é a rua que dá para o nosso terreno – Nobuyuki disse isso e parou, enquanto comparava as ruas. – Vamos dar uma passadinha lá? Depois que mandei fazer uma cerca viva ninguém foi ver ainda.

– Vamos.

– Você conhece o Kamekichi, daquela casa de jardinagem?

– Acho que já o vi na casa de Hongô. Era um cara baixo, de cabeça grande, parecendo um bobo.

– Isso mesmo. É a bondade em pessoa. Dizia coisas como: Os meus assuntos, deixo-os nas mãos da Mestra Tenri[23].

Kensaku lembrou-se de quando esse jardineiro entrou na sala, no momento em que todos estavam tomando chá. Com o quadril curvado, os joelhos dobrados, na realidade, seu aspecto mostrava a bondade em pessoa, a própria honestidade, e também a pouca inteligência. As irmãs mais novas riram descaradamente, mas o jardineiro parecia nem perceber. Seu modo de falar, seu jeito respeitoso de beber chá, essas atitudes eram bastante cuidadosas, de um homem que qualquer um acharia digno de confiança, acreditando que jamais cometeria uma desonestidade.

– Mas será que o que se via era verdade? – Kensaku, nesses momentos, duvidava, de certa forma. A aparência do homem era simpática demais. E nisso ele sentia uma falta de naturalidade. Depois que voltou, deixou isso anotado em seu diário.

– Aquele sujeito – disse Kensaku se lembrando – talvez não seja a pessoa que aparenta ser; é simpático demais no exterior.

Nobuyuki discordou. Em seguida, os dois saíram dali. Era um terreno retangular de cerca de seis mil metros quadrados, voltado para a rua. Antes, fora usado para plantio, mas agora transformara-se em terreno para construção, fechado por quatro cercas vivas de mudas de ciprestes.

– Por onde se entra? – Nobuyuki procurava pela entrada. – Não tem entrada, hein?

– Deve ter sim.

– Não tem nenhum lugar por onde entrar. Por falar nisso, fui eu que dei a planta para Kamekichi, e talvez tenha me esquecido de falar sobre a entrada.

Os dois riram. Procuraram mais uma vez, mas o terreno estava mesmo cercado pelos quatro lados e não havia por onde entrar.

– Será que ele não percebeu enquanto fazia a cerca?

Era até engraçado. Depois, os dois foram à casa do lavrador que cuidava do terreno e pediram-lhe que falasse a Kamekichi sobre a entrada. (Três meses depois, soube-se que, conforme Kensaku suspeitara, Kamekichi não era tão honesto. Recebia, da casa de Hongô, uma quantia maior que a estipulada para cortar a grama do terreno e vendia a grama como ração para cavalos, sem cortá-la, ganhando dinheiro dos dois lados.)

Começou a anoitecer. Perto de San'nô, em Ôi, havia uma casa assobradada. Por fora, parecia uma casa bem feita. Kensaku, que já estava cansado, achou que ela era adequada.

– Só de ser nova, já está bom. E não é que a divisão dos cômodos também parece ser boa! – disse Nobuyuki.

168 *Naoya Shiga*

Ambos decidiram passar na casa do proprietário, em San'nô, para alugá-la.

Quando chegaram à Estação de Ômori (na época em que não havia o trem da antiga ferrovia), ainda havia tempo para a chegada do trem com destino a Tóquio; o trem em sentido contrário chegou primeiro. Para a despedida de Nobuyuki, que voltava para Kamakura, resolveram ir ao restaurante de comida chinesa, em Yokohama. Já tarde da noite, Kensaku voltou sozinho para Tóquio.

Cinco dias depois, Kensaku se mudou. A casa, no entanto, era muito pior do que ele pensara, quando a vira apressadamente, naquele fim de tarde. Era uma casa construída para alugar e, se a pessoa andasse com um pouco mais de força no andar superior, toda a casa balançava. Nesse instante, se alguém estivesse com o jornal aberto lá embaixo, caíam estilhaços do teto, fazendo barulho.

– Depois que nos mudamos para cá, meu cabelo fica sujo o tempo todo – lamuriou-se Oei, que ficava só nos aposentos de baixo.

A disposição de Kensaku mudou um pouco. Ele pensou em não perder essa oportunidade e começar a trabalhar. Como não conseguiu reiniciar o trabalho longo iniciado em Onomichi, resolveu escrever sobre Eihana. Se a encontrasse, não saberia, mas, ao pensar nela estando distante, sentia verdadeira compaixão. Havia, de um lado, um sentimento incerto. Não era interessante, para o trabalho em si, ter compaixão de uma pessoa que está longe e em cuja presença ele não sabe como seria. Ele estava realmente inseguro se, aproximando-se dela com alguma outra intenção, teria compaixão da Eihana de hoje em dia. O desejo de escrever também advinha desse sentimento, por não ter conseguido ficar indiferente e por ter se irritado em relação ao que Oei dissera sem a menor piedade. Pensou até em se encontrar com Eihana, qualquer dia. Mas sentia uma estranha preguiça e achava isso impraticável.

Experimentou imaginar o momento do encontro, a maneira como Eihana reagiria em relação a ele. Será que ela teria as mesmas lembranças que ele, em relação à época em que ela ainda não era o que é hoje? E será que ela demonstraria estar com saudades daquele tempo, mesmo que não sentisse mais nada, de uma maneira assim premeditada? Pôde imaginar os dois. Fosse como fosse, achou que seria capaz de sentir compaixão por Eihana, que estaria numa situação desesperadora. Brotou nele, também, um sentimento de salvá-la dessa situação. Uma Eihana que confessa o assassinato de uma criança, diversos crimes e tudo o mais e se arrepende. Mas, ao pensar nisso, só conseguiu imaginar uma Eihana bem vaga. Na eventualidade de um encontro, achou que não seria interessante fazer com que, por espírito cristão, ela sentisse facilmente o desejo de se arrepender. Achou que não era mesmo uma tarefa nada fácil uma pessoa ser salva.

No ano anterior, em Quioto, ele vira uma mulher chamada Omasa de Mamushi. Lembrou-se da ocasião. Ela encenava sua vida numa pequena casa de apresentações

Trajetória em Noite Escura   169

semelhante ao teatro *yose*, na parte de baixo do Santuário Yasaka, em Gion. Ele não assistiu à peça, mas, ao passar em frente da casa, tarde da noite, viu na entrada um cartaz com o retrato de uma mulher usando um bonito penteado. Estava escrito que ela própria encenaria sua vida, com a intenção de fazer uma confissão. Kensaku já estava para se afastar dali, depois de ver o cartaz, quando ouviu a voz de algumas mulheres saindo. A que apareceu primeiro foi Omasa de Mamushi. Tinha cerca de cinquenta anos e vestia um manto longo. Com a cabeça raspada, coberta por um chapéu característico dos bonzos[24], aparentava ser um homem, à primeira vista, e, caso ele não tivesse visto o cartaz, certamente teria achado que fosse.

Um jovem que veio retirar o cartaz cumprimentou-a, e Omasa ergueu um pouco o rosto, respondendo com um aceno de cabeça. Kensaku pôde ver bem o seu rosto sob a luz da lâmpada. Era um rosto bastante fechado, muito deprimido. Rosto de quem nunca tivera prazeres.

Kensaku nada sabia sobre Omasa de Mamushi. Ela cumprira o seu longo período de reclusão, seu arrependimento fora aceito e, saindo da prisão em alguma oportunidade, montara uma companhia de apresentação para manter a vida. Viajava, por diversas regiões, encenando e vendendo o seu pecado passado – ele conseguiu imaginar só isso. Mas isso já era o suficiente para ele entender o sentimento de Omasa, a partir da sua aparência, naquele momento. E esse entendimento transpareceu de uma forma curiosa. Kensaku sentiu tristeza, algo ruim. Desconhecia o mal praticado por ela e não conseguia ter nenhuma compaixão, mas, comparado ao sentimento que a movia em seus pecados, não poderia afirmar que hoje ela vivia seus melhores momentos. Ficou melancólico, sentindo-se mal. Com certeza, nenhuma situação teria sido boa. Mas, imaginando qual seria a situação mais feliz, de acordo com o sentimento de Omasa, só pôde pensar que, certamente, a felicidade advinda de uma inclinação da época em que cometera o mal, desaparecera por completo. E o que havia hoje, no lugar dessa felicidade? Ela saía por aí encenando seu pecado. Isso era mesmo uma encenação. Fosse uma confissão ou qualquer outra coisa, era uma encenação, na certa. Entretanto, como o show era ela própria, se ela esperava uma sensação de realização, com certeza, precisaria encenar um bem camuflado que a fizesse sofrer ainda mais. Não havia motivos para que uma vida assim a tornasse melhor. Aquele que comete um crime uma vez, mesmo que depois do arrependimento não leve uma vida propiciada pelo próprio crime cometido, como é o caso de Omasa, é certo que não deixa de sofrer com essa infelicidade – pensou Kensaku.

Omasa era uma mulher alta e de traços fortes, masculinos. Alguma coisa nela fazia imaginar que, quando jovem, teria sido uma mulher magnífica, muito admirada.

Kensaku, pensando agora em escrever sobre Eihana, não conseguia deixar de se lembrar dessa mulher que havia visto. Ele pensou na Eihana de hoje e, embora sentisse pena, um aperto no coração, imaginando seu arrependimento e sua transformação, tal como Omasa, experimentou algo mais desagradável, obscuro e ainda mais desesperador. Seria bom que houvesse a verdadeira salvação. Mas achou que, se fosse para conseguir uma salvação duvidosa e burlesca, o mais natural para Eihana seria "cair e depois parar".

Ele não teve vontade de marcar um encontro com ela e começou a escrever assim mesmo.

Certo dia, quando se encontrou com Yamamoto e falou sobre o assunto, ele disse:

– Ah, outro dia, sabe, quando fui apreciar as peônias com minha esposa, enquanto esperava a lancha em Ryôgoku, achei que quem olhava para mim do meio-fio, podia ser Eihana. Era mesmo ela, então. De fato, nessa rua ficava a casa de Momoyakko, de Eihana.

– Não tem interesse em encontrá-la?

– Bem, não é que não tenha.... – Yamamoto desviou o assunto e não demonstrou interesse.

XIII

Kensaku começou novamente a ficar abatido. O clima estava ruim. Nos dias em que soprava um vento sul bastante úmido, fisiologicamente, ele ficava meio doente. Também sua vida começou a ficar desregrada. Ao tentar escrever sobre Eihana, precisava pensar com energia sobre o crime das mulheres. Os homens não são tão perseguidos pelo crime cometido, mas por que será que, no caso das mulheres, a perseguição é tenaz até o fim? Certa vez, enquanto andava pelas redondezas do lugar onde antes Eihana ficava, passou em frente àquela mesma livraria. Vendo ali um rapaz mais jovem que ele, já pai de uma criança, teve uma impressão ruim. Seu jeito sem propósito de olhar a rua, de dentro da loja, com a criança sentada no colo, parecia bastante sereno, a ponto de não se poder imaginar que fosse um homem com um passado assim. Deveria estar pensando no seu nenê que foi morto. Mesmo assim, tudo isso eram coisas passadas para ele, e as memórias do sofrimento com certeza estavam mais fracas e distantes. No caso de Eihana, no entanto, aquilo também pertencia ao passado, mas por que será que ainda não estava nem um pouco distante de sua vida atual? Pelo contrário, sua vida atual era uma continuação desse fato. Talvez isso não aconteça unicamente com as mulheres. Deve haver muitos homens que levam uma vida deprimida por causa de um crime do passado. Para as mulheres, porém, isso tende a ser mais desesperador que para os homens. Originariamente, a mulher é cega em relação ao destino e fácil de ser arrastada por ele. Por isso, as pessoas que a rodeiam deveriam ser bem mais receptivas em relação a elas. Assim como fazem com uma criança, deveriam perdoá-la, por se tratar de uma mulher. Mas, sabe-se lá por quê, as pessoas são especialmente mais rigorosas com as mulheres. Serem rigorosas ainda é pouco; as pessoas não ficam satisfeitas quando elas conseguem se livrar das consequências do pecado. Pensam que é natural que elas se autodestruam como resultado do crime. Por que é assim no caso das mulheres? Kensaku estranhava o fato.

Cada vez que se lembrava disso, ele não conseguia deixar de pensar que sua falecida mãe até que fora uma mulher feliz. Se as pessoas que a cercavam fossem muito mais tolas, ela certamente teria sido uma mulher mais infeliz ainda. E, por extensão, não sabe o que teria sido da existência dele mesmo. Felizmente, o avô, que morava em Shiba, e o pai, que morava em Hongô, eram pessoas inteligentes. Só por isso ele achou que deveria agradecer de coração ao pai. – Se bem que a sua gratidão não chegava a tanto.

Kensaku começou a escrever sobre Eihana. Para escrever sobre ela do seu próprio ponto de vista, o material era escasso, e ficava tudo muito simples, de modo que ele resolveu escrever usando livremente a imaginação, do ponto de vista de Eihana. Pensou que poderia unir, a certa altura, Eihana e Omasa de Mamushi. E também poderia uni-la a uma mulher chamada Hanai Oume[25], artista de narrativas com acompanhamento musical, da mesma época, assassina de um fabricante de caixas. Kensaku, na realidade, viu essa mulher uma vez no palco, sentiu compaixão por ela e teve uma impressão desagradável. Ele se sentia muito mais identificado com a mulher que não recuava diante do crime que cometera.

Até então, nunca escrevera se colocando na posição de uma mulher. A falta de costume era uma das dificuldades, mas a partir do momento em que ela partia para Hokkaidô, a coisa parecia realmente inventada. Notou, então, que, à medida que ia escrevendo, deixava de gostar do que fazia.

Sem um motivo especial, começou a fraquejar tanto emocional quanto fisicamente. Foi se sentindo estranhamente solitário. A surpresa e o abalo que teve quando recebeu a carta de Nobuyuki em Onomichi, revelando a verdade sobre o seu nascimento, foram bastante chocantes; por isso mesmo, sentiu uma tensão ainda mais forte para superar e se erguer. Mas agora que essa tensão desaparecera, não conseguia conter uma estranha tristeza que o assolava desagradavelmente, tal qual a umidade da terra que penetra naturalmente na base de uma madeira podre. Era uma solidão em relação à qual, pela lógica, nada poderia ser feito. Kensaku pensou que o trabalho que precisava realizar, daí para frente, o trabalho que se liga à felicidade de toda a humanidade, o trabalho que se impõe como objetivo o caminho que a humanidade deve seguir, é o trabalho do artista. Dirigiu seus pensamentos especialmente para esses fatos, mas seu sentimento, que perdera a maleabilidade, não tentava nem um pouco se erguer. Ia sendo puxado cada vez mais para baixo. "Bem-aventurados os pobres de espírito"[26]. Ele achou que se o sentido da palavra pobre indicava o seu sentimento naquele momento, era uma palavra cruel demais. Refletiu sobre como poderia achar que aquele estado de espírito seria bom, como poderia pensar que isso era a felicidade. Caso, agora, um pastor viesse diante de si e dissesse: "Bem-aventurados são os pobres de espírito", ele, de imediato, esmurraria a sua face, achou. Pensou se haveria um estado mais humilhante que ter um sentimento pobre. Na realidade, no seu caso, ainda era pouco dizer que era solidão, sofrimento ou tristeza. Seu sentimento sem rumo foi ficando pobre – um pobre de sentimento, ser pobre devido ao sentimento – e pensou: Será que haveria algo tão humilhante?

Isso também tinha uma causa fisiológica. Quando estava em Onomichi, ele já estava começando a ficar assim. Somado a isso, ficara sabendo sobre a sua concepção. Mas esse fato foi até um estímulo para reanimar o seu sentimento por algum tempo. Passado esse estímulo e terminada a tensão, sobrara ali algo ainda pior. Seu sentimento, que já estava enfraquecendo sem esse estímulo, foi derrubado a um nível ainda pior, por causa disso.

Nobuyuki o visitava de vez em quando. De sua parte, sentiu uma intimidade nunca antes sentida em relação a ele, nos últimos tempos. E alegrava-se ouvindo-o falar sobre assuntos ligados ao zen. Entre outros, assuntos diversos sobre o zen dos bonzos Gutei[27], Nansen[28], Sekikaku[29], Sensu e Kassan[30], como Tokusan[31] atingiu a sabedoria em Ryûtan, e sobre Hyakujô[32], Isan[33], Ôbaku[34], Bokushû[35], Rinzai[36] e Fuke[37]. Tudo isso dizia respeito ao estado ideal de espírito para Kensaku, naquele momento. Quando chegava na parte que dizia "Fulano, de repente, atinge a iluminação", ele ficava a ponto de chorar. Especialmente tratando-se de Tokusan Takuhatsu[38], ele chegava realmente a chorar. Não só porque eram assuntos que chegavam como alimento espiritual para o seu pobre coração, como também porque o tom artístico desses assuntos movia violentamente seu interior.

Ao ver Kensaku sinceramente comovido, Nobuyuki, fazendo cerimônia, incentivava-o a ir a Kamakura. Mas isso Kensaku não conseguia aceitar. Não queria ter um mestre. A filosofia zen não era ruim. A ideia, porém, de ligar-se a um mestre zen da atualidade, cheio de orgulho por ter atingido a sabedoria, deixava-o sem palavras. Nesse sentido, se fosse o caso, embora nunca tivesse ido lá, gostaria de ir ao sagrado monte Kôya[39] ou ao rio Yo, do monte Ei[40].

Escreveu cerca de quarenta folhas e novamente estacou. Com um sentimento como o que tinha no momento, não daria mesmo certo desenvolver um trabalho como o de escrever, que é uma ação de forças do interior para o exterior.

Passaram-se algumas semanas sem sentido, mas com dias de sofrimento e de solidão. Num dia em que soprava um vento desagradável, bastante abafado,

Kensaku terminou de almoçar e de repente teve uma sensação de peso, de preguiça para fazer fosse o que fosse. Deitado na sala de chá, folheou duas ou três páginas de um romance traduzido que ali estava, sem intenção de continuar a leitura.

– Quando seria melhor mandar Yoshi para a Exposição? – No lugar chamado Nan'yô-kan, haveria danças de nativos e Miyamoto disse que iria vê-los com grande prazer. A propósito, naquela manhã, havia chegado uma carta de um amigo chamado Masumoto. Lembrando-se disso, Kensaku consultou Oei, que costurava perto dele.

– Pode ser qualquer dia. Ela vai sozinha, ou alguém irá levá-la?

– Acho que ela pode ir sozinha – disse ele, e logo pensou: "Será que é demais para ela?" Pensando no dia, também não conseguia decidir com certeza, e isso lhe pareceu algo bastante complicado. Já acontecia antes, mas ultimamente virara um hábito mais intenso. Quando conseguia se decidir, parecia que surgiria algum empecilho. Mesmo sabendo que isso era algo que vinha de uma doença do espírito, sem qualquer fundamento, Kensaku não conseguia superar e raciocinar. Achou que seria até melhor que ele mesmo a levasse. Ao dizer isso a Oei, ela perguntou:

– Mas hoje não era dia do Sr. Nobu vir aqui?

– Tenho a impressão de que ele disse algo assim quando veio da última vez. Pode ser que eu tenha me confundido. – Dizendo isso, Kensaku sentiu um certo alívio por não ter que levar Yoshi nesse dia.

Eram três horas. Às três horas e sete minutos chegaria um trem vindo de Yokosuka. Se Nobuyuki viesse, seria nesse trem. Caso contrário, não viria mais. Pensando dessa maneira, resolveu ir até as proximidades, por estar inquieto. Vestiu o agasalho simples, enrolou o relógio na faixa e pôs a carteira no quimono. Se encontrasse com Nobuyuki, o programa do dia já estaria definido, mas, se ele não viesse, nem ele sabia o que faria depois. Na realidade, tinha desejos; no entanto, pelo mau hábito de ficar aborrecido quando definia suas ações de antemão, ele deixava sem definição até mesmo o que estava bem definido.

– Vou sair um pouco. Devo voltar até a hora de comer. Se encontrar com Nobu, voltarei logo com ele – disse e saiu de casa.

Não encontrou com Nobuyuki. Não viu o trem no qual esperava que ele chegasse, mas, quando estava andando por um lugar chamado Kashimadani, o trem passou em direção a Tóquio, deixando apenas um violento tremor de terra.

Kensaku foi à estação de Ômori, mas ainda faltavam cerca de trinta minutos para a chegada do próximo trem com destino a Shinbashi. Ele foi em direção ao trem para Shinagawa. O trem logo chegou.

Retirou de dentro do quimono um pequeno livro de Saikaku[41] e começou a ler a partir do final das *Vinte Inobediências Filiais Japonesas*[42]. Dois ou três

174   *Naoya Shiga*

dias antes, quando Oei lhe perguntara quem era o romancista mais importante do Japão, Kensaku respondeu que era Saikaku. Disse isso porque estava encantado com as duas primeiras partes[43] das *Vinte Inobediências* que acabara de ler. Saikaku era até radical demais. Talvez fosse melhor dizer doentio. Achou que se ele próprio tivesse escrito, não teria conseguido criar de forma a transmitir uma certa inescrupulosidade irrefletida. Mesmo que fosse capaz de escrever enumerando as condições para ser um filho desnaturado, sentiu-se incapaz de ir até o fim com um ritmo tão forte. E ele tinha motivos para pensar assim, num momento em que sofria constantemente com reflexões frágeis e incômodos sem valor. Na realidade, Saikaku tinha uma estranha ousadia e, na sua condição, isso era invejável. Kensaku pensou que se ele conseguisse ser assim, este mundo ficaria um lugar mais fácil de se viver.

Após ler a parte final, viu que não havia nem comparação com as duas primeiras.

Mudando para a linha municipal, em Shinagawa, a leitura começou a chateá-lo. Ficou olhando despreocupadamente o rosto das pessoas. Então, percebeu que a pessoa sentada à sua frente parecia com alguém que Sharaku[44] havia pintado e, todos os passageiros começaram a se refletir em seus olhos com um jeito interessante, à maneira grotesca de Sharaku.

Chegando à baldeação de Satsumabara, teve vontade de dar uma passada na casa em Hongô. Sentiu, de repente, vontade de se encontrar com Sakiko e Taeko, a quem não via há algum tempo. Mas talvez o pai estivesse em casa, e logo sentiu que talvez não ficasse muito bem para Sakiko. Acabou passando da estação. Pensou que poderia ir à casa de Miyamoto ou de Masumoto, mas tinha a estranha sensação de que eles não estariam, e, mesmo que estivessem, se chegasse lá do jeito em que estava, ou faria ou diria algo desagradável, e perdeu a vontade. Ficava chateado só de pensar em tomar cuidado para evitar fatos desagradáveis. O sofrimento de estar diante das pessoas escondendo o seu sentimento humilhante de não conseguir ultrapassar aqueles fatos e a sua figura digna de compaixão, fugindo cansado. Só de pensar nisso, sentia que não havia nenhum lugar aonde pudesse ir. Pensou, então, que o único lugar, afinal, que estava com as portas abertas para ele, sem grandes problemas, eram os lugares abomináveis que estavam claros em sua cabeça desde que saíra de casa. Seus pés o levavam nessa direção.

Não conseguia deixar de pensar que ele era a pessoa mais coitada que estava no trem. De qualquer forma, o sangue deles fervia e os olhos tinham brilho. E ele? Não sentia o seu sangue pulsar nas veias. Morno, circulava com desleixo. Os olhos, assim como os de um peixe morto, sem qualquer brilho, estavam esbranquiçados e opacos. Sentia-se assim.

XIV

A mulher miúda disse que recebera o chamado bem na hora em que soltara os cabelos, no salão de beleza. Ela prendeu aqueles fartos cabelos próximo à nuca, com uma presilha de bolinha vermelha. "Pareço uma coreana, não?" – disse, virando-se de lado para mostrar. O dia ainda estava claro, mas a lâmpada do teto acendeu sozinha. No quarto, ouvia-se o barulho do vento e estava bastante abafado.

Desejando que Kensaku fosse logo embora, a mulher estava muito inquieta e não parava de falar. Ele se levantou e, quando já estava para sair do quarto, ela fez-lhe um aceno de mão, dizendo: "Até". Kensaku também acenou de leve e foi descendo as escadas, sozinho. Na saída, viu uma mulher jovem sentada. Era bela e pareceu-lhe simpática.

Saiu. Quando ia andando pela rua do bonde, achou que, se fosse direto para casa, conseguiria chegar enquanto ainda estivesse claro, conforme dissera a Oei. E a mulher, por que estaria sentada naquele lugar? Achou estranho que estivesse ali quando havia clientes. Se voltasse, solicitaria aquela mulher. Pediriam para descrevê-la. O que iria dizer na hora? Não havia nada a falar. Na realidade, não vira nenhuma característica em especial. "Era a mulher que estava sentada ao pé da escadaria, quando eu ia saindo. É uma mulher bela." "E a altura?" "Não sei." "Era gorda?" "Não era das magras." Isso não serviria para definir nada.

Sentiu que seria uma pena pegar o trem e ir embora sem saber de nada. Talvez a mulher miúda ainda estivesse lá. Ou então a encontraria nas redondezas. Poderia dizer: "Esqueci uma coisa". Pensando assim, Kensaku voltou para aquela casa.

Na entrada, conversou com a empregada.

– Aquela que estava aí nesse instante, tinha vindo para atender um cliente?

Conseguiu se fazer entender pela empregada só com essas palavras.

– Agora, tem uma lá em cima. Ela sobe revezando com a outra. Não deve demorar, suba.

– Não pode me colocar na frente?

A empregada fez uma cara feia. E disse novamente: "Ela não vai demorar".

Kensaku tirou os tamancos. Ao passar pela sala do lado, viu a mulher que há pouco ficara ouvindo a conversa, escondida à sombra da porta corrediça. Ele fez que não percebeu e foi subindo. No entanto, assim que subiu, achou que ficaria mesmo sem graça e bateu palmas para chamar a empregada. Como na sala contígua estava o outro cliente, ele disse em voz baixa:

– Você pode chamar outra para o cliente do lado.

– Não dá, porque elas já estão designadas. E ele já viu a moça.

– Que pena! – Ficou calado, com uma cara carrancuda.

Sem qualquer fundamento, definira em seu íntimo que ela era uma mulher boazinha e recatada, com jeito de amadora.

Uma mulher saiu da sala ao lado. E logo entrou a outra. Kensaku ficou irrequieto. Bateu palmas novamente.

A empregada entrou e, antes que ele falasse alguma coisa, disse com uma expressão dócil:

– Ela acabou de entrar. Não vai demorar.

Kensaku pediu:

– Empreste-me o estojo de tinta nanquim.

Tirou do quimono folhas brancas de papel e enfileirou-as na mesinha. Pondo força no baixo abdômen, pegou o pincel e escreveu: "Que a piedade e as bênçãos da divindade Kannon Bosatsu sejam igualitárias e abrangentes"[45]. No entanto, logo parou porque achou um desperdício escrever expressões desse tipo num lugar como aquele. Fosse como fosse, ele não queria ficar pensando na sala contígua.

A mulher entrou. Deu um sorriso. Não era um rosto desagradável, mas bem diferente do que ele havia fixado.

– Obrigado. – Encostou o joelho um pouco de lado e fez uma leve reverência, olhando para o rosto dele. Era como se fosse uma simples prostituta. Uma pessoa completamente diferente daquela com ar misterioso de instantes atrás.

– Desde quando começou a trabalhar?

– Há pouco mais de dois meses – respondeu, meio vagamente.

– Você tem vinte anos, não é?

– Dezenove.

– Verdade?

– É verdade, sim!

Ele a abraçou, colocando-a no colo. A mulher estava à sua mercê. Inclinando preguiçosamente a cabeça, encostou a face em seu ombro e ficou repousando.

– Não tem vontade de ir comigo para algum lugar?

– Para onde?

– Para longe.

– Leve-me, por favor.

– Eu não estou brincando.

– Nem eu – disse a mulher, encostando em seu ombro o rosto de olhos fechados. Ele sacudiu os ombros e acordou-a, dizendo: "Ei". A mulher abriu os olhos e também disse: "Ei", levantando o queixo branco, com covinhas, bem na frente de seu nariz.

– Você pensa que eu estou dizendo coisas sem fundamento, não é? É tola e não vai entender.

– Sou tola e por isso não entendo.

Sentada no colo de Kensaku, sem qualquer vergonha, de cima, ela ficou olhando fixamente o seu rosto. Começava a levá-lo a sério. Disse que, na realidade, já começara a trabalhar havia cerca de meio ano, sua casa ficava em Fukagawa, e tinha só a mãe e uma irmã. A mãe ficaria sob os cuidados da irmã e do marido, de modo que ela só precisaria dar um auxílio.

– O que faz o marido de sua irmã?

A mulher ficou calada, mas depois disse:

– É produtor de soja fermentada – e começou a rir. Não ficou muito claro se era verdade ou mentira.

A mulher tinha uma dívida de cerca de setenta ienes na casa em que estava trabalhando, mas bastava-lhe devolver esse dinheiro para que pudesse ir a qualquer lugar. Não se sabe por quê, de vez em quando ela imitava o modo de falar de Quioto. Também misturava as palavras e, certa hora, Kensaku achou que ela havia misturado as palavras "esquisito" e "estranho".

– Gosta de Quioto, é?

A mulher deu uma resposta entusiasmada.

Sem dizer nada de concreto, Kensaku, logo depois deixou o local, indo direto para casa.

No dia seguinte, ao entardecer, continuava agitado, com o mesmo sentimento da véspera. Sem paciência até para aguardar o jantar, que já estava para ser servido, ele saiu. Naquele dia, Nobuyuki também não viera de Kamakura. Ao pensar na possibilidade de ele ter passado primeiro na casa de Hongô, ficou um pouco chateado. Sentiu-se menosprezado. Sabia que isso era bobagem. Mesmo assim, não estava contente. Já era um costume antigo pensar que todas as pessoas tinham más intenções com ele. Isso era pieguice, e ele tentava esquecer, achando que não tinha fundamento. No entanto, agora que sabia de sua origem, ficou pensando se as pessoas não tinham vontade de virar-lhe as costas, por enxergarem um fantasma a acompanhá-lo, já que, ao contrário do que ele supunha, todos conheciam a sua identidade antes mesmo dele. O sentimento dessas pessoas refletia-se nele e, sem querer, ele tentava mostrar a todos como era durão. Por isso, sentia mais ainda certa maldade proposital da parte delas. Não seria isso que vinha acontecendo?

Na realidade, de uns tempos para cá, tudo lhe parecia sementes de desprezo. Por que tinha de ser assim? Tentava, mas não conseguia entender. Tinha a mesma sensação diante de tudo e de todos. Sentia que só lhe restava sumir sem deixar vestígios. Assim como uma pessoa de múltipla personalidade muda repentinamente, ele poderia se transformar numa pessoa totalmente diversa. Tudo seria bem mais fácil! Queria ser alguém que não conhecesse Tokitô Kensaku – o eu de até então.

Seria melhor ainda ir a um mundo bem diferente daquele em que respirava até o momento, ser companheiro de lavradores do sopé de alguma grande montanha ou de lavradores que nada sabiam, e melhor ainda se não se entrosasse com eles. Como seria tranquilo viver nesse lugar com uma mulher comum e feia, posicionado no primeiro estágio do inferno...[46]. Ao pensar na moça que conhecera no dia anterior, achou que era bonita demais. Caso fosse uma pecadora em profundo sofrimento, seria melhor ainda. Ambos, enquanto pessoas dignas de compaixão, viveriam uma vida humilde e sossegada, em meio à penumbra. Mesmo que houvesse pessoas que rissem ou sentissem pena, eles estariam escondidos num lugar desconhecido por essas pessoas, e elas não poderiam rir nem sentir pena. Mesmo que rissem ou sentissem pena, isso não os afetaria nesse lugar. Terminariam a vida sem que ninguém soubesse deles. Como seria bom...

Chegando a Shinbashi de trem, Kensaku foi ao telefone público. Lembrou-se da carta de Masumoto, recebida no dia anterior, onde estava escrito: "Anteontem, encontrei-me com Miyamoto em frente à Mitsukoshi e só então fiquei sabendo que você havia se mudado para o subúrbio. Gostaria de visitá-lo em breve. Avise-me quando for mais conveniente". Lembrando-se disso, pensou que poderia visitar Masumoto, mas, ao som do telefone, começou a vacilar. Felizmente, a telefonista não atendeu de imediato e ele acabou colocando o fone no gancho.

Já era época dos comerciantes das barracas noturnas começarem a aparecer em Ginza. Kensaku foi andando em direção a Kyôbashi, pelo lado que estava mais vazio. "Vou andar com os passos mais firmes que puder." Contraindo a barriga, ele cerrou firme os lábios. "Ao invés de ficar olhando de um lado para outro, como sempre, vou andar reto na direção a seguir, com um olhar sereno." Assim pensou. Queria ser alguém que avança livremente pelo entardecer de um planalto, em meio ao sussurro dos pinheiros e ao canto da relva. No momento, enquanto andava por Ginza, queria sentir isso. Até se sentia nesse clima. Ouvira de Nobuyuki que havia trechos assim em algum ugar dos poemas de Kanzan[47]. Kensaku estava num estado de espírito de fato ideal.

"Vou comprar os poemas de Kanzan. Acho que existem duas ou três casas que vendem livros chineses no percurso até Nihonbashi."

Logo depois, avistou um amigo seu, cinco anos mais velho, vindo na direção oposta, com uma mulher jovem, que parecia ser sua esposa. Só então lembrou-se de que, pouco antes, avistara um conhecido um pouco mais novo que ele caminhando do outro lado da rua com uma moça mais gordinha, que parecia ser sua esposa.

Aproximando-se uns quatro metros, o amigo finalmente o percebeu. Ambos pararam.

– Atualmente estou morando em Gazenbô, número***. À noite, sempre estou em casa. Venha nos visitar – disse o amigo.

Kensaku não tinha a menor intenção de ir. Mas ficou pensando onde seria Gazenbô. Parece que sabia, mas não conseguia se lembrar. Será que era em Mamiana?

Trajetória em Noite Escura   179

– ficou na dúvida. Quando pensou em perguntar: "Onde fica mesmo Gazenbô?", começou a falar trocando o "ga" por "gan" e acabou perdido.

– É para baixo da Ladeira Imoarai? – perguntou.

– Completamente errado.

Por trás, a esposa do amigo chamou atenção para algo e ele disse:

– Vou deixar meu telefone. É Shiba 3746.

– Não vou conseguir lembrar.

– Memorize as sílabas iniciais dos números[48]. À noite, estou sempre em casa.

Na hora da despedida, a esposa fez uma reverência respeitosa. Nesse momento, Kensaku achou que já a vira em algum lugar, mas não conseguia se lembrar. Ficou um pouco perturbado, achando que assim poria tudo a perder.

Chegou num sebo que tinha uma placa onde estava escrito: Livraria Matsuyama. Encontrou o *Caderno de Caligrafia das Mil Letras*[49], de Gan Shinkei[50], mas, como não era de boa qualidade, ficou olhando com cuidado as prateleiras altas dos dois lados. Vários livros dos quais parecia já ter ouvido falar enchiam as prateleiras. Ao ver um pedaço de papel onde estava escrito *Livros Ilustrados de Ikkyû* e mais alguma coisa, pegou-o, achando que fossem ensaios de Ikkyû[51], mas eram histórias de Ryûkatei Tanekazu[52].

– Não tem os *Poemas de Kanzan*?

– Infelizmente não.

– E a *Coletânea das Discórdias Religiosas*?[53]

– Essa também não, infelizmente.

Chegou em frente ao Maruzen. Os empregados estavam para sair pela porta lateral, depois de fechar a loja. Na vitrine, havia uma estante de mau gosto com desenhos egípcios.

Foi a outra livraria, chamada Aoki Sûzandô. Antes, deveria ter visto o Kobayashi Sûzandô, outro sebo, mas ou ele passou despercebido ou já não existia mais. Comprou um pequeno livro de poemas de Rihaku[54], no Aoki Sûzandô. Cerca de dez anos atrás havia comprado o mesmo livro nessa livraria. Onde, afinal, teria ido parar aquele livro?

Ainda não tinha fome, mas achou que, se fosse para comer, seria bom fazê-lo por ali, e foi para o mercado de peixe. A barraca do *sushi-man* de sempre, preguiçoso, estava em funcionamento, mas ele passou direto e foi a uma casa de empanados. Ficou meio receoso de que o *sushi-man* se zangasse por ele não ter parado. Mais tarde, ao sair da casa de empanados, ficou com medo de que ele estivesse esperando e lhe desse uma surra. Logo percebeu que era um temor tolo.

Atravessou, então, duas pontes e virou à direita. No dia anterior, tinha ido a uma relojoaria um pouco mais à frente e ficara com vontade de comprar um relógio que lhe pareceu ser de platina. Tinha uma etiqueta de cento e noventa ienes. Pensou que poderia olhá-lo mais uma vez e comprar, caso ainda tivesse vontade. Bastaria aguentar o aperto financeiro durante três meses. Ao vê-lo, no entanto, não sentiu a mesma vontade do dia anterior. Isso o deixou um pouco triste. Cinco ou seis anos atrás, quando começava a querer algo, uma tela de *ukiyoe,* por exemplo, não sossegava até que conseguisse adquiri-la. Nos últimos tempos, foi ficando menos ansioso e, ultimamente, já não se apegava mais às coisas. Querer algo, já era uma raridade. Foi o que pensou na véspera, mas hoje, como imaginou, já não ligava mais para o relógio. Isso era motivo de tristeza para ele; mas ao mesmo tempo, achou que fora até melhor assim, pois não passaria por apertos financeiros.

Kensaku ainda permaneceu algum tempo olhando a vitrine. De repente, veio--lhe à mente a ideia de que o lojista poderia desconfiar que ele fosse um ladrão. Sentiu o rosto enrubescer. E começou a andar.

Chegou à casa onde estivera no dia anterior. Nos aposentos do andar de baixo, as pessoas faziam alvoroço ao som do *shamisen.* Subindo ao andar de cima, disse: "Poderia chamar a mesma de ontem?" A empregada desceu. Ele abriu o pacote com o livro de poemas de Rihaku e começou a olhar, mas achou que só a descrição "a mesma de ontem" tinha sido insuficiente. Bateu palmas e outra empregada subiu.

– É a que entrou depois.

A empregada disse que já tinha ido chamá-la. Ele se tranquilizou, mas ficou um pouco temeroso e pensou que seria bom se ela estivesse na casa.

No início do livro, havia duas biografias. Elas lhe pareciam uma vida ideal, para a sua situação nesse momento. Mas sua natureza e a de Rihaku eram por demais diferentes. A algazarra de baixo o incomodava. Estava escrito: "Rihaku estava mesmo embriagado com seus companheiros de bebida nos bares da cidade"[55]. Achou que, mesmo num lugar assim, Rihaku estaria respirando tranquilamente, num mundo só seu. Lembrou, então, que Toho[56] ou outra pessoa, declamara um trecho sobre Rihaku deitado na adega, que dizia: "Há dinheiro na carteira. Comprarei se quiser"[57]. Era óbvio que Rihaku gostava de saquê. Entretanto, ao pensar que o poeta morreu com pouco mais de sessenta anos por causa da bebida, achou que ele deveria sentir alguma indisposição devido ao álcool. Kensaku nunca conseguiu gostar de saquê. Por isso, não sentiu inveja alguma de Rihaku. A mulher custava a vir.

Olhou para os poemas. "Soshû sonha com uma borboleta. Transforma-se numa borboleta"[58]. Sem querer, essas estrofes chamaram sua atenção.

Logo depois, a mulher chegou. Kensaku teve uma impressão bem diferente da que tivera no dia anterior. Os pontos positivos de então não eram tão visíveis hoje. Sua expressão continuava bela. O canino exposto no sorriso era estranhamente sedutor. Mas, quando estava quieta, ela parecia uma pessoa bastante comum.

Sentindo-se enganado, não puxou o assunto do dia anterior. Como se tivesse esquecido, a mulher também nada falou. Mesmo assim, ao segurar seus seios macios, fartos e pesados, ele sentiu um prazer inexprimível. Era como se tocasse algo de valor. Balançando-os de leve, sentia, na palma da mão, um peso agradável. Não sabia como se expressar.

– Farta colheita! Farta colheita! – disse.

Repetindo essas palavras, Kensaku balançou várias vezes os seios da mulher. Não sabia ao certo, mas, de algum modo, eles eram a única coisa valiosa a preencher o seu vazio. Pareciam-lhe o símbolo dessa plenitude.

NOTAS DA SEGUNDA PARTE

1. Katsushika Hokusai (1760-1849): mestre de *ukiyoe* do final da Era Edo. Tocado pelas xilogravuras de paisagens da Holanda, criou um estilo próprio nos quadros paisagísticos. *Fugaku Sanjû Rokkei* (*As Trinta e Seis Vistas do Monte Fuji*) é uma de suas obras representativas, famosa pela sua elaboração grandiosa e pela tonalidade de cores.

2. *Jôruri:* narrativa acompanhada de melodia e ritmo. Recebeu esse nome em função de uma peça muita popular intitulada *Jôruri hime monogatari* (*Narrativa da Princesa Jôruri*), e mantém a popularidade evoluindo para a encenação, com a introdução do *shamisen* e de marionetes. No Período Genroku (30.9.1688-13.3.1704), Takemoto Gidayû organiza essas novas manifestações artísticas musicais, criando o ritmo *gidayû*, e, mais tarde, juntamente com Chikamatsu Monzaemon, cria o *Jôruri* de bonecos. Por essa época o *jôruri* passa a ser chamado de *gidayû*.

3. "Leão": no original, *shishiku*; aqui, é um termo búdico em que a atitude destemida e vigorosa com que Buda prega seus ensinamentos é metaforizada através do grunhido poderoso do leão.

4. Narrativas com acompanhamento musical: no original *gidayû*, narrativa lida em voz alta ao som de *shamisen*, instrumento musical japonês de três cordas.

5. Toyotake Roshô (1874-1930): artista de *gidayû*. Nome verdadeiro: Nagata Naka. Natural de Nagoya. Era bastante popular por sua voz brilhante, pela beleza facial e pelo modo peculiar de se apresentar.

6. *Narrativas de Ise*: obra literária do ano 946, de autor desconhecido, centralizada em poemas.

7. *Narrativas de Hogen Heiji*: duas obras militares de 1222, de autores desconhecidos.

184   *Naoya Shiga*

8. Kanô Tan'yû: Kanô Morinobu (1602-1674), pintor do estilo Kanô, do início da Era Edo. Como pintor oficial do governo dos samurais, fez muitos trabalhos, como as pinturas internas dos Castelos de Edo e Nijô, das mansões dos lordes feudais, templos e santuários.

9. Festa de 10 de janeiro: festividade de Imamiya, Osaka, do Santuário Ebisu da cidade de Nishinomiya, província de Hyôgo. Um carro enfeitado com flores carrega gueixas vestidas a rigor e desfila pela cidade.

10. Madrasta: no original, o termo aqui empregado, e nos demais lugares, é "mãe" ou "mamãe".

11. Isso: a carta não traz nenhuma marcação gráfica no original que a diferencie do texto da obra.

12. Há: a carta de Kensaku não traz nenhuma marcação gráfica no original que a diferencie do texto da obra.

13. Ao ler a sua carta: o conteúdo da carta de Nobuyuki, no original, não traz nenhuma marcação gráfica que a diferencie do texto da obra.

14. Li sua carta: a resposta de Kensaku a Nobuyuki não leva nenhuma marcação gráfica no original.

15. Surgiu um problema: no original, a carta de Nobuyuki começa sem qualquer marcação gráfica.

16. Acabei: não há nenhuma marcação gráfica no original.

17. Inseto Kiku: casulo da borboleta *ageha*. O seu jeito de se pendurar nos galhos por um único fio, faz lembrar um ser humano pendurado na árvore com as mãos amarradas para trás, e por isso é chamado assim, associando-se à figura feminina de Okiku, da peça de *jôruri* de bonecos, onde ela quebra o prato de estimação da mansão Banshû.

18. Velho: no original, *ojiisan*, "idoso", "vovozinho".

19. O velho de repente tinha virado o avô: no original, usam-se ideogramas distintos para "velho" e "avô", mas a leitura é a mesma. O autor brinca com a homofonia das palavras.

20. Revista de divulgação de artes cênicas: revista sobre teatro publicada pela Engeigahô de Tóquio. Editava críticas sobre cabúqui, comentários, roteiros, debates sobre artes e diversas reportagens, mas também valorizava o lazer e publicava assuntos do mundo artístico.

21. Escola inicial: um dos antigos órgãos de formação de oficiais do exército. Exigia formação do segundo ano do antigo ginásio e os formandos seguiam para a Escola de Oficiais do Exército.

22. *Hekiganroku*: livro budista. Comentários do zen-budista Engo da Dinastia Sô, da China, sobre a obra *Cem Normas da Virtude,* organizada por Setchô, 10 tomos.

23. Mestra Tenri: Nakayama Miki, que recebeu a revelação Divina em 1838 e fundou a seita Tenri.

24. Chapéu característico dos bonzos: no original, *sôshôbô*, boina rasa, de tecido, em

Trajetória em Noite Escura 185

formato cilíndrico. É chamado de boina de mestres porque foi usado por mestres haicaístas e de cerimônia do chá.

25. Hanai Oume: ex-gueixa proprietária do ponto de encontro Suigetsurô, situado no antigo Bairro Hama, Distrito de Nihonbashi (atual Distrito de Chuô, Tóquio). Na noite do dia 9 de junho de 1887, às margens do rio do Bairro Hama, mata a punhaladas o fabricante de caixas Minekichi (nome verdadeiro: Yasugi Minesaburô). Entrega-se à justiça e é condenada a trabalhos forçados por tempo indeterminado. Recebe absolvição especial em 1903 e, desde então, representando em palco o próprio crime, fazia teatro itinerante. Livros, músicas, peças de teatros e inclusive o romance de Kawaguchi Matsutarô, *Meiji Ichidai On'na* (*Uma Geração de Mulheres Meiji*), adaptaram esse episódio.

26. "Bem-aventurados os pobres de espírito": provavelmente uma menção à parte do "Sermão das Bem-aventuranças", do Novo Testamento, Mateus, cap. 5, versículo 3: "Bem-aventurados os pobres de espírito, porque deles é o Reino dos Céus".

27. Gutei: indica a décima nona disposição, "Gutei shijû isshi", do segundo tomo do *Hekiganroku*. Diz-se que o bonzo Gutei, calado, levantava um só dedo para indicar a essência do ensinamento.

28. Nansen: a sexagésima terceira regra, "Nansenzanbyôji", do *Hekiganroku*, tomo 7, fala sobre a história de Nansen Fugan, ao presenciar a briga dos bonzos de dois pavilhões, leste e oeste, com um gatinho no meio, fez uma pergunta e, como ninguém conseguiu responder, matou o gato.

29. Sekikaku: o correto de "sekikaku" é Sekkyô Keizô. No comentário da octogésima primeira regra do *Hekiganroku*, "Yakusanshûchûshû", consta a história de Sekkyô, que apontou a flecha para uma pessoa que veio pedir-lhe orientação.

30. Bonzos Sensu e Kassan: consta no tomo 14 do *Keitokudentôroku*.

31. Tokusan: história que consta no comentário do "Tokusantôisan", quarta regra do *Hekiganroku*. Tokusan Senkan está indo embora tarde da noite, depois de se encontrar com Ryûtan Sûshin, e exclama que o lado de fora está completamente escuro. Nesse momento, Ryûtan entrega-lhe uma lanterna. Quando Tokusan está prestes a pegá-la, Ryûtan apaga-a com um sopro. Tokusan diz que, nesse momento, "adquiriu a grande sabedoria num lampejo".

32. Hyakujô Ekai (720 ? 749-814): monge zen da Dinastia Tang. Morou durante longo tempo no monte Hyakujô. Instituiu o sistema de custear a vida dos bonzos no templo por meio do trabalho e criou o Hyakujô Seiki, que definia os níveis abaixo do chefe do templo.

33. Isan Reiyû (771-853): discípulo de Hyakujô. Funda a seita Igyô, residindo em Konanshô, Isan.

34. Ôbaku Kiun. Originário de Fukushû. Estuda em Changan, no monte Tendai, aprimora-se sob a orientação de Hyakujô e inicia o novo retiro monte Ôbaku, em Chianghsi. "Denshin hôyô" é o seu registro.

186 *Naoya Shiga*

35. Bokushû Dômyô: discípulo de Ôbaku Kiun.

36. Rinzai Gigen (?-866): estuda com Ôbaku Kiun e funda a seita Rinzai. *Rinzairoku* é o registro de suas palavras e realizações.

37. Fuke: fundador da seita Fuke (também conhecida por seita Komu), uma facção da seita Rinzai.

38. Tokusan Takuhatsu: no comentário do "Unpôkorenanzo", quinquagésima primeira regra do *Hekiganroku*, tomo 6, conta-se que Tokusan alcançou a sabedoria quando foi ridicularizado pelos demais bonzos ao mendigar fora do horário da refeição.

39. Monte Kôya: montanha de 900 m de altura, situada no Distrito Rural de Izu, província de Wakayama. Kûkai iniciou um lugar de aprimoramento num lugar plano, no cume da montanha, e edificou as bases do Templo Kongôbu, sede geral da seita Shingon.

40. Monte Ei: monte Hiei. Situa-se nos limites entre Quioto e a província de Shiga e é formado pelos cinco picos: Daihiei, Shimei, Shaka-ga, Mizui e Sangoku. O bonzo Saichô, pioneiro do local, construiu o pavilhão Ichijôkan no ano 788, o qual se desenvolveu no Templo Enryaku, tornando-se retiro espiritual da religião Tendai. Toda a região do monte Hiei é dividida pelas torres leste e oeste e pelo rio Yo, considerado local ideal para aprimoramento, por seu clima propício.

41. Ihara Saikaku (1642-1693): autor do *ukiyo-zôshi* do início da Era Edo. Nome verdadeiro: Hirayama Tôgô. Natural de Osaka. Inicialmente tornou-se famoso com o haicai, mas depois de publicar *Kôshoku ichidai otoko* (*Um Homem que se Deu aos Prazeres*), em 1682, mudou para a prosa e, antes de completar dez anos nessa área, publicou diversas obras que abordam a sociedade sob diversos ângulos, tais como *Saikoku shokoku hanashi* (*Histórias dos Países do Oeste*), *Kôshoku gonin on'na* (*As Cinco Mulheres que se Deram aos Prazeres*), *Nippon eidaigura* (*Depósito da Prosperidade Infinita do Japão*) e *Seken Munesan'yô* (*Balanço Sentimental dos Citadinos*), transformando-se no principal escritor de *ukiyo-zôshi*.

42. *Vinte Inobediências Filiais Japonesas:* no original *Honchô nijû fukô*, publicado em 1686. Cinco tomos. Tendo por referência o *Nijûshikô* da China, são histórias em que os desobedientes aos pais recebem castigo Divino. Sua característica consiste em retratar a figura humana dos que vivem para o mal.

43. Duas primeiras partes: a primeira (*Ima no miyako mo yo wa karimono, Kyôno akushoganeno shakujiya*) descreve o filho que pede dinheiro emprestado com a promessa de devolver o dobro da quantia utilizada para diversão, quando os pais morrerem, e a segunda (*Daisetsukini nai sode no ame, fushimi ni naisho hakichigiru takewa hakiya*) descreve o filho que tem uma vida boêmia, sem ligar para a pobreza da família.

44. Tôshûsai Sharaku: mestre de *ukiyoe* de meados da Era Edo. As obras de retratos de artistas e samurais, supostamente de 1794-1795, mostram uma característica acentuada, bastante peculiar, de ressaltar partes, devido à aparência impressionista subjetiva.

45. "Que a piedade e as bênçãos da divindade Kannon Bosatsu sejam igualitárias e abrangentes": no original, *Jigenshishujô*, do "Fukujukaimuryô", Sutra *Hokke-kyô*, tomo

Trajetória em Noite Escura   187

8. Expressão existente no *Kanzeon Bosatsu Fumonbon*, número 25 (também chamado de Sutra Kannon).

46. Inferno: no conceito búdico, é um dos Seis Caminhos (são os caminhos que levam ao inferno, à fome, à condição animal, à moradia de Ashura, inimigo dos deuses, aos humanos e ao céu) para onde vão os que praticaram más ações, a fim de passar por sofrimentos. É regido por Enma, e diversos demônios pertencentes ao local são incumbidos de aplicar as repreensões. Existem 136 tipos de infernos, dentre os quais os Oito Grande Infernos e os Oito Infernos Frios.

47. Kanzan é ermitão e poeta de Tang. Estudou com o monge zen Bukan, no Templo Kokushin, do monte Tendai. Conheceu a fundo os preceitos budistas e foi muito amigo de Jittoku. Preservou uma vida isolada e nobre e deixou a coletânea de poemas *Kanzanshi*.

48. 3746: em japonês, as sílabas iniciais desses números são "mi-na-yo-mu", que significam "ler tudo", o que facilita a memorização.

49. *Caderno de Caligrafia das Mil Letras*: no original, *Senjimon*, manual de caligrafia da China. Livro que, utilizando mil letras diferentes, compôs dizeres de quatro letras, de modo a não se repetirem. Dizem que é obra de Shûkôshi de Nanryô. Também foi utilizado para educação.

50. Gan Shinkei (709-785): oficial do governo e caligrafista. Durante o mandato do Governador Taiha Genta, na revolta do monte Anroku, no ano 755, liderou uma tropa de justiceiros e lutou pela Dinastia Tang. Como caligrafista, procurou escrever letras vigorosas e belas em estilo *kaisho*; era também exímio nos estilos *gyôsho* e *sôsho*.

51. Ikkyû (1394-1481): bonzo da religião Rinzai. Exímio poeta e pintor, alcançou vários milagres em suas andanças pelo país.

52. Ryûkatei Tanekazu (1807-1858): autor de *gesaku*, romances de entretenimento, do final da Era Edo. Nome verdadeiro: Sakakura Shinshichi. Depois de trabalhar como escrivão e palestrante, tornou-se discípulo do primeiro Ryûtei Tanehiko e escreveu *kusazôshi* (livro de leitura popular com ilustrações, divulgados na Era Edo e que, eram chamados de livro vermelho, preto, azul, ou capa amarela, em função da cor da capa que levavam, ou, ainda, de *gôkan* quando encadernados) e *gappon* (revistas ou livretos encadernados). São obras suas: *Shiranui monogatari* (coautor) e *Jiraiya gôketsu monogatari* (coautor).

53. *Coletânea das Discórdias Religiosas*: no original, *Coletânea shûmon kattô*: documento que reúne as propostas públicas do zen. Redigido por Unkyô Chidô, do Templo Daikô, de Quioto.

54. Rihaku: Li Po (701-762), poeta da Dinastia Tang, da China. Serviu ao governo por um tempo, mas a maior parte de sua vida foi gasta em viagens ociosas. Amou inifinitamente a vida livre do ser humano e foi chamado de poeta ermitão Shisen. Entre suas obras, está a *Coletânea de Ritaihaku*.

55. "Rihaku estava mesmo embriagado com seus companheiros de bebida nos bares da cidade": no original, "Hakunao into ichiniyô", frase existente na biografia de Li Po, do *Bungeiretsuden*, reunido no *Shintôsho* (*Livro de História da Dinastia Tang*).

188   *Naoya Shiga*

56. Toho: Tu Fu ou To Shibi (712-770), poeta da dinastia Tang. Foi um poeta elevado à mesma categoria que Li Po. Trabalhou insatisfeito, durante longos anos, para o governo. Nos últimos anos de sua vida, viveu solitariamente em Chengtu, Szuchuan; no final, afastou--se também desse local, falecendo em suas andanças. São numerosas as obras que cantam a dor e a melancolia causadas pela tristeza do ser humano e da vida sofrida. Entre suas obras, figura a *Coletânea de Tokôbu* (outro nome pelo qual é conhecido).

57. "Há dinheiro na carteira. Comprarei se quiser": no original, "Nôchû onozukara zeni ari", verso final do Daienshi Betsugô do capítulo Gachi-shô, constante na *Antologia de Poemas da Dinastia Tang*. É um poema em que o poeta, visitando a mansão de Enshi, canta seu sentimento pedindo-lhe que não se preocupe com a bebida, porque viera ali para apreciar a beleza natural do local. O verso final tem o significado de que ele possui dinheiro na carteira e, caso tenha vontade, irá comprar bebida por si mesmo.

58. "Sôshu sonha com uma borboleta. Transforma-se numa borboleta": no original, "Sôshûkochô o yumemu. Kochô sôshû to naru", verso do poema que está no início da nona estrofe de Kofû, da autoria de Li Po. Sôshû é o nome verdadeiro de Chuang-tzu.

Volume II

Terceira Parte

I

Contrariando as expectativas, a vida de Kensaku em Ômori foi um completo fracasso. Assolado incessantemente por uma profunda humilhação, ele estava a ponto de nem conseguir respirar tranquilo. Fazia um mês, entretanto, que, indo a Quioto por obra do acaso, sentiu como se tivesse sido salvo.

Ter contato com antigas terras, antigos templos e antigas artes, fez com que ele se transportasse a essa época sem perceber. Era um estímulo diferente do que sentira até então. Foi muito bom, para um momento como aquele. E foi um maravilhoso lugar de refúgio. Mas ele não quis que fosse um mero refúgio e gostou da ideia de ficar por ali durante algum tempo, por vontade própria, já que não tivera muita oportunidade de ter esse tipo de contato.

De bom grado, sereno e humilde como um doente no período de convalescença, Kensaku percorria os templos.

Fosse como fosse, precisava achar logo uma casa para morar. Contudo, em Quioto, lugar de muitos templos dignos de serem vistos, onde quer que se vá, a procura de casas para alugar, sem querer, transformava-se em visita a templos.

Certo dia, saiu, ainda no frescor da manhã, com a intenção de procurar uma casa nos arredores de Saga. Do Shakadô ao Nison'in, seguiu por um caminho esbranquiçado pela poeira formada com os seguidos dias de bom tempo, passou pelas proximidades do Templo Giô, mas, no final, não encontrou nenhuma casa para alugar. Por volta do meio-dia, voltou então à hospedaria Higashi Sanbongi, em frente ao rio Kamo, satisfeito por ter, como colheita do dia, a apreciação do magnífico retrato chamado *Imagem de Hônen Shônin Manco*[1], no Nison'in.

Passou a tarde à toa, no pequeno quarto japonês da hospedaria.

O Sol começou a se pôr e a dona da hospedaria veio avisar que o banho estava pronto. Ele entrou no banho, saiu e, quando chegou à mesa do jantar, o vento que atravessava o rio estava fresco.

Terminada a refeição, sentou-se no chão e ficou se abanando com uma ventarola. Por baixo do pequeno parapeito, passava uma leve corrente de vento. Na rua nova, ampla, trabalhadores de ambos os sexos peneiravam a areia trazida do fundo do rio, separando-a pela espessura. O rio Kamo tinha ervas em alguns pontos. A rua do outro lado da margem parecia estar quente com o sol batendo, e ele viu algumas casas com chaminés no alto. Mais adiante, recebendo o sol do oeste de frente, estava o ideograma "Dai"[2] e o monte Higashi. Mais perto, o vale Kuro, à esquerda, o monte Yoshida e, bem no alto, os picos de Hiei compunham um único cenário.

– O outono podia chegar logo – pensou Kensaku. Sentia isso com ardor, ao se imaginar arrastando a bengala, sozinho, pelos Templos Nanzen, Nyakuô e Hônen, em manhãs tão frias que deixavam o corpo rijo. Acendeu o cigarro, levantou-se, foi para o jardim e, passando por uma tábua que servia de ponte, chegou à margem do rio. O calor do solo, gerado pelo vapor das plantas, subia de forma desagradável pela barra da calça. Nesse local, crianças do bairro ainda corriam atrás dos grilos, com uma única peça de agasalho curto e a cara manchada pelo suor e pela poeira. Ele foi andando à toa para o lado da ponte Kôjin. Nas casas enfileiradas, podiam--se ver pessoas bebendo saquê, uma de frente para a outra, sob a luz acesa. Numa delas, estava um velho do interior, talvez enfermo, que teria alugado um quarto nas redondezas e frequentava o hospital universitário. Há quatro ou cinco dias, Kensaku percebera essa casa, onde estavam uma enfermeira jovem, esse velho e uma senhora de mais de cinquenta anos, que parecia ser a esposa dele. Ao chegar, agora, sem querer, na frente da casa, viu uma linda mulher que não estava sempre ali, abanando o fogão de barro, com uma panela em cima, na varanda. Era encorpada, e, talvez por estar acendendo o fogo, suas bochechas fartas estavam avermelhadas. Ela parecia saudável e agradável. Sentiu-se atraído por ela. Foi atraído por algo mais profundo do que normalmente, quando se vê uma pessoa bonita, e seu coração bateu forte. Isso não aconteceu porque a mulher fosse muito bonita. Sendo como ele era, sentiu-se um adolescente e passou sem olhar para ela, tomado por uma sensação sufocante de felicidade. Foi até debaixo da ponte Kôjin e retornou. De longe, continuou atento. Ela estava em pé na varanda e conversava, olhando para outra senhora, no outro lado do rio. A conversa era a de sempre com a senhora de idade e não era possível saber do que falavam. Quando as duas juntas envergavam o corpo para trás, rindo, após terem dito algo, só a voz da mais jovem chegava, alegre, até onde ele estava. Ele foi tomado por uma vontade de rir, com aquele eco agradável. Logo depois, a senhora idosa foi andando para perto do rio. Parecia ter vindo do banho e tinha um leque numa das mãos. A jovem tirou a tampa da panela de barro e foi para dentro da casa.

Para ser uma ajudante, ela vestia um quimono muito bom. No entender de Kensaku, ela devia ter vindo nesse dia especialmente para ajudar. E o seu jeito animado de trabalhar, como se estivesse bastante interessada, pareceu-lhe semelhante à forma como as meninas brincam de casinha. Quando ele chegou em frente à casa, a mulher saiu na varanda. Ele ficou meio paralisado, mas seguiu em frente, procurando não demonstrar nada. Sentiu como se estivesse sendo observado de trás, e ficou sem jeito.

Depois de voltar à hospedaria, Kensaku não conseguiu sossegar. Mas estava com uma sensação de felicidade. O que fazer com ela? E que sentimento era aquele, afinal? – pensou. Com certeza não era um sentimento passageiro. Achou que, se não passasse lá mais uma vez, naquele dia, no dia seguinte ela já teria ido embora. Então, pegou os tamancos da entrada, levou-os para o jardim e novamente seguiu pelo caminho escuro, entre as ervas. Nessa hora, já havia anoitecido, mas a margem do rio estava até mais cheia, com pessoas que foram se refrescar. Um pouco acanhado, foi andando na direção daquela casa.

A mulher se refrescava na varanda, junto com a outra senhora. No quarto, estava pendurado um mosquiteiro e, debaixo dele, havia uma lâmpada bem clara. Os rostos das duas – sentadas lado a lado – recebiam a luz pelas costas e não podiam ser vistos; ao contrário, do lado de cá, recebia-se a luz em cheio e, por isso, Kensaku não conseguiu olhar direito. A mulher parecia ter saído do banho e vestia um quimono simples, branco e meio desarrumado. Isso também não lhe pareceu ruim. As duas abanavam-se com leques, compenetradas na conversa.

Foi até a ponte Kôjin, subiu e voltou, desta vez, pelo outro lado, passando pela ponte Marutamachi. Pôde ver a figura das duas mulheres como uma sombra ao longe. Da base da ponte, pegou um trem que passava pelo monte Higashi. O trem estava cheio por ser um horário em que as pessoas saíam para se refrescar. Levantou-se e foi até a parte de baixo das escadarias de Gion, onde desceu.

Kensaku sentiu seu coração tranquilo como nunca. Estava sereno, calmo, mergulhado em felicidade. Mesmo no trem cheio, seus movimentos eram calmos, e percebeu que estava animado, contente. A atração pela beleza da mulher não parou por aí; cresceu em seu interior e atuava em seu coração e nas suas ações. Por isso não teve dúvidas de que não se tratava de um entusiasmo passageiro. Sem querer, lembrava-se da paixão do altivo cavaleiro Dom Quixote. Lera esse livro em Ômori e, na ocasião, a sensação não fora tão intensa, mas, pela sensação de agora, percebeu que não deveria encarar a paixão de Dom Quixote apenas como o prenúncio de uma encenação engraçada de sua parte. Obviamente não queria comparar Dulcinea del Toboso com essa mulher. Mas pensou no quanto aquela paixão, que cresceu e se purificou no coração de Dom Quixote, não o tornou um cavaleiro ainda mais altivo e bravo! Estranhamente, isso estava na medida certa para ele.

Não tinha a menor intenção de pensar em como deveria levar avante a sua paixão, mas se banhava na sensação agradável daquele momento e na altivez do coração. Foi até Otabi[3] pela Avenida Shijô, e, mesmo sendo empurrado pela multidão em Shin Kyôgoku, seu coração permanecia sereno. Seguiu direto por Teramachi, andando até Marutamachi, e voltou à hospedaria.

"O que fazer com esse sentimento?", pôs-se a pensar. Decidiu que não iria enterrá-lo de maneira alguma. Estar numa mesma vila de casas, hospedando-se apenas momentaneamente – isso era insuficiente. Não seria necessário arrumar uma oportunidade muito boa, para que o caso não fosse enterrado para sempre? Era inconcebível, porém, que ele fosse voluntariamente criar essa oportunidade. Ao mesmo tempo, não achou viável que a oportunidade surgisse naturalmente. Ficou incomodado com a sua incompetência. Começou a se lembrar de um antigo amigo que, para criar uma oportunidade desse tipo, quebrara sua bicicleta em frente à casa da moça, de modo que não pudesse seguir em frente. Pediu a ela que guardasse a bicicleta e, no dia seguinte, foi buscá-la levando um empregado; criara aos poucos a oportunidade. No seu caso, contudo, a não ser que ele desmaiasse na frente da casa, não conseguiria arranjar uma oportunidade dessas.

De qualquer modo, Kensaku resolveu ir de novo até a frente da casa e, mais uma vez, saiu para a margem do rio, pelo jardim. A veneziana continuava aberta, mas um saquinho verde cobria a lâmpada, e a casa estava silenciosa. Talvez tivessem ido à cidade ou a senhora tivesse saído para levar a mulher. Ficou um pouco triste. Ao começar a se indagar se ela era solteira ou se já não teria alguém de quem gostasse, sentiu que perdia as forças.

II

No dia seguinte, quando acordou, o Sol já iluminava o ideograma "Dai". Lavou o rosto e saiu para a beira do rio enquanto limpavam o quarto. As folhas das ervas ainda estavam cobertas pelo orvalho e soprava um vento refrescante. Ele se sentiu incomodado com a rua ampla que ofuscava a visão. Mas, de propósito, tomou coragem e foi andando em sua direção. "Já não deve estar mais. Se estiver, estou com sorte", pensou.

Um homem de mais de quarenta anos que ele já vira duas ou três vezes fazendo exercícios nas horas mais frescas da manhã, hoje também vinha caminhando com uma menininha bonita e bem arrumada. Naquela hora, sentiu um pouco de inveja da tranquilidade dos dois aproveitando inocentemente o ar límpido da manhã.

A exemplo do dia anterior, a mulher saíra novamente para a varanda. Ele foi tomado por um sobressalto e perdeu a coragem de avançar. No entanto, com uma vassoura na mão e de lenço na cabeça, ela estava totalmente entretida com a linda menina e olhava vagamente para ele, sem qualquer interesse. Foi um alívio. Ao mesmo tempo, porém, não encontrou a mesma beleza da véspera em sua face. Sentiu-se traído, mas conteve-se, achando que não deveria se sentir traído cada vez que isso acontecia. Então, a mulher, parecendo ter sentido que era observada por ele, mudou subitamente de expressão e, com o rosto vermelho, entrou apressada, como se escondendo. Ele também foi surpreendido. Achou a atitude dela correta e teve boa impressão, percebendo que ela não era nada tola.

Desistiu de procurar casas de aluguel, por hora, e pensou em passar a manhã no museu histórico. Lá era fresco e talvez o acervo já estivesse diferente da vez anterior. Retornou à hospedaria, tomou a refeição matinal e logo pegou o trem para o museu.

Como sempre, o museu estava silencioso. Especialmente naquele dia, já que não havia nenhum visitante além de Kensaku. Esse silêncio deixou-o mais inquieto. Entediado, o vigilante fardado caminhava com os olhos fixos na ponta dos sapatos, e com as mãos para trás, na altura do quadril. O "toc-toc" das passadas ecoava no teto alto e fazia Kensaku sentir um silêncio ainda mais entediante e vazio. Ele sentiu como se até as pinturas dos velhos quadros ali pendurados estivessem estranhamente caladas, olhando-o fixamente. Começou a olhar os quadros, percorrendo o lugar com passos apressados, desatento, meio friamente, com dificuldade de se familiarizar. De repente, ao parar diante do *Quadro da Figura de Cabaça e Peixe*[4], de Josetsu[5], que lhe era familiar, foi se acalmando enquanto o apreciava. Era como se a pintura falasse com ele.

Admirou-se com um pinheiro ao estilo do sul da China, de um pintor chinês. À medida que se acalmava e começava a se relacionar com as pinturas, sentiu-se extremamente atraído pelo tigre de Ryoki[6], por uma águia pintada também por um chinês, e por um par de quadros grandes de flores, pássaros com garras e um faisão de ouro. A *Imagem dos Três Mestres da Seita Ritsu*[7] saindo para a luta do Templo Sen'yû, não tinha nem comparação com o retrato visto no dia anterior no Templo Nison'in. Mesmo assim, ficou encantado com a beleza do tecido e do *kasâya* pendurados no assento. De um modo geral, o contato com tais objetos exercia uma grande influência sobre o seu estado de espírito. "Entrar no clima" é um termo muito usado no sentido passivo, mas, no seu caso, havia uma grande diferença entre entrar no

196 *Naoya Shiga*

clima ou não, no sentido passivo. Sentia isso, principalmente, quando tinha contato com esse tipo de obra de arte. Hoje, no início, estava muito distante, sentindo um vazio, e não conseguia motivar-se de jeito nenhum, mas foi melhorando pouco a pouco. Entre as esculturas, viu a *Imagem de Miroku Shii*[8] do Templo Kôryû, e, ao saber que ela estava exposta ali, percebeu que tinha ido a Uzumasa, há quatro ou cinco dias, mas não a havia visto.

Kensaku começou a ficar um pouco cansado. Desistiu de continuar e saiu dali. Passou ao lado de Nishi Ôtani, atravessando o monte Toribe, e foi para a Cascata Otowa, em Kiyomizu. Sentou-se no banco próximo à água e pediu, antes de mais nada, uma bebida gelada. Enquanto descansava seu corpo exausto, ficou apreciando as figuras de pessoas jovens vestidas com roupas bem vistosas, comparadas às de Tóquio.

Lembrou-se de que ouvira falar de uma casa para alugar dentro do Templo Kôdai e, pouco depois, foi para lá. A casa, assobradada e geminada, não era ruim. O acesso à cidade era fácil e ele gostou, mas ficou com preguiça de ir até a casa do proprietário. Saiu para o Santuário Yasaka e voltou pela avenida Shijô. Logo após a ponte de Shijô, havia um restaurante ocidental bastante prático, com a frente avançada na direção do rio. Como não estava ventando, escolheu uma mesa vaga, o mais longe possível do sol, e sentou-se de lado, na cadeira, olhando para trás. Mas a garçonete não vinha, pois estava preparando pedidos.

De repente, notou um homem sozinho, mexendo apressadamente o garfo e a faca à distância de quatro ou cinco mesas da sua. Sem terminar de comer, o homem dizia em voz alta:

– Ei, um caldo de creme. Entendeu?

Era mesmo Takai. Kensaku tirou o chapéu de palha e levantou-se.

– Oi! – disse, e bateu nas costas dele. Takai se virou meio desconfiado, arregalando os olhos, mas logo se levantou, dizendo:

– Oi!

– Que coincidência, não?

– É mesmo! – disse Takai, contente.

Os dois se encontravam depois de dois anos. Naquela época, Kensaku estava para lançar uma revista, com cinco ou seis amigos, um dos quais era Takai. Este, por ser pintor, incumbiu-se da capa e ficou de publicar poesias ocidentais e *tanka*[9]. Mas não dera certo, por falta de dinheiro, e eles acabaram adiando o lançamento da revista. Logo depois, Takai foi acometido por uma fraqueza causada por problemas de estômago e se internou numa clínica de terapia aquática em Kôbe, onde permaneceu cerca de um ano. Depois de restabelecido, voltou para Tajima, sua terra natal. Isso Kensaku ouvira de terceiros.

– Está por aqui agora?

– Não, estou em Nara desde a primavera, mas não encontro ninguém há tempos. E você, quando veio?

Kensaku falou-lhe da intenção de morar ali.

Takai incentivou-o a ir para Nara.

– Poderia ser Nara. Mas quero morar em Quioto! – dizendo isso, Kensaku abriu-se com Takai, confiante de que poderia consultá-lo.

Logo depois, os dois deixaram o local e, juntos, voltaram à hospedaria, em Higashi Sanbongi. Kensaku falou com detalhes sobre o que acontecera desde o dia anterior.

– Está bem entusiasmado, não? – Takai mostrava-se um pouco surpreso com a jovialidade de Kensaku, que parecia ter vinte anos.

– De minha parte, estou sendo sincero. Mas o que fazer daqui para frente, não tenho a menor ideia. Pela minha experiência, se deixar as coisas como estão, pode ser que eu a esqueça, mas não quero que isso aconteça.

– Deve ir em frente. Verificar que tipo de pessoa ela é, e pedir a alguém que sirva de intermediário.

– Seria bom se corresse tudo bem e rápido...

– Peça, arrume alguém para fazê-lo.

– Hum.

– Se eu pudesse, faria, mas com essa cara de estudante, ela não vai confiar em mim!

– Se você o fizesse, eu ficaria muito feliz.

– É? Será que consigo? Se desse, faria com muito prazer – Takai pensou um pouco e disse:

– Há quartos naquela casa? Se eu puder alugar um para me hospedar... Bom, pode ser que percebam, mas, se você não tiver nada contra, isso também seria um meio.

Kensaku concordou. Ao mesmo tempo, sentiu insegurança, imaginando que aquilo não fosse ter prosseguimento, que, de repente, mais uma vez, acabasse não dando certo. Ultimamente, sentia que esse era o seu destino. Essa reflexão o fez ficar duplamente triste, encurralando-se acovardado. Mas um outro sentimento repeliu o primeiro e tentou vencê-lo.

– Ela está lá, agora? – perguntou Takai.

– Não sei... – Kensaku sorriu e respondeu: – Vamos dar uma olhada?

– Eu vou sozinho. Assim será melhor.

Kensaku explicou qual era a casa. Takai saiu rapidamente do jardim para a rua à beira-rio. Era muito engraçado ficar olhando a figura de Takai, por trás, andando como se não quisesse nada, procurando a casa só com os olhos. Mas ele pensou que não deveria ficar rindo da figura de Takai pelas costas, pois tudo poderia dar certo. De um modo ou de outro, pensou que deveria falar tudo, não ocultar nada sobre o seu nascimento e resolver as coisas a partir daí.

Takai voltou logo depois, rindo.

– Não achei! – disse, balançando a cabeça.

– Que incompetência! – riu Kensaku. – Não pode ser! Vamos juntos.

– De qualquer modo, não havia ninguém assim na vila.

– Então ela não está lá agora! Vamos sair.

Kensaku colocou os tamancos, pôs o chapéu e saiu.

– É aquela casa com a cortina de madeira coreana.

– Ah, é?

– Está sim! – disse Kensaku, sem olhar para a casa.

– Deixe ver.

– Está sentada – disse ele, dessa vez olhando para o lado do monte Hiei.

– Encontrei!

Takai, alguns passos atrás, falou:

– Mesmo da rua, dá para saber qual é a casa?

– Veremos na volta – respondeu Kensaku, voltando-se para trás. E, a partir da casa de três andares que teria como referência, foi memorizando: segunda, terceira, quarta casa.

Os dois saíram para a rua, bem abaixo da ponte Kôjin. Kensaku percebeu que estava se sentindo bem, a ponto de achar graça de si mesmo. Achou divertido e também sentiu felicidade em mudar tanto assim, só por vê-la de relance. Pensou que, se desse tudo certo, teria início uma vida verdadeiramente nova, que ele ainda não experimentara. Na realidade, tudo até agora estava oculto nas trevas. Por isso, vírus terríveis se reproduziam. Tudo estava sendo exposto à claridade e era iluminado pelo sol. Os micróbios eram exterminados. Só então, teria início uma vida verdadeiramente nova para ele.

– A propósito – disse Kensaku olhando para Takai, que caminhava ao seu lado – não há problema em você deixar Nara?

– Não.

– Mas você não está pintando algo por lá?

– Estou, mas preciso só de mais dois ou três dias. Também quero pintar alguns lugares de Quioto; por isso, não precisa se preocupar comigo.

Depois, os dois viraram à esquerda, no muro de terra batida do templo, e entraram na rua estreita de Higashi Sanbongi. Um pouco mais à frente estava a casa de três andares que Kensaku marcara e, contando a partir dali, logo Takai pôde saber qual era a casa.

– Você vai embora na frente, não? – disse ele.

– Agora? Já? – Kensaku achou que era cedo demais e arregalou os olhos.

– É melhor não ficar demorando muito por aqui – disse Takai, sem nenhum propósito, mas, para Kensaku, isso parecia arriscado.

– Vá embora e fique esperando – Takai fez uma leve reverência, abriu o portão e foi entrando na rua estreita, calçada de pedras.

Kensaku voltou sozinho para a hospedaria e, no caminho de volta, lembrou-se de um caso. Certo universitário, vendo uma linda moça passar de riquixá no parque Ueno, correu atrás, e, quando o riquixá chegou à casa dela, pediu uma entrevista com o dono da casa, propôs casamento à moça e resolveu o assunto ali mesmo. Ouvira isso de um professor de japonês amigo desse universitário, e achava que deveria ser verdade. Quando ouviu essa história, rira bastante, mas sentiu algo desagradável no procedimento do rapaz. Primeiro porque, pela conversa, não era possível saber-lhe o grau de sinceridade; segundo porque, pelo seu gosto em relação às atitudes, não simpatizava com esse tipo de impulso nem com pessoas que tinham interesse por esse tipo de excentricidade. Entretanto, voltou tranquilo, achando que o procedimento de Takai não merecia tal preocupação.

Foi ao banheiro e enxugou o corpo com uma toalha molhada. Nesse momento, Takai chegou, com um sorriso amargo.

– Não fui aceito! Não sei se é verdade ou mentira, mas disseram que não há quartos vagos.

Kensaku também deu um sorriso amargo. No entanto, não ficou nem um pouco decepcionado.

– Pode ser que seja mesmo verdade. Se quiser, posso pedir que perguntem novamente, daqui.

– É mesmo. Talvez fosse melhor ter feito isso desde o início...

– Vamos fazer isso.

Os dois deixaram o quarto. A dona da hospedaria logo trouxe os utensílios de chá.

– É o Tôsanrô, então? Fica do outro lado, não é? – foi logo dizendo Takai.

– É – respondeu a dona, servindo o chá.

– Dá para se hospedar lá?

– Sim, tenho ouvido dizer que lá estão hospedadas pessoas que frequentam a Universidade e doentes que vão para o hospital municipal.

– Na verdade, experimentei perguntar pelo quarto.

– E?

– Recusaram, dizendo que não havia vaga. Mas não sei se recusaram porque fui de sopetão, ou se realmente não há. Gostaria de saber a verdade.

– Vamos perguntar já. Eu conhecia bem o antigo dono daquela casa, mas ela mudou de dono desde o ano passado e ainda não tenho familiaridade com o atual. Mas, como o nosso entregador também vai lá, vamos pedir a ele que pergunte.

200   *Naoya Shiga*

Dizendo isso, a dona da hospedaria saiu. Logo depois voltou, trazendo uma carta.

– Peço mil desculpas. Chegou na hora do almoço e acabei esquecendo! – desculpou-se e entregou a carta a Kensaku. Era uma carta de Nobuyuki, remetida de Kamakura. Estava bastante volumosa para conter só o que era necessário.

III

"Há quanto tempo![10] Espero que esteja bem. Li com alegria sua carta do outro dia. É muito bom que tenha gostado de Quioto. Já achou alguma casa boa? O clima vai ser mais agradável daqui para frente e deve ficar mais divertido. Creio que assim que achar uma casa, irá voltar, mas escrevo esta carta porque Oei me pediu que você refletisse sobre certo assunto, antes de voltar.

Anteontem, chegou uma carta de Oei, que queria me consultar sobre certo assunto e me pedia para passar lá quando fosse a Tóquio. Então fui ontem.

Como você já sabe, está em Ômori uma prima de Oei chamada Osai. Oei não quer falar muito sobre o passado da prima, mas, pelo visto, parece ser uma pessoa que ganhava a vida vendendo o corpo. Atualmente não se sabe ao certo o que ela faz, mas parece que tem um restaurante em Tenshin[11]. Acredito, porém, que seja um restaurante de natureza bem diversa dos que normalmente vemos em Tóquio e arredores.

Oei, desde o início, achou que deveria se afastar de você quando você arrumasse uma boa esposa e formasse um novo lar, mas agora, com a irritação de papai, ela está em dúvida sobre o que fazer. Se eu começar a falar sobre isso, você poderá ficar chateado, mas, pela posição de Oei, acho que ela tem toda razão.

Bem, Osai voltou depois de dez anos e disse que, se fosse possível, queria que Oei também a ajudasse em seu trabalho. Obviamente, acho que, ao invés de mão de obra, ela precisa mesmo é de dinheiro. Seja como for, Oei está bastante entusiasmada. Ela não tem a menor intenção de receber o dinheiro de Hongô, conforme já havia sido comentado. Caso você e eu não nos oponhamos, e já que, felizmente, você disse que iria morar em Quioto, ela pretende fechar a casa e ir com Osai para Tenshin, com os mil e poucos ienes que poupou. Resumindo, é só isso.

Pretendo contar os detalhes quando você voltar, mas gostaria que pensasse bem até então. Nesse meio tempo, pretendo conhecer melhor que tipo de pessoa é Osai e ter maiores esclarecimentos, também, sobre o trabalho que elas vão fazer juntas.

Quanto ao dinheiro, estou pensando e gostaria de que deixasse por minha conta.

Quando você poderá voltar? Seria bom que passasse em Kamakura, na volta. Até lá."

Enquanto lia, Kensaku teve uma sensação estranha. Ir para Tenshin cozinhar era algo inusitado demais para Oei, mas também provável. Que tipo de mulher, porém, era Osai? Seria tolice se Oei a acompanhasse para ser enganada por ela. De qualquer maneira, Kensaku não gostou muito do que estava escrito na carta. Como ficaria a relação dele com Oei daí para frente? Não tinha nenhuma ideia precisa, mas acabar assim, separados e sem contato, era como se afinal os dois fossem mesmo pessoas completamente estranhas, e essa impressão o deixou bastante triste. Mas, o que fazer? Também não sabia.

A dona da hospedaria entrou. A resposta foi que em Tôsanrô não havia mesmo quartos vagos.

— Responderam que daqui a vinte dias um senhor idoso que ocupa o aposento da frente, deverá voltar para sua terra e, então, se abrirá uma vaga.

— Obrigado — agradeceu Takai. — Parece que não tem jeito mesmo.

A dona da hospedaria retirou-se.

— Mas foi bom ter perguntado! – disse Kensaku. — Foi bom pelo menos para saber que aquele velhinho não vai mais estar lá daqui a vinte dias.

— É mesmo. Até lá vamos achar um bom jeito – disse Takai.

— Será que seria bom pedir ao meu irmão para vir? Chegou uma carta dele agora, e também temos assuntos de casa para resolver. Talvez seja mais rápido eu voltar, mas se eu fizer isso, vou ficar preocupado com o que poderá acontecer aqui.

— É, talvez seja melhor. Faça isso. Seu irmão pode vir a qualquer hora?

— Acho que, em princípio, pode.

— Seria bom verificar logo de onde ela é e qual a sua relação com o velho.

— Será filha dele?

— Será que é?

— Ou, sobrinha?

Ambos riram.

— Com essa capacidade de observação obtusa, não tem jeito.

— Estou meio cego. Mas com certeza não é filha – disse Kensaku.

— Se vai escrever uma carta ao seu irmão, não faça cerimônia. Irei até Gojô fazer umas compras – disse Takai e logo saiu da hospedaria.

Mais tarde, Kensaku escreveu para Nobuyuki. A carta ficou bastante longa, abordando os assuntos de Oei e os dele. "Já que vamos nos encontrar mesmo, não há necessidade de tantos detalhes." Pensou assim, mas, por hábito, acabou escrevendo sobre diversos fatos. Esticou o corpo, cansado de estar sentado. Quando saiu para pedir que mandassem a carta, o assoalho do corredor da varanda, normalmente meio escuro, estava quente com o sol poente entrando pelas frestas do *hall* de entrada, lugar onde geralmente não batia sol.

202 *Naoya Shiga*

Logo depois, Kensaku foi tomar banho e, como no dia anterior, ficou sentado com a ventarola na mão. Avistou, bem ao longe, a figura de Takai, com uma cara séria, vindo lá da ponte Kôjin a passos apressados. Ao chegar em frente da casa, ele fixou o olhar naquela direção de forma bastante corajosa. Takai atravessou a ponte Ichimai e voltou sorrindo.

– Vi bem!

– Pode ser. Com certeza viu melhor do que eu numa única vez.

– Aquela é a bela do *Biombo Torigedachi*[12] – disse repentinamente Takai. Essa avaliação era adequada e Kensaku achou-a bem agradável.

– Hum, será mesmo? – Dizendo isso, Kensaku achou que enrubescera.

Takai foi tomar banho. Nesse meio tempo, Kensaku saiu para a beira do rio. Não sentiu vontade de ir até em frente da casa e ficou atento, de longe, conseguindo ver, vez por outra, a figura dela.

Naquela noite, os dois foram ao cinema, em Shin Kyôgoku. Acharam interessante o filme *Sonho de uma Noite de Verão* em versão moderna, alemã, e voltaram tarde da noite à hospedaria, em Higashi Sanbongi.

<u>IV</u>

No terceiro dia, tendo chovido desde a madrugada, estava uma manhã fresquinha, o que era muito raro. Como o sol batia em sua veneziana todas as manhãs e ele não conseguia dormir até mais tarde, nesse dia continuava dormindo. Nisso, chegou Nobuyuki, vindo no trem noturno.

– Ei, será que ainda dá para ganhar a refeição matinal? – perguntou Nobuyuki antes de fazer os cumprimentos.

De um modo geral, Kensaku era dos que acordavam mal-humorados, mas naquele dia havia dormido bem e até que conseguiu receber o irmão de modo simpático.

Pouco depois, os dois estavam tomando a refeição matinal, olhando a paisagem do rio nublada pela chuva.

– Quando falei a Oei sobre você, ela ficou muito contente. Pediu diversas vezes para que eu arrumasse um jeito para tudo dar certo. Eu também estou feliz por você e espero que tenhamos sucesso. – Continuando, Nobuyuki disse: – Bem, falando primeiro sobre Oei, não tenho certeza se aquilo vai ser para o bem dela. Como é uma pessoa que já teve familiaridade com esse ambiente, parece que ela está mais confiante nesse trabalho do que em outros negócios sérios, mas eu não dou muito crédito. Nem por isso posso discordar, já que não tenho nenhuma outra solução, e também não posso negar nada a ela. Pode ser até que Oei consiga se sair bem. Ela, em si, está totalmente convencida e bastante animada. No caso, se dissermos que somos contra, acho que ela desistirá, mas com certeza ficará bastante abatida. A minha ideia é agir conforme o desejo dela, ou seja, deixá-la à vontade, e caso ela venha a ter problemas, depois faremos o que for melhor. Em suma, acabamos caindo no assunto do dinheiro. O que você acha de juntar o dinheiro de Hongô e o que você tiver, e um de nós deixá-lo guardado?

– Afinal, o que ela vai fazer?

– Pois é, não consigo aceitar muito, mas essa Osai tem um restaurante em Tenshin. E dizem que há algumas gueixas na casa. São gueixas, mas é claro que também são meretrizes. Até agora, Osai cuidava do restaurante e delas. Como não estava mais dando conta, quer que Oei cuide de tudo que se refere às gueixas. Em suma, é como se Oei fosse uma intermediária, ocupando a mesma casa, mas com capital à parte.

Kensaku conseguiu ter uma ideia vaga.

– É um negócio de péssima qualidade.

– É esse ponto que eu não consigo aceitar. Se for para abrir uma tabacaria, uma loja de miudezas, em Tóquio, mesmo que se consiga pagar o aluguel, o que se chama de "luva" do ponto, é muito caro, e só para isso já vai todo o dinheiro do estoque e não sobra mais nada, não é?

– Não tenho nada a comentar concretamente, mas acho que deveria haver algum negócio mais decente para ela fazer.

– Diga o que disser, Oei é mesmo desse ramo de negócio. Como já tem certa experiência do passado, parece que o pensamento dela vai naturalmente para esse lado. Se essa Osai for de confiança, podemos deixar tudo em suas mãos. Como isso não está claro, acho que é necessário deixarmos uma reserva para depois.

– Eu não sei direito. Se é que há algum outro trabalho, concordo que procurem; se não há, não tem jeito. No entanto, caso ela sinta, de repente, que não precisa fazer isso, não haveria problema nenhum que ficasse comigo por mais dois ou três anos. Pode ser um pouco de sentimentalismo, mas é uma pena ter que me separar de Oei desse jeito.

– Realmente.

– Na última carta, você também escreveu sobre o humor de papai, mas isso não seria problema, se eu me casar e...

– Bom, quanto a isso... Se é para se separarem daqui a dois ou três anos, eu acho melhor que seja agora. Isso é sentimentalismo, sabe? Para tudo existe um momento propício. Dependendo da hora, algo que sobreviveria, passa a não sobreviver se estiver fora do tempo.

– Em suma, você está se referindo ao dinheiro que ela ganharia de Hongô? – Achando graça e, ao mesmo tempo, ficando um pouco irritado, Kensaku falou assim, às claras, porque achou que, afinal, Nobuyuki estava falando sobre isso.

– Sim, entre outras coisas – disse Nobuyuki com uma expressão até que séria. – E quanto a isso, como já escrevi na carta, deixe tudo por minha conta. É melhor que você não se intrometa. Por uma espécie de ameaça ideológica, você tem o hábito inocente de sempre levar desvantagem quando se trata de dinheiro. É bem melhor que a ganância, mas não é esperteza.

– Veja se isso é possível!

– Isso, na verdade, tanto faz. Então, você concorda ou não com a ideia que expus agora?

– Fazer como Oei quer?

– É.

– Bom... Não posso concordar, mas não tem jeito. Se eu dissesse que concordo, seria meio forçado.

– É mesmo? Mas está bem assim. Se, na hora, não der certo, poderemos fazer de outro jeito...

– Quando será que ela pretende ir?

– Se ficar definido, é melhor que seja logo. Na medida do possível, ela deve querer ir com a tal de Osai, e acho que ela deve ir logo. Bom, é melhor avisá-la de que não há nada contra. Vou mandar um telegrama depois.

– .....

– E quanto a você? Pela carta, pude ter uma ideia geral, mas ela ainda está por aqui?

– Deve estar. É estranho ficar passando com frequência em frente à sua casa e por isso estou evitando. Às vezes a vejo, outras, não.

– Não se encontrou mais com Takai?

– Não.

– Eu tenho uma ideia. Você conhece o Yamazaki? Aquele que jogava beisebol no colégio.

– Não conheço.

– Era da minha série e ia para a área de ciências biológicas; estávamos no mesmo alojamento e até que éramos muito amigos. Ele deve estar no Hospital Universitário daqui. Não sei em que área Yamazaki está, mas acho que, por intermédio dele, posso conseguir alguma oportunidade com alguém desse hospital.

Calado, Kensaku concordava.

– Se tiver que dar certo, isso será útil... – Sentiu como se tivesse dito isso. Custava a acreditar que a sorte ficasse do seu lado. Na dúvida, não sossegava se não deixasse o lado da incerteza mais forte. Já estava habituado a fazer isso.

– Se ele não der conta, vou pedir a Ishimoto.

Nobuyuki disse isso porque Ishimoto era de família nobre e seria uma pessoa adequada para criar oportunidades em Quioto.

– Osai acabará indo para sua terra, enquanto discutimos – disse Kensaku.

– Nada disso. Dependendo de onde fica a terra dela, as oportunidades serão melhores ainda! Bom, mas o que faremos hoje? Você tem algo programado?

– Nada em especial.

– E o que faremos? Visitamos Yamazaki, então? Ou deixamos hoje para descansar e vamos comer algo bem gostoso?

– Tanto faz.

– Será que é melhor nos encontrarmos com Yamazaki o quanto antes?

– Uma coisa ou outra.

– Então, vamos mesmo nos encontrar com Yamazaki. E à noite, saímos para outro lugar.

– É, então vamos fazer isso.

V

O assunto sobre o casamento de Kensaku parecia estar dando certo. Como o Dr. Yamazaki, amigo de escola de Nobuyuki, era o assistente do médico que cuidava daquele senhor idoso, de repente, muitas coisas se esclareceram. Souberam que a mulher era sobrinha dele, de uma família de posses de Tsuruga. Viera a Quioto visitar o tio e também comprar roupas de inverno e outros objetos.

Outra felicidade para Kensaku foi que a pessoa chamada S, vereador da Câmara Municipal, que enviara o velhinho a esse médico, era um antigo súdito das terras de Ishimoto. Soube disso porque, quando o nome dele fora mencionado casualmente por Yamazaki, a senhora da hospedaria de Sanbongi disse: "Se não me engano, esse senhor deve ser um antigo súdito do Sr. Ishimoto".

De qualquer forma, era melhor não perder tempo, e Nobuyuki foi embora, para encontrar-se com Ishimoto. Kensaku agradeceu de coração que Nobuyuki trabalhasse com afinco por ele, nessa questão. Em relação a Ishimoto, achou interessante que, pouco menos de um ano depois que ele dissera "Não quero que se preocupem comigo nessas questões" e "Fico desgostoso com essas preocupações antigas", tinha que pedir ajuda. E imaginou que Ishimoto poderia pensar: "Está vendo? Ficou falando daquele jeito e agora tem que abaixar a cabeça!" Achou, também, que não se incomodava de ele pensar assim. Afinal, sabia que, tal como Nobuyuki, Ishimoto ficaria muito feliz por isso lhe acontecer mais cedo que o esperado e que, por coincidência, tenha precisado pedir ajuda a ele. Por isso mesmo Kensaku não sentiu nenhuma revolta. Ao imaginar que poderia acontecer de ter de pedir a outra pessoa que não Ishimoto para auxiliá-lo numa situação como essa, e ter acontecido de, por acaso, a pessoa ser Ishimoto, sentiu-se melhor ainda.

Em suma, achou que não era uma pessoa infeliz. "Sou folgado. Tento fazer tudo como quero. E as pessoas permitem. Talvez eu tivesse me machucado pela minha própria condição, mas isso não era tudo. Mais do que isso, eu era amado pelas pessoas". Assim pensou.

Como de costume, percorreu os templos. Nas saídas e chegadas, passava sempre pela rua à beira do rio. Procurou casa também. Num lugar chamado Kitanobô, no Templo Nanzen, achou uma casa de telhado de sapé, mais agradável do que a que vira num outro dia, no Templo Kôdai. Era uma casa excelente para se morar sozinho. Caso se casasse, seria um pouco pequena, mas achou estranho entrar numa casa grande já pressupondo casamento. E gostou dessa porque ela não fora construída para ser alugada. Decidiu então ficar com ela.

Dois ou três dias depois, Ishimoto chegou. Não fez nenhuma brincadeira desagradável. Logo, porém, que começou a falar do assunto, disse:

– É claro que pretendo perguntar tudo com detalhes da parte deles, mas é melhor que deixemos tudo claro de nossa parte também.

– Faça isso, por favor. – Kensaku ficou um pouco apreensivo, pensando até que ponto iriam falar sobre "a sua parte". Certamente ele iria falar tudo, mas, se até ele próprio só recentemente tomara conhecimento da sua origem, será que Ishimoto saberia mesmo tudo direito? Teve dúvidas sobre isso. Então, disse: "Em suma, você vai falar sobre a minha origem também, não é?" Falou isso querendo dizer que seria um problema se Ishimoto não contasse a verdade, mas, para Ishimoto, pareceu o contrário. Ele pensou que Kensaku, fraquejando, quisesse dizer: "Você vai falar até mesmo sobre a minha origem?" Fazendo uma expressão de desagrado, começou a dizer com insistência que era preciso revelar tudo, sem esconder nada.

Kensaku foi tomado de surpresa. Mesmo que dissesse: "É óbvio que sim", "tinha a intenção de falar isso desde o começo", pareceu-lhe que seria remendar o que dissera e ficou chateado. Acabou, então, ouvindo o longo discurso de Ishimoto até o fim. Ficou um pouco irrequieto, mas achou que poderia falar sobre isso a Nobuyuki depois, e deixou o mal-entendido como estava.

Foi o que acabou acontecendo, pois Kensaku não esclareceu bem esse ponto a Nobuyuki. Pensou, pensou, mas acabou não falando. Não quis, pois achou que querer falar nisso antes de qualquer outra coisa, fazia parte da sua própria natureza. Na realidade, deve ter achado que isso decorria daquela natureza própria dele. Por isso, meio inconsciente e meio consciente, acabou se calando.

Quando o assunto foi discutido, na casa de Ômori, entre Nobuyuki, Ishimoto e Oei, esta se opôs o mais que pôde. O motivo da oposição era simples e claro. Ishimoto, entretanto, alegou que era preciso falar sobre aquilo antes de qualquer outra coisa. Caso contrário, não conseguiria intermediar. O motivo dele também era claro. É óbvio que Kensaku também pensava igual, mas parece que Ishimoto teria perguntado: "Por que Kensaku não disse isso, antes de mais nada, a Nobuyuki?" O mal-entendido havia começado aí. Felizmente, Kensaku conseguiu não se incomodar, e o assunto foi encerrado.

Ishimoto havia reservado uma hospedaria que já frequentara no Bairro Fuya. Depois de dizer que havia marcado um encontro com o Sr. S às duas horas, na hospedaria, foi logo embora.

Kensaku teve a ideia de escrever um romance autobiográfico. No entanto, esse plano não teve sequência, sobrando apenas a parte apresentada na introdução deste romance com o título de "Lembrança do Protagonista"[13]. E, como essa parte também parecia suscitar certa compaixão, desistiu de mostrá-la. Ficou sabendo, mais tarde, que Ishimoto pegara aquela primeira carta que ele mandara a Nobuyuki, quando estava em Onomichi, contendo coisas relacionadas ao assunto; cortara apenas a parte que dizia respeito a Oei e mostrara à moça.

Por achar que também deveria revelar tudo sobre Oei, Kensaku sofreu muito. Não sabia por quê. Contar isso, numa hora dessas, seria um insulto para aquela moça bonita. Seu sentimento era mais ou menos esse. Ishimoto não fez menção de tocar no assunto, e ele pensou que, na hora em que fosse se abrir, bastava não esconder nada, de modo que resolveu ficar calado.

Antes do entardecer, quando voltava pela rua à beira-rio, depois de andar por duas ou três casas de sebo da vizinhança, um mensageiro de Ishimoto esperava por ele com uma carta que dizia: "Se não se importar, gostaria que se encontrasse com o Sr. S hoje à noite. Seria conveniente se viesse imediatamente neste riquixá". Ele subiu no riquixá e saiu.

Ishimoto aguardava-o sozinho.

– Não pude saber detalhes sobre ela, apenas algumas generalidades – disse ele. Segundo Ishimoto, o velho fora membro do Congresso nos anos 30 da Era Meiji[14], e o Sr. S, por ser do mesmo partido político, era conhecido antigo. A moça era filha da irmã mais nova do velho, formara-se no ginásio da escola feminina de Tsuruga há dois anos e tinha vindo comprar enxoval e roupas.

Não havia nenhum significado especial, mas Ishimoto disse que iriam jantar em algum lugar, a convite do Sr. S.

Logo, o Sr. S chegou para fazer o convite. Tinha pouco mais de cinquenta anos, e era um pouco calvo e magro, com cabelos ralos e macios, bem penteados para um único lado, a partir do alto da orelha. Chamava Ishimoto de Sr. Michi, por seu nome ser Michitaka. Decididos a comer carne de tartaruga, os três deixaram a hospedaria. A certa altura, pegaram um trem em direção a Kitano.

A Casa de Suppon ficava no final da rua, depois do muro de terra batida de um templo assim que se saía da avenida para uma ruazinha sem muito movimento. Tinha uma lanterna pequena e um pouco escura pendurada na porta. Passando-se

208 *Naoya Shiga*

pela entrada baixa, da sala de chão batido, havia um aposento com um caixilho escuro e brilhante, e, logo depois, escadas que davam para o andar superior, pelas quais parecia que Chûbê[15] viria descendo enquanto rompia o lacre do envelope. Pareciam ter centenas de anos e brilhavam, de tão escuras; além disso, os dois ou três degraus de cima estavam corroídos, com vários buracos. Era assim de propósito. Aquilo certamente era um dos atrativos, e Kensaku achou que não era ruim.

O prato feito com carne de tartaruga também estava saboroso. Kensaku ouvira, de uma pessoa que morava para os lados de Kitano, que, antigamente, esse restaurante vinha caçar sapos nos arredores, mas saboreou o prato achando que, atualmente, com certeza não o faziam mais.

Kensaku, Ishimoto e o Sr. S nada falaram a respeito do casamento. Pela posição de Kensaku, era um pouco estranho entrar na conversa dos dois, que falavam como se mantivessem a antiga relação hierárquica. Como não poderia diferenciar o seu jeito de falar com Ishimoto e com Kensaku, o Sr. S usava uma linguagem bastante respeitosa. Procurando ser respeitoso da mesma maneira, Kensaku ficava meio deslocado, de modo que tentava evitar a conversa. Mesmo assim, de vez em quando, Ishimoto tentava incluí-lo no assunto, dizendo, por exemplo:

– Então, se você já achou a casa, vai vir logo de mudança para cá, não é?

Naquela noite, depois de se despedir do Sr. S, Kensaku foi caminhando com Ishimoto até Maruyama.

– Tenho um compromisso daqui a dois dias e por isso vou embora no trem noturno de amanhã – disse Ishimoto. – Dependendo da resposta de S, pretendo voltar dentro de uma semana ou dez dias. Como não há nada que você possa fazer diretamente, é bom que retorne quando for mais conveniente.

– ....

– Deixei tudo nas mãos de S, e ele estava dizendo que deve correr tudo bem, mas é bom você não ficar esperançoso, pois, se não der certo, ficará abalado...

– Eu também vou embora amanhã. Vou no expresso da manhã – disse subitamente Kensaku.

– Então vamos juntos?

– Vamos!

Assim decididos, os dois, em seguida, foram cada qual para a sua hospedaria.

<hr>

VI

Kensaku separou-se de Ishimoto em Yokohama, onde fez baldeação. Quando chegou a Ômori, já havia anoitecido, mas, por ser um caminho ao qual estava acostumado, voltou a pé, carregando uma pequena mala.

Saindo apressada para recebê-lo, Oei, antes de mais nada, expressou sua alegria em relação ao casamento dele. Mostrava-se feliz como se tudo já estivesse definido, e Kensaku sentiu-se um pouco incomodado. De qualquer maneira, estava contente de que ela ficasse tão feliz.

Osai não estava; tinha ido a Tóquio. Os dois, como há muito não faziam, sentaram-se juntos à mesa e jantaram.

– Afinal, como ela é? – disse Oei.

– Como?

– Se comparasse com alguém conhecido, quem seria?

– Bom, entre as conhecidas não consigo me lembrar de ninguém, mas Takai disse que era a bela do *Biombo Torigedachi*, sabe?

Kensaku foi ao andar superior especialmente para buscar os livros de artes orientais. Infelizmente, dentre as várias pinturas reproduzidas nos livros, achou uma que não se parecia muito com ela.

– É diferente desta. Seja como for, é melhor do que não ter nada para comparar.

– Puxa, que trabalhão!

Assim, os dois conversaram muito sobre o assunto. No entanto, tinham dificuldade de falar sobre os assuntos de Oei. Ela só falou quando começou a parecer-lhe estranho que nenhum deles mencionasse algo a respeito.

– ... Sabe, fiquei realmente aliviada porque você e o Sr. Nobu concordaram.

Falou assim. Kensaku ficou sem saber como agir ao ouvir essas palavras. Embora Nobuyuki não tivesse mentido, percebeu que ele não transmitira a ela o que verdadeiramente sentia. Desagradou-lhe esse jeito hábil de Nobuyuki.

– Olhe, não sei como foi que Nobuyuki lhe falou, mas, para ser franco, eu não concordei muito. Como não podia discordar, acabei concordando, mas, na realidade, foi contra a minha vontade.

Ao ouvi-lo, Oei fez uma cara meio inesperada.

– Mesmo que o assunto do casamento dê certo, eu gostaria que você cuidasse da casa por uns dois ou três anos. Seria muito bom para mim.

– É mesmo? Para mim também é duro me separar de você agora. Mas acho que não tem jeito. Além do mais, é meio chato de falar, mas eu tenho realmente medo do pai de vocês. Ultimamente, tenho tido mais ainda. Depois daquilo, faço cerimônia e não vou lá, mas tenho a impressão de que sempre estou sendo encarada com olhos que dão medo.

– Imagine só! É impressão sua! Com certeza ele deve estar com algum problema de saúde.

– É, pode ser que seja.

210   *Naoya Shiga*

– Deve ser. Principalmente porque você não tem o que temer de papai. O assunto com ele é um problema que diz respeito a mim, e você nada tem a ver com isso.

– Também não é assim. Desde a época em que seu avô era vivo, eu sempre fui malquista por seu pai.

– E daí? Se é que ele tem algum problema, não deveria consultar um médico e se curar, para depois ver o que iria fazer? De qualquer forma, teria sido melhor se ele tivesse se definido depois de pensar mais um pouco.

Oei estava chateada com a oposição de Kensaku a essa altura dos acontecimentos. Disse-lhe ainda que, como ele concordara meio a contragosto, contaria isso a Osai, que tinha ido a Tóquio para fazer os preparativos.

No início, Kensaku não pensou em falar até esse ponto, mas acabara chegando até aí, e agora estava arrependido. Ele mesmo ainda não sabia ao certo por que agira dessa maneira. Falava essas coisas pelo bem de Oei ou pelo seu próprio bem? Pensando assim, via-se caprichoso como uma criança mimada que, face a uma situação mal resolvida com Oei, não gostava da ideia de ter que se separar dela dessa forma. Sentia-se insatisfeito ao pensar que Oei poderia ser um pouco mais apegada a ele. Esse sentimento, que não surgia quando estava longe, de repente aparecia, ao encontrá-la. Achou, no entanto, que isso não era bom e que não deveria se entregar a esse capricho infantil. E, para anular as palavras que dissera, repetia algo inutilmente.

Osai voltou de riquixá, trazendo um grande embrulho de tecido. Era magra e alta e se expressava com rispidez, sendo mais velha do que ele imaginava. Desde o início Kensaku teve uma má impressão dela.

– Este é o Sr. Ken? – disse isso, olhando primeiro para Oei. Depois, fazendo uma reverência sensual que não combinava com a sua idade, acrescentou: – Sou Sai[16], muito prazer.

Osai, enrugando o canto dos olhos, mostrou as gengivas de cores nada saudáveis e começou a rir, olhando para o rosto de Kensaku com uma familiaridade desprovida de qualquer cerimônia. Ele ficou sem jeito. Justamente por perceber que ela estava sendo amável, sentiu-se encurralado. Seja como for, Osai era uma mulher bem menos lapidada do que ele imaginara. Ficou aflito pelo fato de que essa impressão – boa ou má – não atuasse da mesma forma em Oei. Ela carecia muito dessa percepção, e ele não conseguia entender os sentimentos dela, que estava prestes a iniciar um empreendimento junto com essa mulher.

Osai abriu o embrulho de tecido e mostrou alguns quimonos femininos bem vistosos. Todos pareciam de segunda mão e um tanto quanto provincianos. De vez em quando, ela entrava em explicações:

– Esse aqui, sabe... – levantava-se e colocava o quimono no peito, para explicar a Oei.

Kensaku estava um pouco cansado e também se sentia deslocado; cumprimentou-as e subiu sozinho ao andar superior. Deitado, ficou olhando as figuras do livro de história das belas-artes orientais que carregara para olhar. Sentia falta de apreciar especialmente as obras mais antigas. Entre eles, havia os que vira nessa viagem e, como nunca, sentiu-se atraído por eles. Dessa forma, um mundo que não existia para ele abria-lhe as portas, e, com o casamento, teria início uma nova vida. Pensando assim, em seu peito começou a aflorar, naturalmente, uma sensação de tranquila felicidade. Entretanto, pensando nas duas que conversavam baixinho no andar inferior, teve a sensação de que um mundo exatamente oposto se abria para Oei e ficou em dúvida se poderia deixar tudo como estava.

A cama estava boa como há muito não acontecia. Logo depois, apagou as luzes e caiu num sono agradável. Na manhã seguinte, quando acordou, Osai não estava, já tinha ido a Tóquio. Oei lhe disse que era possível chamar as mulheres lá mesmo; quanto às roupas usadas, era preciso ter peças tanto para o verão quanto para o inverno. Tudo parecia estar nas mãos de Osai. Vendo que o negócio avançava assim rapidamente, Kensaku sentiu que já era tarde demais para fazer algo. Achou que também deveria organizar as suas coisas e separou os livros emprestados, embalando os seus para viagem.

À tarde visitou Ishimoto em Ushigome. Como fora sem telefonar, chegou bem na hora em que ele saíra. Não querendo nada em especial, voltou para Ginza. Percebeu ter esquecido por completo que Ishimoto dissera que dois dias depois tinha compromissos em Quioto.

Kensaku não tinha muita vontade de se encontrar com Osai. Sentiu que ela demonstrava um interesse estranho por saber que ele havia pedido Oei em casamento. E teve a impressão de saber até o que ela falava para Oei às escondidas.

Como já fazia tempo que não ouvia o sotaque de Tóquio e também por não querer ficar junto de Osai, foi à sessão noturna de uma apresentação de humoristas e voltou bem tarde para casa, em Ômori.

Oei e Osai ainda estavam acordadas e conversavam sob a luz da sala de chá. Osai parecia entusiasmada com a conversa e, sem tecer elogios como os da noite anterior, pôs água quente no bule e serviu todo o chá na xícara de Kensaku, continuando, depois, a conversa.

– Sabe, eu nem fazia ideia. A partir daquela primavera foi assim... Falando desse modo grosseiro, Osai, agitada, encostou duas ou três vezes o dedo polegar e o dedo mínimo de uma das mãos bem magras na ponta do nariz de Oei.

Oei fechava os olhos e ficava calada.

– Fiquei tão indignada! O patrão também, mas aquela sua irmã mais nova! Só de pensar que estava ali de favor e ainda fazia aquilo, achei que não era a sério, mas apontei o facão de serra em sua direção.

212   *Naoya Shiga*

Kensaku não aguentava mais ficar ali. Bebendo o chá, fez menção de se levantar. Oei, observando isso, levantou o rosto e perguntou:

– Quer doce?

– Já estou satisfeito – respondeu Kensaku. E levantou-se, o que Osai também percebeu. Voltando-se para ele com um sorriso forçado, disse:

– Desculpe comentar um assunto tão desagradável.

– O Sr. Ishimoto estava? – perguntou Oei.

– Não estava. Eu sabia que ele não estaria, mas tinha me esquecido por completo. Como não havia outro jeito, fui assistir ao espetáculo de um humorista – Kensaku foi para perto do fogareiro e sentou-se.

– O Sr. Ken também gosta dessas coisas? Eu também gosto, mas daqueles lados nunca vem gente boa. Ah, como é mesmo que se chama aquele ator? Esqueci o nome dele, mas sua esposa tocava *biwa*[17] e chamava-se Asahi Shijô[18]. Certa vez hospedei-os por um tempo em minha casa. Asahi tinha uma voz muito boa e um *biwa* com letra manuscrita por Rei Genkô[19].

Quando falou sobre isso, Osai estava com os dois cotovelos em cima da mesa e com as palmas das mãos encostadas nas têmporas, fazendo sombra para o rosto sob a luz da lâmpada. Nessa posição, não se viam as pequenas rugas de sua face e não se percebia a cor de sua pele sem brilho, de modo que parecia um pouco mais bela. Obviamente, Osai fazia isso ciente de tal efeito, e, de fato, ele a achou bonita. Achou que, pelo menos quando jovem, talvez ela tivesse sido muito bonita.

Na manhã seguinte, Osai acordou e foi para Gifu. Era sua terra natal e também tinha assuntos a tratar lá. Definiu o dia em que se encontraria com Oei em Quioto e, na hora de partir, disse: "Não se preocupe com Oei". Mas Kensaku não conseguiu responder. Oei e a empregada acompanharam-na até a estação.

Nesse dia, à tarde, Kensaku foi visitar Nobuyuki em Kamakura. Lá estava Ishimoto, que ele não encontrara no dia anterior. Gripado e com uma bandagem na garganta, Nobuyuki estava deitado.

– Ainda não chegou nenhuma resposta.

Kensaku não pensava que a resposta viria tão rápido, mas Ishimoto disse isso, assim que o viu. Os dois ficaram falando sobre o assunto, mas, como Nobuyuki parecia ter febre, seus olhos estavam sem ânimo, sendo-lhe penoso até mesmo ouvir a conversa.

– Que tal chamar alguém lá de Hongô? Quer que eu ligue quando voltar? – perguntou Kensaku, meio preocupado.

– Não precisa. Já se sabe o processo e, então, basta ficar assim mais dois ou três dias.

– É melhor chamar alguém. Seria mais rápido se aplicasse a bombinha de oxigênio.

Trajetória em Noite Escura 213

– Realmente!

– Você não tem a bombinha?

– Acho, então, que vou pedir somente para comprar a bombinha.

Kensaku foi imediatamente à cidade e comprou o aparelho. À cabeceira de Nobuyuki, que cochilava, Ishimoto, entediado, folheava um grosso livro com fecho ocidental, chamado "Zen alguma coisa".

Kensaku aplicou a bombinha em Nobuyuki deitado. Ensinou o procedimento à senhora do dono da casa, que chegou naquele exato momento, e pediu-lhe que cuidasse dele, depois. Ao entardecer, foi embora com Ishimoto.

Chegaram à estação. Ali encontraram um médico conhecido de Ishimoto que estava retornando a Tóquio. Como ele disse que voltaria a Kamakura no dia seguinte, Ishimoto pediu-lhe que fosse ver Nobuyuki.

No trem, Kensaku olhava distraidamente a paisagem do anoitecer. Sentia-se bastante deprimido. Estava mesmo triste por se separar de Oei. Triste por si, e também por ela. O cair da noite do lado de fora da janela mergulhava-o ainda mais nesse estado de espírito.

VII

Junto a Oei, da qual teria que se separar em breve, Kensaku sentiu um aperto no coração nunca antes experimentado. Ao pensar que já não ficaria tanto tempo assim a seu lado, procurou sair o menos possível, mas isso era um peso, e ele não conseguia suportar tanto tédio. Principalmente porque, junto dela, sentia que não havia mais nada para conversarem.

Oei estava um pouco atarefada. Pelos afazeres, parecia distante desse tipo de sentimento. Graças a seu senso feminino, ela não queria deixar nenhum quimono de Kensaku sujo. Enviava-os para lavar, recosturava-os e não pensava em mais nada.

Certa manhã, Kensaku acordou cedo como nunca. Estava agitado e acabou saindo de casa sem tomar a refeição matinal.

Chegou à estação, mas ainda faltava muito tempo para o primeiro trem. Pegou, então, o da linha Keihin. Chegando a Shinagawa, lembrou, de repente, que de madrugada havia sonhado. Compreendeu que o sonho era a causa da sua intranquilidade, mas não conseguia se lembrar do sonho em si; só a insegurança que sentia ficava mais nítida. Como seria o sonho? As coisas estavam muito difusas.

Parecia começar pela visita a T, que voltara recentemente dos mares do sul. Dentro de um grande prédio rústico que parecia um ginásio, num dia de chuva, havia objetos parecidos com jaulas onde se colocam esses animais ferozes que se veem nas apresentações circenses, e ele achou graça nas dezenas de pequenos mandris do tamanho de esquilos, parados numa árvore, com os olhos revirados, dentro de uma dessas jaulas.

Tomado de súbito por uma sensação de insegurança, separou-se agitado de T e fugiu para aquele grande portão antigo do Museu Histórico de Ueno. Embora não enxergasse, sabia que alguns policiais cercavam o local de longe. E ele era considerado um rebelde.

Ao espiar para fora por trás da porta, viu soldados passarem em frente, marchando como se fosse domingo. Parece ter perguntado a um deles: "Você não tem intenção de desertar?" O soldado aceitou prontamente e, atrás da porta, um trocou as roupas japonesas pela farda do outro. "Assim está bem", pensou. Achou que fora uma ideia brilhante tanto para um como para o outro. Despediu--se do soldado vestido com o quimono e, com uma cara inocente, fazia-se passar por soldado, caminhando para um lugar meio deserto. De repente, ao chegar a um lugar de ruas estreitas que parecia uma barricada, à sua frente surgiu um homem vestido com um uniforme como o de chefe de estação e o prendeu. Ele fora prontamente desmascarado. Era certo que o seria. Percebeu que seu modo de vestir a farda estava totalmente errado. Não havia fechado os botões do colarinho, deixando-o desleixadamente aberto. E as calças estavam meio caídas, mostrando visivelmente que se tratava de uma roupa emprestada. Estava com uma aparência terrível. Ele riu amargamente de si próprio, pela sua falta de cuidado, e, ao mesmo tempo, tremeu de medo, por ter sido preso. Era um sonho mais ou menos assim.

Kensaku achou bom ter se lembrado. Só o fato de não conseguir descobrir de onde vinha a sua inquietação já o deixaria desgostoso o resto do dia.

Saíra sem nenhum objetivo definido, mas resolveu ir até a casa de Ishimoto, pois a resposta já poderia ter chegado.

Ishimoto parecia ter acabado de acordar, e Kensaku ficou sentado no banco de galhos de glicínia da varanda, esperando por ele. Era uma manhã silenciosa, quase outonal, e, no jardim japonês com musgos, o sol incidia de lado. Um passarinho que descera ao telhado cantava sem parar com uma voz redonda, um pouco turva.

– Bom dia! – A filha mais velha de Ishimoto, de seis anos de idade, trouxe três ou quatro jornais dobrados longitudinalmente e entregou a Kensaku. Então, a menina menor, de dois ou três anos, veio andando a passos de bebê trazendo um maço de cartas e, dizendo "Tome, tome", entregou a ele como fez a outra.

– Obrigado – ele alisou a cabeça da menina.

Quando a maior saiu correndo, a pequena também foi atrás com seus passos não muito firmes.

Trajetória em Noite Escura 215

Kensaku colocou o jornal no colo e, esticando a mão, pôs na mesa as cartas de Ishimoto, ainda fechadas. A que estava em cima de todas, bem espessa, dirigida ao "Sr. Visconde Ishimoto Michitaka", pareceu-lhe do Sr. S.

Ishimoto apareceu com o cabelo molhado, cuidadosamente repartido.

– Será que essa carta não é do Sr. S? – Kensaku falou isso, apontando para a carta que estava em cima.

– Será? – Pegou-a de imediato e disse: – É mesmo!

Ishimoto começou a ler em silêncio. Kensaku ficou apreensivo durante esse pequeno espaço de tempo.

– É uma resposta boa – disse Ishimoto, enrolando de volta a longa carta. Kensaku pegou-a.

Realmente era uma carta bem agradável. A moça, além da mãe, tinha um irmão bem mais velho que ela, e daria uma resposta depois de consultá-los. O que deixou Kensaku mais emocionado foi que, a respeito do seu nascimento impuro, aquele velho senhor chamado N dizia: "... isso é problema dele e, como ele é do tipo que reage contra isso, acredito que não haja nenhum empecilho". Havia, ainda, um pedido: se Ishimoto tivesse uma foto recente de Kensaku e alguma obra escrita por ele, que enviasse imediatamente.

– Para uma pessoa idosa, ele é compreensivo – disse Ishimoto, elogiando o velho.

– ...

Kensaku não respondeu, mas no íntimo estava bastante empolgado. E se controlava para não ficar com os olhos cheios de lágrimas.

Enquanto os dois tomavam a refeição matinal juntos, chegou um cliente com assuntos a tratar. Aproveitando a oportunidade, Kensaku resolveu ir logo embora. No momento da despedida, Ishimoto disse que enviaria aquela carta a Nobuyuki o mais rápido possível.

Kensaku foi andando a passos largos. As passadas foram ficando naturalmente rápidas. Ele achou que já tinha setenta por cento de chance. Achou que podia concluir isso. Mais ainda, que precisaria concluir isso. A confiança era rara a esse ponto. Em sua mente a moça já estava bem próxima. Até então, ao voltar a Tóquio, pensara demais em Oei, e ela havia se distanciado. Agora, porém, de repente, tornava-se mais próxima, e ele a enxergava em tamanho natural, chegando inclusive a imaginar, de modo fragmentado, a vida após o casamento. Sem que ele percebesse quando, começara a ventar.

Foi até Ginza comprar um presente de despedida para Oei. Achou interessante um relógio onde mandaria gravar palavras breves e boas, mas não conseguia lembrar nenhuma palavra boa. Começou a olhar atento duas ou três relojoarias. Dentre os modelos que viu, escolheu um já meio fora de moda, mas muito agradável. No entanto, como tinha pouco dinheiro, pediu que entregassem o relógio em casa e, perto do meio-dia, voltou para Ômori.

Oei ficou emocionada ao tomar conhecimento da carta do Sr. S.

Nesse dia, Kensaku escreveu uma carta para Takai, que estava em Nara, comunicando-lhe os fatos. Em seguida, enviou uma carta de agradecimento ao Sr. S, sua foto e dois ou três exemplares de revistas com trabalhos seus. Desagradou-lhe pensar que suas obras não seriam lidas como obras de arte, mas com um objetivo mais prático. E para mostrá-las como sua arte, no entanto, achou que todas eram fracas demais.

Cinco dias depois, chegou uma carta do Sr. S confirmando o recebimento da correspondência. Estava escrito, ainda, que seria muito conveniente se ele pudesse ir a Quioto no prazo de três dias. "O velho[20] N pergunta sempre quando é que você virá aqui novamente. Parece que ele tem a intenção de encontrá-lo sem falta, se por um acaso você vier antes que ele retorne para sua terra. Como você tem seus compromissos, eu não lhe diria para forçar a situação, mas o velho partirá dentro de quatro ou cinco dias, e seria muito bom que você viesse antes. Naoko (o nome da moça) retornou hoje, mas foi providenciado para a sua foto ser entregue pelo irmão dela diretamente a você." Era mais ou menos isso que a carta dizia.

Kensaku mostrou essa carta a Oei e perguntou-lhe:

– O que é que eu faço? – Ele estava em dúvida.

– Vá sem falta – disse Oei.

– É como se fosse fazer uma entrevista. – Ele havia hesitado um pouco até mesmo em enviar suas obras para mostrá-las, e o fato de ser chamado assim, para ir exclusivamente até lá, feriu seu orgulho.

– Daqui a uns dez dias você irá de uma forma ou de outra. Não é bom ficar vacilando assim, a essa altura, pois tanto o Sr. S quanto o Sr. Ishimoto estão realmente preocupados.

– Hum. Isso é verdade – pensou Kensaku. E sentiu vontade de ir. – Mas você estará bem mesmo que eu não fique aqui?

– Que tolice! – disse Oei rindo. Se, mesmo vindo para cá, você não serviu para nada! É melhor que o Sr. Ken não esteja, porque assim não atrapalha!

Kensaku também começou a rir.

– Está bem. Então deixe-me ir. Se acha que eu atrapalho, não tem jeito.

– É, atrapalha sim – disse Oei, contente por Kensaku ter aceito com facilidade.

A casa de Kensaku tinha contrato de locação por mais um ano e com um certo desconto no aluguel. No entanto, se fossem deixá-la antes do prazo, seria preciso fazer as contas. Mensalmente, a empregada é quem fazia, e ele foi até a casa do proprietário, em San'nô, para fazer os acertos, aproveitando para pedir o telefone emprestado. E avisou a Ishimoto que partiria na manhã seguinte.

VIII

Na estação de Quioto, o Sr. S o aguardava. Como Kensaku só havia mandado um telegrama no dia anterior dizendo: "Parto amanhã cedo", e não esperava tal recepção, ficou um pouco constrangido e envergonhado pelos receios decorrentes de seu orgulho.

Visitariam o velho N no dia seguinte, e antes, o Sr. S viria chamá-lo. Como Kensaku trouxera objetos quebráveis, separou-se do Sr. S ali e foi sozinho, de riquixá, para Higashi Sanbongi.

No dia seguinte, no horário combinado, o Sr. S chegou. Os dois foram ao Tôsanrô, próximo dali. Kensaku estava receoso porque não tinha o hábito de participar de encontros sociais. No entanto, dormira bem a noite anterior e estava bem disposto.

Quando a empregada entrou levando o cartão do Sr. S, a esposa do velho, que sempre olhava o rio, veio ao *hall* de entrada vestindo um quimono melhor que o dos outros dias.

– Tenham a bondade – foi andando na frente por um corredor estreito e meio escuro, dizendo: – É um lugar tão abafado....

Vestido com um casaco simples, o velho N, de costas para o rio, estava sentado distintamente.

Por culpa do hábito, Kensaku não vestira as calças japonesas, e por isso não se sentiu muito à vontade.

– Muito prazer... – disse o velho, com uma voz bastante nítida e de peso, em nada combinando com o seu físico magro.

– Parece que agora está morando aqui... – Quando ele lhe disse essas palavras, Kensaku apenas respondeu:

– É. – O restante, normalmente, ficava a cargo do Sr. S.

Na aparência, Kensaku sentia-se pouco à vontade, mas, no íntimo, estava bem mais tranquilo. Ele achou que o velho N iria observá-lo o tempo todo, mas foi exatamente o contrário. Quase não olhava para ele, a ponto de achar que estivesse evitando fazê-lo.

A refeição, bem simples, foi servida não pela empregada, e sim pela própria esposa, que passou oferecendo saquê. Mas eles quase não beberam.

A conversa girou em torno de assuntos corriqueiros. Saíram também comentários sobre o Dr. Yamazaki. A partir de um assunto sobre pescaria em Tsuruga, o velho contou que antigamente era normal colocar os peixes no mercado já salgados e que havia muitos depósitos de peixes. Antes da Restauração Meiji, os aliados de Takeda Kônsai[21], do monte Tsukuba, não podiam atravessar a Via Tôkai, de modo que passaram por Hokuriku e, quando tentaram entrar em Quioto, foram capturados em Tsuruga e aprisionados num desses depósitos. Nesse depósito úmido, onde não

218   *Naoya Shiga*

entrava a luz do sol, e ainda mais com o ar carregado de sal, os guerreiros foram todos acometidos por urticária no corpo todo, e estavam com um aspecto terrível.

– Ei, traga essa sacola! – O velho N apontou a prateleira que estava atrás de Kensaku e interrompeu um pouco a conversa.

– Com licença – a senhora passou por trás de Kensaku, pegou a sacola e colocou-a em frente ao velho. Era uma sacola parecida com a usada para "cuidados com o fogo", de raxa bem envelhecido, na cor violeta antigo. Depois de retirar os óculos, a carteira, os fósforos, um punhal, um imã e outras coisas mais, ele disse:

– Esse enfeite da sacola foi um guerreiro dessa ocasião, um homem do feudo Iwaki Sôma, chamado Sasaki Jûzô, que me deu como presente de agradecimento. – Colocou a sacola na frente dos dois.

– Puxa! – O Sr. S deu uma olhada e logo entregou a sacola a Kensaku. Mesmo sendo chifre de búfalo, o enfeite era delicado e leve, e estava esculpido com quatro ou cinco filhotes de cachorro, desses que se veem nos desenhos de Ôkyo[22].

– Conversando com esse sujeito, dava para se ver que era um homem de fibra, mas, coitado, não suportou o frio e acabou morrendo, como todos os outros.

Kensaku lembrou-se do sonho que tivera havia uma semana. No seu caso, era um rebelde um tanto quanto simpático, mas recordou que, mesmo depois de despertar, ainda lhe restava um pouco de medo. Ao pensar no sentimento dessas pessoas, dentro do depósito úmido de peixe salgado, sofrendo com urticária, presenciando a morte dos companheiros, teve a impressão de que não chegava nem aos pés deles. No início, o grupo se escondera em Fukui, achando que ali estariam mais seguros, mas, devido aos problemas da época, não conseguiam definir sua situação naquela cidade. Fizeram com que eles saíssem dali, enganando-os, como se os estivessem ajudando, apenas para que pudessem prendê-los em Tsuruga.

– Pensando naquela época, não tínhamos a menor ideia de como ficaria o futuro – disse o velho.

Naquele dia, o assunto sobre o casamento não foi mencionado por nenhum deles. Isso também agradou a Kensaku. Quando o Sr. S estava para sair, o velho reteve apenas Kensaku, dizendo:

– Você está hospedado aqui perto. Que tal ficar mais um pouco?

Kensaku ficou feliz com a simpatia do velho. Aquilo não fora uma simples gentileza; parecia que ele queria mesmo que Kensaku permanecesse ali mais um pouco, de modo que resolveu ficar.

O velho contou-lhe outros assuntos sobre a época da Restauração Meiji, entre os quais que os ociosos se reuniram pregando a teoria de respeito ao imperador e, juntando dinheiro, levavam uma vida de fartura. Contudo, logo depois foram aprisionados. Inquiridos a respeito do imperador, responderam apenas que ele era um rei muito importante.

De qualquer maneira, Kensaku sentiu grande familiaridade com o casal de velhos. Logo depois, pediu licença para retirar-se.

No dia seguinte, o casal parecia ocupado com as visitas de agradecimento ao médico que os assistira e com as compras. Mesmo assim, não se esqueceram de visitar Kensaku no *hall* da hospedaria. No outro dia, partiram para Tsuruga. Kensaku acompanhou-os até a estação. Lá estavam o Sr. S, o Dr. Yamazaki, a enfermeira e outras pessoas que vieram se despedir.

Depois que os velhos partiram, Kensaku, de repente, achou que não tinha o que fazer. A semana que faltava para a chegada de Oei foi intensamente esperada, e, nesse meio tempo, ele achou que os dias não tinham sentido, eram instáveis. Pensou em convidar Takai para ir a Hashidate ou à Ilha Shôdô, ou então a uma peregrinação a Ise.

Fazia tempo bom e o dia estava agradável. Saiu cedo para encontrar Takai antes que ele saísse para algum lugar. Foi procurá-lo, numa das mesas afastadas da casa de chá do Campo de Asaji, em Nara, mas não o encontrou; Takai já tinha voltado para sua terra havia dois ou três dias. Kensaku ficou um pouco decepcionado. Pensou em ir até o Templo Murô. Não sabia, porém, em que estação deveria descer e como fazer para chegar ao local. Sentiu preguiça de pesquisar e acabou resolvendo visitar Ise, que ficava mais próximo. Em Nara, viu apenas o Museu Histórico e logo retornou à estação.

A visita a Ise foi bem mais interessante que o esperado. Ouvira dizer que lá faziam as pessoas reverenciar um cavalo branco considerado divino, mas isso era mentira. Havia um clima agradável que o levava a ver a correnteza límpida do rio Isuzu e os gigantescos cedros japoneses totalmente desenvolvidos. Achou interessante, também, a marcha musical de Ise[23] praticada em Furuichi.

Instalou-se numa hospedaria chamada Casa Abura, muito conhecida pelo meio teatral. Quando estava para ir assistir à marcha de Ise, o ocupante do quarto vizinho disse que gostaria de acompanhá-lo e fazer a refeição junto com ele, de modo que pediram para abrir a divisória de papel com motivos chineses entre os dois quartos. Era uma pessoa que gostava de falar da seguinte maneira: "É que a Assembleia da Província está em recesso, no momento". Era da província de Tottori, três ou quatro anos mais velho que Kensaku. Este, como não sabia até que ponto o membro da Assembleia da Província poderia se vangloriar de determinadas coisas, sentiu pena e ficou um pouco incomodado.

Ouviu do vizinho de quarto que, na região San'in, havia muitas termas, e que uma montanha alta[24] de lá, com uma paisagem grandiosa e magnífica, era a segunda montanha sagrada da religião Tendai, depois do monte Ei. Os hóspedes do andar inferior, dois casais, também resolveram ir com eles, e, no total, eram em sete pessoas. À noite, guiados pela empregada da hospedaria, foram todos juntos a uma casa na zona de meretrício.

Foram encaminhados a uma sala escura, em estilo bem antigo, que não se sabia se fora pintada ou estava suja pela fuligem. De costas para um *tokonoma* bem profundo, todos sentaram-se diretamente num tapete chinês; à frente deles, sobre uma bandeja, havia impressos com a programação, doces e outros objetos. Do outro lado da cortina de madeira, na frente e nas laterais, estavam diante de um corredor que servia de passagem para os artistas, sinal de que ali deveria ser o palco.

– Você é corajoso, pois pretendia assistir a isso sozinho! – disse rindo, o senhor de Tottori, voltando-se para Kensaku. Ele nem pensara nisso, mas, de fato, achou que seria um pouco desconcertante se estivesse sentado sozinho nessa sala ampla e, de repente, surgissem ali dezenas de mulheres.

Sentaram-se quatro ou cinco instrumentistas acompanhantes e, quando começaram a tocar um *shamisen* que não se conseguia distinguir se era de braço grosso ou fino, uma árvore foi ali colocada, as três cortinas se ergueram, as luzes se acenderam, o corredor foi erguido cerca de três centímetros e colocou-se um pequeno cercado. De cada lado, saíram quatro mulheres dançando, de modo extremamente desprovido de sentimento, uma dança bem simples, que terminou em cerca de quinze minutos. Seu ritmo simplório, seu aspecto bastante vazio de emoção e também o som tranquilo do *shamisen*, que não se soube se era de braço grosso ou fino, foram muito interessantes. O aspecto anacrônico do salão e tudo o mais foi do agrado de Kensaku. Mas ele achou que talvez fosse muito mais interessante se tivesse apreciado tudo sozinho mesmo.

Encaminhados para outra sala, uma mulher obesa, de cerca de cinquenta anos, incentivou-os a ficar ali mais um pouco. Mas ninguém quis. Juntos, retornaram à hospedaria, seguindo a empregada.

Na manhã seguinte, Kensaku visitou, de riquixá, o santuário interno, Chôko-kan, e o santuário externo. No santuário externo, centenas de patos mandarins selvagens estavam na superfície do lago do bosque ou nos grandes galhos das árvores de sua margem, estendidos por cima da água. Ao vê-los, pareceu-lhe uma cena de um sonho.

De Futami foi para Toba, onde passou a noite, e decidiu retornar a Quioto. Mas na volta, desceu em Kameyama e percorreu a cidade de riquixá, por aproximadamente uma hora e meia, até a chegada do trem seguinte.

Kameyama, uma cidade bastante tosca, situada num planalto, era a terra de sua falecida mãe. Logo ele visitou a cidade toda. Depois, foi para as ruínas do castelo onde há um santuário. Lembrando-se da paisagem de Kameyama com um grande aclive, conforme mostra a obra *As Cinquenta e Três Paradas da Via Tôkai* de Hiroshige, Kensaku quis ir até lá, mas não sabia ao certo o local.

Fez o riquixá esperar em frente ao portal e andou pelos arredores. Na parte de baixo, havia um lago antigo e, acima, outra montanha do mesmo tamanho. Desceu nessa direção e foi subindo o caminho íngreme para o planalto. Mais acima, havia uma espécie de parque e não se via ninguém passeando ali. Uma senhora de cerca de cinquenta anos, de trajes humildes mas com certa distinção, estava varrendo o local. Quando ele subiu, ela parou de varrer e ficou olhando na sua direção. O seu olhar tranquilo deu-lhe a sensação de familiaridade. Imaginando que ela deveria ter a mesma idade da sua falecida mãe e talvez pertencesse a uma antiga família de samurais, sentiu vontade de conversar com ela.

– Aqui é... – dizendo essas palavras, aproximou-se – parte do castelo também?

– Sim, senhor. Aqui é o prédio secundário, e lá o antigo prédio principal – disse a mulher apontando para o lado do santuário.

Conhece alguém que esteve aqui há muito tempo com o nome de Saeki?

Saeki. É um antigo súdito, não?

– Isso mesmo – disse Kensaku, enrubescendo sem motivo algum: – O nome é Saeki Shin, uma mulher com mais ou menos a sua idade. Esperando que a resposta seria "conheço", Kensaku sentiu-se um pouco afobado.

– Bom... – A mulher inclinou a cabeça fazendo cara de quem não sabia. – Não me lembro de ninguém com o nome de Oshin, mas conheço uma pessoa chamada Okane e sua irmã mais nova, chamada Okei.

– Ela não tem irmãs. Acredito que não tinha. Não há outras famílias Saeki?

– Será que há? Eu só me lembro de famílias Saeki depois da Restauração Meiji e não conheço as que foram para outras localidades, mas, se perguntar na casa dos Saeki de quem falei agora, talvez eles saibam.

Sua expectativa se frustrara. Ele não tivera oportunidades de saber absolutamente nada da infância de sua mãe. Quando a mãe fora para Tóquio. Com que famílias tinha parentesco. Não sabia sequer o nome do pai de sua mãe; era suficiente chamá-lo de "Vovô de Shiba". Apesar de amá-lo e respeitá-lo mais do que o avô paterno, desconhecia-lhe o nome.

A mulher explicou a Kensaku onde ficava a casa dos Saeki, mas ele não teve vontade de ir lá. Agradeceu e foi embora. Percebera, naquele momento, que sabia muito pouco sobre sua mãe, que não tivera oportunidade de saber.

O sol do ocaso iluminava o bosque do prédio principal. Só o sumagre avermelhado, sobressaía, belo, entre o verde.

– Deixa pra lá. É melhor assim. Tudo começa por mim mesmo. Eu sou o ancestral. – Pensando isso, desceu correndo, em pequenos passos, o caminho montanhoso, íngreme e tortuoso, em direção ao lago sereno e outonal.

IX

Enquanto Kensaku esteve ausente, Ishimoto chegara a Quioto.

– Tudo está correndo bem – disse Ishimoto.

É mesmo? – Kensaku achou que havia algo de mais concreto.

O casal de velhos parece ter simpatizado muito com você.

... Eu também simpatizei bastante com eles.

É? Que bom!

....

Depois que eu fui embora, vocês conversaram algo a respeito?

Não.

Kensaku resumiu os acontecimentos daquele dia e disse que, agora, achava que não havia mais perigo, o que era raro.

– Obrigado por ter vindo tantas vezes de tão longe – agradeceu Kensaku.

– Não foi nada.

– Muito obrigado por ter vindo especialmente para isso. – Kensaku sentiu que nunca agradecera de forma tão clara a Ishimoto. E foi bastante espontâneo.

– Podemos achar que não há problemas, mas o que fazer daqui para frente? Você sozinho não vai dar conta, vai?

– É...

– Há assuntos que precisam ser tratados por S, mas, de uma forma geral, seria possível eu consultar Nobuyuki para nós próprios decidirmos?

Faça isso.

Na medida do possível, vou pedir sua anuência nas decisões...

– Não precisa fazer isso a todo momento. É muito trabalhoso. A resposta vem mesmo para o Sr. S, não é?

Sim, quanto a isso não há com que se preocupar.

Pelo jeito de Ishimoto, o velho N parecia ter deixado uma resposta de certa forma afirmativa. Ishimoto foi embora no expresso daquela noite.

A bagagem de Kensaku chegou e ele pediu a uma pessoa que limpasse a casa em que moraria e desfizesse os pacotes. A empregada que o ajudava desde o Bairro Fukuyoshi estava de férias, e, por isso, ele pediu uma substituta na hospedaria. Logo acharam uma pessoa que veio ajudá-lo no mesmo dia, embora Kensaku nada tivesse avisado. Era uma senhora idosa, magra, de olhos fundos, rosto encovado e fazia lembrar os espetinhos de peixe seco. Chamava-se Sen. A partir daquela noite, só Sen ficou de pernoitar na casa.

Três dias depois, pela manhã, Oei chegou. Queria partir depois de organizar toda a casa.

Trajetória em Noite Escura 223

– Não precisa – disse Kensaku. – O restante da bagagem ainda não chegou. Ao invés de ficar cuidando de mim, seria melhor visitar a cidade. Isso vai me deixar mais satisfeito. Quantos dias vai ficar?

Osai deve chegar de Gifu daqui a uns quatro ou cinco dias.

Então a mudança deve ficar ainda mais em segundo plano. Deixe por minha conta. – Assim dizendo, instalou-a na hospedaria e, depois, levou-a para visitar a cidade.

Antes, Oei tirou da mala uma foto em tamanho padrão, embrulhada num papel de presente, e mostrou-a a Kensaku.

– Chegou anteontem – disse.

– Ahn! É ela. Não é como a bela do quadro *Torigedachi* – comentou Kensaku.

Oei disse algo comparando-a com Aiko. Nessas palavras, ecoava certa revolta feminina misturada com um antigo desgosto. Kensaku achou desagradável que ela tivesse feito a comparação em relação a Aiko, mas, ao começar a relembrar os fatos desagradáveis daquela época, ficou um pouco irritado e calou-se.

De riquixá percorreram o vale Kuro, o pavilhão Shin'nyo, o Templo Ginkaku, o Templo Hônen, o Templo de Matsumushi-Suzumushi e outros templos, e passaram pela casa nova, em Kitanobô, no Templo Nanzen. Dispensando o riquixá, resolveram descansar um pouco.

– Que casa boa! – elogiou Oei sem parar. – O que é aquilo? – perguntou a Kensaku, referindo-se a várias bandeiras vermelhas que se agitavam sobre Matsuyama.

– É onde estão colhendo cogumelos – respondeu Sen da sala ao lado.

Oei ficou interessada pela cozinha comprida, semelhante a um corredor, bem diferente das cozinhas de Tóquio, e fez com que Sen lhe mostrasse tudo, observando atentamente. Tinha mais interesse nisso do que nos jardins do Templo Hônen.

Desistiram de ir ao Templo Nyakuô e ao pavilhão Eikan e foram ao Templo Nanzen.

Kensaku ficou sem jeito porque se sentia compelido a explicar tudo o que via, a ponto de achar que pudesse estar incomodando Oei. Embora parecesse criancice, não podia evitar. Especialmente com relação a Oei, sua natureza infantil brotava sem qualquer cerimônia.

Saíram na parte superior do canal, indo pelos fundos da montanha do Templo Nanzen, olharam o trilho na ladeira e pararam no Hyôtei para jantar.

Os dois voltaram à hospedaria quando já escurecia. Lá, estavam dispostas duas acomodações para se dormir, com o acolchoado dobrado em dois, no quarto apertado. Quando Kensaku saíra, perguntaram-lhe como deveriam ajeitar as acomodações e, sem pensar, ele respondera: "Pode ser aqui mesmo nesse quarto". Ao ver, no entanto, como estava, ele não conseguiu recordar-se de uma única vez em que tivesse dormido assim com Oei, no mesmo quarto (exceto quando era bem pequeno), em tanto tempo de convivência na mesma casa.

– Está um pouco apertado, não? – disse consigo mesmo, enrugando a testa. Oei, como se sentisse algo totalmente diverso, sentou-se, repousando o corpo cansado no pequeno espaço desocupado próximo à cabeceira.

– Graças a você, pude apreciar lugares que nunca imaginei – disse ela, como se já tivesse encerrado toda a visita à cidade.

– Está bem assim?

– Sim, está.

– Já vai dormir, não é?

– E o senhor Ken, não vai?

– Eu vou andar um pouco pela cidade.

– Então, com licença, pois não consegui dormir direito no trem noturno.

– Aproveite e durma logo.

Quando saía para a cidade, já era hábito de Kensaku descer direto pela rua de Teramachi. Andando por essa rua, agora, ele não estava tranquilo.

Voltou bem tarde da noite. Oei estava dormindo serenamente sob a luz acesa. No início, parecia não saber que ele voltara, mas, pouco depois, abriu os olhos, ofuscada, fez uma cara feia e disse: "Voltou agora?" Em seguida, virou-se para o outro lado e dormiu.

Kensaku era do tipo que não conseguia dormir sossegado se alguém estivesse junto no mesmo quarto, independentemente de quem fosse a pessoa. Pelo hábito de ler livros até à exaustão, nessas horas, ele puxou a extensão para trazer a luz para o seu lado e começou a ler a tradução de uma comédia intitulada *Muito Barulho por Nada*, comprada há pouco, num sebo. Desde que achara interessante o filme *Sonho de uma Noite de Verão*, lia muito comédias do mesmo tipo. Assim como as antigas artes orientais o levavam a uma época completamente diferente, servindo--lhe de grande consolo, essas comédias eram, para ele, naquele momento, mesmo que o contato fosse apenas momentâneo, algo que o arrastava a uma leve sensação de liberdade, totalmente distinto do que acontecia até então, e isso era gratificante. Agora ele não queria saber das tragédias.

Leu aproximadamente metade do livro. Apagou a luz e dormiu facilmente. Sem saber ao certo depois de quanto tempo, acabou despertando na escuridão, como se tivesse sido chacoalhado por alguém, e não conseguiu dormir mais. Por mais que tentasse, não conseguia. Logo ao lado, ouvia a respiração feminina de Oei. Mesmo assim, sua cabeça começou a ficar cansada, e, com a mente vaga, como se tivesse febre, sentiu o quarto com o ar carregado e quente, sufocante. Devido ao espaço apertado, ele estendia o braço, largando-o para o lado de Oei.

Trajetória em Noite Escura   225

Na manhã seguinte, quando despertou, Oei, já arrumada, tomava chá na varanda, olhando a paisagem de fora.

— Já despertou? — disse ela, quando Kensaku se espichou no acolchoado.

— Que horas são?

— Devem ser umas nove horas. Já vai acordar?

— Vou me levantar.

— Esse quarto é mesmo apertado para dois.

— Vamos mudar hoje.

— Se você tem algum trabalho, posso pegar outro quarto. Como está agora?

— Não estou fazendo nada. — Kensaku não sabia como interpretar essas palavras de Oei. Estaria falando só por falar, ou estaria pensando em algo mais? De um jeito ou de outro, para ele tanto fazia. Mesmo que Oei tivesse dito isso sabendo do sofrimento dele na noite anterior, ele praticamente não se envergonhava em relação a ela. Mas isso não era o sentimento de um desavergonhado. Era muito mais um sentimento de tranquilidade, por saber que ela perdoaria tudo. Ele sabia claramente que, mesmo que ela tomasse conhecimento, não ficaria brava por isso e também não faria pouco caso dele.

— Do outro lado há um quarto um pouco menor. A partir dessa noite você poderá ir para lá.

— Isso é bom. O lugar aonde fomos ontem dá para ser visto daqui, não?

À tarde, os dois foram ao monte Arashi. Na volta, falaram em passar pelo Templo Kinkaku, mas voltaram, pois já era tarde e Oei não quis ir.

— Amanhã vamos a Nara. Depois, podemos passar em Osaka.

Ao pensar que ficaria um tempo sem vê-la, Kensaku teve vontade de levá-la a tantos lugares quanto fosse possível. No entanto, não se sabe se por cerimônia ou por não querer andar tanto, Oei dizia sempre:

— Já vimos bastante mesmo.

"Passarei aí amanhã à tarde. Espero que dê tempo." Assim dizia o telegrama de Osai, que chegou no dia seguinte. É claro que a ida a Nara e a Osaka foi adiada, e Kensaku também acompanhou Oei nas compras.

No dia seguinte, ambos foram um pouco mais cedo à estação.

— Deve vir na terceira classe. — Dizendo isso, Oei entregou a Kensaku o dinheiro do trem até Shimonoseki.

— Ela vem sozinha?

— Osai deve trazer uma "criança"[25] de Gifu.

— Ela tem filhos?

— Não é criança de verdade... — Sem outra saída, Oei soltou um sorriso amargo. — Talvez mais uma se junte a nós, em Quioto.

Uma mulher cuja idade não se sabia ao certo, alta, de pálpebras caídas, com roupas vistosas, carregando um boneco grande, andava por ali havia algum tempo. Com ela, mais duas mulheres que não se sabia se eram acompanhantes ou se tinham vindo se despedir. Sem qualquer motivo, Kensaku achou que era ela a "criança" de Quioto.

Quando todos estavam na plataforma, o trem chegou. Na terceira classe, Osai, em uma janela, e mais duas jovens, em outra, estavam com a cabeça para fora. A moça de pálpebras caídas, levada pela mão por uma mulher de mais de cinquenta anos, ia naquela direção. Kensaku não suportava a ideia de que Oei se tornasse uma delas. Com um estranho vazio no peito, ficou em frente à janela, afastado um passo, junto daquelas duas desconhecidas que vieram se despedir.

A mais jovem era bastante exibida. Dizia que, no ano anterior, prometera não chorar, mas acabara chorando, e agora estava assim exibida como um sinal evidente de sucesso. Ouvindo essa conversa, Kensaku sentiu ainda mais que Oei corria riscos.

– Ao invés de ficar falando sobre o sucesso, passe para cá seu capital – gracejou Osai, dirigindo-se à moça. – Venda o seu telefone de seiscentos ienes, o que já é uma quantia suficiente, e me entregue.

A moça fez uma cara de receio ao ser cobrada dessa forma. Oei, por trás de Osai, sorria calmamente. Na aparência, podia ser um bom negócio, mas, incentivada por Osai, Oei deixou-se envolver com facilidade, e agora, no inverno, ia perder dinheiro em Tenshin. Só de pensar nisso, Kensaku teve vontade de dizer na cara dela que ela era mais "tola" que aquela moça.

A moça das pálpebras caídas recostou-se à janela e, segurando as duas mãos da senhora de cerca de cinquenta anos, acariciava-lhe o rosto com as costas das mãos da mulher.

– Isso aqui é melhor colocar em cima. – Quando Osai lhe disse essas palavras, a moça, que parecia ignorante, calou-se, soltou as mãos da senhora e pôs o boneco grande na prateleira de tela. Logo depois, sentou-se como estava, pegou novamente as mãos da mulher idosa e ficou roçando seu rosto nelas, como se fossem objetos inseparáveis.

X

Kensaku resolveu finalmente mudar-se para a casa nova. O dia estava um pouco nublado e com vento um pouco frio para o outono, mas, como Sen viera avisar que o restante da bagagem havia chegado, ele resolveu ir imediatamente. Arrumando o seu próprio quarto, desamarrando o cordão dos pacotes, levando os objetos sem tanta necessidade para a despensa atrás do telhado, ficou coberto de poeira, e com o rosto e as mãos ressecados. A dor de cabeça causada pelo frio e a irritação do nariz devido à poeira deixaram-no indisposto.

A velha Sen trabalhava com agilidade, mas, como vinha a todo momento falar-lhe, ele ficou um pouco irritado, por causa da indisposição que estava sentindo.

– O que é isso? – perguntava coisas assim.

– O quê?

– Isso não é uma mesa com aquecedor? – Sen segurava com as duas mãos o aquecedor de ferro para os pés, como se estivesse bastante pesado.

– É um aquecedor para os pés. Deixe-o em qualquer lugar.

– Aquecedor para os pés. Não vai usá-lo, vai?

– Talvez use, mas no momento não preciso, por isso deixe guardado.

– .... Será que poderia me emprestar? Tarde da noite sinto frio nos quadris e não aguento. – Dando uma risada suspeita e fazendo-se de vítima, Sen abaixou um pouco a cabeça. Kensaku fez uma cara de desagrado e achou que ela era um "espetinho de peixe seco" muito ousado. Quando ela fez o pedido, contudo, ficou sem jeito de proibi-la de usar o aquecedor. Sem outra alternativa, disse "sem problemas", mas achou que um objeto que fosse para o quarto do "espetinho de peixe seco" não seria mais aproveitável e pareceu-lhe um desperdício. No entanto, também achou graça do dono do aquecedor ter trazido de Tóquio, com tanta dificuldade, um objeto pesado como aquele, e ser logo usurpado pelo "espetinho de peixe seco".

Na primeira remessa da bagagem, uma bacia ficara sem o fundo, pois o aquecedor fora colocado nela junto com o fogareiro de metal, e Kensaku perguntou:

– Mandou-a para o conserto?

– Não mandei – disse Sen como se fosse a coisa mais natural.

– Por que não?

– Porque o homem que conserta bacias não passou...

– Se ele não veio, porque não a levou?

– Que bobagem! E dá para uma mulher carregar uma bacia tão grande como aquela? Não sei até onde, mas...

– Coloque na cabeça e vá como se fosse tocando tambor.

– Que bobagem!

Quanto menos tentava se irritar, mais irritado ficava. Foi, porém, logo depois, à casa de banho e voltou aliviado, um pouco menos irritado. Sentiu que seu relacionamento com Sen demoraria um pouco para ficar tranquilo. Ela estava serena como se fosse cuidar de um estudante, e Kensaku não estava longe de sê-lo, além disso, pensava em manter a maior igualdade possível entre patrão e empregada, mas havia uma certa incompatibilidade de sentimentos que lhe era insuportável. Achou que, até ela entender isso, ainda aconteceriam coisas desagradáveis.

– Quando eu estiver diante da escrivaninha, não fale comigo, aconteça o que acontecer, entendeu? – deixou avisado.

228 *Naoya Shiga*

– Mas por quê? – perguntou Sen, arregalando seus olhinhos, como se tivesse ficado surpresa.

– Porque sim! Se eu disse que não, é não.

– Está bem!

E Sen cumpriu à risca o combinado. Quando entrava querendo dizer algo e via Kensaku diante da escrivaninha, ela dizia:

– Ah, não posso falar nada. – Tapava logo a boca com as mãos e se retirava.

Kensaku quase não conhecia o passado de Sen. Só sabia que ela tivera uma filha; se estivesse viva, teria a sua idade. Com a morte da filha, recebia auxílio de um irmão mais velho, também falecido recentemente. Depois, morou com um sobrinho casado, mas, como lhe pareceu que estava sendo um estorvo, resolvera arrumar trabalho. É o que Kensaku ouvira falar.

Sen costumava cantar enquanto fazia os trabalhos da cozinha. Não cantava mal, mas era só beber um pouco para cantar em voz alta, de modo que, às vezes, Kensaku gritava lá do quarto:

– Silêncio!

À medida que o tempo passava, no entanto, a situação foi melhorando. Kensaku também passou a não se importar tanto com as atitudes de Sen, e ela, por sua vez, esforçava-se para seguir a vontade dele. Sendo natural de Quioto, fazia tudo muito bem, cumprindo as tarefas do lar deixadas em suas mãos sem desperdícios. Era de beber e de fumar, reutilizando as pontas de cigarro de Kensaku, que ela desfazia e colocava no cachimbo. Pouco a pouco, ele foi se afeiçoando a Sen, mais do que imaginara.

De Oei, viera uma carta bem simples, avisando que chegara bem, sem mais detalhes.

Até se mudar para Quioto, Kensaku pensava que um de seus prazeres seria visitar os templos, sozinho, tranquilo, depois que a casa fosse arrumada. Na realidade, porém, após estar instalado, não sabia por quê, não conseguia pôr em prática esse desejo. Fora tomado por uma estranha preguiça. Na maioria das vezes, quando saía, andava por lugares movimentados, como Shin Kyôgoku, e voltava exausto. Sem amigos para encontrar, às vezes, passava dias de inconsolável solidão; mesmo assim, ultimamente, não se abalava mais como nos dias em que esteve em Ômori ou em Onomichi. Não era muito, mas conseguia, aos poucos, escrever.

Certa manhã, enquanto ele ainda dormia, o Sr. S apareceu. Sem entrar, dizendo que estava num serviço externo para a empresa, entregou a Sen, no *hall*, uma carta não lacrada.

Uma hora depois, Kensaku leu a carta. Era a resposta de aceitação vinda de Tsuruga. Ele leu várias vezes.

– Ei, essa carta foi trazida pelo próprio Sr. S?

– Sim.

– Deveria ter me acordado.

– Falei a ele que o chamaria, mas ele disse que voltaria ao entardecer, porque estava em serviço, e foi logo embora.

Para Kensaku, foi uma alegria o próprio Sr. S, em pessoa, ter trazido a carta. Ele dera muito trabalho ao Sr. S e, embora estivesse agradecido, até então não fora à casa dele uma única vez, por falta de tempo. Sentia-se incomodado com isso. No entanto, não conseguia ir até lá. Como o Sr. S também não o visitava, isso o preocupava, e de vez em quando ele pensava: "O Sr. S está bravo com minha falta de consideração e por isso agiu com frieza em relação a esse assunto. É por essas razão que a resposta está demorando tanto; desse jeito, o assunto vai acabar morrendo". Eram preocupações desse tipo. Agora, entretanto, depois de varrer da mente inclusive esses sentimentos nebulosos e inquietantes, Kensaku recobrou o ânimo.

– E então, ficou resolvido?

– Ficou.

Sen estava de pé, mas sentou-se. Com um jeito respeitoso que não combinava com ela, felicitou-o:

– Parabéns.

– Obrigado – disse Kensaku fazendo uma leve reverência também.

– E para quando é...?

– Não sei ao certo, deve ser ainda este ano; caso fique para o ano que vem, antes do início da primavera.

– Não há muito tempo, então!

– Quando é o início da primavera?

– Deve ser no início de fevereiro.

Na carta, estava escrito que souberam da fama de Kensaku por intermédio de um amigo do filho do velho N, estudante do Departamento de Literatura de uma faculdade particular, e todos estavam contentes. Kensaku ficou feliz por essa pessoa ter falado bem a seu respeito. E gelou, ao pensar se, caso estivesse no lugar dela, seria franco ao ser indagado sobre a mesma questão.

Kensaku escreveu cartas com conteúdos praticamente iguais a Nobuyuki, Ishimoto e Oei. Escreveu, ainda, a Tatsuoka em Paris, o que há muito não fazia. À tarde, foi a uma loja chamada Suruga-ya, comprar doce de feijão para enviá-lo a Tatsuoka. Dali, ligou para a empresa do Sr. S e perguntou sobre sua disponibilidade, resolvido a visitá-lo. O Sr. S pedira-lhe para ir às quatro. Havia ainda umas duas horas até o horário combinado. Para passar o tempo, foi à loja Daimaru, em Shijô Takakura. Sentia uma necessidade oculta de ver quimonos femininos bem vistosos. Queria ter, naquele momento, uma ilusão causada pela apreciação desses

230   *Naoya Shiga*

objetos. Mas havia um outro desejo: o de ver o pequeno avião[26] caído no campo de treinamento militar de Fukakusa. Tatsuoka tinha elogiado esse avião, um Moran Solniel, monomotor. Na carta que escrevera ao amigo contou-lhe que o piloto, para voar até Tóquio sem escalas, carregara grande quantidade de gasolina e, quando estava treinando o voo, caíra e acabara morrendo. Na exposição, estavam, entre outros objetos, a roupa do aviador semiqueimada, seu cartão de visitas torrado e suas luvas. Quando ele vinha a Quioto, via muito esse avião, veloz como um falcão, dar curtos voos bem altos. Lembrou-se de que as crianças da cidade ficavam olhando e gritavam excitadas: "Sr. Ogino, Sr. Ogino!" A fama do Sr. Ogino não era só entre as crianças, mas em toda Quioto. Ele morrera e agora seus pertences reuniam, assim, um grande número de pessoas...

Kensaku deixou o local na hora adequada e dirigiu-se à casa do Sr. S. Era uma casa requintada, típica de Quioto, com bambus-fêmeas plantados dos dois lados da passagem de pedras, desde a entrada do portão. Consultado sobre o noivado, a época do casamento e o local, Kensaku respondera que não tinha ainda nada decidido. Achou que deveria acontecer o quanto antes, mas, se estava definido que seria antes do início da primavera, estranhou a pressa e pediu que tudo fosse definido da melhor maneira possível, consultando Ishimoto.

XI

Kensaku decidiu ir a Tóquio, onde passaria três ou quatro dias[27]. Não havia nenhum motivo em especial, mas, como já fazia algum tempo que não ia, sentiu vontade. Além disso, quis ir dessa vez porque, até então, Ishimoto é quem fora a Quioto por duas vezes.

Passou em Kamakura e foi a Tóquio com Nobuyuki, visitando Ishimoto na mesma noite. No entanto, não havia muito o que consultar e eles ficaram até tarde falando sobre assuntos banais. Os dois resolveram dormir lá e deitaram-se lado a lado. Nesse momento, Nobuyuki disse.

— Você não tem intenção de passar em Hongô, tem?

— Bem, não me sinto muito à vontade em ir lá, mas queria me encontrar com Sakiko e Taeko, pois faz muito tempo que não as vejo.

— Outro dia, quando falei de você, elas ficaram muito contentes.

— Ah, é? Será que podemos marcar encontro em algum lugar?

— Amanhã é domingo.

— É sábado!

— Então, vamos chamá-las a Kamakura depois de amanhã?

— Por favor.

– Bem, então, amanhã eu telefono. Na certa, elas ficarão felizes.

No dia seguinte, antes de voltarem a Kamakura, telefonaram para chamar as irmãs mais novas. Elas ficaram mesmo contentes e combinaram também o horário do trem do dia seguinte.

Ao subir no trem, de repente, Nobuyuki disse:

– Você não trouxe a foto, trouxe? .... Que falta de atenção!

– Pensar eu pensei....

– Você sempre pensa e não faz – disse Nobuyuki ríspido, pensando sabe lá o quê, e começou a rir. Kensaku ficou um pouco aborrecido.

– Mas você já a viu em Ômori..... E eu não pensei que fosse me encontrar com as meninas.

– Tem razão. – Nobuyuki balançou afirmativamente a cabeça duas ou três vezes, como se retirasse o seu exagero nas palavras.

Nessa noite, ambos dormiram cedo. No dia seguinte, Kensaku deixou Nobuyuki e foi sozinho à estação, na hora marcada. Quando estava na plataforma, o trem chegou. As duas irmãs desceram trazendo um grande pacote.

– E o mano mais velho? – perguntou Taeko.

– Está esperando em casa.

– Puxa, que coisa! E dizer que trouxemos tanta comida gostosa para ele... – Taeko parecia cheia de vitalidade. E crescera, pois fazia algum tempo que não a via.

Mandaram as bagagens na frente, no riquixá, e foram andando sem pressa, pela frente do santuário que cultua a divindade Hachiman, ao lado da escola. Era um dia tranquilo, e os três estavam se sentindo bem e alegres.

Falaram sobre a casa de Quioto, mas Kensaku não conseguia tocar no assunto do casamento. Até começou a falar, mas, incapaz de prosseguir, foi Sakiko quem falou:

– Fiquei muito feliz por você.

– Quando vai ser a cerimônia? Vai ser em Quioto, não é? – perguntou Taeko.

– Deve ser.

– No casamento, quero ir a Quioto.

– Vamos pedir ao mano que as traga.

– É, pretendo fazê-lo. Mas quando será? Se não for nas férias escolares, não dá.

– Talvez seja nessa época.

– Procure fazer com que seja, está bem?

– Não dá para definir uma coisa como essa de acordo com a sua conveniência, Tae – disse Sakiko. Taeko ficou calada, brava, olhando para a irmã mais velha. Sakiko achava que, mesmo que o casamento fosse nas férias escolares, o pai não permitiria a ida de Taeko a Quioto. Kensaku também sabia disso. Mesmo assim, continuou falando, para que a conversa agradasse a Taeko, mas também se sentiu incomodado. E acabou calando-se também.

Chegando perto da casa, Taeko saiu correndo na frente. O riquixá que trouxera a bagagem vinha voltando.

Logo depois, quando Kensaku e Sakiko chegaram à casa em Nishimikado, Taeko, bem no meio da sala, desamarrava o lenço que envolvia um grande embrulho. Havia doces, enlatados, frutas, camisetas e até coisas como roupas de baixo. Havia, ainda, outra caixa bem amarrada, embrulhada com jornal. Com alguma intenção desconhecida, Taeko separou-a e disse:

– Esse é para o .... é do Ken. Não abra agora, tá? Veja só depois que voltar para Quioto.

– Deixe-me ver – disse Nobuyuki, e estendeu a mão.

– Não pode, não!

– Mostre só para mim – e tentou pegá-la, mas Taeko, brava, disse:

– Não pode!

– É um presente de casamento?

– O de casamento vou dar separado.

– É uma amostra então.

– Esqueça. Não é da sua conta. Fique quieto! – disse Taeko, levantando-se e colocando o pacote na prateleira.

– Chata. Então fale! O que é? – Nobuyuki falou assim ríspido, de propósito.

– Foi feito pela Taeko! – disse Sakiko, ao lado.

– Mana, fica falando o que não é preciso.... – Taeko encarou Sakiko. Fez Kensaku prometer de pés juntos que não abriria o pacote até voltar a Quioto, e finalmente ficou satisfeita.

– Se você fica fazendo tanta cena assim, vai ser até engraçado. Corre o risco de se transformar na decepcionante caixa de Urashima Tarô[28]. – Dizendo isso, Sakiko começou a dar risadinhas.

– Que crueldade! – Taeko arregalou os olhos e ficou encarando a irmã. Estava prestes a chorar.

– Ei, já está quase na hora do almoço, e vocês é que vão prepará-lo! – disse Nobuyuki.Taeko, brava, fez de conta que não ouviu.

À tarde, todos foram ao Templo Enkaku. Na volta, subiram à montanha de Hanzôbô, do Templo Kenchô.

Kensaku resolveu acompanhar as irmãs até Tóquio e voltar a Quioto na mesma noite, no trem noturno.

Quando se preparavam para ir embora e Taeko entrou no banheiro, Nobuyuki, fazendo gracejo, disse:

– Vou aproveitar para dar uma olhadinha – e pegou a caixa da prateleira.

– Deixe disso! – falou Kensaku, também em tom de brincadeira e a tomou. Sakiko estava rindo.

Os três se despediram de Nobuyuki na estação e retornaram a Tóquio. Despedindo-se, em Tóquio, das irmãs mais novas, Kensaku voltou a Quioto.

O presente de Taeko era um porta-retrato bordado com fitas e um porta-joias. Kensaku riu, entendendo porque ela ficara brava quando falaram na caixa de Urashima Tarô. Na caixinha, havia uma carta num pequeno envelope ocidental.

"Mano[29], parabéns. Quando fiquei sabendo da notícia, outro dia, pelo mano mais velho, quase chorei. Fui para a sala ocidental e me senti estranha, primeiro pela surpresa e, depois, pela alegria.

Essa caixa é para a cunhada desconhecida. O porta-retratos é para a foto dela ou para a foto do casamento. Aprendi com a esposa do Sr. B, na casa onde vou aprender piano."

Esse era o conteúdo da carta. Kensaku ficou feliz porque, na hora em que se encontraram, Taeko nada falou e estava descontraída. Foi uma surpresa ela ter se alegrado tanto com o seu casamento. Seus olhos encheram-se de lágrimas.

XII

A data do casamento de Kensaku até que foi definida logo. Isso, em virtude da interferência de Ishimoto e de Nobuyuki. Eles pediram ao Sr. S que transmitisse à família da noiva que não era preciso preparação. Não se sabia quanto tempo Kensaku iria morar em Quioto e não havia necessidade de se alugar uma casa maior; também não seria bom ficar trazendo muita coisa a essa altura. Quanto à cerimônia, seria a mais simples possível.

Um dia, no início de dezembro, a família (a noiva, a mãe e o irmão mais velho) veio de Tsuruga. No dia seguinte, todos foram convidados à casa do Sr. S, onde promoveram o encontro dos noivos, e, à noite, também a convite do Sr. S, foram ao teatro cômico, na Companhia Minami.

Ao rever Naoko, Kensaku teve uma impressão bem diferente da que tivera quando a vira antes. Pode-se dizer que ele construíra, em seu pensamento, uma mulher da maneira que, naquele momento, ele desejava. Em suma, criara em sua mente uma mulher de beleza antiga e refinada, como a bela do *Biombo Torigedachi*; ou então, uma moça bastante ativa, fina, dessas que costumam aparecer em comédias agradáveis. Na primeira impressão que tivera, havia uma tendência à conveniência e ao exagero. Agora, já mais calmo, via-a como uma mulher bem contida, de grande porte, de faces fartas, porém com pequenas rugas no canto dos olhos. Usava um penteado já fora de moda, antigo, chamado *hisashigami*, e ele não conseguia se lembrar como estava seu cabelo da primeira vez que a viu. Seria, certamente, menos elaborado, sem incomodar tanto a vista.

De perfil, parecia-se com a mãe. Esta era também o oposto do que imaginara como irmã mais nova do velho N. De rosto grande, alta, meio interiorana. Também não gostou do seu cabelo, escuro demais, denunciando a tintura. Por ela ser parecida com a mãe, ele lembrou-se do conto de Maupassant intitulado "Unfortunate Likeness", que descrevia uma situação semelhante; mas ele não sentiu tudo desmoronar como acontece com o protagonista daquele conto. Fosse como fosse, a verdade é que ela não era a beleza que ele imaginara. Revelou-lhe isso mais tarde, ao que ela explicou que o cansaço no trem do dia anterior e a insônia à noite – o cansaço a deixara mais tensa e ela não conseguira dormir quase até o amanhecer – provocaram-lhe com uma leve dor de cabeça e um pouco de ânsia de vômito, como se ela estivesse meio enferma. De fato, depois disso, praticamente não a viu mais com o semblante daquele dia.

A moça não era a única que estava apagada. Kensaku também estava cansado e irritado. Afinal, ele se cansava ao ficar muito tempo com alguém no primeiro encontro. Cansou-se ainda mais por se tratar de uma pessoa com quem não poderia ficar indiferente. O irmão mais velho pareceu-lhe agradável, mas, por falta de assuntos em comum, pôs-se a falar sobre literatura sem qualquer preparo, e Kensaku viu-se em apuros para dar respostas. Mesmo que a conversa fosse apenas para preencher o tempo e não houvesse necessidade de dar respostas responsáveis, era-lhe difícil encontrar réplicas que o satisfizessem. Só que, quando ele dizia, olhando diretamente nos seus olhos, como se fosse bastante afeiçoado às pessoas: "Ela não é tão prestativa, mas..." ou: "Mamãe já está ficando idosa...", sentia que era boa pessoa e fazia com que as pessoas se sentissem íntimas. Embora mal o tivesse conhecido, Kensaku já sentia que ele não era alguém totalmente estranho.

No palco, exibiam a cena da morte de "Kamiya Jihee"[30] em Kawashô. Kensaku já havia assistido à mesma peça de *kyôgen* diversas vezes e, embora achasse que a encenação do artista fosse sempre bem feita, conforme o roteiro, não ficou interessado. Meio confuso, não conseguiu aproveitar a situação daquele momento – estar assim, com a sua noiva, e se divertir. Ao ver aquela Naoko que estava diante de seus olhos, e ao pensar naquela outra de dois meses atrás, Kensaku achava estranho que pudessem ser a mesma mulher.

Naoko, com uma cara triste e desanimada, assistia à peça. Kensaku achava gracioso o seu jeito desatento. Ao mesmo tempo, não sabia o que fazer com esse estado de espírito humilhante, que fugia ao seu controle. Procurou aparentar normalidade. Pouco a pouco, no entanto, foi sendo tomado por um desejo de querer escapar daquele lugar nem que fosse um segundo mais rápido. Isso não era surpresa para ele, mas, em virtude da ocasião, lutava contra si mesmo. Assim como a ideia de se casar com Oei o levara a uma vida boêmia por algum tempo, o fato dele ter ficado um pouco doentio, dessa vez, também o deixava cansado e abalava os seus nervos.

A peça terminou já tarde. Lá fora, a lua, quase lua cheia, já ia alta. Kensaku despediu-se logo de todos e, com o sentimento de liberdade de um passarinho que sai da gaiola, foi andando ao longo da calçada do santuário Yasaka, em direção ao Chion-in. Bastava-lhe ficar sozinho, apenas isso... À medida que se aproximava do grande portal da montanha do Chion-in, a lua se escondia por trás dela e ele enxergou o grande portal ainda mais escuro.

Kensaku teve um mau pressentimento em relação ao futuro, já que o primeiro passo para o casamento começara daquela maneira. Mas pensou que, acima de tudo, o problema era ele. O mau hábito de não conseguir autocontrole – ao dizer isso, não tinha a intenção de fugir à responsabilidade, mas talvez ele fosse sempre traído pela horrível hereditariedade do avô. Tinha essa impressão, também. "Seja[31] como for, vou evitar. Os acontecimentos de hoje são os acontecimentos de hoje. Daqui para frente, se eu não levar uma vida séria e de respeito, acabarei conduzindo minha própria vida para a destruição, por causa disso. E, afinal, após o casamento, deverei me abster ainda mais." Pensou assim. Ele, mais uma vez, repetia a promessa que sempre quebrava.

Kensaku se casou com Naoko uma semana depois, mas, antes, a mãe, o irmão e ela visitaram-no em sua casa. Foi uma tarde fria e nublada. Quando Sen estava nos afazeres da cozinha, ele foi até o posto de correio situado a duzentos ou trezentos metros dali, para enviar cartões a Ishimoto e Nobuyuki, e avistou de longe os três chegando a pé. Só a mãe estava um passo atrás, e Naoko, encostando seu corpo volumoso no irmão, que ia à frente, conversava alegremente. Estava irreconhecível, de tão bela, e mostrava muita vivacidade. Sentindo seu coração bailar, ele esperou.

Kensaku estava bem à vontade, tudo correu de modo agradável e todos pareciam contentes. Sen também estava afobada, querendo mostrar toda a simpatia possível para a protagonista. Kensaku pegou fotos da falecida mãe, dos irmãos, dos pais da mãe, de Oei, de amigos da escola e outras – o que não fazia há muito tempo – para mostrá-las às visitas.

Resolveram ir até o Templo Ginkaku e saíram andando. Olharam o Templo Anraku, o Templo Hônen e, quando ele falou sobre a origem da Torre do Rei Asoka, ali localizada, Naoko prestou muita atenção, como se fosse uma estudante ouvindo um professor que idolatrava. Quando estavam para entrar no Templo Ginkaku, de repente, o irmão de Naoko disse: "Não estou me sentindo muito bem, e então vou embora na frente". Estava pálido e transpirava na testa. Todos se preocuparam. Parece que o aquecimento exagerado do quarto, uma vez que o próprio Kensaku

236   *Naoya Shiga*

era friorento, tinha feito mal a ele. Disse que poderia ir sozinho mesmo, mas, como havia um riquixá, foi embora com a mãe, ficando somente Naoko.

Kensaku e Naoko entraram calados pelo portão do aclive cheio de telhas dispostas na vertical. Havia uma placa com o ideograma "virtude" e, quando pararam ao lado, para esperar o guia, continuavam sem assunto. Um pouco depois, chegou uma criança-guia vestindo calças japonesas curtas, que começou a falar sozinha em voz bem alta: "Ginsatan e Kôgetsudai", "os biombos à esquerda e à direita são escritos do pavilhão de Taiga"[32], de modo que o clima de constrangimento de repente se desfez.

– Se você quiser voltar logo, de riquixá, posso mandar entregar, hoje à noite, na hospedaria, seu guarda-sol e as sacolas de viagem que ficaram lá em casa. Como prefere fazer? – perguntou Kensaku. Naoko continuou calada e, com um olhar meio desgostoso, fitou Kensaku.

– Ou quer passar lá em casa? – Quando ele disse essas palavras, ela respondeu: "sim", um pouco afável, como se aquilo fosse muito natural.

Os dois foram seguindo pelo rio canalizado que bombeava água da parte de trás do Templo Nanzen e mandava-a de volta, depois de passar pelas plantações de arroz próximas do vale Kuro. Onde podiam andar juntos, andavam. Onde não era possível, Kensaku ia na frente. Mesmo estando à sua frente, parecia-lhe que podia ver o pé de Naoko que o seguia, pequeno, em comparação com seu porte físico, com a meia bem branca e bem calçada, chutando a barra do quimono, pisando rápido e ágil, e deu-se conta do quanto ela era bela. Uma pessoa assim, com aqueles pés, acompanhando-o logo atrás, fazia-o sentir uma estranha felicidade.

Indo contra a correnteza forrada de pedrinhas, um filhote de tartaruga arrastava-se com todas as suas forças. Arrastava-se esticando o pescoço como se tivesse apenas esse objetivo. Era muito engraçado, e os dois ficaram olhando-o por algum tempo.

– Eu não sei nada de literatura – começou a dizer Naoko, nesse instante, sem motivo nenhum. Kensaku agachou-se e, pegando torrões de lama, jogava-os na direção em que a tartaruga avançava. Ela encolhia um pouco o pescoço, mas, quando a água enlameada se desfazia, continuava andando com um pouco de lama no casco.

– É melhor que não saiba – disse Kensaku, agachado mesmo.

– Não é bom, não.

– Para mim, é melhor assim.

– Por quê?

Frente a essa pergunta, Kensaku não conseguiu achar uma razão muito clara. Antigamente não era assim, mas para ele, agora, tanto fazia se a sua esposa tivesse alguma compreensão especial sobre o seu trabalho ou não. Quando quis se casar com Oei, essa questão já havia se resolvido. E seria bem mais intolerável se Naoko lhe dissesse: "Eu adoro literatura".

Naoko parecia se preocupar em deixar isso bem claro o quanto antes. E mais uma coisa. Ela tinha uma tia-avó que morava em sua casa desde que ela nascera. Essa tia gostava muito dela, pois não tinha filhos. Já estava com mais de sessenta anos e sentia-se triste com a separação das duas. Talvez ela viesse de vez em quando a Quioto, passar uns dias na casa deles. Queria que ele permitisse isso de qualquer jeito. E Naoko acrescentou:

– Minha tia também falou para que eu lhe transmitisse esse pedido.

Voltando para casa, os dois descansaram um pouco. Naoko ficou folheando os livros da estante da segunda sala e perguntou: "Que tipo de livros seria bom eu ler?"

Os dois saíram juntos e Kensaku foi levar Naoko. O irmão dela já estava de pé. Disse que, depois de dormir um pouco, havia melhorado.

<u>XIII</u>

O casamento realizou-se cinco dias mais tarde, em cerimônia bem simples, numa casa chamada Saami, em Maruyama. Da parte de Kensaku, participaram Nobuyuki, Ishimoto e a esposa, Miyamoto, grande apreciador de Quioto, e Takai, que retornara a Nara. Da parte de Naoko, o casal idoso N e três ou quatro parentes e amigos. Além deles, o casal S, padrinhos dos noivos, o Doutor Yamazaki e a dona da hospedaria de Higashi Sanbongi, entre outros. A cerimônia foi simples, mas muito mais sofisticada do que Kensaku esperava para o seu casamento, e ele achou até que não combinara nada com a sua pessoa. Por felicidade, conseguiu permanecer com uma sensação de liberdade. Diversos fatos pareceram-lhe divertidos, e ficou feliz por causar essa impressão aos outros.

Naoko, vestida com um quimono de gala para moças solteiras ao qual não estava acostumada, destoava das dançarinas e das artistas bem vestidas e habituadas aos trajes. Além do mais, a maquiagem, que não combinava com o seu rosto, deixava-a com um ar interiorano, e ele teve até pena. Por estar alegre, até esses fatos foram vistos com humor e ele não se zangou.

Por volta das onze horas, tudo estava terminado. Na hora da saída, Nobuyuki disse:

– Vou à hospedaria de Ishimoto. Amanhã cedo mandarei um telegrama a Oei. Os detalhes você envia por carta, depois que estiver mais tranquilo. – Nobuyuki estava bastante embriagado naquele dia e tagarelava sozinho. Sua agitação não foi desagradável e não causou má impressão aos presentes, mas Kensaku ficou surpreso em vê-lo assim pela primeira vez, e também um pouco preocupado.

Estava bem, mas tinha a impressão de que, se ele bebesse mais um pouco, sairia da linha. No entanto, como ele lhe disse aquelas palavras tão sensatas, achou que não havia perigo e não pôde deixar de sentir a proximidade de parentesco que existia entre eles.

Quando Kensaku e Naoko retornaram para casa, Sen, vestindo um quimono com um emblema antigo, recepcionou-os na entrada.

Na manhã seguinte, os dois foram cedo fazer os agradecimentos na casa do Sr. S. Era hora de saída para o trabalho, mas o Sr. S os aguardou. Depois, foram à hospedaria onde estava o casal Ishimoto e, daí, acompanhados por Nobuyuki, foram a Higashi Sanrô, onde estavam os familiares da noiva. Por dois ou três dias, passaram momentos atarefados, levando à estação as pessoas que iam embora, acompanhando as visitas a Nara e ocupados com outros afazeres.

A casa de Kensaku era pequena: um cômodo de oito tatames, outro, contíguo, de quatro tatames, voltado para o norte, o *hall* de entrada e o quarto da empregada. Como não era possível usar o cômodo de quatro tatames, sendo duas pessoas, era mesmo necessário mudar de casa.

Kensaku não precisava trabalhar logo, mas não queria ficar sem fazer nada durante algum tempo, após o casamento. Assim, preferia deixar tudo organizado, para que pudesse trabalhar a qualquer momento. Certo dia, os dois foram ver uma casa de aluguel perto do Templo Kôdai, vista havia algum tempo. Essa casa já estava ocupada, mas no mesmo grupo de casas havia um sobrado geminado recém-construído. Gostaram do que ficava no lado leste e estavam praticamente decididos.

– Aqui não está muito bom – disse Kensaku, pondo o rosto para fora da janela voltada para o sul, no andar superior. – Quando o vizinho colocar o rosto para fora da janela, ficaremos cara a cara.

– É mesmo – concordou Naoko. O filho do proprietário, que trouxera as chaves para mostrar a casa, disse de bom grado:

– Se for nesse lugar, podemos erguer um pequeno muro no telhado do banheiro. Servirá também para evitar o sol do oeste.

– Ah, é? Se puder fazer, será ótimo. Precisaria também que puxasse esse fio da luz próximo à escrivaninha que vou colocar no canto do quarto. Se der muito trabalho, podemos nós mesmos fazê-lo.

– Se for só isso, podemos fazer.

Até aí não houve problemas. Em seguida, desceram as escadas e entraram na sala de chá. Vendo que a luz só estava a uns vinte centímetros do teto, Kensaku disse:

– Isso também não está muito bom. Assim fica escuro para a costura.

– Será que o fio não estica um pouco mais? – Naoko estendeu a mão tentando puxá-lo.

Trajetória em Noite Escura   239

– Não estica – disse o filho do proprietário, mostrando uma leve irritação. Afastou-se deles e ficou calado, observando.

Kensaku achou que ele estivesse bravo com tantas exigências. Na verdade, eles eram exigentes, mas não entendeu por que o rapaz ficou tão incomodado com isso. O proprietário não se propôs a esticar o fio. Pela sua natureza mimada, Kensaku ficou irritado com aquela atitude de indiferença. Então, disse:

– Podemos esticar o fio por nossa conta, depois que entrarmos, não?

– Não podem – repeliu o jovem proprietário indelicadamente.

– Qual seria o motivo?

– Para os moradores de Quioto está bem assim.

– ...

Kensaku se zangou.

– Se esticar o fio desse jeito, não dará para enxergar direito.

– Na hora da devolução, deixaremos arrumado, está bem? Ainda assim não pode?

– Não! – disse o jovem proprietário, mudando até a cor do rosto.

– Que coisa mais boba! Então não alugo mais. Vamos embora – disse Kensaku, impaciente. E saiu sem ao menos cumprimentar o jovem. Naoko ficou quieta. Mesmo assim, fez um pequeno cumprimento e uma leve reverência, e o jovem também respondeu respeitosamente: "Até logo".

– Puxa, os dois são bem nervosos, não? – riu Naoko, enquanto abria a sombrinha, e veio correndo atrás.

– Mas até que ele é simpático – disse Kensaku com um sorriso amargo. Achou que o jovem tinha razão em ficar bravo, e ele, por sua vez, também não conseguiu controlar-se, ficando bravo também.

– Depois de brigar, não adianta ficar elogiando. É uma pena, uma casa boa como aquela.

Por mais que tenha pena, não há mais jeito.

– Da próxima vez, ficamos quietos e, depois de entrar, mexemos como bem entendermos. Ele ficou bravo porque desde o início já começamos a fazer um montão de pedidos.

Naquele dia, desistiram de procurar casas e resolveram comprar os presentes de agradecimento. Andaram por todas as casas de porcelanas famosas da Ladeira Gojô: Rokubê, Seifû, Sôroku. Na Sôroku, provavelmente a pessoa com esse nome, ainda jovem, de apresentação simples, mostrou muito gentilmente os incensários de Akadama. Kensaku ouvira dizer que o primeiro mestre Sôroku saiu de Kameyama, Ise, e, como a sua tia materna se casara com um parente próximo dos proprietários dessa casa de porcelanas, ela, quando estava em Quioto, hospedava-se aí. Também por esse sentimento sentiu-se afeiçoado a essa pessoa. Mas, sem saber por quê, não teve vontade de falar que era sobrinho daquela sua tia.

Em contraposição à Casa Sôroku, escura e úmida, ao entrar na Casa Mokusen, que constituíra nova família, saindo da Sôroku, sentiu que tudo era estranhamente cheio de vida. Não achou nada interessante para comprar na Casa Sôroku, da qual se sentira íntimo, e, na Mokusen, pôde adquirir todos os objetos para os agrade-cimentos. Sentado no meio da loja cheia de artigos e servindo chá aos clientes, o Mokusen de segunda geração atendia os clientes parecendo uma pessoa cheia de energia. Kensaku resolveu comprar alguns porta-condimentos. A caixa fora escrita pelo pai, que ele disse estar acamado no momento.

Quando Kensaku e Naoko saíram dessa casa, já estava anoitecendo, e, na rua, soprava um vento gelado. Kensaku sentiu frio.

– Se eu não comer logo, em algum lugar, acho que vou me resfriar. – Dizendo isso, ele ergueu a gola do agasalho.

Com certeza Sen já deve estar esperando com o jantar pronto.

Será?

Por quê? Você fazia as refeições sempre fora, assim?

– Nem tanto, mas, como saímos já tarde, ela deve estar pensando que come-remos em algum lugar.

Foram descendo a ladeira suave de Gojô, conversando coisas desse gênero. A ponte de Gojô havia sido trocada e agora havia uma ponte estreita, provisória. Os dois atravessaram.

Esta é a ponte Gojô?

É!

– Meu tio (velho N) ficou muito feliz, dizendo que, graças ao Sr. S, pôde ganhar uma antiga pedra que sustentava a ponte Gojô.

O que é que ele vai fazer com ela?

– Disse que vai usá-la como pedra de forração da sala de chá ou coisa parecida.

Seu tio é um grande apreciador de chá, não?

Sim. Ele é bem diferente de minha mãe.

– É mesmo? Quando fui pela primeira vez ao Tôsanrô, ele mostrou-me uma sacola antiga de raxa. Parece gostar dessas coisas, não?

– Aquela é uma sacola bem antiga. Lembro-me de que ele a carregava na cintura quando eu era criança. As daquele tipo é que são boas?

Até que são muito boas.

– Você também é um apreciador e tanto de chá, não? Nas compras que fizemos hoje, achei que era – disse Naoko rindo.

E como é o seu irmão?

Trajetória em Noite Escura 241

– Tanto ele quanto eu puxamos mamãe. Não prestamos nem um pouco para isso.

É melhor assim. Os apreciadores de chá muito jovens não prestam.

– Para você, é melhor que eu não seja entendida em nada. É melhor que não entenda de literatura nem de práticas artísticas, certo?

– É verdade, sim – disse Kensaku. – Entender de literatura e de práticas artísticas é um passatempo de mau gosto.

– Teoria estranha, não? Não entendo disso também – riu bem alto Naoko. Kensaku também riu. Como se espiasse o seu rosto, ela disse: "É melhor não entender disso também?" E riu a ponto de não se aguentar.

– Tola – disse Kensaku, sem querer.

Atravessando a ponte, foram de trem até Shijô, e da ponte estreita chamada Kikusui foram comer ostras. Kensaku não comia esse prato desde que esteve em Onomichi. E as lembranças sofridas daquela época passaram de relance em sua memória, mas ele estava feliz demais para ser encoberto por elas. Principalmente porque o ambiente onde estava era completamente diverso. Era bem diferente da casa de ostras do bairro de Sôko, meio escura. Na frente, havia luzes de diversas casas de chá de Gion. As pontes bastante vistosas de Shijô, do outro lado, a Companhia Minami e a iluminação, que chegava a ser ofuscante refletiam-se na água do rio.

Depois de aproximadamente uma hora, Kensaku e Naoko saíram dali. Saboreando uma sensação leve, passaram pelo bairro das casas de chá de Gion, onde transitam dançarinas com lindos quimonos e as suas pequenas acompanhantes com os cabelos presos, e caminharam para a rua onde passava o trem, do lado do monte Higashi. No lugar onde saíram, havia uma pequena casa semelhante à casa de apresentações de um lugar afastado, já descrita anteriormente. Era a casa em que ele vira a mulher chamada Omasa de Mamushi.

– Será que você conhece uma mulher chamada Omasa de Mamushi? – disse Kensaku, lembrando-se da época.

Parece que já li em algum livro.

Já vi essa mulher aqui.

O quê? Ainda está viva?

Ela anda encenando a história da sua vida.

Kensaku falou sobre a mulher grande, de cabeça raspada, que ele vira naquele dia. Disse, também, que ela lhe causou a impressão "desagradável, desesperadora, de quem jamais tem prazeres da alma". Falou, ainda, a respeito da mulher chamada Eihana, sobre a qual tentou escrever várias vezes, naquela primavera, e acabou não conseguindo.

– Confissão é algo para se fazer uma única vez, não é? – disse ele. – A partir da segunda, já não existe mais a emoção inicial, de modo que não é mais confissão.

Como ela anda apresentando isso em teatro, não há outra chance. Já não tem o menor sentido de confissão, sabe?

Kensaku disse pensar também que, ao contrário de Omasa, Eihana – que cometera um crime e, para pagá-lo, continuava ainda hoje sob tensão, achando que já confessara e havia sido perdoada pelas pessoas – na realidade, estava espiritualmente muito melhor do que ela, que já não tinha mais com o que se deleitar e se motivar.

– Será mesmo? Eu, quando faço algo errado, sofro enquanto não falo. Mas, depois de me abrir, sinto-me aliviada.

Seus erros e os erros de Omasa e Eihana não são do mesmo tipo.

– São diferentes? – O jeito com que Naoko disse essas palavras soou bastante ingênuo.

– É claro que são diferentes. Os que você comete são facilmente perdoáveis por qualquer pessoa, bastando, para isso, que os revele; os de Omasa e de Eihana não são tão simples assim. Ninguém pensará nada se os seus erros caírem logo no esquecimento. Mas, dependendo do erro, há os que precisam ser sempre sentidos, mesmo depois da confissão, não é? Se a pessoa se livrar logo do erro, não é agradável.

Para quem não é agradável?

Para quem?... Para a pessoa que foi lesada...

Você é bem rancoroso, não é?

– Quando a confissão não é feita, pode ser que o arrependimento continue, mas, depois de feita, é pior ainda.

Então, o que se deve fazer?

–....

Kensaku não sabia mais o que falar. De repente, lembrou-se do incidente da falecida mãe. Sentiu como se tivesse caído numa armadilha. E acabou se calando. Ambos caminharam em silêncio por algum tempo. Deram cinco ou seis passos.

– Vamos parar com essa conversa? – disse Naoko, como se estivesse tomada por um temor. Ela ouvira falar sobre a mãe de Kensaku, mas não parecia que tivesse se lembrado disso naquele momento. Parecia que o clima daquele momento a tivesse deixado insegura. – Não há um assunto mais agradável? Fale sobre assuntos agradáveis, por favor... Certo? Eu não entendo muito bem dessas coisas. – Disse isso de uma maneira especialmente doce e encostou em Kensaku seus ombros macios e arredondados.

– Não entende de nada, não é? – riu Kensaku. – Pensa que vai ser elogiada se disser que não entende...

– É sim. Eu não entendo de nada, sou uma ignorante. Entendeu? Você também prefere assim, não é?

Logo depois, mais leves, voltaram para casa, em Kitanobô.

XIV

Depois de uns dez dias, Kensaku e Naoko encontraram um sobrado recém--construído na Vila Kinugasa e se mudaram. Foi em janeiro, num dia bem frio, muito raro em Quioto. O frio era sentido de forma ainda mais penetrante na casa vazia, com as paredes recém-acabadas e sem que nenhum fogo ainda tivesse sido aceso em seu interior.

Um empregado idoso da empresa do Sr. S veio ajudá-los. Esse empregado disse:

– Aqui é um lugar muito solitário para ficarem só mulheres guardando a casa. Não é que não haja nenhum movimento, mas seria bom comprar um cachorro. – Então, Kensaku pediu a ele que providenciasse o cachorro.

Naquela noite, Kensaku e Naoko acenderam todos os fogareiros e foram dormir depois de esquentar o quarto.

Kensaku arrumou o escritório no andar superior. A paisagem que se avistava da janela ao norte, onde lhe instalou a escrivaninha, alegrava-o. Na frente, havia o monte Kinugasa, redondo, cheio de pinheiros. Mais à frente, enxergava-se o bosque do Templo Kinkaku e, nos fundos, parte do pico de Taka. À esquerda, o monte Atago, e à direita, colocando-se a cabeça para fora da janela, avistava-se o monte Ei, coberto por uma neve rala. Frequentemente ele se sentava à escrivaninha e ficava apreciando a paisagem, sem escrever nada.

Os dois saíam muito a pé. Passearam bastante, caminhando pelo Templo Myôshin, de Hanazono, pelo Templo Kôryû, de Uzumasa, pelo santuário de Kaiko onde está assentado Hatano Kawakatsu[33], pelos Templos Nin'na de Mimuro e Kôetsu, do pico de Taka, pelo Templo Daitoku, de Murasakino, e outros. À noite, os programas eram diferentes. Pegavam o trem e iam para os lugares movimentados de Shin Kyôgoku. Próximo dali, iam também a lugares semelhantes na avenida Senbon, conhecida pelo nome de Nishijin Kyôgoku.

Bem nessa época, Suematsu, duas séries abaixo de Kensaku no ginásio, mas com quem ele brincava muito, por morarem perto, veio a uma hospedaria em Okazaki. Havia ingressado numa Faculdade da cidade, há quatro ou cinco anos, mas descansara cerca de dois anos, por doença, e ainda agora, a cada meio ano, aproximadamente, vinha de Tóquio para prestar os exames que restaram. Uma noite, Suematsu visitou Kensaku, acompanhado por um jovem que dissera ler sempre as suas obras.

– Mizutani falou que gosta muito do que você escreve e também das obras de Sakaguchi – disse Suematsu. Kensaku não sabia o que responder. Não gostou de ser apreciado no mesmo nível de Sakaguchi. Aliás, quando lhe falavam cara a cara sobre suas obras, ele não sabia o que dizer.

244   *Naoya Shiga*

– Mizutani também está na área de Literatura e vem para a Universidade, este ano. Não sei ao certo, mas ele compõe poesias e também *waka*, sabe?

– Se eu conseguir escrever alguma coisa, pedirei que o senhor veja, quando dispuser de tempo – disse Mizutani, sem qualquer cerimônia.

– Já encontrou alguma vez com Sakaguchi?

– Ainda não.

Naoko entrou, trazendo chá e doces. Kensaku apresentou-a a Suematsu e a Mizutani. Não se sabe quando, ela trocara o quimono e ajeitara o cabelo. Portando-se graciosamente, como uma mulher recém-casada, serviu o chá e os doces aos visitantes.

– Você conhece o primo da esposa de Kensaku, não é? – disse Suematsu voltando-se para Mizutani.

– Sim, cursei o ginásio todo com Kaname. E também com Kuze.

Sem um motivo aparente, Naoko enrubesceu. Kaname era filho do velho N e estava no Colégio Técnico, em Tóquio. Kensaku nunca o encontrara, mas ouvira falar sobre ele. Então, perguntou, olhando para Naoko:

Quem é Kuze?

– É um amigo íntimo de Kaname e está na Universidade Dôshisha. É aquela pessoa que o elogiou! – respondeu Naoko descontraidamente, falando bem rápido as últimas palavras. Tratava-se da pessoa que, por ocasião do pedido de casamento, dissera ter conhecimento da fama de Kensaku como escritor.

– Ah, é?

– Kuze também disse que tinha vontade de vir. Será que não haveria problema?

– Não. Pode ser qualquer dia.

Naoko sentara-se ao lado de Kensaku, bem grudada nele. Sentindo-se meio sem graça na frente das visitas, Kensaku procurou não lhe dar muita atenção, mas ficou em apuros, porque isso pareceria proposital. Quando corrigia a postura, procurava ao máximo afastar o corpo de Naoko.

– Costuma receber cartas de Kaname? – em desarmonia com sua idade, Mizutani perguntou assim, de forma direta, a Naoko.

– Não, nenhuma – disse Naoko, olhando para o lado de Kensaku. E continuou: – Ele é um desalmado; não mandou nenhuma carta desde que vim para cá. – Kensaku permaneceu calado.

– Segundo eu soube, ele disse a Kuze que nas férias da primavera passaria em Quioto, ou na ida ou na volta de Tsuruga. E aproveitaria para ver esta nova casa... – falou Mizutani, e riu sozinho.

– Que indivíduo desagradável! – disse irritada Naoko, enrubescendo um pouco.

Suematsu, embora íntimo de Kensaku, com a presença de Naoko, a quem

Trajetória em Noite Escura   245

ainda não se habituara, não conseguia falar nem metade do que sempre falava, mas Mizutani, que estava ali pela primeira vez, não transparecendo a idade que tinha, conseguia dizer esses gracejos sem nenhuma hesitação, e isso não agradou a Kensaku. Mizutani era um jovem miúdo, de cor bem branca; ficava com uma acentuada covinha vertical quando ria e tinha um ar turvo nos olhos. De quimono azul-marinho, calças japonesas de sarja com o cordão amarrado à moda *komamusubi*, deixava-o cair longamente para a frente. Estava na mesma hospedaria de Suematsu, que o conhecera só agora. Era bom em xadrês japonês, *hanafuda*, bilhar e outros jogos do gênero, e os dois eram amigos somente nesse nível.

– Senhora! – chamou Sen do outro lado da porta. – Senhora, um momentinho, por favor.

Naoko levantou-se depressa. Quando ela desapareceu, Suematsu, como se esperasse por isso, à maneira de quem jogasse as cartas de *hanafuda*, disse rindo:

– Vamos jogar?

– Não – sorriu Kensaku, balançando a cabeça. Os dois costumavam jogar muito com Oei, quando eram ginasianos.

– Tem o material para o jogo?

– Deve estar em algum lugar. Um antigo...

– Queria jogar – disse Suematsu em tom infantil, como se estivesse com muita vontade.

– Puxa? Você está tão empolgado assim?

– A febre do Suematsu é a maior de todas lá na hospedaria.

– E a sua esposa? Será que ela joga? – perguntou Suematsu.

Fazendo Sen abrir a porta corrediça, Naoko entrou segurando, com as duas mãos, uma grande vasilha sextavada, cheia de maçãs cortadas.

– Sabe jogar *hanafuda*? – perguntou Kensaku olhando para ela, ainda em pé.

– *Hanafuda*? – Naoko, permanecendo em pé, inclinou a cabeça.

– É isso aqui – mostrou Kensaku, fazendo os gestos.

– Ah, esse *hanafuda*? – Naoko sentou-se e, colocando a vasilha num bom local, respondeu:

– Sei sim.

– Que delícia! – disse Mizutani de forma assanhada, mostrando-se animado.

– Daria para saber onde estão as cartas?

– Vi em algum lugar na mudança. Seria aquele pacote embrulhado com lenço vermelho?

– Esse mesmo.

– É para trazer? – perguntou Naoko, inclinando novamente a cabeça como era seu costume.

246   *Naoya Shiga*

– É!

Depois de algum tempo, os quatro, sob a luz, estavam sentados em volta de uma almofada forrada com tecido branco.

– A conta deve ser feita multiplicando por quatro. O restante não tem muita alteração – disse Suematsu, enquanto distribuía as cartas.

– Parece ser um pouco diferente do que eu conheço.

– Como é o seu? Também existe o *yaku*[34], por exemplo?

– Existe sim. *Tsukimi, hanami*, depois, *inu, shika, chô* e outras coisas[35].

– Então, é diferente – disse Kensaku.

– Ah é? Então, no início, vou ficar olhando. É melhor assim.

– Senhora, não há problema – disse Mizutani, enquanto embaralhava as cartas com habilidade. – Dá para aprender logo. Sendo quatro pessoas, alguém descansa[36] e pode ajudá-la. Entre no jogo sim.Vou escrever os *yaku*. Não quer trazer papel e o jogo de pincel?

Naoko levantou-se e foi buscá-los.

Mizutani distribuiu as cartas pretas em quatro e, ao abri-las, o *oya-no-tsuru*[37] ficou onde estava Kensaku. Este pegou as cartas vermelhas e distribuiu-as.

– Deixe-me escrever. – Mizutani pegou o papel e o jogo de pincel das mãos de Naoko e começou a escrever. Explicou um a um, começando pelo *teyaku*[38].

Kensaku deu uma olhada na mão, fechou-a e acendeu um cigarro por não ter o que fazer.

– Onde está o Tatsuoka, agora? Está mesmo em Paris? – disse Suematsu.

– É. Parece que está estudando bastante.

– Ouvi dizer que, em termos de geradores de avião, Tatsuoka é o número um do Japão.

– É mesmo? Já virou o número um? – Kensaku alegrou-se de verdade.

– Os boatos são esses. Ele sempre manda cartas para você?

– De vez em quando.

Mizutani explicou todos os *teyaku*.

– *Pikaichi*, em outros termos, é *gacha. Tan'ichi* é *Tanbee*[39]... – Falando assim, escreveu em baixo de *pikaichi*: também se chama *gacha* etc.

– Ei, vamos começar logo! – disse Suematsu, ansioso, pela demora.

– Espera aí. Acabei de explicar os *teyaku* e agora vem a parte do *dekiyaku*[40]. – E Mizutani começou a explicação.

– E Oei? – perguntou Suematsu.

– Está em Tenshin.

– Tenshin? – disse Suematsu surpreso. – Por que num lugar como esse?

– Ela tem uma prima lá. A prima veio para cá no outono passado e Oei foi com ela.

Trajetória em Noite Escura   247

Kensaku não queria ser indagado sobre os negócios de Oei. Não havia necessidade de esconder, mas não queria falar a respeito na frente de Mizutani, que estava ali pela primeira vez. Mas Suematsu acabou perguntando.

– Ela tem algum negócio?

– Deve estar fazendo algo, em companhia dessa prima.

Suematsu não perguntou mais. Bem nessa hora, Mizutani disse:

– Bom, então vamos começar! – Kensaku, de pronto, sobrepôs sua mão, do jeito que estava, nas cartas do monte.

– Quantos *kan*?[41]

– São dois *kan*.

Kensaku jogou-os na mesa, achegou-se a Naoko e deu-lhe uma olhada nas cartas.

– Então, entendeu?

– Como estou? – Naoko mostrou as cartas que tinha, estendendo as duas mãos à sua frente.

– Faça o jogo.

– Esse aqui é *yaku?* – dizendo isso, Naoko comparou suas cartas ao papel escrito por Mizutani. Todos riram.

Era a primeira vez, mas com alguém que estava fora do jogo auxiliando-a, um de cada vez, Naoko, sem se saber como, tinha ganho o maior número de pontos[42]. Depois, com a ajuda de Mizutani, fazendo um *gokô*[43], já estava definido o vencedor[44].

Com a grande pontuação de Naoko, terminando o *ciclo do ano*[45], Kensaku disse:

– Agora tente sozinha. Já deu para ter uma base, não?

– Está bem. Vou tentar.

Ficando sem ajuda, no entanto, Naoko acabou perdendo. Decidiu-se, então, que alguém continuaria ajudando, mas depois de uma partida, na hora da contagem de pontos, Naoko ficou pensativa e perguntou:

– Eu não tive nenhum *teyaku*? Achei. É um, não é?

– Que bobagem! Isso foi na partida anterior. Que ganância! – disse Kensaku em tom de brincadeira. Mas achou que Naoko tinha certa ganância, com aquele seu sentimento humilde de mulher.

Com o *oya*[46] de Mizutani – ele disse que iniciaria com um *oya* – a próxima seria também sua vez; em seguida, seria Kensaku. Como ele tinha dois *yaku*, disse que sairia, e por fim Naoko ficou encurralada.

– Vou comprar. Você tem alguma coisa? – dizendo isso, Kensaku olhou para Naoko.

Ela mostrou suas sete cartas abertas em leque e disse:

– É o *tanbee*.

– Bom, então é o jogo do *tan* de cerejeira[47] – falou Kensaku, dirigindo-se a todos. Mas, ao dar uma nova olhada, chamou-lhe a atenção a carta da pontinha de crisântemo[48]. Ele esticou a mão e abriu o leque para ver melhor. Era um crisântemo com a taça de saquê[49], e, na presença dessa carta, o que Naoko tinha na mão não formava um *yaku*. Como a carta estava completamente tampada por outra, Kensaku achou que Naoko estava "roubando".

– Não tinha percebido! – disse ela com uma expressão de desagrado.

– Não tem problema. Então, já que tem o *tan* de cerejeira, como castigo, fica sem nada. – Sem nenhuma intenção especial, Kensaku pegou a carta e colocou-a no monte, iniciando logo a sua jogada. Entretanto, por não ter conseguido dizer "Está jogando sujo" em tom de brincadeira, sentiu que, de fato, ela estava "roubando". Na sequência da partida, ele ficou pensando nisso. Tentou se recompor. E, não se sabe se por não terem o que pensar, todos estavam estranhamente calados.

Por volta das onze horas, acompanhando Suematsu e Mizutani, que disseram que iam embora, Kensaku saiu levando Naoko junto com ele.

– Não quer vir qualquer dia desses jogar lá na hospedaria? – disse Suematsu.

– Poderia, mas... – respondeu Kensaku, de forma ambígua. Ele não queria jogar com indivíduos como Mizutani.

– Venha sem falta – disse também Mizutani. – Normalmente estamos jogando todas as noites, em algum quarto.

– É que não sou tão bom em *hana*...

– Imagine só. Eu acho que as jogadas do Sr. Tokitô são cheias de raciocínio e muito interessantes. O estilo de Suematsu é o que se chama de estilo de força do pensamento, mas, de vez em quando, ele faz coisas que não estão na regra. – Assim dizendo, Mizutani olhou para Suematsu e deu altas gargalhadas.

– Como é esse estilo de força do pensamento? – perguntou Kensaku a Suematsu.

– O quê? Força do pensamento? – Suematsu só fazia rir.

– Em suma, seja com a força do pensamento ou com outra coisa qualquer, ele tenta aproveitar tudo o que pega do monte.

Depois do Templo Tsubaki, atravessando um pequena ponte, chega-se ao bairro da Avenida Ichijô. Mas, como já era tarde, em todos as lugares, as lojas já estavam fechadas, e o silêncio tomava conta de tudo. Naoko, enfiando o rosto bem fundo no cachecol de Kensaku, calada, vinha acompanhando seus passos.

– Que tal? Vocês não querem ir embora? – perguntou Suematsu.

– Você quer? – disse Kensaku, como que preocupado, e voltou-se para Naoko.

– Para mim, não há problema.

Trajetória em Noite Escura 249

– Então, vamos até a frente do Taishôgun.

Era uma noite fria e, quando todos se calavam, o barulho dos tamancos ecoava alto na rua congelada.

– Quando esquentar um pouco, vamos juntos a algum lugar? – disse Kensaku, lembrando-se de que cerca de dez anos atrás, na primavera, havia ido aos cinco lagos do monte Fuji com Suematsu.

– Eu concordo. Na primavera, estou querendo ir a Tsuji-ga-se. Se você ainda não conhece, poderia ser lá, não? Vou atravessar pelos lados de Kasagi.

– Tsuki-ga-se deve ser um bom lugar. Eu também ainda não fui lá – disse logo Mizutani. Kensaku e Suematsu não responderam e começaram a falar do passeio aos cinco lagos do monte Fuji.

Logo depois, estavam na frente do pequeno santuário pintado de vermelho, no bairro chamado Taishôgun, onde Kensaku se despediu dos dois e voltou. Naoko não estava muito animada. Kensaku achou que ela ficara magoada com o incidente de instantes atrás. Se ele pudesse expressar-se, gostaria de dizer algo para consolá-la. E isso também o feria como se fosse algo seu.

– Cansou?

– Não.

Fazendo barulho, um carro de boi carregado de verduras cruzou à frente deles. O boi balançava bastante a cabeça abaixada e soltava do nariz, no solo, sua respiração branca e bem espessa.

"Trapacear é ruim", pensou Kensaku. E continuou: "O que é ruim, normalmente chega a mim com uma sensação desagradável. No entanto, agora, eu não estou sentindo a menor sensação de desagrado nem de má intenção. Isso é estranho". Ele sentiu muita pena de Naoko. Após esse incidente, passou a sentir por ela um amor ainda mais profundo, nunca antes sentido.

Apertou a mão de Naoko e colocou-a por dentro do quimono. Naoko, quase fechando os olhos, encostou seu rosto no ombro dele, e foram caminhando lado a lado. Kensaku ficou emotivo, sem saber por quê. E sentiu profundamente que, agora, Naoko fazia parte de sua vida por completo.

XV

Kensaku encontrava-se muito com Suematsu, é natural, mas um dos motivos é que ele não tinha outros amigos. Nessa época, porém, Suematsu estava um pouco entusiasmado por um novo relacionamento, com uma gueixa de terceira categoria de Gion, e, quando Kensaku ia visitá-lo, precisava tomar os devidos cuidados.

250   *Naoya Shiga*

Suematsu, por sua vez, fazendo cerimônia em relação a Naoko, não convidava Kensaku para acompanhá-lo.

Certa noite, Kensaku visitou a hospedaria de Suematsu já tarde, depois de tratar de outros assuntos. Foi lá achando que, se fosse para sair, Suematsu já deveria ter saído. No entanto, ele estava de saída e ambos se desculparam.

– Não tem importância. Não tem mesmo. – Dizendo isso, Suematsu, bem à vontade, acrescentou carvão ao fogareiro. Depois de algum tempo, como se não sossegasse, falou:

– Acho que vou chamá-la aqui.

– Se é para chamá-la, é melhor que vá até lá – disse Kensaku.

– Não tem importância? Acho que estou fazendo um mal para a sua esposa – coçou a cabeça, fazendo cara de envergonhado e, ao mesmo tempo, de quem está feliz.

Logo depois, os dois saíram para a rua fria. Já passava das nove. Foram andando na direção da rua do trem, seguindo reto pela rua silenciosa em frente ao Santuário Heian.

– Para onde vou chamá-la? – disse Suematsu.

– Pode ser onde você está acostumado – respondeu Kensaku.

– Se a gueixa é de terceira categoria, a casa de chá também é. Parece que, desse modo, estaremos ferindo o orgulho dela – disse Suematsu rindo. – Ao invés disso, vamos a algum restaurante.

– Se ela não estiver livre, não tem jeito. Eu acabei de jantar, e você, também?

– Eu também. Mas ela não é tão solicitada assim...

De qualquer modo, decidiram telefonar de algum lugar. Foram de trem até a parte inferior das escadarias de Gion e entraram num café próximo dali. Suematsu logo foi para o telefone.

Suematsu só respondia "tá", "é", "sei".

– Então, até logo! – colocando o fone no gancho, fez uma cara de desagrado e retornou à mesa.

– Não dá para ninguém se vangloriar com sessenta ienes, mas estou irritado. Dizendo isso, pediu à garçonete uma bebida forte.

– Ela não está?

– Foi ao teatro, em Osaka, e diz que não volta hoje. É mentira. – Estava visivelmente irritado, a ponto de causar pena. Fez uma expressão de desagrado, como se visse claramente a mulher divertindo-se com algum homem que não era ele, em outro lugar.

O telefone tocou e uma das garçonetes atendeu.

– É para mim? Se for, não estou. Diga isso – falou Suematsu, nervoso, naquele momento. E acertou.

A garçonete tampou o fone com a palma da mão, voltou-se e disse, meio incomodada:

– Eu falei que estava!

– Então diga que não vou atender.

Mas, no final das contas, Suematsu foi chamado por causa da insistência da dona da casa de chá, e, depois de algumas perguntas e respostas, acabou aceitando ir até lá.

– É uma casa bem ralé. Mas, como ela não está, não há pressa. Vamos ficar por aqui mais um pouco.

Continuou a pedir bebida forte e tentou se acalmar à força. Também parecia bastante irritado por ter que ir logo, só porque a dona da casa lhe disse para ir.

– Não tem mesmo importância? Desculpe-me por fazê-lo me acompanhar em algo tão sem graça – disse Suematsu.

– Para mim, está bem. – Kensaku sentiu pena dele e falou essas palavras sem pensar, mas, refletindo sobre a grande distância entre o sentimento de Suematsu e o seu, naquele momento, isso o deixou mal. Na realidade, seu sentimento correu para junto de Naoko, que o esperava na solitária casa, em Kinugasa. Kensaku, temendo que isso transparecesse, procurava se mostrar indiferente.

– Conheço outra casa, em Hanami-kôji. Devia ter ido para lá desde o início – disse Suematsu.

Saíram do café, e, mesmo no trajeto para a casa de chá, Suematsu ainda se mostrava incomodado com a pobreza dessa casa. Além disso, ele estava embriagado. Chegando lá, não quis entrar de maneira nenhuma e resolveu ir a um restaurante perto do Templo Kôdai. Como já passava das dez, pediu, na casa de chá, que telefonassem para a moça, e foram caminhando só os dois, na frente, em direção ao restaurante.

No mezanino dos fundos do jardim havia luz. Os dois foram levados para lá. Depois de uns vinte minutos, ouviu-se o barulho de calçados, passos apressados de três ou quatro pessoas nas calçadas de pedra do jardim, e a dona da casa de chá e mais duas jovens gueixas, conduzidas pela garçonete, entraram animadas.

Suematsu, sempre irritado, reclamava com a dona. As jovens gueixas, tentando animá-lo um pouco, caçoaram dele por causa da moça, mas Suematsu não caiu na armadilha e continuava resmungando.

– Diga o que disser, o outro é um senhor que paga sessenta ienes. Não é páreo para mim. – Dizendo isso, mostrava que tinha pena de si mesmo, que tinha raiva de mulheres desse tipo.

A dona da casa de chá, embora tivesse insistido para que ele viesse, agora não sabia o que fazer. Quando já não havia mais clima algum, ela sugeriu que deixassem o local.

Kensaku queria voltar logo para Naoko. Como nunca se ausentara de casa até depois da meia-noite, achou que ela deveria estar preocupada. Mas ele não podia voltar, deixando Suematsu sozinho.

No bairro já adormecido, os cinco voltaram pelo terreno do Santuário Yasui. Uma das gueixas, de estatura baixa, bonitinha, com o cabelo meio enrolado, enquanto zombava de Suematsu, segurou a mão de Kensaku, na rua escura. De mão dadas, Kensaku colocou-as no bolso do casacão e caminhou sentindo o ombro da mulher em seu braço. Ele tinha feito o mesmo com Naoko na noite anterior. Agora, andando assim com a gueixa, pensou na esposa, que estaria esperando por ele sem dormir. As mãos dadas foram incapazes de se apertarem, tanto de um lado quanto de outro. E, não se sabe quando nem da parte de quem, elas se soltaram.

Retornando à casa de chá, a proprietária incentivou-os a dormirem ali, mas Suematsu resolveu que só as duas gueixas ficariam, e logo deixou a casa.

Ele e Kensaku custavam a se separar. Da parte de Kensaku, nem tanto, mas o estado de espírito de Suematsu que, nesses casos, não sossegava, era bem evidente para Kensaku, pela vida que levara um ano atrás.

— Voltando até as duas, mais ou menos, está bem – disse Kensaku.

— Podemos passar na casa de Hanami-kôji? – perguntou Suematsu meio receoso.

— Podemos.

— Por um bom tempo não irei à sua casa, Tokitô, pois ficarei sem graça com a sua esposa... – acrescentou Suematsu.

Os dois foram atravessando as ruas escuras. Suematsu ficou para trás e urinou. Quando um jovem cujo chapéu cobria até os olhos, passou bem atrás dele, tentando ir para o mesmo lado, Suematsu disse, em tom sério: "Desculpe", mas o jovem passou sem se importar.

— Imbecil! Como é que passa calado quando alguém o cumprimenta? – Irritou-se e, terminando de urinar, começou a correr atrás do rapaz, balançando o seu físico esbelto. Kensaku, como se parasse um cavalo desenfreado, abriu os braços no meio da rua estreita e interceptou sua passagem. O rapaz se apressou e foi embora.

— Ei, deixe-me brigar esta noite, entendeu? – Suematsu soltou um bafo de saquê.

— Você pode brigar, mas eu não quero me envolver.

— Não há problema. Mas eu vou esmurrar aquele cara. Para onde ele foi? – Suematsu soltou-se das mãos de Kensaku e correu até a rua, olhando pelos arredores, mas já não avistou o rapaz.

A casa de chá de Hanami-kôji fora construída há pouco tempo e ainda não tinha muito jeito de casa de chá. Mesmo assim, sua apresentação era bem melhor que a da casa anterior, e a proprietária, uma mulher de porte grande, com aspecto de amadora, cumprimentou-os.

– Há quanto tempo!

` – Poderia chamar uma gueixa? – disse Suematsu.

– Sim.

– Para mim não é preciso. Vou logo embora – disse Kensaku.

A dona ficou olhando calada para o rosto de Suematsu, pensando se deveria realmente fazer o que Kensaku estava dizendo.

– Se não fosse ruim para sua esposa, seria bom – disse Suematsu, meio sem jeito. Na realidade, ele parecia querer que Kensaku também dormisse ali.

Pelo costume de até então, Kensaku não tinha a intenção de ser o "certinho", mas não quis fazer pouco caso da esposa, na frente de Suematsu, por uma coisa daquelas. Fazer pouco caso da esposa era negligenciar a si mesmo. Também por esse sentimento egoísta, ele pensou em ir embora. Logo pediu um riquixá e foi para Kinugasa, por ruas onde sopravam ventos frios.

Passava das duas horas. Deixando o riquixá na frente do Templo Tsubaki, Kensaku correu pela rua por uns cem metros. Chegando a algumas casas antes da sua, parou de correr e, sem fôlego, tossiu sem querer. Pelo vidro da janela do quarto da empregada, pôde ver Naoko sair apressada para a sala de chá, dando a entender que ouvira sua tosse.

– Vovó, o patrão voltou. – Isso foi dito em voz alta e foi ouvido baixo, ao longe, do lugar onde ele estava.

Sem esperar que o portão fosse aberto, Kensaku pulou a cerca de arame ainda baixa, com mudas dispersas, e entrou. Naoko saiu correndo e abriu a porta da cozinha.

– Ai, que bom, que bom! – disse Naoko. E, procurando com as duas mãos as mãos por debaixo das mangas, segurou-as.

– Podia estar dormindo.

Quando chegaram à sala de chá, Naoko logo se pôs à frente de Kensaku e começou a desabotoar-lhe os fechos e os botões do casaco, dizendo:

– Sabe, eu pensei que você estaria caído na rua...

– Que bobagem a senhora está dizendo! – disse Sen, da sala contígua.

– Vovó, é verdade, sim! A vovó dizia que era tolice minha, mas fiquei preocupada mesmo. Ai, que bom, que bom!

– Que tola! Pensou que eu poderia ter caído por aí – Kensaku riu.

– É sim!

– O senhor disse que ia fazer a visita lá pela uma hora... Nós não sabíamos nem o que estava fazendo nem mesmo onde estava! – riu Sen, servindo chá na sala contígua.

254   *Naoya Shiga*

– Não precisa servir chá. Durmam logo! – Kensaku pôs logo o pijama e entrou no dormitório. Naoko, dobrando seu quimono, estava estranhamente excitada. Repetindo sem parar "que bom", ria muito. Kensaku deitou a cabeça no travesseiro e, olhando para ela, falou sobre o que acontecera nessa noite, mas, excitada, Naoko nem lhe deu ouvidos.

<u>XVI</u>

A vida do casal Kensaku em Kinugasa transcorreu extremamente calma, em paz e alegria. Quando o "em paz e alegria" ganhava, vez ou outra, a conotação de divertimento ocioso, Kensaku era tomado por uma estranha tristeza. Nessa horas, ele pensava muito no trabalho. Mas não conseguia fazer trabalhos em grandes blocos. Recebera o pedido de uma revista negociado por Nobuyuki, tempos atrás, mas não conseguia atendê-lo.

Como de costume, encontrava-se com Suematsu. Este sabia que Kensaku não gostava muito, mas mesmo assim, uma em cada duas ou três vezes, trazia Mizutani consigo. Para brincarem de *hanafuda*, com três pessoas não tinha muita graça; devido a isso, naturalmente, Mizutani fazia companhia.

Certa vez, quando jogavam os quatro, Kensaku, por coincidência, estava para cometer o mesmo erro cometido por Naoko quando ele suspeitara dela. Pensando que estava com o *teyaku* de *tan'ichi*, viu que havia uma taça de saquê na carta de crisântemo. Ele achou essa coincidência interessante e também divertida. Realmente, o que acontecera a Naoko foi um erro de leitura. Era como se algo intencional o tivesse levado a cometer o mesmo engano. De fato, embora não tivesse censurado Naoko, ficou feliz por conseguir ver que aquilo não fora absolutamente uma trapaça. Pensou em contar-lhe essa ocorrência, mas não se sentiu à vontade. Tinha vergonha de si mesmo por ter suspeitado dela.

Fevereiro, março, abril. Chegando o mês de abril, a cidade inteira de Quioto começou a ficar animada, com as flores desabrochando. Floriram as cerejeiras de Gion, apreciadas à noite, as cerejeiras de Saga e, depois, as cerejeiras de pétalas pregueadas de Omuro. Em seguida, aconteceram os eventos anuais, como o festival de dança Miyako[50] o desfile de Shimabara[51] e o teatro mudo e mascarado do *kyôgen* de Mibune. Quando não se viam mais as lanternas vermelhas dos ambulantes de bolinhos grudados de Gion, já se entrava em maio. O verde renovado do monte Higashi era mais belo que as flores, e, chegando a época em que as folhinhas novas de cânfora, levemente avermelhadas nas pontas, podiam ser avistadas despontando com vigor por detrás das torres de Yasaka e de Kiyomizu, a maravilhosa cidade de Quioto começava a mostrar a calmaria, após o cansaço dos festivais.

De fato, Kensaku e os seus estavam exaustos, de tantas distrações. Foi nessa época que Kensaku soube da gravidez de Naoko.

Junho, julho. No início de agosto, como se costuma dizer, o calor de Quioto estava bastante rigoroso. Naoko sentiu bastante, por causa de seu corpo pesado. Seu rosto rechonchudo mostrava indícios de cansaço e frequentemente apresentava traços de uma vaga tristeza. Foi quando sua tia idosa veio da terra natal, e Kensaku começou também a diminuir o peso das costas. A tia era uma mulher de grande porte, com rugas bem marcadas no rosto, de aspecto um pouco assustador. Era, porém, bastante alegre e agia livremente em tudo, como se não fosse a primeira vez que estivesse ali. Seu jeito de lidar com Kensaku, tratando-o como se ele fosse criança, fê-lo sentir uma familiaridade tão grande quanto em relação a uma tia verdadeira.

Como estava quente demais, Kensaku pensou em veranear e só de imaginar duas ou três semanas numa pensão termal no campo, em algum lugar mais fresco, a três, com a velhinha agradável, ele sentia seu coração palpitar de felicidade, por não ter absolutamente essa experiência desde criança. Assim, não conseguiu deixar de contar logo essa ideia às duas.

– Será que dá? – disse a tia sem qualquer cerimônia. – Não vai ser prejudicial colocá-la num trem agora?

– Ainda não deve haver perigo – respondeu Kensaku.

– Não. Esse calor não afeta. Pior é fazê-la movimentar-se. E a criança também poderá crescer demais com a água quente.

Diante dessa oposição, a ideia não vingou. Naoko teve menos vezes aquela tristeza vaga. Às vezes também se divertiam jogando *tsukimi, hanami, inu, shika, chô* à moda antiga. A tia ficou cerca de um mês e foi embora.

Em setembro, Naoko começou a ficar mais disposta. Às vezes, quando Kensaku descia tarde do escritório, situado no andar superior, ela, com a barriga enorme, estava sob a luz, costurando as roupinhas do bebê, enquanto preparava a comida.

– É bonitinho, não é?

Pendurado num cabide provisório de bambu e suspenso por uma linha no meio de uma régua, o quimono sem manga, da altura de uma criança em pé, com uma parte de algodão vermelho, estava no puxador do armário.

– Hum, é bonitinho!

Kensaku ficou pensando num novo ser ali e teve uma sensação estranha. Era uma alegria misteriosa. Levantado pelos ombros e com leve saliência na parte das nádegas, o quimono fazia lembrar uma criança gordinha pelas costas.

– O que você prefere? É melhor menino ou menina? – perguntou Kensaku, enquanto pensava nisso.

– Bem, tanto faz, o que vier. Isso não tem jeito, porque é obra de Deus – disse Naoko serena, esfregando a linha passada na agulha.

– Sua tia disse isso, não foi? – riu Kensaku. Não havia dúvidas.

Chegaram várias roupas que a mãe de Naoko costurara na terra dela. E havia muitas fraldas feitas com roupas já surradas.

– Nossa, quanta velharia! – disse Naoko enrubescendo, enquanto desfazia o embrulho, porque era muito diferente das suas expectativas. – Que vergonha, essas coisas...

– Não diga um absurdo desses. Essas coisas se pode ter o quanto for, que não são demais. Pode-se dizer que são velharias, mas, se não estiverem surradas assim, a criança ficará com assaduras.

– Era isso que você vestia, não? – disse Kensaku imaginando Naoko, graciosa, na época em que ela usava aquelas roupas ásperas.

– É sim. Por isso é vergonhoso, só de pensar que vesti essas roupas até ficarem desse jeito, mesmo sendo no interior. A tia não é de reparar mesmo.

Quando Naoko falou assim, brava, Sen, ao seu lado, disse:

– Senhora, é justamente por ela ser aposentada... – e riu de um jeito meio irônico.

O nascimento do bebê deveria ser entre o final de outubro e começo de novembro. Ficaram em dúvida se o parto seria no hospital ou em casa; caso a mãe de Naoko não pudesse vir de sua terra, decidiram que seria no hospital. Se fosse antecipado, ela estaria atarefada com a colheita, no interior, e não conseguiria vir. Mas, de qualquer forma, a tia deveria vir.

Certo dia, inesperadamente, Nobuyuki os visitou. Era uma manhã de tempo bom, muito agradável, e, quando Kensaku voltou com Naoko do passeio a pé, por trás da rua que passava na plantação de trás, até os arredores do Templo Kinkaku, Nobuyuki estava ali usando roupas ocidentais, os tamancos de jardim e fumando.

– Olá! – Nobuyuki fez uma reverência simples e, olhando para Naoko, disse: – Continua bem de saúde, não?

– Quando foi que chegou? Agora de manhã? – perguntou Kensaku.

– Foi. De repente, surgiu um assunto sobre o qual preciso consultá-lo.

Kensaku foi na frente e entrou pelo *hall*.

– A casa é muito boa... – disse Nobuyuki olhando em torno.

Nobuyuki levou a almofada trazida por Sen para perto da varanda, e, tão logo se sentou, começou a falar.

– Na verdade, é sobre Oei. Tem uns trezentos ienes com você?

– Tenho.

– Ah, é? Então, que tal lhe enviarmos, imediatamente, pelo menos essa quantia?

– O que aconteceu? – Kensaku compreendia a atitude de Oei, que não o consultava, apoiando-se somente em Nobuyuki, mas ficou um pouco insatisfeito.

Trajetória em Noite Escura   257

– É sobre Osai, sabe? Você também dizia, mas parece mesmo que ela não tinha intenções de ajudar. Oei disse que não lhe avisou, mas ela não se encontrava mais em Tenshin desde junho passado. Deve ter ido para os lados de Hôten e agora está em Tairen[52].

– O que é que ela está fazendo?

– Nada. Parece que está cozinhando para si mesma no andar superior de uma gráfica, usando uma menina da vizinhança. Isso não é problema, mas, cerca de meio mês atrás, assaltaram sua casa e, agora ela está praticamente sem nada.

– Ela avisou isso a você?

– Recebi a carta anteontem.

– Como ela é tola! Então é melhor voltar logo – disse Kensaku, irritado sem nenhum motivo.

– Também penso assim. Mas parece que Oei também tem um empréstimo com a gráfica, e estava escrito que ela não poderia trabalhar de imediato. Achei que se ela tivesse trezentos ienes, incluindo a passagem, seria o suficiente, mas, infelizmente, lá no templo, não temos nada. Posso pedir lá de casa, mas não queria falar com eles a esse respeito. Bom, não havia necessidade de vir até aqui para lhe falar disso, mas, como vamos reformar o depósito do templo, estou coletando doações. Dizem que o chefe do templo daqui é pintor. É verdade?

– Talvez não seja pintor, mas, de vez em quando, eu o vejo perto de Shirokiya.

– Disseram que ele parece cobrar bem caro. O nosso bonzo mandou-me aqui para pedir que ele pintasse uns cinco ou seis quadros, ao invés de fazer a doação, por isso vim às pressas.

– Quanto a Oei, ficou apenas sem dinheiro e não tem outras preocupações, certo?

– Ela disse que estava doente, ou seja, com malária. Naqueles lugares também existem doenças desse tipo?

– Deve haver qualquer tipo. Mas não é uma doença perigosa, é?

– Parece não ser nada preocupante. Ah, me lembrei de outra coisa: como ela errou o horário de tomar os remédios, por causa da doença, sofreu muito e ficou exausta. Quando estava cochilando, à noite, com tudo aberto por causa do calor, disse ter visto dois chineses entrarem pela janela, sem que ela pudesse fazer nada. Parece que num canto da sala, estavam três conjuntos de trajes de gueixa, daqueles comprados em Tóquio, os quais Oei tinha a intenção de usar como capital para iniciar um negócio semelhante em outro lugar. Mas eles levaram tudo. Ela pensou: "são ladrões". Mas, como estava muito cansada, acabou dormindo.

– É uma infelicidade dupla. – Kensaku, porém, estava contente de poder encontrar-se novamente com Oei. Sem querer, sentiu-se muito bem disposto e disse:

– E se ela voltar logo, uma tragédia maior será evitada.

– Talvez sim – riu Nobuyuki, junto com ele.

Kensaku era contra a ida de Oei à China desde o início. Na conversa que Nobuyuki tivera com ela, ele não transmitiu corretamente a sua posição. Sabendo, porém, que ela voltaria logo, mais cedo que o esperado, sentiu vontade de estender-lhe a mão e dizer-lhe algo como: "Está vendo no que deu?"

Nobuyuki, depois de terminar seus compromissos em Quioto, foi à Osaka, também por causa das doações. Na volta, passou em Kinugasa, onde pousou por uma noite.

– E então, você também não quer doar um pouco? – disse Nobuyuki, tirando da sacola quadrada um caderno com capa de papel, tecido velho ou algo parecido.

Kensaku pegou o caderno e olhou. – duzentos ienes, duzentos e cinquenta, trinta, dez, quinhentos – Até que são doações altas. Esses cento e cinquenta aqui são seus?

– Como não tenho dinheiro, não dou.

– Só assina, sem dar?

– Não. Vou pagar depois, quando tiver – riu Nobuyuki.

– Pode ser qualquer quantia? – disse Naoko, do lado.

– É, pode ser quanto quiser: dois ienes, três ienes...

– Ah, é? Então vou oferecer cinco ienes.

– Muito obrigado. Assine aqui, por favor.

Naoko trouxe o jogo de pincel e disse:

– E você, querido?

– Se você fizer, já basta. Concordo plenamente que os templos sejam bem mantidos, mas não concordo em fazer doações. O certo seria o governo dar mais dinheiro para essas coisas.

– Que aproveitador!

– Sou nada. Mas, se pode ser qualquer quantia, vou dar dez ienes. Deixe escrito o meu também.

Kensaku tinha uma letra peculiarmente feia; principalmente se escrevesse com pincel. Ele próprio se surpreendia com tanta feiura. Em comparação, Naoko tinha uma caligrafia bem acima da média, de modo que, ultimamente, sempre pedia a Naoko que escrevesse as letras com pincel.

– Muito obrigado. – Nobuyuki esperou a tinta secar e guardou o caderno na sacola.

À noite, os três andaram por algum tempo nas proximidades de Teramachi e Shin Kyôgoku. Na estação de Nanajô, despediram-se de Nobuyuki.

XVII

Certo dia, no final de outubro, Kensaku foi com Suematsu, Mizutani e Kuze, amigo de Mizutani, assistir ao festival de fogos[53] em Kurama. Ao entardecer, deixaram Quioto e, sempre na direção norte, subiram cerca de dez quilômetros. As montanhas ao longe tinham seus contornos levemente iluminados, e via-se uma leve fumaça cobrindo toda a região. Sentindo o cheiro dos musgos e recebendo o ar gelado da montanha, Kensaku achou estranho que houvesse uma festa noturna em lugar tão retirado. Espectadores com crianças e mulheres iam carregando lanternas de papel. De vez em quando, um automóvel os ultrapassava, jogando intensa claridade na floresta à frente e no sopé da montanha. Quando uma garça noturna vinha cantando da montanha e voltava voando, sentia-se um cheiro leve de defumação.

No povoado – mesmo a rua sendo estreita – em frente de cada casa, havia uma fogueira, formando uma fileira no centro da rua. O fogo ardia, cercado, dos três lados, por grandes raízes de árvores e pedaços de árvores do tamanho de uma pessoa, dando a impressão de estar entre rochas.

Do povoado das fogueiras, saíram para um lugar mais amplo. Havia uma escadaria de pedras larga e, em cima, um portão bem grande, pintado de vermelho. Os dois lados da praça estavam repletos de espectadores, e, no centro, jovens de sunga e com algo pendurado nos ombros, proteção nas mãos, caneleiras e protetores de corpo feitos de palha de arroz e com faixa na cabeça, carregavam uma grande tocha com maços de gravetos, enrolados com cipós de glicínias, gritando em coro, cheios de energia: "Um, dois! Um, dois!". Firmando bem os dois pés, balançavam para a direita e para a esquerda, equilibrando-se habilidosamente no meio. Um deles fazia de conta que estava perdendo o equilíbrio e, de propósito, aproximava o fogo na frente da multidão. Outro carregava-o até debaixo do telhado das casas. Quando o fogo enfraquecia e os ombros ficavam doloridos, soltavam de repente a tocha, que tinha o volume de uma braçada, e jogavam-na ao chão de uma só vez. Ao mesmo tempo, os cipós de glicínia estouravam, os gravetos se abriam e o fogo começava a arder com um vigor incrível. Os jovens enxugavam o suor, tomavam fôlego e novamente carregavam a tocha no outro ombro. Não conseguindo erguê-la sozinhos, eram ajudados pelos que estavam do lado.

Passando dessa praça, um pouco mais adiante, já não havia mais fogueiras, e o grupo que carregava a tocha instantes atrás ia e vinha pelo local estreito, gritando: "Um, dois!" As crianças, de propósito, carregavam, de um lado para outro, uma pequena tocha adequada à idade delas, cambaleando como se a tocha estivesse bem pesada. A cidade inteira ficou esfumaçada e sentia-se um calor agradável.

260 *Naoya Shiga*

Assistir ao festival de fogos sob um céu límpido de outono, cheio de estrelas, causava uma sensação toda especial. Atrás de um agrupamento de telhados baixos, havia uma correnteza bem funda e, do outro lado, uma montanha bem alta, de modo que, por mais movimentado que o lugar estivesse, o silêncio noturno da montanha abafava o movimento. Isso era extremamente bom para os que só conheciam as festas barulhentas das cidades. E as pessoas, unidas, levavam o festival a sério. Não havia quem gritasse, a não ser o gritos de "um, dois!", e não se via ninguém embriagado. Mas aquela era uma festa só de homens.

Viram um homem nu, sentado dentro de um pequeno riacho, abaixo das casas, de olhos cerrados, mãos unidas em oração e falando algo bem baixinho durante um longo tempo. Uma água límpida e gelada batia, em ondas, próximo ao seu peito, e escorria. Sob uma cobertura de telha, uma menina com uma lanterna de papel meio escura em que se estampara um grande emblema, e uma mulher segurando um quimono simples de linho liso, aberto, esperavam o homem subir. Terminando finalmente de entoar as palavras, o homem levantou-se e calçou os tamancos enfileirados próximo à correnteza. A mulher que segurava a roupa, calada, cobriu seu corpo molhado. O homem, sem segurar a lanterna de papel, foi arrastando os tamancos e entrou logo na sala escura de terra batida. Era um dos homens que carregaria o andor da montanha.

Um grupo grande de pessoas como esse homem reuniu-se na praça próxima à escadaria de pedra. Ali estava a corda de isolamento do espaço sagrado atada a dois bambus bem altos; diziam que ninguém poderia subir a escadaria antes de cortar o cercado com o fogo da tocha. Mas a corda estava bem mais alta que cinco metros e meio e não parecia que o fogo da tocha fosse alcançá-la. Muitas tochas foram concentradas no local. O lugar ficou claro como se estivesse ocorrendo um incêndio. Iluminava em vermelho a multidão com o rosto voltado para cima, desejando que a corda fosse logo queimada e se rompesse.

Finalmente o fogo atingiu a corda e, quando ela se partiu em duas, soltando faíscas, um homem girou uma espada e logo em seguida foi subindo a escadaria com incrível vigor. A multidão, bradando, seguiu-o. No portão de cima, entretanto, havia mais um cercado baixo, um pouco acima da estatura de uma pessoa. O homem que saiu na frente com a espada, rodava-a e avançava sem parar. O cordão de isolamento se rompia naturalmente, e a multidão subia correndo até o fundo do templo.

– E então, vamos embora? – disse Kensaku, olhando para Suematsu.

– Vamos ao menos ver o *kagura* que sai do santuário em cortejo!

Kagura era uma espécie de ciranda com acompanhamento musical em torno do andor, com grandes tochas sustentadas por quatro ou cinco pessoas.

– Já deu para saber mais ou menos como é. Se não voltarmos logo para descansar, não vamos aguentar o concerto de amanhã.

Trajetória em Noite Escura 261

– Que horas são? Duas e meia? – disse Suematsu olhando o relógio.

– Voltando agora para Quioto, talvez cheguemos ao amanhecer – disse Mizutani.

– Quer dizer que vamos embora? – disse Suematsu conformado. – Parece que a hora em que o andor é trazido para baixo, é um momento bastante heroico. A descida, por ocorrer num declive, vai ficando cada vez mais rápida, por isso colocam ali uma corda grossa, e um grande número de mulheres puxa a corda no sentido contrário. As mulheres participam deste festival apenas nessa ocasião.

– Seja como for, vamos embora. É duro andar mais de dez quilômetros depois do Sol aparecer – disse Mizutani.

Suematsu convenceu-se. No povoado das fogueiras, o que se vira como fogo ardendo entre rochas, agora, queimava intensamente. Assim que eles saíram do povoado, sentiram o ar gelado da montanha. Os quatro olhavam para trás, vez por outra, e viam o clarão entre os vãos das montanhas. O percurso pareceu menor que na ida e, por ser descida, foi mais fácil, mas todos foram se cansando e ficando calados.

– Não aguento de sono! – Suematsu foi o primeiro a falar.

– Apoie-se em mim e vá dormindo – disse Mizutani, abraçando-se a Suematsu.

Quando entraram em Quioto, de fato, como Mizutani dissera, o Sol já começava a despontar por trás do monte Ei. No terminal de Demachi, os quatro descansaram um pouco. Logo depois, o trem chegou e todos subiram. Kensaku desceu sozinho em Marutamachi; despedindo-se dos demais, fez baldeação para o trem que ia a Kitano e finalmente chegou a sua casa, em Kinugasa, com o Sol ameno de outono batendo.

– O senhor retornou! – Ouviu a voz afobada de Sen, que saía da cozinha dizendo sorridente: "O parto já aconteceu".

O coração de Kensaku palpitou. Subindo apressadamente o *hall*, foi entrando no cômodo escolhido anteriormente para a realização do parto. Havia cheiro de lisofórmio ou outro remédio, e ali estava Naoko, pálida, deitada de costas, deixando cair do travesseiro seus cabelos soltos. Dormia profundamente. O bebê dormia num acolchoado pequeno, um pouco afastado. Ao invés de sentir vontade de vê-lo, Kensaku estava, sem nenhum motivo aparente, preocupado com Naoko. Uma jovem enfermeira, calada, fez uma reverência respeitosa. Baixinho, ele perguntou:

– Como foi?

– Foi um parto fácil.

– Puxa, que bom, que bom!

– É mesmo – disse Sen, sentada na esteira.

– Ah, é? – Kensaku tranquilizou-se e, por cima do biombo baixo[54], próximo ao travesseiro, deu uma espiadinha no bebê. Como ele estava com a cabeça coberta por uma gaze, não dava para ver-lhe o rosto.

– A que horas foi?

262   *Naoya Shiga*

– Foi à uma e vinte.

– Antes do anoitecer, já cedo, a senhora falou para irem buscá-lo e enviamos logo um riquixá. Não o encontrou?

– Não encontrei. Bom, vamos lá para fora. Não é bom acordá-la – Kensaku saiu na frente, e foi para a sala de chá.

Lembrou-se de que, no dia anterior, quando saía de casa, o entregador do jornal vespertino chegou. Vendo Naoko sentada no *hall*, jogou ali o jornal, que caiu no degrau onde se tiram os calçados. Quando Naoko se abaixou, estendendo a mão para pegá-lo, sentiu uma dor estranha na barriga. Logo depois a dor voltou, e ela, percebendo que estava na hora do parto, pediu que Sen telefonasse para a parteira e o médico, e também para o Sr. S. Entrou no banho, pois já pretendia mesmo entrar, aprontou-se e ficou esperando. Assim contou Sen.

– Foi muito esperta – Kensaku sentiu-se satisfeito por Naoko, numa hora como aquela, ter feito tudo certo, com muita competência.

– A esposa do Sr. S trouxe a empregada. Ela acabou de ir embora agora.

– Ah, é? O bebê é forte, não?

– Sim, é um nenê maravilhoso.

– Chame a enfermeira. – Ele queria saber mais detalhes sobre o bebê.

A enfermeira veio e, com suas calças japonesas brancas, bem engomadas e rodadas, sentou-se na varanda.

– Entre, por favor. Não foi um pouco cedo?

– Não. Com este, já são setecentos e cinquenta partos que acompanhei. Talvez o período de gestação seja um pouco menor que o normal, mas não chega a ser parto prematuro.

– Hum. É mesmo? Bem, não há com o que se preocupar em relação aos dois?

– Isso não.

– Muito obrigado – disse Kensaku, baixando a cabeça em reverência, mas, no íntimo, queria agradecer a "algo mais", além da enfermeira, que retornara à sala do parto.

Após trocar de roupa, quando ia ao banheiro lavar o rosto, a enfermeira veio avisar:

– Sua esposa acordou.

Deitada, olhando para cima, Naoko esperava Kensaku, que vinha entrando da varanda. Ele achou muito belo o seu rosto cansado e pálido. Sentou-se à sua cabeceira, mas as palavras não lhe vinham. Disse, desajeitado:

– E então?

Naoko sorriu em silêncio. Depois, estirou preguiçosamente suas mãos brancas e tão transparentes que se podiam ver as veias, abriu os dedos e procurou a mão dele. Kensaku segurou-lhe as mãos.

– Foi muito sofrido?

Naoko, com os olhos voltados para cima, fixou-os nos olhos dele e balançou a cabeça negativamente.

– Ah, é? Que bom!

Kensaku sentia um carinho imenso por Naoko. Teve o impulso de passar a mão em sua cabeça. Mas, ao tentar soltar as mãos, Naoko segurou-as firme e não soltou. Ele se sentou melhor e acariciou a cabeça dela com a mão com que se apoiava no tatame.

– Como é a criança? Boazinha? – disse Naoko em voz baixa, devido ao cansaço.

– Ainda não vi direito.

– Está dormindo?

– Está. Você também não a viu ainda?

Naoko murmurou que sim.

– Gostaria de vê-la? – perguntou a enfermeira, ao lado. E, sem esperar pela resposta, afastou o biombo, retirou a gaze que o cobria e, até que um pouco grosseira (assim sentiu Kensaku), puxou o acolchoado, encostando-o no de Naoko.

O bebê tinha um rosto muito vermelho e estranhamente peludo, e a cabeça pontuda, estava totalmente coberta por um cabelo bem escuro. Estava dormindo, e seus olhos inchados também causavam má impressão. Kensaku achou que era a primeira vez que via um bebê assim, e ficou um pouco decepcionado.

– Sendo homem, não tem importância, mas tem um rosto estranho – riu.

– Qualquer bebê, no início, é assim mesmo – disse a enfermeira, como que censurando as palavras de Kensaku.

O bebê, com uma certa perspicácia, movia os lábios, que davam a impressão de que iriam descascar caso se tocasse neles um só dedo; ao abri-los, começou repentinamente a chorar, enrugando o rosto inteiro. Naoko virou a cabeça para o lado dele, estendeu a mão e ficou olhando como se apalpasse com os dedos os ombros do bebê, estufados de roupa. Seu olhar era bastante sereno e atuava como o de uma mãe realmente.

– Será que ele vai mesmo deixar de ser estranho? – Kensaku não tinha praticamente nenhum sentimento digno de um pai.

– Agora o rosto dele está inchado, mas, depois que desinchar, vai ficar bonitinho. Ele tem traços magníficos – disse a enfermeira.

– É mesmo? Então fico mais sossegado, pois, se ele crescesse desse jeito, seria terrível. – Kensaku melhorou um pouco a disposição e fez uma brincadeira:

– No Museu Histórico de Nara existe uma máscara assim, chamada Zatô, ou algo parecido – mas nem Naoko, nem a enfermeira riram. Da sala de chá, ouviu-se a voz de Sen, que preparava a bandeja, rindo: "Senhor, o que está dizendo?"

264 *Naoya Shiga*

– Ainda não mandaram os telegramas para onde é preciso, não é?

– Não.

– Então vou mandá-los. Dizendo isso, Kensaku logo subiu para o escritório, no andar superior.

XVIII

Tudo transcorria normalmente. Kensaku, de vez em quando, ia olhar o bebê dormindo. Entretanto, era levado por uma espécie de curiosidade e ainda não conseguia sentir que ele era carne da sua carne. Achando arriscado, não tinha vontade de segurá-lo no colo. Quanto a Naoko, já era mãe por inteiro. Na hora da amamentação, quando dava o peito à criança, mostrava tranquilidade. Kensaku, vendo o bebê sugar-lhe o peito quase afundando o nariz, totalmente seguro, achava a cena bela, mas também, sem querer, sentia que um ente estranho estava agarrado aos seios brancos, e achava aquilo desagradável. Isso porque, até então, ele nunca tivera a oportunidade de ver um bebê recém-nascido.

Não veio ninguém de Tsuruga. A mãe de Naoko só poderia vir um pouco depois, e a tia, que deveria ter vindo de imediato, disse por carta que não conseguia se mover, devido à nevralgia da qual sofria havia tempos. Naoko, porém, não ficou triste por isso. Aproximou-se o dia festivo da sétima noite, e era preciso dar logo um nome ao bebê, mas eles não conseguiam achar um nome do qual gostassem, de modo que, no final, juntaram o primeiro ideograma do nome de Naoko e do nome de Kensaku, respectivamente, e deram-lhe o nome de Naonori[55]. Para um bebê, parecia um nome sério demais, e eles não gostaram muito. Mas Kensaku decidiu-se por esse nome, pois o filho "não seria eternamente um bebê".

Na primeira semana, correu tudo bem. Na noite do oitavo dia, depois que todos já estavam deitados, o bebê começou a chorar e não parava de jeito algum. Dando-lhe de mamar, o choro cessava um pouco, porém, logo recomeçava. Examinaram-lhe o umbigo, mas estava normal. Achando que talvez ele tivesse sido mordido por insetos, trocaram-lhe toda a roupa, mas ainda assim ele não parou de chorar. Por não saberem a causa do choro, sentiram uma insegurança estranha. Medindo a temperatura do bebê, constataram que estava um pouco alta.

– Que tal chamarmos o Sr. K?

– É, talvez seja melhor – disse Naoko impaciente.

Pouco depois, como se tivesse cansado de chorar, o bebê foi diminuindo o choro e acabou parando. Respirando serenamente, adormeceu.

– O que será que aconteceu? – Kensaku olhou para Naoko, sentindo um alívio. Naoko disse:

Trajetória em Noite Escura   265

– Que bom!

– Alguns bebês choram muito à noite – disse Sen. E dizendo que seria bom pregar no teto as orações de misericórdia, recomendou que o fizessem.

O bebê continuou dormindo bem. Todos regressaram às suas camas em silêncio.

Kensaku, dormindo sozinho no escritório do andar superior, não conseguiu pegar no sono. Pensou que certamente Naoko também não conseguia. Como estava de resguardo, ela dormia de vez em quando à tarde, de modo que conseguia dormir menos ainda. Mas, com receio de acordar o bebê, ele nem podia descer.

Para mudar de ânimo, começou a ler um livro leve. Algum tempo depois, ouviu o relógio da sala de chá, no andar inferior, soar as badaladas da meia-noite. E o bebê recomeçou a chorar. Ouviu Naoko e a enfermeira falando algo. Desceu as escadas.

Naoko estava sentada no chão, segurando o bebê. Ele chorava com todas as forças.

– Dá para dar um jeito no relógio? Ele acordou com o barulho – disse Naoko, irritada, olhando para Kensaku.

– Vou deixar desligado.

– É, faça isso. Esse relógio... não precisamos usá-lo mais – disse Naoko.

Kensaku foi à sala de chá e desligou o relógio. Naoko tentava a todo custo fazer o bebê mamar, mas ele não pegava o seio de maneira alguma.

– Pelo sim, pelo não, vamos consultar um médico da vizinhança? Para o Sr. K, é um pouco longe, ainda mais a esta hora, e acredito mesmo que ele logo vai parar de chorar.

– É.

– Então vou já chamar.

Kensaku saiu pela porta da cozinha. Era uma noite escura, nublada, sem nenhum vento. Ele seguiu em frente, ora andando, ora correndo. Como não conhecia outra casa além da que tinha uma lamparina em que se lia "médico", e uma porta parecida com a de uma antiga casa comercial na rua Onmae, cerca de cinco quarteirões dali, foi ali mesmo. Batendo duas ou três vezes na porta, ouviu, lá de dentro, a voz de uma mulher:

– Deseja alguma coisa?

– Gostaria de pedir a visita do doutor.

– Quem deseja?

– Sou daqui do Jardim Kinugasa, um pouco mais adiante. Como meu bebê está um pouco estranho, gostaria que ele desse uma olhada.

– Espere um momento – disse a mulher e entrou. Voltando, logo em seguida, perguntou.

266 *Naoya Shiga*

– Quem do Jardim Kinugasa?

– É Tokitô.

– Como?

– To-ki-to-o

– Tokitoo?

– Sim.

A mulher, repetindo para si mesma "Tokitoo", entrou e não saiu mais. Por mais que ele esperasse, ela não aparecia. Kensaku começou a ficar irritado.

– Por favor, apresse-se – disse, em voz alta, mas não houve resposta.

Depois de algum tempo, a mulher finalmente abriu a porta.

– Desculpe fazê-lo esperar. – Era uma mulher magra e alta, sem nenhum polimento, em trajes de dormir.

O médico estava trocando de roupa, lá dentro. Ao vê-lo, Kensaku percebeu que era um homem miúdo e sem nenhum polimento também. Parecia ser um pouco mais velho que ele, e tinha uma barba rala, como se estivesse deixando-a crescer num estilo longo e fino. Apertando a faixa do quimono, o médico perguntou:

– O que tem o bebê?

– Não faz outra coisa senão chorar e não sabemos o motivo.

O médico só então se apressou e disse:

– Desculpe fazê-lo esperar.

– Desculpe incomodá-lo tão tarde.

– Não tem problema. Vou acompanhá-lo. – Quis mostrar-se, desse modo, animado. Parecia estar um pouco embriagado. Kensaku achou que esse médico não era nada confiável. Mesmo que fosse incomodar, deveria ter mesmo pedido ao Sr. K. No caminho, o médico perguntou quantos dias de vida tinha o bebê, se a mãe não tinha indícios de beribéri, desde quando estavam em Quioto e para quê, e mesmo outros assuntos desnecessários. Para evitar esse tipo de conversa, Kensaku andava um pouco à frente dele. O médico miúdo, para não ficar atrás, tentava acompanhá-lo, quase perdendo o fôlego.

O diagnóstico do médico não serviu para nada. Pelo líquido da fralda, disse que deveria ser mesmo um tipo de indigestão. E, chamando a atenção para que não amamentassem o bebê mesmo que ele chorasse, foi embora, logo em seguida.

O bebê chorou a noite inteira. Pelo menos, chorou a ponto de fazer com que todos tivessem essa impressão. Cansado de chorar, de vez em quando também dormia, mas quando todos cochilavam junto com ele, eram logo acordados com o choro. Esperava-se amanhecer.

Quando lá fora começou finalmente a clarear, Kensaku logo saiu. Como na casa onde sempre pedia para usar o telefone, todos ainda estavam dormindo, ele foi correndo até Kitano e, de um telefone público, ligou para o Dr. K, pedindo-lhe que viesse a sua casa antes de ir ao hospital.

Cerca de uma hora depois, o Dr. K chegou. Era uma pessoa de porte grande, barba bem farta, quase branca, e só pela aparência já era bem mais confiável que o médico da noite anterior. O médico cumprimentou-os rapidamente e fez diversas perguntas sobre o que acontecera ao bebê até então. O bebê estava mamando e havia parado de chorar, mas, quando o médico pôs a mão em sua testa, ele logo recomeçou. O médico tirou a mão e ficou olhando-o por algum tempo. Naoko olhava fixamente para o rosto do médico, deitada como estava.

– Seja como for, vamos examiná-lo – disse o Dr. K.

A enfermeira fechou o *shôji*, pegou o bebê e, deitando-o no pequeno acolchoado, abriu a frente dos vários quimonos que ele vestia.

– Está bem assim! – O médico aproximou-se e examinou-o do peito à barriga, a garganta, e até os pés. Deu duas ou três batidas para examinar, retirou ele mesmo as bandagens e, com mãos grandes dignas de um idoso, apalpou a parte inferior da barriga do bebê, que chorava desesperadamente.

– Deixe-me ver as costas.

A enfermeira tirou das mangas, um de cada vez, os pequenos braços dobrados com muita força e virou o bebê de costas para o médico, deixando-o de lado. Ele chorava com todas as forças, fechando os braços e encolhendo as pernas. A forma como ele chorava, formando ondas na barriga, tocava no íntimo de Kensaku. Naoko ficou olhando calada, com olhos meio bravos, mas estranhamente meigos.

O doutor examinou com muito cuidado as costas do bebê. Achando um ponto vermelho do tamanho do polegar, uns três centímetros acima das nádegas, ficou olhando atentamente para o local e, depois, ainda curvado, voltou apenas o rosto para Kensaku e disse:

– É isso.

– O que é?

– Erisipela.

– .....

Naoko fechou os olhos, cobriu o rosto com as duas mãos e virou-se para o outro lado.

– Mas, como ainda não se alastrou, se for aplicado logo o tratamento, não há com o que se preocupar – disse o médico. A enfermeira vestia o bebê, calada.

– Vou pedir para o hospital providenciar o remédio – disse o médico, enquanto lavava as mãos na varanda. – Há algum lugar onde eu possa usar o telefone?

– Há um na casa do proprietário. Se estiver ao meu alcance, quer que eu telefone?

268   *Naoya Shiga*

– Não é que não esteja, mas eu mesmo vou.

Kensaku conduziu o médico à casa do proprietário. Ele foi logo solicitando injeção, ictiol, papel impermeável, álcool e outros artigos necessários, à medida que refletia.

– Têm cloreto de mercúrio 2 em casa?

– Não deve ter.

– Então, cloreto de mercúrio 2 também, e peça a alguém para que traga com urgência, mesmo que seja de bicicleta. Jardim Kinugasa, entendido?

Depois de voltarem, Kensaku e o médico ficaram esperando a chegada dos medicamentos no andar superior. Em baixo, ouvia-se o choro incessante do bebê. Kensaku tinha medo de perguntar detalhes. Lutava contra essa insegurança, mas não podia deixar de perguntar:

– Como ele está?

– Se ele já tivesse pelo menos um ano de vida, seria bem mais fácil. Porém, como percebemos logo, pode ser que consigamos evitar.

O médico explicou, ainda, que a erisipela era uma doença complicada mesmo para um adulto, e, no caso de uma criança, dependia de seu corpo conseguir aguentar até o fim, enquanto se combatia a doença. Fosse como fosse, era preciso estar bem nutrido, e o temor maior era que o leite materno cessasse. Por isso, seria bom afastar a mãe para um lugar onde ela não ouvisse o choro do bebê.

– Não é muito bom locomover a mãe, logo após o parto, mas, se ela ficar ouvindo o bebê chorar o tempo todo, o leite vai secar – disse o médico. – Mesmo que ela não ouça o choro, ficará preocupada, é claro, mas, nesse aspecto, vocês precisam saber agir com habilidade. Devem ficar despreocupados ao máximo e transmitir-lhe a tranquilidade de que não há com que se preocupar em relação ao bebê, pois, caso contrário, o leite irá mesmo secar.

– Sim – respondeu Kensaku, mas achou que isso seria impossível. O médico dizia que poderia curar a doença, mas ele custava a acreditar. Só conseguia pensar que o próprio médico também não achava possível.

– Erisipela em crianças pequenas, normalmente, não é uma doença fatal? – perguntou Kensaku, meio fraquejando.

– Isso não é definitivo. Mas é realmente uma doença difícil. Se progredir para um sintoma purulento, não haverá jeito. Antes que chegue a isso, vamos aplicar o tratamento.

Kensaku abaixou a cabeça, calado.

– Vamos aplicar a injeção que irão trazer agora, nos lugares onde o veneno vai avançar. É um remédio que segura o avanço da toxina e, se der certo, talvez cesse sem grandes problemas.

– Ele chora praticamente sem parar. Será que dói?

– Dói, sim!

– Não é possível fazer cessar a dor?

– É um pouco difícil.

Pouco depois, chegou a encomenda do hospital.

O médico encostou um dos joelhos no chão da varanda e, desinfetando a agulha de injeção, disse à enfermeira:

– Dilua esse mercúrio-cromo e deixe numa bacia de metal. Você também precisa esterilizar as mãos, está bem?

A injeção foi rápida. Sobre o local da injeção foi passado o ictiol, concentrado mesmo, em movimentos circulares de fora para dentro, com bastante cautela. O médico ia explicando à enfermeira a maneira de ir passando, de forma ordenada. O bebê chorava sem parar.

– Acabei de falar ao seu esposo que, se o estado de nutrição do bebê não for bom, ele não conseguirá vencer a erisipela – disse o médico, voltando-se para Naoko, enquanto lavava as mãos com o cloreto de mercúrio 2, na bacia. – Você deve se manter calma, o máximo que puder, para que o leite não seque. Isso é muito importante. Como o bebê recebeu assistência logo, pode ser que a doença avance um pouco, mas creio que não irá se agravar. A senhora entendeu?

Naoko só murmurava, feito criança.

– E sabe? – disse Kensaku – vamos transferir seus aposentos para a sala de chá, está bem? Só na hora da amamentação você virá para cá.

– Sim – Naoko respondeu bem fraco, mas, depois, começou a chorar.

Logo em seguida, o médico foi embora.

– Você precisa ser forte. De nada adianta você ficar se preocupando, pois não há nada o que fazer em relação à doença. Ao invés disso, precisa tomar os devidos cuidados para que tenha bastante leite e procurar ficar o mais calma possível.

Com os olhos inchados de chorar, Naoko ficou encarando Kensaku e disse:

– Que pedido mais absurdo!

– Por mais impossível que seja, você sabe que é preciso colaborar – disse rapidamente Kensaku, meio exaltado.

Naoko acabou cerrando os olhos. Kensaku estava irascível, por não ter dormido nada a noite passada. E estava também estranhamente revoltado com essa infelicidade que o assolava daquela maneira.

– Eu sei desde o início que é impossível pedir-lhe que fique tranquila em relação à doença do bebê, mas, se você não fizer um pouco de esforço, o leite secará, por isso estou falando.

– Por favor, não fale assim. Eu também sei disso muito bem. Na verdade, perto de minha casa, quando eu era solteira, havia um bebê que morreu de erisipela. Pensando nisso, não me contenho de preocupação. Mas vou fazer o possível para tentar esquecer a doença dessa criança. Desculpe por ter falado nisso, num momento em que você está tão preocupado.

– Se é assim, está bem. Mas quando aconteceu a doença dessa criança?

– Há uns quatro ou cinco anos.

– É? Então foi na época em que ainda não havia essa injeção. Desde então, é certo que o tratamento também avançou. O Sr. K disse que não há perigo, porque se detectou logo a doença, mas é bom que você se cuide.

– Sim.

– E somos felizes por termos uma pessoa tão boa como a Sra. Hayashi (enfermeira).

– Tem razão, eu também posso deixar tudo nas mãos dela e ficar sossegada.

Como parecia ter chegado alguém no *hall*, Kensaku logo se levantou para atender. O bebê estava dormindo, e a enfermeira já havia saído para o *hall*. Era o médico da vizinhança, chamado na noite anterior. A enfermeira havia demonstrado uma estranha indiferença desde o momento em que esse médico chegara, na noite anterior, e, hoje, falava algo que demonstrava uma revolta ainda maior. Que não era indigestão, e sim erisipela, que era preciso fazer com que o bebê mamasse o suficiente, pois precisava estar nutrido etc.; enfim, só dizia coisas que o feriam.

– Ah, é mesmo? Isso é triste, não? – dizendo isso, o médico miúdo ficou sem ação.

– Como vim visitar um doente aqui perto, passei para ver como o bebê estava passando... – explicou-se o médico, meio sem jeito, olhando para Kensaku.

Kensaku sentiu pena do médico e, como não sabia se precisaria chamá-lo numa outra ocorrência mais simples, disse:

– Já que veio até aqui, seria bom que o senhor o examinasse mais uma vez.

– Não, se foi diagnosticado pelo Professor K, não há erro. Bem! Cuidados... Dizendo isso, o médico miúdo foi embora, como se fugisse.

XIX

O bebê chorava sem parar. Formando uma ruga profunda entre as sobrancelhas e fazendo tremer os lábios pequenos, gritava: Uah, uah! Essa voz penetrava no peito de Kensaku e de Naoko. Ouvindo-a sem parar, mesmo quando o bebê, vez por outra, parava de chorar, aquela voz parecia brotar das profundezas do ouvido. Kensaku saía para a rua. Já estava a uma distância onde não podia ouvir o choro de casa, mas, sem querer, acabava ouvindo.

– O que devemos fazer? O que podemos fazer? – Quando ele chorava demais, Kensaku, inesperadamente, monologava assim. Era um hábito seu, nesses momentos. Na realidade, não havia nada a fazer.

A voz do bebê começou a ficar cada vez mais rouca. Por fim, ele só fazia cara de choro, mas a voz já não saía. Era como se as duas formas de expressão de dor fossem resumidas numa só, e era de dar pena. Para os que estavam ali, no entanto, já era uma grande ajuda, só de não ouvirem o choro incessante.

Felizmente, o leite de Naoko não secou. O bebê, por sua vez, embora sofrendo daquele jeito, mamava bem. Todos depositavam suas esperanças nesse fato, mas depois de dez dias, duas semanas, a doença acabou evoluindo mesmo para o sintoma purulento.

A mãe de Naoko, que viera de sua terra, disse que o salgueiro que estava na entrada da cozinha era o salgueiro do nordeste[56], que traz infelicidade, e quis replantá-lo em outro local. Kensaku não queria ficar preso a esse tipo de superstição, mas fez com que o salgueiro fosse replantado.

Outro fato que, de certa forma, incomodava Kensaku, era que, na noite do nascimento do bebê, ele fora a um concerto no salão de jovens de Sanjô, com Suematsu e outros amigos, conforme compromisso anterior, e ali ouvira a música *Erlkönig*, de Schubert. Se, no dia anterior, ele tivesse visto o programa das músicas, talvez não tivesse ido ao concerto. Naquele momento, ele não queria ouvir essa música em que o Deus da morte leva a criança numa noite de tempestade. Mas ele fora por acaso, e achou que ouvira uma música muito sinistra. Sentiu-se um pouco mal. Era a música apresentada pelo jovem contralto, atração daquela noite, mas em Kensaku, desde o início, agia uma intuição ruim, bem como uma revolta, sem que ele o soubesse. A música não lhe pareceu nem um pouco interessante. A expressão era evidente demais e ele achou um pouco banal. Se a função da encenação era estimular, não passando disso, bastava a literatura, pensou. Essa música de Schubert apenas produzia um estímulo um pouco mais claro e forte do que a literatura, e ele achou que não atingia a verdadeira missão atribuída à música.

Nem os poemas de Goethe lhe agradavam. Não achou que fosse uma obra que tratasse profundamente da morte, mas uma obra originada a partir de uma ideia artística de Goethe. Achou que deveria ser da época em que o escritor era bem jovem ainda. Nesse aspecto, ele gostava mais da *Morte de Tantajil*, de Maeterlinck.

Na volta, ao passar por Teramachi, Mizutani, empolgado, disse:

– *Erlkönig* foi magnífico, não?

– É mesmo boa – respondeu Suematsu. – Ele próprio não tocava nada, mas gostava e era muito entendido em música. Suematsu olhou para Kensaku, que estava calado, e disse:

– Acho que é a melhor de todas as músicas de Schubert.

272 *Naoya Shiga*

Kensaku não respondeu. Ele não queria falar muito claramente sobre essa música, pois não estava seguro de si o suficiente para falar. Sem querer, deixou cair, na rua, o programa do concerto, que estava enrolado no bolso do casaco. Teve a sensação de jogar fora a má sorte. Mas não queria ficar pensando nisso. Não havia o que fazer, e achou que o fato não merecia atenção. Obviamente, nada disse a Naoko. Ele próprio também esquecera. Com o bebê doente assim, no entanto, sentiu que a música *Erlkönig*, ouvida no dia do seu nascimento, servira de presságio.

Havia risco de contágio por erisipela; portanto, todos faziam a assepsia das mãos com bastante cuidado. Numa manhã bonita, quando Kensaku e a sogra tomavam a refeição na sala de chá, Naoko foi para o quarto do bebê, arrastando pela varanda, em silêncio, a barra da roupa de dormir.

– Ei, Beru! Beru! Não, não!

– O que aconteceu? – perguntou Kensaku, da sala de chá.

– Venha aqui um pouco. O Beru está querendo beber o mercúrio.

Kensaku calçou os tamancos e saiu para o jardim pela sala de chá. O cachorrinho criado por eles, chamado Beru, corria de um lado para outro, alegre.

– Ele tentou beber isso – disse Naoko, apontando o mercúrio, na bacia colocada na pedra, à entrada, para ser trocado.

– Não vai beber, não. Só está cheirando, curioso.

– Será mesmo? Ele estava quase bebendo, ainda há pouco. Se beber essa água, morrerá de imediato – disse Naoko.

Era um cachorro dado por um senhor que viera ajudar na mudança. No entanto, confirmada a gravidez de Naoko, dizia-se que não era bom ter um animal nascido no mesmo ano e, então, deram-no, juntamente com sua casinha, aos moradores da segunda casa vizinha. Mas, mesmo depois, o cachorro continuava a vir ali sempre, para brincar, e não se sabia mais de quem era, pois ficava indo e vindo.

Hayashi, a enfermeira, veio e pegou, calada, a bacia de mercúrio: com uma feição zangada, levou-a para a cozinha.

Kensaku e as demais pessoas da família confiavam nessa enfermeira, numa hora crítica como aquela. Ela estava bastante tensa por causa do bebê. Achou que estava aguentando até muito tempo. Kensaku, pensando na saúde de Hayashi, pediu ajuda a outra enfermeira, mas ela não gostou muito. Não gostava do jeito como essa enfermeira cuidava do bebê. E continuava a trabalhar da mesma forma como trabalhava quando estava sozinha, nunca deixando nada nas mãos da outra para descansar. Quando ela foi embora por causa de uma gripe, Hayashi disse: "Se for por minha causa, não precisa mais chamá-la. A não ser que achem que eu seja insuficiente".

Kensaku disse que, caso Hayashi ficasse doente, fosse qual fosse a substituta, seria um grande choque para o bebê, mas Hayashi disse que não haveria esse perigo.

Trajetória em Noite Escura   273

O que se exigia de Naoko, em função do bebê, era que ela se tornasse uma vaca leiteira, ao invés de mãe. Por isso, fazia-se o possível para que ela não se aproximasse dele fora das horas das mamadas. Entretanto, embora sendo uma criança recém-nascida e nada entendendo, não se podia dizer que ela não precisasse do amor da mãe, além do seu leite. Kensaku pensava assim. E esse sentimento, próximo ao do amor materno, seria difícil de achar em outra enfermeira. Fosse como fosse, Kensaku estava muito feliz pelo fato da atitude de Hayashi ir muito além da sua obrigação de enfermeira.

A situação do bebê foi ficando cada vez mais sem esperanças. Agora, suas costas já estavam todas inchadas e vermelhas, e era possível se ver o pus movimentando-se nas bolhas. O Dr. K decidiu fazer uma incisão, com a assistência de outro médico do mesmo hospital. Mas o médico disse não poder assegurar o resultado da cirurgia. Era uma cirurgia inevitável. Não se poderia deixar de fazê-la, e mesmo que, por felicidade, o bebê a suportasse, havia oitenta a noventa por cento de chance de não dar certo. O médico não o esclareceu a esse ponto, mas Kensaku achou que fosse assim. Não era uma questão de números, e sim, do óbvio.

Kensaku ajudou a preparar a injeção de soro, mas não quis assistir à cirurgia. Tinha medo.

– Não tem importância?

– Não, não tem – disse o Dr. K, e, então, ele foi para o jardim. O jovem médico, vestido com a roupa cirúrgica, lavava bem as mãos com sabão e uma escova, na varanda. Logo depois, entraram no quarto. Kensaku foi aos aposentos de Naoko.

– Não vai assistir? – disse Naoko com um olhar de censura.

– Não quero. – Kensaku fechou o semblante e balançou a cabeça.

– Coitadinho! Coitadinho!

– O Sr. K disse que não tinha importância.

– Ele pode ter dito isso, mas, se ninguém do seu sangue estiver lá, é muita judiação. Então, vamos pedir para mamãe ir? – Naoko olhou para a mãe, sentada ao seu lado.

– Sim – disse a mãe, e logo saiu.

Kensaku saiu andando novamente pelo jardim, na direção do quarto do bebê. As janelas estavam fechadas e, vindo de dentro, ouvia-se, de vez em quando, a voz baixa dos médicos, algum ruído, e, é obvio, nada da voz da criança. Kensaku foi tomado por uma insegurança súbita. "Já morreu." Não conseguia deixar de pensar assim. Sem conseguir sossegar, ele ia e vinha pelo jardim. E Beru ficava grudado aos seus pés.

Pouco depois, a janela se abriu e Hayashi apareceu. Estava com uma expressão assustadora, bastante excitada. Ao ver Kensaku, disse:

– Por favor, vamos amamentá-lo já – e fechou a janela novamente.

274   *Naoya Shiga*

– Salvou-se – pensou Kensaku. Correu até o quarto de Naoko e disse:

– Hei, vá amamentá-lo...

– Correu tudo bem? – perguntou Naoko, enquanto se levantava.

– Correu!

Apressada, Naoko foi correndo em passos curtos pela varanda. Pôde ver Hayashi indo depressa à sala de banho, como que escondendo a bacia cheia de algodão e chumaços de gaze cheios de sangue.

Quando Kensaku chegou, o quarto do bebê já estava todo arrumado. O Dr. K aplicava a bomba de oxigênio no bebê. Naoko, sentada ao lado, olhava, fazendo menção de chorar.

– Tinha bastante pus – disse o Dr. K, sem erguer o olhar.

– ...

– Conseguimos controlar um pouco com injeção de soro e oxigênio, e ele aguentou bem.

Kensaku, revezando com o Dr. K, aplicou o oxigênio.

Devido ao cansaço, o bebê dormia bem, mas, entre suas sobrancelhas, havia um "v" de cabeça para baixo marcado profundamente, a face estava bem magra e a cabeça parecia grande demais, semelhante à de um idoso. De olhos fechados, ele enrugou o rosto todo e abriu a boca. Certamente suportaria o sofrimento, mas agora já não tinha nem voz e chorava de um jeito que nem se podia dizer que era choro. Ao vê-lo assim, Kensaku não conseguia achar que ele fosse se salvar. Entretanto, quando Naoko lhe dava o peito, o bebê, que parecia quase morto, movia a cabeça e sugava prontamente. Expressava nitidamente a força de vontade de tentar viver. Mas isso não durou muito. Antes de mamar o suficiente, a criança dormiu.

A partir desse dia, o médico do hospital passou a vir todos os dias, no lugar do Dr. K. A gaze, trocada diariamente, ficava cheia de sangue e pus. O local da ferida era do tamanho da palma da mão de um adulto, o que correspondia, no bebê, às suas costas inteiras. No fim, podiam ser vistas até as vértebras brancas, enfileiradas. Já se achava que nada mais poderia salvá-lo. Era até estranho que continuasse vivo. Às vezes, enfraquecido, ele deixava de respirar. Logo se aplicava uma injeção de cânfora. Colocava-se a bombinha de oxigênio. Isso se repetiu diversas vezes. Usavam uma bombinha por dia, de forma que o que havia sido estocado acabou, sem que se dessem conta, sendo preciso pedir a um condutor de riquixá que fosse até o hospital para buscar mais. Nesse ínterim, a tensão foi insuportável, pois a noite era algo ruim. Todos ansiavam pelo amanhecer. Quando lá fora começava a clarear e ouviam-se os sons dos pardais, todos se sentiam aliviados. Ao verem-se os raios silenciosos entrando na varanda, sentia-se profundamente que a intranquilidade da noite havia passado.

Trajetória em Noite Escura 275

O quarto do bebê cheirava a oxigênio e cânfora o tempo inteiro. Esse cheiro penetrava nas narinas. Não havia mais esperanças, mas esperava-se o diagnóstico diário do médico.

– Chega a ser até estranho! – disse o jovem médico no escritório do andar superior, tomando chá preto.

– Nas condições em que ele estava ontem, achei que seria difícil resistir, e por isso, quando fui para casa, deixei recado lá no hospital, para que me avisassem imediatamente por telefone, caso houvesse algum comunicado, pois hoje pretendia vir direto para cá.

Ao ouvir essas palavras francas do médico, Kensaku nem sequer conseguia sentir desconforto. No momento, achava que, se era certo que o bebê iria morrer, queria que ele se livrasse o quanto antes do sofrimento. No entanto, quando o bebê manifestava mais e mais a sua vontade de viver, achava que essa era uma ideia presunçosa. Como os médicos, porém, também diziam claramente que a cura seria difícil, ele próprio, observando essa situação terrível em que não sabia onde buscar as esperanças, não conseguia suportar aquela persistência do bebê em viver.

– Mesmo no caso de um doente marcado para morrer, é preciso fazer de tudo para não deixá-lo morrer, até que morra? Mesmo quando viver é um sofrimento terrível?

– As opiniões são diferentes na França e na Alemanha. Na França, com uma junta formada por algumas autoridades médicas e havendo esse desejo da parte da família, é permitido fazer com que o paciente durma eternamente. Mas na Alemanha isso não é permitido. Como médico, deve-se lutar contra a doença até o último segundo de vida.

– E no caso do Japão?

– Bom, o Japão pensa como a Alemanha. Não se trata, entretanto, de pensamento, e sim de adotar a medicina alemã, mas uma e outra têm fundamento.

– Se fosse certo que a dedução do médico não estivesse errada, eu também concordaria com o método francês...

– Há tantos casos em que não é possível se afirmar isso!

No dia seguinte a essa conversa entre Kensaku e o médico, o bebê acabou falecendo, um mês depois que adoecera. Era como se tivesse nascido para sofrer.

O funeral e tudo o mais foi simples. Foi preciso que tudo ficasse a cargo do Sr. S. Kensaku não sabia quanto tempo ainda permaneceria em Kinugasa, dali para frente, e por isso não queria um sepulcro que depois se tornasse o de um desconhecido. Pediu, então, que as cinzas fossem depositadas no jardim do Templo Reiun-in, templo da família de Ishimoto.

Quem sofreu mais do que ninguém com a morte do bebê foi Naoko. Além do mais, ela tivera que se movimentar antes do fim do resguardo, de modo que estava custando a recuperar a saúde. Como Kensaku ainda não tinha ido à casa da família dela, os dois resolveram ir a Tsuruga, aproveitando para visitar a tia, que ainda estava acamada por causa da nevralgia. Kensaku pensou que eles poderiam passear pelas termas de Yamanaka, Yamashiro, Awazu, Katayamazu e outras das redondezas, mas a saúde de Naoko não o permitiu. Ela estava um pouco fraca do coração, teve erupções no rosto e as pálpebras incharam a ponto de mudar a sua fisionomia. Por esse motivo, o médico também disse que as termas seriam prejudiciais.

Kensaku voltou com empenho ao seu trabalho de criação, que deixara havia algum tempo, mas sentia que algo semelhante a um cansaço ainda o envolvia, e não conseguia se concentrar. Tudo lhe parecia estranho e sem sentido. Nada tinha graça para ele, tal como para uma pessoa que sofreu isquemia cerebral. Ele ficava fumando diante da escrivaninha, sem pensar em nada.

Por que tudo sempre se mostrava difícil para ele? Se o destino, para ele, tinha que ser assim, ele também encararia desse modo. É claro que ele não era a única pessoa a perder um filho. E morrer sofrendo tanto tempo com erisipela, não fora uma infelicidade que atingisse apenas o seu filho. Isso ele sabia, mas por ter percorrido, até agora, caminhos tenebrosos, quando achou que enxergara uma luz, desejando uma nova mudança em sua vida, o nascimento de um filho, que deveria ter sido uma alegria, fora o contrário, trazendo-lhe novos sofrimentos. E ele não podia deixar de sentir nisso uma invisível maldade. Mesmo tentando raciocinar que era apenas uma impressão, não conseguia abandonar esse pensamento.

O Reiun-in não era muito longe de Kinugasa, e ele ia frequentemente visitar o túmulo, a pé.

Notas da Terceira Parte

1. *Imagem de Hônen Shônin Manco:* no original, *Hônen Shônin ashibiki no zô.*

2. Ideograma "Dai": o monte Daimonji, com 466 m de altitude, situa-se a oeste do Pico de Nyoi, praticamente no centro da Cordilheira Higashi, que se estende a leste da cidade de Quioto. É conhecido pelo evento anual do dia 16 de agosto, quando se faz a queima do ideograma *"dai"* (grande), na montanha.

3. Otabi: local onde o andor que percorre os templos e santuários em peregrinação para, a fim de descansar. Aqui, indica o Santuário Yasaka, na entrada leste do bairro Tera, avenida Shijô.

4. *Quadro da Figura de Cabaça e Peixe:* no original, *Hyôtan dengyo zu.*

5. Josetsu: bonzo zen, pintor, que atuou no Templo Shôkoku, em Quioto, entre 1394 a 1428. Sua obra mais famosa é o *Hyôtan dengyo zu* (*Quadro da Figura de Cabaça e Peixe)*, uma pintura em nanquim, de propriedade do Taizô-in, no Templo Myôshin.

6. Ryoki: pintor palaciano de meados da Dinastia Ming, da China. Tem por característica, a pintura de quadros de flores e pássaros decorativos, com colorido rico e descrição minuciosa.

7. *Imagem dos Três Mestres da Seita Ritsu*: no original, *Risshû Sanso zô.*

8. *Imagem de Miroku Shii*: no original, *Miroku shii zô.* Imagem de Miroku Bosatsu Hanka, da Era Asuka. Conhecida pela sua postura elegante e expressão afetuosa.

9. *Tanka*: poema japonês constituído de trinta e uma sílabas, em cinco versos: o primeiro e o terceiro, pentassílabos, e os demais, heptassílabos.

10. Há quanto tempo: no original, não há nenhuma marcação gráfica para distinguir a carta do restante do texto.

278 *Naoya Shiga*

11. Tenshin: Tienchin. Centro administrativo da região Kahoku, na China. Centro fluvial de Kahoku.

12. *Biombo Torigedachi:* biombo de seis folhas, de propriedade do Shôsô-in, com uma figura feminina, traje à caráter, em pé ou sentada sob uma árvore, de faces rechonchudas, olhos finos e boca pequena. Usava penas de pássaros silvestres, hoje já perdidos, no cabelo e nas vestes.

13. "Lembrança do Protagonista": é a parte que corresponde à introdução desta obra – *Trajetória em Noite Escura.* O interessante é que a "Lembrança do Protagonista", mencionada na obra e que consta no início de *Trajetória em Noite Escura,* criada pelo autor, é tida, aqui, como da autoria de Kensaku.

14. Era Meiji: 1867-1912.

15. Chûbê: protagonista de *Meido no Hikyaku* (*Entregador do Mundo dos Mortos*), peça de *jôruri sewamono* da autoria de Chikamatsu Monzaemon (1653-1724). Filho adotivo da Hikyaku Gyôkôya, uma entregadora de Osaka. Chûbê, apaixonado pela meretriz Umekawa, da zona de meretrício Tsujiya, apossa-se de um envelope fechado contendo dinheiro público (300 ryô), assume Umekawa e foge de casa.

16. Sai: o nome é apenas Sai. Osai, é a forma polida pela qual todas as demais pessoas a designam, assim como é o caso de Oei, e outros nomes femininos da época, que normalmente são compostos por duas sílabas e não terminam em "ko": Osuzu, Okayo, Omasa e outros nomes em que o acréscimo do "o" soa bem, foneticamente. Okoine, por exemplo, não soa bem. O aparecimento do "ko", no final dos nomes femininos é mais recente. Veja-se pelo nome das irmãs e da filha de Kensaku.

17. *Biwa*: instrumento de cordas semelhante ao bandolim.

18. Asahi Shijô: instrumentista de *Chikuzen biwa*, do estilo Tachibana, iniciado pelo bonzo cego de Hakata, Tachibana Kyokuô (1848-1919).

19. Rei Genkô: Li Yüan-hung (1866-1928), militar e político da China. Natural de (Kohoku) Hupei. Com a revolução de 1911 e a queda da Dinastia Shin, assume a vice-presidência da então formada República Popular da China e, em 1916, assume a presidência, com a morte de (Enseigai) Yüan Shih-kai (1859-1916).

20. O velho: não há qualquer marcação gráfica para o conteúdo da carta.

21. Takeda Kôunsai (1803-1965): samurai do feudo Mito. Nome verdadeiro: Masanari. Dirigente dos partidários do Imperador e da expulsão dos estrangeiros, juntamente com Fujita Tôgo. Quando Fujita Shôjirô, o quarto filho de Tôgo, foi servir no monte Tsukuba, tornou-se chefe do Partido Tengu, mas não foi bem sucedido. Quando ia para Quioto com seus companheiros, foi perseguido pelas tropas do governo em Echizen (atual província de Fukui) e saiu derrotado, sendo executado em Tsuruga, no ano seguinte.

22. Maruyama Ôkyo (1733-1795): pintor de meados da Era Edo. Criador do Estilo Maruyama. Iniciou o novo estilo realizando a fusão da perspectiva e do sombreamento ocidental e a forma decorativa das pinturas japonesas, acrescentando, ainda, a cópia da natureza. Era hábil na descrição de animais e plantas.

Trajetória em Noite Escura 279

23. Marcha musical de Ise: música folclórica originária da região Ise. Existe a que surgiu na região de diversão de Furuichi e uma outra linhagem. Expandiu-se pelo país inteiro com a moda da peregrinação a Ise. A dança Ise acompanha a música.

24. Uma montanha alta: a Montanha Daisen, da província de Tottori. No meio da montanha, fica o Templo Daisen, da seita Tendai, construído entre os anos de 717 e 724.

25. "Criança": no original, *kodomo*, jovem que trabalha como aprendiz de gueixa.

26. Avião: na página relativa ao ano de 1915, do calendário de apêndice de *Ueno Riichi-den* (*Biografia de Ueno Riichi*), editado pelo jornal *Asahi*, consta um artigo que diz: "Em 3 de janeiro, os aviadores civis Ogida Jôsaburô e Ôhashi Shigeharu caem e morrem no campo de treinamento de Fukakusa, em Quioto".

27. Três ou quatro dias: no original, "duas ou três noites", pois na concepção japonesa são contadas as noites e não apenas os dias.

28. Caixa de Urashima Tarô: conhecida por "tamatebako", é a caixa que o lendário Urashima Tarô ganha de presente da princesa com quem viveu no fundo do mar, ao sentir saudades e resolver voltar à sua antiga terra, com a recomendação de que jamais a abrisse. No entanto, cheio de curiosidade, ele a abre, depois de se dar conta de que o mundo ao qual retornara já não era mais o mesmo, nem as pessoas. Como num passe de mágica, Tarô vai envelhecendo, envelhecendo, até se desintegrar: já havia se passado mais de trezentos anos. A menção à caixa, portanto, é feita quando se quer dizer que traz surpresas inesperadas.

29. Mano: no original, não há marcação gráfica de citação.

30. Kamiya Jihee: protagonista de *Shinjûten amijima*, peça de *jôruri*, do tipo *sewamono*, da autoria de Chikamatsu Monzaemon. Suicida-se no Templo Daichô de Amijima, com Koharu, uma gueixa da casa Kiinokuni, da zona de meretrício de Sonezaki.

31. Seja: no original, não consta nenhuma marcação gráfica para diferenciar o discurso.

32. Ikeno Taiga (1723-1776): pintor de meados da Era Edo. Natural de Quioto. Deu forma às pinturas ocidentais do Japão, juntamente com Buson (1716-1783).

33. Hatano Kawakatsu: personalidade da Dinastia Suiko. Nomeado pelo Príncipe Shôtoku, trabalhou como anfitrião dos mensageiros de Shiragi. Diz-se que matou pessoas que enganavam o povo afirmando que um inseto parecido com bicho-da-seda era uma divindade, e também que atuou na formação da dança e do teatro nô. Diz-se, também, que ele foi o construtor do Templo Kôryû.

34. *Yaku*: nos jogos de *hanafuda* e *majan*, ganhar muitos pontos ao conseguir uma carta ou formar um jogo.

35. *Tsukimi, hanami, inu, shika, chô* e outras coisas: nome de algumas cartas. Na ordem, são: "apreciação do luar", "apreciação das cerejeiras", "cachorro", "veado", "borboleta" e outras coisas.

36. Descansa: no original, *nemasu*, que, nos jogos de *hanafuda*, é abandonar o jogo logo no início, quando não há chances de ganhar com as cartas recebidas. O *Hanafuda* é jogado com três pessoas.

280   *Naoya Shiga*

37. *Oya-no-tsuru*: é a carta que indica quem vai distribuir as cartas e começar o jogo.

38. *Teyaku:* o jogo constituído pelas cartas que se tem em mãos.

39. *Pikaichi*, [...] é *Tanbee...*: explicação sobre os jogos existentes no *hanafuda*. Literalmente, *pikaichi* "um que brilha", é um tipo de *teyaku* – o jogo que se tem em mãos – quando são em sete cartas e se tem uma delas brilhante e todas as demais foscas. (As cartas da "chuva" também são contadas como foscas), e assim por diante.

40. *Dekiyaku:* jogo que se forma no decorrer da partida, com as cartas que se vai adquirindo.

41. *Kan:* valor das apostas.

42. Maior número de pontos: no original, *ishidaka*, pontos de vantagem no jogo de *hanafuda*.

43. *Gokô:* um tipo de *dekiyaku* – jogo que se vai formando no decorrer da partida. Literalmente, "cinco brilhos", ou "cinco que brilham". Esse jogo é formado quando se acrescenta a carta do salgueiro (chuva), que vale vinte pontos, ao *shikô*, "quatro brilhos" – outro jogo de cartas que se forma durante a partida – constituído pelas quatro cartas que também valem vinte pontos: pinheiro, cerejeira, *susuki* (lua) e paulônia.

44. Vencedor: no original, *ginmi*. No jogo de *hanafuda*, faz-se o balanço geral de doze disputas, as quais são colocadas em termos dos doze meses do ano; *ginmi* seriam os pontos extras que são dados a quem somar a maior pontuação. Por extensão, significa aquele que atingiu a maior soma. Aqui, está empregado no segundo sentido.

45. *Ciclo do ano:* doze disputas do jogo de *hanafuda*, as quais são colocadas em termos de doze meses do ano.

46. *Oya:* o mesmo que *oya-no-tsuru*, a carta que dá direito a distribuir a carta e iniciar o jogo.

47. *Tanbee* de cerejeira: no original *sakura no tan*.

48. Pontinha de crisântemo: no original *kasu no kiku*.

49. Taça de saquê: no original *sakazuki*.

50. Dança Miyako: apresentação geral de dança das gueixas, realizada no salão de ensaio de dança de Gion.

51. Desfile de Shimabara: atividade anual da zona de meretrício de Shimabara, no distrito de Shimo Kyô, Quioto, realizada em 21 de abril. As gueixas desfilam pela região vestidas com a antiga veste de *tayû*.

52. Tairen: Ta-lien. Cidade portuária tomada pela Rússia em 1898, serviu como importante ponto administrativo do oriente. Após a guerra do Japão com a Rússia, é ocupada pelo Japão.

53. Festival de fogos: festividade realizada no santuárioYugi, no monte Daiba, altas horas da noite, no dia 22 de outubro.

54. Biombo baixo: no original, *furosaki byôbu*, um dos utensílios de chá. Biombo baixo, de duas folhas, que envolve o fogareiro onde se aquece a água.

55. Naonori: é composto por dois ideogramas: "nao" e "nori" que, na escrita, correspondem, respectivamente, aos ideogramas iniciais de Naoko ("nao") e de Kensaku ("ken"), mas, na leitura, não. Nessa combinação dos dois ideogramas escolhidos, o primeiro mantém a leitura "nao", e o segundo, adota a leitura "nori". Isso acontece porque, normalmente, um ideograma possui diversas leituras, que variam de acordo com o seu uso e com a combinação feita com outros ideogramas.

56. Nordeste: no original, *kimon*, ou o local que corresponde a esse ponto cardeal. De acordo com o *In'yô gogyô-setsu* (teorias ying e yang), é considerado de mau agouro.

QUARTA PARTE

I

Tendo perdido o primeiro filho no inverno, Kensaku passou a primavera com um sentimento muito diferente em relação ao do ano anterior. Apreciou, como de costume, as danças típicas da antiga capital e as cerejeiras de pétalas pregueadas, mas, nessa primavera, elas sempre estavam acompanhadas por uma estranha tristeza.

Ele previa mais filhos para o futuro. Aquela criança, porém, não retornaria jamais. Quando pensava nisso, sentia-se melancólico. Se o próximo filho aparecesse diante de seus olhos, esse sentimento seria atenuado. Até que isso acontecesse, não podia dar as costas ao filho falecido. A morte dele abalou-o sobremaneira, pois, após atormentar-se tanto, principalmente por desconhecer a origem de seu sofrimento, entrou numa fase em que superava esse seu destino obscuro, começando a dar os primeiros passos para uma nova vida. A erisipela não tinha como ser evitada. Fora uma tragédia casual. Enquanto normalmente as pessoas pensavam dessa forma e se resignavam, ele sentia que, justamente por ser algo casual, havia também alguma intencionalidade. Era cisma de revoltado. Assim ele se repreendia; logo, entretanto, aflorava-lhe o sentimento de que não poderia pensar somente dessa forma. Sentia ódio de si mesmo, por ser assim, mas nada podia fazer.

Lembrando-se do filho, Naoko chorava. Kensaku não suportava isso. De certa forma, ele procurava mostrar-se especialmente não envolvido, e Naoko sempre reclamava, dizendo:

— Você até não dá muita importância, não é?

– De nada adianta ficar remoendo essa dor para sempre.

– Realmente. Por isso, eu procuro não chorar diante de estranhos, mas coitado do Naonori se acabarmos nos esquecendo dele por não haver o que fazer!

– Está bem – dizia Kensaku, desgostoso. – Você pode agir dessa forma, mas eu não quero ter esse mesmo sentimento. Na verdade, não há o que fazer, há?

– ....

– Ao invés disso, ultimamente tenho me preocupado com Oei. Ela nunca manda cartas para cá, e não posso deixar tudo nas mãos de Nobu, só por causa da relação que tínhamos antes. Por isso, estou pensando em dar um pulo até a Coreia.

Naoko somente murmurou, sem responder. Logo depois, Kensaku disse:

– Enquanto isso, você não quer ir a Tsuruga?

– É desagradável, pois pareceria que vou lá para me lamentar.

– Qual o problema de ir lá para se lamentar?

– É isso que eu não quero. Com você eu posso, mas não quero ficar me lamuriando com as pessoas de minha terra.

– Por quê? ..... Irei junto e deixarei você lá.

– Não, obrigada. Se for só por dez ou quinze dias, ficarei com Sen. Se me sentir muito sozinha, então, irei.

– Se puder fazer isso, será melhor. Se eu souber que a deixarei sofrendo em casa, não conseguirei viajar.

Apesar de falar dessa maneira, Kensaku não conseguiu viajar logo. A oeste, não conhecia além da Ilha de Itsuku. Achava que até Keijô[1] seria uma longa viagem e sentia preguiça. Principalmente porque não havia nenhum pedido de ajuda da parte de Oei e, por isso, não havia nada de concreto que justificasse a sua ida à Coreia.

É verdade que, depois que ficou com Naoko, seu sentimento em relação a Oei também mudara. Pensando no tempo em que ela cuidara dele desde menino, mesmo que momentaneamente, nutria algum sentimento por ela – sentimento que, pensando agora, poderia parecer doentio – mas, só de lembrar que tinha até mesmo pedido Oei em casamento, mesmo não lhe sendo solicitada nenhuma ajuda, parecia-lhe frieza demais deixá-la abandonada por tanto tempo, sem fazer nada, e isso o atormentava.

Um dia, chegou de Kamakura uma carta registrada de Nobuyuki. Nela, estava uma carta de Oei, endereçada ao irmão.

"Recentemente[2], saí da casa do policial devido a um fato desagradável e estou vivendo na hospedaria cujo endereço está escrito no envelope. Estou farta de minha burrice. Chegando a esta idade sem uma vida organizada, fico deveras envergonhada por escrever-lhe toda vez que me acontece algo, mas, como não tenho em quem me apoiar, e sendo Osai uma pessoa totalmente diferente daquela em quem pensei poder confiar, não me resta outra alternativa senão recorrer ao senhor.

Trajetória em Noite Escura   287

Não vou escrever os detalhes. Eles nem são dignos de serem mencionados. Tenho vontade de voltar o quanto antes; no momento, não penso em outra coisa." A carta dizia isso. Ou seja, Oei queria que Nobuyuki enviasse dinheiro para pagar a hospedagem e a viagem. Segundo dizia Nobuyuki em carta, ela fora roubada em Tairen e, mesmo sendo-lhe enviado o dinheiro para que voltasse logo, não voltou; fora para Keijô e estava novamente pedindo dinheiro, dizendo coisas assim. Enquanto lia a carta, Kensaku ficou em dúvida, se, devido à vida desregrada da colônia, ela não teria arranjado um homem mau que a estivesse controlando.

Ao pensar naquela Oei da época em que viviam juntos, essas pressuposições eram desagradáveis. Mas, certamente, Oei, por quem ele nutrira tal espécie de afeto, mesmo que fosse um sentimento doentio, ainda possuía um atrativo para as pessoas, e, por ela ter o passado que teve, conforme ele ouvira falar, achou que as pressuposições não seriam de todo um absurdo. Como Oei não escrevera detalhes, sentiu que o fato desagradável dizia respeito a algum tipo de sedução.

Nobuyuki também escrevera dizendo que, dessa vez, seria preciso ir até lá e trazê-la de volta. Como não daria mais tempo de encontrar o banco aberto, Kensaku resolveu partir no expresso da noite seguinte e comunicou o fato por telegrama a Keijô e a Kamakura.

II

Embora fosse difícil afirmar que o fracasso de Oei em Tenshin fora causado por um logro de Osai, foi uma irresponsabilidade da parte dela incentivar alguém a sair do país com dinheiro. Mesmo não sendo mal intencionada, foi falta de atenção de sua parte. Mais tarde, parece que Oei tomou a devida cautela e, depois que foi para Tairen, Osai a chamara por diversas vezes, mandando cartas. Mas Oei já estava descrente. Por mais que acreditasse em seus gentis oferecimentos, não confiava que fosse algo que pudesse durar muito. Nessas ocasiões, Oei recusava com palavras que não a ofendessem.

Por intermédio de Osai, Oei sabia que Masuda, a dona do Hotel Tetsurei, era uma mulher de muito mais fibra que um homem. Recentemente havia brigado com o cafetão do local, querendo nomear por suas próprias forças um outro, e contou isso por carta a Osai, antiga conhecida sua, que logo avisou Oei. Para esta, com roupa suficiente para quatro ou cinco gueixas, e tentando abrir uma casa de gueixas em algum lugar, essa informação seria uma grande chance. Certamente Osai pensou que ela aceitaria de pronto essa oferta, mas Oei acabou recusando-a.

"Se[3] fossem propostas em Tairen ou Keijô, eu ficaria feliz, mas, doente como me encontro, sinto-me ainda mais frágil, e percebi que me embrenhar até Tetsurei[4] seria me afastar ainda mais do meu país. Pode parecer que estou desperdiçando a sua gentileza, mas não quero ir a Tetsurei. Como não há nenhuma boa oportunidade em Tairen, para o momento, pensei em ir a Keijô. Face ao desejo de me aproximar ainda que um pouco de meu país, se surgir alguma chance em Keijô, gostaria que me avisasse sem falta." Foi essa a resposta de Oei.

Logo Osai respondeu que, se era para ir a Keijô, ela tinha um conhecido no departamento de polícia, chamado Nomura Sôichi. Um pedido feito a ele facilitaria bastante as coisas. Caso Oei fosse para lá, ela mandaria uma carta.

Oei pediu-lhe que enviasse a carta imediatamente, porém, como tinha crises de malária, em dias alternados, controladas a muito custo com quinino, não poderia viajar ainda por um tempo. Enquanto isso, fora assaltada, sendo levadas suas roupas de gueixa, único bem valioso que ainda possuía, embrulhadas como estavam.

Na ocasião, Oei também desanimou, mas, de alguma forma, sentiu-se aliviada. Já não tinha outro recurso senão voltar ao seu país. Pediu a Nobuyuki para enviar--lhe o dinheiro da viagem e pretendia voltar imediatamente, mas, como achara que jamais retornaria àquele local, quis passear um pouco e resolveu voltar depois de passar pela Coreia. Além disso, não queria ficar muito tempo no navio.

Em outubro, a doença cedeu e, conforme a previsão, Oei viajou para a Coreia. Foi até Keijô, mas, ao procurar por Nomura Sôichi, mencionado na carta de Osai, foi incentivada com as seguintes palavras: "Seria muito bom voltar para o Japão, se tivesse algum trabalho, mas não seria melhor tentar algum negócio por aqui?"

Oei não sabia por que o policial Nomura dissera isso. Por fim, quis se aproveitar dela à força, e ela não sabe se ele já tinha essa intenção desde o início, se seu incentivo fora uma simples gentileza, ou se ficara com essa vontade enquanto moravam juntos. Pela conversa de Oei, Kensaku não pôde ter ideia, mas, de qualquer forma, ela acabara se instalando ali.

– Eu pagava as refeições, mas, achando que estava sob seus cuidados, procurava ajudar nas compras, indo até à cidade. Como havia uma menina de cinco anos que se afeiçoou a mim, chamando-me de tia, eu também comecei a ter carinho por ela e sempre a levava às compras, comprando-lhe brinquedos e doces. Mas veja só. Na ausência de sua esposa, Nomura quis abusar de mim, tentando até mesmo usar da força, e eu o empurrei. Nisso, Kyôko entrou e, mesmo sem saber de nada, começou a dizer: "Tia boba, boba, maldita, maldita!" E, chorando, me bateu com uma régua. Ela estava mesmo sentindo tudo aquilo. Naquele momento, eu também fiquei desolada e chorei. Depois de tê-la tratado com tanto carinho e vê-la afeiçoada a mim... Estranhos são estranhos mesmo, não? Numa hora dessas, ela tenta defender o pai de verdade. Eu não sabia se ficava irritada, se achava graça, se ficava desolada... Mas senti profundamente, talvez por ter um sabor que eu desconheço, como é bom isso que chamamos pai e filho.

Oei não foi capaz de expor a questão por vergonha de sua idade e por pena de Nomura e da esposa, que a acolheram tão bem. No dia seguinte, procurou sair o mais discretamente possível dessa casa.

Enquanto ouvia a conversa de Oei, Kensaku não se sentia muito bem. Aquelas condições que em nada combinavam com a sua vida de agora, perturbavam seu sentimento. Na época em que vivera na boemia, quando ficava exposto ao ar daqueles lugares por mais de meio dia, sempre se sentia mal e era tomado por uma vontade de respirar ar puro num lugar bem amplo. Dessa vez também ficou com essa vontade. E não parava de pensar na casa de Quioto e em Naoko.

Kensaku ficou feliz por Oei não ter se tornado uma libertina. Em suma, ela era boa pessoa. Apenas lhe faltara uma firmeza de caráter e fora levada ao sabor do momento. Sentiu que também fora irresponsabilidade de sua parte tê-la abandonado sozinha.

Tempos atrás, sem atender à interferência de Oei, fora sozinho a Onomichi e, depois de alguns meses, quando voltou exausto física e mentalmente, ela lhe dissera: "Como emagreceu! Não deve mais ir sozinho a lugares distantes assim". Ele queria dizer essas mesmas palavras a Oei, agora. E ele as disse com suas próprias palavras:

– Você é boba. Não conhece nem um pouco a si mesma. Seu erro foi pensar em fazer algo que nem mesmo combina com você – tornar-se independente.

Mas Kensasku não sabia como seria o futuro de Oei. Se, tempos atrás, não a tivesse pedido em casamento, obviamente poderia levá-la para sua casa e viveriam juntos. Mesmo nessas condições, se Naoko não se importasse, gostaria de fazer isso. Porém, se Naoko hesitasse ainda que um pouco, sentia que com certeza algo de ruim aconteceria. E achou que, nesse sentido, se fosse para Naoko experimentar alguma preocupação com isso, seria necessário evitar.

Na Coreia, ele não andou muito. Além de ir de Kaijô[5] a Heijô[6], pousando uma noite fora, num dia de tempo bom, foi com Oei saborear a culinária vegetariana, num templo de religiosas em Seiryôri. No caminho, viu uma família de coreanos fazendo piquenique num lugar onde aflorava água fresca. Um velho de barbas brancas falava algo, e as pessoas ao redor ouviam em silêncio. Parecia estar contando uma longa estória. Devia ser um costume bastante antigo e dava uma sensação de familiaridade aos que olhavam.

Kensaku gostava da paisagem do monte Hokkan, que se via do monte Nan, e foi ao local por duas vezes. Visitou os Palácios Keifuku e Shôtoku e, à noite, ia sozinho olhar as lojas noturnas de Shôro. Encontrou uma penteadeira antiga de madrepérola e quis comprá-la, mas seu estado, bastante danificado, não condizia com o preço alto. Ele procurou para Naoko uma caixa de livros revestida de flores. A casa também não era nova e tinha bastante requinte.

290   *Naoya Shiga*

No trem para Heijô, encontrou um pesquisador que percorria os vestígios dos fornos de cerâmica Kôrai[7] e ouviu dele várias histórias. Os dois tinham quase a mesma idade, mas, pelo jeito de falar, o pesquisador parecia bem mais maduro, e possuía uma opinião formada sobre o governo da Coreia e outros assuntos.

Kensaku ouviu-o falar a respeito de um intrépido coreano. Era um jovem rico da classe dominante[8] da Coreia, chamado Bin Tokugen, sediado na região, que, sendo consultado por um oficial do governo sobre o plano para instalação de ferrovias, assumira a tarefa de comprar todo o terreno. Isso era segredo absoluto, e Bin tinha a intenção de comprar bem barato. Ele hipotecou todas as suas terras, pediu todo o dinheiro que podia aos parentes e, enquanto ia ampliando a compra dos terrenos, suas atividades ficaram conhecidas. As pessoas passaram a odiá-lo como traidor, mas ele dizia que não passava de um simples simpatizante dos japoneses.

Entretanto, quando finalmente fora iniciada a compra do terreno para a instalação da ferrovia, Bin ficou sabendo que as terras que deixara compradas por indicação do oficial do governo distavam dezesseis a vinte quilômetros. O plano de instalação sofrera alterações. E ele nada sabia. O oficial do governo que o consultara anteriormente nada lhe comunicara. Não foi intenção do oficial deixá-lo em má situação mas, com certeza, ele não teve coragem de dizer-lhe que já havia comprado precipitadamente uma boa área.

Para Bin, no entanto, foi um golpe terrível. Além de ter ficado absolutamente sem nada, foi odiado pelos parentes e era alvo de gozação das pessoas de sua região, que viam aquilo como castigo, por ele ser traidor. Ficou totalmente perdido. Mesmo que tivesse falhado por acreditar facilmente nas palavras do oficial do governo, uma vez que foi uma transação recomendada por ele, deveria haver alguém que assumisse a responsabilidade, ou que tomasse alguma providência. Mas Bin foi o único a ser sacrificado. Recorreu até mais não poder ao comandante geral. Mas ninguém lhe deu ouvidos. Quando pedia para falar com o responsável, diziam que aquele oficial não estava mais lá, que havia regressado ao seu país, e, independentemente da veracidade desse fato, não demonstraram a mínima consideração pelo rapaz, que sofrera tanto por isso. Quanto mais ele procurava mostrar o desencontro, mais frio o oficial se mostrava. E até ameaçou enquadrá-lo como coreano reacionário, caso continuasse a insistir. No final, Bin não teve o que fazer.

Mais tarde, depois de um ou dois anos, Bin Tokugen foi mesmo enquadrado como coreano reacionário. Em certo sentido, ele tomou a decisão de se vingar do Japão. Não chegou a pensar em termos de independência da Coreia. Achava isso impossível e não acalentava esse sonho; sua vingança, porém, era a de quem tinha sido totalmente usurpado. Era um sentimento desesperado de vingança. E ele estava ligado a todos os acontecimentos nefastos dos últimos anos.

– Acredito que ele tenha sido executado há alguns dias. Há uns quatro ou cinco anos, quando eu estava procurando pelos fornos, ele me serviu de guia. Pareceu-me um jovem bastante tranquilo, e eu jamais poderia imaginar que isso fosse acontecer com ele.

III

Kensaku voltou no décimo dia, trazendo Oei. Foi uma viagem de trem sofrida e longa, num calor abafado o tempo todo.

Como enviara um telegrama de Shimo-no-seki, Kensaku pensou que talvez Naoko tivesse ido buscá-los em Osaka. Lembrava-se de que ela dissera: "Até onde será que irei para buscá-lo, na volta?" Por isso, tanto em Kôbe como em San-no--Miya, quando o trem parava, ele descia à plataforma para olhar. Em Osaka, antes mesmo do trem parar, pôs a cabeça para fora da janela e, então, já sentiu o movimento do local, ficando com a sensação de que tinha mesmo regressado.

Procurou Naoko entre a multidão, mas não a avistou. Sentindo uma leve decepção, achou que deveria ter-lhe dito mais claramente que viesse.

Oei tirava um cochilo, sentada de lado no assento. Um ano e meio – para um período de um ano e meio, fora terrível. Deveria ser um momento profundamente emocionante para qualquer pessoa que voltasse ao seu país após tanto tempo, mas Oei parecia cansada a ponto de nem pensar nisso. Kensaku achou que o sentimento dela secara a esse ponto.

– Não veio? – Ajeitando a postura, Oei preguiçosamente puxou um saquinho da manga do quimono e riscou um fósforo. Naquele um ano e meio ela voltara a fumar, depois de ter parado por algum tempo.

Apesar de a viagem ter durado apenas dez dias, Kensaku estava feliz com o regresso. As pessoas do grupo que acabara de entrar no trem eram todas desconhecidas, mas era como se fossem conhecidos seus. Lembrando-se do rosto alegre de Naoko, que agora deveria estar esperando por ele, sentia-se incomodado pela lentidão do trem.

Por volta das nove e dez, o trem finalmente chegou a Quioto. Kensaku logo avistou Naoko, um pouco afastada, atrás da multidão, e Mizutani, que a acompanhava. Ele ergueu a mão. Mizutani penetrou por entre a multidão e veio se aproximando. Corria acompanhando o trem, ainda em movimento, e tentava pegar a bagagem. Kensaku achou que se fosse Suematsu, até entenderia, mas Mizutani vir buscá-lo não era muito aceitável. Mesmo pela relação entre os dois, que não era tão grande assim, pareceu-lhe algo descabido, e ficou chateado.

Entregando um pequeno embrulho a Mizutani, disse:

– Chame o boina vermelha, por favor.

– Não precisa. Pode ir me passando.

Dizendo isso, Mizutani foi descarregando também a bagagem de Oei.

Naoko aproximou-se com um sorriso um tanto quanto envergonhado.

– Seja bem-vindo – e curvou a cabeça, também, na direção de Oei.

– De qualquer modo, não quer chamar o boina vermelha?

– Não precisa, senhora! – disse novamente Mizutani, talvez com vontade de mostrar-se útil. Kensaku, irritado, disse:

– Pode deixar, rapaz! E você é lá capaz de levar toda essa bagagem?

Eram três malas grandes, várias sacolas e embrulhos feitos com lenços. Olhando para tudo aquilo, Mizutani só então coçou a cabeça.

– Então vou chamar! – dizendo isso, saiu apressado à procura do boina vermelha.

Kensaku verificou se não esquecera nada e desceu Oei primeiro. Apresentou-a de modo bem simples:

– Esta é Naoko.

– Sou Ei. Muito prazer... – Ambas trocaram cumprimentos polidos.

– Por favor, vão na frente. – Dizendo isso, Mizutani voltou com o boina vermelha.

– Há algumas peças frágeis. Eu próprio vou carregá-las.

– Qual? É esse?

– Eu vou levar – disse Kensaku, pegando um pacote onde havia algumas cerâmicas Kôrai, e potes da dinastia Ri[9].

– Pode deixar, eu levo – disse Mizutani pegando o pacote, como se o tomasse de Kensaku.

Mizutani tinha essa mania, e hoje isso estava perturbando Kensaku ainda mais.

Levando Oei e Naoko, ele saiu pela catraca e ali esperou o boina vermelha.

– Por que Mizutani veio com você? – perguntou a Naoko.

– Ele foi lá em casa hoje. Outro dia, quem esteve lá foi Kaname e pousou três noites. Na ocasião, Mizutani e Kuze também vieram e passamos a noite em claro jogando *hana*.

– Quando?

– Quatro ou cinco dias atrás.

– Quando é que Kaname foi embora? Suematsu não veio?

– Suematsu não veio uma única vez. Kaname partiu três dias atrás.

– Foi para Tsuruga?

– Ele disse que ia visitar uma siderúrgica em Kyûshû.

– É a Yahata?

– É.

Kensaku sentia-se aborrecido, sem saber o motivo. Apesar de não ser estranho que o primo de Naoko viesse e se hospedasse na casa deles, ele achou que pousar três noites na sua ausência e, além de tudo, chamar seus amigos para passarem a noite jogando, era muita falta de cerimônia e de respeito. E era também uma irresponsabilidade da parte de Naoko.

Foram apenas dez dias, mas essa era a sua primeira viagem depois de casado. Achando que Naoko se sentiria muito sozinha nesse período, recomendou-lhe até mesmo que fosse a Tsuruga. Na Coreia, sentiu-se culpado por ficar lá sossegado e queria voltar logo, ansioso para reencontrar Naoko. Contudo, desde o momento em que a encontrou, percebeu que algo não estava bem com ela, sem falar que ficou incomodado com a presença de Mizutani. Não sabia, por isso, se esse sentimento também se estendia a Naoko, mas sentiu algo de estranho no sentimento e na atitude dela, e isso era desagradável.

Carregando a trouxa de lenço, Mizutani seguia sorridente o boina vermelha.

– Ainda há bagagem a ser retirada. Vou pedir para buscarem.

Kensaku não respondeu, dirigindo-se diretamente ao boina vermelha:

– Vocês têm entrega municipal?

– Temos.

– É para a Vila Kinugasa. Entregam?

– Bem, fora da cidade demora um pouco.

– Então vamos levar conosco. – Kensaku não ligou para Mizutani, que dizia algo ao lado, e entregou o comprovante ao boina vermelha.

Resolveu que iriam em quatro riquixás – a bagagem e os passageiros. Mizutani, um pouco mais retraído pelo mau humor de Kensaku, mesmo assim, na despedida, disse:

– Daqui a uns dois ou três dias irei visitá-los com Suematsu.

– Ao invés disso, diga a Suematsu que amanhã irei até lá.

– Entendido. Amanhã, tanto eu quanto Suematsu temos aula só até a hora do almoço e por isso estaremos aguardando.

– Diga a Suematsu que tenho um assunto a tratar e gostaria de sair para conversar em algum lugar.

Kensaku ficou irritado.

O riquixá correu na direção norte, indo direto pela avenida Karasuma. Vários trens foram ultrapassando. Kensaku, no último dos riquixás, falou bem alto para Oei, que estava no da frente, indicando o Templo Higashi Hongan. Aproveitando a deixa, o condutor de Oei, já idoso, explicava-lhe algo. No pavilhão Rokkaku, ele parou de correr e, andando devagar, continuou sua explicação.

– Embora seja noite, não foi uma boa ideia andar em fila pela rua do trem – disse Kensaku a Naoko, que estava no riquixá da frente. Queria mostrar que agora não estava tão mal-humorado.

Naoko disse algo, mas Kensaku não conseguiu ouvi-la. Lamentou que ela estivesse meio desanimada e chegou até a dizer-lhe algo que não tinha em mente:

– Devíamos ter deixado a bagagem por conta de Mizutani e irmos todos de trem.

Chegaram a casa, em Kinugasa, por volta das onze horas. Sen, a espetinho de peixe, veio ao *hall* para recebê-los, com a alegria de um cãozinho de estimação. Kensaku estranhou sentir essa recepção mais calorosa que a de Naoko. A esposa devia estar arrependida de se divertir com os rapazes durante a sua ausência e agora não se sentia à vontade. Achou que deveria demonstrar logo que não estava ligando para isso, pois, caso contrário, seria muito penoso para ela.

A casa estava bem arrumada e o banho estava pronto.

– Que casa boa, não? – terminando de tomar o chá na sala de estar, Oei levantou-se e foi olhar a cozinha e a sala de chá.

– Que cômodo preparou para D. Oei dormir?

– Como eu não sabia onde seria melhor, arrumei, só para esta noite, o escritório no andar de cima.

– Hum. – E dirigindo-se a Oei, Kensaku falou:

– É bom ir dormir logo, pois deve estar cansada, não? Tome banho e vá logo repousar.

– Eu tomo banho depois. Pode ir primeiro, Sr. Ken.

– Agora eu vou desembrulhar as cerâmicas e vou ficar em estado de petição de miséria. Portanto, somente hoje, vá para o banho primeiro.

Kensaku, no *hall* de entrada, desamarrou e tirou os potes e vasos enrolados em palha.

– Entre as cerâmicas de Kôrai, parece que há algumas duvidosas.

Naoko pegou um pequeno vaso anguloso da Dinastia Ri com cinabre e disse:

– Que lindo, este...

– Para você eu trouxe uma linda caixa forrada em couro. Mas, se quiser esse, posso lhe dar.

– Ah, eu quero sim! – Naoko ergueu o vaso com as duas mãos e ficou olhando-o sob a lâmpada. – O que será? Está pegajoso!

– Será que passaram óleo?

– Quando D. Oei sair, posso entrar no banho com você?

– Vamos.

– Vou lavar esse pote.

– Será que se pode lavá-lo assim, de qualquer jeito?

Trajetória em Noite Escura   295

– Pode sim. Sujo como está, não dá. Vou lavá-lo com sabão e escova. Você já o deu para mim, por isso não há problema, há? Sendo meu, já não é mais antiguidade, certo?

Kensaku achou que Naoko tinha voltado a ser o que era.

Os dois levaram os objetos à sala de estar e os ajeitaram no *tokonoma*.

– O meu pote é de primeira qualidade, não é?

– Entre os de Ri, esse é muito bom.

– Mesmo que se arrependa, não devolvo mais.

Kensaku foi pegar a caixa revestida de couro, na outra bagagem. Naoko também ficou feliz com ela, mas desagradaram-lhe as partes um pouco descoladas. Vendo isso, Kensaku disse:

– Para você eu deveria ter comprado coisas confeccionadas agora, pois você acha boas as que são aparentemente bonitas.

– Não faça tanto pouco-caso de mim.

– E não é assim mesmo?

– Estou começando a ficar entendida.

Kensaku ficou esperando Naoko fazer a maquiagem após o banho e consultou-a sobre o futuro de Oei. Naoko disse que gostaria de que ela morasse com eles. Kensaku não confiou muito na resposta, pois não sabia suas intenções, mas sentiu-se melhor do que se tivesse recebido uma resposta desagradável.

– É muito bom que você diga isso.

– Não é uma questão de ser bom ou mau, é uma questão de lógica.

– Por se tratar de alguém que cuidou de mim desde quando eu era criança, isso é natural, mas Oei é uma pessoa que chegou a condições totalmente diferentes das suas. E não seria bom se houvesse desavenças entre vocês, por causa disso. Mesmo que seja preciso cuidar dela, não significa que seja preciso morar junto. Achei que poderia alugar-lhe uma casa pequena na vizinhança.

– Seria pior.

– Se você não se incomoda, tudo bem. Mas pensei nisso achando que você se opusesse.

– Estou contente. Agora tenho a quem consultar a qualquer momento.

Kensaku achou que talvez elas pudessem se dar bem, pois nenhuma das duas tinha muitas manias. Na realidade, Oei era dessas pessoas que deixariam o passado para trás e seguiriam em frente em sua nova situação.

Começou a estranhar que Naoko nada comentasse sobre o que ocorrera na sua ausência. Será que o seu mau-humor a afetara tanto assim? Mesmo que ela estivesse arrependida e não quisesse falar a respeito, se ele também acompanhasse o seu ritmo e permanecesse quieto, ficaria ainda mais evidente que estava incomodado com isso. Portanto, pensou em liquidar com o assunto falando logo sobre a questão. Queria também deixar-lhe avisado que tomasse um pouco mais de cuidado com essas coisas daí em diante. Mas não conseguia tocar no assunto assim tão facilmente. Era preciso um pouco de esforço para interromper aquele clima a que haviam chegado, conversando tão bem sobre Oei. Naturalmente, os dois tendiam a se calar.

– Quando é que Kaname vai se formar? – Kensaku iniciou a conversa por aí.

– Ele disse que se formou ou se formaria este ano. Foi a Yahata em visita de estudos, mas pode ser que trabalhe lá.

– Disse que passaria aqui de novo, na volta?

– Não sei, pois ele partiu tão logo chegou. No dia seguinte, jogamos baralho com Kuze e Mizutani. Nem tivemos tempo de conversar. Jogamos a noite inteira, e no dia seguinte, até nove ou dez da noite. Completamos mais de trinta partidas. Jogar cinquenta partidas[10] é impossível, e eu deixei o jogo no meio.

– E Kaname foi embora no dia seguinte?

– Ele acabou indo embora de manhã, enquanto eu ainda dormia. É mesmo terrível. Não se sabe para que veio!

– Deve ter vindo para jogar *hanafuda*. Mizutani deve tê-lo convidado por carta.

– É, sim.

– Ele fez o que estava programado. Mas seria bom que tivesse feito um pouco de cerimônia, já que eu estava ausente. Era uma coisa que podiam fazer na hospedaria de Mizutani. – Sem perceber quando, Kensaku começara a falar em tom de censura.

– ...

– Suematsu, nesse aspecto, é cuidadoso. Nesse ponto, eu não gosto de Mizutani.

– Se é assim, Kaname também não agiu bem.

Kensaku quase falou:

– Você foi quem agiu pior – mas acabou se calando.

– Daqui para frente vou recusar. Na verdade, é uma falta de respeito. Vir quando o dono da casa não está, mesmo sendo parente, é desrespeito demais.

– Pode recusar, sim. Como não conheço Kaname, não sei como ele é, mas havendo entre vocês dois a intimidade de primos, você pode recusar claramente, que não tem importância.

– ...

– Seja como for, Mizutani é desagradável. Por que, afinal, ele foi me buscar? Ainda mais solícito e fiel daquele jeito, como se fosse um discípulo, ou coisa parecida. Até alguém tão folgado como ele deve estar se sentindo culpado, por isso não conseguiu deixar de agir assim.

– ...

– Mizutani deve ter convidado Suematsu também, mas acho que ele não foi porque não viu necessidade alguma de ir recepcionar alguém que viajou só por uns dez dias. Isso é bem mais agradável. – Agora que começara a falar, Kensaku não parava mais.

– ...

– Talvez Suematsu não tenha ido por saber que eu não simpatizo com Mizutani.

– ...

– Vou recusar as visitas de Mizutani daqui para frente.

– ...

– Não o considero um mau indivíduo, mas não suporto aquele seu jeito prestativo. Só de olhar para a cara dele, já fico de mau-humor. Se estou bem-humorado e acabo conversando em tom de brincadeira, é certo que depois ficarei me odiando. De qualquer maneira, é bobagem manter relações com esse tipo de gente. Por que será que Suematsu se relaciona com um tipo assim, se é tão meticuloso? Não consigo entender o sentimento de quem se liga a um sujeito como aquele.

Kensaku percebeu que, de forma indireta, estava falando mal de Kaname abertamente, mas não conseguia parar.

– Agi muito mal mesmo. Vou tomar mais cuidado daqui para frente, perdoe-me.

– Não digo que você estivesse certa, mas não a estou censurando. Eles é que são desagradáveis.

– Eu é que agi mal. Como não tenho pulso firme, todos me fazem de boba.

– Não é isso.

– Vou pedir a Kaname que não venha mais aqui. É melhor assim.

– Que tolice você está dizendo! Com a relação que tem com seu tio, dá para fazer isso?

– Meu tio é meu tio. Kaname é Kaname.

Lembrando-se do velho N, tão fino, Kensaku achou que, por causa do seu egocentrismo, cometia uma injustiça pensando assim sobre seu único filho, muito amado, por causa de uma pequena irreverência, ainda mais sendo um estudante que não tinha nenhuma má intenção. Sentiu que estava sendo mal-agradecido também em relação à gentileza do velho N para com ele, desde o primeiro encontro. Kensaku sabia de seu defeito, o de se sentir incomodado com os outros só por causa de uma impressão que ia se exacerbando e se tornava irracional. Ao mesmo tempo em que se sentia mal-agradecido, ficou também inseguro em relação ao seu próprio sentimento. Na realidade, dependendo da forma pela qual ele encarava, era algo sem importância; pelo seu sentimento, apenas a forma de pensar fora exagerada, fazendo-o achar que a coisa era extremamente desagradável. Quando estava calado, não havia problema, mas assim que começava a falar a respeito, aquilo se transformava em algo insuportavelmente desagradável, numa velocidade crescente. Essa era uma mania sua. Quando conseguira mostrar a Naoko, que se retraíra, não estar mais mal-humorado, e ela recobrara o ânimo, ele não conseguia parar de falar. Perguntou a si mesmo por que gostava tanto assim de judiar das pessoas. Acabou perdido, tentando encontrar um caminho para consertar o que fizera.

– Mas já passou. Eu tenho o mau costume de ser insistente com coisas que deveria deixar para lá, quando não dizem respeito a mim. Quando esgoto minhas preocupações, ocorre uma melhora natural, mas não consigo deixar as coisas pela metade. Hoje, fiquei mal-humorado desde o momento em que vi a cara de Mizutani na plataforma. Em suma, foi porque não esperava que ele fosse lá. Senti que aquilo era indício de algo sórdido. No final, era como se tivesse acertado, mas não tem importância. Se você compreendeu meus sentimentos e vai tomar cuidado daqui para frente, não tenho mais o que reclamar. Não precisa se preocupar.

Logo depois, Kensaku e Naoko se deitaram. Deveriam estar se sentindo bem, mas não conseguiram se entrosar, devido a um clima de inibição. Naturalmente, Kensaku deveria abraçar Naoko, que estava completamente sem jeito, mas não conseguiu, achando que pareceria proposital. Naoko não chegou a chorar, mas ergueu a gola da roupa de dormir até a altura dos olhos e ficou imóvel, deitada de barriga para cima. Apesar de saber que ela não estava zangada, Kensaku não conseguiu vencer esse clima estranho. Confortara-a com palavras, mas não conseguira sentir vontade de se aproximar fisicamente.

Ele achou que não daria para passar a noite naquele clima. Achou que, se tivesse algo que pudesse fazê-lo extravasar seu sentimento, melhoraria até mais rápido. Estava bastante cansado, mas não conseguia dormir deixando Naoko daquele jeito. Estendeu a mão e procurou as mãos dela. Mas Naoko não correspondeu. Ele se irritou e perguntou, meio violento:

– Você está brava com alguma coisa?

– Não.

– Então, por que está tão murcha assim?

IV

Subitamente, Kensaku foi tomado por um pensamento desagradável, mas, inconscientemente, tentou apagá-lo. Procurando conter a respiração, que se tornava ofegante, e a exaltação, que surgia contra sua vontade, continuou sereno:

– Ao invés de ficar calada, fale alguma coisa. Você está pensando que eu a estou censurando?

Trajetória em Noite Escura 299

– Imagine...

– Com toda franqueza, não se trata de uma censura, mas estou muito aborrecido. Desde que vi Mizutani lá na estação, meu sentimento ficou descontrolado, e não consigo ajustá-lo de maneira alguma. Desculpe se fico falando coisas abstratas, o que torna tudo difícil de entender, mas alguma coisa está estranha. Talvez você ache que eu não paro de remoer o assunto sobre Kaname e Mizutani, mas é outra coisa. Não sei se não há nenhuma ligação, mas alguma coisa não me satisfaz. E sinto algo de sórdido nisso. O que aconteceu? Até agora não tinha sido assim!

– ...

– Não quero que nossa conversa seja ouvida no andar superior. Não quer vir aqui?

Kensaku arrastou o corpo e abriu um espaço no leito. Naoko levantou-se sem ânimo e sentou-se. Com o semblante carregado, inexpressivo e feio, tinha os olhos perdidos, desviados na direção do *tokonoma*. Ali estavam o pote e a caixa que a deixaram tão contente, instantes atrás.

– Não fique sentada, deite-se.

Naoko não fez a menor menção de se mover.

Os dois ficaram calados por algum tempo. A cabeça de Kensaku ficou como se estivesse com febre, cansada mas desperta. Era uma noite silenciosa. Tudo ao redor parecia adormecido e havia um silêncio profundo. Pareceu a Kensaku que apenas aquele aposento estivesse doente de febre, e que pequenas partes invisíveis de "infortúnio" revoavam em número infinito.

– Que tal se você falasse alguma coisa? Se você continuar assim de cara virada, nem é possível dormir. Ou você tomou a decisão de não falar mais nada?

– ...

– Dependendo do que for, talvez eu fique bravo. E daí? Se for algo pelo qual eu deva ficar bravo, talvez o assunto se resolva. Tudo fica esclarecido e basta dar uma solução. Como é, afinal?

– ...

– Permanecer assim é tornar a coisa mais difícil para ambos.

Naoko também não respondeu.

– Para que, afinal, estou colocando você assim contra a parede, eu também não sei. Não tenho nem ideia do que estou tentando fazer você falar. Por isso, se você não tem nada a dizer, diga que não tem, e está acabado. Se for apenas isso, dá para dizer, não dá? Como é? Não tem? O quê? Não tem nada mesmo?

Naoko, de súbito, espremeu os olhos com força, curvou a cabeça e prendeu a respiração, enrugando todo o rosto. Ao cobri-lo com as duas mãos, curvou-se de repente e começou a chorar em voz alta. Kensaku sentiu seu rosto gelar, inesperadamente. Ele se levantou e, como se deparasse com algo terrível, ficou olhando as costas de Naoko, que tremiam com os soluços. Depois de algum tempo, sentiu que caíra em si, como se acordasse de um sonho. Em primeiro lugar, pensou em como interpretar essa atitude de Naoko. Em seguida, tomou a clara consciência de que algo terrível caía sobre eles.

V

Não se podia dizer que a relação entre Kaname e Naoko fosse totalmente inocente. Não era uma relação muito profunda; era apenas uma diversão obscena, proveniente de um impulso e de uma curiosidade infantil, mas os dois não a esqueceram. Entre as diversas recordações, só essa era lembrada por Naoko como uma doce sensação.

Na primavera, quando ainda restava um pouco de neve no chão, Kaname voltara da escola e, a pedido do pai, fora chamar a mãe de Naoko. Ela estava brincando de casinha com uma menina mais nova da vizinhança. Sua mãe a convidou: "Você também quer ir à casa de Kaname?" Como a brincadeira estava interessante, Naoko recusou. Não teve dúvidas em relação à brincadeira.

Depois de algum tempo, Kaname, que ela pensara ter ido embora, entrou pelo jardim, começou a brincar com ela e, trazendo neve na bacia de metal, fingiu que era comida. O terraço ficou cheio da água do gelo derretido e as mãos deles ficaram completamente endurecidas. Os três interromperam a brincadeira, entraram na sala e sentaram-se junto à mesinha com aquecedor.

Kaname começou a tratar a menina da vizinha como um estorvo, dizendo sem parar: "Ei, você, vá embora". Mas a menina não ia. Então, ele inventou "a brincadeira da tartaruga e do cágado". Fez Naoko trazer o estojo redondo de pincel e tinta nanquim de Akama-ga-seki e explicou às duas como era a brincadeira. O estojo seria escondido no jardim. A menina, que era a criança, iria procurá-lo e, de fora do *shôji*, deveria dizer: "Mamãe, peguei a tartaruga". Naoko, que era a mãe, diria: "Isso não é uma tartaruga". Nesse momento, Kaname, em voz alta, deveria gritar: "Cágado". As duas não entenderam absolutamente nada, mas resolveram brincar.

Enquanto a menina procurava o estojo, os dois ficaram deitados sob a mesinha com aquecedor. Quando ela conseguia achá-lo, Kaname, de repente, gritou "cágado", pulou, ficou todo agitado, dançou e até deu cambalhotas.

Aprendera essa brincadeira com um serviçal. E só ele sabia um pouco do seu sentido obsceno. Naoko nem fazia ideia do que se tratava. Só que, enquanto estavam abraçados sob a mesinha, pela sensação estranha que nunca antes experimentara, ela sentia-se nas nuvens. Os três repetiram a brincadeira algumas vezes. Depois de algum tempo, o irmão mais velho de Naoko voltou da escola, e os dois, surpresos, levantaram correndo. Mas Naoko sentiu uma vergonha inexplicável, a ponto de não poder encarar o irmão.

O fato nunca mais voltou a acontecer entre Kaname e Naoko, mas é interessante como, entre tantos outros, ele permaneceu vivo na lembrança dela. Por isso, quando Kaname chegou inesperadamente, na ausência de Kensaku, Naoko sentiu certa insegurança. No entanto, achando que sentir isso era impuro de sua parte, procurou tratá-lo com alegria, só como primo. No dia seguinte, quando Mizutani e Kuze vieram e começaram a jogar *hana*, pareceu-lhe até melhor que estivessem com pessoas de fora. Não pensou que seria inconveniente acompanhá-los no jogo, por já estar casada. Vararam a noite jogando. Quando o dia clareou e continuaram a brincar sob o sol, Naoko não conseguiu mais suportar. Pediu a Sen que cuidasse de tudo, inclusive da refeição, retirou-se para o quarto dos fundos, de quatro tatames e meio, e acabou dormindo profundamente.

Quando despertou, a casa já estava escura. Tentando ir à sala de banho, no meio do caminho, espiou a sala pela divisória de papel chinês e viu os três ainda ao redor de uma almofada, no mesmo jogo. Estavam com os olhos inchados e com o rosto sujo e engordurado. Riam por qualquer motivo, e mesmo Kuze, que não era tão brincalhão, falava coisas engraçadas.

Naoko terminou de se arrumar e preparou o jantar com Sen.

Kaname, Mizutani e Kuze não sossegaram durante a refeição e diziam que só chegariam às cinquenta partidas, fabricariam discos...

Recomeçaram a jogar logo depois, e Naoko também entrou no jogo, mas, sem dormir nem um pouco desde o dia anterior, os três logo adormeceram profundamente só de se deitarem um pouco. Kaname estava com os ombros e o pescoço bastante rijos e parecia sofrer bastante.

Por volta das dez, finalmente pararam de jogar. Os três tomaram banho juntos e faziam alvoroço, mas, logo depois, Kuze e Mizutani foram embora.

Kaname dobrou uma almofada e, fazendo-a de travesseiro, dormia de barriga para cima. Por diversas vezes, Naoko recomendou-lhe que fosse se deitar, mas ele dizia: "Já vou" e custava a se levantar. Sem outra alternativa, ela cobriu-o com um *tanzen*[11] e ficou lendo uma revista a seu lado. Logo depois, Kaname levantou-se inesperadamente, disse "boa noite" e foi para o andar de cima.

Naoko não estava com sono e continuou lendo a revista no mesmo lugar. Não sabe depois de quanto tempo, percebeu que Kaname dizia alguma coisa. Levantou--se, foi até a escada e perguntou o que estava acontecendo, mas não conseguiu ouvir a resposta que ele deu, devido a sua voz sonolenta. Naoko subiu as escadas.

– Meus ombros estão rijos e não consigo dormir. Daria para chamar uma massagista?

– Bem, fica um pouco longe. Se fosse mais cedo, não haveria problema, mas já passa da meia-noite.

Kaname parecia emburrado, pois não respondeu.

– Sen acabou de dormir e dá pena acordá-la agora.

– Então não precisa.

– Estão tão rijos assim?

– Doem demais. Até a cabeça está esquisita e não consigo dormir.

– Quer que eu faça um pouco de massagem?

– Não, não precisa.

– Até que eu sei fazer.

Naoko entrou no quarto. Começou a massagear desde o pescoço até os ombros, mas a rigidez era tanta que, com a força de uma mulher, não era suficiente.

– E então, está fazendo um pouco de efeito?

– Hum.

– Não adianta?

– Hum.

– Afinal, está ou não está fazendo efeito? Que chato você é, Kaname! – Naoko começou a rir. – Aproveite para dormir enquanto massageio. Amanhã, quando você estiver para acordar, terei chamado uma massagista.

Continuou a massageá-lo por algum tempo. Kaname não falou nada. Naoko achou que talvez ele já tivesse dormido, mas, se ela parasse e ele ainda estivesse acordado, ficaria chato.

Inesperadamente, Kaname se virou. Naoko se assustou e soltou as mãos, mas ele as segurou e, com uma das mãos, envolveu o pescoço de Naoko e aproximou-a de si. Kaname fez isso mesmo com os olhos fechados. Naoko ficou espantada, mas, imprimindo um pouco de força na voz baixa, disse-lhe:

– O que você está fazendo?

– Não vou lhe fazer mal. Jamais lhe farei mal. – Dizendo isso, acabou deitando Naoko à força.

Assustada, Naoko começou a perder os sentidos. Repreendendo-o, ela resistiu, dizendo: "Kaname! Kaname!" Tentou levantar-se, mas Kaname não a deixou se mover segurando-a com todo o seu corpo. E repetia:

– Não vou lhe fazer mal. Jamais o faria. Minha cabeça está esquisita e não consigo me controlar.

Os dois ficaram se debatendo por algum tempo, mas, por fim, Naoko sentiu perder todas as forças. E, depois, a razão.

Naoko desceu as escadas em silêncio. Tinha medo de que Sen percebesse. E deitou-se, mas não conseguiu dormir durante um bom tempo.

Na manhã seguinte, quando ela despertou, Kaname não estava mais na casa. Já havia partido.

VI

No dia seguinte, Kensaku andava apressado na direção leste da avenida Ichijô. O vento sul estava morno, e sua pele, melada; a cabeça, pesada. Isso, em virtude do clima, e, é claro, por falta de dormir, mas até que ele estava animado e não se sentia mal. Em suma, no íntimo, estava excitado. Só que não conseguia pensar com serenidade. Diversos fatos, parciais, como se estivessem girando, surgiam de relance em sua mente.

– Não quero odiá-la, Naoko. Eu não lhe perdoei achando que o perdão é uma virtude. Perdoei porque não consigo odiá-la. E também por saber que ficar remoendo isso trará infelicidade em dobro. – Ele repetia mentalmente as palavras ditas a Naoko na noite anterior.

– É bom perdoar. É só o que me resta fazer. .... Mas, no final, só eu fiz papel de tolo.

Pelo hábito de tomar o trem da Ferrovia Elétrica de Quioto na estação de Shita-no-mori, Kensaku seguiu nessa direção. Era o dia comemorativo de Kitano Tenjin, todas as ruas estavam cheias de gente. Por trás do Butoko-den, dirigiu-se para o terminal. No entanto, ali também estava cheio de gente. Vendedores de balas, de bexigas, de brinquedos e de sorvete animavam o local até as proximidades do jóquei. Alguns exibiam narrativas ilustradas por pinturas montadas no interior de caixas[12], na praça do portal do santuário. A única mudança era a troca das histórias: de *A Verdureira Oshichi*[13] para o romance *Konjiki Yasha*[14] e os haicais da *Hototogisu*[15]. Os atores de terceira categoria que encenavam a peça e mesmo o colorido grotesco da pintura continuavam iguais aos de antigamente.

Kensaku foi entrando pelo Kami Shichiken com a intenção de pegar o trem municipal na avenida Senbon.

– Em suma, se essa lembrança se apagar entre os dois, não há o que se falar. Se eu não conseguir esquecer e só Naoko esquecer; se fizer de conta que esqueci; se conseguir; mesmo assim, será que eu conseguiria não me importar? – Por ora, achou que estava bom desse jeito, mas não estava seguro de si. Ficou temeroso ao imaginar se ambos fizessem de conta que se esqueceram mas se lembrassem.

– Será que eu não iria partir novamente para minha vida boêmia? – Pensou, olhando as casas com lamparinas de ambos os lados da rua.

Ele achava que nesse dia, estava agitado demais. Não diria nada a Suematsu. Se começasse, com certeza falaria até o que não devia.

– É mesmo. Esqueci o presente de Suematsu. – Kensaku tirou o chapéu e enxugou o suor da testa.

No terminal de Senbon, conseguiu pegar o trem com facilidade (nessa época, o terminal era aí). Lá fora, havia um tom acinzentado como se já anoitecesse; dentro do trem, estava ainda mais escuro. Além disso, estava abafado, e ele achou que se permanecesse ali por muito tempo, ficaria com ânsia de vômito.

De fato, depois de algum tempo Kensaku não conseguia suportar a umidade e o ar sufocante do trem, apinhado de tanta gente. Assim, quando o trem parou na esquina do Palácio de Karasuma, ele desceu às pressas e dali pegou um riquixá.

Chegando ao *hall* da hospedaria Okazaki, por coincidência, encontrou-se com Suematsu, que vinha descendo do andar superior.

– Olá, não quer subir?

– Vamos sair.

– Não quer mesmo subir? Tenho algo a lhe mostrar.

– Vamos deixar para a próxima vez. – Kensaku não queria se encontrar com Mizutani.

Suematsu estranhou. – Então, você me espera enquanto eu troco de roupa?

– Estarei esperando em frente ao zoológico. Veja se não traz ninguém!

Suematsu entendeu e começou a rir. – Para sua infelicidade, ele agora não está. Mas eu volto logo.

Kensaku saiu daquela rua. O monte Higashi, que se avistava bem em frente, estava enevoado, e nuvens escuras passavam rapidamente por cima dele. Era um dia apagado, sem vida.

Na quadra de esportes do parque, um jovem treinava ciclismo. Corria vestindo camiseta vermelha e bermuda e estava de quatro na bicicleta, mexendo a cabeça como uma máquina seletora de arroz. Quando pegava o vento de frente, balançava a parte superior do corpo para a direita e para a esquerda, parecendo fazer muito esforço; quando pegava novamente o vento a favor, tudo ficava mais fácil e rápido. Kensaku ficou no canto da rua, olhando-o por algum tempo.

Suematsu chegou logo depois, e foram conversando.

– Podia ter dado uma olhada. Dizem que é um vaso baixo para se fazer arranjos de flores, da Era Fujiwara[16]. Eu o encontrei numa loja suja de Matsubara, dois ou três dias atrás.Um dia desses você não quer dar uma olhada?

– Eu também não entendo dessas coisas.

Resolveram pegar o trem que vinha de Ôtsu e sentaram-se no banco da estação Hiromichi.

– Não há problema em se afastar pessoas desagradáveis, mas não é bom ficar remoendo à toa e odiá-las como você faz, Tokitô. – De repente, Suematsu começou a falar assim sobre Mizutani.

– É verdade. Sei disso muito bem, mas, no processo de afastá-las, assumo naturalmente a forma de odiar. Acho que esse mau hábito é um problema, pois tudo vem a mim, desde o início, na forma de gostar ou não gostar. E isso logo se transforma num discernimento entre o bem e o mal. De fato, geralmente acerto.

– Você pensa que acerta.

– Geralmente acerto. Isso acontece com as pessoas e também com alguns fatos. Se me vem um sentimento desagradável no início, é porque geralmente ele faz parte do fato em si. Kensaku lembrou-se de Mizutani, que tinha ido à estação na noite anterior, o que ele achou desagradável, e de que o seu misterioso senso foi achando o fio da meada sem ele o saber.

– Pode ser que isso também aconteça. Mas é desagradável, para quem está junto, o crédito exagerado que você dá a essas coisas. Dá medo. Pelo menos, era bom que você não se apoiasse unicamente nisso.

– É óbvio que não me apoio só nisso...

– Você é muito dominador. Mais do que tudo, é extremamente egoísta. Parece que não há problema porque nunca teve resultados ruins, mas os que estão ao seu lado sempre sofrem.

– ...

– Não digo que você seja assim, mas é como se houvesse um despotismo desse tipo dentro de você. Por isso, pode-se dizer que o maior prejudicado é você mesmo.

– Todos têm esse tipo de cisma. Não sou o único.

Refletindo que o seu passado fora sempre uma luta com alguma coisa, Kensaku não conseguiu deixar de pensar que não se tratava de uma luta com o exterior, mas com algo que estava em seu íntimo.

– Em suma, em você é mais acentuado que em outras pessoas – disse Suematsu.

Até então, Kensaku costumava ser impelido por esse tipo de sentimento despótico, mas não achava que ele fosse seu inimigo. Refletindo, porém, sobre diversos acontecimentos do passado e percebendo que, na maioria das vezes, ele lutava sozinho, não pôde deixar de pensar que, em síntese, viera sempre lutando com algo que estava em seu interior. Em relação a Naoko também dissera: "Deixe toda solução por minha conta. Não se intrometa. Seria um estorvo ficar se intrometendo agora". Ele percebeu que dissera essas coisas porque, inconscientemente, procurava a solução apenas dentro de si mesmo. Na realidade, achou que era estranho. "Terminar a vida lutando contra algo que mora dentro de mim mesmo. Se for assim, seria melhor não ter nascido."

Ao falar sobre tais coisas, Suematsu disse: "E não está bom assim? É só continuar, e ir remando até não haver com o que se preocupar no final".

O trem para Ôtsu demorava a chegar.

Kensaku estava com o olhar perdido na direção do monte Higashi. De repente, percebeu algo preto cortando o vento, movendo-se nas nuvens. Naquele instante, foi tomado por um sentimento próximo do pavor. Primeiro, por não ter ouvido, em função do vento, nenhum ruído; depois, porque não esperava presenciar algo assim justamente naquele dia e porque, com a nuvem, pareceu tratar-se de uma sombra e ele não percebeu logo que era um avião.

Depois de passar sobre o sepulcro do xogum, a nave foi descendo cada vez mais, até que, por fim, passou raspando pelo telhado do Chion-in e desapareceu do outro lado.

– Deve ter caído. Caiu em Maruyama. Vamos lá ver?

Kensaku e Suematsu sabiam, pelos jornais, do primeiro voo do exército entre Tóquio e Osaka, e achavam que ele não aconteceria naquele dia. Mas aconteceu.

Os dois apertaram os passos em direção a Awataguchi.

VII

De Maruyama, foram a pé para os lados de Kiyomizu, para lá do Templo Kôdai. Todos comentavam sobre o avião. Se não o tivesse visto no jornal da manhã, Kensaku talvez pensasse que o aparelho tinha sido uma ilusão. Ele apenas o entrevira e sentira o perigo. Sentindo um vazio imenso, pensava se deveria ou não contar a Suematsu sobre a noite anterior, e continuava a falar sobre outros assuntos. Na verdade, decidira não dizer nada. Mas não conseguia confiar nessa decisão que ele próprio tomara.

Kensaku tivera uma sensação semelhante em Onomichi. Foi quando soube que era filho da relação impura entre o avô e a mãe. Naquela ocasião, sentiu-se incapaz de repelir esse sentimento, mas conseguiu repeli-lo. Desta vez, no entanto, não conseguia encontrar tal força. Sentia que não podia continuar assim; entretanto, mesmo com todo empenho, não conseguia parar de se debater, como se tivesse caído na lama, e cada vez ficava mais deprimido. Ficou triste por possuir essa força quando era solteiro e tê-la perdido agora, na vida a dois.

Em seguida, Kensaku e Suematsu subiram pela Ladeira Ninen e entraram numa casa de chá. Kensaku foi para a cadeira de vime do terraço e sentou-se, quase caindo, pois agora não conseguia nem mesmo ficar de olhos abertos, de tão cansado que estava, mental e fisicamente. Sentia que perdera as forças e não podia se mover. Pensou que talvez tivesse ficado doente.

– O chá chegou. Quer que o leve aí? – Quando Suematsu o chamou, Kensaku, não se sabe quando, havia dormido.

Trajetória em Noite Escura 307

– O que foi?

– É falta de dormir. E com esse tempo não dá para aguentar. – Após erguer o corpo com muito sacrifício, Kensaku, como se engatinhasse pela sala, chegou à sua almofada e sentou-se.

– Você está mesmo baqueado.

– Sabe, eu queria lhe contar algo. Procuro não contar, mas é pior.

Suematsu fez uma cara estranha.

– ....

– Estou hesitando. É algo que tem a ver com meus sentimentos.

No entanto, Kensaku ainda pensava em não contar. Sabia que, se contasse, certamente iria se arrepender.

– Algo que diz respeito a sentimentos?

– É, estou nublado como o tempo de hoje.

– O que foi?

– Um dia eu conto. Mas hoje eu não quero falar.

– Sei.

– ...

– Mudando de assunto, como ficou a questão do seu "bilhete vermelho"?

– ....

Suematsu mantinha um sorriso que mostrava desconforto, para responder a essa pergunta inesperada.

– ...

– Não é o caso do quadro da avenida Shijô? Acho que me vem um sentimento semelhante ao do poema: "Chuva ou sol, a paisagem é magnífica". Ou seja, tanto faz.

Na época em que Kensaku se casara, Suematsu estava sempre irritado por causa de uma mulher. Na ocasião, por não estar tão próximo de Suematsu, ele não perguntara a fundo sobre a sua relação com ela, mas ouvia de Mizutani que eles tinham se separado, ou que estavam se encontrando novamente. Ouviu boatos duas ou três vezes e depois não soube mais o que acontecera. Suematsu, com ciúmes, geralmente estava irritado. Enquanto ele estava apaixonado, a mulher estava tranquila e mantinha outras relações. De vez em quando, fazia pouco caso dele e, mesmo consciente do fato, Suematsu continuava a sofrer sozinho.

– Mas ainda continua mantendo essa relação?

– É isso mesmo.

– E você consegue aceitar isso?

– Em poucas palavras, talvez minha paixão tenha esfriado. Não desejo mais o que ela não pode me dar. Consegui me controlar desse modo. Quando suspeitava dela, não tinha jeito. Lembra que uma vez eu deixei você sem jeito falando sobre o caso dela com um homem do interior?

Kensaku respondeu que sim.

– Aquilo já não acontece mais – disse Suematsu, e riu. – O seu sentimento também é desse tipo? – perguntou.

– ...

Kensaku pensou um pouco e respondeu:

– É um pouco parecido.

Suematsu calou-se. Depois disse:

– Não sei muito bem, mas parece que entre dez desses casos, sete ou oito são problemas de desconfiança. Não se trata disso?

– Não é desconfiança. Enquanto fato, já está encerrado, e não há dúvidas. Mas não consigo sossegar. É só isso. Talvez seja uma questão de tempo. O tempo, naturalmente, irá encaminhá-lo para isso. É provável que, até lá, não tenha jeito.

– ...

– Mas, por outro lado, também penso da seguinte maneira: querer ficar completamente tranquilo, ao contrário, é criar uma situação falsa tanto para mim quanto para os outros. Nesse sentido, penso que o correto seria passar pelo que devo passar.

– ...

– Estou falando só coisas abstratas, mas é isso mesmo.

– Tenho a impressão de que pude ter uma ideia. Trata-se de algo ligado a Mizutani?

– Não, nada que lhe diga respeito de forma direta. Falando claramente, há um primo de Naoko que é amigo de Mizutani. Ele e Naoko cometeram um deslize.

– ...

– E o fato aconteceu sem que a própria Naoko tivesse qualquer intenção, razão pela qual não consigo sequer odiá-la. Disse-lhe que jamais repetisse o ato e tenho a pretensão de ter lhe perdoado. Na realidade, acho difícil que aconteça de novo, e Naoko praticamente não teve culpa. Tudo já deveria ter se encerrado aí. Mas não consigo sossegar. Algo estranho toma conta da minha mente.

– Talvez, como você mesmo disse, seja preciso esperar pelo tempo. E isso é natural.

– Não há outro jeito.

– Talvez seja um pedido impossível, mas, já que tudo está solucionado, é melhor não ficar pensando muito. De nada adianta ficar se remoendo. É tolice se sacrificar inutilmente.

– O envolvido sabe muito bem disso, mas não consegue controlar os seus sentimentos.

– É verdade. Mas é preciso um esforço consciente. Senão, pobre da Naoko.

Não há dúvida de que se trata de uma questão de sentimento; entretanto, já que você está bem ciente do fato, é preciso fazer prevalecer a vontade, reprimindo o sentimento. Acho que isso seria digno de um ser humano.

– Não há dúvida de que você tem razão. Nesse aspecto, no entanto, eu não sou nada bom. Apesar de Naoko não ter culpa, acho que precisaremos construir uma relação conjugal diferente daquela que vínhamos mantendo até agora, por ter surgido essa faceta que até então não existia, ou que achávamos que não existiria pelo resto da vida. Em termos extremos, torná-la uma relação inabalável, mesmo que o caso torne a acontecer. Falar isso talvez já seja uma prova de que não estou consciente de verdade, como você sugeriu.

– Mas não é para menos.

– "Nuvens carregadas, sem chuva." Meu sentimento é desagradável como o dessa expressão.

– E deve ser mesmo. Seja como for, para você, é um tipo de provação. Nesse sentido, você deve respeitar bastante a si mesmo.

– Obrigado. É uma tolice ainda maior acumular dias de infelicidade por imprudência. Pretendo tomar cuidado.

– Quando não se sabe o que está acontecendo, não tem jeito. Mas, no seu caso, está tudo claro.

– Obrigado. Fiquei mais aliviado depois de falar.

– E Naoko, como está?

– Quando saí, ela disse que estava com dor de cabeça.

– É melhor voltar logo para ela.

De repente, Kensaku teve a ideia de pedir a Suematsu para consolar Naoko, mas, pensando de novo, ele concluiu: "Isso seria desagradável".

Ouviu-se o barulho estridente do sino do vendedor da edição extra do jornal que corria na rua. Logo depois, os dois deixaram a casa de chá. Quando Suematsu saiu, pegou a edição extra que estava caída na entrada e disse:

– Aquele avião desceu mesmo em Fukakusa. – O exemplar também noticiava que o outro avião conseguira chegar bem em Osaka.

Em seguida, Kensaku e Suematsu, andando devagar, desceram a ladeira em direção ao ponto de Higashiyama Matsubara.

VIII

Depois disso, dias de paz se sucederam na casa de Kinugasa. Pelo menos na aparência, foram dias de paz, e tudo ia melhor do que se esperava. A relação de Oei com Naoko ia além das expectativas de Kensaku. Sua relação com Naoko também não estava ruim. Mas – como se poderia dizer? – ao mesmo tempo em que surgia algo doentio, que os atraía como casal, ainda restava uma lacuna que não lhes permitia entregarem-se totalmente. E quanto mais forte essa atração doentia, pior ficava a lacuna, sentida depois.

Era vergonhoso que a falha cometida pela esposa se transformasse num estímulo carnal. Pensando assim, e incomodado com o vazio que sentia entre os dois, Kensaku queria, mesmo que fosse por meio disso, trazer de volta o antigo amor por Naoko. Quando a atração se mostrava excessivamente doentia, ele chegava a desejar que a própria Naoko descrevesse com detalhes o momento da falha.

Logo depois, Naoko estava grávida. Nem foi preciso fazer as contas para saber que a concepção se dera antes de sua ida à Coreia. Ao pensar que finalmente a sua relação com ela tornava-se decisiva, Kensaku começou a sentir um peso. De vez em quando, não aguentava de tanta fraqueza. Nessas horas, gostaria de ficar no colo de Oei, como se fosse uma criança, mas é claro que isso era impossível. Se ele encostava a cabeça no peito de Naoko, com esse mesmo sentimento, sentia, de repente, uma placa de ferro, e ficava como se tivesse despertado de um sonho.

O verão foi embora e o outono chegou, mas o sentimento de Kensaku permanecia no mesmo estado. Muito mais que o seu estado de espírito, foi uma doença fisiológica que o acometeu, por descuido. Ele achava que não poderia continuar assim, mas, levado pelo mau hábito, não conseguia se reerguer. Quando percebia que estava num estado deplorável, extremamente fraco, ficava irritado, como se entrasse em crise, e jogava as louças da mesa nas pedras do jardim. Nessas ocasiões, a irritação era apenas momentânea, mas Naoko logo procurava a causa na sua falta, e sofria calada. Quando percebia esse sentimento, Kensaku ficava mais bravo ainda e acabava praticando violências maiores.

Oei conhecia a antiga irritação de Kensaku, mas não o tinha visto manifestá--la em atos, e parecia não entender por que ele havia mudando tanto em um ou dois anos.

Certa ocasião, chegou uma carta de Nobuyuki, remetida de Kamakura, dizendo que qualquer dia ele viria a Quioto, a passeio. Kensaku logo enviou a resposta, mas, depois, percebeu que fora Oei que solicitara a sua vinda, por carta. Então, mandou outra carta recusando a visita. Mais uma vez, porém, ficou chateado por ter recusado a gentileza de Nobuyuki em vir. Ficou em dúvida se, ao invés de pedir-lhe que viesse, não seria melhor que ele mesmo fosse até lá, mas não tinha forças para agir prontamente. Ao pensar que se abriria por inteiro, caso encontrasse o irmão, não teve vontade de vê-lo naquele momento.

Suematsu insistiu para que Kensaku viajasse, dizendo que poderia acompanhá-lo. Trouxe folhetos das termas da Região San'in, ainda desconhecidas pelos dois, e o instigava, mas Kensaku não tinha vontade de viajar. Apesar de saber das boas intenções de Suematsu, não conseguia controlar sua intransigência. E tomara a decisão de dominar-se.

Ele se lembrou das andanças pelos antigos templos e pelas exposições de arte antiga, das quais havia se afastado há algum tempo. Foi ao monte Kôya e ao Templo Murô; às vezes, viajava por dois ou três dias. Era o final do outono, e a paisagem estava maravilhosa. Aos poucos, Kensaku foi se recompondo.

Passado o outono, aproximou-se a hora do parto. Conseguindo controlar-se melhor em vários aspectos, já não tratava Naoko com violência. Ao pensar nas consequências da sua violência sobre a criança, ele procurava segurar, a todo custo, a ira que vinha de seu interior.

O parto, que seria no final do ano, atrasou, ficando previsto para antes do dia sete de janeiro, o dia de se saborear o mingau das sete ervas da primavera. Devido ao que ocorrera com o primeiro bebê, a todo momento Kensaku controlava os descuidos de Naoko. Desta vez, Oei também estava ali e pretendia seguir todas as recomendações. Veio o Ano Novo, e não houve nenhum sinal, mesmo depois do dia dez. Kensaku começou a ficar um pouco preocupado. Disse, então, que desta vez seria melhor Naoko ter a criança no hospital e fazer a dieta lá, por cerca de um mês. Consultando o médico, este disse que seria desnecessário, já que havia tanta gente para ajudar. Naoko também rejeitou a internação.

Kensaku achou que talvez tivessem errado nas contas por um mês. O parto aconteceu em fevereiro, e ele sentiu um calafrio só de pensar que a concepção poderia ter ocorrido durante a sua viagem à Coreia, caso fizesse a contagem regressiva.

No final de janeiro, ele fora à mansão de Katagiri Sekishû[17], em Yamato Koizumi. Em seguida, foi ao Templo Hôryû e voltou depois de anoitecer. A criança havia nascido. Ao ver a menina bem gordinha, desenvolvida, e por isso um parto bem mais difícil que o anterior, Kensaku, sem querer, respirou aliviado. Por ela ter nascido bem na hora em que estava no Templo Hôryû, aproveitou o segundo ideograma "ryû"[18], e deu à criança o nome de Takako.

IX

Kensaku sempre sentia dores de cabeça entre o final da primavera e o início do verão. Não conseguia suportar o clima úmido do período de chuvas e ia enfraquecendo fisicamente como se estivesse adoentado. Por outro lado, seu espírito ficava estranhamente irritado e nem ele mesmo conseguia se aguentar.

Certo dia, como já estava programado, ele foi com Suematsu, Oei e Naoko, entre outras pessoas, passear em Takarazuka. Naquela manhã, ele estava sereno, como havia muito não acontecia. Decidiram pegar o trem das nove e pouco para que pudessem almoçar perto do teatro.

Na saída, Naoko demorou a se aprontar e, enquanto a esperava no portão, Kensaku sentiu certa irritação, mas conseguiu aguentar.

Marcara encontro com Suematsu na estação de Shichijô. Os dois conversavam quando começaram a picotar as passagens. Percebendo que Naoko e Oei não estavam ali, Kensaku murmurou: "Será que elas estão no banheiro?" E logo começou a ficar irritado: "Que tolas! Deviam ir depois que embarcassem".

Ele e Suematsu foram em direção ao banheiro. Foi então que viram Oei do outro lado, vindo sozinha, com passos apressados.

– Dê-me as nossas passagens – disse ela.

– O que aconteceu? Já estão recebendo os bilhetes!

– Vão indo na frente, por favor. Estamos trocando a fralda do nenê.

– Por que estão fazendo isso agora? Então, vá você na frente, com Suematsu.

Kensaku, irritado, entregou a passagem dos dois a Suematsu e caminhou apressado na direção do banheiro.

– É o sanitário pago – disse Oei, lá de trás.

Naoko estava pegando o bebê e, com uma das mãos, tirava a moedeira de dentro da faixa do quimono.

– Ande logo. Por que, afinal, está fazendo isso agora?

– Ela estava chorando, incomodada!

– Que é que tem que chore? Todos já estão entrando. Dê-me o bebê.

Pegando a criança como se a arrancasse de Naoko, Kensaku correu em direção à catraca. Na plataforma, a sirene de partida já tocava estridente.

– Ainda está vindo mais uma – disse ele, olhando para trás, enquanto picotavam o bilhete. Naoko vinha correndo de uma maneira que não se podia dizer se era com passos apressados ou arrastados. Enquanto corria, amarrava o embrulho das fraldas que acabara de trocar.

– Corra mais rápido! – gritou Kensaku, sem compostura ou qualquer preocupação.

"Deixa prá lá", pensou. Subiu correndo a passarela, saltando os degraus de dois em dois, mas, na hora de descer, tomou um pouco mais de cuidado.

O trem começou a se mover devagar. Ele subiu agarrando firme o bebê com uma das mãos.

– É perigoso, é perigoso – Naoko vinha correndo, sendo advertida pela voz do funcionário da estação. O trem se movia na velocidade aproximada em que uma pessoa anda.

Trajetória em Noite Escura   313

– Sua tola, volte para casa!

– Dá para subir. Se você me segurar, dá para eu pegar o trem, sem perigo. – Correndo com pequenos passos à medida que o trem acelerava, Naoko olhava para ele suplicante.

– Desista, que é perigoso. Vá para casa.

– Mas eu tenho que dar de mamar ao bebê...

– Desista.

Naoko forçou a situação e tentou subir. Quase como se estivesse sendo arrastada, conseguiu finalmente colocar um dos pés na escada, e, quando parecia que ela se firmava, Kensaku, quase que impulsivamente, empurrou-lhe o peito. Ela caiu deitada no corredor, rolou uma vez e caiu novamente, de costas.

Suematsu, vendo-os do outro vagão de passageiros, desceu imediatamente e começou a correr. Kensaku gritou-lhe:

– Vou descer na próxima estação!

Suematsu acenou, murmurando algo, e logo continuou correndo na direção de Naoko. Kensaku viu que ela estava sendo erguida por dois ou três funcionários da estação.

– Mas o que aconteceu? – perguntou Oei, surpresa, aproximando-se de Kensaku.

– Eu a derrubei.

– ...

– Disse-lhe para desistir porque era perigoso, mas ela insistiu em subir. – Reprimindo a cólera com todas as forças, Kensaku falou: – Vamos descer na próxima estação.

– Sr. Ken, por que isso?...

– Eu também não sei.

Kensaku não conseguira suportar o estranho olhar de Naoko no momento em que ela caía de costas. Ao pensar nisso, achou que não havia mais volta.

Ele e Oei desceram na estação seguinte. Um telefonema chegara bem naquele instante e Kensaku atendeu. Era Suematsu.

– Parece que ela sofreu uma leve concussão cerebral. Mas não está ferida. O médico virá logo. Acho que não foi nada grave.

– Daqui a uns quinze minutos virá outro trem para embarque e voltaremos nele. Onde vocês estão?

– Na sala do chefe da estação.

– Como está Naoko? – perguntou Oei preocupada.

Kensaku pôs o telefone no gancho:

– Parece que não está machucada.

– Que bom! Fiquei tão assustada!

Pouco depois, chegou o trem com destino a Quioto, e Kensaku e Oei logo retornaram pelo mesmo trajeto.

Kensaku não sabia por que tinha feito aquilo. Só podia explicar como sendo uma compulsão. Pelo menos ficou feliz em não ter machucado Naoko, mas só de pensar como ficaria o seu relacionamento com ela, sentia um peso desagradável.

– Sr. Ken, você está chateado com Naoko por algum motivo? Acho que você mudou tanto!...

Kensaku não respondeu.

– Já era irascível por natureza, mas parece que piorou.

– É porque minha vida anda errada. Não tem nada a ver com Naoko. Eu preciso ser mais firme.

– Cheguei a pensar que tivesse havido algum aborrecimento por eu estar morando com vocês...

– Não é isso. Jamais seria por isso.

– Na verdade, também penso assim. Eu me dou muito bem com Naoko e achei que não deveria ser por isso, mas é muito comum, na sociedade, haver confusão numa casa pela interferência de estranhos.

– Quanto a isso, não há problema. Naoko não a considera uma estranha.

– Ah, é? Fico muito agradecida. Mas ao ver o Sr. Ken assim irritado, ultimamente, fico achando que deve haver um motivo...

– Deve ser por causa do clima. Eu estou sempre assim, agora.

– Pode ser, mas deve ser um pouco mais carinhoso com Naoko, senão... coitada! E não é apenas para o bem dela. Fazendo o que fez hoje... o leite pode secar, não é? Seria terrível!

Quando lhe falavam sobre o bebê, Kensaku ficava sem palavras.

Na sala do chefe da estação, Suematsu e Naoko estavam à toa. Sentada numa cadeira alta, ela permanecia imóvel como uma criminosa antes do interrogatório.

– O médico ainda não chegou – disse Suematsu, levantando-se da cadeira.

Naoko ergueu um pouco o rosto, mas logo baixou as pálpebras. Quando Oei se aproximou, ela começou a chorar. Pegou a criança e amamentou-a em silêncio.

– Levei um susto. Ainda bem que não foi nada. Como está a cabeça? Esfriaram com água ou coisa parecida?

– ...

Naoko não respondeu. Parecia ter perdido a fala, não pelo ferimento físico, mas por estar sentimentalmente machucada.

– É muito complicado. As pessoas dizem que vão se atrasar, mas há um outro trem que sai logo em seguida, em quarenta minutos, por isso, não há motivo para

Trajetória em Noite Escura   315

afobação. Arriscar a vida por causa de quarenta minutos... Foi muito bom que não tenha se machucado.

– Desculpe pelo transtorno. – Kensaku abaixou a cabeça.

– O médico comissionado está ausente. Poderia ter chamado o médico da cidade. Entretanto, como ele havia dito que voltaria logo, fiquei esperando. O que fazemos? Chamamos um médico da vizinhança?

– Como ela está? – perguntou Kensaku, voltando-se para trás.

– Parece que está meio atordoada. Não seria melhor que nós fôssemos logo ao médico?

– Agradeço a sua preocupação, mas vou eu mesmo levá-la. Desculpe o transtorno.

Suematsu foi buscar um riquixá.

Kensaku acompanhou Naoko. Ele não tinha palavras para se expressar. Para falar fosse o que fosse, era preciso esforço. A atitude de Naoko, não o deixando se aproximar de maneira alguma, fê-lo perder a liberdade.

– Consegue andar?

Naoko respondeu que sim, olhando para baixo.

– Como está a cabeça?

Dessa vez, ela não respondeu.

Suematsu retornou.

– O riquixá já vem.

Kensaku pegou o bebê dos braços de Naoko. Ele ainda estava mamando e começou a chorar intensamente. Kensaku carregou-o assim mesmo, sem se importar com o choro. Depois de fazer uma nova reverência ao chefe da estação e seu auxiliar, foi andando na frente, em direção à saída.

X

Naoko não teve ferimentos graves mas bateu fortemente o quadril e não conseguiu levantar-se por dois ou três dias. Kensaku queria conversar melhor, mas ela estava estranha, intransigente e não abria seu coração. Parecia pensar que ele ainda estava cismado com o assunto envolvendo Kaname, mas, para Kensaku, foi um impulso motivado pela irritação, e ele não teve tempo sequer de pensar em Kaname, naquele momento.

– Até quando pretende continuar assim, fechada? Se ficou brava e está pensando que é perigoso viver o resto de sua vida com um indivíduo que faz coisas desse tipo, diga com franqueza.

— Nunca pensei numa coisa dessas. Só não consigo aceitar que você diga que me perdoou pelo meu erro, quando, na verdade, não perdoou nada. Isso é terrível. Crises, impulsos! Não acredito que tenha feito aquilo só porque sou uma desatenta. Já perguntei a Oei, e ela disse que, antes, você nunca tinha feito algo tão doentio. Disse que, ultimamente, você está bastante estranho. Disse, ainda, que você não era uma pessoa assim. Diante disso, acho que você diz que me perdoou, mas, na realidade, continua sem me perdoar. Como você mesmo diz, perdoou-me porque pensa que é tolice ficar ainda mais infeliz se me odiar. Acho que quer me perdoar porque lhe parece mais vantajoso. Para mim, isso não faz sentido, pois você nunca irá me perdoar realmente. Se for assim, é melhor que me odeie até não poder mais; se não puder, não precisa me perdoar, não tem jeito. Entretanto, se você conseguisse me perdoar de coração, eu ficaria muito feliz. Quando ouvi você dizer que não queria me odiar jamais, que não ficaria se remoendo, por não haver nenhuma vantagem nisso, senti uma gratidão imensa, mas, quando acontecem coisas como essa, começo a pensar que você continua me odiando. E se é mesmo assim, não tenho qualquer esperança de que um dia você possa me perdoar de fato.

— E o que pretende fazer, então?

— Não é que eu queira fazer algo. Fico pensando no que eu preciso fazer para você me perdoar de verdade!

— Você não tem vontade de voltar para a casa da sua mãe?

— O quê? Por que está dizendo isso, agora?

— Por nada. Só perguntei porque você disse que não tem esperanças no futuro... Seja como for, é muito bom que diga tudo claramente, como fez hoje. Como você manteve uma atitude rancorosa, eu não conseguia começar a falar.

— Não tem problema. Mas o que acha do que eu disse?

— Entendo bem o que você quer dizer. Mas não acho que a esteja odiando. Você diz para lhe perdoar depois de odiá-la, mas como vou odiar alguém que não odeio?

— .... Você sempre irá falar isso.

Naoko olhava fixamente nos olhos de Kensaku, com rancor. Ele achou que era mesmo preciso refletir mais uma vez sobre o que ela dissera.

— ... Mesmo assim, fico chateado por você ter interpretado aquele fato desse modo. Seja como for, é nossa vida que não vai bem. E talvez a causa também esteja naquele acontecimento, mas não acho certo remontar até ele a propósito de todos os fatos ocorridos, a partir do momento em que o nosso relacionamento se tornou ruim.

— Eu logo fico assim. Pode ser que seja uma tendência minha. Talvez você já tenha esquecido, mas o que você disse por ocasião daquela nossa conversa sobre Omasa de Mamushi fica martelando em minha cabeça.

— O quê?

Trajetória em Noite Escura 317

– Você disse que confissão era coisa para uma única vez. Que mais valia uma pessoa que continuasse sob tensão, sofrendo sozinha sem se confessar, que uma pessoa que acha que, por ter confessado, o pecado desapareceu. Naquele momento, você mencionou uma *gidayû* ou uma gueixa cujo nome esqueci.

– Era Eihana?

– Além disso, você disse muitas outras coisas. E só agora elas me vêm à lembrança de modo muito triste. No pensamento, você é muito generoso, mas, na realidade, não. Naquela ocasião, também cheguei a ficar com medo, de tão persistente que você foi.

Kensaku começou a ficar irritado enquanto ouvia Naoko.

– Já chega. De fato, o que você diz é verdade, até certo ponto. Mas, no meu entender, tudo é uma questão simplesmente minha. Se, como você disse, o meu pensamento generoso e o meu sentimento não generoso se tornassem idênticos, não haveria problema algum. É um pensamento egoísta. E talvez seja também um pensamento aproveitador. Entretanto, como tenho essa natureza, não há o que fazer. Seria como não reconhecer você, mas tanto faz se a reconheço ou não, pois não há nada a fazer além de eu mesmo sossegar. Eu sou sempre assim... Seja como for, acho que é preciso modificar um pouco a nossa vida. Talvez seja bom morarmos um tempo separados.

– ....

Naoko ficou pensativa, olhando fixamente para um só lugar. E os dois se calaram.

– Morar separado soa exagerado, mas... – E Kensaku continuou, um pouco mais sereno: – Eu posso ir sozinho para alguma montanha, por uns seis meses, e repousar. Segundo o médico, talvez seja esgotamento mental; mesmo que seja, e eu vá ao médico, não quero fazer tratamentos estranhos. Eu disse seis meses, mas podem ser até três. Você pode interpretar como uma simples viagem.

– E não teríamos prejuízo.

– É claro que não.

– Não há com o que me preocupar? – certificou-se novamente Naoko. E acrescentou:

– Então, está bem.

– Depois, ficaremos os dois saudáveis mental e fisicamente e começaremos uma nova vida. É o melhor que pode acontecer. Vou fazer isso mesmo.

– Está bem.

– Entendeu o que eu sinto, não?

– Sim.

– Ficar separados por um tempo não é uma atitude passiva. Entendeu isso?

– Entendi, sim.

318   *Naoya Shiga*

Nessa noite, Kensaku comunicou a Oei que se afastaria de casa por uns tempos. Ela se opôs terminantemente. Pela experiência anterior, em Onomichi, disse que isso de nada adiantaria. Disse, ainda, que o casal se separar porque a vida conjugal não vai bem, não ajudaria a melhorar o casamento. Kensaku não teve como explicar.

— Em primeiro lugar, o motivo é diferente do que me levou a Onomichi. Daquela vez, falhei tentando fazer um trabalho do qual não era capaz, mas, desta vez, o trabalho está em segundo plano. Meu objetivo é o aprimoramento espiritual e a recuperação da saúde. Falar em separação seria um exagero; não significa que vou arrumar outra casa. É só pensar que saí em viagem para repouso.

— Para onde pretende ir?

— Estou pensando em ir para Daisen, em Hôki. É uma montanha muito elogiada por um membro da assembleia da província de Tottori, com quem estive no ano passado, em Furuichi, na casa Abura. Ele disse que era um retiro espiritual de Tendai e parece que hospedam pessoas no templo. Dado o meu estado emocional neste momento, acho que um templo assim seria até melhor.

XI

Kensaku resolveu sair em viagem. Por ser diferente das viagens anteriores, os preparativos também o eram, e o clima, às vésperas da partida, estava um pouco estranho.

— A hora tanto faz. Não vou mesmo conseguir chegar à montanha em um dia...

— Falava assim, querendo mostrar-se tranquilo. Olhando o guia de viagens, comentou: — Três e trinta e seis, com destino a Tottori, é? Se eu me atrasar para esse, pode ser o de cinco e trinta e dois, para Kinosaki.

— Se quiser enlatados ou outra coisa, é só mandar uma carta que logo faremos o pedido à casa Meiji, solicitando que lhe enviem.

— Bom, na medida do possível, não vou juntar essas coisas. Vou me virar com o que houver por lá. Se sentir os ares da antiga capital, vou ficar com saudades, e não será bom. Nesse sentido, além do que for necessário, vamos evitar a troca de cartas?

— Vamos. Mesmo assim, se você ficar com vontade, pode escrever, sim? Quando tiver vontade.

— Isso mesmo. Assim está bem. Mas, se dissermos isso, você vai se sentir mal, porque vai ficar esperando.

— Então, tanto faz.

— Você não precisa se preocupar comigo. Basta pensar no bebê. Se eu souber que ele está bem, ficarei bastante tranquilo. Atingirei a iluminação sem nenhum receio.

Trajetória em Noite Escura   319

– Até parece que está morto – riu Naoko.

– Na verdade, até pareço um morto. Esse morto vai retornar depois de virar Buda.

– Fica fazendo maus agouros, na hora de partir!

– Não há nada que dê tanta sorte. Este corpo vai se santificar. Vou ficar iluminado. Quando voltar, terei uma auréola na cabeça. De qualquer modo, não precisa se preocupar comigo. Cuide de sua saúde. E cuidado, principalmente, com o bebê.

– Em suma, devo agir como se fosse uma ama.

– Ama ou mãe, tanto faz. Seja como for, pense que deixou um pouco o cargo de esposa. Pode pensar que ficou viúva.

– Por que você gosta tanto de falar em infortúnios?

– Acho que é um tipo de aviso.

– Que coisa!

Kensaku riu. Na realidade, estava pensando naquela viagem como se fosse um retiro espiritual, mas não poderia mostrar abertamente esse sentimento. Aproveitando o rumo jocoso que a conversa tomara, decidiu partir logo. Resolveu pegar o trem com destino a Tottori, partindo da estação de Hanazono.

– Não precisa me acompanhar. Quero ir sossegado.

Oei trouxe os utensílios de chá.

– Sairei de casa às três horas. Peça a Sen que providencie o riquixá. Às três.

– Não pode antecipar a saída, para que eu o acompanhe a pé até o Templo Myôshin?

– Nesse calor, é melhor não ficar andando.

– ...

Naoko fez uma expressão de insatisfação e foi para a cozinha.

– Não quero que volte magro como da outra vez – disse Oei, servindo, com bastante cautela, o chá verde.

– Não tem perigo. Já estou vacinado. Voltarei outro.

– Não se esqueça de escrever, de vez em quando.

– Quanto a isso, fique certa de que não mandarei cartas. Se não houver correspondência, podem pensar que estou bem.

– Desta vez seremos três e não me sentirei sozinha.

– Com o bebê são quatro.

– É mesmo. O bebê talvez valha por dois.

– Não vou escrever para Kamakura. Você manda uma carta depois; uma carta breve, contando apenas o necessário.

Oei respondeu afirmativamente.

Saboreando o chá, Kensaku olhou o relógio de coluna. Passava um pouco das duas.

320 *Naoya Shiga*

Naoko apareceu com o bebê no colo. Parecia que ele ainda estava com sono e enrugava o rosto como que ofuscado pela luz.

– É a partida do papai. Não é para menos que não chora.

– Olhe a cara dele! – rindo, Kensaku tocou seu rosto rechonchudo com a ponta do dedo.

– Faça uma carinha mais alegre.

O bebê mexia a cabeça.

– Seja qual for o caso, só chame os médicos do hospital, sim? Já basta o que ocorreu com aquele aqui da vizinhança, no caso de Naonori.

– Pode ficar tranquilo. Primeiro porque não vou deixar que ele fique doente.

– Por enquanto, ele está só com o leite materno, mas, a partir do verão do ano que vem, vai começar a comer de tudo, e, por isso, é preciso muito cuidado – disse Oei, enquanto servia chá a Naoko.

Kensaku foi tomar banho e trocou de roupa. Depois de algum tempo, o riquixá chegou. Depositando a grande mala entre as pernas ele foi sozinho para a estação Hanazono. O Sol já se punha no oeste.

A paisagem do rio Hozu, de Ranzan a Kameoka, era bonita. Mas, ao invés de apreciar essa beleza, Kensaku preferia entrar naquela água azul da margem que avistava. No alto das montanhas que se erguiam do rio, o monte Atago mostrava só a ponta do seu cume. Ele já avistava, do oeste, as montanhas que costumava ver ao leste. Nesse momento, lembrou-se de sua casa, em Kinugasa, já bem longe e pequena.

Ayabe. Monte Fukuchi. Chegando ao monte Wada, o sol do verão finalmente se pôs.

Kensaku resolveu pernoitar em Kinosaki e, ao sair de Toyooka, quis ver a gruta Genbu, mas a noite estava escura, e só havia cinco ou seis luzes do outro lado do largo rio.

Em Kinosaki, hospedou-se na casa Miki. Deleitou-se com o aspecto termal da cidade, que veio apreciando do riquixá. Um córrego raso, semelhante ao rio Takase, atravessava o centro da cidade. Dos dois lados enfileiravam-se várias casas termais de um ou dois andares, com janelas de caixilhos finos, mas o ambiente mais parecia o da zona de meretrício. Como região termal, o que agradou a Kensaku foi o seu aspecto higiênico. Entrando por um caminho estreito a partir de Ichi-no-yu, havia lojas de artesanato, onde se vendiam peças feitas com madeira de amora e palha de trigo, cerâmica Izushi e outras. As peças com a palha de trigo aberta eram especialmente belas sob a luz.

Chegando à hospedaria, Kensaku foi para o banho, antes da refeição. Foi à casa de banho logo à frente, chamada Gosho-no-yu. A banheira revestida de mármore chegava à altura de seu peito. Com o forte odor da água quente, ele se sentiu

Trajetória em Noite Escura   321

amolecer. Ao sair, não conseguiu vestir logo o *yukata*. Por mais que se enxugasse, o suor escorria por todo o seu corpo. Ficou um longo tempo diante do ventilador. Como havia um pequeno guia da região de San'in sobre a mesa, ficou lendo-o, enquanto esperava o suor diminuir.

O Templo Daijô, também conhecido vulgarmente por Templo Ôkyo, ficava a três cidades de Kinosaki, num lugar chamado Kasumi. Kensaku pensou em passar por lá no dia seguinte. Já ouvira falar em Ôkyo quando era criança, e, mais tarde, não ficara nem um pouco admirado quando vira suas pinturas de cachorro, galos e bambus. Não tinha nenhum interesse pelo estilo Maruyama[19]; entretanto, como não sabia se voltaria àquele lugar, teve vontade de visitar o templo.

Kensaku não sabia se Kinosaki era quente ou se estava quente naquela noite. Mas sentia um calor abafado e não conseguira pegar no sono. Achou que aquelas termas seriam melhores se visitadas na primavera ou no outono, ou até mesmo no inverno.

Na manhã seguinte, acordou por volta das seis. Meio atordoado por ter dormido pouco, saiu para o jardim. Logo à frente, erguia-se uma montanha, e, nos galhos secos de um pinheiro, três ou quatro aves *Milvus migrans* intercalavam seus cantos. No jardim, um lago que recebia uma corrente de água, e, nele, cinco ou seis garças espichavam seus pescoços. Kensaku sentia-se como se ainda não tivesse despertado do sonho.

Pegou o trem das dez, com destino ao Templo Ôkyo. Da estação de Kasumi ao templo, foi de riquixá.

Quando Ôkyo era estudante, o bonzo deu a ele quinze moedas de prata. Com esse dinheiro, Ôkyo foi estudar em Edo. Como retribuição, anos mais tarde, quando o templo foi construído, ele trouxe todos os seus discípulos e pintou e assinou as divisórias de papel chinês de todo o templo.

Ôkyo foi quem mais pinturas deixou. As de Ôzui, seu filho, Goshun[20] e Rosetsu[21], seus discípulos, eram todas muito interessantes.

Ôkyo desenhou nas divisórias de papel chinês do s*hoin*[22], da ante-sala e da frente do altar budista. Achou que a paisagem com montanha e água pintada com tinta nanquim, no *shoin*, eram os melhores. Pinturas bastante sinceras. Na ante-sala havia uma pintura retratando o General Kakushigi[23], de colorido bastante acentuado, e outra cujos motivos eram um pinheiro e um pavão.

A pintura das quatro estações de Goshun transmitia uma sensação de calor, e a dos macacos de Rosetsu era bem livre, característica dele. As duas pinturas da direita, compostas por oito folhas, fosse pela composição do desenho, fosse pela técnica de pintura empregada, denotavam, claramente, certa decadência, como se ele houvesse desistido do trabalho. Veio-lhe à mente Rosetsu embriagado, e seu contraste com Goshun tornava-se interessante.

322   *Naoya Shiga*

Os Dezesseis Rakan do Mestre Zengetsu[24], que diziam ser uma cópia da autoria de Ôkyo, estavam expostos, mesmo sem terem sido concluídos, no andar superior na sala de orações.

Havia, também, o desenho das águias gêmeas sobre rochas em meio às ondas, da autoria de Chin Nanbin[25]. A águia-fêmea, de patas encolhidas, asas abertas, costas abaixadas e pescoço esticado, olhava para a águia-macho. Pousada na rocha de cima, a águia-macho dirige seu olhar forte para a fêmea. O instinto que denota o nascimento do filhote da águia-fêmea mostra-se nitidamente, e a atitude do macho olhando para baixo com vigor despertou o interesse de Kensaku.

– Que mais há? – perguntou ele ao bonzo, que estava atrás.

– As pinturas são essas. Além delas, há, no telhado, um dragão esculpido por Hidari Jingorô[26].

Os dois calçaram os tamancos e saíram da sala das preces. Lá fora, já estava nublado. Eles foram para o lado esquerdo do prédio principal. Subindo cerca de dois metros pela escadaria de pedras, havia um terreno plano. Daí, podia-se ver o grande dragão maciço no quebra-vento do telhado em formato *irimoya*[27]. Vendo que era uma cópia de um dragão, Kensaku achou certa graça.

– É em tamanho natural, não? – disse rindo, mas o bonzo não entendeu.

– Ah, começou a chover.

Grandes pingos de chuva caíram no rosto de Kensaku, que olhava para cima.

– Foi esse dragão que chamou a chuva – disse ele em tom de brincadeira, voltando para a sala de preces.

XII

Naquela noite, Kensaku pernoitou em Tottori. Ali, recomendaram-lhe que visitasse os fossos Ôsuri e Kosuri, nas dunas de cerca de quatro quilômetros de largura e vinte e oito quilômetros de extensão, e a pequena lagoa de Tane, que fica perto dessas dunas. Ele, no entanto, ficou com preguiça de ser sacudido pelo riquixá por tantos quilômetros e resolveu simplesmente comprar os cartões postais. A empregada que serviu o jantar contou-lhe a lenda da lagoa de Tane e a lenda do rico líder Koyama. A primeira falava sobre uma moça chamada Otane, que se tornara uma grande cobra. Ela morava nessa lagoa e, certa vez, ao seguir um samurai de Tottori, ficou furiosa, porque ele fugiu para casa e trancou o portão. Grudou, então, as próprias escamas nas três folhas que formavam o portão e foi embora. Segundo a empregada contou, em tom sério, essas escamas ainda existiam na casa.

Kensaku dormiu preocupado com o tempo no dia seguinte. Se chovesse, ele teria que se hospedar mais um dia em algum lugar e não gostou da ideia.

Achou que seria interessante ir às termas de Tôgô, na lagoa Tôgô, mas, ao invés disso, estava tentado a subir logo ao monte Daisen, lugar bem fresco e onde ele se sentiria à vontade.

À noite, ouvindo o ruído da chuva, achou que, no dia seguinte, talvez o tempo estivesse bom.

De fato, no dia seguinte, o tempo estava bom. Era uma manhã que anunciava um dia inteiro de sol radiante. Tomou o trem por volta das nove. Era triste ter que passar por mais de dez túneis, como havia acontecido no dia anterior.

Abrindo a biografia de bonzos ilustres, publicada pela Livraria Imperial e comprada na cidade, na noite anterior, Kensaku leu um pouco o capítulo sobre o Mestre Gansan[28] mas logo se cansou. A paisagem da lagoa Koyama era bela. Achou muito boa a lenda de Koyama, que, como castigo por ter chamado de volta o sol quando este se pôs, ao final de um dia de plantio de arroz, teve seu terreno transformado nessa lagoa, certa noite. Aquele espaço amplo, adequado para terra de plantio, localizado entre montanhas baixas, metaforizado como uma superfície aquática, era uma paisagem que poderia ser vista como campo de arroz alagado. Não faria parte das histórias de Koizumi Yakumo[29], que escrevera muitas lendas desses lugares? Pensando bem, deveria ter trazido algumas obras de Hearn.

A lagoa Tôgô, comparada à lagoa Koyama, não tinha nenhum atrativo. Kensaku não sabia se havia alguma lenda sobre ela, mas achava que não. Os lugares que possuem lendas apreciadas pelo povo, em algum sentido possuem o atrativo adequado, pensou.

Aguei, Akasaki, Mikuriya. Ele não se cansava de olhar a paisagem pela janela do trem. Sentia um vigor semelhante ao que se experimenta em pleno verão, e estava animado como nunca. As espigas de arroz com cerca de sessenta centímetros, condensadas, pareciam balançar sob o forte calor e a luz intensa, mesmo sem vento.

– Ah, as espigas verdes sendo cozidas – pensou, excitado.

De fato, a cor do arroz era forte. Com o calor intenso e a luz batendo de frente, Kensaku podia sentir bem de perto as espigas de arroz enroscando-se umas nas outras e dando gritos de alegria. Ele descobria que, de fato, um mundo assim existia. Assim como existe uma vida semelhante à dos gatos que lutam entre si, também existia uma vida como essa. A luz forte hoje não o ofuscava.

Desceu do trem numa estação bem tristonha chamada Daisen. Perguntando ao condutor, soube que ainda havia cerca de vinte e quatro quilômetros a percorrer até o monte Daisen. E só nos primeiros doze quilômetros era possível ir de riquixá. O restante deveria ser percorrido a pé.

– Então, o que fazemos com a bagagem? Carregamos a cavalo?

– Eu vou carregando.

O condutor era um homem magro com mais de cinquenta anos.

324   *Naoya Shiga*

– Tenho livros e está bastante pesado.

– Isso não é nada... – O condutor experimentou carregar mais uma vez e riu.

– Você já tomou a refeição?

– E o patrão?

– Eu comi no trem.

– Então vamos partir já. Se me deixar comer alguma coisa na casa de chá, no caminho, não há problema.

Parecia que a necessidade de percorrerem os vinte e quatro quilômetros juntos os deixava um pouco mais próximos. Kensaku subiu no riquixá.

– Os dias são longos agora. Metade do caminho é subida todo o tempo, sabe?

Enquanto olhava o monte Daisen, de magníficos contornos, bem à sua frente, lá longe, Kensaku achou incrível que o condutor percorresse aquela distância, debaixo do sol forte, carregando a bagagem.

– Lá em cima deve ser bem fresco, não?

– Isso é. Antigamente, o gelo daqui era todo trazido das neves da montanha. Ele era empilhado no inverno, e cortado no verão. Quando jovem, eu trabalhei muito nisso.

Numa rua estreita, crianças brincavam de pega-pega. Elas estavam tão compenetradas, que não davam passagem para o riquixá. O condutor idoso apanhou um galho fino de bambu ali caído e foi andando, batendo-lhes de leve na cabeça.

– Velhote imbecil! – reclamavam as crianças, mas o velho condutor, rindo, bateu, uma por uma, na cabeça das crianças que alcançava.

De repente, da rua estreita, saíram para uma rua ampla. A largura era de onze a treze metros e havia casas de telhado baixo de ambos os lados. Essa rua dava a impressão de ser mais larga e iluminada. Varais de bambus estavam estirados em tripés e havia muitas tiras compridas penduradas neles. Cerca de metade dos varais era da altura das casas. Eram *kanpyô*[30].

– São largos para serem *kanpyô*, não são?

– É que ainda não secaram, sabe?

– É especialidade da região?

– Nada que seja famoso.

Ora correndo, ora andando, os dois foram conversando descontraídos.

Avançando cerca de doze quilômetros, já não se podia continuar de riquixá. O velho condutor pediu aos lavradores que guardassem o carro e carregou a bagagem nas costas com uma corda de juta. Kensaku arregaçou a barra do *katabira*[31].

Da rua, subiram por uma ladeira estreita e chegaram ao bem amplo sopé do monte. Até pouco tempo aquele fora um local de criação de cavalos do exército, um local muito agradável. E Daisen era famoso pela sua criação de cavalos.

Os dois foram caminhando vagarosamente pelo campo levemente inclinado.

XIII

Sem pressa, Kensaku e o condutor foram subindo os campos multicoloridos com gencianas, *Silene keishe, Eupatorium fortunei, Patrínia, Íris silvestres, Scabiosa japônica, Sanguisorba officinalis* e outras flores de nomes desconhecidos, da família dos crisântemos. Bois e cavalos criados soltos paravam de comer as ervas e os observavam. Aqui e ali havia grandes pinheiros, e, nos galhos altos, a cigarra cantava com todas as suas forças. O ar era puro e sentia-se o clima da montanha, mas, por ser uma subida, ainda estava bastante calor. Quando começaram a avistar o mar, ao longe, atrás deles, resolveram ir descansando de pouco em pouco.

– Falta só mais um pouco.

– A bagagem está mais pesada do que pensou, não é?

– É. Está bem pesada mesmo. São livros?

– Se estiver muito difícil, podemos deixar um pouco nessa casa de chá. Você me entrega quando vier da próxima vez.

– Não se preocupe. Daria para me pagar uma refeição na próxima casa de chá? Vou recuperar minhas energias.

– Você bebe?

– Não consigo beber muito.

– Poderia beber um pouco aí, não?

– Vou tomar um saquê de segunda. E o patrão?

– Eu não.

– Um pouco o senhor pode, não pode? Tome um gole de saquê de segunda e continuaremos depois de tirar um cochilo de uma hora. Que tal?

– Quanto ao cochilo, não sei, mas vamos descansar com calma.

– São mais trezentos ou quatrocentos metros. Ali há só uma casa geminada, sem ninguém mais num raio de quatro quilômetros. Antigamente, havia um velho terrível que roubava os viajantes.

– De quando é essa história?

– De quando eu era jovem. Quando se soube que ele invadiu o Templo Renjô de Daisen, com lanças de bambu, eu o vi ser preso no tronco. Foi horrível, pois ele estava sendo torturado sentado, com as pernas cruzadas, encostadas à garganta, com as mãos amarradas nas costas e o corpo curvado para a frente. Essa forma de tortura é terrível, pois dobra-se o corpo como se fosse um camarão.

O condutor continuou contando detalhes da história. Enquanto o ladrão, encapuzado, ameaçava o bonzo do templo, um outro bonzo foi esperto e tocou o sino do templo principal. O sino foi tocado em sinal de emergência, como se estivesse ocorrendo um incêndio, e os demais templos também começaram a responder, tocando seus sinos.

326   *Naoya Shiga*

Como era uma noite silenciosa, o sino ecoou pelas matas e pelos vales, sem parar. Um bonzo que estava do lado de fora, bem na hora em que a Lua aparecia, viu a figura de um velho fugindo com seus cabelos brancos esvoaçantes, no meio da mata.

– No mato, não há bambu, mas, na época, havia um bambuzal numa das casas. Procurando nesse bambuzal, acharam um bambu cujo corte se ajustava perfeitamente à lança que fora abandonada. Aquele velho tão teimoso não teve como negar. Investigando-se melhor, soube-se que ele praticara muitos outros crimes e, logo depois, foi condenado à morte em Yonago.

Kensaku e o condutor logo chegaram à casa de chá. Era uma casa térrea, bastante ampla, de telhado baixo. O grande depósito de água de chuva, em frente ao alpendre, estava quase cheio. Logo abaixo, uma velha de mais de sessenta anos, com a manga do quimono amarrada por um cordão, lavava um salmão salgado.

– Que calor! – O condutor desceu a bagagem na varanda.

A ampla casa tinha um corredor de chão batido que chegava até o fundo. À esquerda, ficava a moradia; à direita, a sala para uso dos visitantes. Bem no centro da sala de visitas, um velho de cabelos brancos, com cerca de oitenta anos, como que abraçando as pernas longas com os dois braços, estava sentado em silêncio, voltado para os campos do sopé, o mar interior, ao longe, a praia de Yomi, o posto de Miho e a paisagem do mar exterior. O velho olhava para longe, como se não percebesse que Kensaku havia entrado.

– Comida e saquê para o condutor – disse Kensaku à velha. – Para mim, um doce e uma soda.

– Velho, ei, velho! – Chamou a velha, com as mãos molhadas balançando à frente.

– Minhas mãos estão cheirando mal. Por isso, dê doce e soda ao freguês.

O velho levantou-se em silêncio. Era alto, e Kensaku achou que ele parecia uma árvore seca do mato exposta ao vento e à chuva.

– Era doce e o que mesmo?

– Velho, a soda pode deixar que eu trago! Sirva apenas o doce. – Dizendo isso, o condutor foi buscar a soda na direção da pia. – A daqui está mais gelada?

O velho retirou um prato de vidro da prateleira, pegou o doce da lata de querosene, com as mãos, e colocou-o na frente de Kensaku. Disse: "Pronto...", abaixou a cabeça de leve e foi sentar-se novamente onde estava.

– Você quer comer isso? – perguntou a velha ao condutor, enquanto cortava o peixe salgado.

– Está ótimo – respondeu o condutor, enxugando o suor que escorria do peito.

Kensaku usava a ventarola e tomava a soda olhando a paisagem ao longe. Olhando por trás o velho de cabelos com seis a nove centímetros de comprimento, comparou-o ao velho de quem ouvira o condutor falar há pouco, e achou

Trajetória em Noite Escura   327

a comparação interessante, por estarem morando no mesmo lugar. Para esse velho, aquela era uma paisagem que ele observava diariamente. E continuava observando-a assim, sem se cansar. O que pensaria ele? Obviamente não pensava no futuro. E também não devia pensar no presente. Uma vida longa. Não estaria ele relembrando os diversos acontecimentos de seu longo passado? Não, talvez ele tenha até se esquecido do passado. Tal como uma velha árvore das matas, ou como uma rocha com musgos, estaria apenas diante dessa paisagem. Caso estivesse pensando em algo, com certeza só estaria pensando o que uma árvore pensa, ou o que uma rocha pensa. Kensaku teve essa impressão. Teve inveja da quietude do velho.

Encostadas à parede, do lado esquerdo onde o velho estava, havia algumas sacas de arroz empilhadas. Atrás delas, algo fazia um ruído, já havia algum tempo. De repente, um gatinho apareceu na frente das sacas. O gatinho empinava as orelhas para a frente e fuçava o lugar de onde acabara de sair. Seu corpo permanecia imóvel; só o rabo se mexia, como se fosse um outro ser vivo. Por baixo, também se podiam ver as patas redondas de outro gato.

– O patrão também não quer um saquê de segunda? – O condutor veio servir a Kensaku o copo no qual o serviram.

– É que nunca bebi saquê de segunda.

– Ainda não pus a boca. Tome um gole.

– Não, obrigado.

– É mesmo? No verão não tem nada igual. – Dizendo isso, o condutor encostou a boca no copo e voltou para a sua bandeja.

– Aquele gato nasceu aqui?

– Ele nasceu aqui? – perguntou novamente o condutor à velha.

– O que ganhei o ano passado deu cria.

– Ah, é? Que rápido. Também tem um macho?

– Não temos um macho, não, mas acho que ela cruzou em algum lugar.

– Num lugar onde não há ninguém num perímetro de quatro quilômetros, onde será que ela cruzou?

– Ficou fora uns dois dias e talvez tenha ido até***.

O velho continuava de costas, como se fosse um embrulho. Os dois gatos brincavam, subindo e descendo das sacas. Um deles acabou caindo e, com jeito de quem ficou assustado, deu uns dois ou três miados tristes. Não se sabe de onde, a mãe apareceu e começou a lamber o corpo do gatinho.

Um homem de mais de trinta anos, com calças de montaria e uma caneleira de enrolar, entrou.

– Oi! – disse ele. E, ficando de costas próximo à prateleira, pôs as duas mãos nas coxas abertas e sentou-se como se estivesse bastante cansado.

328   *Naoya Shiga*

– Fui até o mato procurar Yamada, mas ele não estava lá. Velha, ele não passou por aqui hoje?

– Quem?

– Yamada.

– Não vi.

– Será que foi de novo até o santuário?

– O que aconteceu com o cavalo que quebrou a perna ontem?

– É por isso que estou procurando Yamada. Mas, se ele não está, não tem jeito. Vou matar e enterrar o cavalo.

– O cavalo do Sr. Yamada?

– Isso mesmo.

– Que prejuízo!

– A propósito, qual é a mistura de hoje?

– Quer salmão salgado?

– Salgado?... Ao invés disso, daria para assar lula seca?

A velha serviu saquê, enquanto assava a lula seca:

– Dizem que este ano tem pernilongos na mata também, sabia?

– Não ouvi. É mesmo?

– Aqui nós já penduramos o mosquiteiro desde o início do mês.

A gata-mãe começou a rondar o local por causa do cheiro da lula seca e, toda vez que estava para encostar o focinho no prato em que a velha desfiava a lula, levava um tapa na cabeça, fechava os olhos e abaixava as orelhas.

Logo depois, o condutor e Kensaku deixaram a casa. Após um percurso de uns trinta minutos, Kensaku ficou novamente com sede. O condutor disse que um pouco mais adiante havia uma fonte boa. Chegando lá, no entanto, a corrente de água estava seca, e a areia do fundo, rachada.

– Ontem à noite choveu bastante em Tottori. Aqui não choveu? – disse Kensaku irritado.

O condutor, com uma cara de consolo, falou que daí a uns mil metros havia uma bica, no portal do templo. E acrescentou:

– Em qual templo vai ficar? Não haverá paisagem, mas o anexo do Templo Renjô, do qual lhe falei há pouco, se estiver vago, será bom para quem quer estudar.

– Vou resolver depois de ver.

– Vai permanecer algum tempo?

– Se gostar, pretendo demorar bastante.

– Mesmo que fique, aqui é lugar só para o verão. No outono, há muitas termas boas lá em baixo, por isso não adianta ficar na montanha. Principalmente porque não há comida que preste. Não dá para ficar muito tempo.

– No templo só servem comida vegetariana?

Trajetória em Noite Escura   329

– Dão coisas cruas e alguma outra coisa. A esposa do bonzo cozinha e lá no templo é bem mais civilizado. O bonzo é um ardoroso negociante de cavalos.

Por ter ouvido que o monte Daisen era o segundo retiro espiritual de Tendai, depois do monte Ei, Kensaku ficou um pouco decepcionado com essa conversa.

Ao lado do grande portal com a pintura carmim um pouco desbotada, havia uma hospedaria. Os dois finalmente chegaram ao local da água fresca. O condutor disse que até o templo ainda havia mais quinhentos ou seiscentos metros e perguntou baixinho: "Não gostou dessa hospedaria?" Kensaku balançou a cabeça em silêncio.

O condutor parecia cansado com a bagagem. Kensaku pensou em aumentar o pagamento combinado.

Comprou cartões-postais e charutos.

Desceram à direita do caminho que leva ao santuário Daisen e chegaram à beira do rio cheio de pedras. A beira-rio era bastante íngreme e descia para o sopé do monte, por entre a mata.

No "Corte de Jizô", a correnteza dividia-se em duas, como se o abismo tivesse sido cortado.

Kensaku e o condutor atravessaram o rio e subiram por uma ladeira íngreme, adentrando a mata escura. À direita ficava o Templo Kongô, e à esquerda, um pouco mais ao alto, estava o Templo Renjô.

Entrando na cozinha de chão batido, o condutor chamou. Uma mulher de rosto anguloso, de cerca de quarenta anos, ficou olhando Kensaku e a bagagem. Depois, perguntou:

– Vai ficar aqui algum tempo?

Podia-se ver o jovem bonzo vestido com um quimono simples branco, próximo ao fogão da cozinha, bebendo saquê, a conversar em voz alta com um negociante de cavalos.

– Sim, gostaria de me hospedar por algum tempo.

A mulher, como se não fosse com ela, virou-se para trás e chamou o bonzo.

– E então?

– Seja bem-vindo – o bonzo aproximou-se com o rosto vermelho pelo saquê, e fez um cumprimento em pé mesmo.

– Poderia me hospedar?

– Não é que não possa. O ex-bonzo responsável pelo templo não está bem de saúde e, na realidade, amanhã devo partir para Sakamoto, em Gôshû. E estamos com falta de pessoal... Mas, entre, por favor. Caso não possamos hospedá-lo, indicaremos outro templo.

Kensaku foi conduzido ao anexo. Era em estilo *shoin,* com uma sala principal, a sala anexa, e, ao lado, o *hall* de entrada; todos os cômodos com quatro tatames

330 *Naoya Shiga*

e meio. Fora construído para moradia do bonzo responsável, de duas gerações passadas, após a sua aposentadoria. De uma viga horizontal à outra, estavam dispostas varetas de bambu, e, nelas, vários *shôji* sem bordas, empilhados. Era um dispositivo de aquecimento para ser usado em épocas frias, para repartir a sala com os *shôji*, naquela altura.

A pequena sala construída em estilo *shoin* dava uma sensação meio pesada, mas Kensaku ficou satisfeito, porque se dispuseram a emprestar-lhe os três cômodos.

O condutor pernoitou nesse templo e foi embora no dia seguinte.

<u>XIV</u>

Para Kensaku, cansado do convívio com as pessoas por anos e anos, a vida ali era boa. Sempre ia ao pavilhão Amida, no meio da mata, subindo cerca de trezentos ou quatrocentos metros. Era uma construção que recebia cuidados de preservação especiais, mas a varanda e as extremidades estavam deterioradas e bastante prejudicadas. Mas isso, ao contrário, fazia Kensaku sentir certa proximidade. Sentado nas escadas que subiam para a varanda, ele observava uma grande libélula que ia e vinha numa extensão de mais ou menos dezoito metros. Estendendo as asas bem firmes, ela voava em linha reta, a cerca de um metro do chão. Quando mudava de direção em determinado lugar, novamente retornava em linha reta. Os grandes olhos cor de jade, o colorido em gradações de preto e amarelo do seu fino dorso de linha forte e firme em direção à cauda – era toda bela. Comparando-a, por exemplo, aos movimentos de um ser humano como Mizutani, sentia o quanto essa pequena libélula era superior. Lembrou-se de que, talvez, o que o atraíra no museu em Quioto, há dois ou três anos, ao ver a águia e o par de galos dourados, fosse uma sensação semelhante.

Vendo dois lagartos se equilibrando nas patas traseiras em cima de uma pedra, pulando, enrolando-se, brincando com movimentos suaves, ele próprio teve uma sensação agradável.

Foi nesse local que ele percebeu que o alvéola era um pássaro que se movia correndo e jamais voava. Pensando assim, achou que o corvo andava e voava.

Observando bem, todas as coisas eram interessantes. Na mata do pavilhão Amida, ele viu um pequeno arbusto com um fruto preto semelhante ao feijão *azuki*[32] em cada uma das folhas. Essa forma de segurar com muito cuidado cada fruto na palma da mão, lhe pareceu bastante venerável.

Refletindo sobre seu próprio passado, gasto em dias inúteis de relacionamento sem importância com as pessoas, sentiu um novo mundo mais amplo se abrindo.

Sob o céu azul, olhando o voo tranquilo do milhafre nas alturas, pensou na fealdade do avião projetado pelo ser humano. Devido ao apego a seu trabalho de três ou quatro anos atrás, elogiara a determinação do ser humano, conquistando os ares e os mares, na superfície e nas profundezas, mas, sem saber desde quando, seu sentimento caminhava para o lado totalmente oposto. Seria mesmo desejo da Natureza que o ser humano voasse como os pássaros e andasse dentro da água como os peixes? Esse desejo ilimitado do ser humano não o conduziria, de algum modo, para a infelicidade? Achou que o ser humano, orgulhoso de sua inteligência, um dia poderia receber um terrível castigo. Seu sentimento, que antes elogiava esse desejo ilimitado, vinha de uma vontade inconsciente de salvar a humanidade, não deixando que ela se imolasse como o planeta Terra, que tinha o destino de se destruir um dia. Tudo que ele via ou ouvia na época, era sentido como manifestação inconsciente dessa vontade humana. Só podia pensar que todos os homens que são homens, estavam afobados por esse motivo. Para começar, ele próprio, pelo apego ao seu trabalho, só poderia interpretar dessa forma a sua irritação e afobação.

Agora, no entanto, ele estava completamente mudado. Apesar de se apegar ao trabalho e sentir-se irritado por isso, por outro lado, se a humanidade fosse destruída junto com a Terra, ele já estaria propenso a conseguir aceitar essa ideia com alegria. Nada sabia sobre o budismo, mas sentia-se atraído misteriosamente pelo estado chamado Nirvana e pelo estado que considerava a verdadeira felicidade.

Tentou ler aos poucos o *Rinzairoku*[33], livro sagrado do *zen*, que ganhara de Nobuyuki, e, mesmo sem entender direito, sentia-se bem. *As Biografias de Elevados Bonzos*, que adquirira em Tottori, eram leituras leves, mas ao ler as perguntas e respostas dos bonzos Eshin[34] e Kûya Shônin[35], lágrimas escorreram de seus olhos.

"Afastando-se do mundo material e desejando-se de coração a terra pura, será possível ter uma vida paradisíaca"[36]. São palavras simples, mas Kensaku teve vontade de unir as mãos em oração junto ao bonzo Eshin.

Sempre que o tempo estava bom, ele passava de duas a três horas na varanda do pavilhão Amida. Ao entardecer, ia muito à beira do rio e jogava, com todas as suas forças, pedras do tamanho de uma laranja de verão nas pedras maiores do rio. Elas batiam, fazendo um barulho agradável, e continuavam batendo de uma pedra para outra. Quando conseguia fazer isso, ele voltava, sentindo uma satisfação inexplicável; quando não conseguia, atirava as pedras com persistência.

Normalmente estava satisfeito com a vida em Daisen, mas não apreciava a comida do templo. Quando saíra de casa, chegara a recusar que lhe enviassem alimentos, e por isso sabia que ia enfrentar uma comida simples, mas foi inesperada a péssima qualidade do arroz. Até então, ele não se incomodava tanto com isso, mas tendo de aguentar um arroz que não se sentia capaz de comer, acabou reduzindo a alimentação e percebeu que estava enfraquecendo.

A senhora do templo era uma pessoa muito simpática e cuidava bem dele. Tinha a habilidade de fazer uma conserva de *udo*[37] silvestre muito gostosa, à moda de Nara. Sua filha, que se casara com alguém de Tottori, tinha chegado, trazendo seu bebê. Era uma moça bonita, de dezessete a dezoito anos. Não entrava muito na sala principal, mas sempre vinha conversar sob a janela dele.

– Um bebê ter um bebê é um problema – dizia, rindo, a moça. Dava para ver que ela repetia exatamente o que lhe falavam. Enquanto a mãe vivia cheia de afazeres, a filha estava sempre à toa, carregando o bebê. Kensaku não nutriu qualquer sentimento por essa moça, mas achou que ela sempre ia para debaixo de sua janela e ficava conversando porque, mesmo sendo menina, já não tinha medo de homens, pois fora desposada. E ele pensava que o deslize de Naoko talvez pudesse ter sido evitado se ela ainda fosse virgem.

Certa vez, a mulher do templo trouxe uma carta e consultou Kensaku. Era um pedido de hospedagem para quarenta a cinquenta pessoas.

– O que faremos?

Kensaku não sabia.

– Dá para cozinhar?

– Não é que não dê.

– Então, que tal aceitar? Se bem que eu não possa ajudar em nada.

A senhora ainda parecia indecisa e continuava pensativa, mas decidiu aceitar. E, como se falasse sozinha, disse: – Se Oyoshi ajudasse um pouco mais...

– Ela tem o bebê... É melhor pedir a Take.

Take era um jovem que trabalhava com telhados, da vila do sopé do monte. Tinha vindo trocar a forração da casa de água do santuário Daisen. Era um telhado grosso de madeira de árvores da mata, e o trabalho era feito desde a preparação das lâminas de madeira, um serviço nada fácil para se fazer sozinho. Dizem que Take dormia e comia no templo, e a sua mão de obra era oferecida como doação. Kensaku simpatizou com ele, e os dois costumavam conversar bastante, enquanto Take trabalhava.

Solicitaram a Kensaku que escrevesse o cartão de resposta. Depois de dois ou três dias, ele estava à toa, recostado na escrivaninha, quando a senhora começou a subir a escadaria de pedras correndo: "Chegaram, chegaram". Kensaku achou graça no jeito dela, que agia como se tivesse acontecido algo de importante. Ele ficou pensando na razão pela qual ela fazia tanto alvoroço por algo que não era nenhuma novidade. Com certeza seu marido, o bonzo, sempre esteve presente e, na sua ausência, as visitas eram um fardo pesado para ela. Após o almoço, a senhora fora diversas vezes até o alto do morro para esperar os visitantes e, ao ver as quarenta ou cinquenta pessoas atravessando a margem do rio, ficara excitada daquela maneira.

Quando o grupo chegou, o templo de repente ficou alvoroçado. Kensaku se dispôs a ajudar, se pudesse, mas como não podia, saiu para suas andanças.

O sol se pôs e, algum tempo depois da volta de Kensaku, o jantar foi trazido pela moça, com o bebê no colo.

– Pode deixar que eu me sirvo sozinho.

– Não tem importância, pois não vou fazer nada mesmo. – Rindo, a moça disse: – Esta noite, vou pedir para dormir ao lado do senhor.

Kensaku não sabia o que responder. Obviamente, ao lado, significava o aposento do *hall* daquele anexo, pensou, mas, como estariam faltando mosquiteiros, também achou meio suspeito.

À noite, dormiu como de costume. A moça não apareceu. E isso era natural, mas ele estranhou que, de repente, ela tivesse dito aquelas palavras.

XV

Kensaku teve um sonho estranho naquela noite.

No terreno do templo, havia uma multidão. Subindo, aos empurrões, os suaves degraus de pedras, ele via ao longe, no alto da escadaria, um novo templo no estilo dos santuários xintoístas. Ali, iniciava-se uma cerimônia. Afastado pela multidão, Kensaku não conseguia aproximar-se.

Na escadaria, havia uma outra passagem, forrada com toras redondas de madeira que chegavam à altura do quadril dos peregrinos. Ao término da cerimônia, soube-se que um deus encarnado desceria por ali.

A multidão pôs-se de pé. A cerimônia havia terminado. Uma jovem mulher vestindo um *suikan*[38] – a deusa encarnada – apareceu no canto da passagem. Seguida por cinco ou seis pessoas, veio descendo pelas toras, a passos apressados. Empurrado pela multidão, sem conseguir se mover, Kensaku sentiu, naquele momento, o impulso de se aproximar mais e mais.

A deusa encarnada, como não se dando conta da multidão, num gesto impensado, vinha descendo às pressas pelo caminho de toras de madeira. Ela era Oyoshi, a moça que viera de Tottori. Kensaku não sabia se percebera isso vendo-a naquele momento, ou se já sabia desde o início, mas, de qualquer maneira, aquele seu rosto inexpressivo e que não demonstrava muita inteligência era o mesmo de sempre. E belo como sempre. Mais do que isso, o melhor é que ela não parecia nem um pouco envaidecida por estar sendo cultuada como uma deusa encarnada. E ele não achou impróprio que Oyoshi fosse uma deusa encarnada. Muito pelo contrário, reconheceu que ela era a melhor médium que existia.

Oyoshi passou quase que correndo por ele. A manga comprida do seu *suikan* roçou-lhe a parte superior da cabeça. Nesse momento, Kensaku sentiu um estranho êxtase. Embevecido, ele achava que era dessa forma que a multidão via aquela menina: como uma deusa encarnada.

O sonho acabou. Ao acordar, Kensaku sentiu que tivera um sonho estranho. A multidão, com certeza, era aquele grupo de pessoas, que entrara para o seu sonho. Mas o que seria aquela sensação de êxtase? Pensando desse modo, ele não sentira no sonho, mas, agora, achou que talvez se manifestasse nele um pouco de prazer sexual, e teve novamente uma sensação estranha. Como deveria estar distante desses pensamentos, pareceu-lhe engraçado ter tido um sonho assim.

No dia seguinte, despertou ouvindo o barulho da chuva caindo do alpendre. Acordou e descerrou a veneziana. Lá fora, havia uma forte neblina cinzenta, e o grande cedro à frente só mostrava o seu contorno disperso em cinza claro. A neblina que passava, exalava um odor. Sentia um frio agradável penetrar-lhe na pele. O que pensava ser chuva era o ruído das gotas da névoa forte, que caíam pelo alpendre. O amanhecer da montanha era silencioso. Ouvia-se um galo cantando ao longe. Da cozinha, ouviam-se ruídos de gente acordada. Kensaku saiu com a escova de dentes e a toalha. Enquanto ele andava, escovando os dentes, Oyoshi saiu da cozinha com o braseiro aceso.

– Ontem à noite passei muitos apuros dormindo ali. As pessoas do grupo faziam muita algazarra e o bebê não conseguia dormir.

– Ouvi um pouco, mas não achei que estavam fazendo tanto barulho.

– Até pensei em me mudar para cá, mas desisti, porque o senhor parecia estar repousando bem.

Era muito diferente da Oyoshi do sonho.

– À noite, sonhei que você era uma deusa encarnada.

– Deusa encarnada? O que é isso? Isso existe?

– Você conhece aquela senhora da Igreja Tenrikyô?[39] É a que fundou essa Igreja. Você era ela. Se bem que você não era uma senhora. Era jovem, e eu parecia ser um de seus fiéis.

– Hum. – Oyoshi encolheu um pouco os ombros, sorriu e ficou calada, parecendo não ter o que responder. Depois, disse: – O pai de Take arruinou sua família por causa da Tenrikyô.

– É? E só Take é fiel aqui, nesta montanha?

– Foi assim por gerações, mas, como o pai destruiu a família, todos desistiram.

– Se bem que se oferecer para a troca do telhado é meio o estilo Tenrikyô...

– ... No entanto, ele é uma pessoa admirável.

– Parece que sim. Trabalha bastante todos os dias.

– Mesmo na vila, parece que é uma pessoa especial.

Trajetória em Noite Escura   335

– Parece um pouco envelhecido em alguns aspectos. E por isso tem pouca jovialidade.

– É que ele sofre bastante.

– Sofre?...

– O pai arruinou a família quando era criança. Isso já tinha sido demais. Além disso, recentemente, ocorrem boatos de que ele sofre por alguma coisa que não dá para se contar às pessoas.

– Puxa, é uma pessoa assim? Por falar nisso, ele veio ajudar ontem?

– Não, parece que mamãe não pediu.

Quando Kensaku se sentou para a refeição matinal, Oyoshi falou-lhe sobre o sofrimento que Take não podia contar às pessoas.

Take tem uma esposa três anos mais velha que ele e o casal não possui filhos. Ela sempre foi meretriz, teve amantes antes de conhecê-lo e mesmo depois de se casar com ele ainda os tem, e não é só um. Take só difere dos demais por ser chamado de marido, mas, na realidade, não passa de mais um. Ele se casou sabendo disso, mas sofreu muito. As pessoas aconselhavam-no a separar-se da mulher, e ele também pensou nessa possibilidade. Mas, não se sabe por quê, Take não conseguiu deixá-la. Pensou que era por falta de coragem, e, de fato, não era mentira, mas Take não conseguia odiá-la de jeito nenhum.

Sempre surgiam fatos desagradáveis. Não eram triângulos amorosos que incluíam Take, mas relações do tipo que não o incluíam, e os problemas não tinham fim. Muito mais do que as atitudes obscenas da mulher, ele não suportava esses problemas. Mesmo assim, não procurava se separar.

– É terrível. Um homem chegava e, enquanto ele estava no aposento dos fundos com a esposa de Take, este é que cozinhava e lavava as roupas sujas. De vez em quando, era chamado pela esposa, que lhe pedia para ir comprar saquê.

– São meio diferentes, não? Se ele não se irrita, é um santo mesmo, ou anormal. Só pode ser um excêntrico.

Kensaku lembrou-se de Take e procurou encontrar, nele, um indício dessas características, mas não conseguia entender. Não era, porém, totalmente incapaz de imaginar um sentimento excêntrico desse tipo.

– O que é que o próprio Take diz?

– Parece que ele se queixa com a minha mãe.

– Realmente.

– Já deve estar resignado.

– Será que consegue?

– A mulher é assim mesmo. E, mesmo Take se resignando, como o local é pequeno, ele cai na boca do povo e parece que foi por isso que veio para as montanhas.

336   *Naoya Shiga*

– Sabe-se que Take é um sofredor, e deve ser mesmo, mas não dá para se perceber que seja uma pessoa que passa por isso no momento. Ele costuma quebrar a madeira cantando uma música folclórica chamada *Matsue-bushi*, e, nesses momentos, parece tão livre de preocupações, que chego a invejá-lo.

– De vez em quando também fica deprimido.

– Deve ser verdade mesmo, mas, ao vê-lo, nunca imaginei que passasse por isso.

– Ninguém! – riu Oyoshi, de repente. – Só de se ver o rosto de uma pessoa, não dá para se saber se ela pessoa está sendo traída ou não.

– Tem razão. Isso é verdade. – Kensaku riu com ela.

– Vendo a minha cara, o que você acha? Parece que isso acontece comigo?

– Ha, ha, ha, ha, ha, ha.

Nesse momento, subitamente, Kensaku sentiu insegurança, ao imaginar que Kaname pudesse ir a Kinugasa, sabendo de sua ausência, e o seu coração estremeceu. Mas não achou que Naoko fosse repetir a mesma falta. Não queria pensar. Achava que acreditava nisso, mas, em algum lugar, ainda havia um resto de descrença.

Essa mulher não irá trair. Acreditava sinceramente nisso. Essa mulher não irá cometer um ato injusto. Por mais que acreditasse nisso, ainda restava alguma desconfiança. A mulher é um ser frágil e, nesse aspecto, passiva. Não sabia se era por isso que se sentia assim, ou se sua condição é que o fazia pensar desse modo. Fosse como fosse, o fato não aconteceria mais com Naoko. Ele se forçava a acreditar. Seu receio era que, mesmo que Kaname estivesse arrependido, por ser solteiro, se soubesse de sua ausência, talvez fosse tomado pela tentação de visitá-la novamente, ainda que não tivesse essa intenção. Se Oei fosse um pouco mais firme e esperta... Mas era boa demais, e ele ficou chateado por não poder confiar Naoko aos seus cuidados.

XVI

Na hora de partir, Kensaku dissera que não esperassem por cartas e que, se elas não chegassem, presumissem que corria tudo bem. Como não avisou onde estava, é claro que também não havia cartas de Naoko. Entretanto, ao ouvir de Oyoshi a história de Take, de repente, teve vontade de escrever. Ficou com pena de deixá-la pensando nele como o mesmo Kensaku de antes da partida, e começou a achar que isso não era certo. Lembrou-se de Naoko dizendo: "Não preciso mesmo me preocupar mais?" Ela disse isso inclinando a cabeça, com a cara tristonha como a de uma criança. Teve dó, mas também ficou chateado. Naoko não conseguia acreditar que havia sido perdoada. Mesmo sendo perdoada, pensava que ela própria não deveria achar que estava perdoada, pois, quando ficasse tranquila com

Trajetória em Noite Escura   337

o perdão, de repente, poderia levar, de Kensaku, um tapa na cara. Pensava assim porque Kensaku não conseguia se tornar benevolente, e, para ele próprio, saber disso era um peso. Era uma tolice remoer persistentemente uma falta cometida, casualmente, por Naoko. E era uma futilidade os dois ficarem mais infelizes ainda por isso. Mas esse pensamento continha um sentimento calculista, e Kensaku, em si, estava desgostoso. Segundo Naoko, ela não poderia ficar sossegada. Como não conseguia tornar-se tolerante por inteiro, Kensaku ficava irritado, achando que não havia outra maneira. E tornar seu sentimento mais puro era o objetivo dessa viagem. Felizmente, a transformação veio mais rápido que ele imaginava.

"Estão todos bem? Espero que sim. Eu disse que não trocaríamos correspondência, mas me veio uma súbita vontade de escrever. Depois da viagem, fiquei mais forte e estou tranquilo. Foi bom ter vindo para aqui, em vários sentidos. Todos os dias leio ou escrevo algo. Desde que não chova, vou muito à montanha, à mata e ao rio aqui perto, para caminhar. Depois de vir a esta montanha, tenho visto muitas coisas: pássaros, insetos, árvores, ervas, água, pedras.... Observando melhor, sozinho, percebo e penso em coisas que até então não havia percebido ou pensado. E estou sentindo a alegria de ter encontrado um novo mundo, que não existia para mim, até então. Não me recordo se lhe disse ou não, mas sinto que o pensamento fixo de arrogância que esteve em minha mente durante longos anos começou a se desfazer com isso. Quando eu estava sozinho em Onomichi, ficava irritado sem motivo com esses pensamentos, mas agora acontece exatamente o oposto. Se alcançar esse estado de espírito de verdade, posso ter a segurança de que não serei um indivíduo perigoso nem para os outros, nem para mim mesmo. Comecei a sentir uma alegria que vem do espírito de humildade (não em termos de relação com as outras pessoas). Pensando agora, é algo que há muito eu desejava, desde o momento em que saí em viagem. Não foi uma transformação inesperada; entretanto, como foi mais rápida do que eu imaginava, estou muito feliz por ter conseguido alcançar esse espírito de modo natural. Quanto à forma como agi em relação a você, também não pôde ser de outra forma senão daquela. Arrependimentos não levam a nada. Mas queria que tanto eu quanto você ficássemos sossegados daqui para frente. Não quero nunca mais que você se sinta insegura em nossa relação. Estando sozinho nas montanhas e, pensando em nossa casa, tão longe, esse sentimento fica ainda mais forte. Pode ser que daqui em diante eu também me zangue com você ou a deixe em apuros, mas gostaria que pensasse que já não o faço por algum motivo especial. Acho que não há perigo, e não teria graça se eu voltasse ao estado anterior ao descer a montanha. Tenho a intenção de solidificar esse meu sentimento e torná-lo autêntico, para depois voltar para você. E já não irá demorar tanto. Quero que você fique tranquila em diversos sentidos. Sei muito bem que as coisas que aconteceram até agora foram tolas, mas parece que é preciso se passar por esse processo, tal qual uma doença. Realmente eu já encerrei esse processo. Já não tenho mais nenhum motivo para preocupações.

"De vez em quando me lembro de nossa filhinha. Tome cuidado para não deixá-la adoecer. Neste templo também há um bebê, cerca de meio ano mais velho que ela, mas criam-no de qualquer jeito. É uma montanha sem médicos e farmácias e, apesar de não me dizer respeito, fico preocupado.

"O arroz daqui é péssimo. Sem comentários. Não é a forma de preparo que é ruim, mas o arroz em si. É a primeira vez que passo por isso.

"Se tiver chegado alguma carta para mim, envie-a. Têm chegado cartas de Nobu? Diga a Oei que as coisas são bem diferentes daquela viagem a Onomichi, e por isso não precisa se preocupar. Cuide-se bem. Estou forte fisicamente, mas, como a comida é ruim, acabo reduzindo a alimentação e parece que emagreci um pouco. Não envie, porém, nenhum tipo de alimento."

Recostado à escrivaninha, Kensaku estava com o olhar perdido para fora da janela da sala, toda aberta. Em frente à sala principal, erguia-se um muro baixo, branco, de terra, de uns cinco metros. Abaixo dele, ficava uma cerca de pedras com musgos esbranquiçados e a rua. Uns quatro a cinco metros mais abaixo da rua, ficava o Templo Kongô. A névoa da manhã ainda não se dissipara, e o seu telhado de palha, em cor cinza, ficava bem na altura dos olhos de Kensaku.

Ele sentiu que ainda faltava escrever algo. Ou melhor, receou que Naoko não entendesse o que ele escrevera, por ser um pouco inesperado. Achando que ela poderia pensar que, de repente, ele sentira saudades de casa e, por impulso, escrevera aquela carta, ele pegou o caderno pautado de anotações, rasgou umas três páginas e, no espaço em branco, escreveu: "Tenho escrito esse tipo de coisas de vez em quando", e pôs tudo no mesmo envelope da carta. Eram trechos de dois ou três dias atrás, registrando com precisão o insucesso de uma aranha que aprisionara um caramujo na janela. Achou que eles serviriam para informar parte de seu dia a dia.

Como seu estoque de cigarros acabara, Kensaku atravessou o rio e foi até o portal do templo para comprá-los e também para enviar essa carta. Como sempre o faziam comprar cigarros umedecidos pela névoa, ele fez com que abrissem um maço novo e, depois de provar um cigarro, comprou alguns maços e retornou pelo mesmo trajeto. Sentiu um alívio. Arremessou os outros maços de cigarro para dentro da janela de seu quarto e, desta vez, foi para o lado oposto àquele de onde viera. Uma grande quantidade de folhas de cedro absorvera a umidade e pendia pesadamente. Kensaku passou por baixo. Os raios de sol que passavam por entre as folhas, criavam diversas formas nas ervas molhadas que ficavam abaixo, e isso ofuscava-lhe a vista. O odor da montanha era agradável.

Na beira do caminho, havia cubas de pedras para lavar as mãos, puxando água da montanha. Só ali o caminho ficava mais largo, e era ali que Take estava trabalhando. Grandes *mizunara*[40] com seus galhos estendidos cobriam toda a região, e a luz que transpassava as folhas era suave e bela. Take fazia ripas com o tronco cortado curto, e as que já estavam prontas ficavam empilhadas ao lado. Ao ver Kensaku, Take fez uma leve reverência.

– É preciso tantas ripas assim?

– Nem fale! É preciso três vezes mais.

– Um trabalho penoso, pois você prepara desde a matéria-prima. – Kensaku sentou-se num dos troncos ali jogados. – E cortar essas árvores magníficas não é um desperdício? Você corta as árvores daqui mesmo?

– Bom, procuro cortar as que estão em lugares bem afastados das pessoas.

– Mesmo assim, dá pena, porque não é uma montanha tão abundante em árvores.

– Para fazer o telhado da casa do depósito de água, não é preciso muito.

Take deixou ao lado um objeto cortante com um cabo nas duas extremidades de uma espada quebrada, usados pelos fabricantes de bacia, e, tirando o seu cigarro "Batto" da velha calça cáqui de montaria, começou a fumar.

– É você que corta essas árvores tão grandes?

– Isso tem que ser feito por um profissional. O lenhador as cerra e traz.

– Achei que deveria ser algo assim.

– E quando é que o senhor vai escalar a montanha?

– Para mim, pode ser qualquer dia. Pode ser quando for bom para você, Take.

– Pediram para que eu conduzisse um grupo amanhã à noite. São quatro ou cinco estudantes. Que tal ir junto?

– É, pode ser.

– Ginasianos são até melhores, por serem inocentes.

– É mesmo.

Insetos desconhecidos, não muito comuns, arrastavam-se molhados na borda da cuba de pedra cheia de musgos. Eram menores que a taturana das cerejeiras, com poucos pelos e de pele preta; não se sabe quantos milhares ou bilhares empilhados, com o sangue pulsando. Kensaku não aguentou vê-los por estarem agrupados. Achou que não fazia sentido estar diante de insetos assim.

– Também é um tipo de taturana?

– Ontem não havia nenhuma. Apareceram de repente, hoje.

– São bem diferentes das comuns, mas devem ser da família das taturanas.

– ... Sairemos à meia-noite do templo e subiremos bem devagar. Vamos apreciar o nascer do sol no cume da montanha. Vai ser fácil, se houver lua, mas, ultimamente, ela se esconde ao cair da noite.

– Será? Se não houver lua, vamos com lanternas de querosene?

– Se o tempo estiver bom, a claridade das estrelas será suficiente. Depois de

340   *Naoya Shiga*

começarmos a subir, não haverá mais árvores. Se bem que levaremos as lanternas, por precaução.

– Não vou aguentar se não dormir um pouco à tarde, mas não tenho conseguido dormir durante o dia.

– Basta dormir mais cedo à noite. Na hora adequada, eu irei acordá-lo.

– É que eu também não estou acostumado a acordar cedo.

– Isso é um problema. – Take começou a rir e, terminando de fumar o cigarro, apagou-o com os pés e voltou a trabalhar.

Kensaku passou pelo pavilhão Amida, aonde sempre ia, e retornou. Achou que a carta chegaria, no mínimo, dois dias depois. Se o carteiro não viesse nesse dia, já que ele vem em dias alternados, demoraria mais um dia para chegar às mãos de Naoko. Diante da escrivaninha, começou a ler a biografia do Mestre Gansan, cuja leitura ficara interrompida. Achou interessante a colocação da imagem do mestre[41] na entrada das casas do interior, para afugentar os maus espíritos. Só então, ficou sabendo que um dos dois mestres que estão em Ueno[42] era o Mestre Gansan.

Nesse momento, ouviu uma voz masculina que não estava habituado a ouvir. Não havendo razão para que fosse uma visita para ele, não atendeu, achando que a pessoa estaria confundindo com a casa do bonzo; como, porém, ouviu novamente a mesma voz, saiu para atender. Um bonzo austero, de aproximadamente quarenta anos, estava ali.

– Poderia interrompê-lo, por uns instantes?

Kensaku achou que fosse engano, mas fê-lo entrar no aposento entre a sala de estudos e o *hall* de entrada. O bonzo ficou olhando com um ar meio desgostoso para a sala dos fundos e o *hall* de entrada, mas, ao avistar o *tokonoma* onde estavam os livros, perguntou:

– Está realizando alguma pesquisa?

– Não. – Kensaku não gostou do jeito um tanto vulgar do bonzo. Se não fosse engano, não deveria ser nada relevante, e, de propósito, ficou calado e sério.

– Indo direto ao assunto, eu sou o bonzo responsável pelo Templo Manshô de Akazaki, que fica abaixo desta montanha. Estaremos realizando um curso de zen com duração de dez dias, a partir de amanhã, no Konkô-in. Se tiver algum interesse, queria que tomasse parte... Vim aqui para convidá-lo...

– É o senhor que fará a palestra?

– Não, não sou eu. Pelo desejo de alguns professores do primário eu estou apenas ajudando como promotor do evento. O palestrante foi discípulo do bonzo Gazan[43], do Templo Tenryû. Eu sou de uma outra seita.

Como já ouvira Nobuyuki falar sobre Gazan, Kensaku ficou um pouco motivado, pois, tratando-se de um bonzo que fora seu discípulo, talvez fosse interessante.

– Qual vai ser o assunto?

– Ele deve falar sobre a obra *Rinzairoku*.

– Se for esse livro, estou com ele bem aqui... – O bonzo fez uma cara de surpresa, e, por isso, Kensaku continuou: – Tenho um irmão que está no Templo de Kamakura e foi ele que me deu esse livro.

– Ah, então já deve saber bastante sobre o zen?

– Não, não sei nada.

– Não pode ser. Mas, seja como for, se possui o *Rinzairoku*, gostaria que participasse sem falta...

– Vai haver sessão de debates também?

– Isso mesmo.

Achando que ouvira Nobuyuki dizer que essa sessão só tinha sentido se o bonzo fosse muito bom, ficou calado por uns instantes.

– Vou pensar e depois darei a resposta – disse Kensaku. Só de pensar que teria de se relacionar por dez dias com o bonzo que estava diante dele, já ficou cansado.

– Não leve tão a sério! Por favor. É um curso de apenas dez dias, e todos são principiantes. Ou seja, é só para saberem mais ou menos o que é o zen... Não precisa tornar as coisas tão complicadas. Esteja presente sem falta. Possuir o *Rinzairoku* significa que tem afinidade...

– Responderei depois.

– Não diga isso, participe...

Kensaku não respondeu. O bonzo ficou meio sem jeito, mas, de repente, com grande formalidade, começou a dizer:

– Bem, tenho um pedido a fazer.

Resumindo, o pedido era o seguinte: no Kônkô-in, lá embaixo, não havia um anexo e, como o mestre e os participantes ficariam num mesmo aposento, separados apenas por uma divisória corrediça, os temas de pesquisa que seriam entregues a cada um acabariam ficando conhecidos. Isso seria um problema. Caso Kensaku fosse um dos participantes e utilizasse os mesmos aposentos dos demais, seria possível ceder o anexo em que ele estava para uso do palestrante. Seria muito conveniente se ele pudesse fazer esse favor. Felizmente ele tinha conhecimento sobre o zen e sabia, inclusive, o que era a sessão de pesquisas, o que facilitava o pedido.

Kensaku ficou bastante zangado. Estava ainda mais bravo porque tinha, de certa forma, entrado na conversa do bonzo.

– Se tivesse falado isso desde o início, ainda daria para pensar, mas o senhor disse coisas para me agradar. Isso seria cair na sua conversa. – Levado pela ira, Kensaku repetiu essas palavras.

– É um engano. Eu não vim aqui com esse objetivo. Vim com a intenção de obter o maior número de pessoas que estivessem buscando um caminho. E vim para convidá-

-lo. Só depois é que percebi que esse anexo seria um aposento bastante adequado para o palestrante, e, embora achasse que estava sendo um pouco irreverente, experimentei perguntar. Não vim com a prévia intenção de lhe pedir que desocupasse o lugar. Gostaria que entendesse isso muito bem, pois senão vou parecer oportunista...

— Isso é mentira! — Kensaku acabou gritando.

— Por quê? — O bonzo empalideceu e mudou um pouco o ritmo da conversa.

— Não adianta pregar uma mentira deslavada como essa.

Os dois ficaram calados, olhando um para o outro. De repente, o bonzo abriu os braços, esticando as mangas da roupa para os lados, e ficou numa posição engraçada, como se fosse uma aranha achatada.

— Benevolência, por favor — disse ele.

Kensaku ficou boquiaberto com a súbita mudança no comportamento do bonzo. No final, acabou dizendo que se encontrasse um outro aposento silencioso, poderia desocupar o local, pois não precisava necessariamente ficar naquele templo. O bonzo disse que ficaria muito agradecido se ele pudesse fazer esse favor, e foi embora. Kensaku achou uma tolice ter interrompido a sua serenidade de espírito por uma bobagem como aquela. E resolveu não se incomodar com isso.

<h2 style="text-align:center">XVII</h2>

No final da tarde, Kensaku ouviu uma conversa inesperada de Oyoshi e ficou muito chocado. Avisaram que a esposa de Take, envolvida numa briga entre amantes, também havia se ferido gravemente e estava em estado de coma. Por isso, Take havia descido a montanha às pressas.

— Coitado! E ele não odeia nem um pouco essa sua esposa. Chorava, dizendo que sabia que ia dar nisso.

— Que coisa desagradável!

— Quem esfaqueou foi uma pessoa que já teve relações com a esposa dele, e o ferido também é amigo dele, um que já esteve uma vez aqui na montanha.

— E a esposa vai se salvar?

— Alguém disse que talvez ela não aguentasse até a chegada de Take.

— Mesmo que se salve, já não adianta mais — disse, Oyoshi, suspirando.

— No entanto, para Take, a coisa não pode ficar assim.

Kensaku estranhou. Mas achou que Take não se envolvera nesse redemoinho por ser do jeito que era.

— Encontrei-me há pouco com ele e tínhamos acabado de combinar que ele me guiaria à montanha amanhã à noite.

— Ah, é mesmo. Mamãe estava dizendo isso. Mas parece que há um substituto.

Era uma decepção vir ao retiro espiritual considerado o melhor, depois do monte Ei, e ainda ter que ouvir coisas como essa. Foi bom, porém, que Take estivesse fora e escapasse da tragédia. Naquela manhã, ao ouvir, por intermédio de Oyoshi a história de Take, Kensaku pensara que ele era um pouco excêntrico, mas, agora, achava que talvez ele fosse tolerante com a esposa para conhecê-la na íntegra. Conhecendo por completo a natureza e os maus hábitos dela, de até então, Take anulava os seus sentimentos e lhe perdoava. Naquela hora em que conversavam descontraídos, certamente estava sendo encenada essa briga sangrenta, montanha abaixo. Por mais excêntrico que ele fosse, deveria estar abatido agora. Caso não odiasse a mulher, talvez estivesse arrasado de tristeza, pensou.

O quanto Kensaku não amaldiçoou as pessoas pela infidelidade, ou melhor, por aquele deslize tanto da mãe quanto de Naoko! No seu caso, era como se ele tivesse a sua vida inteira amaldiçoada por isso. Seria muito bom se todas as pessoas pudessem ultrapassar as coisas como Take. Mas até ele, com certeza, era infeliz. E as pessoas que não são como ele, de alguma forma, acabam encenando uma briga sangrenta. Mesmo no seu próprio caso, se ele não tivesse autocontrole e apego ao trabalho, não sabia que tipo de pessoa teria se tornado àquela altura.

– Que terrível! – Sem querer, Kensaku disse essas palavras.

– É terrível mesmo – concordou Oyoshi, em sentido diferente. E acrescentou: – Eu não consigo entender o sentimento da mulher de Take.

– Take também é um pouco anormal, por não conseguir odiá-la – disse Kensaku.

No dia seguinte, fazia um tempo muito bom, bastante adequado para se escalar a montanha. Mas ainda lhe restava uma pontinha daquele sentimento obscuro do dia anterior, e ele estava indisposto, meio desanimado, de modo que resolveu desistir da escalada essa noite.

À tarde, foi ao pavilhão Amida e, na varanda, ficou parado cerca de uma hora. Desde criança, quando se lembrava da mãe, costumava ir até o seu túmulo, e gostava de vir a esse local por um sentimento semelhante. Quase não vinha ninguém. Em compensação, muitos passarinhos, libélulas, abelhas, formigas e lagartos brincavam por ali. De vez em quando, ouvia as pombas nas árvores próximas.

Na volta, foi ao templo devastado chamado Fujimon-in. Seu grande telhado estava encoberto por um cedro ainda maior. Parecia estar desocupado há muito tempo e, em algumas partes das venezianas, as ripas estavam soltas. Ele entrou, de tamancos mesmo, para olhar.

Na parte frontal interna, havia um grande altar budista sem nenhuma imagem, cujos dois lados eram ocupados por um armário sem portas, de uns dois metros. Havia dezenas de assentos de espíritos, assentos grandes, cheios de poeira; uns de pé, outros tombados. Kensaku não se sentiu muito bem ao ver um assento preto,

344   *Naoya Shiga*

todo quebrado, com letras douradas, decorado no estilo da arquitetura do Período Momoyama[44], e que parecia ter pertencido a um dos responsáveis do templo de diversas gerações passadas e seus financiadores. O estrago devia ser obra dos ratos silvestres ou dos esquilos.

Na cozinha comprida e escura, de chão batido, havia uma pia grande e, em cima, um tanque fundo, para depositar água, do tamanho de um tatame. Metade ficava dentro da casa e metade fora, e a água límpida que vinha da calha transbordava abundantemente dali. A luz de verão filtrada pelos galhos do cedro penetrava em tom verde até a areia acumulada no fundo do tanque. Era muito belo. Nesse templo, onde tudo parecia estar morto, só ali se sentia uma vida intensa. Kensaku experimentou ir para o outro lado, onde havia o *shoin*, mas ele estava bastante destruído e desfigurado, num lugar triste no meio da mata, desabitado num raio de uns quatrocentos ou quinhentos metros. Tinha ido ver o local achando que poderia tentar morar ali, mas desistiu.

Quando retornou ao templo, Oyoshi estava de pé na escadaria, com o bebê.

– A pessoa de ontem não veio, enquanto estive fora?

– Não veio. E não deve haver um lugar tão conveniente quanto este – disse Oyoshi, demonstrando uma certa revolta em relação àquele bonzo.

– Se não vier, será melhor. Na verdade, fui agora até o Fujimon-in, mas está devastado demais...

– É, demais mesmo – concordou Oyoshi. O bebê enfiava na boca a mão fechada, de formato estranho, com traçado em linha reta na parte superior. Ele estendeu a Kensaku a mão molhada de baba e gritou alto, dando impulso ao corpo e inclinando-o na sua direção, talvez querendo ser carregado.

– Outro dia, dei leite condensado para ele lamber, e ele deve ter aprendido o sabor. – Kensaku riu e disse: "Não pode, não pode", e foi para o seu quarto.

XVIII

Passados dois ou três dias, ainda não se sabiam dos acontecimentos na casa de Take. O bonzo também não apareceu mais. Certa vez, Kensaku ouviu um grito de animosidade – "katsu" – vindo lá daquele templo de baixo. A palestra parecia ser a respeito desse grito, utilizado para repreensão e incentivo de pessoas. Conforme fosse, assistiria apenas à palestra sobre o *Rinzairoku*, mas, como o bonzo não mais aparecera, Kensaku também desistiu. Com os seguidos dias de tempo bom, sozinho, ele andava muito, de um lado para outro, mas se sentiu um pouco triste com a ausência de Take. Não tinham uma relação tão profunda, mas Kensaku sentia falta daquela pausa que ele fazia para observar o trabalho dele.

No lugar de sempre, o trabalho começado estava empilhado do mesmo jeito, à margem da passagem. Já não havia nenhuma daquelas taturanas horripilantes agrupadas na cuba de pedra, e uma alvéola branca brincava no lugar.

Kensaku não esperava Take para escalar a montanha, mas, quando o combinado não deu certo, adiou a escalada, desanimado. Em função dos dias seguidos de bom tempo, ele achou que, quando começasse a chover, seria por um período longo de modo que lhe pareceu melhor escalar a montanha enquanto ainda era possível. Ao voltar, imediatamente pediu à senhora do templo que solicitasse um guia.

— Não é preciso haver acompanhantes, mas eu queria que fosse amanhã à noite.

— É mesmo? Parece que os guias acham um desperdício guiar as pessoas individualmente, mas, se o tempo mudar, o senhor poderá se arrepender, pensando que deveriam ter saído enquanto era tempo. Bom, de qualquer maneira, verei a conveniência do guia. Talvez haja bons acompanhantes.

— Por favor.

Enquanto os dois conversavam na cozinha de chão batido, o jovem carteiro, usando caneleiras e chinelos de palha, entrou, enxugando o suor. Sentou-se à soleira como se desabasse, desatou um maço de cartas amarradas com um cordão, tirou dois ou três envelopes e deixou ali.

— Muito obrigada. Hoje deve ter sido difícil a subida. Prefere chá ou água?

— Água, por favor.

— Quer água com açúcar?

— Por favor.

Quando o carteiro desatou o maço de cartas, Kensaku procurou a letra de Naoko, mas é claro que ainda não haveria uma resposta e, então, ele disse à senhora, que ia para a cozinha:

— Bem, com ou sem acompanhantes, peça que seja amanhã à noite, na medida do possível, por favor. — E foi saindo para o anexo.

— Ah, um momento... — disse o carteiro. E, como que se lembrando de alguma coisa, procurou em cada um dos bolsos do casaco e tirou um telegrama amassado — Tokitô é o senhor?

Kensaku teve um sobressalto e, sem querer, pensou que Naoko tivesse morrido, que tinha se suicidado, mas, sem saber o paradeiro dele, não conseguiam avisá-lo. Ele ouviu o seu coração palpitar.

— É de sua casa? — perguntou a senhora, trazendo um copo na bandeja. Esse seu jeito tranquilo deixou Kensaku ainda mais temeroso.

"Li carta, segue carta detalhada, tranquila, Nao."

— Obrigado. — Kensaku, inconscientemente, agradeceu ao carteiro, dobrou o telegrama várias vezes e foi para o seu quarto.

Riu consigo mesmo por ter ficado tão assustado. Primeiro, porque não esperava uma resposta por telegrama; depois, porque, após enviar a carta, ficara pensando o tempo todo, nesses dois ou três dias, que deveria ter-lhe falado, muito antes, as coisas que escrevera. Além disso, aquele acontecimento desagradável na casa de Take havia ficado em sua cabeça. Com o telegrama, essa associação, de repente, surgiu em sua mente. De uma forma ou de outra, no íntimo, Kensaku sorriu amargamente, por imaginar uma tolice assim. "Seja como for, está bem assim." Subitamente, ele recobrou o ânimo. Depois, releu várias vezes o telegrama.

Nessa noite, empurrou o leito para dentro do mosquiteiro e, deitado de lado, escreveu uma carta a Nobuyuki. Tentava relatar com detalhes seu estado de espírito após ter chegado à montanha, mas, como os pensamentos que o dominavam até então eram fantasiosos demais, ao descrever suas mudanças de pensamento, conforme elas foram acontecendo, pareceu-lhe estar falando de modo muito vago e egocêntrico, por isso não gostou. Achou que não sabia como escrever sobre esses assuntos. Então reconsiderou e pensou que seria melhor escrever uma carta para tranquilizar Nobuyuki, pois talvez ele tivesse ficado preocupado ao saber de sua viagem apenas por uma carta de Naoko ou Oei. Dobrou ao meio as cinco ou seis folhas de papel quadriculado e guardou-as na maleta ao lado.

– Já está descansando? – perguntou a senhora por trás da porta, entrando. Viera avisá-lo de que havia acompanhantes e que iriam começar a escalada por volta da meia-noite do dia seguinte.

– Muito obrigado. Então, amanhã vou dormir até mais tarde. Por isso não abra a porta, por favor. Como não consigo dormir à tarde, vou procurar dormir o máximo, pela manhã.

– Sim, senhor. – A senhora continuou sentada na sala, e, baixando o tom de voz, disse: – A propósito, parece que a esposa de Take acabou morrendo.

– É mesmo? E o homem?

– Dizem que talvez possa se salvar...

– E ficou sabendo algo sobre Take?

– Pois é, todos estão preocupados, pensando se aquele homem que matou sua esposa não viria atrás dele.

– Que estranho... Ele ainda não foi preso?

– Pois é. Parece que fugiu para o mato.

Kensaku sentiu-se triste.

– Mas ele não tem nenhum motivo para vir atrás de Take, tem? Que bobagem!

– É que um indivíduo assim é como um louco. É melhor mesmo Take não descuidar.

– Tem razão. Mas Take não corre perigo, não.

– Do jeito que ele é, acho que não há perigo, mas...

Kensaku ficou zangado. Pensou: "Imagine se, depois de tudo isso, Take ainda for atacado... Como pode acontecer uma tolice dessas!"

No dia seguinte, ele pretendia dormir o quanto pudesse, mas despertou depois das sete, como sempre fazia. Na noite anterior, escreveu a carta a Nobuyuki, e, mais tarde, ouviu a história desagradável de Take. Depois, ficou pensando em Naoko, que lera sua carta. Saltando de pensamento em pensamento, não conseguiu mais pegar no sono. Ouviu o galo cantando ao longe e olhou o relógio, assustado. Passava um pouco das duas.

Kensaku acordou, mas achou que, se levantasse, não teria dormido nem quatro horas. Fechou os olhos e tentou dormir novamente, mas ficou só cochilando, sem conseguir dormir direito. Mesmo assim, deixou o leito por volta das dez. A cabeça estava cansada, e o corpo, mole. Com certeza não aguentaria a escalada daquela noite. Mas, desse jeito, talvez conseguisse até dormir à tarde, pensou.

XIX

Os acompanhantes da escalada eram funcionários de uma empresa de Osaka, um grupo de pessoas que passavam pela montanha, na volta de uma visita ao santuário Izumo. Com a sesta de duas ou três horas, à tarde, Kensaku não estava com sono, mas parece que o pargo que comera no almoço não lhe fizera bem. Ao entardecer, teve diarreia e sentiu-se meio sem forças, desanimado. Ficou indeciso, mas depois de tomar o dobro da dose recomendada de um medicamento chinês, a diarreia cessou, e ele decidiu ir.

Saíram do templo por volta da meia-noite. O guia era um senhor de aproximadamente cinquenta anos e levava uma lanterna de querosene. Os funcionários eram jovens e, como queriam aproveitar ao máximo o descanso de uma semana, estavam especialmente animados. Com roupas ocidentais, sapatilhas e uma toalha pequena, que parecia brinde de algum estabelecimento, enrolada ao pescoço, batiam a longa bengala de madeira.

– Tio, cuidado para não quebrar a garrafa. Depois vamos dar para o senhor – dizia um deles em voz alta, lá de trás.

– Quantas vezes vai ficar falando? Se está preocupado, leve você!

– Como é que vou levar sozinho o que todos vocês vão beber? Imbecil!

Como todos estavam muito animados, Kensaku ficou ainda mais inseguro em relação à sua resistência. Sofria ainda mais ao pensar que, do grupo, só ele poderia fraquejar no meio do caminho, e estava tenso, não querendo ficar para trás. Sentiu-

-se inseguro ao pensar que, por serem da mesma faixa etária e só ele ser da região Kantô, era inevitável haver um tolo sentimento de disputa.

– Já faz muito tempo que está aqui na montanha? – perguntou um dos homens, acompanhando seus passos. Parecia sentir pena de Kensaku, por ele ser o único que não pertencia ao grupo, e tentava dar-lhe atenção.

– Há umas duas semanas.

– Como é que aguenta? Por mais que me digam para ficar dois dias nessa montanha, eu não suportaria, não.

O homem obeso que ia na frente voltou-se e riu bem alto, dizendo:

– Não lhe dê ouvidos. Ele fica se vangloriando. Está querendo ir para casa desde a noite em que saiu em viagem. Acabou de se casar com uma senhora bem jovem.

– Cale-se. – Sem outra alternativa, esse homem deu um tapa nas costas do homem obeso, disfarçando o desconcerto.

Avançando uns mil metros a partir do lugar onde Take costumava trabalhar, já não se viam mais árvores. À esquerda, havia uma inclinação coberta por capim, o céu estava limpo, e muitas estrelas, como as de outono, brilhavam. Na beira do caminho, exposta à intempérie, havia uma placa de madeira, um pouco tombada. Era a entrada da escalada. Todos, em fila indiana, começaram a subir, balançando o corpo para a direita e para a esquerda, por um caminho cheio de buracos, semelhante ao fundo de um rio encoberto pelas pontas do capim, enquanto clamavam: "Purifiquem os seis sentidos. Na montanha, o tempo é bom". Com quatro pessoas na frente e duas atrás, Kensaku precisava andar na mesma velocidade que todos, mas começou a ficar cansado. Tentou ficar firme e subir, mas sentiu-se inseguro. Depois de uma hora de escalada, parecia que já estavam bem no alto. Dava para percebê-lo, mesmo sendo noite. E resolveram descansar um pouco por ali.

Kensaku estava cansado. Já não tinha ânimo mental nem físico. Achava que não conseguiria mais acompanhar o ritmo de todos. Disse ao guia:

– Não estou muito bem, e por isso vou voltar daqui. Dentro de umas duas horas deve clarear, e eu vou ficar descansando durante esse tempo.

– É mesmo? Que pena... – Assim dizendo, o guia perguntou: – Como está se sentindo?

Kensaku respondeu que não era nada de mais. Só que enfraquecera um pouco depois da diarreia. Ele poderia deixá-lo ali, sem problemas.

– Mesmo assim, qual seria a melhor solução?

– Não precisam mesmo se preocupar. Podem prosseguir a escalada, sem cerimônia..

– Não aguenta mesmo? Hei, ainda temos muito pela frente?

– É preciso subir o dobro ainda.

– Descer não é problema. Mas não estou seguro quanto a subir mais. Podem me deixar aqui sem receio.

Kensaku começou a se cansar de responder a cada palavra de consolo que todos lhe davam. No final, decidiu-se que ele ficaria sozinho. Talvez em consideração a sua pessoa, todos ficaram um pouco calados. Ele vestiu o suéter que trouxera, enrolou no pescoço o lenço que usara para embrulhá-lo, entrou pelo mato de capim, à procura de um lugar tranquilo, e sentou-se, dando as costas para a montanha. Respirando fundo pelo nariz, ficou de olhos fechados, sentindo um cansaço agradável, e ouviu, por duas ou três vezes, as vozes do grupo que subira há pouco, gritando em uníssono: "Purifiquem os seis sentidos. Na montanha, o tempo é bom". Depois, não ouviu mais nada e ficou absolutamente sozinho sob aquele céu imenso. O vento gelado soprava de leve, em silêncio, balançando as espigas de capim.

Estava exausto, como se fosse uma estranha embriaguez. Sentiu mente e corpo diluírem-se no meio da grande natureza. Essa natureza era algo que ele sentia como um gás envolvente, de uma grandiosidade infinita, e ele próprio era tão pequeno quanto uma papoula sem pétalas. Ele, porém, ia se diluindo nela. A sensação dessa transformação era tão agradável, que ele não tinha palavras para se expressar. Assemelhava-se à sensação de ir caindo no sono quando se tem sono, sem qualquer receio. Por um lado, ele estava meio dormente. A sensação de se dissolver na natureza não era, a rigor, a primeira experiência, mas esse sentimento de devaneio, sim. Nos casos anteriores, ao invés de se dissolver, sentia-se como se fosse sugado e, mesmo sendo agradável, naturalmente lhe vinha uma vontade de resistir a isso. Sentia certa intranquilidade, pela dificuldade de resistir, mas agora era completamente diferente. Ele não tinha a menor vontade de oferecer resistência. Só tinha a sensação agradável de ir se diluindo à mercê da natureza, sem o menor receio.

A noite estava calma. Não se ouvia nem o canto dos pássaros noturnos. Lá embaixo havia uma névoa fina. Kensaku não enxergava a claridade das vilas. Só conseguia avistar as estrelas, e, abaixo delas, não muito nítida, essa montanha que dava a impressão de ser as costas de algum grande animal. Ele pensou que dava, agora, o primeiro passo para o caminho que leva à eternidade. Não sentiu medo algum da morte. E pensou que, se fosse para morrer, poderia morrer assim mesmo, pois não sentiria nenhum rancor. No entanto, não achava que se ligar à eternidade significava morrer.

Com os cotovelos apoiados nos joelhos, Kensaku dormiu por algum tempo. Quando abriu os olhos, um amanhecer azulado o envolvia. As estrelas ainda não haviam sumido; só diminuíram, e o céu tinha um azul suave. Ele o sentiu como se fosse a cor que carregava piedade. A névoa do sopé da montanha se desfizera, e ele podia ver, dispersas, as lâmpadas das vilas lá embaixo. Enxergava a luz de Yonago

350   *Naoya Shiga*

e também a do Porto de Sakai, bem distante, na extremidade da Praia de Yomi. A luz que brilhava intensa, de tempos em tempos, deveria ser o farol do posto de Miho. O mar interno que parecia uma grande lagoa, ainda estava escuro, por ficar à sombra da montanha, mas o Mar do Japão já brilhava cinzento na superfície.

A mudança da paisagem, ao amanhecer, era muito rápida. Logo depois, quando ele se voltou para olhar, raios de luz laranja subiam do outro lado do topo da montanha como se flutuassem. Foram se tornando cada vez mais fortes, e, quando começaram a ficar foscos, tudo ao redor, de repente, estava claro. Comparado ao da planície, o capim era mais curto, e em alguns pontos havia um grande *udo* silvestre. Aqui e acolá, um *udo* silvestre, com uma flor em cada folha, podia ser visto até bem longe. Além dele, havia plantas como *Patrinia, Sanguisorba officinalis, licorice* e *Scabiosa japonica*, no meio do capim. Cantando, um passarinho revoava no alto, formando um arco, como se uma pedra tivesse sido lançada e mergulhasse novamente no capim.

Do outro lado do mar interno, os cumes das cordilheiras, que apontavam para o mar tomavam cor, e o farol do posto de Miho também tomou forma, surgindo nítido. Pouco depois, o sol começou a bater também na ilha Daikon, do mar interno, a qual pareceu grande e plana como se estivesse coberta por uma raia[45]. As lâmpadas das vilas foram se apagando e, em seu lugar, já se avistavam fumaças brancas em vários pontos. Mas o sopé da montanha ainda estava mergulhado na sombra da montanha, mais escuro que os lugares distantes. De repente, Kensaku percebeu, nessa paisagem que estava à sua frente, a sombra do monte Daisen formar-se nitidamente. Quando o contorno da sombra foi subindo do mar interno na direção do continente, ele percebeu por que a cidade de Yonago de repente lhe pareceu clara. Mas ela poderia ser vista num contínuo, como uma rede de arrasto. Também parecia a sombra de uma nuvem que passasse acariciando a terra. Kensaku considerou uma raridade ver, na terra, a sombra da montanha mais alta da região Chûgoku, com um contorno bastante acentuado, e emocionou-se.

XX

Por volta das dez horas, ele retornou ao templo. Estava tão exausto, que ficou admirado por não ter caído no meio do caminho. Oyoshi brincava com o bebê no assoalho do *hall*. Quando viu o aspecto de Kensaku entrando, ao invés de chamá-lo, assustada, gritou: "Mamãe, mamãe!" na direção da casa. Tanto o aspecto quanto a feição dele estavam ruins.

A senhora do templo também ficou surpresa. Logo fez com que ele deitasse no anexo. Estava com trinta e nove graus de febre e, depois de algum tempo, a febre subiu para quarenta. Enquanto esfriavam sua cabeça com gelo, chamaram um médico no sopé da montanha e, aproveitando, mandaram um telegrama para Quioto. Tudo por que, diversas vezes, Kensaku delirava, chamando pelo nome de Naoko.

Quando o médico chegou, já passava das oito horas da noite. Muitas e muitas vezes a senhora e Oyoshi saíram, ansiosas pela sua chegada. Ao anoitecer, as duas estavam irritadas, porque ali quase não passava gente, e a própria noite, silenciosa como sempre, parecia algo imprópria. Em suma, ambas eram muito gentis, mas caso Kensaku morresse lá onde havia só duas mulheres, seria um grande problema. Queriam que o médico chegasse logo e dividisse o fardo com elas. Por isso, quando o médico pequenino e idoso chegou, de caneleiras e sandálias de palha, com o mensageiro segurando a lanterna e sua maleta, à frente, a alegria das mulheres foi imensa.

– O doutor chegou! Olha, o doutor chegou!

Oyoshi, que veio correndo na frente, pôs as duas mãos perto do travesseiro de Kensaku e, empurrando o mosquiteiro com o rosto, exaltada, chamava-o, mas ele só abriu um pouco os olhos, sem responder nada. No entanto, quando o médico entrou e perguntou por seu estado e o que havia acontecido, ele conseguiu falar e até que de forma bem clara, apesar da voz baixa. Consciente da presença das pessoas do templo, falou meio vagamente sobre o pargo assado, que lhe pareceu a causa do seu mal-estar: como era verão e ele já vinha assado de uma distância de mais de vinte quilômetros, fora assado novamente. Depois de examiná-lo uma vez, o médico começou a pressionar alguns lugares em especial, procurando os pontos doloridos. "Aqui dói?" "E aqui?" – perguntou. Era mesmo catarro intestinal agudo, e o médico diagnosticou que ter interrompido a diarreia à força, com aquele remédio chinês, não fora um bom negócio. Disse que, se conseguisse eliminar o mal com óleo de rícino e lavagem intestinal, a febre também abaixaria. Ele ficara sabendo sobre a diarreia pelo mensageiro e, por isso, trouxera o que era necessário na valise.

A lavagem praticamente não fez efeito. O óleo de rícino deveria fazer efeito em três ou quatro horas. Sendo assim, o médico disse que ficaria no anexo até então, pois haveria necessidade de examinar o material eliminado. A senhora do templo saiu imediatamente, a fim de preparar bebida e algo para servir ao médico e ao mensageiro.

– O que ele faz? – Perguntou o médico, sentado com as pernas cruzadas, na sala contígua, tomando um gole do chá já frio que ali estava.

– É uma pessoa que trabalha com literatura.

– Pelo modo de falar, parece da região Kantô.

– É de Quioto.

– Quioto? É mesmo?

352   *Naoya Shiga*

Kensaku ouvia essa conversa do médico e de Oyoshi como se não lhe dissesse respeito.

– ... E como está ele? – perguntou baixinho Oyoshi. O médico também abaixou a voz e disse:

– Não há perigo.

Quase acordado, Kensaku sonhava. Suas pernas haviam deixado o corpo e só elas andavam sem parar, por vontade própria. Elas incomodavam não apenas seus olhos, mas também os ouvidos, pois andavam rápido, fazendo barulho no chão. Ele ficou com raiva das duas pernas e tentou mandá-las para bem longe de si. Como sabia que se tratava de um sonho, achava que o conseguiria, mas elas não se afastavam. O "longe" no qual ele pensava era no interior da névoa – uma névoa escura, e ele procurava enviá-las para lá, mas isso requeria um grande esforço. À medida que elas se distanciavam, iam ficando menores. Pairava uma névoa negra e, no fundo dela, uma escuridão completa. Mandando as pernas andarem até ela e fazendo-as desaparecer nas trevas, pensou que poderia afugentá-las, e, então, acrescentava força, achando que faltava sempre mais um pouco. Para isso, era necessário um esforço tremendo. Tal como um elástico que arrebenta quando completamente estirado, estando prestes a desaparecer, as pernas voltaram para perto dele de uma só vez. Continuavam barulhentas como antes. Ele repetiu o esforço várias vezes, mas as pernas não desapareciam, nem de seus olhos, nem de seus ouvidos.

Depois disso, Kensaku já estava fora de si. De modo fragmentário, estava mais consciente do que pensavam, mas, de resto, estava ausente. Não tinha nenhum sofrimento e só sentia que ia sendo purificado mental e fisicamente.

Na manhã seguinte, bem cedo, o médico idoso foi embora. Em seu lugar, à tarde, veio outro médico, não tão jovem, trazendo aparelhos com o soro fisiológico. Nessa hora, a febre baixara, mas a diarreia parecia caldo de arroz, e as pontas dos pés e das mãos estavam bem geladas. Com o coração enfraquecido, quase não era possível sentir a pulsação. Era dos sintomas mais graves de catarro intestinal em adultos, e o segundo médico estava preocupado, pensando que poderia ser cólera. De qualquer maneira, aplicou a injeção para o coração e pôs o soro, picando bem fundo a agulha grossa na coxa. O soro era injetado aos poucos, mas o local ficara estranhamente inchado, e Kensaku chorava de dor.

Foi logo depois disso que Naoko chegou. Como a senhora do templo sabia que ele esperava com ansiedade a chegada da esposa, não deixou que ela entrasse de repente, com medo de que, por causa do alívio, acontecesse algo a Kensaku. A fraqueza dele chegava a esse ponto. O médico também disse que, após o término da dose de soro, a pulsação também ficaria mais firme, de modo que seria melhor deixar para depois. Naoko ficou surpresa. Ela viera imaginando uma situação

Trajetória em Noite Escura   353

muito ruim, mas a expectativa era de que, com certeza, ele estaria melhor do que ela pensava. Imaginou até o rosto de Kensaku sorridente, dizendo: "Deve ter ficado assustada porque lhe enviaram um telegrama, não foi?" Por ter vindo com essa esperança, ficou completamente perdida, pois o estado atual de Kensaku era pior do que ela supunha. Também tinha medo de vê-lo tão abatido assim. Afinal, depois de ter subido às pressas esse caminho de cerca de doze quilômetros sob o sol forte, Naoko também não estava segura de si, devido ao cansaço e à exaltação. Achou que, se ficasse visivelmente abatida ao ver a mudança do marido, quando o encontrasse, isso seria prejudicial a ele, de modo que era melhor seguir o conselho do médico e ficar observando a sua reação, para depois encontrá-lo.

A senhora do templo insistiu para que Naoko tomasse um banho, por não ter dormido o suficiente e por causa da fuligem do trem noturno, fatores que a deixavam com o rosto pálido, mas ela não se levantava do lugar onde estava sentada.

– Obrigada. Então vou pedir para lavar apenas o rosto.

Naoko foi conduzida à sala de banho, lavou o rosto e, diante da pequena penteadeira que havia ao lado, ajeitou o cabelo preso, que se desmanchava. Quando pensou em voltar, viu o médico e a senhora em torno do forno da cozinha, falando em voz baixa. Com o barulho dos seus passos, os dois voltaram-se para ela, e o médico disse:

– Senhora, aproxime-se.

– ...

Naoko, num sobressalto, foi entrando.

– A pulsação melhorou bastante. Ele está dormindo agora, mas, quando acordar, a senhora poderá vê-lo com toda a calma.

– Ele está correndo perigo?

– Não posso afirmar com segurança, mas não há dúvida de que se trata de catarro intestinal agudo. Com exceção das crianças e de pessoas com a saúde bastante prejudicada, normalmente não é uma doença grave... Por isso, não há motivos para se preocupar.... Estava consultando a senhora do templo para ver se não seria melhor pedir ao chefe do hospital*** de Yonago...

– Sem dúvida, por favor – disse Naoko apressadamente. – Por favor, o quanto antes. Dependendo do estado dele, também precisaria avisar seu irmão mais velho, que está em Kamakura...

– Não se preocupe, não acho que ele tenha chegado a este ponto. Então, vamos mandar imediatamente o mensageiro para chamar o Dr.*** por telefone ou telegrama. É claro que hoje já é impossível. Mas amanhã à tarde ele deve vir com certeza.

– Para tanto, queria pedir também uma enfermeira...

Oyoshi entrou. Com um jeito de que estava "surpresa", disse, olhando para os três: "Ele sabe que a esposa está aqui".

354   *Naoya Shiga*

—É mesmo? – disse o médico, inclinando a cabeça. E, duvidando, acrescentou: – Ele sonhou, com certeza.

– Não é não. Ele sabe até que mamãe não deixou que a esposa o visse.

Naoko perdeu as forças e, calada, ficou olhando para o médico. Quando ele percebeu o seu olhar, perguntou a Oyoshi:

– E ele falou que queria ver a esposa?

– É, está falando.

O médico acendeu o cigarro no fogareiro e, depois de dar uma tragada bem funda, disse:

– Procure não emocioná-lo muito. E seria melhor que a senhora também não ficasse chorando. – Naoko fez uma leve reverência e foi para o anexo, acompanhada por Oyoshi.

– O que o senhor acha? – A senhora do templo, enrugando bem fundo a testa, repetiu essa pergunta que já fizera não sabia quantas vezes.

– Bom, não sei o que o nosso médico disse, mas eu não sei direito. Fiquei preocupado, pensando que pudesse ser cólera, mas parece que não é. Mantendo o ventre e as nádegas quentes e continuando a dar-lhe o fortificante para o coração, acho que ele irá melhorar, desde que não apareçam outras complicações...

– É que meu marido está ausente e será terrível se acontecer o pior.

– Como a esposa dele já chegou, a senhora não precisa ficar tão aflita assim.

– É que eu acho que ele está tão mal...

– Como o coração está muito fraco, eu, na verdade, não posso garantir nada...

– Está muito mal – repetiu a senhora do templo, suspirando de modo exagerado. Calado, o médico continuou fumando.

Com o coração na boca, mas tentando se mostrar o mais calma possível, Naoko acabou arregalando os olhos, devido à excitação, e percebia-se que estava nervosa. Kensaku, deitado de costas, só lhe dirigiu o olhar e viu-a nesse estado. Naoko, também, ao ver Kensaku com os olhos bem fundos, o rosto fino e meio pálido, parecendo ter ficado um pouco mais magro, sentiu uma dor no coração. Calada, sentou-se à sua cabeceira e fez-lhe uma reverência. Com voz rouca, difícil de ouvir, Kensaku disse:

– Veio sozinha?

Naoko murmurou que sim.

– Não trouxe o bebê?

– Deixei-o em casa.

Com grande moleza, ele estendeu uma das mãos, aberta, para o colo de Naoko, e ela logo a apertou com as duas mãos. A mão dele estava estranhamente gelada e ressecada.

Calado, Kensaku pôs-se a olhar o rosto de Naoko como se o acariciasse com os olhos. Para Naoko, aquele olhar pareceu suave, cheio de amor, como nunca tinha visto em ninguém.

– Não tem mais perigo. – Naoko quis dizer isso, mas desistiu, por achar que soaria muito triste, e o aspecto de Kensaku era bastante sereno e calmo.

– Parece que a sua carta chegou ontem, mas, como eu tinha febre, ainda não me mostraram.

Naoko sentiu que iria chorar se falasse algo e por isso limitava-se a balançar a cabeça. Kensaku continuava olhando o rosto dela e, depois de algum tempo, disse:

– Eu, agora, estou com uma sensação realmente agradável.

– Não diga isso! – gritou Naoko, num impulso. Mas, consertando suas palavras, acrescentou: – O doutor disse que não é uma doença que cause preocupação, viu?

Demonstrando cansaço, Kensaku fechou os olhos, deixando suas mãos serem seguradas. Estava com o rosto sereno. Naoko achou que era a primeira vez que via o rosto de Kensaku assim. E pensou que talvez ele não se salvasse. Mas, estranhamente, isso não a entristeceu tanto. Como se fosse atraída, não parava de olhar para o rosto de Kensaku. E ficou pensando o tempo todo: "Salvando-se ou não, nunca me afastarei dele, irei para onde ele for".

Notas da Quarta Parte

1. Keijô: Seul, capital da atual Coreia. Na época em que a península coreana era território japonês, abrigava o quartel-general.

2. Recentemente: não há nenhuma marcação textual para a carta de Oei.

3. Se: no original, não há marcação textual para a fala de Oei.

4. Tetsurei: fica ao norte de Shen'yan, China.

5. Kaijô: Kaesong, cidade próxima da divisa com a Coreia do Norte e Sul. Foi a capital da Dinastia Kôrai, que unificou a Coreia no século X, e possui muitos lugares famosos e ruínas.

6. Heijô: Pyon'yan (Pyongyang), atual capital da Coreia do Sul. Capital do império Kôkuri, da antiga Coreia, a mais antiga do país. Possui muitas ruínas e grupos de túmulos antigos.

7. Cerâmica Kôrai: cerâmica da Dinastia Kôrai (918-1392). A maioria das peças foi encontrada nas escavações da capital, Kaijô. São decoradas com esculturas e olhos de elefante e suas cores são predominantemente azuis, brancas e cinzas.

8. Classe dominante: classe dominante da Coreia na Dinastia Kôrai (Kokuryo/Koguryo/Koryo) e Ri. Até a dominação japonesa, ocuparam os principais cargos administrativos do governo.

9. Ri: última dinastia da Coreia. Iniciada em 1392, após a Dinastia Kôrai. Em 1897, ela modifica o nome do país para Kan e é anexado ao Japão em 1910, após durar 519 anos, por 27 gerações.

10. Cinquenta partidas: no original, "jinsei gojûnen", uma frase que expressa a brevidade da vida. Aqui, indica o jogo de *hanafuda* realizado por longas horas. Nesse jogo,

358 *Naoya Shiga*

contam-se as doze partidas como se fossem doze meses, ou seja, um ano para definir a vitória. Essa expressão significa "realizar as doze partidas por cinquenta vezes".

11. *Tanzen:* agasalho de algodão grosso, de mangas largas, tipo sobretudo.

12. Caixas: exibição feita numa caixa grande onde são colocadas várias figuras em forma narrativa, as quais são rodadas na sequência para serem vistas por uma lente frontal.

13. *A Verdureira Oshichi:* após o incêndio de dezembro de 1682, em Edo, a jovem Oshichi, é acolhida num templo, onde fica conhecendo o amor de sua vida. Após voltar para casa, não consegue conter a saudade e acredita que poderia voltar ao mesmo templo se acontecesse outro incêndio. Resolve atear fogo na cidade e é condenada à morte pelo fogo aos dezesseis anos. Essa história foi aproveitada por Ihara Saikaku e Kino Kaion (1663-1742), autor de *jôruri* da Era Edo.

14. *Konjiki Yasha:* obra de 1897, da autoria de Ozaki Kôyô.

15. *Hototogisu:* revista de haicais iniciada em 1897 pelo haicaísta Masaoka Shiki (1867-1902) e que existe ainda hoje.

16. Era Fujiwara: 858-1067.

17. Katagiri Sekishû (1605-1673): Proprietário do Castelo de Yamato Koizumi. Fundador do estilo Sekishû de Cerimônia de Chá e Ikebana.

18. "Ryû": esse ideograma também se pode ler "taka".

19. Estilo Maruyama: estilo de pintura que privilegia a cópia da natureza, iniciada por Ôkyo.

20. Matsumura Goshun (1752-1811): pintor e haicaísta do final da Era Edo. Natural de Owari. Indo a Quioto, estuda com Buson e Ôkyo e inicia o Estilo Shijô.

21. Rosetsu: ingressou como aprendiz de Ôkyo e ficou conhecido por suas pinturas bastante individualizadas, com plano de desenho magnífico e pinceladas ousadas.

22. *Shoin:* inicialmente designava a sala de palestras e leituras, mas após a Era Muromachi (1392-1573), passou a designar a sala que servia para escritório e sala de estar, ao mesmo tempo, nas casas dos samurais e dos nobres.

23. General Kakushigi: guerreiro da Dinastia Tang (697-781), da China.

24. Mestre Zengetsu: Kankyûn (832-912). Bonzo do final da Dinastia Tang da China.

25. Chin Nanbin: Shinsen (? – ?). Pintor da dinastia Shin (Ch'ing/Qing), da China. Era hábil pintor de flores e pássaros e morou em Nagasaki por dois anos, a partir de 1731, influenciando bastante o mundo da pintura.

26. Hidari Jingorô: famoso arquiteto e escultor do início da Era Edo. Há vários episódios ligados às suas obras.

27. *Irimoya:* telhado de duas águas sobreposto em telhado maior, de quatro águas.

28. Mestre Gansan: nome popular de Ryôgen (912-985). Bonzo da seita Tendai, de meados da Era Heian. Em 966 assume a posição suprema de Tendai. Em outubro do mesmo

Trajetória em Noite Escura   359

ano, reconstrói a torre leste do Templo Enryaku, queimada em incêndio e faz uma reforma na instituição religiosa. Leva esse nome por ter falecido em 3 de janeiro.

29. Koizumi Yakumo: nome japonês adotado por Lafcadio Hearn (1850-1904). Escritor, estudioso da literatura inglesa. Natural da Grécia. Vai ao Japão em 1890 e ensina no antigo ginásio de Matsue, no Colégio Go e na Universidade de Tóquio. Casa-se com Koizumi Setsuko e naturaliza-se japonês. Teve grande interesse por estórias e publicou *Kokoro (Coração), Kaidan (Estórias de Terror)* e possui muitos registros de impressões e ensaios.

30. *Kanpyô*: fruto da cabaceira, do qual se fazem longas tiras, que se põem para secar. É usado para fins alimentícios.

31. *Katabira*: quimono simples, sem forro, utilizado no verão.

32. Feijão *azuki*: feijão miúdo de cor marrom avermelhada.

33. *Rinzairoku*: livro da religião zen, da Dinastia Tang, da China. Coletânea de ensinamentos de Rinzai Gigen, fundador da religião rinzai.

34. Eshin: Minamotono Makoto (942-1017), bonzo da seita Tendai, de meados da Era Heian.

35. Kûya Shônin (903-972): bonzo de meados da Era Heian. Percorreu diversas localidades, realizou obras de construção civil e canalização de água e doutrinou o povo diretamente.

36. "Afastando-se do mundo material e desejando-se de coração a terra pura, será possível ter uma vida paradisíaca.": no original, "Edo o itoi jôdo o yorokobu no kokoro setsunareba, nadoka ôjô o togezaran", palavras que explicam a essência dos ensinamentos Jôdo.

37. *Udo: Aralia cordata.*

38. *Suikan*: nome de uma veste usada na antiguidade pelas pessoas comuns. Posteriormente, tornou-se uma veste própria dos nobres ou vestimenta festiva de rapazes antes de atingirem a maioridade.

39. Senhora da Igreja Tenrikyô: Nakayama Miki (1798-1887). Esposa do proprietário da vila Yashiki (atual cidade de Tenri, província de Nara), distrito rural de Yamabe, Yamato. Por volta dos 40 anos, ela adquire sensibilidade espiritual e se diz o templo de Deus; realizou orações para a boa hora do parto e a cura de doenças, ganhando a fé dos agricultores.

40. *Mizunara*: árvore alta com cerca de 20 m de altura. Possui bastante quantidade de água e é difícil de queimar. Utilizada para madeira de construção e utensílios.

41. Imagem do mestre: imagem do Mestre Gansan utilizada para afastar os maus espíritos.

42. Dois mestres que estão em Ueno: pintura da imagem Tenkai e Tanzan, existentes no interior do pavilhão Jigan, do Templo Kan'ei, em Ueno, Tóquio.

43. Hashimoto Gazan (1852-1900): bonzo da Era Meiji. Natural de Quioto. Estudou zen desde menino e aprimorou-se no Templo Tenryû. Tornou-se bonzo responsável do Templo Nanshû, de Settsu, depois sucedeu ao responsável do Templo Tenryû esforçando--se pela sua restauração.

44. Arquitetura do Período Momoyama: arquitetura da segunda metade do século XVI, quando Toyotomi Hideyoshi assumiu o poder. Desenvolveu um estilo requintado nas belas-artes e nos artesanatos.

45. Raia: no original, *akaei*, peixe com mais de um metro de comprimento. O rabo é em formato de chicote com serras. As costas são de cor verde misturado com marrom, e a barriga, amarela.

CRONOLOGIA RESUMIDA DA VIDA DE NAOYA SHIGA

1883 – Nasce no dia 20 de fevereiro como segundo filho do casal Naoharu Shiga e Gin em Ishinomaki-chô na província de Miyagi (atual Sumiyoshi-chô, município de Ishinomaki). O irmão mais velho, Naoyuki, falece com 2 anos e 8 meses antes do nascimento de Naoya. Na época, seu pai trabalhava na filial de Ishinomaki do Banco Daiichi.

1885 – Muda-se para a casa dos avós paternos em Kôjimachi, Tóquio, juntamente com os pais. É praticamente criado pelos avós. Seu avô, Naomichi, até a Restauração Meiji foi samurai no feudo de Sôma e discípulo de Ninomiya Sontoku.

1886 – Ingressa no Jardim de Infância.

1887 – O pai sai da contabilidade do Ministério da Educação e Cultura e vai, sozinho, a trabalho, para a Escola Ginasial e Colegial Daiyon (futura Yonkô) de Kanazawa.

1889 – Setembro, ingressa no Primário do Gakushûin.

1890 – O avô exonera-se do posto de administrador da Família Sôma e torna-se conselheiro. A família muda-se para Shiba-ku, Tóquio, no alojamento escolar de Gensô Jôto.

1893 – O pai ingressa na Companhia Ferroviária Sôbu. Em junho, o avô é denunciado por Nishigori Okakiyo, caseiro da antiga Família Sôma, como suspeito de assassinato por intoxicação do antigo proprietário do feudo. Em agosto, é detido com outros samurais do antigo feudo, mas em outubro, as suspeitas são esclarecidas e retorna a casa (Caso Sôma).

1895 – Agosto, sua mãe Gin, falece. Setembro, entra para o Curso Ginasial do Gakushûin. O pai casa-se com Takahashi Kô.

1896 – Cria a Associação Kenyû, Amizade fraterna, (posteriormente denominada Mutsumiyûkai, Associação de amigos fraternidade) com Arishima Ikuma, Tamura Kantei e

362 *Naoya Shiga*

Matsudaira Shunkô e inicia o periódico *Kenyûkai*. Utiliza os pseudônimos de Hantsuki (Meia-Lua) e Hantsukirô shujin (Sr. Meia-Lua).

1897 – Março, nasce sua meia-irmã Fusako. Mudam-se para Asafu-ku, Mikawadaichô, Tóquio.

1898 – É retido na 3ª série do ginásio.

1899 – Fevereiro, nasce o meio-irmão Naozô.

1900 – Verão, assiste uma palestra de Uchimura Kanzô e desde então mantém contato com o mestre e suas ideias cristãs durante sete anos.

1901 – Maio, nasce sua meia-irmã Yoshiko. Junho, planeja visitar o lugar prejudicado pela poluição das minas de bronze de Ashio, mas entra em choque com a opinião do pai. A sua relação com o pai agrava-se por volta dessa época.

1902 – Julho, é retido na formatura do ginásio e fica na mesma série de Mushanokôji Saneatsu e Kinoshita Rigen, entre outros.

1903 – Ingressa no Colégio Gakushûin. Junho, nasce sua meia-irmã Takako. Torna-se companheiro de escola de Satomi Ton.

1904 – Escreve *Nanohana* (*Flor de Canola*), com a intenção de tornar-se escritor.

1906 – Janeiro, o avô falece. Forma-se no Colégio do Gakushûin e ingressa na Universidade Imperial de Tóquio, na Faculdade de Letras, em Literatura Inglesa. Aprofunda seu relacionamento com Satomi Ton.

1907 – Abril, forma a Associação Jûyokkakai (Dia 14) com Mushanokoji Saneatsu e Kinoshita Rigen, entre outros. Agosto, decide se casar com Chiyo, a empregada, mas não concretiza o desejo. Aumenta a desavença com o pai.

1908 – Março, viaja para a região Kansai com Kinoshita Rigen e Satomi Ton. Julho, inicia o periódico *Bôya* (*Campo de Aspirações*). Escreve *Abashiri made (Até Abashiri)* e outros.

1909 – Escreve *Shimao no byôki* (*A Enfermidade de Shimao*) e outros.

1910 – Abril, reúne os companheiros do periódico *Bôya* (*Campo de Aspirações*), Mushanokôji Saneatsu, Kinoshita Rigen e Ôgimachi Kinkazu; os companheiros de *Mugi* (*Trigo*), Satomi Ton, Kojima Kikuo, Sonoike Kin'yuki e Kusaka Shin e os companheiros de *Momozono* (*Pessegal*), Yanagi Muneyoshi, Kôri Torahiko, Arishima Takeo e Arishima Mibuma, iniciando o periódico *Shirakaba*. Abril, publica *Abashiri made* (*Até Abashiri*). Junho, *Kamisori* (*Navalha*) no *Shirakaba*. Nesse ano, deixa a Universidade Imperial de Tóquio. Dezembro, ingressa no 16º Batalhão do Tiro de Guerra de Ichikawa Kôdai, na província de Chiba, mas, por problemas no ouvido é dispensado do serviço militar.

1911 – Reescreve *Shimao no byôki* (*A Doença de Shimao*), *Mujakina wakai hôgakushi* (*O Advogado Inocente*) e *Nigotta atama* (*Uma Mente Embotada*), e publica no *Shirakaba*.

1912 – Janeiro, nasce sua meia-irmã Rokuko. Setembro, publica, na revista literária *Chuô Kôron, Ôtsu Junkichi* (*Ôtsu Junkichi*). Recebe sua primeira remuneração, de 100 ienes, pelo texto. Pela desavença com o pai, vai morar em Onomichi e inicia *Tokitô Kensaku*

Trajetória em Noite Escura 363

(*Tokitô Kensaku*), texto que deu origem a *An'ya Kôro, Trajetória em Noite Escura.*
Dezembro, retorna a Tóquio.

1913 – Janeiro, retorna a Onomichi. Publica, no jornal *Yomiuri, Seibêe to Hyôtan* (*Seibêei
e as Cabaças*). Abril, retorna de Onomichi para Tóquio. Agosto, é atropelado na
linha férrea Yamate ferindo-se gravemente. Outubro, publica, no *Shirakaba, Han
no hanzai* (*O Crime de Han*). Edição de *Rume* (*Rume*), coletânea de prosas curtas
(janeiro, Rakuyôdô).

1914 – Junho, mora em Matsue com Satomi Ton. Setembro, muda-se para Quioto. Dezembro,
casa-se com Sadako, filha de Kadenokôji Sukekoto, prima de Mushanokôji Saneatsu.

1915 – Setembro, muda-se para Abiko, Benten-san.

1916 – Junho, nasce Satoko, a filha mais velha, que vem a falecer com cinquenta e seis
dias de vida.

1917 – Maio, publica *Kinosaki nite* (*Em Kinosaki*) no *Shirakaba*; junho, *Sasaki no bâi* (*No
Caso de Sasaki*) em *Kuroshio*; agosto, *Kôjinbutsu no fûfu* (*Um Casal Benevolente*)
em *Shinchô*; setembro, *Akanishi Kakita no koi* (*A Paixão de Akanishi Kakita*) em
Shinchô (posteriormente mudado para *Akanishi Kakita*); outubro, *Wakai* (*Conciliação*)
em *Kuroshio*. Reconcilia-se com o pai. Nasce Rume, a segunda filha. Publica *Ôtsu
Junkichi,* em *Shinshin sakka sôsho* (junho, Shinchôsha).

1918 – Publica *Yoru no Hikari* (*Luz da Noite*), Coletânea de obras curtas (janeiro, Shinchôsha); *Aru asa* (*Certa Manhã*), *Shinkô Bungei Sôsho* (abril, Shunyôdô).

1919 – Abril: publica *Ryûkô kanbô to ishi* (*Gripe Epidêmica e a Pedra*) (posteriormente
mudado para *Ryûkô kanbô*) na revista comemorativa dos 10 anos do *Shirakaba*, e
Awarena otoko (*Um Homem Digno de Compaixão*), que mais tarde é aproveitado
como último capítulo do Volume I de *An'ya Kôro* (*Trajetória em Noite Escura*) no
Chuô Kôron. Junho, nasce Naoyasu, o primogênito que vem a falecer com 37 dias de
vida. Publica *Wakai*, seleção de obras representativas (abril, Shinchôsha).

1920 – Janeiro, publica *Kozô no Kamisama* (*O Deus do Menino*) em *Shirakaba, Kensaku
no Tsuioku* (*Lembranças de Kensaku*), em *Shinchô*, que mais tarde, transforma-se na
Introdução de *Trajetória em Noite Escura. Aru otoko sono ane no shi* (*Um Homem e a
Morte de sua Irmã*) é publicado periodicamente no jornal *Ôsaka Mainichi*. Fevereiro,
publica *Yuki no hi* (*Dia de Neve*), no jornal *Yomiuri*. Abril, *Yama no seikatsu nite* (*A
Vida no Campo*) em *Kaizô*. Mais tarde, *Takibi* (*Lenha*). Maio, nasce Suzuko, a terceira
filha. Setembro, publica *Manazuru* (*Manazuru*) em *Chûô Kôron*.

1921 – Janeiro, *An'ya Kôro* (*Trajetória em Noite Escura*), Volume I é publicado periodicamente em *Kaizô*. Agosto, falece Rume, a avó paterna. Publica *Araginu* (*Seda
Rústica*), coletânea de obras curtas (fevereiro, Shunyôdô). *Aru asa* (*Certa Manhã*),
em *Shinkô Bungei Sôsho* (junho, Shunyôdô).

1922 – Janeiro, nascimento de Makiko, a quarta filha. *Trajetória em Noite Escura,* volume
II é publicado sucessivamente em *Kaizô* (janeiro a março, agosto a outubro, janeiro de

364 *Naoya Shiga*

1923, novembro de 1926 a março de 1927, setembro a janeiro de 1928, junho e abril de 1937). Publica *Suzu*, coletâneas das melhores obras de Naoya (abril, Kaizôsha) e *Trajetória em Noite Escura* Volume I (julho, Shinchôsha).

1923 – Março, muda-se para Sanjôbô, Awataguchi, Kamikyôku, cidade de Quioto. Setembro, visita Tóquio após o grande terremoto da região Kantô. A revista *Shirakaba* é encerrada com o terremoto da região Kantô (o número de agosto é o último). Outubro, muda-se para Yamashina, no subúrbio de Quioto.

1924 – Janeiro, publica *Amagaeru* (*Perereca*) em *Chûôkôron*.

1925 – Janeiro, publica *Horibata no sumai* (*Residência ao Lado do Fosso*) em *Fuji*. Abril, muda-se para Saiwai-chô, na cidade de Nara. Maio, nasce Naokichi o segundo filho. Publica *Amagaeru*, coletânea de obras curtas (abril, Kaizôsha).

1926 – Janeiro, publica *Yamashina no Kioku* (*Memórias de Yamashina*) em *Kaizô*; abril, *Chijô* (*Sentimentos Obscenos*) em *Kaizô*; junho, institui a Associação de Publicações Zauhô e publica o livro de belas-artes *Zauhô*. Publica *Coletânea Shiga Naoya*, coletânea de romances modernos (fevereiro, Shinchôsha).

1927 – Setembro, publica *Kutsugake nite – Akutagawa-kun no koto* (*Em Kutsugake – sobre o Sr. Akutagawa*) em *Chûôkôron*. Outubro, *Kuniko* publicado periodicamente em *Bungei Shunjû* (concluído em novembro). *Yamashina no Kioku*, coletânea de obras curtas (maio, Kaizôsha).

1928 – Julho, publica os ensaios *Sôsaku Yodan* (*Assuntos sobre as Criações Literárias*) em *Kaizô*. *Coletânea Shiga Naoya* em Coleção Literatura Japonesa Moderna (julho, Kaizôsha).

1929 – Janeiro, publica *Hônen mushi* (*Inseto de Ano Farto*) em *Shûkan Asahi*. *Yuki no ensoku* (*Caminhada na Neve*) em *Fujokai*. Fevereiro, falece o pai. Abril, muda-se para a nova casa construída em Kamitakahata, cidade de Nara. Outubro, nasce Tazuko, a quinta filha. Dezembro, viaja à Manchúria e norte da China, por aproximadamente um mês, na companhia de Satomi Ton, a convite da Ferrovia da Manchúria.

1931 – Troca correspondências com Kobayashi Takiji, e, em outubro, recebe sua visita. Publica *Shiga Naoya Obras Completas* volume único (junho, Kaizôsha).

1932 – Outubro, nascimento de Kimiko, a sexta filha. Nessa época, escreve cartas para a mãe de Takiji que foi preso e posteriormente vem a falecer.

1933 – Setembro, publica *Manreki Akae* (*Cerâmica Manreki*) em *Chûô Kôron*.

1934 – Abril, publica *Nikkichô* (*Caderno de Diário*) (posteriormente *Komono*) em *Kaizô*.

1935 – Março, falece a madrasta. Abril, é acometido de pedras nos rins e recupera-se, mas, em dezembro, tem uma recaída, padecendo até o ano seguinte.

1936 – Maio, *Akanishi Kakita* é adaptado para o cinema pelo diretor Itami Mansaku. Publica *Cartas de Shiga Naoya*, coletânea de correspondências (março, Yamamoto shoten) e *Manreki Akae*, coletânea de obras curtas (outubro, Chûôkôronsha).

Trajetória em Noite Escura   365

1937 – Abril, conclui *Trajetória em Noite Escura* e publica a parte final do Volume II em *Kaizô*. Publica *Shiga Naoya Obras Completas*, 9 volumes (setembro – março de 1938, Kaizôsha).

1938 – Abril, muda-se de Nara, para Yodobashi-ku, cidade de Tóquio.

1939 – Maio, publica *Inu to oni* (*O Cachorro e o Demônio*), posteriormente, *Kuma* (*Urso*) e *Oni* (*Demônio*) em *Kaizô*. Junho, tem uma recaída com pedras nos rins, sofrendo durante meio ano e temporariamente, pensa em interromper a carreira literária.

1940 – Maio, muda-se para Shinmachi, Setagaya-ku, na cidade de Tóquio. Publica *Eizankô*, coletânea de obras curtas (dezembro, Kusakiya Shuppanbu). Publica *Coleção Shiga Naoya*, Shirakaba sôsho (dezembro, Kawade shobô).

1942 – Agosto, torna-se membro da comissão editorial do periódico trimestral *Yakumo*, publicado pela Koyama Shoten, juntamente com Shimazaki Tôson e Satomi Ton. Publica *Sôshun* (*Início de Primavera*), coletânea de obras curtas e ensaios (julho, Koyama Shoten).

1943 – Publica livro de luxo *Trajetória em Noite Escura,* volume único (outubro, Zauhô Kankôkai).

1945 – Junho, vai para Takatô, Shinshû, terra natal de Shimamura Toshimasa, na companhia de Takii Kôsaku

1946 – Janeiro, publica *Hai'iro no tsuki* (*Lua Cinza*) em *Sekai*. Junho, hospeda-se até o mês seguinte na residência de Kamitsukawa Kaiun situada no Kan'non'in do Templo Tôdaiji de Nara.

1947 – Janeiro, publica *Mushibamareta yûjô* (*Amizade Carcomida*) seguidamente em *Sekai* (concluído em abril). Fevereiro, assume a presidência do Pen Club (deixa a presidência em junho de 1948). Publica *Mushibamareta yûjô* (julho, Zenkokushobô).

1948 – Janeiro, muda-se com a esposa e a sexta filha, Kimiko, para Ôhoradai, Inamura, cidade de Atami, província de Shizuoka. Publica *Yokutoshi* (*Ano Seguinte*), coletânea de obras curtas e ensaios (março, Koyama Shoten).

1949 – Outubro, é contemplado com a Medalha Cultural. Publica *Shiga Naoya, Obras Escolhidas,* 8 volumes (outubro a setembro de 1952, Kaizôsha).

1950 – Janeiro, publica *Yamabato* (*Pomba Selvagem*) em *Kokoro* e *Suekko* (*Caçula*) em *Gunzô*; *Akikaze* (*Vento Outonal*), coletânea de obras curtas (janeiro, Sôgeisha) e *Nara*, coletânea de obras curtas (março, Mikasa Shobô).

1951 – Março, publica *Asa no shishakai* (*Avant Premiére da Manhã*) em *Chûô kôron bungei*, número especial. Novembro, *Jitensha* (*Bicicleta*) em *Shinchô*. *Yamabato*, coletânea de obras curtas (fevereiro, Chûô Kôronsha). *Coletânea de Obras de Shiga Naoya,* 5 volumes (abril a julho, Sôgensha).

1952 – Maio, viaja à Europa na companhia de Umehara Ryûzaburô, Hamada Shôji, Yanagi Muneyoshi entre outros. Adoece em Londres e retorna em agosto.

1953 – Fevereiro, comemora a passagem dos 70 anos nas Termas de Izu, Kitsuna, com Hirotsu Kazuo, Takii Kôsaku, Amino Kiku e outros.

1954 – Janeiro, publica *Asagao (Campânula)* em *Kokoro*, e *Livro de Shiga Naoya,* 5 volumes (março a janeiro de 1955, Chûô Kôronsha).

1955 – Maio, muda-se para a nova casa construída em Tokiwamatsu, Shibuya-ku, cidade de Tóquio. Lança *Obras Completas de Shiga Naoya*, 17 volumes (junho a fevereiro de 1956, Iwanami shoten).

1956 – Janeiro, publica *Sofu (Avô)* em *Bungei Shunjû* (conclusão em março). Março, *Shiroi Sen (Linhas Brancas)* em *Sekai*.

1957 – Janeiro, publica *Yatsude no hana (A Flor de Yatsude)* em *Shinchô*. Fevereiro, *Machiaishitsu (Sala de Espera)* em *Kokoro*.

1958 – Abril, a Produções Cinematográficas Iwanami conclui o documentário *Shiga Naoya* do diretor Hani Susumu. Publica *Yatsude no Hana*, coletânea de obras curtas (junho, Shinjusha).

1959 – Outono, *An'ya Kôro* é produzido em filme pelo diretor Toyoda Shirô. Publica *Juka Bijin (A Bela sob a Árvore)* e o *Livro de Figuras* (junho, Kawade Shobô Shinsha).

1960 – Setembro, publica, pelo *Sakurai Shoten*, *Yûhi (Sol Poente)*, uma coleção de ensaios, diálogos e debates, editada por Takii Kôsaku.

1962 – Agosto, publica *Tôgû Gosho no Yamana (A Erva Yamana do Palácio Imperial Tôgû)* em *Fujin Kôron*.

1963 – Agosto publica *Môki Fuboku (A Tábua de Salvação da Tartaruga Cega)* em *Shinchô*.

1965 – Publica *Shiga Naoya Jisenshû (Obras Escolhidas de Shiga Naoya)* edição limitada (novembro, Shûeisha).

1966 – Publica *Shiroi sen (Linhas Brancas)*, coletânea de obras curtas (fevereiro, Yamato Shobô) e *Dôbutsu Shôhin (Pequeno Artigo sobre Animais)*, coletânea de obras curtas de edição limitada (maio, Taigadô).

1969 – Publica *Coletânea de Diálogos com Shiga Naoya*, coletânea de debates (fevereiro, Yamato Shobô) e *Biwa no hana (A Flor de Nêspera)*, coletânea de obras selecionadas pelo próprio autor (março, Shinchôsha).

1971 – Falece aos 88 anos no dia 21 de outubro no Hospital Kantô Chûô. Dia 26, é realizado o funeral não religioso no Recinto de Funerais de Aoyama, Tóquio.

1973 – É sepultado no Jagizo da família Shiga, no cemitério de Aoyama. A lápide com a inscrição Jazigo de Naoya Shiga foi escrita por Kamitsukasa Kaiun.

Título	*Trajetória em Noite Escura*
Autor	Naoya Shiga
Tradutora	Neide Hissae Nagae
Editor	Plinio Martins Filho
Produção Editorial	Aline Sato
Capa	Tomás Martins
Foto da Capa	Neide Hissae Nagae
Revisão	Aristóteles Anghehen Predebon
Editoração Eletrônica	Daniela Fujiwara
	Fabiana Soares Vieira
Formato	16 x 23 cm
Tipologia	Times New Roman
Papel	Cartão Supremo 250 g/m^2 (capa)
	Pólen Soft 80 g/m^2 (miolo)
Número de Páginas	368
Impressão e Acabamento	Bartira Gráfica e Editora